Chi Zijian
Yanjiu Ziliao

吴义勤

主编

迟子建

研究资料

段晓琳　选编

百花洲文艺出版社
BAIHUAZHOU LITERATURE AND ART PRESS

图书在版编目（CIP）数据

迟子建研究资料 / 吴义勤主编 . — 南昌：百花洲
文艺出版社, 2024.12
ISBN 978-7-5500-4905-5

Ⅰ.①迟… Ⅱ.①吴… Ⅲ.①迟子建 – 文学创作研究
Ⅳ.①I206.7

中国国家版本馆CIP数据核字(2023)第019550号

迟子建研究资料

吴义勤　主编　　段晓琳　选编

出 版 人	陈　波	
责任编辑	余丽丽	
书籍设计	方　方	
制　　作	何　丹	
出版发行	百花洲文艺出版社	
社　　址	南昌市红谷滩世贸路898号博能中心一期A座20楼	
邮　　编	330038	
经　　销	全国新华书店	
印　　刷	永清县晔盛亚胶印有限公司	
开　　本	720 mm × 1000 mm　1/16	印张　25.25
版　　次	2024年12月第1版	
印　　次	2024年12月第1次印刷	
字　　数	390千字	
书　　号	ISBN 978-7-5500-4905-5	
定　　价	65.00元	

赣版权登字　05-2023-461
邮购联系　0791-86895108
网　　址　http://www.bhzwy.com
图书若有印装错误，影响阅读，可与承印厂联系调换。

目 录

清泪一掬见寸心

——迟子建作品漫评

李树声

一

面对着眼前所描绘的这样一个生活氛围，能够想到哭，而且就真的哭出来了，这对于一位初谙世事的年轻女作家确实不是一件容易的事。"哭是幸事"，确实不错，在我们民族的文化传统中，厚积着带有封建色彩的尘垢。"喜怒不形于色""有泪不轻弹"等诸种修身养性的正面说教，使人欲怒不敢，欲哭不能。久而久之，人们就变得像迟子建笔下的一些人物那样内向、懵懂、麻木，他们失去了寻求自身价值的意识和勇气，却在一种愚昧的梦幻中，为失去了价值的自我寻找精神上的逃路。哭是自我意识的勃发，多半是由于时代的感应。如今，在大兴安岭的莽莽林海中，响起了悲切而又清新的"哭声"。这"火山爆发似的突然一哭"，确实能使人体味到沉浸在某些生活悲苦与辛酸之中的作者那"茫然四顾，感觉沉闷"的心绪。然而，这不只是一位青年女作家的"哭声"，更是溯源古老的一方生灵具有浓重悲剧色彩的命运交响诗。

这里，似乎是一位少女或一个孩童眼中的天地。唯其如此，这一幅幅画面就更显得真切动人，没有那种圆滑或媚俗的油彩。作者乐于任凭自己的心愿去描画，去"哭泣"，不很顾忌那些在创作上或政治上命定的东西。但她的作品注重写人，写人的情绪和内心世界，一箭及的地射中了文学的要害。

这些小说中的主人公都是带着一种莫名的惆怅和孤寂感，娓娓地叙述着她所直面的生活和她所理解的人，这是一个时空观念被稀释了的环境。尽管斗转星移、日月如梭，但这里的生活似乎是凝固停滞的。在《沉睡的大固其固》（《北方文学》1985年第3期）中，我们只有从老校长"文革"中受迫害以及楠楠去刘合适家看电视这几笔才能看出作品的背景。《旧土地》（《北方文学》1986年第1期）中老女人对"寿材"的珍视，对修铁路的抵触，以及最后死在"一生一世生活过的土地"，也使我们难以相信这是今天发生的故事。《在低洼处》（《小说林》1986年第4期）对那位农村少妇柳子的心态描写更是颇有意味，把生活的艰辛和几千年遗留在中国妇女身上的重负，呈现得十分鲜明。《初春大迁徙》仿佛使我们想到了洪荒时代的原始人群。在强大的自然力的威慑下，这里的人们是愚昧而茫然失措的，又是鲁莽而容易一哄而起的。也许是北方游牧民族的遗风或是祖辈们闯关东的习惯，这一村人就那么轻易地撇家舍业，开始了漫无目的而又毫无意义的迁徙。他们走进原始森林，企图依赖自然。然而，他们毕竟是二十世纪八十年代的人，他们有社会意识，有金钱观念；刀耕火种的野人生活、与世断绝的生存环境，特别是食粮匮乏，使得他们不可能完全与自在的自然界融合在一起。半年之久的"自然之子"式的生活，使红阳村的人们抹去了一些社会习俗，如"那种下级对上级固有的尊重感已经全然泯灭"了，但他们又带回了许多野人式愚顽的习性。这段荒诞的经历并没有使村民们从自身的愚昧盲从中吸取教训，反而被涂抹上神圣的色彩，不断映现在他们那空寂的回忆屏幕上。作品使人感到，让这里的人们流连忘返、深深崇拜的似乎已不是他们的亲身经历，而是人类的童年时代。当文坛上有些作品对我们民族的传统文化，地域文化深深眷顾、无限缅怀的时候，生活在传统与地域文化色彩较浓环境中的迟子建，却没有因"身在此山中"而"不识庐山真面目"。显然，她从媪高娘、姥姥、柳子、老女人、支客爷爷、焦立夫妇身上感受到传统文化的负荷。这条曾在"沉郁窒闷的岁月之河中漂游的小鱼",曾经涉足过知识的海洋,在这里她开阔了视野,拓宽了自己的思维空间。于是,她反顾家乡的过去与现实时,便以一个全新的视角来拥抱生活了。我想她笔下的事件与人物一定是发生和生活在她的身边的,而不是一种隔岸观火式的临摹。因此,这些作品没有那种发思古之幽情的闲笔,也没有多少故作哲理状的矫情,而是以淳朴的本色,自然天成的笔调,让人们感受到一种沉重和紧迫。不知迟子建是否认可自己的作品也在"寻根"文学的浪头之中。如果说"寻根"的话,我倒认为迟子建的路子是正的。她的作品让我们看到,这些传统地域文化的"根"究竟给人以什么。其中确实有勤劳、善良、质朴的东西,即所谓中华民族的传统美德,但也有愚昧、盲从、封建、守旧的成分。作者这一点上的审美评价是鲜明的。她从这边远林区凝滞的生活氛围中,从一系列自我意识极端贫弱的善良老人身上,看到了传统文化的劣根性。这种劣根性已经使人们身上存在的某些优秀素质扭曲变了形。我们从媪高娘身上看到它使善良变成了对迷信的崇拜,在老女人身上看到它使执着变成了阻挡历史进程的惰性力量。尽管《苦婆》中,小主人公对崇拜苦难、固执自虐的苦婆,由轻视到产生了一种惭愧心理,但我想这种惭愧心理不应当是作者本身,而应当是从小主人公的心理变化上,看到在这种苦津津的情绪中成长的少年在观念上的局限性。

　　记得有一位哲人说过这样的话:一个没有悲剧意识的民族是没有希望的民族。失去了对自身的危机感和不断批判现实的自觉性,与失去了自信心和进取心一样可怕。迟子建的作品蕴含着这种悲剧意识,也反映了一方土地上人们在意识上的进步。当然,一种创作意向,不见得是作家的自觉行为,但在一定的时代情绪氛围中,它往往在作家的有意无意之中,在主体的心理上找到自己的反映形式。我相信迟子建对于这一点是有着相当比重的自觉成分的。她的创作体会《长歌当哭》,在自身创作心理上剖析得并不算深切,但其中反映的创作观念却使人感到她是大有希望的。她没有像以往有些作家把悲剧意识消融在青山绿林、田园细水之中,而是从绿林掩映之下、田园遮拦之中,发掘出使人为之动容的悲剧。

　　新时期的到来,对科学和文明认识上的进步,为人的发展寻觅到出路,同时也提供了重新认识人自身的可能性。于是人们开始探究人生存的意义，开始意识到人对自身认识的危机，这哲学的命题渗进了文学的领域。对人与自然、人与自身不可遏制的矛盾冲突的省察，对民族文化深层结构的反思，使一些作家文化心理素质跃上了较高的层次——一种悲剧意识觉醒了。这种文化心理在我们民族的生活形态中，在古代文学乃至新时期以前的当代文学中都是鲜见的。经过十年浩劫，直面世态人生，他们看到悲剧又一次成为人所不能逃避的现实。特别是当民族前进的坐标参照系由对过去的反顾转向当今世界的时候，一种落于人后的痛切感产生了。这实际上是自我超越、积极向上的时代情绪。许多作家都不再甘于把人们引入虚幻的自慰中，他们感到这样做就如同阿Q经常夸耀自己曾有过富有的祖先一样可悲可笑。年轻的迟子建显然是受了时代情绪潜移默化的感染，她作品中充溢着悲剧意识，其特征不在于表现肉体或有价值的东西的毁灭，而在于揭示在愚昧、平庸的生活中，精神的僵死和灵魂的枯朽。在对特定环境中人与人的存在的本体性省察中，作者塑造了一群具有悲剧命运、悲剧性格而无悲剧心理的悲剧人物。通过这些人物呈示出一种地域文化色彩较浓，深沉而厚重的悲剧境界。

有谁能解读《初春大迁徙》中那些人物生命的意义呢？迁徙是为了生存，生存又是为了什么？本来合作化时，事业上干得很红火的焦立，却为了有一个后代毁掉了自己一世的声名，做出了终生痛悔而又终生回味的孽事。他的妻子焦婆——一个因不能生孩子而被前夫遗弃的女人，对自己的缺陷痛不欲生，以至于嫉恨多子的女人，坐死或活剥了生蛋的母鸡。而在迁徙途中生子的李寡妇却被村民们奉为圣母，受到非同寻常的崇敬和厚待。显然，自觉的人生追求在这群人的意识中显得太稀薄了，中国先民崇拜生育、追求子息的原始观念仍然主宰着他们的群体意识。很简单，迁徙是为了生存，生存是为了繁衍后代。

迟子建在这里并不是为了唤起人们对传统的血缘人伦的珍视，而是让人们看到八十年代的中国村民对自身价值的认识，还处在一个何等原始的层次，从而显示了要完全实现现代文明这一巨大社会工程的迫切性和艰难性。作者以忧患怜悯的目光注视着她笔下的人物。他们与《人生》中的高加林、《鸡窝洼人家》中的禾禾等人物，在认识上全然不是一个层次。面对着科学与文明的瀚海，他们还"沉睡"在古中国原始文化的"挪亚方舟"中。《北极村童话》中那位苏联老奶奶孤寂的处境，姥爷的大儿子被极左路线残害致死，却又不敢向姥姥吐露真情，终日数着西瓜籽的情形，作者通过"我"的叙述，活画出老人们满脸的忧戚和愁苦的心绪。这使我们感受到，"我"的妈妈判断错了，她怕"我"闯祸，把"我"送到大兴安岭山区，事实上，这里并没有远离尘嚣，这里的人们也没有逃脱"文革"浊流的冲击。人性被压抑着，心灵被扭曲着。也正因为这种坚忍自宽、板滞愚钝的民族传统心态的存在，才使极左路线得以实施，而这种路线反过来又强化了民族性格中的劣根性。年轻作者心胸的天地是开阔的。作品中所充溢的悲剧意识并不是个人顾影自怜的伤感，而是在对地域传统文化的思考后做出的应有反应。她不只是让人们从这种悲剧心理中超拔出来，也是把一方土地上畸形存在的生活展现给人们。作为一位作者，她意识到了自己的神圣职责，这"抖抖颤颤，呜呜咽咽"的"哭声"，确实能够使人感悟到许多许多。

二

进入迟子建笔底绿色世界的人们，可以摸到北国大山的脉搏，感受到苍茫林海的气息。一种人与大自然的对立与亲和，一种粗犷浑厚的精神，还有一种女性作者独有的细腻与睿敏，像被天然地交汇在一起。在长天与绿海融为一体的画面中，在悠长深远、缠绵不绝的旋律中，那苦涩而又悦耳的哭声开始弥散开去，我们仿佛置身到一个具有神秘意味的世界中。大马哈鱼的勇猛执着、支客爷爷去过的蛇山、总也游不上岸的小鱼、柳子遇到的那些以打猎为生的鄂伦春人的荒坟、老女人的梦境、苦婆临死前写下的"家谱"、山妹盼望的"乞巧"节以及《初春大迁徙》中人们对"红阳"特殊的崇拜……这些虚实相间的神话与传说，犹如一层轻雾淡霭，薄薄地笼罩在过于琐细、实在、严酷的现实之上，沟通了人们的过去、现在和未来。同时，也拓深了作品的题旨，增加了它本身的艺术广场。

迟子建笔下的主人公几乎每个人都是一出悲剧，每个故事都像一个传说。

即使作者叙述的是现实中发生的事件，也带有一种童话或传说的色调。从年老的媪高娘到年轻的山妹，从落拓不羁的严鱼到善良、幼弱的卖苹果女孩，他们都相信冥冥之中有着一种至高无上的力量主宰着人的命运。也许正因为对这种力量的崇拜，才使他们的心灵得到慰藉，使他们善良的天性不至于被生活扭曲，至死还保持着一种孩童般的憨厚与笃诚。如果有人说在迟子建的《初春大迁徙》中，人们对幼婴红阳的崇拜，特别是对严六九、焦立的信任还有那种宗教崇拜的痕迹，我以为这种说法并不牵强。人们对神灵的崇拜一方面来源于蒙昧落后，一方面还来源于恐惧和自我保护的心理。当人们对外力的威胁无能为力的时候，他们敬天畏神的强烈目的是得到佑护，企图靠着这种力量来抵制和破除灾难的威胁。在《沉睡的大固其固》中，媪高娘占卜、拜天以及她对鼠精的畏惧，对算卦人的求助，对小镇的希冀都足以说明这一点。

对一个地域的古老传说和宗教崇拜不同形式的显现，可以说是作者对地域文化传统的一种不十分自觉的内省，是对此地人所走过的步履的追踪。一个地域的传说和宗教崇拜得以传留至今，不只是一种梦幻性的精神存在，还是群体无意识领域中的深层积淀，一种继续作用于后人的精神实体。这些在人的理性意识中被看成奇幻和荒诞不经的东西，又不同程度地在人的心海潜流中有一种邈远朦胧的呼应。其中一部分使人看到人的本质力量的丧失与异化，也有一部分能够说明这种力量又在延伸与扩展。

在这个现代科学意识迟到的边地，"个体是群体的部分肉体力量及其一切知识——一切精神能力——的化身"（高尔基）。而群体意识的僵化，则造成了个体人无价值的毁灭。迟子建对于人们诸种崇拜的描绘，使人对这一点有着更深切的感知。《沉睡的大固其固》中，关于大马哈鱼的种种传说遍及妇孺，老校长与媪高娘对大马哈鱼是否长在呼玛河的不同解释，说明了这里的人们对生活有着不同层次的认识。老校长对于大马哈鱼辗转于三个水域最后入海的说法，让人看到这里并不完全处于一种封闭自足的状态。这篇作品的最后部分，作者为了说明这一点，可以看得出是颇费苦心的。但是作者并没有用自己的努力抹掉生活的现实，所以老校长的说法也只能被人们看作是此地的山里人已经萌生出与外界交融的希望。可惜这类对现代文明的向往像一缕云彩、一股微风，它要唤醒沉睡犹酣的大固其固是多么不容易啊！

对大马哈鱼的刚勇、自强和牺牲精神的崇拜与赞美使这里的人们心向往之，其中似乎蕴含着人们对大固其固开发者的怀念与崇敬。大马哈鱼象征着他们为子孙创造更好的生存空间的无畏与豪迈的精神。那时候，他们没有任何传统的负荷，因而创造了这里的文化，可以说这里文化的源头是蓬勃而充满生机的。然而，这种本源的内涵后来几乎堕落成空洞的形式，而原初的那种超越和征服精神却逐渐丧失了。

三

迟子建这几篇作品的不同凡响，还在于其中的意蕴不只使人熟知了这些明丽清新的故事。当人们掩卷思忖的时候似有所悟，但究竟在作品以外感到了什么，又有所不同。从不多的几篇评论中就能够看到这一点，评论者诸君对这几个并不复杂的故事的理解和感受出现了反差。因为这些新作能够使人们从正统文艺理论的高度进行思索，也能够让一些年轻评论家从当代意识的视角凝神断想。它们何以能够达到这种多层次的艺术效果？我以为重要的原因在于作品本身充蕴着一种象征性的艺术光彩。我不能确定作者是否有意追求表现形式，但这一美感形态的特征却像零珠碎玉，星星点点地闪烁在这些作品的字里行间。《沉睡的大固其固》《旧土地》《在低洼处》……仅其题目本身就含有象征的意蕴。当然，用现代意义上的象征标准来衡量，这些题目还有某种比附、暗喻的痕迹，因而使得这一手法的运用略显粗糙。但是，当我们深入作品的意境，洞悉作品的题旨时，就可以肯定地说，迟子建已经进入了现代意义象征手法的层次了。象征客体在某种程度上以它自身的朦胧性与复杂性显示了它与象征意义的内在联系，显示了它独特的艺术魅力和蕴藏丰富的容量。《沉睡的大固其固》中媪高娘畏妖祭神、占卜迷信的种种荒唐举动，魏疯子的疯话，这些与大马哈鱼的传说、大固其固沉睡的状态融合在一起，形成了较丰厚的内蕴。《初春大迁徙》中，烈日的肆虐，人们对年幼无知的红阳的崇拜，男女老少那一哄而起、落后盲从的行动，难道不是在暗喻我们曾经历过的那荒诞时期中的一种情绪吗？然而，作品本身所叙述的故事是鲜活逼真的，人物形象也是明晰动人的，使人不敢确定她自身对作品某些象征意义的判断，却又分明感到故事和人物的含义大于其本身。这恐怕也就算作具有现代意识的象征了。这种象征本身就是对一种新观念信息的寻觅和发现，对生活模态的全息观照。总之，象征是一种创造，它以独特、深切、丰富的形象系统，让人感到它的宽泛性、不确定性与模糊性。如同梁宗岱先生说的那样，"借有形寓无形，借有限表无限，借刹那抓住永恒"，"如一个蓓蕾蕴蓄着炫熳芳菲的春信，一张落叶预奏那弥天漫地的秋声一样。所以它所赋形的，蕴藏的，不是兴味索然的抽象观念，而是丰富、复杂、深邃、真实的灵境"。它来源于创作主体深层的精神世界。于是，借物咏人、触景生情已经远远不够了。象征的内涵被拓宽了，一个人物、一个事件，可以使人联想到一个民族的传统文化、一方生灵的过去与未来。迟子建对象征手法的运用，显然注进了新时期文学创作潮流的活水。近年来，韩少功的《爸爸爸》《女女女》，王安忆的《小鲍庄》，郑义的《远村》，张承志的《北方的河》，都含蕴着这种独特、丰厚的象征意义。唯其如此，才得以使这些作品呈现出某种程度上的超越性、暗示性和不确定性的特征，具备了与众不同的艺术魅力。这是一种创作思想上的深化和哲学意识上的觉醒。身在边地的迟子建敏锐地感应到这一点并得其三昧。超拔自己的生活氛围，成为她创作上的追求，反过来她又以时代全新的审美目光，观照着溶解在生活中的文化意识。从这个意义上来讲，她的生活环境又是她超越自己的前提和培养基。

对生活进行诗情的凝聚和主体意识的浸润形成了迟子建这几篇作品独特的光彩。对传统文化劣根性的挖掘、对一种类型人的精神缺陷的展露，并没有影响作者对美的追求。在媪高娘、魏疯子、焦立、老女人身上，我们看到了生活中还残存着某些原始的愚昧和古老的麻木。但是，由于作者的创作思想中对这类人物还存在着我们所能理解的同情心，因而她在鞭笞他们身上落后的东西的时候，不像《爸爸爸》等作品的作者那样满怀着一种果决的憎恶。这就使她的作品没有上述小说那样理性化，那样鞭辟入里，在形象塑造上也不像丙崽那样引起人一种难以言喻的生理恶感。这究竟是作者创作上的优点还是不足呢？我想人们会从各自不同的标准出发加以论定。

运用象征手法艰涩难懂，使人对其作品读罢不知所云，总不能算作创作上的一种成功。在这一点上迟子建平衡得比较好。她的作品有内蕴，使人读罢有意在言外之感，使接受主体能够展开想象的翅膀，得到比事件本身更多的启迪和感受。即使那些不愿思考或不明白作品象征意义的读者，也可以从中获取艺术享受。例如《在低洼处》，作者在描画柳子采蘑菇时，被大自然的强悍和美所陶醉，由此导出这位少妇的种种柔情和假想；《乞巧》中，山妹全身赤裸、站在溪流中，望着新月清辉的那种思恋自己心上人的缠绵悱恻的心绪，加上细腻奇丽的文笔，使人如同品尝着一杯薄酿，在淡淡的醉意中，享受着具有山野气息的美。在这里可以不必去思索其中蕴含的象征意义，也可以领受艺术的美感。

在接近尾声时，我们再来谈谈作者创作上的不足。首先是语言上的功夫不够。人物的个性化语言与叙述者语言的关系处理得不够恰当。有的作品中，开始人物的语言还有个性化，到了后来就变成了作者自己的语言了。这说明作者在语言驾驭能力上还需要锻炼。其次，有些作品还带有人为的痕迹，特别是比较生硬地加上理性化又理想化的尾巴，以至于影响了全篇作品的感染力，如《沉睡的大固其固》和《北极村童话》的结尾就是这样。再有就是作者的思维空间还需要拓宽，她给自己选择的艺术视角是独到的，但还需要深邃的思考加以填充。

原载《文艺评论》1987年第3期

迟子建的童话：北国土地上自由的音符

费振钟

我最初读到迟子建的小说，是她的《沉睡的大固其固》。葫芦口里的小镇沉睡在茫茫夜色里，而在这夜色寂寂之中响起了古老、深沉、隽永的歌声，它在歌唱一条鱼，一条涌出呼玛河、冲入鄂霍次克海的自由的大马哈鱼。这究竟是一个意象，是一个象征，还是一个从北国土地上升起来的优美的幻象呢？我确信，迟子建的小说有她自己的艺术世界，她找到了她的旋律，一种自由飘荡着的音符。在以后三年，迟子建没有让人们震惊，她的作品一如既往地叙说着古荒原上的人和事："旧土地"上的老女人，"北极村童话"里的姥姥和苏联老奶奶，苦婆，支客，"乞巧"中的山妹，"白雪国里的香枕"，以及"初春大迁徙"，"柳阿婆的故事"，苍茫一片中北国发生的芦花的悲伤，"没有夏天了"时小凤的绝望。我找到作品相当吃力，读完这些作品却不甚吃力。在这些作品里我再次感觉到那种旋律升腾，并且越加急促而响亮地扩展开去……按照迟子建的意思，把她叙说的一切理解为"长歌当哭"也好，抑或哀哀的哭声是如歌的吟唱也好，可人们有谁不被其中自由的呼声所诱惑，而愿意从那块黑土地上看到生命的飞扬呢！因为那里有太多的郁结有太多的苦闷和过于沉重的负担，不管这一切源于历史的沉积，还是源于现实的压迫，也不管时代是怎样向前推进举步维艰，由此酿就了多少如魏疯子、苏联老奶奶、芦花父亲、支客的悲剧，但这些总归要消失，必然要从生活的巨石下萌生出欢乐和幸福，没有什么力量能够阻绝它、扼杀它。这样，便极自然地把迟子建的叙说理解为对生活的自由、人生的自由、生命的自由的憧憬，理解为她的内心和情感渴求挣脱羁绊而释放出巨大的力量，使其趋向于纯情的人生境地。

可能，与迟子建脚下那块土地的色调相比，她的小说只是充满了幻想意味的童话，而不是那般粗犷，那般强悍，具有强大的力感，即如《初春大迁徙》和《北国一片苍茫》，能让人感受到自然的神奇力量和人类生存的沉重，感受到历史与现实的浑融交合，但是它们仍以晶莹、透明的现调，透露出婉曲的诗意。如果说，迟子建小说的总体背景呈现出一种悲剧色彩，那么她也只是娓娓地诉说着所有的不幸，因缠绵而低声哭泣；人们与其去寻找其中有多大的艺术力度，不如寻求作品情感表现深刻而细腻的程度，这样反而能把握迟子建的个性特点。对迟子建来说，她写了许多女性的悲剧，其意义只在于女性情感的压抑，她们的生存痛苦不是因为生活的艰辛而是因为心灵的禁锢。因此，她们的希望往往存在于幻想之中。是的，那是"童话"的世界，它把痛苦和悲伤藏在背后，而代之以绚丽、透明的五彩纱幕。认为迟子建故意淡化苦难，或者认为她的"童话"模糊了现实厚重的内容，那多少会对她的作品造成某些误解。

我相信如下一段话必定有它的道理："最高贵的美是这样的一种美，它并非一下子把人吸引住，不作暴烈的醉人的进攻。相反，它是那种渐渐渗透的美，人几乎不知不觉地把它带走，一度在梦中与它重逢，可是在它悄悄久留我们心中以后，它就完全占有了我们，使我们的眼睛满含泪水，使我们的心灵充满憧憬。"假如可以用来解释迟子建小说的情感特征以及用这种情感叙说而形成的"渗透性"的审美品格，那么，我们就没有必要强调她的作品要与她表现的那块土地有统一性，也没必要让她追求那种强大的撞击，而要更多地看到存在于迟子建身上的这样一种温柔的艺术气质和情感经验方式。我们带走了她的"童话"，而后在阅读的过程中产生了重逢和经验这个"童话"的契机，我们自然而然地感觉到了我们心中同样有一个"童话"的影子萦绕不息，我们为了别人也为了自己而满怀感伤……或我以为没有什么再比从作品里如此清晰地理解作家和他们创造的世界显得更重要，更有价值了。

写到这里，我明确了评论的意图：我在竭力地描写对迟子建小说创作的印象，也可以说是对迟子建小说作整体概括。由于这一概括的作用，我不能不想起另一位女作家：萧红。首先出于地域上的联系，五十多年前萧红也是孕育并成长于这里的，她带着呼兰河的气息走进了都市，走进了文学，而成为二十世纪三十年代来自东北乡村的唯一一位女作家。其次，显然是因为在小说中，萧红曾经那样深情地歌唱过那块土地的生命力，歌唱过"北方人民对于生的坚强，对于死的挣扎"，而她的歌唱又是那般"明丽和新鲜"、带着深深的眷念。她描写的呼兰河，仿佛"一篇叙事诗，一幅多彩的风土画，一串凄婉的歌谣"。

我不知道，迟子建是否受到萧红的影响，抑或萧红的影响已经浸入到她的艺术追求之中？然而，她们在艺术品性上的接近毫无疑问说明她们心中流着共同的血液，这片土地，赐予了她们共同的精神和灵气……当我们看到牛车碾过北方宽广无垠的大草甸子，留下一串清脆的车铃，留下一个女孩的盼望和思念，伴随着三月的暖风和开在草甸子上的金花菜，萧红回忆中的童年的岁月，便延伸到五十多年后的今天，延伸到迟子建笔下的楠楠、灯子、香子、芦花、小凤那里，于是，我们从众多儿童的眼睛里发现了另外一个世界和这个世界里许多人生的秘密……

每一个作家的创作都包含着一种必然的选择。照我看来迟子建的选择基于这样的原因：她刚刚迈过童年和少年，童年的形象仍然温馨地留在她的心目中，她还没有走出童年的山谷，她还生活在童年的印象里；而她的童年恰恰在一个极不正常的年代，那时，童年没有梦的五彩斑斓，没有童心自由的天空，所有的天真与幻想全被现实压得严严实实；童年是灰色的、黯淡的，生活因严峻而无法给童年以光亮，于是生命刚刚开始便被窒息而枯黄无力——童年只留下了忧伤的记忆。迟子建并不愿意去重演这种童年的忧伤，但又不得不去重温它甚至咀嚼它体味它。因为这重温而使她必得去追寻失去了东西，并渴求得到心灵的补偿和慰藉。当然也正是因为有了重温的情感过程，才驱使迟子建去用小说表现，才有了迟子建小说创作对童年的独特观照和童心的自我发现。

一个"淘气的、爱说的、不听妈妈话的孩子"，从城市送到了乡下姥姥家，原因挺简单，她爱"乱捅"而"姥姥家里有大空房子"，什么都可以说，什么都可以说个痛快。这个情节出现在《北极村童话》的开头。灯子来到了北极村，在沙滩上她发现"天真大"，"天上缀满了云，雪白雪白的……它们自由自在地游着、飘着"。这时候灯子再次流露了她纯真的天性。然而，房子大，天也大，灯子还是明知大舅的死讯也不能对姥姥说。灯子一下子就成熟了。但灯子的"成熟"是不是太早了些，太痛苦了些？所以，灯子终究对她生活的社会环境和现实世界的严酷复杂感到迷茫……我并非在复述故事情节，我想这种叙述背后潜藏着深刻的意义。我们每个人都经历过童年，我们应该懂得童年在整个人生历程中的意义，懂得童心的自由是多么神圣的字眼。灯子的不幸无疑是一种提示，让我们反省而自警。由《北极村童话》回溯到《沉睡的大固其固》，也许更深切地理解十岁的楠楠为什么总有那么一种强烈的愿望，希望自己化为一条自由漂游的小鱼。这不仅仅是楠楠童稚的幻想，而且是不愿意让沉睡又沉闷的葫芦口小镇来窒息她生命的活力；她不喜欢沉睡，要摆脱它归入宽阔的大海，那才是她喜欢的地方。楠楠的自我发现，由这种发现而开始的对生命自在发展的呼唤，尽管声音还很微弱，但是已经让人感到了它的力量。

如果说，苦难的时代要以对儿童欢乐与幸福的剥夺、虐杀作为代价，那么儿童的悲剧就是一种历史的罪过。在《北极村童话》和《沉睡的大固其固》里，灯子、楠楠还只是被社会环境所压抑，她们在姥姥或者奶奶的庇护下还是得到了温情和抚爱；她们感受到时代的苦难，然而苦难并没有直接加在她们身上，她们还可以在沙滩上想象彩云的形状，谛听夜空星星的声音，在北极村做一个梦，到雪地上捕捉红脑门儿，然后"把笼门打开，让它们自由地飞走"。但是小凤却什么都没有，她生活在缺少爱和温情的家庭里，父亲因为被人诬陷而失去工作，整天靠酒解愁，母亲则在无情的岁月里变得烦躁而暴虐。小凤觉得"山羊也有片草甸子"，而像她"这样的孩子太没意思了"。苦难会把一个女孩子折磨得这样绝望，在你读过《没有夏天了》后会为此而感到战栗的，就这个女孩子，在痛苦中举起斧头，杀死了一头她每天都带着它吃草、对它情思依依的老山羊。小凤的痛苦，她的父亲母亲能够理解吗？她生活的村庄里那些男男女女能够理解吗？她的心灵被苦难浸透了，扭曲了，她对人生的态度也是畸形的："我盼有人死……盼望着谁家的屋子会在一夜间突然塌了，或者来一群大虫子，把所有人的脸都蛀出大麻坑，然后让人像糟蘑菇一样地烂掉。"小凤的仇视人，很难说可以上升到对于人类认识的什么哲学概括，但是有时儿童的直觉又确实可以超越具象的层次而带有某种抽象的意义。小凤的"期待"竟成了应验的事实：傻子二毛落了井，她的父亲也糊里糊涂地死去了。这儿"没有夏天"，夏天在苦难中流逝了，人的生命活动也流逝了。我们不难发现，迟子建对于童年苦难的描写，表现出了鲜明的崇高化倾向。小凤的泪水使她经历的人生苦难的开端变得透明而深邃。它使人很容易想起安徒生"卖火柴的小女孩"，在一团金黄色的光焰中那种苦难的升华；而在这里，小凤使人觉察到生命存在和发展的另外一种形式：没有欢乐和幸福的苦难时代，格外显示出它的坚韧和不屈不挠。

　　这样，在听到芦花同样的诉说时，我们就不会为充溢其间的悲伤呻吟而神思沮丧。迟子建在《北国一片苍茫》中把作者的主体视角和人物主体视角融合在一起了，情感的追忆幻化成了艺术的虚境。北国一片苍茫，不仅是艺术氛围的渲染，而且是一个空明、理想的世界。在这里，芦花的童年苦难被披上了圣洁的外衣。艺术是这样显示它的魅力：当它为了人而歌唱时，它使痛苦光辉，它使人即使痛苦万分也无法拒绝生命的诱惑，人们总是看到生命自由而明澈的天空，于是人的灵魂便在一片庄严中升华了……二十年以后，芦花回忆她的童年之路，"却顾所来径"，苍苍茫茫天地间有一个幼小的身影，拼命爬上山头，"希望找到一条路"，这情景多么壮观！芦花有与小凤一样的孤独和绝望，她不知生身父亲，她的母亲也被她的"爸"包在熊皮里烧死了，命运无可选择地把她抛弃了。童年哪，为什么如此严酷？人生哪，又为什么如此艰难？我们自然可从社会动乱中找到这些疑问的答案，但《北国一片苍茫》显然不想让答案过于简单。作者在对北国土地那种原始性力量的描写中暗示了谜底：来自人本身的兽性和残忍，戕害了芦花的童年。比起《没有夏天了》，这是又一新的观照方式和发现方式。并非作者要将它强化到极处，非得以最后惨烈的结局唤起人的同情与怜悯不可，而是她感到除了社会环境，人本身也是阻碍人性生发发展的原因，她要唤醒自由：欢乐和幸福是多么不容易！由此，才能体会到作者对自己生长的那块土地"长歌当哭"包含了多少深沉的慨叹和深情的期望。二十年过去了，"小黑苍蝇"一样的芦花，长大成了一位"天使般"的女学生，雪花轻扬曼舞中，一颗沉重的心被轻轻托起，"悠游到一种清新明丽的境界"；带着这样的心境，她对童年的苦难，有了全新的领悟。苦难是生命的必然过程，生命依赖苦难得到肯定。芦花在苦难中显示出来的柔性和爱，远远压倒了兽性的严酷和残暴；苦难又是最高的净化，她对杀过人的母亲产生了神圣的感觉，对于凶残的"爸"，在回忆中也漾上"一丝苦涩"的幸福，而祝愿他"安详地睡"，进入"一个醇香的深沉的梦境"——原谅所有的人，不为别的，是为了新生，为了重新得到的永恒的幸福和欢乐！我想，恰恰因为有这种情感的净化，《北国一片苍茫》才有了童心的一片悠远和清澈。

并非出于偶然，迟子建笔下的童年形象大都是女孩子，不知是由于作者本身是女性，还是她觉得女孩子的眼光更加明澈，对周围世界的感觉更加灵敏、更多一点神秘感，情感更加深沉而细密，对人生的体味更加温情而更多宽容和理解。总之，当作者把所有的孩子放在这样的位置上，即他们面对着像媪高娘、苦婆、姥姥、苏联老奶奶这样一群老人，并介入到了他们的生活和感情心理之中，这种对应关系是相当耐人寻味的。恰恰因为有这种对应关系的设置，迟子建的"童话"才不仅仅是童话，她才能在透明、晶莹的空灵境界中容纳深厚的历史与现实内容。有时候，一种叙述方式就可以确定一个艺术世界的面貌，而改换一种叙述角度，就可能改变原先的平泛的主题构架，发现全新的人生景象。所以，我宁可认为迟子建选择了叙述方式上的童年角度，而不认为她的作品是某类儿童小说的变格。她以儿童的感觉方式表现了人在历史和现实环境中的存在与对死亡的理解，这是她从媪高娘开始一遍又一遍反复叙述的东西。存在与死亡是迟子建小说的一个共同主题。

而肯定与否定并存构成了迟子建小说的审美取向，以肯定的形式否定，在否定的过程中肯定，相对性地把握人生含义，在她绝不是某种有趣的游戏，而是艺术地直觉地观照世界的哲理方式。稍后于《沉睡的大固其固》的《旧土地》，"老女人"对于土地的眷情，并非单纯出于守旧和陈腐的观念。一个不久即要离开人世的孤独老人，知道人生最后归宿是什么，然而也更知道生命的意义。她爱春天，享受着春天的温暖和美好，她爱许多小生物，觉得那是她生活的一部分；人只有在生命尽头，才能如此珍惜生命。这是人类的普遍心情。但"老女人"把一切生的幸福维系在一块很小的土地上（她的田园和理想），仅仅为了丈夫，为了丈夫驾驴车来接她的美梦，她对于新的生活就表现了情感和心理上的坚决拒绝。她习惯了她存在的方式，没有那块土地也就没有她的存在了。所以当铁路真的从她的土地穿过时，她终于死了。她的死自然是一种旧的生活方式的结束，是人生最后的积极的扬弃。同样，《初春大迁徙》中，村民们对生命有着本能的崇拜意识，焦婆不能生养而被丈夫遗弃，李寡妇生了孩子就被人们尊为"圣母"，这里没有道德标准上的是非判断，而是出于人类原始感情。对生命的崇敬是正常的值得肯定的，然而恰恰因为人们是在自然的、本能的意义上对待人，其结果只能阻碍人性正常发展，而遏止人走向现代文明进程。大体上，《苦婆》与《支客》也都具有相似的从肯定到否定的过程，它们也都以人生的最后觉悟——苦婆的死成了全村新生活的征兆，支客从蛇山归来也复苏了人性完成了生命的更新——作为全篇的结穴。

把童年角度看成迟子建小说的叙述形式，并不意味着这种做法单纯是一种切入生活的手段，否则就很难说上面的论述没有离题的可能。重要的是，迟子建确定小说叙述上的童年视角，使她的作品有了艺术上的对比度和内聚力，儿童的自我发现，与对周围世界和人的发现构成了审美上的矛盾和反差。童心的自由欲求，从相反方向观照了整个外在生活世界的沉滞状态和人的生存的沉滞状态。这样，儿童形象和那些老人形象，从人生的两个极点——生命初始和生命结束，最终融合到了一起。所以，我们能够在《北极村童话》中看到灯子很自然地走进老人的心间，走进老人的精神生活之中。我的意思不是指灯子对姥爷失子痛苦的同情，也不是她作为姥姥见不到大儿子、情感和精神上空缺的安慰，那样就把话题导向了对现实中极左路线罪恶的批判；而是指由灯子与苏联老奶奶神奇的心灵默契，呈现出另外一种动人的人生场景。与前述不同，这里让一个儿童从老人那里获得了生命的源泉，明确了生命追求的目标。苏联老奶奶是谁？从哪里来？多大岁数？这都无关紧要。她是一个生命的象征，她存在于与现实世界相对而超越现实世界的地方。她会做五彩石项链，知道神奇的北极光，她会讲许多关于土地河流的故事；她的心灵是自由的，像金黄色的葵花开在秋天。也许她曾经经历过人生痛苦的岁月，然而她的痛苦已经化为她在月下黑龙江边的歌叹了；也许她有着年深日久的孤独，但她没有生活在孤独里而是生活在幻想中。灯子对她的依恋，并非听了姥姥讲述她的身世以后产生同情的缘故，而是直接从梦境里得到的启示。灯子与她相识相遇在梦中，从此灯子找到了自己的世界。比起对姥爷、姥姥的了解需要经过迷惑的过程，灯子简直就是凭着心灵的感应，便获得了自己想要得到的东西。苏联老奶奶的大木刻楞房是灯子童真的停泊地，灯子从这里真切地知道了人生的真谛："让自由之子、这曾经让我羡慕和感动得落了泪的黑龙江，挟同我的思恋、我的梦幻、我的牵牛花，蚕豆、小泥人、项圈、课本、滚笼、星星、白云、晚霞、菜园，一起奔涌到新生活的彼岸吧！"苏联老奶奶在春天来临前安详地睡了。生命的消亡，并不是人生的结束，灯子将继续下去，获得更加美好的人生果实。

对迟子建的小说，我设想了三点构架：童年的自我发现，童年视角里对于人的存在和死亡的理解，童心在大自然面前的解悟。前两点作为对立互补的关系，我们已经谈论过了。而童心对于大自然的投入，从大自然中间汲取生命的汁露，获得自由的灵感，三点构架里的这第三点，为我们提供了认识迟子建小说的又一种可能。

人是自然的产儿，人与自然之间有着无法分割的一致性。人后来与自然的对立完全是因为人本身的过失。而人在童年后厌倦了社会、厌倦了现实而欲求返归自然，便是童年的感情的恢复。迟子建不属于这种情况，如我们前面所说过的，迟子建还保持着童年的心态，她以与大自然相通的感情，贴近大自然的怀抱求得了与自然的和谐。我觉得，这时候的迟子建，她的才情似乎才得到了自然而充分的展露，她参透了大自然的奥秘，因而在最细微的地方，越能显示出对大自然的把握。

稍稍注意一下，迟子建小说中每一个儿童的自我发现以及对他人的发现都受到大自然的启迪，都以大自然作为情感的参照。楠楠对着夜晚星空遐思，以她的灵慧根性，听到了星星的歌唱，于是白日的沉郁和迷惘消退，只剩下自然的天籁吹奏进她的心灵。小凤在夏夜月色下，感受着大自然的抚慰；一切都充满了生命的清新，一切都有着温柔的爱意，一切都自由而舒展。小凤的痛苦消释了，她得到大自然永恒的安慰。对于楠楠、小凤以及其他孩子，他们听得懂大自然的任何语言,正是大自然的气息启发他们的灵性、他们生命的智慧。楠楠、小凤之所以深深地感到自我生命的压抑,之所以感到现实中祖辈父辈们生存的艰难和他们的被扭曲,无不是在大自然强大的生命力的强烈对比下的结果。这些孩子需要摆脱这种压抑,需要改变祖辈父辈的生存环境使之变得美好起来,就会越加受到大自然的诱惑和感染。甚至,大自然对他们的意义已经成为一种代替,一种符号,一种神圣的意念……童年,一切皆属于大自然,大自然的一草一物都是他们的恩物。

与迟子建笔下的儿童处于共同的位置上的还有那些狗——如灯子的"傻子",芦花的"嗬唔",它们在作品里并不起某种象征作用,像时下有些作家已经做过的那样。它们与它们的小主人一道生活,它们可以直接与孩子们对话,或者说是孩子们把它们作为自己的朋友和对话者,就像芦花后来在日记上写的那样:"我心亦茫然。嗬唔,你能告诉我吗?"那个年代,没有人理解童心,没有人懂得童真的感情,只有狗能真诚地理解他们,与他们交流情感,这似乎没有什么奇怪之处,世界有时候就是如此。芦花和灯子信赖它们,而嗬唔就会驮着芦花往密林深处奔跑,芦花深信它会带她到一个美丽的地方;"傻子"也会与灯子一同看天上最亮的属于孩子的星星。这情景会让你感到迷醉。只有孩子才会这样做,只有孩子才能做得到。这些狗的形象仿佛是作为一种证明,证明芦花和灯子的价值,证明她们对于未来生活的幻想与追求,证明她们生命意识的存在。而她们也从狗的身上确认了自我力量,灯子的"傻子"戴沉重的锁链跃入"自由之子"黑龙江的怀抱,灯子不是由此感到自己在走向阔大生活彼岸时,更坚信"北极光"的出现吗?

童年对传说有着特别的迷恋。传说往往以故事的形式传达了大自然的神秘性,从而唤起儿童强烈的兴趣;儿童又总是努力从中发现他们向往的东西。所有的传说都是对大自然生命化的解释,它便成为儿童曲折地理解大自然感悟大自然的途径。迟子建在她的作品中就是这样的。关于大马哈鱼的故事,关于大兴安岭"蛇山"的故事……都漫溢出生命的意义。这些传说可能有多种寓言性和象征性,但是接受这些传说的楠楠或小牧童,只能给予它们以自己的解释。

迟子建自己说过，她还年轻，还不够成熟，她相信自己会成熟起来，而且那时候她肯定就不"哭"了。这些话，可以看作她在创作上走过一段路程以后的自我检视。她对自己艺术生命的发展有一种严肃而严格的态度，同时也流露出她急切要改变自己、迅速"成熟"的愿望。迟子建是这样一位在最年轻的作家中较有影响的女作家，我相信她会踏踏实实地去做她想要做的一切；但我不太相信她关于"不再哭"的誓言。我觉得在不断追求生命发展过程中，那种时时感到的人生的悲剧性主题，总是让人为之痛苦而煎熬心灵。哭是一种生命痛苦的发泄，除非生命力萎缩了，衰退了，才能不哭、不知道哭！

原载《当代作家评论》1988年第2期

迟子建
研究资料

追忆：月光下的灵魂漫游

——关于迟子建小说的意蕴

吴 俊

作家如雨后春笋般地出现了。面对这种情况，我的感觉倒越来越迟钝、麻木了。虽然在一般人眼里，评论者应该是所有人中对作家及其作品的反应最为敏感的一种人，但事实上，连几乎可以称得上是职业评论家的那些人，现在也差不多对文坛的运作不再像以前那样充满激情了。不过文坛依然繁荣，各种各样花草依然在苗壮成长。只是有空在其间漫步、欣赏的人日见其少了，而且，心情也变了。生活正变得越来越缺乏活力和趣味。这样，无形中便有许多东西被忽略了。作为一个读者，我对于许多作家作品的印象，就曾经历过一个空白的阶段——有些空白至今仍在蔓延、扩大——其中，就包括迟子建的作品。

第一次知道作为一个作家的迟子建的名字，并不是因为读了她的小说，而是由于洪峰在他的那篇颇引起议论的《极地之侧》中一再说到的那句话——"黑龙江的女才子迟子建"。或许是出于对洪峰这句话的怀疑——我想，洪峰这样说莫不是在向一个"女才子"献媚吧？或许是当时文坛名动一时的马原、史铁生之流正吸引着所有人的目光，总之，我并未因此一睹迟子建的作品。后来我才知道，那时迟子建正因她的两篇小说《沉睡的大固其固》和《北极村童话》而为人所知。洪峰的"女才子"之说恐怕也由此而来。但现在看来，幸而当时我并未去读迟子建的作品，否则，我真的要怀疑洪峰所说的动机纯洁与否了。我觉得，同她以后的作品相比，使迟子建成名的这两篇小说不过是一种草稿而已，或者说，是一个颇具才情的中文系女大学生的作品。真正使迟子建成为一个成熟的作家的，应该是她《北极村童话》以后的那些作品，并且，是那些多少摆脱了《北极村童话》那种为一些评论家所特别看重的天真、纯情少女格调的作品。

对我来说，如果我当时听信了洪峰的话，恐怕以后就难得再提起兴致来读迟子建在《北极村童话》后的作品了。人的第一印象总是难以改变的。就像有的评论者接受了《北极村童话》以后，便似乎对同一个作家的另一类风格的小说无法贸然首肯甚至抱有微词一样。阅读和批评本来就是极具主观色彩的，个人倾向自不可免。

评论者是喜欢给作家的创作分类或分期的，然后再给它们分别贴上各种不同的标签。尽管许多作家对此颇不以为然，但人们也很难对这种做法作出明确的是非判断。本来，评论和创作就是两种不同的视角和思维方式的操作行为。世界在他们眼里表现出不同的色彩，甚至以迥然异趣的方式存在，那也是势所必然，没有什么值得惊奇和抱怨的。

从时间上来看，迟子建的小说创作从开始到现在，恐怕还不足十年，但其一般风格和发展轨迹却是相当鲜明的。特别是，她近年来的小说所表现出的作为一个作家的成熟度，更是不能不令人刮目相看。我想，大致可以把迄今为止的迟子建的小说创作过程粗略地分为两个阶段，即以1988年前后为界，前期以小说集《北极村童话》为代表，是她的早期创作；1988年至今的作品，则是其小说创作日趋成熟的标志，也是我所最感兴趣并将主要讨论的作品。

如果再以小说的叙述方式和风格来看的话，那么或许可以把迟子建的小说视为这样两类：一类以写实为主，另一类则偏重幻想。但事实上，这种分类是非常可疑和虚弱的。只要是读过迟子建作品的人，都会发现，即使在她被一般人视作写实小说的作品中，抒情或幻想的成分也是显而易见的，很少有例外。甚至，我还更倾向于断言，在她的写实作品中，情绪的宣泄较之于叙述故事本身，更有资格或更明显地成为她小说创作的动因。因此，确切一点说，个人感情的抒发是迟子建小说最为显著的总体特征——这在叙述风格上使她的作品突出地呈现出一种梦幻色彩，而其表现方式，则是追忆。我觉得迟子建迄今大多数的成功之作恐怕都是如此。其中，尤其包括她近年来的那些作品。

在迟子建的早期作品中，最接近她以后成熟风格的作品，我想莫过于《北国一片苍茫》了。虽然我并不想贬低她赖以成名的《沉睡的大固其固》和《北极村童话》或其他的任何一篇作品，但无论以小说的整体素质还是从细部的技巧来看，《北国一片苍茫》无疑都是她早期小说中的首选之作。从这篇小说出发，我们会发现，迟子建小说的以后发展是有极其充分理由的。不同之处主要在于，《北国一片苍茫》在叙述上多少还暴露相当稚嫩的痕迹，而其情绪的蕴藉也还远未达到沉郁深厚的程度，往往过多地流于青春期少女的那种莫名的惆怅和伤感。

从某种意义上来说，写小说就是讲故事，而讲故事就是追忆，追忆则又往往是以童年开始的。因此，一旦我们能够把一种小说的叙述方式肯定为追忆的话，那么，这种小说可能就是童年的故事。在迟子建的小说叙述上，最突出的一个特征，正是我已指出过的追忆。追忆，就其在迟子建小说中的表现来看，远远不是一种偶然的或简单的叙述方式，而是构成了迟子建小说叙述上的一种最主要的模式，并且，它也不是纯粹作为一种方法、技巧和形式才显示出它的意义与重要性，追忆是同迟子建小说的意蕴及其存在本身紧密结合在一起的。这也就是说，追忆在某种程度上构成了迟子建小说的形态与价值之所在。

但是，就迟子建小说的叙述特点即追忆而言，她的童年故事有时却并不完全是属于童年的。换言之，即使是一篇应该属于童年故事的小说，它的童年叙述视角往往也会被叙述者明显的主观介入打断。由于作者过分强烈的主观叙述态度，她对于追忆对象的诠释往往会按捺不住地流露出来，以至于损害了追忆本身的客观性和完满性，甚而流于某种矫饰，使人对其童年心态及其视角产生不信任感。这在《北极村童话》和以后的《没有夏天了》《左面是篱笆，右面是玫瑰》等作品中都有所反映。当然，这主要只是一个技巧问题，而且，从追忆的整体运用及其效果来看，这也不过是白璧微瑕，不足深论。

现在，我们姑且先来简单地分析一下所谓追忆的一般含义。无疑，作为一种对于过去的回忆的心理活动，追忆必须以对过去经验的真实记忆为依据，也就是说，它必须依托过去才会有意义。但是由于时间的鸿沟，追忆虽然总是竭尽全力地试图逼近真实，却也从来不可能达到真正的真实。因此，特别是在文学作品中，我们与其把追忆看作是作者试图接近和恢复已逝的过去的努力，不如把它视为一种激发想象的机制或契机。就作者而言，通过追忆，历史会在得到不断的修补以后而在眼前静止、凝聚和重现，显然，这对他的追忆动机是一种极大的心理满足。但是，对读者来说，由于我们并未亲历过这些追忆中的内容，因此，要与之产生交流和共鸣，便只有通过想象。追忆文学的魅力正在于能够激发我们绵绵无尽的想象，在想象中达到一种得意忘言、得鱼忘筌的浑然境界。由此，想象便成为追忆文学的必然结果。然而，作为评论者，我尤其想强调的是作者的创作心态，即追忆文学更突出地表现出作者试图从中获得心理上的自我满足感的性质，至于读者的印象和评论，则既是对其意蕴的参悟，同时也是对于作者内心隐秘的窥视。实际上，追忆文学也正因这种隐含的心理活动——想象不过是其最典型的一种表现而已——才显得扑朔迷离，并往往具有梦幻般的色彩。而梦幻般的追忆恰恰正是迟子建小说叙述上的最明显特征。

简而言之，我觉得迟子建可能是自觉或不自觉地借这种独特风格的小说创作来印证和支持自己的存在与生活。自然，这种存在与生活都带有强烈的精神性。而所谓的印证和支持则主要蕴含在她的追忆之中：借助追忆，她一次次真切地看到和认识了自身的历史，并在情感的激发与宣泄中求得心灵的慰藉。梦幻般的追忆，就从那些月夜开始。

看得出，迟子建对于月光和月夜有着某种特殊的感情与经验，否则，她可能不会如此动情地描述月夜的情景和自己的激动心情：

> 我跑出屋子，掠过院子，出了大门。呀，巷口的那条路像条河一样，白晃晃地躺着。那上面没有任何的生灵，月光把它铺展得光华洁净，白日

所见的、一切肮脏都寻不见了。原来月光下的小路竟这么美。

我惊喜地踩上她，浑身都酥了。我再踩她，她柔柔软软的肢体毫不保留地向我洞开着。她安恬地隐忍着，像一位宽厚慈祥的母亲。我仿佛闻到了她身上那股温存而香甜的味儿，我沿着她走下去。

月光变幻成千万条的小银鱼，在大地上忙忙碌碌地穿梭着、悠游着。

——《北极村童话》

天空被月光洗淡了夜色，天边的一些稀稀的亮晶晶的小星星，拼命地鼓起眼睛，企图把宇宙望穿。每一片树叶都印着月光那温情的亲吻。这天，这地，都醉了。

我觉得自己浑身软绵绵的，一点力气都没有了。好像体内的血液都被贪婪而灵性的风吮吸光了。我躺在树丛下，仰头望着夜空，望着月亮。

——《没有夏天了》

月光下体验到的这种灵性的温柔，拂去了她心中的忧愁。夜空中的点点繁星洒下了一片欢愉，抚慰着她的灵魂。她是属于月夜的。仿佛只有在月光的羽纱笼盖下，她的心灵才能作孤寂却是平静的漫游。

有时，伴随着青春的骚动，月夜又分明显出如此的忧郁和惆怅，但心灵的震动却丝毫未减。这是一个梦游少年的感觉：

他觉得满目苍茫。他起身下去，用脚尖探索到鞋子。踏上，敛声屏气地摸到窗前，一把撩开厚实、沉重、肮脏的棉布窗帘。他的心在胸腔猛然被提拔到一个高度，垂悬着。

月亮一点也没改变模样儿，同五年、十年，乃至十多年前一模一样。脸庞依旧圆润，脸色依旧莹洁，微笑时的眸子依旧清澈。他的脑子忽地出现一片空白。在这肃穆庄严的空白上，又缓缓地弥漫上许多许多悠悠飘来的影子。

——《无歌的憩园》

追忆的闸门就由这梦幻般的月色开启了，恍如一缕游丝，飘荡在朦胧的月夜中。叙述者的情绪粘连着她的过去和现在，随风而去。我们跟着沉浸在无边的怅惘中，流连、徜徉。

显然，月夜构成了迟子建小说中追忆的最理想的情绪氛围，并使她的叙述更带有一种梦幻色彩。

然而，月光和月夜却还并不仅仅是构成了迟子建小说的追忆氛围，在更深刻的层次上，它们更像是一种精神实体，或者说，像是一种隐喻和象征，具有自身的内在意蕴。这在迟子建的小说《挤奶员失业的日子》中有着最典型的描述——这篇小说原来就充满了隐喻和象征——小说一开始就这样写道：

最鲜最浓的牛乳从天上倾泻下来时，就连凹下去的水槽似的屋檐也积存了它的气味，更不要说草场和马匹了。这里没有奶牛，当然，如果有的话，那肚子也一定是瘪的，因为奶牛的乳汁会被天上的那个神奇的圆盘所吸走，那么挤奶员也许会终日愁眉苦脸。当然，这里也没有挤奶员。但这丝毫不影响那牛乳的纯度和亮度。

如果把这种对于月光和月亮的隐喻性描写与同一篇小说中的另一种象征物"房屋"联系起来分析的话，我们将会对其中的独特含义领会得更透彻。

从隐喻和象征的角度看，"房屋"在迟子建的小说中可以说是意味深长、举足轻重的。她的许多小说都曾以明显特殊的笔墨涉及了"房屋"这一意象。在对景、物的描写中，我发现有几种是迟子建所特别关注的，那就是月光、雪、酒和房屋。对于酒，我想这可能主要同作者的童年记忆和亲情有关，以下再论；而雪，则大概是缘于作者长期生活在北方的寒冷地带，对雪耳濡目染的印象较深，尽管也与叙述的情绪有关，却分明显得单纯和自然。因此，最特别的就莫过于月光和房屋了。在严寒的漠北，房屋自然是驱寒的温柔之乡、人的庇护所，但在迟子建的小说中，房屋却还具有某些复杂的心理投射内涵，或者说，是某些观念和精神的象征与寄托。正如国外有的评论者在论及弗吉尼亚·伍尔芙小说中的"飞蛾"象征时说的那样："一个人决不会随意为自己选择一种象征，看来是某种内心深处的需要使它自然而然产生的。"基于这种理由，我们再来继续分析迟子建小说中的"房屋"。

《挤奶员失业的日子》中的房屋是有待出售的父亲留下的遗产。但几乎所有的买主在进入这座房子以后都不由得望而生畏，仿佛有一种难以言传的感觉，使他们在这座房屋内嗅到了死亡的气息。只有一个人例外，那就是朱利。在小说中，朱利并不是一个有什么好声誉的人，但却只有他一个人最终发现了这座房屋的精神含义。作为一种象征，房屋无疑具有灵魂和精神归宿的意味。仅仅着眼于物质的追求是不可能拥有和获得这座房子的。在这一点上，那些买主是如此，而卖主也同样如此。那么，小说中父亲的悬梁自尽便不单纯是一种物质体的消亡，也具有精神永恒的生命含义。只有像朱利那样，超越了物欲的蒙蔽，才能真正领悟到这种精神境界。

于是，他把这个恐怖与死亡之所变成了一个虔诚忏悔与无限欢愉的圣地——教堂。他没有否认死亡，却改变了死亡的色彩。相形之下，卖主在售出了房屋之后，他的心态很快便从幸福的顶峰滑向莫名的失落，这正是他精神匮乏的表现。由此，当我们再来看这座贮满了月光并在月光的照耀下楚楚生辉的建筑物时，月光与房屋的象征意义便昭然若揭了。月光普照大地之时，就是生命的幽灵焕发出精神异彩的时刻。我想，《海市》《奇寒》《重温草莓》等作品中涉及月亮和月夜的那些描述，恐怕大多都与作者对于生命存在的冥想有关。

迟子建还有一篇象征和隐喻意味明显的小说，其中的房屋也是耐人寻味的，这就是《关于家园发展历史的一次浪漫追踪》。这篇小说几乎是以一座房屋的建造过程为始终的。房屋所象征的可能是一种文明的确立——它是与生活的自然、朴素状态相对照的。随着房屋的建立和蔓延，人类开始不断地远离自然。森林和河流消失了，各种动物也逃匿了，只有偶尔在房屋的地基下，才能掘到昔日的兽骨。整篇小说回荡着沉思、忧郁的基调。这种沉思和忧郁融入迟子建小说惯常的伤感氛围中，增强并深化了作品的抒情色彩，也构成了迟子建近期小说叙述风格不同于其早期作品的情感特点。换言之，理性成分渐渐成为迟子建小说中的自觉内涵。围绕着房屋的建筑、文明与自然、生与死等等，无不构成相互对照甚至对立而必须认真思考的关系，在感情上人们再也难以轻易地趋就和认同其中的任何一方，对其进行价值判断也就更加困难了。小说中的那对夫妇原本是要寻觅一个没有猎人的村庄安身立命的，他们喜欢动物。但是，当他们的狗突然之间被一头熊拖走时，为了狗，他们又不得不邀请猎人去猎杀野熊。这是否意味着，无论怎样，一种人类的文明一旦建立，再要返璞归真已属妄想？并且，熊的出现是不是自然状态的复归呢？熊拖走狗是对人类的一种侵略还是一种自然本性的流露？最后，房屋建成了，连院子也加固了，这对夫妇终于还是像其他人一样，不仅要与自然隔离，而且也必须防范自然。这是悲剧吗？作为一篇小说，作者不可能对此作出明确的回答。但是，对于人类生活和认识中的种种近似二律背反的矛盾和痛苦，作者无疑是有着深刻体验的。小说结尾的两段就充分说明了这一点。当朵落提出想到城市去看看时，我想其中恐怕已暗示了：作为一种存在，不管城市是否邪恶，人们却不能不正视它、了解它。联系到这篇小说的篇名，其中的寓意应该说已是相当明显了。而所谓的房屋则正构成了小说中的一个最关键的象征性契机。

但是，如果说月光、房屋等等主要是迟子建小说中的叙述氛围和象征的话，那么，作者通过这一切而进行的追忆其动因是什么呢？或者说，作者为什么要如此固执地采用追忆这种叙述方式呢？如果像我前面所说的，作者的追忆是为了抒发自己的某种独特感情的话，那么，这种感情的深刻情结又伏源在哪里呢？

迟子建小说的童年叙述视角是显而易见的。就其叙述的追忆模式来看，绝大多数小说也都是对于童年生活的回忆和遐想。于是，我们便在她的许多作品中读到了那些经过细致描绘的童年生活情景和大兴安岭山林的风俗人情。在对童年和故乡的这些回忆中，我们固然能够时时体验到叙述者那种充满了温馨气息的情感，但更使我们敏感的，却是弥漫于其中的惆怅、失落和忧郁。就追忆的一般心理动机来说，追忆者似乎应该是为了捕捉那些现在已经丧失了的东西，只有重新获得这些东西——确切点说，是重新获得一次情感体验的机会，追忆的动机才会得到满足，才会有如愿以偿，甚至如释重负的轻松愉快。对此，《原始风景》我想是最能代表这种心理状态的。这篇小说不仅有着我已经提到和分析过的迟子建作品中的那些具有特殊意味的月光、房屋和酒、雪等等，而且，从阅读的感觉和印象上来判断，我觉得它在迟子建的所有作品中可能是一篇最真实和最完全程度上的追忆小说。尽管我把小说与实际生活进行某种对应的阐释态度会招来牵强附会之讥，但是，小说作者的某种特殊的叙述态度却是无论如何也不应该忽视的。在小说临近结尾处，她说："我写过了，我释然。"正是这种表达方式，使我不能不倾向于认为，企图通过追忆来获得某些心灵的安慰和平静，就是迟子建小说创作的一个主要动机。

然而，追忆真的能够使她获得一种完全意义上的情感和心理满足吗？我想事实恐怕不尽如此。否则，她为什么至今仍在接连不断地写作这类追忆小说呢？一种可能的解释恐怕是这样的：在心理层次上，追忆是一种获得和愿望的满足，同时也是一种丧失和对丧失的一再确认。只有这样，追忆——获得——丧失——追忆才会形成一种循环，追忆的动力才会永远存在。于是，我们便触及了迟子建创作的心态中的一种最深层却也可以说是最明显的情结，那就是追忆父亲。顺便说一句，我没有对迟子建的传记材料进行过任何有意识的探寻，我所做的只是对迟子建小说意蕴的一种诠释，仅此而已。

父亲之死大概要算是迟子建小说中最常见的故事情节和结构因素了。在我的印象中，几乎很难找到几篇作品是不涉及"父亲之死"的。有时，它是作为一种细节，有时却是小说中重要的叙述内容，有时看上去又只像一种无意识的闲笔，没有任何深意。但是，"父亲之死"如此频繁地出现在迟子建的笔下，便使我有可能设想，对作者来说，父亲之死的心理意义恐怕要远远超过其作为小说情节或结构的作用；它既是追忆的心理动因，也是创作的一个最重要的主题。确切一点说，所谓追忆，其实主要就是追忆父亲。正因为这样，如果我们把迟子建的一些小说如《重温草莓》《遥渡相思》等的篇名直接换成"追忆父亲"的话，我想也是恰如其分的。特别是在《重温草莓》中，父亲的形象达到了一种最具理想色彩的表现，在其他几乎所有涉及父亲形象的小说中，父亲总是显得相当卑琐、无能，他时常酗酒，态度粗暴，言谈举止中总显出一种郁郁不乐的失意感。而且，正如我已提示过的，酒之所以在迟子建的小说中反复出现，也正同她小说中的这个父亲形象有关：因嗜酒而亡简直可以说是这个父亲的一种死亡模式，他很少有其他归宿。我不知道也不想判断这是不是一种真实的经验。可唯独在这篇小说中，父亲一反常态，改变了他在其他小说中的形象和精神状态。在梦幻般的追忆中，弥漫着"我"对于父亲的那种纯情的亲切感：

> 我要去见父亲了，这是一个多么漫长又多么亲切的念头。它使我的欲望的冲动变得更加明朗。我加入到飞快流动着的没有声音的人流中，我觉得自己的脚步显得格外轻盈和舒展，有一种酒醉后的超然。

父亲是属于"我"的，"我"也是属于父亲的。对于父亲的感情，不仅仅因为他是父亲，而且也因为他是"我"生命存在的依托，心灵的归宿。因此，在生命的重要关头，"我"总是会想起父亲，祈求父亲的佑护，而父亲也总是会出现在"我"的幻觉中。父亲和"我"，在精神上形同一体，互相拥有。作为追忆者，"我"的灵魂早已随着父亲飘然而去，最终沐浴在父亲的生命之光中。可以说，《遥渡相思》等一些作品的创作，都与作者这种追忆父亲、阐明父亲同自己的生命维系的深刻感受有着直接的联系。

但是，追忆父亲的心理动机毕竟是源于父亲的丧失这一事实。因此，就像追忆童年总是伴随着童年消逝的惆怅和失落一样，追忆父亲也不断地强化着父亲之死和亲情丧失的不安与隐痛。这就构成了骚动在作者心灵深处并使她迄今无法平静的心理情结。正是这种心理情结，一方面驱使她沉湎于追忆的幻觉与想象中，另一方面又使她的追忆不能不带有伤感、抑郁的情绪色彩。追忆，就其本质来说，也是一种凭吊——面对早已流逝了的时间废墟的凭吊。这样，我们就不难理解，为什么迟子建的追忆总是更多地表现为一种对于丧失的体验。"父亲之死"或许就是她最深刻的一种丧失体验，并且，随着时间的延伸，这种体验的强烈程度也在不断地增加。最后，她变得无法抑制地追求和渴望这种体验。如果这种体验获得了较大程度的满足，她的情绪或许会表现得比较平和，而一旦预期的心理满足感并没有在创作过程中如愿以偿，那么，沮丧、悲哀之情就会更多地在其字里行间流露出来。在迟子建的一些小说中，往往会有一个因为失去父母，因为亲情丧失而显得孤独、忧伤并颇有点怪僻的主人公，恐怕就是与作者的这种心态密切联系的。对这些人物来说，亲情丧失的含义实际上还并不仅限于家庭伦理关系的范畴，更深刻的是在于一种精神支点的失落——很明显，在这些人物的行为方式和自我意识中，他们已在相当程度上被生活无情地遗弃了。所剩下的，也就是他们唯一能够实现的，不过是在心灵深处去追忆、捕捉那消失了的昔日岁月。在这种意义上，追忆便既是一种精神和心灵的漫游，同时，也是在现实生活中的一种自我放逐——脱离尘嚣，独自远去。可以想见，迟子建所喜欢的月夜，正是滋生并润泽这种情绪和心态的最合适不过的温床。

在迟子建的所有小说中，《炉火依然》和《怀想时节》可以说是最晦涩的，无怪乎连有的对迟子建抱有好感的批评家也称这两篇作品"读不懂"。但这两篇小说的创作，据我看来，其意义恐怕并不在作者的其他任何作品包括以追忆父亲为主题的那些作品之下。应该注意到，这两篇小说几乎是迟子建仅有的主要涉及性爱心理的作品。因此，它们隐晦、曲折的叙述方式，难道不是为了要掩饰某种属于个人隐私的经验吗？显然，在作者的感觉中，这种经验是不便用原有的追忆方式形诸笔墨的。当然，对此我不可能有更深入的猜测。

同迟子建的其他追忆作品一样，这两篇小说的叙述风格也表现出了相当显著的梦幻色彩。但是，尽管追忆的叙述始终为一种缥缈的梦幻状态所缠绕，其中的叙述线索、过程和意义指向却依旧分明。就《炉火依然》的叙述特点而言，作者对于追忆情景和现实状态的处理是明显不同的：前者的叙述相对来说似乎较为平实、清晰，倒是后者反而显得更带有虚幻感。整篇小说的叙述过程可以说基本上是在这种近于二重变奏般的交叉、转换中进行的。这种表面上飘忽不清的叙述状态其实也正同小说所流露出的失落与忧伤情绪相契合，并且，又加强了小说的情绪力量。我想，小说中祖父所唱的那首《忆昔时》可能已明确地表达出了小说的意旨：

> 想着到达山顶的日子
> 有一间熟悉的房子在等着你，

而当你推门进去，

那里火炉依旧。

可坐在炉火旁的已不是

你的女人，

你的心多么难过。

　　尽管炉火依然，却丝毫也改变和掩饰不了现实的虚幻感和心灵上的阴影。"我"与禾虽然在咫尺并已相见，但又终未相认，这似乎正暗示了一切终究早已消逝，剩下的只是落寞与无奈。小说以"我"在墓地的情景作结，其暗示意味也在这里。不管怎样努力追忆，用漫无边际的泪水去悼念过去，然而，现实依然如故，墓地已经诞生。那么，追忆究竟是为了留恋还是埋葬？可以同这种追忆心态相对应的是，曾经发疯的禾的母亲一旦清醒过来，真正认清了自己的过去以后，却突然自杀身亡了。想必她是承受不了过去的一切的重压。如果追忆的一切真的能够复归，有谁真的能够承受吗？实质上，追忆是与消逝必然联系在一起的，追忆的情感是以消逝的无情为前提的。从这种关系上来理解，追忆当然是一种生命存在意义的体现。消逝的一切并不都化作虚幻的阴影，它们对于现实的生活也不断地产生影响，使得现实不能不同过去联结在一起。只是能够把现实和过去联系得最紧密以至于水乳交融的因素，则莫过于人的情感性。追忆就是这样一种情感。

　　从表面上看，《怀想时节》的叙述线索似乎较为复杂。除了叙述者直接介入的关于自身的叙述之外，整篇小说至少还有这样三种关系和情节，即"我"和石青的故事、"我"和雨中男子以及哑巴孩子的故事、胭脂和病中少年的故事，并且，那个神秘得像巫师一样的盲人和林中那些不明身份的男女等等，也都在小说中扮演着扑朔迷离、炫人眼目的角色。然而，尽管如此，这篇小说的脉络和结构却可以说是并不费解的，甚至，它也要比《炉火依然》的叙述结构明晰得多。如果仅从阅读感觉上来说，那么，《怀想时节》或许仍不失为一篇可读性相当强的作品。所有貌似复杂的现象在叙述过程中渐渐都消失了它们的模糊性，那些原来毫不相关的人物、故事和关系，最终都重合在一起了。当我们读到小说终了对一切都恍然大悟以后，更不能不承认，这其实是一篇精心结构的作品。于是，在这篇现在已经变得相当透明了的小说中，所剩下的便只有那个哑巴孩子和他的父母了。至于那个盲人，则主要作为预言者而存在。他的预言，既预示了人物命运的发展，同时也使作品的意蕴变得回味无穷。他对女主人公说的是这样一段话："你就要有孩子了，这个子是一个哑巴……要把你生活中最美丽的河流都看遍，你的孩子才会说话。"这是一句咒语，驱使着孩子的父母不能不去寻找自己的命运之河。这种寻找，其实也是作者追忆的一种隐喻和象征——追忆难道不是迟子建寻找自己的命运之河的一种方式吗？并且，寻找命运之河同时也是使自己的灵魂得到解脱的一种方式。只是在这篇小说中，故事的结局完全是悲剧性的，甚至还带有某种宿命色彩。那个哑巴终于会说话了，因为他的父母终于看遍了世上所有美丽的河流，并且还找到了它们已经消失了的源头。于是，他们向他们的孩子迎面走来：

可在孩子看来他们简直就是上帝安排好的他猎枪下最最举世无双的猎物，这是一对多么肥大的鸟啊，孩子在心里慨叹着，他举起猎枪，瞄准，然后扣动扳机，他准确无误地击中了那一双鸟。

哑巴开口所说的第一句话便是打中了两只鸟。原来，所有的一切早就由上帝安排好了，包括那个永恒的结局。

如果要问，迟子建的小说为什么都显得那样忧伤，那么我想：这是不是与她对于生命存在的这种冥想有关呢？或许，包括宿命在内的悲剧意识并非迟子建一人所有，但她却喜欢以自己的方式——追忆——固执地沉浸于其中，并且独自去寻找和体验那种饱含痛苦的激动。这使她那充盈着抒情诗意的小说，分明还显出一种精巧而脆弱的美。

迟子建的作品大概要算是最具有个人主观情感色彩的了。即使是那些看来纯属景物和世俗生活的描写，笔触之间也掩饰不了抒情的倾向。所以我说，她的小说完全是感情的产物。在这个意义上，迟子建的作品是纯属个人的。她为自己而写作。在我们的一般经验中，许多作家作品之所以会给我们留下较深刻的印象，很大程度上是缘于他们所创造的那些性格突出的人物形象和精彩绝妙的故事情节。但是，也有相当一部分作品，尽管其中没有多少生动的和永恒不朽的人物，但它们都以其鲜明独特的个体风格吸引了人们的注意力，并不失为优秀之作。迟子建小说应该是属于后一类的。

从批评的角度看，这样一种观点可能至今仍然是根深蒂固的，即创造具有鲜明个性特征的人物形象——典型环境中的典型人物——是文学作品的最高标准。如果以这种标准来衡量和评价迟子建小说的话，那么，她肯定会令人失望的。正如我一再强调的，迟子建的作品是属于个人的，根本上是抒发自我感受和情绪的，因此，她的叙述对象，也就是作品所涉及的范围并不以开阔见长。换言之，她并不刻意追求对于宏观世界的全面把握。她笔下的人物往往是其情感的符号和象征，她也并不企图塑造人物性格。如果说她的小说中还有人物性格的话，那么，与其说这是她文学创作的结果，不如说只是她本人性格的流露，或者，只是她的小说叙述者的性格。那么，这些能否作为迟子建小说的否定性批评的理由呢？

作为一种创作文体的小说发展到今天已经发生了许多重要的变化。其中，有一些变化还是具有根本意义的，也就是人们常常说的，在小说发展的历史上，小说观念的变迁也已经历了许多阶段。特别是进入本世纪以后，文学的多元现象更是以一种前所未有的状态获得了鼓励和发展。典型人物或人物性格的塑造对于小说创作的意义不仅早已发生了分歧，而且，它们作为小说创作和批评的一种最高指归的地位，也早已动摇。"小说是什么？"或"小说应该是什么？"这一类问题，实际上已经变成了一种最富有歧义的困难问题。几乎所有的批评家和理论家都必须极其小心谨慎地对待这一问题。或许，在一种极端意义上，任何一种试图克服这一困难的努力，都将是徒劳无功和不明智的。因此，对于迟子建这样一个具有鲜明个性的作家，我想首先应该肯定的是她的小说的独立品质——我们或许能够说她的作品还没有企及文学创作的最高境界，但没有理由否认她的作品是与众不同的和具有独创性的。而这正是迟子建作为一个出色作家的最重要素质和标志。她和她的作品的存在意义与价值也由此获得证实和体现。这样，现在所面对的一个必须探讨的重要问题便是情感表达的合理和节制与否问题。在某种程度上，这其实也涉及小说的叙述技巧和手段问题。

我已说过，不管迟子建是否自觉，她有一些小说很明显地表现出某种矫饰痕迹。特别是在她的那些童年回忆或以童年视角为叙述角度的作品中，她有时总不免于把成人叙述者的思想和行为（方式）加在童年的主人公身上。尽管同她对于童年心态的大多数成功描写相比，这些有违一般情理的地方不过是白璧微瑕，但毕竟对她作品的完美性造成了一定的损害。由于叙述者甚至作者本人主观因素的直接介入，在读者的阅读感觉上便造成了这样一种印象，仿佛作者有时忘记了她的职能应该完全只是"叙述"，却对"阐释"产生了不应有的兴趣。这就是说，迟子建有时可能还没有驾轻就熟地做到合理适度地控制自己的情感表达方式，在叙述技巧上可能也未完全臻于炉火纯青的地步。因此，即使在她近年来的一些作品中，叙述上的琐碎、沉冗和不自然的矫饰现象也有所见。当然，如果不是出于一种批评的动机而以比较宽容的态度来说，所谓矫饰乃是女性的天性，女作家都不会例外，何况是年轻的女作家。并且，从性情上看，矫饰或许还会使一个女性更像是一个女人。遗憾的是，对于评论者来说，作家有时是失去性别的，他仅仅是一种身份，这就不能不招致非议。

但是，即使是比较苛刻地指责了迟子建作品中所存在的矫饰痕迹，我却也并不能因此轻视她在叙述上所表现出的技巧魅力和出色才能。迟子建的小说是抒情的，是一种梦幻般的追忆，这正同她叙述节奏上的那种音乐感相吻合。抒情和梦幻必然是倾向于音乐的，而从迟子建小说的叙述语句、段落和情绪的表达上来看，很明显就具有音乐般的滑翔、流动感。她的故事似乎并不是由文字、语句连缀的，而是在音乐的感觉中以某种自然节奏的方式向前延伸，连人的思绪也随之沉湎、飘荡。这种令人陶醉于幻想的音乐中的效果，其实可能正是作者个性上倾向和诉诸音乐所导致的。在许多小说中，迟子建都使我不能不得出这样一个判断：

她对音乐有着一种独特的感受，或者说，她能独特地感受到音乐。这使我们几乎很少不在她的哪一篇小说中体会到由音乐所引起的激动。甚至，音乐也并不仅仅是迟子建感情寄托之所在，音乐的节奏已渗透进了她的整个小说叙述过程之中，而成为一种技巧的因素。像许多当代作家一样，传统的单一叙述视角模式也早已不再主宰迟子建的小说创作，叙述上的多视角转换成为她的小说叙述的形式特征之一。只是在迟子建的小说中，这种多视角的转换有时并不只具有叙述上的形式含义，其中似乎还蕴含着某种音乐般的滑翔与流畅感，给人的印象也并不只是让人惊叹于她的出色技巧手段，而且是一种浑然一体的境界和圆润感。限于篇幅，我无法大量引证具体的例子来使其他人直接感受到迟子建小说的这种具有音乐化特点的叙述形式，但是，那篇《关于家园发展历史的一次浪漫追踪》对于雨中建房的一段叙述或许多少能够使人体会到作者在叙述视角转换中的音乐倾向——这是一篇包容了所有叙述人称的小说，而在这一段之前是第一人称的叙述："我们没有赶在大雨之前把油毡纸铺上。"接着：

> 那是怎样的大雨呀，如果你是一个文学家肯定会这样感叹的。你也许会这样描述：……你可以看见新建房屋的屋顶因为没来得及上油毡而被洗刷成白中泛黄的木料本色……天晴了，你带着湿漉漉的人们走出房屋……于是，你们接着把最后一项工作做完，不久，在晴天，日光下一座房屋就诞生了。
>
> 他们终于安下家来了……

在这一段落中，叙述人称的变化很大，特别是"你"和"你们"这两个人称代词的运用极有内涵，可以说它们把所有可能的叙述人称都包容无遗了，而这一切又做得如此天衣无缝，浑然天成。叙述人称的转换完全是在一种自然的节奏状态中完成的。最后，小说借助自然段落，又回复到了原来的叙述视角。这种转换技巧不能不说是倾向于音乐的。迟子建把音乐的形式感融入了她的小说创作和整个叙述中。

迄今为止，我还没有涉及迟子建的全部作品，恐怕我也已不可能全部涉及了。而有些我已感觉到的，并且也可以说是很重要的或我认为对迟子建有特殊意义的东西，似乎也不可能进行从容讨论了——例如：与"父亲之死"有关的葬礼氛围和死亡意识，客居异地而生的乡愁或故乡情结，叙述中的反讽结构以及讳莫如深的性，等等——文章总有结束的时候，现在也该结束了。只是最后，我还想指出的是，如果说迟子建的所有小说只有一篇是杰作的话，那么，我认为它将非《旧时代的磨房》莫属。这也是我所看到的最新的一篇迟子建的作品。它在叙述上所显示出的老练和成熟的程度，恐怕要超过她以前的所有作品，并且，在形式上，它也同以前的小说有着十分明显的区别，是追忆、抒情和写实结合得最完美的一篇作品，可以说代表了这一类小说在文体上能够企及的高度。

如果没有某个细节终于不幸地落入了这一类故事的俗套，即付家的那个短工原来竟是女主人公四太太的表哥这一巧合，那么，《旧时代的磨房》我想大概是无可挑剔的了——或许，我的这一指责也是不成立的。这一巧合对于这篇小说来说毕竟还是有意义的，没有理由完全否定它。但愿《旧时代的磨房》能够使迟子建的创作进入一个新时代。以前的一切终将过去，也没有必要再继续下去了。

原载《当代作家评论》1992年第2期

年青而练达的心灵

——迟子建小说论

　　文坛有时候很慷慨，黑龙江的迟子建偶被人指称"东北才女"之后，也就被人们援用起来。这一切至少发生在迟子建的长篇《树下》面世之前。不过，迟子建近两三年来的小说创作，确实和她的成名作《沉睡的大固其固》《北极村童话》等等大不相同了。七八年过去，一个充满好奇心打量世界的女孩变得沉着、自信、练达起来，她的近作一反先前的清新、明丽而持重的"经验"气十足，常常以过来人的姿态去平和地叙述本应歌哭的生离死别。面对这种情况，我暂不说一种艺术的嬗变足以导致理想的跳跃——习以为常的判断往往使结论趋于简单而缺乏弹性。迟子建现届二十八九岁，一般地说，个人的感情生活仍然十分强烈和不稳定，她的艺术探索与完善过程也必然遵从这个逻辑，如歌德慨叹这个年龄段时的不朽句子："乐时犹如上天堂，悲时犹如下地狱。"（勃纳德·利维古德：《人生的阶段》）这时，与其断定某种嬗变即进步，不若细细品来，考察其嬗变的趋向、程度与利弊。

　　发表于 1985 年的短篇《沉睡的大固其固》以及稍后的《北极村童话》《北国一片苍茫》等等让文坛认识了黑龙江年青的女作家迟子建。时过境迁，我回过头来再看迟子建初跻文坛的这一批小说，我体会到了一定的历史阶段对一位作者的首肯向度。历史的选择往往很宽容。

何谓"大固其固"？是为鄂伦春语，意为有大马哈鱼的地方。我国北方黑龙江流域黑云白雪，绿水青山，纯朴的民情以及奇特的风俗，点拨着作家的才情。可以说，自《沉睡的大固其固》始，迟子建的绝大部分小说取材于此，乡土气息是浓郁的。这过程中，有对家乡一方山水的温情眷恋（哀其不幸也是一种曲折的眷恋），有经验型的回顾，而当迟子建视界顿开理性增殖时，抑或说当她的足迹踏到关内、南方时，她创作的取材依然固执地投向自己的家乡，即便多了些许反思的内容。执着的取材方向，可以看作一种思维定式。

迟子建的思维定式还不止如此，比如，当她把审美的目光痴情地投入到生于斯长于斯的土地上时，她的作品固然表现的是她身边的人和事，却没有很多当代敏感的社会生活矛盾的痕迹，那种大开大合、黄钟大吕般的震荡被摒弃于她的视野之外。反之，她钟情于民风民情的奇特诱人，钟情于乡里亲情的温馨与苦涩，独钟于个人情感的敏达与纤巧，从而用一种较为凝聚而不是发散的艺术眼光去打量自己身边的人和事——东北边陲乡镇生活的刻意取材，个人独特的艺术视角，加上迟子建女性化的情感传达方式，这些，已经造就了一种独特的陌生化的艺术审美特质。

比如《沉睡的大固其固》，以女童楠楠的目光仰视着小镇里发生的一切：刘合适家和老校长家由于"文革"留下的芥蒂而互不来往，在她眼中不过是竖起了一垛桦子高墙；奶奶媪高娘为了免除小镇莫名的弥天大祸，虔诚地杀自己的一只猪来还愿（酷似鲁迅《祝福》中祥林嫂捐门槛），而她只是投去好奇的一瞥，仍然旁无他顾地做自己的功课；至于对魏疯子专爱捏老鼠的怪癖，她只是存在着一般孩子对怪异的恐惧；后来，奶奶媪高娘和魏疯子宿命般地先后死去，她告别了沉睡的小镇——一切似乎是原生的再现（迟子建以后的大部分小说也是如此），人们的生活内容、风俗习惯、社会心理似乎是经年累月地周而复始的，人们的生存意志自在而又坚韧。这些，在迟子建女性童年视角的作用下，貌似懵懂、清新、温馨，内里却弥散着分明的苦涩，此种素材的选取与整合本身就饶有意味。于是，仅仅说迟子建擅长白描，擅长敷衍她的经验生活，也就小觑了她的艺术才情，即所谓主观能动性；显然，当她以青春的年龄从小镇步入城市后，视界的开阔使她反过来捡起童年不可判断的记忆时，必然携带了渐趋理性成熟的对世界的判断和认知。

在迟子建的初期创作中，她使用的几乎是同一种笔法、同一种色调，如她在《长歌当哭》中自白："我素来以为哭是人生的一大幸事。人高兴了要哭，不如意了要哭，不管是哪一种形式的哭，都可以给人带来精神上的一丝慰藉。所以，每每写完一篇小说，我总愿意在内心说'我又哭出了一篇作品'。"作家艺术的哭，可作为《北国一片苍茫》中的芦花或小狗唔唔以及《北极村童话》中苏联老奶奶命运的注脚。在迟子建初期创作中，大多有她怜悯的对象，她把他们从容写来，于一种既认真又混沌的生存方式中，寻找他们与整个民族共通的文化背景，虽然女性温柔的怜悯经常抑制了她的理智，却被她如数家珍：《葫芦街头唱晚》中，祥和的旋律过渡到"银花投河了！"，戛然绝唱；《到处人间烟火》的大年三十在烟火笼罩下，却是保柱守寡的妈妈和瘫了媳妇的庞大天……迟子建愿意涂抹云蒸霞蔚、祥和升平中的冷色，愿意在人间喜庆的烟火中寄寓生生不已的悲喜剧。至于是不是哭出来的倒也无所谓，我们尽可以把《北极村童话》这本短篇集（作家出版社1989年1月版）看作她纯情的表露就是了。因为在这本集子的"小传"里，迟子建又说出了和《长歌当哭》截然不同的话："崇尚悲剧，但并不喜欢为悲剧而流泪。"近乎庄严的声明了。原本舒畅的泪腺过早地阻滞，大概是成熟的标志吧，自诩也可以。

真情实感又纯情，在迟子建初期创作中可视为重要艺术特征。以她在八十年代中、后期所届年龄，无有"大跃进"时期头脑的昏热和三年困难时期饿肚子的痛楚所留下的记忆以及隐痛，"文革"的恶魔对别人来说也许挥之不去，对她而言却邈远又依稀。那么，她情感丰富、才气袭人的证明方式就容易倾斜到智者所称的"杯水风波"上，一件件渺小如萤火虫般的故事，一丝丝牵肠挂肚的切切情愫，对她来讲可能珍贵无比，展览出来颇觉得意。

本来，这也是艺术的一种生成方法，法国饶有名气的女作家杜拉斯的小说莫不如此。恰巧，迟子建创作的发轫和当时国内文坛的"寻根"热不期而遇，她侧重地域特色、地域风俗、地域神话和"寻根"热所注重的地域文化、对历史积淀的反思不乏偶合之处。这种偶合（不管是有意识还是无意识的），想必坚定了她的信心，使她在地域神话、地域文化方面多走了几步。《鱼骨》《乞巧》《支客》三个小短篇部分地或说全部地模糊了时代的特征，精致中带有传说意味，对人们蒙昧和混沌的集体无意识的社会心理理解又宽容，最后归结到《支客》的尾句上："世界上有神。"而《初春大迁徙》，其题材本身就具神话色彩：百年不遇的春旱降临了，后来，噩兆迭出，榆玉村的村民集体大迁徙，在荒古无人处建立了原始部落——红阳村。这部分十八小节近三万字的中篇显示了迟子建逐"寻根"热的上限，不很成功。它在迟子建迄今为止创作历程中的价值，恐怕只是暴露了迟子建力不能逮的诸多方面；舍弃了原本丰富的经验生活描摹、传达，倾斜于未及健全的超验意志；未能凸现出所谓"现代主义"创作中应具有的犀利、坚挺的理性；原本温敦的情感降至零度，写作成了纯粹的杜撰过程；等等。

　　我不是说迟子建没有才气，不是。在我一揽子读她的小说过程中，或者说在读到她新近连续发表的中篇以及长篇《树下》的时候，我钦叹于她那手漂亮的文字，对人的情感的细腻的捕捉——一种近乎苛刻的眼光，没有这种挑剔的苛刻，就很难确立她目前所达到的个性情感立场以及周延的程度（想必，迟子建的为文和为人具有不可忽视的两重性。她对一般同事、朋友温和的表情以及言辞，和她作文时的机锋毕露判若两人）；尤其是，以她的年龄所创作的作品所能证明的对北方村镇风俗人情乃至地域文化的把握程度，常常令人惊诧不已——即便我们由于她创作视角恒定、题材恒定、情感恒定，便把"本色作家"这个概念冠之于她，那么，她创作的数量已使她的才力显示趋于常数。我甚至因她而联想到三十年代著名的女作家萧红——和她同生于黑龙江而在才华璀璨的时候她们是同龄人。我不由得回忆起我在读萧红的《看风筝》《生死场》时的感受，竟然和读迟子建小说时的感受有某种相同之处，犹如鲁迅所编"奴隶丛书"中给《生死场》写下的序言："女性的细致的观察和越轨的笔致，又增加了不少明丽和新鲜。"是的，她们的纯情无所不在，她们展示的，是一片纯璞未雕的大地。然而，毕竟有了区别，萧红创作活跃于三十年代，那时，鲁迅在上述序言中给她的评价是："北方人民的对于生的坚强，对于死的挣扎，却往往已经力透纸背。"这种浓郁的歌哭倾向，在萧红1940年写下的长篇小说《呼兰河传》中已经愈来愈明显地表露出来。而创作活跃于八十年代末九十年代初的迟子建，却在"寻根"思潮的激荡下，津津有味于东北地域人民民族性格的挖掘——显然，历史阶段、文化背景的不同，导致了她们不同的审美取向。这时我不得不说，迟子建在绕开了英雄主义命题时，她纯情的忧郁使她高明于无关痛痒的嗫喋之声，然而接受何种理性于她来说却迟疑不定，反映在创作上便是偶合"寻根"思潮走了几步，有苦有乐，终觉不那么便当，便去打量别的风景了。

迟子建告别了"北极村童话"以后，写过像《怀想时节》和《炉火依然》这样的中篇。这两部中篇在她的创作中占据特殊的位置或者说绝无仅有。她于此做了一番在我看来是较为成功的尝试，其艺术手法和她以前乃至后来都大相径庭，说是意识流，或者直觉主义都可以。就《怀想时节》来说，她设计了貌似迷离其实依稀可辨的四个故事线索，即"我"和石青，我和哑巴孩子，胭脂和染病少年，盲人和林中邂逅男女——四条故事线索最终暗喻着作者一种情绪：对于宿命的忧郁。而《炉火依然》，故事线条的确认已毫无意义，它通过"我"（一个年青女人）对男人"禾"刻骨铭心的思恋与追求过程，展示一个人精神走向的极致状态：这个女人不能挣脱自己的牢笼，不能为了他人而改变自己，那么，她的追求无论多么艰苦而有韧性，最终得到的是一场梦，并且这个梦并不美妙，美丽稍纵即逝，忧郁和痛苦长时间地伴随着。厘定情感指向也许简单了些，因为，小说完全是以流动的、变化的意识来折射"故事"的，因而"故事"就既依稀存在而又恍惚朦胧，种种情节始终处于真实与虚幻之间，于是我只能说这是一种精神的真实。迟子建抓住并使用影响我们存在的种种稍纵即逝的直觉，让它们绵延开来，让它们随着绵延的积累不断增长，没有开端和终结（典型如篇首和篇尾的亦幻亦真），它们相互延展，形成一个怪圈。因此，我们读这样的小说，能够从小说主人公的经历、性格、言语、行为举止中得到令人欣喜的感情暗示，再通过一次次刹那间的直觉，对小说主人公（人物）有别致而清新的感受，就不啻审美的收获。于此说，无论是《炉火依然》还是《怀想时节》，都有着明确的超前性，体现着迟子建领悟、接受、吸收现代主义文学思潮的程度。然而，它们甚至不为文学界特别青睐的现状或许说明：迟子建在"洋为中用"时，忽视了"西菜"需要而且必须"中做"的国人要求，她创作颇觉顺畅、得心应手时，过高地要求了读者的审美接受能力，从而忽视或说降低了自己尝试运用一种艺术方法的整合能力，抑或说一种艺术方法客观的感染力。

不管怎么说，这两部中篇可以视为一个标志，把迟子建从本色作家的层面上提升起来，人们不得不对她刮目相看，擅写"北极村童话"纯情的青年人，毕竟才气袭人，毕竟有暴露自己艺术想象力上限的勇气——现今青年作家，如果不是为了追赶时髦，那么，经意尝试一下直觉主义或说意识流的创作，不是一种艺术才力的测验吗！

所以我说迟子建年青的心灵渐而练达起来，似乎还不取决于上述作品以及上述作品标识的她的创作年代——无论是对北方村镇的经验描摹还是杜撰出想象力斐然的超验之作，均可视为创造力的旺盛而不是成熟。所谓创作成熟，如果不是廉价溢美的话，将意味着一种人生观、艺术观的傲然确立，奠基于既深厚又独特的哲学美学精神之上，并且有相当数量的作品作为常数证明，岂能一蹴而就？然而，迟子建潜移默化滋生了愈来愈明显的练达情愫，她对自己曾经或者现在熟悉的人的生存方式、生命价值愈来愈有一种达观的、自在的取向，她的情感依然浓郁，不过，情感浓郁的重心已悄悄位移，由对生老病死、爱情悲剧的嗟叹唏嘘（《北极村童话》《葫芦街头唱晚》等等）移位于对人的精神生活的细腻考察（《海市》《重温草莓》《遥渡相思》以后的作品）。经常的情况是，她可以把所谓杯水风波的小事写得哀天恸地，于煞有介事中寄寓着对人的情感生活的关注程度；而对于死亡，她反倒看得淡了，轻描淡写中不免露出一丝冷酷。生生死死，死死生生，生命的逻辑轮回不已——认识到这一点并让自己作品中钟爱或不甚钟爱的人物平静地死去，突然地死去，是不是某种价值观念练达的标志？自然，我这里所说的练达仅指迟子建文学观念方面，至于她在生活人情方面则不好猜度，因为虽然有"心身交感论"一说，强调人、文不隔，但也有"心身平行论"一说，执词作文和为人存在永恒的距离。我对此执两用中。

死的启蒙，在迟子建来说源于何时，不得而知。可以肯定的是，迟子建接受它要早于爱的启蒙。从心理学角度说，死的启蒙没有造成迟子建精神上深刻的损害，原因在于死的阴影没有深藏在她不与人说的潜意识中；清晰或说朦胧地记住了死的某种形式，并带来或强或弱的悲恸、思念，这样的死的启蒙在人生中是健全的，它的适期降临有助于一个人阅历的丰富。尤其是，与之关系密切的人死亡所能造成的情感波澜，往往会激活艺术思维，可遇不可求。

迟子建的创作几乎是刚刚起步时就涉足了对死的因素的运用，不过，那时候多是出于情节或说某种思想完成的需要，死，作为一剂调味品，目的是加浓别的味道。从《重温草莓》《遥渡相思》起，她致力于对死的记忆和阐发，借助"父亲"的死来渲染对冥冥的遥寄相思，利用死这个足以震慑读者的文学因素，淋漓尽致地抒发自己不同阶段对人生价值的不同想法。有时候，竟然是飘逸的：没有死的阴森，没有残酷的恶魔，心头没有挥之不去的阴影；有的，只是越过死亡的超然和达观——一种浪漫的情调。即便在《白雪的墓园》这样十足的"现实主义"篇什里，迟子建也不去涂抹死的形式的感官刺激，她注重死对生的意义。她讲述的，是一个生命个体结束后（未说原因），如何去整理新的生活秩序、思想秩序。于是，小说显示了包括母亲、姐姐、弟弟和"我"在内的一家人如何沉痛而又坚韧地度过本应充满喜庆气氛的腊月和大年三十，终于在初一的早晨，"天忽然下起漫无边际的大雪"时，一家人在白雪的墓园安顿了父亲不舍离去的灵魂，开始了新的生活。小说使我联想起苏联影片《战地浪漫曲》——战争时期的浪漫应该让位于战争结束后的正常生活。不难看出，无论死，还是爱，它们终将让位于蕃息不已的生活，这个命题，貌似平凡，却折射着曾经拥有的珍贵，现在的肃穆和庄严，使过去的一切成为不可判断的记忆。需要一提的是，小说《白雪的墓园》具有和影片《战地浪漫曲》格调相近的诗情画意，幽雅或浪漫格调的爱与死的旨意，犹如甘洌的涓涓细流，淌入读者心田，目的是让人崇高。

随之，我谈到迟子建的长篇小说《树下》——按照通常的观点，长篇创作是衡量一位作家功力的主要标志。因此我略去包括《秧歌》《旧时代的磨房》

等一批中短篇不谈。虽然它们大都以"死亡"的文学因素为契机、为视角，从而制约着整篇创作的氛围、情节进程乃至故事发展，和我上述所析问题的角度颇多吻合之处。

"树下"，按照迟子建的取义，它是"墓地"的代名词。这部长篇叙述了各色人等的死亡达十三人次之多。从第一章《葬礼之后》小说主人公李七斗母亲的死，到末尾一连串的死：李七斗的孩子多米患血癌而死，她钟情的年青鄂伦春猎人被熊舔死，她小学同学火塘在战场战死，以及她的邻居葛兰妹老太太无疾而终，等等。可以说"死亡情结"的创作心理一统《树下》的创作过程。

我很难揣测迟子建创作中的"死亡情结"是缘何而发而又愈来愈烈的。就《树下》来说，我倒宁可认为它是迟子建少年、青年时代经验生活的毫无例外的展览。一部带有自传色彩的长篇，不是会耗掉一位写实型青年作家的大部分生活阅历吗？尽管人们可以指摘这部长篇结构简单而冗杂平淡，小说材料的选取和组合暴露了作者生活储存的容量以及想象力的上限，但我感兴趣的是：当比比皆是的死亡现象降临时，它怎样影响了小说人物的生命进程，迟子建于此赋予小说的人生意义、美学意义是什么？

小说频仍的死亡事件——过犹不及，已经麻木了读者的审美神经——大致有交叉的两类：影响了李七斗（迟子建的影子）的生命进程、转变了李七斗的精神向度的，以及少有影响、少有转变的；正常的死亡与非正常的死亡。所谓交叉，是指正常的死亡与非正常的死亡都可能给小说人物带来转圜的契机，或者相反，能够赋予小说较大的意义，或者相反。循此说来，我发现了迟子建艺术思维的一种惯性，或说韧性，她可以让李七斗周围此伏彼起的死亡转折她的生活内容，却鲜于转折她的精神内容——李七斗对自己周围亲人（母亲、姥爷、姨妈一家人、儿子）、朋友（鄂伦春猎人、船长、小学同学火塘）、邻居（朱大有、葛兰妹）的相继死去大概有些麻木了，她可以酸楚、伤感、痛哭，或者暗自庆幸，然而这一切的发生给她生命的提示只是："在这个世界上七斗真的没有任何亲人了，她不明白自己为什么被越来越多的人所抛弃。"由于一切死亡（如同任何敏感的矛盾一样）都不和她的主导意志发生联系，她的主导意志在此成了"局外人"，那么，不仅不可能改变她一如既往的随遇而安的人生意志，而且，必然增殖遁世情绪。比如，即便是她心目中理想的白马王子鄂伦春猎人的死，在她来说不过死水微澜："小白马的主人他死了。"说不上惋惜，说不上哀恸，只是一种淡然麻木的呓语。迟子建这样处理她的主人公，是确定地赋予她的主人公一种被动于生活的命运，而且不是好运——李七斗集东方女性美德于一身（才德俱佳），她还没有完成的生命历程却没闪出多少在我们看来是值得炫耀的火花。关键是，她对生活的承受能力已经淹没了她对生活的选择以及由选择带来的人生乐趣，承受、忍耐力是满负荷的，渴望和追求却没有在一次次的精神刺激、打击下喷薄而出，不健全的人性只能导致她"双手合十"祈祷了，继续自我麻醉。

利用足以震人心弦的艺术因素、材料，塑造出李七斗的艺术形象，敷衍出这样一部长篇小说，内中蕴藏着作者足够的人生经验和艺术经验是无须说的。这时，与其追问作者为什么使用了这种艺术因素、这种艺术手法，不若考察它们构成作品后的合理性。我以为，这部长篇连同《秧歌》《旧时代的磨房》表现出个别的人的存在方式或者死亡方式，如果确认它们在艺术上能够浑然一体的话，它们本身，会获得人生语义学上设问的效果。

如果迟子建今后的创作执意于此的话，倒应考虑：苍茫人生肯定是人生的原型，现在对生死豁达的描述抵达哪一个层面？既成的轮回逻辑，会不会成为新的思维模式？

原载《文学评论》1992年第6期

研究资料 迟子建

忧伤而不绝望的写作

——我读迟子建的小说

谢有顺

　　在我对迟子建小说的有限阅读中，我获知了一些女性作家的写作秘密。我一直以为，女作家要将小说写得有特色不难，但要将小说写得大气就显得不容易，这需要作家具备节制的情感、深刻的理性洞察力和坚持良知的勇气。女作家理性一点是有好处的，否则，写作很容易变成一种个人情感宣泄的途径，这种过分注重个人感性经验表达的写作是有限度的，因为从感觉出发的，只能到达个人的感觉。在当下的女作家群中，陈染、林白等人是典型的感觉主义者，她们满足于揭示个人隐秘的心理，其中，充满自渎的经验，看不到任何的神圣与高尚。个体的困境如何与人类的困境发生关联，如何在作品中实现一种向上的抒情性（而不是向着感性的），是许多女作家所需要解决的问题。

　　当我在更早一些时候读到迟子建的《炉火依然》《怀想时节》等中篇时，就觉得这只是迟子建过渡时期的作品，虽然里面才情横溢，但我看不到作家对现实、对理想的确切体验，某种飘忽的语气、含混的结构消解了我们对存在的理解。我更喜欢迟子建的短篇，《白雪的墓园》《逝川》《亲亲土豆》等，都使我流连不已。那晓畅的故事、清晰的情感线条以及在生活细节里所散发出的人性光辉，让我看到了一个成熟作家才有的气质。一个女性作家，要将丰富的情感隐藏在作品之后，那是多么的不容易。迟子建在表达上倾向朴素，在感受上则充满浪漫，这都是优秀作家该具备的素质。感觉容易使小说情绪化，而情绪是相当浅表的，只有深刻的思想、觉醒的良知才能够深入人性的本质。往往女作家只有感觉的激情，但大师的写作都来自良知的激情，即使是绝望，也是表达一种良知被摧毁后的黑暗。在迟子建近两年的小说中，我看到了一种该有的冷静与从容，这使她有效地避免了女作家俗常的困境。

这让我想起王安忆，她之所以能够在几代作家中显得卓尔不群，就在于她在表达个人经验时，在个人经验之上建立起了一个理性核心，作为她体验的出发点。因着有"寻根时期"她与个人经验的恰当分离，在《叔叔的故事》之后，王安忆重新回到个人经验时，才不会陷落到玩赏感性的泥淖之中。王安忆不仅是一个体验的作家，更是一个思考的作家，思考使她建立起了一种价值判断力，并有力地拒斥了颓废的经验、自渎的经验，不使其成为小说的主体。好小说说到底是一种精神，而不单是一种经验。在这一点上，王安忆与迟子建可以说是中国当下女作家的榜样。

接近迟子建的小说没有任何困难，这源于迟子建择用了现实主义的方式来写作。当我在读《晨钟响彻黄昏》《岸上的美奴》《香坊》这些非常小说化的小说时，就会生出一种对那些将小说写得不像小说的作家的厌倦。

我多次说过，我喜欢故事，故事有什么不好呢？一个作家的才华，在如何完成故事及故事的精神上，可以得到最好的检验，而在所谓语言与结构的游戏中，则有可能使一些装模作样的末流作家伪装成为革命的先锋。这就是为何博尔赫斯能够被不断地模仿，而托尔斯泰永远无法被模仿的内在原因。我喜欢迟子建的故事，一点都不刁钻，臆想的成分也很少，可以很传神地表达出迟子建所理解的那幅生存图景。更让我喜欢的是，迟子建的故事被她的忧伤深深地浸透了。

故事总是与现实主义联系在一起的，可在当下这个充满冒险主义、机会主义的文坛，我们对现实主义出现了很深的误解。许多作家害怕被人称为现实主义者，好像这样就会失去艺术前卫的地位。这与罗伯–格里耶这位先锋作家的理解很不相同，他说："所有的作家都希望成为现实主义者，从来没有一个作家自诩为抽象主义者、幻术师、虚幻主义者、幻想迷、臆造者……"作家在操作上可能是分解现实的，但他所表达的还是现实。只有对现实存在不同的理解，没有非现实的写作。

古典主义者认为现实是古典的，浪漫主义者认为现实是浪漫的，超现实主义者认为它是超现实的，加缪认为现实是荒诞的，等等，同样的现实在不同的作家那里的表现是不同的。甚至当某种文学形式丧失了它最初的活力，而成为一种平庸的方法和经验主义的时候，最好的拯救的办法是向现实回归。小说对现实的态度不是简单的复现，而是创造一种现实。这种被创造出来的现实也许与我们实在的生活是不一致的，但它可能代表另外一种真实，一种体验后的真实。

我注意到，迟子建的小说现实包含着对自身现实的怀疑，她力图使一种还未进入我们意识的现实被揭示出来。我这里说的不是指迟子建所表现的生活图景于我们是陌生的，而是指迟子建总是在一种不完满的现实中让我们看到希望。迟子建不是在宣扬一种希望哲学，但我们确实在她的小说中看到了希望的光辉。这样，迟子建的小说现实就成了她对生存现实的一种代偿。这种代偿表明作家对自身所体验的生活不满足，她就创造另外一种现实（小说现实）来补充。迟子建曾说："想到一种虚无的人生结局，真是恐怖。"①虚无的现实是无法使人活下去的，当这种体验越来越深刻的时候，迟子建显然要找到一种消解的途径，来减轻心灵的重担，写作便是其中最重要的一种。这种消解与代偿在迟子建的小说中主要表现在两个方面。

一是在追忆逝去的现实中建立理想。我们在《原始风景》《旧时代的磨房》《香坊》《音乐与画册里的生活》《秧歌》等小说中，读到了一种历史——虚构的历史、创造的历史，可以看出，迟子建是想将她对现实的关怀贯注到历史之中。历史是一种消逝了的现实，它针对当下的我们，接触它的唯一方式是：缅怀或追忆。在《音乐与画册里的生活》里是借着主人公自己在追忆，《原始

---

① 《病中札记》，《作家》1994 年第 6 期。

风景》《秧歌》等作品则是由作家在追忆。历史中某些悲剧事实在追忆中就有了一种逝去后忧伤的美，也许正是这种美深深地使迟子建激动。

虽然有人说现在已进入了后现代主义时期，但我坚持认为现在的艺术家与大众都还在现代性的体验之中，所以，像《小芳》《同桌的你》这样的怀旧歌曲才会在一夜之间风行全国，这可以看出现代性的怀旧神话依然深入人心。有一个西方美术理论家曾说，现代性团结了全人类。迟子建的体验也是现代性的，我们可以在她的小说中看到重要的经验模式——空间与时间、自身和他人、希望与绝望、幸福的承诺、生活的可能性和危险经验等。这些经验在现实生活中似乎难以得到表达，而历史的深度却刚好暗合了迟子建对现代性的追问。历史是虚构的，它可以使作家与现实的冲突化解其中，因为按作家意愿建立起来的历史可以缓解作家与现实的紧张关系。《秧歌》中，借着女萝的回忆，关于秧歌与小梳妆的神话有着一种神圣的光辉，它在下一代会会的眼中成了一个理想，为了实现这个理想，会会甚至掘了小梳妆的坟墓，为的就是看一看小梳妆惊人的美貌。《旧时代的磨房》表现出了一个家族、一个时代衰败前夕那种颓废的美，在这样一幅图景面前，昔日风光一时的四太太也只剩下一种凭吊的心情。当衰亡的情调越来越浓时，连姨太太之间的争风吃醋也变得索然无味，与他人之间的斗争成了与自身的斗争——怎样克服自己内心中不断增长的虚无与无意义感。到小说的最后四太太把宅院里的财产留给李妈，慷慨地对当铺老板说"我当的东西都不赎了"等，都说明了内心的精神灾难比外面的物质灾难更严重，也更可怕，它摧毁的是人活下去的信心。

然而，一切都在无可挽回地衰败。《香坊》里是香坊的衰败，以邵红娇的死亡为结局；《东窗》是人的衰败，再强大，再活生生的人，都不可避免地走向死亡，最后给人留下的只是谈笑的话题，"我"也从一个喜爱用花粉染指甲的小女孩，长成了一个斥责自己女儿用花粉染指甲的母亲；到《原始风景》，迟子建以直接的方式陈述她对家族的记忆，追忆是为了使许多美好的事物在记忆中保存下来。迟子建说："我十分恐惧那些我熟悉的景色，那些森林、原野、河流、野花、松鼠、小鸟，会有一天远远脱离我的记忆，而真的成为我身后的背景，成为死灭的图案，成为没有声音的语言……"（《原始风景》）

说迟子建是一个理想主义者并不为过，在她的小说中，我们可以读到浓厚的理想情调。我惊异于迟子建能够将小说写得忧伤而不让人绝望，这使得她在当代众多小说家中成了非常独特的一位。作家多一点理想主义是好的，这不至于使作品显得太实，从而有机会把生活的可能性揭示出来。我一直认为，作家与现实之间一定有一种紧张关系才会产生写作，而这种紧张关系是需要和解的，作家择用什么方式写作，实际上就是择用什么方式来和解他与现实之间的紧张关系。迟子建择用了建立一种假想的现实——虚构的历史与理想——的方式来写作，使写作成为她现实生活的避难所。在写作中所建立的书面的现实，成了迟子建寄寓理想的地方，这些在历史与追忆中建立起来的理想主义，保存了许多在当下的现实中所没有的事物，如诗意的生活、美好的人性、朴素的情感、对艺术与美的敬虔等，而这些恰恰是支撑人活下去的动力。我相信，当迟子建沉浸在这种理想的光辉中时，一定成功地逃离了与当下低质量的现实生活劈面相迎的尴尬处境。人活着是需要理想的。此其一。

二是迟子建常常在平凡的生活中坚持高贵的人性立场，发现人性的光辉。这一点给我的印象很深。自从先锋小说出现以来，人性黯淡到了极处，某种虚无与绝望的品质使得文学似乎不能再表现正常的人性，人只能以反常的面目出现，或以物的姿态被作家所体验。但是，在迟子建的小说中，我们看到了人，看到了她如何将人在小说中建立起来。我觉得，这不是一个简单的塑造典型人物的理论问题，而是表明，迟子建对人没有失去信心，这源于她在人身上找到了支持她这个信心的根据。

迟子建的小说也表现人性的黑暗部分，如《晨钟响彻黄昏》中李其才的兽性，巧巧、陈小雅等人的放纵，以及菠萝的恶习难改等，向我们展现的是一幅当代生活的颓废图景；又如《香坊》中的争端、《岸上的美奴》中美奴将母亲推入江中的残忍、《秧歌》中付子玉对美人青春的践踏等，都是人性反面的揭示。然而，迟子建总不忘在她的小说中提出希望，人性的希望，这就是我所说的她的小说忧伤而不绝望的内在秘密。《白雪的墓园》中，里面洋溢的深刻的忧伤消解了我们对死亡的恐惧，一个关于死者的故事，读完之后，却使我们对生充满希望和珍赏；《亲亲土豆》给我们叙述的是贫穷、忍耐、关心、爱和死亡的故事，在那个以土地、劳作为背景的人生里，死亡对秦山、李爱杰两人爱情的破坏是多么令人心酸，而爱情战胜死亡的古老母题，经由迟子建对细节、气氛的精心营构，变得那样真实、可信，这种不使人绝望的希望，在我们心中构成了冗长的忧伤；还有《腊月宰猪》里外乡女那无奈而善良的欺骗，《晨钟响彻黄昏》到最后宋加文对马林果的爱、对菠萝的信心等，迟子建的目的都是让我们注意人性中存在的不易觉察的高尚。

这一点人性的希望是很不容易才争取到的，因着有这么一个争取的过程，迟子建的小说就具有了一种感动的力量。希望的获得往往是需要付出代价的，我觉得迟子建在这一点上的理解是相当深刻的。中国作家的写作往往太轻松，由此确立起来的希望原则就变得非常虚假。迟子建强调一种有代价的高尚与希望，宋加文对菠萝，李爱杰对秦山，齐大嘴对外乡女，还有《逝川》中的老吉喜，都是付出了许多，才换来这一点安慰和幸福感，便显得弥足珍贵。作为读者，自然就与主人公一起珍惜这一点来之不易的幸福，作家能够将读者带入这样的情境当中，小说就具有了相当的艺术性。迟子建能够将朴素的情感、朴素的人性传达得那样传神，使我们一度忘却了人性中的黑暗图景，这样的阅读使人有一个很深的感觉：人生多么艰难，又是多么美好。

无论是理想的建立，还是高贵人性的发现，在我看来，都与幸福的概念相连。迟子建在一些小说中显然是想作出一种幸福的承诺，以此证明某种幸福是可能的。幸福是人生最高的象征，可我们要以怎样的方式才能得到和持守呢？老吉喜的幸福是源于她看见她的空盆里已经有了泪鱼，这使她意识到村民中古老的互助关系依然是那样动人；四太太的幸福是源于她逃离城市的衰败而回到乡下这一新旅程的开始；老妇人（《音乐与画册里的生活》）的幸福源于她活在虚设的生活里，独居的方式使她成功地拒绝了现实的侵略；《亲亲土豆》里的幸福感源于秦山与李爱杰共同对土地与劳作的挚爱；宋加文心中那隐约的幸福也是源于他对菠萝的爱，这使他恢复了自信，并把马林果看作是自己的亲人，这样就建立起了他与菠萝间接的感情传递方式；等等。迟子建在每篇小说中所出示的幸福的基础，饱含了一个女作家经常有的善良心愿。

这里，我不得不说到一个迟子建的矛盾之处：一方面她在历史的理想、人性的理想中出示幸福的承诺，另一方面她又意识到这种理想的脆弱，以及它的乌托邦性质。只是，在迟子建的小说中，理想的破碎也成了一种美，一种感伤的美。《秧歌》写的就是关于小梳妆的挽歌，这显然是迟子建最优秀的小说之一。小梳妆的美在会会这一辈人眼中已经成了神话。女萝以及巷子里的人们是满足于对小梳妆、秧歌队的追忆，会会却想要重新看见小梳妆的美。当他用掘坟这一激烈的方式来表达他对理想的执着时，他所看到的却是："小梳妆一点也不好看，赵天凉怎么会想她想死呢？"小说在这个地方结束是意味深长的，它让我们看到了理想与幸福之间的冲突。同样的，《旧时代的磨房》里四太太唯一一点温馨的记忆就是少年时的伙伴蟋蟀，四太太在寂寞的时候，总是想起蟋蟀，可当蟋蟀突然以一个短工的身份去找她时，她却不敢承认自己的真实身份，因为眼前这个人，使四太太心中残存的诗意情怀荡然无存。为什么现实中的悲剧总是离我们很近，而理想中的幸福却遥不可及？甚至追求理想严重到一个地步，必须要付出死亡的代价：《香坊》中邵红娇死了，《亲亲土豆》中秦山死了，《晨钟响彻黄昏》中的刘天园死了，《秧歌》中的小梳妆死了。由于日渐艰辛的生存，许多人都付出死这一昂贵的代价才换来一点人性的尊严，或者换来一点悲壮的自由。

什么是自由？什么是幸福？我觉得迟子建在小说中不断地向我们提出这个问题。幸福显然不是来自外面的需要得到了满足，它应该是一种心灵的自由，是一个人的生存中坚持良心的品质，而不受欲望的引导，这才是真正的幸福。《岭上的风》那对教师夫妇是幸福的，《亲亲土豆》中秦山夫妇是幸福的，《逝川》中的老吉喜、《晨钟响彻黄昏》中的王喜林，都属于幸福一类的人，包括宋加文最后牵着马林果的手那个时刻的幸福，都是在克服欲望、坚持良心时所发生的。尽管这些人的生存往往与悲剧紧密相连，可当他们被一种神圣的爱所充满时，他们能够在悲剧的事实里获得一种更内在的幸福——受难后的幸福。他们都用他们的良心使人的力量得到了证明。

幸福的获得必须付出受难的代价，受难使幸福变得非常真实，它不像乌托邦式的理想那样空洞，而是有一个中心内容，这个中心内容就是人性为何在受难中坚持以良心为象征的高贵品质。尽管乌托邦式的冲动使迟子建的小说富于浪漫光辉，但我似乎更欣赏她小说中那种朴素的人性、本真的良善，因为它真实。说到底，《旧时代的磨房》到末了以四太太回乡下为结局，《东窗》以红儿提议开北窗看银河为结局，还有《向着白夜旅行》那次早夭的旅行，等等，都还只是理想，而理想是可以不对现实负责任的，所以，我们在这些小说中读不到真正的幸福感。《晨钟响彻黄昏》到最后却激动了我，菠萝梦见钟声表明了理想的不现实，但理想是使一个人活下去的信心，更重要的是，宋加文最后所选择的不是一条理想的路，当他决定以受难的方式（甘心无限期等待菠萝的出现，并相信她会回到自己身边）开始他新的生活时，我们已经读到了一种真实的幸福，因为爱情真正出现了，爱情不是要等两个人见面后才开始，它已经在宋加文心中先开始了。

　　我要再次提到迟子建是一个女性作家，我虽然很不愿意从性别的角度去看待一个人的写作，但理性之思而有的深度确实不是女性的特长，迟子建不将情绪化的个人经验强加给读者已经很不容易了，她能够进一步向我们出示美学理想，感伤的或者唯美的。迟子建似乎意识到了在现代社会某种人性的美日渐消失，所以她坚持以为在朴素中生存的村民、渔民身上才能找到失落的人性。《岸上的美奴》写到现代意识在岸边的村庄崛起，同时，现代的罪恶也随之而生了；《音乐与画册里的生活》中的老妇人就拒绝进入现在，她一直活在过去的时间里，在她真实的记忆里，都是废墟与战争，还有人性被伤害的种种景象，老妇人憎恶这些，她拒绝按照历史的方式重温往事，她的回忆录只记录让她的心灵得到抚慰的事实，而这样的回忆录却遭到了出版社编辑的质疑。是历史的往事真实，还是心灵的往事真实？我想这个疑问只能在人性里得到答案：我们是让人性在回忆中再一次受到伤害，还是让心灵亲近和平？在那个非人的战争年代，老妇人唯一的记忆似乎就是拉威尔的音乐，那是和平曲，成为老妇人的故乡。在这里，我感到迟子建欣赏一种艺术至上的人生，这让我想到尼采，当尼采推崇一种艺术救世论时，他把邪恶也浪漫主义化了。艺术是一种美，但美若不以神圣品质、良心作位格，是不对道德负责任的。《晨钟响彻黄昏》里的宋加文就活在这种矛盾之中，他在菠萝身上看到了一种奇异的美，但菠萝与他在道德观念上的差异又使他痛苦，这种痛苦使宋加文不能与菠萝在观念上和平相处，但他却想念菠萝身上那股奇异的美。这可以说是美学理想与道德理想的冲突，那么，美与道德在什么层面上才是一致的呢？我想它不可能是艺术，只能是觉悟的良心。

至此，我们在迟子建的小说中看到了下面几样东西：理想、美、缅怀、忧伤、幸福等。但我们看不到绝望，这正表明我在上面所说的，迟子建对人没有失去信心。绝望是人的生存信心被摧毁之后的表现，它是完全黑暗的。迟子建的人性思想总是在苦难的隙缝中提出一种希望来反抗这种黑暗，这是一个游戏作家所没有的情怀。迟子建没有放弃自己作为作家的使命与艺术良知。但是，这种人性思想真能够成为新的希望而解决人的困境吗？人遭受了一系列的耻辱与幻灭之后，文艺复兴之后所建立起来的人的神话究竟还留下什么？人经历了哥白尼、马克思、达尔文、弗洛伊德等人的解释后，似乎在文学、哲学、生物学、精神分析学、经济学、物理学等方面都遭遇到了根本性的瓦解，到卡夫卡之后，人已经被消解成了零。人已经在卡夫卡、尼采等人的笔下死了，为什么还活着？这个悖论曾经使许多人耗尽了生命。一定有一个理由使我们重新活下去，否则，人类对自己的生存是不负责任的。

在这个理由找到以前，由人出发的一切生存信心都是虚假的。迟子建在对人的体验上，似乎没有将这条人被消解的思想路线纳入她的视野。难道希望的获得、困境的突围都是依靠人的因素吗？一种没有终极根据的人道主义已经是一幅破碎的图景。启蒙时期的人道主义、学术上的人道主义、存在主义的人道主义都已幻灭，我们还剩下什么？这还不算法西斯主义和纳粹主义，所谓注重人性与社会，其实是一种疯狂思想，造成了人类价值的空前毁灭与千万万人生命的牺牲。

显然，人是无法对自己的生存负责任的，人的自律、自我立法都只是一个破灭的神话。迟子建虽然将人性仅存的光辉浪漫化了，但读完她的小说，我觉得自己对人的那个根本疑问依然存在：人怎样自我实现、人性化以及怎样使人成其为人？更进一步说：人为何该有这样的要求？比如《晨钟响彻黄昏》中，菠萝与宋加文代表的是两种不同的自我实现的方式，为什么菠萝的实现方式被看作自由的象征，却不能被赞同？宋加文总想要求菠萝，使她的人性被规范，为什么人有这种要求？《晨钟响彻黄昏》写了三个人眼中的世界——宋加文、宋飞扬和刘天园，这三个人的世界是同一个本源，它们共同失落的是什么？如果没有一个原初的价值基础，这一切如何会发生？人的源头是位格还是非位格？我以为，一个关怀人的作家如果能将这些问题纳入视野是非常有意义的，当人被消解为零之后，人类进入了一个"严重的时刻"，对某些源头性的问题的思索，将会给整个思想文化界带进一个重大的命题：如何将消解后的人重新建造起来？这是一个巨大的思想工程，它需要花费哲人、艺术家的全部良知、爱、正义和生存的勇气。只有这个问题的确立才能转移这个绝望的时代，如同当年的卡夫卡转移了那个时代一样。也许这与迟子建的小说不发生具体的关系，但它与迟子建未来对世界的体验有关。我读迟子建的小说不多，到此文交稿日期迫近的时候，她寄给我的小说集还在路上，所以，一些关于她的更深入的话题，因着阅读的限制，只能留待以后再谈。

原载《当代作家评论》1996年第1期

冰洁：透明的流动和凝化

——评迟子建的散文集《伤怀之美》

王　干

　　大约在十年之前，在《小说选刊》上读到了一篇迟子建的小说，叫《沉睡的大固其固》，后来又读到了她的《北极村童话》等一些小说，我便留心这样一位萧红的"后人"。她从哪里来？要到哪里去？她是谁？

　　或许这种追寻的念头让我写作了关于她小说的第一篇评论文字，这"第一"的说法当然是事后迟子建告诉我的，我没有想到我在她活着的时候能够见到她，我想她有可能像美丽的萧红一样突然飘忽而去，在现代文学史上留下一个回味无穷的感叹号让历史在那里徘徊不已。这种"活着"还有另一种含义就是文学生命的苗壮。很多早慧的文学才人往往来也匆匆去也匆匆，处女作是成名作，也是代表作，然后便每况愈下，或离文坛远去，或虽有新作问世但常不堪卒读，虽生犹逝。迟子建不然，她不但活得健康美好，而且文学的身躯越发高挑和丰腴。我后来读到她的长篇、中篇、短篇，发现她在不断发现自己、不断调整自己、不断提高自己，蔚然成为一片茂盛的小树林。近来我又读到她列在云南人民出版社"她们"丛书中的散文集《伤怀之美》，我惊异地发现，迟子建的所有美学追求在她的散文里有一种超水平的显现和优美的表达。把这种浸透在散文里的诗学意识和文化情怀揭示出来，或许会更有利于我们对迟子建文学理想的理解，也更能确认迟子建在当下文学进程中所处的方位。

冰的精神与寒冷美学

中国古代文学对女性的审美条例中有一项叫"冰肌玉骨"，记得苏东坡有一首《洞仙歌》，是这样写的：

冰肌玉骨，

自清凉无汗。

水殿风来暗香满。

绣帘开，

一点明月窥人；

人未寝，

欹钗横鬓乱。

起来携素手，

庭户无声，

时见疏星渡河汉。

试问夜如何？

夜已三更，

金波淡，

玉绳低转。

但屈指西风几时来，

又不道流年暗中偷换。

苏东坡这是描写蜀主与花蕊夫人纳凉摩诃池的情景，但在这首词里无疑寄托了个人的审美的理想，也是研究中国美学的一个重要侧面。中国文人以美人的冰肌玉骨为美之极致，同时又反过来以洁冰和寒玉来自喻自身的清白与高尚，所谓"一片冰心在玉壶"之类的自白都是此意。这既说明中国文人的审美的阴性特征，也反映了文人对透明无瑕乌托邦幻境的向往。

而迟子建的寒冷美学则不是建立在乌托邦的前提下，她的寒冷美学来源于她自身的生存环境和现实空间。她出生在漠河，那里每年有多半的时候被冰雪笼罩着，零下三四十摄氏度的气温是司空见惯的。她外婆家的木刻楞房子就在黑龙江畔，每年八九月份，雪便从天而降，这时节林中和江面都是一片白茫茫的。奔腾喧嚣的黑龙江便结满了厚厚的冰层，只有极深处的水在河床上潜流着。这些情景都是迟子建通过她的小说和散文告诉我们的，她虽然不是终年累月生活在冰天雪地里，可她对冰天雪地的感受和体验不是像苏东坡们借助想象的翅膀来实现的，她是在冰天雪地里长大的孩子。说迟子建是文学上的冰雪之女，不仅是从风格学意义上命名，也是对她生存的大自然与她的关系的质朴的描述。

这种寒冷美学首先表现为一种苍凉而透明的境界。中国古代的美学有很多苍凉的诗篇，但大多以浑厚沉实取胜，或许是她生活在与俄罗斯相望的黑龙江畔的缘故，迟子建的美学源头有些接近俄罗斯文学那种苍凉而透明的风格，可又没有俄罗斯文学那种令人压抑的忧郁和阴冷，而是一种暖性的乐观的寒冷美学。她在《冰灯》里这样写道：

> 冰是寒冷的产物，是柔软的水为了展示自己透明心扉和细腻肌肤的一场壮丽的死亡。水死了，它诞生为冰，覆盖着北方苍茫的原野和河流。

这或许可用来概括迟子建的散文审美内核，追求冰洁的美学品格和人格力量，"柔软的水"死了，死得并不凄切和悲楚，它的死亡是为了"展示自己透明心扉"，当然还有"细腻肌肤"——这"细腻肌肤"很有意思，它一方面说明女作家独特的审美视角，对好肌肤的热爱，另一方面又表现作家对外在美和内心美完美人生的执着追求。但这种完美又不是独善其身式的自我欣赏，而是有一种博大的情怀和人生价值，"覆盖着北方苍茫的原野和河流"，何等壮丽的死亡，何等壮丽的人生，但这种壮丽是用柔软和透明来实现的。这种冰的精神不仅可以用来概括迟子建小说的面貌，也可以用来表达她的整个文学取向的口味。

迟子建把自己的散文集取名为"伤怀之美"，并说，"伤怀之美像寒冷耀目的雪橇一样无声地向你滑来，它仿佛来自银河，因为它带来了一股天堂的气息，更确切地说，为人们带来了自己扼住咽喉的勇气"。迟子建把她钟爱的伤怀之美以"寒冷耀目"来概括，是"来自银河"，并说带着"天堂的气息"，说明她对这种寒冷美学的偏爱，而且从中不难感受到我们在前文所引用的苏词的寒凉气息，"时见疏星渡河汉"，也同样是伤怀之美。

为了说明迟子建与这种寒冷美学的联系，可以通过她的访日札记的一段情节和文字来说明"冰肌玉骨"是怎样让她充满喜悦而又难以忘怀的。作者在访问日本期间，到露天温泉沐浴，"这一推我几乎让雪花给吓住了，寒气和雪花汇合在一起朝我袭来，我身上却一丝不挂。而我是不想再回头，尤其有人望着我的时候，是绝不肯退却的"。"我全身的肌肤都在呼吸真正的风、自由的风。池子周围落满了雪。我朝温泉走去，我下去了，慢慢地让自己成为温泉的一部分，将手撑开，舒展开四肢。坐在温泉中，犹如坐在海底的苔藓上，又滑又温存，只有头露出水面。""我呼吸着新鲜潮湿而浸满寒意的空气，感觉到了空前的空灵感。也只有人，才会为一种景色，一种特别的生活经历而动情。"苏东坡的意境是"他者"，是带有窥视性质的，而迟子建的"冰肌玉骨"是自我体现的，是坦然地与大自然融为一体的。这里不是一般的人体美，也不是一般男性笔下带有观赏把玩性甚至带有潜在意淫趣味的女性之美，而是"一种神圣的不可侵犯的忧伤之美，是一个帝国的所有黄金和宝石都难以取代的"。这种神圣不可侵犯就在于，它是由冰的精神升华出来的苍凉而透明的寒冷美学。

在迟子建的散文中，那些充满亲情的文字又是一种伤怀之美，像《灯祭》《悼三姨夫》，都是缅怀亲人的动情之作。我在迟子建小说《北国一片苍茫》中曾看到那样一种父亲的形象，说是一种"俄狄浦斯"可能不够确切，那是典型的"审父"之作，对父辈的怜爱与悲悯以及批判都包容其中。在《灯祭》里我看到的是一个带着伤怀心绪的晚辈对生命消失的惋惜，对父辈养育之恩的感激，使"灯"成为一种人性光芒、真情的化身。而《悼三姨夫》里那位老实巴交的普通人，着墨虽不多，可依然浸透了苍凉的人生之情。《挂雪的树枝不垂泪》就直接把这种哀思化作寒冷美学的具象，作家对林予老师的思念，就变成了动人的树挂："我又一次想起了初冬松花江岸那些美丽的树挂。如果是雨落在树上，树就会垂泪。而如果是霜雪落在树上，树就仿佛拥有了无数颗雪亮的白牙。能让人看见白牙，那树必定是灿烂地笑着。"在她寒冷美学的观照下，挂雪的树枝便不像流雨水的树枝那样哭哭啼啼，有一种宽敞的情怀。

在《伤怀之美》中有一篇叫《年年依旧的菜园》，是写作家小时候和外祖父外祖母生活的情景，写与外祖父外祖母一起莳弄菜园的往事，写菠菜、生菜、白菜，写香菜、水萝卜、土豆，写豆角、倭瓜、黄瓜，还写茄子秧、柿子秧、辣椒秧，还有外祖父那句话："别小看我这片菜园和自留地，它可以养活城里的几十条人命呐。"作家在成年之后，远离了外祖父、外祖母，也远离了菜园，"我就很自然地用手拿起笔回忆那些让人感觉到朴实和亲切的消逝了的日子。回忆那菜园，菜园中的蚂蚱和蜻蜓；回忆麦田，丰收后有稻草人屹立在麦田里的情景。我便觉得那田野的风又微微吹来，我的心头不再是一潭死水，我生命的血液又会畅快地在体内涌流起来"。在此文的结尾，她写道：

> 我的手是粗糙而荒凉的。
> 我的文字是粗糙而荒凉的。

说自己的手和文字荒凉，并不是一种自谦，而是有一种自得和自足。在另一篇《女人的手》里，她又发现"菜园"的奇异效果："女人的手为什么不容易老呢？我想其中的一个主要原因是由于它们经常接触蔬菜水果、花卉植物和水的缘故。女人们在切菜的时候，柿子那猩红的汁液流了出来、芹菜的浓绿的汁液也流了出来、黄瓜的清香汁液横溢而出、土豆乳色的汁液也在刀起刀落之间漫出。它们无一例外地流到了女人的手上，以丰富的营养滋养着它们，使它们新鲜明丽。女人的手在莳弄花卉和常绿植物时必然也要沾染它们的香气和灵气，这种气韵是男人所不能获得的。"这种美妙的想象，实在是迟子建的"菜园情结"的又一写照。因为她的这一美妙的想象在科学上是大有疑问的，好在她写的不是科普类文字，她可以把她的菜园功能发挥到绝对极致。这种"菜园情结"是建立在对大自然的挚爱的基础上的，对人与自然的密切关注使得迟子建的"菜园情结"慢慢转化为带有绿色和平主义的倾向，也由对故土的热恋发展为对人类环境的关切。在《哀蝶》这篇美文中，作家毫不避讳自己小时候，是个"扼杀蝴蝶的小妖魔"，她的心还在为二十年前的过失而颤抖，并在文中表示要"向着极北的童年生活领地鞠一躬，哀悼那些毙命于我掌心的蝴蝶"。多年之前的事情依然难以忘怀，为美的毁灭，为美的消失，为生命的早逝，为生命的永生，她文中描绘的种种美丽而透明的翅膀，正是她理想的美学表征。

阿央白意识与性别神话

在迟子建这本《伤怀之美》的散文集里，有一篇叫《阿央白》的很奇异，虽然依旧是她常用的笔法，但描写的对象和抒发的感情却是一种变调。一般说来，迟子建的思路与女权的策略相距较远，她的小说基本上是风格学意义上的女性文学，而不是性别意义上的女性文学。但这篇《阿央白》却越过了风格意义上的女性，有了性别意义上的女性特征。

> 它是如此安然地出现在我面前——阿央白。晨光弥漫了空悠悠的山谷，它面朝着鸟声起伏的山谷，把它那惊世骇俗的美一览无余地展现在我面前。
> 我远远地看着它，它的黑褐色的质地、轮廓分明的曲线、睥睨世俗的那种天真无邪的气质。我们就在那一瞬间温存地相遇了，阳光在它的身上浮游着，它似乎就要柔软地莹莹欲动，就要流出一股莹白芬芳的生命之泉。

迟子建文中所说的阿央白是一尊刻有女性生殖器的石窟，是白族先民原始崇拜的特殊雕刻。阿央白赤裸裸地展现在庄严的佛教圣地，与周围石窟中的菩萨、南诏国王及侍从坦然相处，本是大理的一大奇观。虽然迟子建也对此作了一些哲理性的阐释，譬如"它跻身于佛教圣地，是否提醒人们能做佛的思考该是由人开始的，而不是神。只有人才能思考宗教和哲学，而人是从母腹中啼哭着爬出来的，阿央白是我们生命的窗口，我们的思想在做无边无际的精神漫游时，不要忽视生命本身的东西"。

这固然是精辟的妙论，但这样的哲理并不是她一人所能发出的，一些男性作家譬如余秋雨或许比她更深刻更有历史纵深感。在这篇散文中有意义的是作家"我"与阿央白的联系，在我们上述的引文中，第一部分里阿央白还是处于被看的位置："出现在我面前。"而第二段的引文里，"我"和它相遇了，而且是"温存地相遇了"，"相遇"就意味着双方处于一个平等的境地，同为"看"又同为"被看"。这一点在后来的描写中更为明显："晨光涌动着，我和阿央白同样沐浴着光明。我走近它，仔细端详它，我其实是在端详自己。"把阿央白当作自己来审视，这是迟子建写作中的一个变奏。阿央白是一个物，而且是一个女性生殖器的象征，迟子建作出这般认同，摆脱"看者"的身份，说明性别意识的觉醒。这种性别意识还表现在对阿央白的具体描写上，"它似乎就要柔软地莹莹欲动，就要流出一股莹白芬芳的生命之泉"。这样一段优美的描写，是女性生命欲动的升华，也是灿烂的大自然与人的灵性的交媾。在迟子建以往的小说中，她很少写到自我的女性愿望，而在阿央白面前她天真无邪地述说女性生命的性意识，并视为真正的美。这表明她的审美意识在悄悄地发生嬗变，从"冰肌玉骨"的男性"他者"转为自我意识明晰的女性自身。

　　当然，这是一个艰难的过程。迟子建将和许多女作家一样碰到很多巨大的难题，在《阿央白》这短短的文本中，对阿央白的称呼就该让她费了一番心思。阿央白作为一件雕塑，它首先是一件物，而物的称谓在汉语的指称代词是"它"，但作为生命的窗口，它又不是一件物了，尤其是作家对它进行赞美时，这又是一个人化了的它了，"我走近它，仔细端详它，我其实是在端详自己"，"它"与"我"的置换显然把作为雕塑的阿央白人格化了，但这里"仔细端详它"的"它"则应该是用"她"字，然而迟子建即使对阿央白的赞美达到最高潮最辉煌的当口，也没有使用这个"她"字。要是在男作家那里，虽然有可能全篇不用"她"字，但到了赞美时，必然要不由自主地改换成"她"字，我们在杨朔等人的散文中时常见到。而迟子建在全文中始终不变地以"它"进行指称，不论阿央白是作为一块冰冷的石头存在，还是作为生命作为作家的同一体出现，都没有发生变异。我想这一方面与迟子建严谨又不拘束的语法修辞方式有关（她做过师范学校的学生、老师），另一方面则是性别意识在文本中的显现。因为在女性主义的目光里，"她"与"他"的分工不同，"他们"对"她们"的涵盖，"她"对"它"的替代（虽然是在感情升华时才出现这种替代），都是男性话语中心的产物，都是对女性存在的蔑视。因而迟子建在这篇散文中采取的立场就似是带有某种性别色彩的选择。

有趣的是迟子建又好像并不特别在乎自己的女性立场。她好像并不在乎"被看"的境地，更重视美的境地。在文中有这样一段话很有意思："阿央白诞生了，而且存在下来，并且将要获得永生。雕它的人没有留下名字，但我觉得当他用刀凿划出一道道痕迹时，他一定是敛声屏气用心在雕刻。雕它的人一定是个心性很高、懂得温暖的人，也是一个真正懂得艺术之美的人。我与阿央白邂逅的一瞬，我便于无形中看见了一双手拂它而过的痕迹。那只能是一双男人的手，只有男性的手才能使女性的美获得真正意义上的解放。"这里写到男人与女人的关系，本是很能表达迟子建的性别的时候，然而她却用这样的话来表达："只有男性的手才能使女性的美获得真正意义上的解放。"在这里有几个词值得注意，"男性的手""女性的美""解放"，就本文的语境来说这几个词是不会发生歧义的，可如果我们撇开阿央白石雕的语境，就发现"只有……才能……"这样的绝对条件的关系句至少潜伏着两股相对的性别走向：一是女权意义上的，女人至今未得到彻底解放是因为男人那只无形大手的束缚，是男人那只无形大手遮蔽了女性的美、女性的天空、女性的阳光；另一种则是非女权意义上的，女人的命运最终还得靠男人解决，这又是缺少女性自我解放的意识，而简单地回到了男性文化的怀抱了。面对一个庞大的男性社会文化谱系，不用说迟子建这样并不以女权思想自居的作家，就是那些以女权主义为己任的"革命者"，也常常会掉入自我悖反的二难之中。

以散文之美立于世

迟子建从事文学创作的年头不能算短了，她写作的数量也不能算少了，即将面世的文集一百多万字也只是她创作总数的三分之二，说她是一个产量高质量好的作家，也不能说是过溢之词。虽然现在还不是给迟子建盖棺定论的时候，可纵观迟子建的整个创作不能不发现，她在整个女性文学中的地位和价值，可能是靠"散文之美"立世。与张洁、谌容等新时期文学开山的女作家相比，她缺少那种捕捉社会问题的敏感力和穿透力，和王安忆、铁凝、残雪、张辛欣等大姐相比，她在展示生活和人生的广度和深度上似乎又略嫌不足，而和她同辈的新状态女作家们往往又以大胆而骇俗的个人化的私语性质取胜，虽然同属个人化的写作类型，可迟子建的私人空间要比陈染、林白、海男单纯得多，也透明得多。陈染、林白、海男的小说状态是诗性的扩张和延伸甚至膨化，这可能跟她们最初的诗人经历有很大关系，而迟子建一开始就是以一个散文化的姿态进入小说的，相对而言，她小说的私人性程度和自语化强度都不像她们那么突显，她仍然有较强的读者意识，这也使她的读者面要相对开阔一些，这与她作品的散文之美有某种关系。

事实上，迟子建的小说能够给人留下深刻印象的不是那种性格复杂的人物，也不是引人入胜的故事情节，甚至不是那种乖戾或奔放的情感，而是那种宁静幽远的风俗民情和作家纯朴至善的美好情怀。她早期的《沉睡的大固其固》《北极村童话》都是以非典型化、非情节化的童年视角进行叙述的，不是以人物的思想性取胜，而是靠情绪的纯真、心灵的挚美来进入当时的文坛的。而近期的《旅人》等小说依然保持情绪化、散文化、印象化的特征，即使在她的两部长篇小说中迟子建着意营造的也是那种氛围和意绪，这更说明她的审美追求和艺术长处还是在散文之美这样的结穴点。

现在，我们对年轻的迟子建作这样的判断似乎未免早了一些，可她要跳出她自己多年营造的美学趣味，更是一件艰难的事，而且弄不好还会丧失了原有的自我，她不会去冒这个险的，因为没有这个必要。

原载《当代作家评论》1996年第1期

迟子建：极地之女

戴锦华

生之行板

　　较之同代人，迟子建更早、更为飘洒地以她的《北极村童话》步入文坛。如果说，至少截止到二十世纪八十年代，中国作家大多是"地之子"；那么，迟子建的"故乡故事"则更多地点染着异地之情。在对她的最早的作品的接受中，人们甚为快慰地指认出某种难以言明的俄罗斯文学的韵味——那是为一个特定的时代所极为稔熟的文学的范本。然而，在笔者看来，那与其说是某种国别文学给迟子建留下的印记，不如说它来自极地，来自那片广漠、丰饶、冰封雪飘，因而异样艰辛的土地。

　　迟子建是一位极地之女。她带给文坛的，不仅是一脉边地风情，而且是极地人生与黑土地上的生与死：是或重彩，或平淡的底景上的女人故事。尽管不再被战争、异族的虐杀所笼罩，但那仍是一片"生死场"①，人们在生命的链条上出生并死去，人们在灾难与劫掠中蒲草般地生存或同"消融的积雪一起消

---

　　①　三十年代东北作家群的代表女作家萧红的长篇小说名。

融"①。生与死在迟子建的笔下有着一份别样的单纯与质感，但不是、不仅是诗情书写中的生的礼赞、生的悲歌或死的哀叹。在迟子建笔下，比对生死之谜的痴迷更为清晰的，是颇为独特的、对生死之谜的了悟。

和王安忆一样，迟子建在写作生涯中成长。然而，在写作、成长的书卷中，迟子建的作品所渐次浮现出来的是一份苍凉，一份被"温暖和爱意"②所洇染的苍凉，如极地的黑土般的广漠。在迟子建那里，死亡尽管无疑是对生命与生者的重创和掠夺，但它从不是不可逾越、不可窥见的黑墙。在多数作家笔下，死亡始终是石破天惊的事件，它构成叙事的转折，它是主人公生命之旅无法复现的驿站，它构成大幕落下、封闭了一切的结局；但在迟子建这里，死亡渗透着生，伴随着生；不仅是《向着白夜旅行》式的"与幽灵同在的夏天"，不仅是《白雪的墓园》式的拳拳思恋。尽管死亡间或构成了死与暴力之链（《岸上的美奴》《遥渡相思》《晨钟响彻黄昏》），但在《树下》，女主人公七斗在一个又一个的葬礼、一次又一次的劫难中长大；在葬礼的队列过后，倾听着鄂伦春人的马队、期待着白马上的梦中情人。在葬礼与丧失中她渐渐地由一个恍惚的少女，长成一个女人，一个平常而柔韧的农家主妇。在《原野上的羊群》中，当一个都市之家因一个抱养的孩子而盈溢出温情与暖意；小镇上，一个六岁的小姑娘却因对小弟弟的思念而憔悴死亡，一个中年的北方汉子因此而心碎；与此同时，在遥远的异国，一个放浪形骸的姑娘、一个不宁的灵魂在死亡中找到了安详。

在迟子建的世界里，生与死与其说是相互对立的两极，不如说是彼此渗透的生命之维自身。《亲亲土豆》中，那被土豆——果实、种子、粮食所填满的墓穴，与其说是渡往冥河之船，不如说是丰满的生命与爱之舟。对此，迟子建如是说：

也许是由于我生长在偏僻的漠北小镇的缘故，我对灵魂的有无一直怀

①　迟子建《遥渡相思》中的句子。
②　迟子建《岸上的美奴》题记。

有浓厚的兴趣。在那里，生命总是以两种形式存在，一种是活着，一种是死去后在活人的梦境和简朴的生活中频频出现。不止一个人跟我说他们遇见过鬼魂，这使我对暗夜充满了恐惧和一种神秘的激动。活人在白天里生活，死人在白天里安息；活人在夜晚时"假死"，死人在夜晚栩栩如生地复活。就这样，我总是比其他人更加喜欢梦见亡灵。他们与我频频交谈，一如他们活着。①

因此，在迟子建笔下涌出的始终是一脉"生的行板"：舒缓、平实，间或是几近残酷的坚忍、顽强（《秧歌》《香坊》《岸上的美奴》），生命在死亡之后延伸，暖意与柔情在死亡的裂痕间弥散（《亲亲土豆》《雾月牛栏》《白雪的墓园》），死后的世界不是天堂和地狱，墓园也不是永恒的安息地，而似乎只是别一类生的开始：依然平常、琐屑，也许依然艰辛、痛楚。因此，故去的父亲仍会为"我"上了大学而喜极而泣（《迟子建文集·亲亲土豆·自序》）；几近禽兽的姨父也会在身后的世界为七斗不复处女之身而愧疚、忧心（《树下》）；故去的前夫带来的仍是令人疲惫、痛苦的折磨，但也是曾相濡以沫的夫妻间的一份坦诚（《向着白夜旅行》）。

伤残的生命

如果说，在迟子建的世界中，生与死并不构成命运之维的两极，它们甚至不是人生逆旅的绝对起点与终点；那么，颇为有趣的是，她的作品之流却无疑有着暖调与冷调的两个序列。前者被浓浓的亲情、温暖的炉火、在伤痛中浮现出的笑意氤氲着温馨的光晕，艰难但喧沸的极地人生，在此显现着它的富庶、慷慨与柔韧。那是生命的包容、背负与原宥。那是《北极村童话》中的大部分篇章，那是《白银那》之后，迟子建的又一个丰收时节。其中《日落碗窑》《雾月牛栏》《逆行精灵》等篇，盈溢着那样一份晚秋般的灿烂。似乎是一次错位，

---

① 《迟子建文集》卷二《秧歌·自序》。

当现代都市的巨大空间开始在九十年代的文学中浮现出来的时候，迟子建返归了她的极地，她的故土和小镇，返归了孩子真纯的视域之中。无论在当代中国文学的接受定式中，还是对于开始在现代化的无情进程中瑟缩的心灵来说，这一作品序列确乎是"如歌的行板"，它如同落在金黄稻草上经霜的果实，以它的丰满、暖意给人以爱抚的触摸。于是，人们更倾向于以类似的作品和类似的风格指称并命名迟子建。于是，它不期然间成就了别一种辨识中的遮蔽。

事实上，即使在迟子建最早的作品中，那天真烂漫的童年往事中已隐含着哀痛与伤残：那是晚年丧子的姥爷对几粒瓜子的痴心，那是失去了丈夫、孩子的"老苏联"孤独而无人知晓的辞世。从某种意义上说，迟子建最为动人的故事，是对伤残生命的书写。尽管在她那里，极地，无疑是"一片神奇的土地"，但并没有奇迹来拯救或修复那些伤残人生。在《日落碗窑》的迷人结局中，弱智的女人在经历了多次流产之后，于被弃的砖窑旁生下了一个"红润的婴儿"；在她身边是令两位风烛之年的老人绝望的一窑瓦砾中唯一一只完好的泥碗，"完美无瑕"，"仿佛是由夕阳烧成的"。而残废了的狗冰溜儿带着负疚的孩子关小明，在严寒降临之前找到了产妇和婴儿。于是，日复一日艰难、辛酸的生活得到了补偿，生命因自身逻辑而片刻辉煌。生活的纵横裂隙，在岁月中弥合，但缺憾仍在、伤残犹存。有的，只是"人间的天堂"，是体味与满足中获得的天堂；它是逝去中的古老社群所拥有的亲情、血缘、乡情与邻里间的厚爱。

此间，或许更为典型的，是《雾月牛栏》，这个温情盈盈的雾月，同时是男主人的弥留之际；"三朵拴牛的梅花扣朵朵清幽"的牛栏，葬埋着一个为成人无穷的负疚与孩子永远的残缺所遮蔽并显现的秘密。与其说是一次罪行，不如说是一次错误，一场灾难：只是一次被天真的孩子所窥见的"初始情境"，一次"正常"的成年人的道德与羞耻感。但它比罪行更可怖：它无可补偿，永难救赎。当孩子成了宁愿与牛为伴的弱智者，成人同样在难以启齿的自责中背负着一份残缺的人生。雾月的降临，雾月的牛栏，继父的去世，并未使宝坠在瞬间"洞穿"回忆的"深渊"；而只是使他获得了异父妹妹的亲情，为他再次印证了母爱。于是，雾月的牛栏里降临的是一份安详，一份朴素的生命无多奢求的完满，永远伴着伤残、伴着缺失的圆满。

成长与女人

　　但在这一温情序列的侧旁，迟子建有着别一样的叙述，别一样的故事，那是似乎为幽冷的晖光所烛照的残酷戏剧。人们似乎更愿意略过这一序列。那是丧失，是劫掠，是灾难的环舞。生命"漫长得残酷"，它以"奇生奇死"[①]为节拍，无涯的灾难只有在别一灾难中获得终结。正是在这一序列中，有着迟子建所独钟的一类人物：早熟而恍惚的少女。她早慧，却力不胜任地背负着苦涩、艰辛的重担：那可能是久病不愈的母亲，可能是狞笑而无怜悯的世界，可能是父母双亡的悲苦命运，可能是强暴、杀戮，可能是无知间的乱伦。她最早出现在《树下》，而后复沓出现在《遥渡相思》《麦穗》《炉火依然》《岸上的美奴》等诸多篇章之中。

　　从某种意义上说，《树下》是迟子建唯一一部"成长小说"——尽管她笔下类似的阴郁的少女故事都多少指涉着"成长"。和欧洲文学小说传统中的"成长"主题不同，在迟子建这里，一个女人的成长有着颇为不同的表述。事实上，即使在今日之"文明世界"，少女，而不是少年的成长仍是一个悬置的命题。一部少年人成长的故事，理所当然的是经历坎坷、经历考验，长大成人。成人式，意味着对社会的加入，意味着获得指认和命名。但一个少女的成长，则是成为女人——后者似乎更多的是一个自然生命的概念与过程，那是生命与身体的成熟。但迟子建的书写却在不期然间撕裂着类似的预设。如果说，在少年的成长故事中，遭遇异性、经历性爱，是跨越成人式的门槛，那么在迟子建这里，类似奇遇却更像一种摧残、一份劫数。不仅《树下》的七斗遭遇的是无助之间来自姨父的强暴，《遥渡相思》中同样失去双亲的得豆，则在无望和疲惫中承受了曲儿的性爱，那是一种非道德意义上的自我放纵；那与其说是对生的攀缘，不如说是对死的贴近。而在《岸上的美奴》中，青春期是一份多重意义上的残酷与迷乱，是一份重负、屈辱与无助间的无名的愤怒。于是，它酿造了一次异样沉着的谋杀。美奴在自杀的冲动之后，不露痕迹地杀死了失忆的母亲——因

---

①　迟子建长篇小说《树下》中的句子。

为记忆的丧失，后者由干练慈爱的母亲变成了一个陌生而自我放纵的女人，一份美奴的耻辱，一个横亘在美奴与成长及异性间的阻隔。我们或许可以说，这是一个冷血的故事：美奴不曾为杀死母亲而战栗，不曾为父亲旋即死于海难而悲泣，她只是为来自谋杀目击者的敲诈而流泪；但也正是为这个故事，迟子建书写了题记"给温暖和爱意"。这不仅是一份祈愿，也是一种提示。在这个故事所提供的多种阐释可能中，或许相去最远的是弗洛伊德所谓的厄勒克特拉情结——恋父弑母的欲望。在迟子建的这类故事中，父亲始终不是一个被渴望的庇护者，不是心灵的偶像或遮风避雨的天顶。他始终是一个缺席者，一个浪迹天涯的漂泊者；当他归来，他会丧生在归途之上。美奴当然不是，至少不仅是由于"温暖和爱意"而杀死母亲，尽管她让母亲目送并记住后者所倾心的男人的背影，在最后的时刻指给她有灯光的家。在笔者看来，那更接近一次替代性的自杀：丧失了记忆的母亲，便成了一个在社会／自我指认的意义上丧失了身份的女人。她可能拥有的只有迷乱、痛楚、渴望，而无所依凭。而在既存的性别秩序中，这正是一个成长中的少女可能的现实、文化遭遇与身份缺失。所谓"待字闺中"，意味着一份无名无主的延宕与搁置。于是，在迟子建笔下，这与其说是一种成长，不如说是一次阻断。除了归属于男人，或仿同于男性的行为逻辑，"文明"并未提供一条女人的成人之路；那只是一条没有航标的河流。

然而，如果说剥夺与暴力造成了迟子建女主人公成长之路的阻断，那么在《树下》中，七斗同时拒绝以社会所认可的方式"成长"为一个女人。因为除却姨父的原始情欲，七斗身边始终有着不乏爱意的男人，她只需接受（如果不用"选择"———种被动者的主动方式）其中的一个，为妻为母，她便可以结束生存的无名状态。她的第一次婚姻——那个丑陋、不无古怪，但无疑坚实可靠的男人，显然会给她提供庇护。但她仍继续了她的漂泊。而在《炉火依然》中，"我"尽管如此渴望那炉边的位置，但仍拒绝接受、拒绝抉择；直到恋人禾成了一个梦，一个渺不可寻的目标。

一如美奴对"青远号"（不是父亲）驶往的异国的酒田充满了渴望，七斗则几乎倾其一生，倾听着鄂伦春马队的蹄音，充满激情地等待着那匹白马和它的骑手。但那与其说是一份爱恋，一个少女对梦中王子的期待，不如说它只是一个心知肚明的狂想，它指称着一份陌生的、别样的生存，一个不可能逃逸之梦。七斗固执着她的流浪，尽管这流浪和她梦想中的逃逸并不重叠。它只是一份延宕：对女人的宿命的延宕而已。尽管迟子建不曾强调，但这一漂泊之途，无疑会给七斗留下"红颜祸水"的"恶谥"。只是在故事的结尾，迟子建才给七斗为妻母的归宿，但在宣告七斗所萦系的白马和它主人已不复人世的同时，迟子建添加了她的小儿子多米的夭折。于是在结尾处开始的，是又一轮女性命运的轮回。小说最初的编辑者将其改名为《茫茫前程》或许不无道理，尽管迟子建始终偏爱它最初的名字——《树下》，因为后者更平实。"树下"，意味着一份有生机的荫庇；"树"的根深叶茂，或许正对应着七斗浮萍般的漂泊。

事实上，在迟子建笔下的两类女性形象——女儿/恍惚的少女和女人/那些平实、丰饶、坚忍的母亲间，并没有一条"自然""逻辑"的通道。于是，在《岸上的美奴》中，失去了记忆的母亲，便公然表露着她对责任、艰辛生存的厌倦，重成了一个"女儿"。不期然间，迟子建触到了一个关节：或许造就了那些迷人的母亲的，是苦难的潜抑，是对梦想的放弃，是有选择的、有效的遗忘。她们唯一的逃遁之路，是疯狂或死亡。

丰饶与贫瘠

在此，迟子建的写作显现了某种女性写作的困境；或许更为确切地说，是一份女性生存的困境：或则做女人、做母亲，丰饶、柔韧；可能爱人，也被人爱，但也独自背负、咀嚼着不为人知的痛楚；或则固执于漂泊，延宕着女人的宿命，但自由而脆弱，必须面对着生命的孤独与贫瘠。而迟子建的暖调序列，那些如歌的行板中，始终少不得一个丰饶的母亲。

从某种意义上说，这丰饶的母亲的形象，在迟子建的笔下弥散为她记忆与梦中的故园与极地。同样是对土地和江河的书写，但在迟子建这里，北国的黑土、冰封的黑龙江被赋予了十足的母性：在收获的时节，在鱼汛到来的时刻，那是一处地与江、天与人浑然和谐的所在，那是一派慷慨与富足的给予。甚至《日落碗窑》中那只奇美的泥碗，也无疑以它的敦实、丰厚，呈现为母性的象征。与极地的"原始风景"相对照的，是现代文明、现代都市。如果说，在迟子建的书写中，故乡是生育、丰饶之地，那么都市便是贫瘠之所，甚至是"杀戮之地"。事实上，在迟子建的冷调序列中，至冷的篇什来自她的都市场景。在她的另一长篇《晨钟响彻黄昏》里，现代都市已不仅是"悲恸之地"，而且是罪恶之地、死亡之地。不仅是都市，而且是文明，或曰现代化进程，都在榨干土地与自然。慷慨赐予的大江不再丰饶，鱼汛成了难得一遇的奇迹。

　　而在迟子建为数不多的篇章中出现了都市中的女人。那是幸运的逃逸者：她们间或可以逃脱极地女人无从逃脱的宿命；她们同时是被逐者，在可能脱离女人的"轮回"的机遇中，她们被逐离了生命之环。在迟子建的都市场景中，如果出现母亲的形象，那么她仍将遭遇叛卖与剥夺。《原野上的羊群》是迟子建为数不多的都市与乡土遭遇的篇章。故事中的女画家，作为一个不育者，从小镇上抱养了一个孩子。孩子带给她一份完满与温情，她的作品由"阴冷、变形"变为明亮、暖意融融。但这是一份借来的丰饶，它间或同时是对土地的另一种掠夺；但毕竟，因了孩子，女画家与土地获得了一种新的连接："孩子，轻轻地走，别踩疼你的小姐姐。"

　　成长与拒绝成长、渴望丰饶与执着自我，构成了迟子建女性书写间的困境。这女性体验中的双重视点，成就了迟子建对"历史"/"胜利者的清单"的漠视，成就了她温和的、对现代文明表述的怀疑。作为一个极地之女，迟子建不是所谓的"先验的无家可归者"，但她同时已然是间或不彻底的都市人。她似乎可以随时返归故乡，但在她最早的篇章中，故园已是一份记忆、一份想象中的斑斓与富足。一如《北极村童话》中，那串永远失落了的五彩项圈；它不仅指称着真纯的童年，亦在不期然间指称着心灵的故乡与家园。即使那些"如歌的行板"，在迟子建笔下，也只是"无穷思爱"中的怀恋，一个温情物恋的对象。在《北极村童话》之后，在若干岁月的流逝之后，我们或许可以将《原始风景》视为一次心灵的皈依，在童年场景与人物再度复沓登场之后，是迟子建远为圆熟而深情款款的暖调系列的再次涌现。可以说，这是一个自我放逐/遭放逐的极地之女，她仍在漂泊/归家之途上远行。

女性与写作者

与同代或同时不同代的女作家相比，迟子建不是一个十分关注小说技法或刻意营造叙事语言的作家，她也并非一个内省型的作者。从某种意义上说，《音乐与画册里的生活》是迟子建唯一一次关于写作者的写作，唯一一部可以阐释为反身自指的作品。故事中，应邀写作自传的老妇人，书写了一系列彼此平行的虚构故事：那是战争／杀戮和女人，是男人和女人，是丧失和遭劫掠。这是迟子建的一次关于战争与和平的书写，但笔者更倾向于在象征的意义上，将其读作迟子建的自我指认与精神自传。在这部中篇里，老妇人所书写的是不曾发生的想象，但它同时是分外真切的"回忆"，结尾处的告白，亦如一段哀思："我的回忆结束了，月亮朝我的心底落下，我欣然接纳它。……如果世人真正怀念我的话，别探究我个人的历史，请接纳我心灵的献辞吧。"除了童年，除了丧父的一段切肤之痛，迟子建不曾加入令九十年代文坛沸沸扬扬的女性个人化（准自传）写作之潮，她仍如绝大多数作家一样将"个人的历史"、女性的体验与对这性别经历的咀嚼，隐身在虚构——"化装舞会"的假面之后。但，那未必不是一份带着尖锐与锈钝的痛楚的真实。现代女性生存与书写的困境，在双重尺度、双重光照之下的女性体验，或许是在别一层面上。迟子建所经历的成长，便是置身在她的暖调与冷调序列之间、偏向着冷调的《秧歌》系列。

这是为笔者所偏爱的系列，我将《音乐与画册里的生活》《秧歌》《香坊》《旧时代的磨房》《向着白夜旅行》《逝川》这些似不甚相关的作品归于此间。这里有别一样的厚重，别一份成熟的光泽。以并不张扬的方式，并不借重母爱与童心这类经典的"女性主题"，迟子建在其中凸现了女性独具的视点，被女性的经验与体验所烛照的人生。在《音乐与画册里的生活》中，或许因了"战争与和平"的主题，主人公的性别身份，以分外鲜明的方式显现而出：不仅是对和平与生命的固爱，而且是乱世中酷烈的女性生存：种种被摧毁、被劫掠、被侮辱与被损害的经历。因了战争的底景，迟子建建立了一种对女性性别群体与命运的辨识与认同。

而在《秧歌》《香坊》《旧时代的磨房》之中，迟子建进入了历史场景：

一种没有年代的历史。既是"原画复现",又是对经典的历史叙述的消解:一份女性书写中的消解。此间复现而出是艰难、厚重、不无残酷的边地生存,以及这生存图景中的女人。《秧歌》里的主人公女萝经历着由女儿而为女人的生命之旅;在这熙熙攘攘、热闹而浑噩的边地小镇风情画中,女人的遭劫亦可能是唯一的获得;"她"为女人的"自然宿命"、为男人的暴力所裹挟,"她"从来不曾拥有别样的选择,她的全部财富只能是流逝而去的"日子"。也许不无暖意,也许充满绝望,但它从不曾被回首、被检视。在这一世界中,回忆无疑是过分的奢侈。在女萝平凡的生命经历近旁,是一个不断显现而出的奇迹般的女人:小梳妆;作为南天阁——几乎是另一世界的秧歌花魁,小梳妆是万人争睹的偶像与传奇。她完满了小镇人们的节日,或者说她出场本身便成了节日。因争看秧歌冻掉脚趾、从此无缘一睹盛况的女萝,小梳妆成了她生命中永远缺失的梦想。而迟子建为这两个天壤相隔的女人设置了一次相遇,一次充满女人间默契的相遇。在小梳妆迷人的传奇背后,是一段孤寂的、遭虚掷的生命,一次痴心的、无望的守望。那是另一个太过平常的女人的故事。小梳妆留给女萝的,是一段意味深长又淡淡如水的告白:"没有薄情的男人,只有痴情的女子。"那后面是无限辛酸的女人的一生。《秧歌》或许因此而成了女性"宿命"的揭秘。在《香坊》中,越轨的女人邵红娇曾接受了男人的正告,渴望做一个"完完全全的女人",但留给她的仍是和小梳妆一样的收束。

而《旧时代的磨房》所成就的则是一次不期然间的"戏仿"。并不多见的,在这个中篇里,迟子建选择了一个彼时颇为"流行"的"妻妾成群"的故事,有着年轻、冷眼观世的四太,有着弱智的隔房之子,有着家族的、似乎可怖的禁区与秘密——磨房。老爷热衷于在那里做爱,也终于在那里身亡。但故事的结局却在迟子建所长于的平淡中实践了一次戏仿间的消解。磨房的秘密并非"壁橱里的骷髅";埋藏在磨房之下的并非白骨,而只是粮食;老爷的神秘只是农人、地主对安全与权力需求的一种表达。那与其说是怪僻,不如说是孱弱。如果说,在男作家笔下,四太太或五太太们的结局只能是疯狂或绝望地自甘囚禁,那么,迟子建则让她的女主人公成功逃离,远走他乡。《向着白夜旅行》是迟子建的都市篇章,一个与幽灵同在的故事。奇特、迷人而痛楚。以这独特的方式，迟子建表达了现代都市女性所背负的那份疲惫、厌倦与了悟。回来的男人已是一个幽灵，如果说他因眷恋而来，那么却未曾成就一个温情与和解的片刻。他仍是一个不能自已的猎艳者，她仍在隐忍中体味着身心交瘁。他们"向着白夜旅行"，是为了自欺式地实践一次爱情的盟约，也是朝向一次已知为不可能的梦想。但它再一次成了对昔日不堪重负的现实的搬演，成就了一次永诀。

在这一系列中，短篇小说《逝川》成了另一个个例。在这个故事或者说情境中，迟子建超离了逃离与陷落、放逐与牺牲、都市与故乡的两极对照。这应该说是迟子建的一个暖色的故事，关于生育：一个新生命的临世；关于鱼汛，渐趋贫瘠的大江的再一次"开怀"。但它也是一个生命遭虚掷的女人的缩写故事。不是因为拒绝，不是为了逃离，主人公吉喜因为太过出色、太过丰盈而被男人的世界所放逐。"你能过了头。"因为认定"只是会生孩子，那又有什么可爱呢？"，吉喜被男人所欣赏、所喜爱，却终身无人前来迎娶，因为天底下有一个自己便能撑门立户的女人，让男人无颜。于是在这丰饶的土地上，她只能成了一个接生婆，一个将生命的热量给予他人骨血的女人。这是另一类平常的女人的故事，或许是一种更为深刻的宿命与悲剧。正是在这个故事中，迟子建构想神奇的泪鱼，她为小说赋予了"逝川"这一有着时间、生命形象的名字，尽管在现实中并没有太多的人为吉喜式的命运而流泪。

在九十年代的文坛上，迟子建是一个老资格年轻作家。她并不追随他人的写作，这构成了九十年代文学景观中的另一道风景，一份并不刻意强调，但渐趋清晰的女性写作脉络。路无疑继续延伸，一个评论者怀抱着期待。

原载《山花》1998年第1期

温情的力量

——迟子建访谈录

迟子建　阿成　张英

张英：近几年来，学术界对汉语日渐僵化、粗糙的趋势越来越担忧。作为一种交流的手段，汉语在本世纪发生了惊天动地的变化，从文言文中剥离出来的白话文汲取了文言文的营养，在本世纪初的文人、作家笔下焕发出崭新的激情与活力，开创出一个朝气蓬勃的现代汉语文学空间。经过长达二十年的发展与完善，现代汉语渐渐成形和完善，现代汉语文学也由此达到了一个前所未有的高度。但经过几十年的政治变革和社会运动，在意识形态你死我活的斗争中的现代汉语，却越来越疲惫越来越僵化，加上近二十年西方文化对中国社会的影响，语言的组成结构也越来越拉丁化，同英语的组成结构惊人地相似，汉语正在丧失它的活力、丰富性、精确性和所指，甚至连人们的思维也发生了惊天动地的变化和扭曲。尤其是在经过"文化大革命"后，汉语的优美动听以及画面感渐渐离我们远去了，语言作为一种恐怖的工具已经变得破碎不堪了。在五年前你发表的长篇小说《晨钟响彻黄昏》中，第一章的标题就是"迷途的汉语"，这个长篇给我印象很深。我想你对这个问题思考一定很多，因此想请你谈谈对此的看法。

迟子建：我曾回答过文能先生的提问，和你的问题比较相似。大家这么在意我的感觉，我有些受宠若惊。我是凭直觉这么写的，小说的主人公在大学里从事汉语教学研究，就此发挥了一下，没有任何学术上的想法。他在生活中与人交往，经常说些言不由衷的话，这种言不由衷使得汉语的本真意义消失了，虚伪的成分增加了，要说整个汉语迷失，那是学术界的问题。

　　古代汉语向现代汉语的转化是一个痛苦的过程。以先秦口语为基础而形成的古白话，在这种转变的过程中如产卵的大马哈鱼一般迅速死去，它产出的卵孵化成小鱼后顽强向大海游去。在这种蜕变过程中，汉语的神话色彩逐渐消失，音乐色彩和语意色彩也逐渐消失。平白、朴实、自由的汉语替代了千锤百炼、华丽、寓意隐晦的汉语。汉语朝着大众化的宽广道路放心大胆狂奔的时候，原始的文字色彩走在路的两侧悄然退去。汉语走在一条阳光灿烂的大道上，但好景不长，它很快陷入一种模式的僵局。于是很多人又对加着无穷无尽注释的古汉语产生了浓厚的兴趣。吟哦不尽的古典诗词使汉语曾经达到了一种炉火纯青的地步，古汉语和现代汉语展示了两种不同的情景。古汉语把晚霞写得典雅诗意，而现代汉语往往容易让晚霞只成为一种动人的风景。前者幽怨叹息，富有宗教气息，后者洒脱无羁，看破红尘。汉语发展到今天不再隆重登场，它可以穿着破衣裳戴着旧草帽大摇大摆纵横四海，它放浪形骸、魂飞魄散、不拘小节。汉语在奔涌了许多世纪之后，发现它的激情消退了。它疲惫、瘦弱、略显苍白，同使用它的主人一样。汉语的主人越来越木讷、倦怠，无所适从，汉语也就更加心灰意懒。汉语的发展依赖于使用它的人的精神气质，汉语的主人迷途了，汉语必然迷途。

　　我觉得现在小说的语言是一种倒退。中国小说语言不是今天这个样子的，它特别讲究平白有韵味和对语言的推敲，遣词造句特别精细，而现在的小说语言特别乱。

　　张英：仿佛不约而同，被称为"先锋派"的一批作家，在创作伊始就在文学写作中对语言进行各种不同的大胆试验和探索。我觉得这显然不是一个偶然的现象。你的小说比较纯净优雅，我不知道这是不是与你一直生长在东北小镇，过着寂静的生活有关？但你的语言也有变化，由初期的华丽优美典雅过渡到现在的朴实简洁平实，我不知道是否也有某些考虑？

迟子建：其实我是一个凭感觉走的人，我从没有要把自己和文学创作有意识地进行定位。顺其自然。风格的转变、对艺术的理解以及文学观都不知不觉就改变了，当我还是一个小女孩的时候，正值二十来岁，大自然在我眼里充满了诗情画意，而人年纪大了，很多想法都变了，与现实有直接关系。并不是你在文学上大彻大悟了，而是岁月不饶人，它赋予人无形之中一种沧桑感，使你在写作上倾向于朴素的情感。

张英：人们在读到迟子建的小说时，总会在文字中领略到浓郁的东北民俗、地域风情和自然地貌。在黑龙江这块黑土地上，昔有萧红，今有迟子建。在一些文章里，我屡屡地看到这种比较。从精神继承和文学艺术特性来看，也确实存在某种共性。

迟子建：那是抬举我了。萧红就是萧红，她对东北文学的贡献没有人能与她比拟。萧红的作品比较感人与她的凄凉身世和传奇经历、生死爱情有关，她情感境界特别纯净，与那么多的男人有过爱情，还能够每一次都认认真真地去爱，这种状态少见。

阿成：我陪许多外地作家去过萧红故居，一看到呼兰河两岸的风景就特别感动。

迟子建：我写作肯定不会离开东北生活。不过，地域文化色彩对人的影响确实很大，这是特定的环境赋予作家天然气息，你在这块土地上出生成长，必然在血性中会融进某些特质。我现在在写一个长篇，写一个家族几代人的命运过程、生活变迁。这个想法已经有很久了，准备了近两年时间，搜集了一大批资料。等看完世界杯的球赛，马上就开始写。这中间写了一组中短篇，主要是没有从容的心情。下半年没有什么事了，慢慢写吧。奇怪的是我在没有开始写之前，故事、结构、人物总是朦朦胧胧的，不完整的。凭这种情绪反而能写好。一开始想好的长篇反而容易写砸。

前几年写了很多作品，未必是好事情，也太累。现在想调整一下，我现在意识到完全可以轻松些，写得更好一些。一些想法也发生了变化。我不是靠理性思考写作的人，我以为小说作哲学思考那不好，还不如看哲学书更透彻。小说很简单，能让人看了头几句就看下去，否则弄得很深奥，总是模式高深经常发一些人类末日到来的惆怅装出很大气很深刻思考的作品，这种东西挺没劲的。我觉得是一种不成熟的表现，或者他对小说这种文体还没有悟透。其实有很多人不适合写小说，只是有点苦恼和小感慨小惆怅，这个时期的人都想当哲学家、思想家和理想主义者，所以作品很深奥弄得很紧张，作者累读者也累。我认为人只有在很紧张的时候对这种东西把握不准才会这样。我喜欢看一些很轻松，生活气息浓郁的作品，你觉得它发生在你的生活中，例如阿成的小说，《小酒馆》看了令人垂涎欲滴，吃客的形貌个性活灵活现，一目了然，多简单。这恐怕也是我喜欢《金瓶梅》的原因，除了性写得确实有些过之外，它对市井生活风情民俗的描写和语言的那种老到、平白确实令人欣赏。

张英：那你对当下运行中的中国文学持何看法？从整个文化上来看，对现代小说的认识主要是缘于西方的小说观念。

迟子建：现代小说这么发展，确实是一种倒退，不是进步。比如明清小说就是追求一种民间野史类的写法，但不同于现在的民间文学。那个时代的民间文学是很高雅的，看起来琴棋书画行云流水非常舒缓。我不喜欢现在的中国文学，这种文学实质上是读了一些博尔赫斯等西方小说舶来品之后对它的一种拙劣的模仿。

当然文化可以交流，但这种交流如果用一种文化的意念去代替另一种文化的精神、气息，那则是一种大的倒退。一个民族的文化是一种永远不可替代的东西。我有一种感觉，东西方在文化观念上有比较大的分歧，东方的人文精神与西方的人文精神相差甚远。小说是一种比较实际的东西，比如像吃饭饮食习惯，早上几点起床，东北的风俗习惯与南方的风俗习惯都是不一样的。所以南北作家的艺术风格相差很大。东西方文化土壤不相同，以西方的小说观念来取代东方的小说观念，我认为是非常荒谬的。不是说我这人比较保守，我觉得中国作家想要有出息，中国小说必须先是民族的才再是世界的。先世界再回头观照本民族，这种视野已经被别人换洗过了，不是你自己的。

张英：东方小说自有她独特的魅力和面貌，像日本小说、印度小说在国际上获得大奖，这绝不是偶然的。日本文学中的纯净、忧伤、含蓄，印度文学的慧性与神秘，一直贯穿在几代作家的作品中，他们对世界文学的贡献恰恰在于他们对本民族文化的弘扬与继承，在此基础之上进行创新探索与革命，一代代人前赴后继，把本国文学提升到一个前所未有的高度，从而赢得了世界文坛的尊重与关注。

迟子建：那当然，所以川端康成、泰戈尔才能够获奖。我觉得他们获诺贝尔文学奖理所当然。在他们的作品中，那种东方精神的魂魄表现得淋漓尽致。有时候就想，我们这一代作家不会有成大器的作家（包括我自己），有些人自命不凡，其实他缺乏的东西还很多，起码缺乏生活底蕴，对本民族文化相知甚少。小说是一种让人很全才积累的职业，比如我生长在东北，对东北这块土地也不乏了解，但深一些陌生的东西就不知道了，这对一个小说家是一个致命的弱点。

张英：回过头来看，"五四"时期那一批大作家之所以将白话小说写得很好，原因也在于他们本身受传统文化教育影响很深，素养很深，功底很厚，尽管他们痛恨传统文化，与文言文决裂，转用白话语言写作，但传统文化以及文言文的作用对他们的写作帮助很大。而对于解放后成长起来的这几代作家来说，在对传统文化营养的汲取上不能不说是一个弱点。像现在这批作家，对西方文学所知甚多，非常熟悉，对中国传统的文学反而陌生得厉害。我想，对传统文化（文学）的精华的汲取绝不是读几篇古文就行的。

迟子建：所以我喜欢川端康成。这是一位真正的文学大师，他的小说真正代表了东方精神。比如像福克纳有两类作品，像《喧哗与骚动》这类我不喜欢，这种小说看起来很吃力，智力跟不上。但我看《我弥留之际》和《献给艾米丽的一朵玫瑰花》等一些短篇，就觉得写得很单纯很透亮，晶莹剔透，那些描述南方地域生活的小说我还真比较喜欢，但他的名著倒不一定能读下去。

张英：也许这些原因还是在作家自身，在他年轻时追求一种裂变创新，像《喧哗与骚动》是福克纳早期的作品，带有某些炫智的心态。晚年他写的作品，创作状态进入鼎盛时期，炉火纯青时他可以随心所欲地任意表达，不像年轻时需要那么多烦琐的技巧曲折地表达，人越写到最后越简单，像托尔斯泰也是这样。我一直在想，像西方的后现代小说，在他们自己国家里也只印四五百本，大多由朋友出资印制，除了少数学者、批评家、作家看以外，几乎没有人看。

小说过分注重技术与形式语言，没有了想象力、感情和鲜活的人物，最后会不会走向灭亡？

迟子建：我同意你的观点。小说家最忌讳的就是这一点，也许在写小说时我应该自己看一次，以一个普通读者观点出发，看自己能否读进去，否则这小说一定是写砸了。像形式、结构这些东西实在很简单，没用处。就像做菜，佐料花哨太多，吃的还是味道。中国小说以前都是章回体，都是且听下回分解，看的人讲的人听的人都津津有味，我们没有觉得它单调乏味。我认为内容决定形式，写一个故事采用什么方式最恰当，这只有在写的时候才知道，而不是说在写之前就考虑用什么形式、结构和手法，不然这种小说必然会很紧张。好小说你看的就是生活的一部分，活灵活现，而不是说要强加给你一部分额外弦外之音。就像一篇小说写到吃菜，你仿佛嗅到了它的香味，小说里有一段情感你读的时候甚至觉得你就是主人公，有一种参与感，这就是成功的小说，它肯定是真诚朴素的。

张英：今年你推出了《迟子建文集》，连同其他集子，你的作品量算起来还真不少，可以说是整体质量都很高，硕果累累。在你的小说中，我喜欢的还是一些中短篇小说。写好短篇不容易，对此有何心得？

迟子建：我写短篇小说与别人不一样。一个短篇绝不是一气呵成的，它往往要占用我一周的时间，看起来感觉还要比较流畅自然，两三千字就要出新点，所以我理解短篇好坏与作家自身素质有关。我理想中的好短篇应该是读完后感到很过瘾，读者会感叹：哎呀，它应该再长一点，我还想看，有一种意犹未尽的感觉。有的短篇写得峰回路转，写得特别丰满，但到最后把读者的参与感和想象力打乱了，这就是一个失败的短篇小说。我钦佩有一种作家，能够把短篇小说写到极致，这种人就是大师。比如契诃夫，一辈子靠短篇成名。海明威的几部长篇，真没有他的一些中短篇好，包括福克纳的几部长篇也不如他的短篇写得精彩。所以我理解不管是中、短、长篇小说，你能够把一种写得精彩，淋漓尽致，你就是一个好作家，用不着你想在短、中、长篇小说上齐头并进，独领风骚。遗憾的是到现在，我的三部长篇都不如中短篇小说好，也许在年轻时我写长篇的思考是故作高深，这是一个过错，我正在分析自己是否合适写长篇，这个缺陷正是我要去弥补的，因为我不甘心。所以我还要写长篇小说。在整理文集时我曾作过认真的思考，在写第一个长篇《树下》时，我写得很认真。

阿成： 你的中短篇小说非常精彩，很有启迪，因为中短篇能够把你调动到最佳状态，充分展现你的想法，而且还有快感，很舒服。而长篇小说恰好相反，它是一种沉重的折磨的过程。

迟子建： 你的说法非常对，所以我不再奢望。我马上要写的这个长篇，打算用一两年的时间好好写，看看写完后是否精彩，如果还不能令自己满意，那我就先放一阵子，等我到了四五十岁再作这个尝试。我打算再多写一些中短篇，因为它比较锻炼人的，写得比较动情。

阿成： 一个短篇小说中能有真实的一点让人比较欣赏，就不错了。我看的稿子比你多，做编辑又同时写作。考察一个作家是否优秀，不在于他的作品的整体营造，而在于它的细节、语言。

张英： 比如发在《作家》上的短篇小说《亲亲土豆》，最后妻子用土豆埋葬丈夫，这个结尾非常妙。有时候，小说实际上是作者另一个精神上的自我，它是作者对现实生活中某种缺陷的一种弥补。

阿成： 这篇小说令人感动。迟子建的小说好在什么地方呢？用一句俗话讲，异彩纷呈，自然随意情绪流动自如，文字朴素简洁的背后有一种张力，不像别的女作家，非要把自己推向一个极致，但实际上她们本质上并不是那样极致的人。

迟子建： 这个短篇发表后反响不错。女主人公要离开时，一个土豆滚了下来，砸中了她的脚跟，她以深情的口吻说：“你还跟我的脚呀？”蒋子丹看了后落泪了。有一次我去医院看病，在大厅内看见一个乡下男人面色灰黄躺在担架上，他旁边坐着一个乡下姑娘，他们的衣服很土气，但他们的双手一直紧握在一起，他们旁若无人地深情对视着，那幅感人至深的画面令我震动。我后来想象这男人患了绝症，但有一种超越生死的爱情却会永远生长着，后来就写了《亲亲土豆》这篇小说。

我信奉一个原则，我不能跟生活不融洽，生活活生生的，不管是肮脏或怎么世俗气，但它就摆在你面前。当我进行精神思考的时候，从西方文学借鉴来的那些思想同我的生活相比格格不入时，我会毫不犹豫舍弃它。因为我没有必要为一种精神活着。与其用那种精神去图解我的生活和我的作品，那我还是按直觉去反映我眼里的生活，它是什么样子就是什么样子，其他最精彩的思想、精神和真理在我的小说里是没有用的。

阿成：迟子建在创作中追求一种宁静自然的状态，作家一定从自我感觉出发，没有什么变动，所谓个人艺术风格，就是这么一点点出来的。

张英：宁静与缓慢正无可奈何地离我们越来越远，田园牧歌式的时代生活已经一去不返，但是人还得好好地活着，那么是什么在支撑着呢？恐怕是亲情、友情、爱情以及生命旅程里一些温暖美好的东西，而你的小说所留住的就是这些温馨的画面。

迟子建：在这里我要接一句，我同意你对我作品的阐释，但一些评估家又要站出来了，认为迟子建的小说过于温暖，总在表现善，而对恶的表现还揭示得不够。我觉得人们犯了一个大错，所谓信奉人性的恶，恰恰是理性思考的结果。而善是一种生活的状态，我的小说就是展示这么一种状态，它不是思考的结果。有时候结果可能是恶的，但我在展现的过程当中可能会是一种善性。

张英：人性的善恶常常是复杂扭曲交缠在一起的，体现在行为上就是对错难分。但以往的小说老是有意无意回避对这一主题的呈现，在很多小说里，我们看到一个恶人死了，因为他的恶所有的人都恨他。但在现实生活中，大部分人都恨他，而这个恶人的亲人却会永远怀念他。

迟子建：其实中国人的本性不像西方人的性格，对恶的理解上也存在一些偏差，像阿成小说里的一些人物，给人以一种喜剧色彩，看了令人心酸。中国的老百姓大多数都是处在这么一种尴尬状态中：既不是大恶也不是大善，他们都是有缺点的好人，生活得有喜有忧，他没有权也没有势，彻底没有资本，他不可能做一个完全的善人或恶人，只能用小聪明小心眼小把戏以不正当的手段去为自己谋取利益，在这一过程中他会左右为难备受良心折磨处在非常尴尬的状态中。

阿成：对，迟子建是站在一种超然的高处，以一种怜悯的心态俯视人间，因此她的心情会保持长久的宁静，去写小说。当然，也有那种对现实参与感很强、把自己操进去的作家，以自己的心灵临摹笔下人物的心态，这两种作家都能写出好小说，但永远不在一个层次上。

张英：我想正因为迟子建看穿了生活、世界的本质和表象之后，对世俗生活中的温暖情感产生一种依恋和怀念，而写作就成为一种挽留的行为。这种温情也就是人类生活中的亮色。

迟子建：我觉得整个人类情感普遍还是倾向于温情的。温情是人骨子里的一种情感，我之所以喜欢卓别林和甘地，就是因为他们身上都洋溢着温情。卓别林的作品中的主人公处境坎坷，但他们对生活充满了乐观积极的精神；甘地以他强大的人格力量赢得了人类历史中最圣洁的心灵的和平。这种善征服了恶，战胜了恶而永垂青史。我信奉温情的力量同时也就是批判的力量，法律永远战胜不了一个人内心道德的约束力，所以我特别喜欢让恶人有一天能良心发现、自思悔改，因为世界上没有彻头彻尾的恶人，他身上总会存留一些善良的东西。像《泰坦尼克号》，它只是一个好莱坞的故事，演得那么精彩，能够让人的心灵受到震撼，尤其是男女主人公在冰冷的海水中渐渐要冻死，男主人公把求生的机会让给了女主人公的场面，许多人明知道是戏，可还是会为此伤心落泪。它的高明之处就在于人类渴望一种很朴素很真情的东西。

阿成：我觉得一种人凭境界写，一种人追着事写。也许这种说法失之偏颇，但如今的一些新作家看起来都像是90年代的写作。但作品好坏与否还是靠读者评价，喜欢你的原因实际上是靠你的情趣、境界，在这种交流中你们可以成为朋友。像我看一些国外的短篇小说，比如《羊脂球》这类小说，我很感动，它传达的是一种感性的温情。如果反过来，作者给读者调动一种理性思维，也可以，但这种独断的小说是否能给人自由流畅的艺术享受，是否有感染震撼感？

迟子建：这种作家不会成大器，因为这种小说只是对生活的一种图解，像一些童话。川端康成的一些短篇真是大师手笔，《雪国》里有一个细节，一个形容枯槁的人躺在一堆灰蒙蒙的纸方当中，令我过目不忘。读者在读小说时可能注意到的就是一个细节，很会心，是生活当中又非生活当中的，这两种状态在小说中绝对是真实的。

张英：作为一个年轻的老作家，已经写了十多年，作品也不少，你对自己写作的自信心是不是随着时间流逝在不断前进中越来越强了？

迟子建：我觉得最大的困境是我这么年轻却写了这么多年，知识储备还不是很够，尽管我也常常看书，但底子不够生活储备也不是很足。我对自己一点也不乐观，一个作家状态好也就是两三年、四五年，往后就有些气数已尽的感觉。不是说作家根本不发生变化，他的许多储备用完了，很多东西写得比较乱了以后，这种局面就出现了。目前我心境是平和的，但我一点也不乐观。

阿成：最好的状态就是你知道自己的困境与缺陷，时时在写作中有警觉。

迟子建：我是什么时候知道人不应该狂妄？还是我在大兴安岭师专毕业留校教书时，原定我教写作课，但那时有一名中文系老师非要和我争这门课。我想教其他课也可以，后来我教中国现代文学史。那一年里我就把现代文学史上的一些大家，鲁迅、郁达夫等人的作品全部看完，又把一些作家的仅有的几个短篇看完后，觉得他们真的写得很精彩。那种知识修养所透露出来的才华让我觉得自己苍白无力，很多作品达不到那种水准，在鲁迅这种大作家的面前，一点也乐观不起来。几十年过去了，文学发展到今天，真是没有什么突飞猛进，所以我们应该有所敬畏。

张英：这恐怕也不是中国文学所独有的现象，拿 20 世纪的文学作品同 19 世纪比较，显然文学的质量不在同一个水平线上。世界文学近些年都不景气，19 世纪出了那么多的文学大师，至今令我们高山仰止，但 20 世纪，能称上文学大师的作家还真不多。

迟子建：你可以非常敬畏，但不能因此就怯了，因为生活有很多翻版，旧瓶装新酒，为什么还是有人喝呢？因为这种新意还是你传达正在生活状态中人的辛酸，这就够了。我可没有想过做大师，这种东西很辛酸很无聊。可能因为我是一个女作家，我感觉写到什么份儿思考到什么地步到达极致，让自己竭尽全力，就够了。反正我有自知之明，有什么不足之处我要设法弥补，提醒自己做得更好。如果到最后还是补充不了，那就只能认命了。所以对我来讲，写作是一辈子的工作，要用心去做，我成不了鲁迅，而且我们的思考到了某种境界它就中止了，这令我无可奈何。

阿成：把这些东西想得太多你就有一种没有出路的感觉，会把小说固定化，出现一些问题。

张英：女性写作是近几年文坛普遍关注的现象，你能就此谈谈你的看法吗？

迟子建：30年代张爱玲在上海，又去了海外，萧红在东北，后来流浪到香港，她们俩不搭界，绝对是两种文学的路子。后来她们却成为现代文学史上女性文学的第二个丰碑，但当时没有人称她俩是女性主义写作，也没有人考虑她们是女作家。很简单的道理，她们的作品能打动人，这是唯一的。

如果女性主义写作就是指女作家写作，那就没必要讨论了。因为人类就分两种，但现在约定俗成的理解是女性写作是指作品里含有女性宣言，意味女性主义色彩较浓的作品，但是你在作品中宣泄发现自我，但你还是一个女性，先天一个女人没做明白你就开始不断地反叛，我觉得值得怀疑。有时候表现一种神经兮兮的感觉，我不大喜欢这种文学。生活中有很多东西是融合的，比如中国的寺庙都是配合的，故宫的建筑都是相对称的。我认为可以有一些极端和倾斜的东西，但生活本质是对称，我们没有必要去颠覆、破坏什么。

前段时间去北京领"女性文学奖"，我是候选人，组委会让候选人写一篇千字左右宣言似的文章，我写了四五百字，大意是讲世界上就是男人和女人两种，作为女作家她不能以打倒男作家为目的确定自身地位，就像太阳要升起来月亮必须落下去，或太阳落月亮升，它是一种自然界不可逆转的现象。老想打倒什么重建什么，跳起来大声疾呼，我是女性，要宣扬展览什么，这种东西是游离生活之外的，未必是生活本身的东西。

阿成：一个及格的女性作家，她的写作应该和男性作家是一致的，但女性作家与男性作家风格不一样也很正常，女性也好男性也好，咱们都是人。

迟子建：其实我谈论文学是个不及格的人。我信奉海明威的一句话："如果我听评论家的话，将来去海边写作的就是评论家而不是我。"这也同样适用于我对评论界的评价作品的态度。写作是需要闲情雅致的，如果把它一切都谈得非常好就写不好了。像今天坐在这儿同你和阿成谈文学，回到家里我就只能看足球了。没有写作的情绪，谈论如同剥开小说外衣的一层一层的内核，是没有什么意义的。但像这次谈话的前提是交流，进行某种沟通，还是比较愉快的。

张英：最后我想说的是，我个人更愿意把女性写作作为一种艺术风格和艺术个性存在，它在某些特点上与男性作家写作的艺术特点不同，这种写作区别于男性作家，在写作意义上是存在的。但把小说作为某些教条的宣言，作为教化的某种手段，我觉得不是太妥当。

阿成：作品和创作谈是随着作家不断在发生着变化的，后人在整理一些大师的言谈文论时，总有人指责他言行不一，我能理解这种现象。人的一生那么漫长，老年、中年、青年时对同一件事物的认识总在变化，但我们每次说话时都是真诚的。

迟子建：文学这东西像诗一样，是无法言说的。对我来说，写一篇创作谈要比写一篇小说要难得多。但有趣的是我们却总在谈论它。

附记：

由于某些原因，在我设想中的谈话未能深入，对迟子建的小说价值、意义以及对具体作品的剖析也未能进行，这不能不说是一个遗憾。她画的那些美丽的画也未能目睹。显然，迟子建也不适应在这种饭局上的交谈。置身在哈尔滨大街上一家喧哗的小酒馆里，酒杯的碰撞声，邻桌的划拳声、说笑声和大街上汽车的鸣叫声不断传来，在我与迟子建交谈的大部分时间里，阿成坐在一边默然陪伴着我们，在此向阿成兄道谢。

原载《作家》1999年第3期

狗道与人道

——评迟子建长篇小说《越过云层的晴朗》

吴义勤

在二十世纪九十年代涌现的年轻女作家中，迟子建的实力和写作境界一直是我最为看重的。在当时一篇谈论女性写作的文章中，当比较到王安忆和迟子建时，我曾说过这样的话："东北作家迟子建在九十年代初、中叶的几年时光里也一度呈现出了某种王安忆式的苗头和气势，《树下》《日落碗窑》《白银那》等小说以很快的频率接二连三地冲击着中国文坛，其叙事的老练、流畅，把握世界和世道人心的举重若轻都使人不得不对她的才气和艺术潜能刮目相看。"[①]时至今日，我对当初的判断依然充满自信。一方面，迟子建的写作一直保持在一个较高的艺术平台上，她的小说不仅很少有大失水准之作，而且总能以稳健、上升的态势不断给人以新的审美期待。在她这里，你看到的是她越来越令人目眩的文学才华和越来越丰满的文学形象，而丝毫不必担心新生代作家常见的那种以在艺术上的倒退、停滞甚至失语为标志的"短命现象"。另一方面，迟子建又并不是一个陶醉在自己创作成就中不能自拔的作家，清醒的自我反思，以及对自我突破和自我超越可能性的不断探寻，也是贯穿她小说创作之路的一条

---

① 吴义勤：《乱花渐欲迷人眼——我看九十年代的女性写作》，《广州文艺》1998 年第 3 期。

重要线索。她的中短篇小说《逆行精灵》《九朵蝴蝶花》固然向我们传递了自我嬗变、自我涅槃的阵痛信息，而历时十年精心创作的鸿篇巨制《伪满洲国》则更是体现了作家建构"宏大叙事"和"个人叙事"融合风格的卓越努力。尽管，对这些作品的评价目前尚有分歧，本人也曾在讨论《伪满洲国》时对其"历史叙事"提出过不同的意见 ①，但是评论的分歧不仅丝毫无损于作品本身的艺术光芒，而且恰恰是对这些作品艺术价值的一种特殊肯定，因为，在这个时代，令人无话可说的所谓小说实在是太多了。在这个意义上，迟子建在《钟山》2003 年第 2 期上推出的长篇新作《越过云层的晴朗》就是又一部值得特别重视的力作。在这部小说中，迟子建借一只狗的眼光看世界，不仅在艺术的探索上很有新意，而且其书写日常生活时的那种轻灵、诗意、神性的风格也得到了淋漓尽致的展现，那种毁灭的诗意、凄楚的美感，以及对"残酷美学"的深度揭示都有令人战栗的艺术力量。

一、"狗眼"里的世界与人生

《越过云层的晴朗》的故事表层是猎狗阿黄对自己一生经历的叙述，从城里受训到丛林历险，从黑山镇到伐木厂，从大烟坡到终老青瓦酒馆……阿黄的一生充满了生离死别和爱恨情仇，其波澜壮阔、惊心动魄的命运极富传奇色彩。应该说，这条极具灵性和智慧的"狗"是极有艺术光彩的。但是，对小说来说，作家的艺术重心和艺术聚焦点却不是这些传奇性的"狗事"，而是通过"狗事"来折射和透视"人事"，"狗眼"里的人类世界的历史和现实才是小说真正的深层主体。当然，就小说的艺术表现而言，"狗事"与"人事"又是"互文性"的，它们互为依傍，互为参照，甚至还互为隐喻。"人"与"狗"之间已经没有了截然的对立，"狗"有人性而"人"有狗性，它们之间的张力正是小说艺术张力的重要根源。

---

① 吴义勤等：《历史·人性·叙述——新长篇讨论之一：〈满洲国〉》，《小说评论》2001 年第 1 期。

那么，"狗眼"里的世界是一个怎样的世界？"狗眼"里的人生又是怎样的一种人生呢？在小说中，作家主要以狗与六个主人的关系作为故事的辐射源，把一个很长历史跨度（狗的一生）内的世界图景和人生图景立体化、全景式地呈现在读者面前，并从而探讨了人与自然、人与动物、人与历史等潜在主题。在这里，神秘莫测的自然，鲜活生动的民间，传奇性的人物，动荡混乱的历史，世俗的日常生活，边缘性的生存和文化景观，交相辉映，共同营构了一个"复调"式的艺术世界。

首先，"狗眼"里的世界是一个充满灾难和血腥的世界。小说中，狗与六个主人一道共同经历了各种生生死死的灾难和考验。在丛林中，地质队员遭遇的是饥饿、疲劳、恐惧和狼虫虎豹等各种野兽的袭击。狗在与狼搏斗时的受伤，白马的"牺牲"都是这种灾难的具象。而伐木人家大丫的病死，金顶镇小哑巴的悲惨身世和小唱片的绝症，大烟坡文医生的惨死，以及梅主人的最后生孩子而亡……都可以说是对多难人生和多难世界的隐喻。而与这种种灾难相伴，或明或暗的争斗以及浓重的血腥味也是这个世界的"底色"。这种争斗和血腥遍布人类的世界的各个层面：在与大自然的关系上，对木柴的疯狂砍伐；在与动物的关系上，对狍子和狗的残酷虐杀；在人与人的关系上，小唱片的被强奸、小哑巴家的被烧，以及小镇权力的频繁更替（镇长之位的走马灯般变换）；等等。这些都是人类血腥本质的一种呈现。在这个意义上，小说告诉我们，人类的灾难既是政治、自然、历史和各种不可知因素造成的，又是人类自身罪孽的产物。人性的残酷和血腥本质也是这个世界灾难的渊薮。也许正因为这样，作家对人性恶的表现才没有进行"戏剧化"的批判，而是把它彻底日常化了。事实上，正是这种日常化了的遍布世俗生活所有角落的人性恶才更具有普遍性，才更能显示人性的真正本质，其批判也才更有力度。

其次，"狗眼"里的世界是一个充满欺骗和谎言的世界。猎狗阿黄的一生是与人交往的一生，它的命运客观上也是由人决定的。它对主人效忠，并多次救了主人的命。但是，人的世界过于复杂，人本身也过于复杂，所以，小说最后阿黄是越来越听不懂"人话"了。它见证了太多的欺骗和谎言，对语言的挥霍可以说是人类的通病。小说中，六个主人就给了阿黄五个不同的名字，"阿黄""旋风""夕阳""来福""柿饼"，以及伐木主人"笨蛋""贱种"等的随机命名，都既是人类实用主义和功利主义本性的体现，又是人类语言使用的随意性以及对语言本身丧失敬畏的一个证明。实际上，阿黄对许多"人话"的听不懂正是一种隐喻，它隐喻的是人类语言的泛滥和本质上的欺骗性。在丛林里，阿黄救了被野猪追杀的小优，但是小优却当着"我"的面撒谎，抹杀了"我"的功劳；在大烟坡，文医生惨遭水缸枪杀，但水缸的父亲老许却制造文医生是被黑熊咬死的谎言；在镇招待所，白厨"偷肉"的行径被"我"发现但他却瞒过了几乎所有的人；电工因为晚上偷进花脸房间不成，竟恼羞成怒不惜对"我"下毒手；而镇长与粮店女人的"好事"被"我"撞见后，"我"也遭到了禁闭两天的惩罚。尤其可怕的是，当"谎言"和欺骗成为一种"日常生活"时，"真实"反而变得不可信了。李开珍女人在森林迷路被地质队员所救，她的丈夫不但没有谢意，反而怀疑她与地质队员们睡了觉。她最终也成了一个只能在路边和树洞里露宿的"疯子"。小歌星无常通过"变相"，不仅奇丑无比，而且甚至"我"和其他动物们都无法忍受他的歌声，但他在现实生活中却异乎寻常地迅速走红。而许达宽最后以一个慈善家的面目出现，捐资修庙，其实也是一个巨大的讽刺，它标志着一桩隐瞒了几十年的罪恶和谎言却在为他赢得荣誉和声望。而他对"我"的忏悔更是不真实的、虚伪的，那不是坦白，也不是忏悔，而是一种逃避和自我安慰，意味着他实际上要把对人类的欺骗和谎言进行到底。

再次，"狗眼"里的世界是一个充满隐秘和伤痛的世界。在《越过云层的晴朗》中，现实世界确实是一个"乌云密布"的世界，灰色的人生、无常的命运、残损的生命是这个世界的本色，沉重的"云层"让人看不到一丝"晴朗"与光亮。"我"的六个主人是小说的六个故事主体，但他们的世界却无一例外地充斥着隐秘和伤痛。地质队员阿黄与胖姑娘伤感的"离愁别绪"、小哑巴悲惨的"家史"和不幸的命运、小唱片十三岁时的被体育老师强奸以及现实中与瘸腿丈夫的婚姻、花脸妈与老七离奇的婚变与复杂的关系、伐木工金发的酗酒浇愁及其与老婆羊草持续不断的"吵架"、赵李红因母亲与人私奔和父亲抑郁而死所带来的童年创伤，这些既是主人公的日常生活，又是改变了主人公命运的精神事件，其中无不蕴含着复杂的人生况味和沉重的精神痛苦。而这些主人公中梅主人和文医生又是两个最有魅力和深度的形象。梅主人和文医生都是金顶镇的"边缘人"，一个替人生小孩为生，一个躲在大烟坡给人整容、种烟草并与为镇上人所不齿的女人们偷情。表面上，他们活得与世无争，我行我素，丝毫不在乎别人的眼光和"说法"。但在小说若隐若现地揭示出的他们人生"前史"中却毫无例外地掩藏着巨大的"秘密"。梅主人因与资本家父亲决裂、斗争，父亲惨死，给她心灵留下了巨大的"伤痕"，她躲到金顶镇其实只是在为自己"赎罪"；文医生作为右派，被整得家破人亡、妻离子散，他在大烟坡的"苟活"，其实也是生不如死。如果说，前述主人公的人生伤痛与残缺还有某种"形而下"色质的话，那么梅主人和文医生的悲剧则是一种"形而上"意味的大痛苦，它暗含了对"文革"及其畸形历史的一种无声的反思与控诉，尽管这种反思与控诉是不动声色的、平静的、日常化了的，但唯其如此，才更显力度和惊心动魄的力量。迟子建善于揭示日常生活平静水面下的汹涌波澜和惊心动魄之处，梅主人和文医生形象的成功刻画就是一个很好的艺术证明。

最后，"狗眼"里的世界还是一个变幻无常的世界。小说没有正面的对于时代的描写，而是以狗的六个生活地点为线索，铺展开众多的人生故事和生活画面。每一个故事、每一段人生似乎都是独立的，但是由于其各自与狗的关系又产生了内在的联系。他们共同构成了一个大时代的剪影，并以特殊的片段互补地诠释了一个动荡、纷乱时代。从理想主义到物质主义，从政治狂热到商业主义，从深山边民生活到市镇日常生活，对历史与现实的变迁作家虽然没有进行刻意的描写与交代，但是从小说所展示的人物命运变幻、世态人心的冷暖以及权力和话语的更替中，一个变幻无常的世界、一个生生不息的时代已经被具象地凸显了出来。在这个意义上，梅主人、文医生的死，赵李红私奔母亲的回归，小花巾的逃婚，以及狗在拍电影过程中的"涅槃"都是象征性的事件，它象征着一个时代的终结。

二、"狗道主义"与人道主义

《越过云层的晴朗》以一只狗的视角来叙述故事，这就决定了"狗"与人的对比与冲突的不可避免。从内在意义上讲，狗与人关系的紧张源于狗对人的态度和人对狗的态度的截然不同。狗有"狗道"，人有"人道"，从自然性上来说，"狗道"与"人道"在内涵上应该是相通的，狗与人也应该是平等的朋友，而不是敌人，因为他们都是自然之子；但从社会性层面上而言，狗与人平等的"朋友"关系就受到了考验，"狗道"越来越受到"人道"的歧视与伤害，"狗道"与"人道"也自然而然地成了一种尖锐对立的存在。这种歧视性的对立对于人来说，可谓心安理得，因为人在处理与自然和动物关系时高举的是"人道主义"的大旗，在"人道主义"的旗帜下牺牲"狗"及"狗道"也是顺理成章的。然而，"人道"就一定比"狗道"高贵吗？"人道"就必须以牺牲、歧视"狗道"为代价吗？迟子建在这部小说中给出了否定的答案。为了平等地说明这个问题，我觉得有必要在这里把"狗道"上升为"狗道主义"，让我们从小说所揭示的"狗道主义"和"人道主义"的不同内涵出发，来反思其各自的本质。

首先，我们来看"狗道主义"。小说除了阿黄外，还写了好几条狗，比如芹菜、十三岁、大壮、阿花等，它们各有个性，但都有一个共同的悲剧性命运，那就是成为人类的"牺牲"者。在它们中间，阿黄无疑是狗类的精英和代表，它是"狗道主义"的忠实体现者。在阿黄这里，"狗道主义"既体现为对待世界、对待自然、对待同类的态度，同时又体现在对于人类的态度上。就前者而言，对宇宙自然的敬畏与热爱，对同类的亲和、呵护与怜爱，构成了"狗道主义"的一重内涵。阿黄在深山丛林里的"惊险"感受，与伐木主人放排时的自豪与激情，对松果湖及其野鸭的迷恋，与文医生在大烟坡看星星时的"浪漫"，以及，与十三岁自由、激情的性爱，对勤恳忠厚白马的友情，对被杀害的狍子的怜悯，芹菜、十三岁被残杀时伤心裂肺的痛楚，对势利、懒惰之猫的蔑视，等等，都是这种"狗道主义"的绝好体现。就后者而言，对主人的忠诚、奉献、感恩与思念，对自尊的维护，对恶人恶行的斗争，对漂亮美好女人的喜爱，对弱小者的同情与关爱，对人类世界不平和黑暗的厌恶与怀疑，则构成了"狗道主义"真诚坦白、敢作敢为、爱憎分明的另一重内涵。小说中，"我"对主人极其忠诚，在深林里"我"勇敢地与狼和野猪搏斗，在金顶镇也奋不顾身地下地窖救了花脸妈。即使年老体衰，"我"也与白厨子的偷肉行为进行了针锋相对的斗争，而电工想晚上去花脸房间"揩油"的好事也被"我"有效地破坏了。"我"对主人心怀感恩之心，虽然心中希望赵李红不要让"我"去拍电影，但当她做了决定后，"我"还是无怨无悔地去面对和承担了。同时，"我"时刻也没有忘记自尊、自爱，"我"不能忍受白厨子对"我"的侮辱，也永远不会"吃人的屁股底下拉出的臭东西"。"我"不是一个健忘的狗，"我"多愁善感，在即将离别人世的时候，"我"记起了所有的主人，以及他们的恩情、友情、亲情，"我"是在与他们一一告别后才坦然走向另一个世界的。这就是小说中那条通灵的狗，它的忧伤，它的情感，它的回忆，它的形象和一生的经历，就是对"狗道主义"的绝好诠释。

其次，我们来看人道主义。对于人道主义，我们非常熟悉，作为与中世纪封建神学以及教会统治斗争的一个利器，人道主义无疑为人类的自我解放做出了重要贡献。但是，人道主义"以人为本""以人为中心"的理念和价值观，在解放和重塑人的主体形象、建设现代化文明时却越来越走向极端，最终的结果就是造成了人与世界、人与自然关系的全面恶化与崩溃。目前，危及全球的生态危机、环境灾难可以说都是人类的杰作。可以说，人类正在把自己塑造成宇宙和自然的敌人，也正在成为人类自身的敌人。因此，许多西方学者都表现出了对于"人道主义"的警惕怀疑，并且提出了"超越人道主义"的口号[①]。而在《越过云层的晴朗》这部长篇小说中，迟子建向我们展现的"人道主义"图景同样也是令人失望的。与"狗道"世界的单纯和"晴朗"相比，"人道"世界无疑要灰暗和暧昧得多。从与"狗道主义"的对比中，我们可以看到"人道主义"在小说中的基本内涵与形态。

其一，人类的人道主义是以极端实用主义和功利主义为根基的。这从他们

---

① 关于人道主义问题的分歧，参阅[美]大卫·戈伊科奇等编的《人道主义问题》一书，北京，东方出版社，1997年10月。

对狗阿黄的态度就可看出。当阿黄在丛林中屡次救了地质队员的命时，他们感恩戴德地要给"我"勋章，但等他们用完"我"之后，就无情地把"我"抛弃了，正如阿黄所说的："我就这么被黄主人在酒桌上给抛弃了。我想我对他们没用了。人用我们的时候，我们就是他们嘴中美味的食物，一旦他们用完我们，我们就成了屎，随随便便地就给遗弃了。"同样，当"我"年老体衰精力不济之后，不仅屡遭斥责和白眼，甚至阻止小偷和捉老鼠的好意也被误解。在人与动物的关系上，"背叛者"和"不人道者"永远是人类。

其二，人类的人道主义是以自私的本性、贪婪的欲望和残忍的人性为本质的。"我"捉鱼给主人吃，羊草却嫌我捉少了。伐木工人因为迷信黄鼠狼的报复，宁愿让"我"和芹菜当替罪羊，也不用鼠夹子。而仅仅由于芹菜尽职尽守地咬死了白毛黄鼠狼，他们竟残忍地勒死芹菜，做了黄鼠狼的祭品。而"我"与十三岁的自由性爱，在"乐死"了小唱片公公后，也导致了十三岁的惨死和"我"的为"人"挂孝。人类总是缺乏勇气，不敢面对和承担自己的责任与命运。大丫阑尾炎死亡，羊草迁怒于"我"，并把"我"卖掉就是一个证明。人类的愚昧和残忍，却要以狗的受难为代价，这是人类世界最为荒谬之处。

其三，人类的"人道主义"，充满了背叛、利用和虚伪的表演。人类的世界没有友谊，没有爱，甚至也没有同情和怜悯，尤其在对待动物的时候。正如小说中所说的："我讨厌人这么跟鸟发脾气。人对待我们这些动物，总是居高临下的，动不动就骂。"而人与人之间则更是钩心斗角的利用关系，只有在被打入生活最底层的梅主人、文医生和小哑巴等"怪人"这里"我"才感到了一丝人类的善良与温情。但是，他们同样不能逃避成为人类自相残杀恶行牺牲品的命运。梅主人在人们嘲笑轻慢的眼光中死去，而文医生也为帮助和留下老许父子付出了惨重的代价，"别人死了，都要装在棺材里入土，可文医生连副棺材都没有"。老许不仅对儿子杀死文医生没有一丝愧疚，反而偷了他的大烟膏，并连"我"也没放过，拉下大烟坡卖了。在老许这里，人类的贪婪、无耻和两面三刀的恶行得到了充分的放大。当文医生在时，他对"我"说："夕阳可真是漂亮啊，它是我见过的最通人性的狗！"但文医生一死，他立即原形毕露，又踢又骂："你个丑八怪，怎么走路跟扭秧歌似的，走两步要退一步？"与这种显在的恶相比，人类的隐藏的罪恶则更为可怕，文医生的遭遇、许达宽几十年前的罪行、梅主人父亲的惨死可以说都是对于人类的所谓人道主义的绝妙讽刺。而欺骗、谎言和各种各样的"表演"则早已成了人类的日常生活，小说最后电影队的拍电影的情节无疑是具有象征意义的，它象征了人类爱好"表演"的本性，陈兽医为在电影中出现一个镜头的不知羞耻，正是人类集体性面孔的一个素描，不幸，人类在演戏的时候，还不忘找一个垫背的"牺牲品"，"我"在拍电影过程中的死去，正是人类"谋杀"本能的一次辉煌表演。

《越过云层的晴朗》就这样以一条通灵的"狗"烛照出了人世的黑暗与险恶，作家以狗的命运隐喻人的命运，以"狗道"反思"人道"，以"狗道主义"完成了对人道主义的批判。虽然，总体上这是一部充满温情和感伤的小说，然而在这种温暖和感伤背后，作家不动声色地对人、人性和人道主义的反思与批判却是深刻有力、振聋发聩的。

三、"残酷美学"与文化诗情

《越过云层的晴朗》是一部贯穿了伤感和绝望情绪的小说，叙事者阿黄表达了对自身命运和人类世界的双重绝望。一条条狗的悲剧与狗的几个主人的悲剧互为映照，让我们充分领略了人生、现实与历史的残酷。但是小说又不正面去展示、渲染和放大狗与人的"伤口"，而是以抒情和感伤的叙述，把"残酷"改写为一种笼罩性的精神氛围和精神背景，占据小说表层的仍是日常化的世俗生活，甚至对"文革"这样的历史灾难的反思与批判在小说中也都被推到了幕后。这体现了迟子建一种独特的美学追求，她追求的是对于"残酷"的日常化营构，是对于"残酷"的体验与反思，她要表达的是"残酷"背后的美感和诗意，是"残酷"的美学化和形而上化。对这种"残酷美学"迟子建自己有着清晰的感悟，她说：

"其实'伤痕'完全可以不必'声嘶力竭'地来呐喊和展览才能显示其'痛楚'，它可以用很轻灵的笔调来化解。当然，我并不是想抹杀历史的沉重和压抑，不想让很多人为之付出生命代价的'文革'在我的笔下悄然隐去其残酷性。

我只是想说，如果把每一个'不平'的历史事件当作对生命的一种'考验'来理解，我们会获得生命上的真正'涅槃'。"① 可以说，正是"残酷美学"赋予了这部小说奇异的艺术品格，借助于作家对感伤的基调、文化的诗情、世俗的人生、神秘的氛围的互渗与融合，小说获得了强烈的情感力量与艺术力量。

小说的叙事魅力，首先来自叙事主体阿黄九死一生的传奇性经历，以及它对这种经历抒情性的回忆、过滤与净化。它是一条多愁善感的狗，又是一条爱做梦、爱联想的敏感自尊的狗，同时还是一条有着浪漫情怀和通灵禀性的狗。它虽然爱憎分明，疾恶如仇，但在小说中它却早已看破红尘、洞穿世界和人事的本质了。正因为这样，它的叙述没有了浮躁、愤怒和偏执，而是呈现为一种难得的超然与宁静，它的忧伤、回忆和思念都是一种自我涅槃与自我救赎。它最后的死已经不是苦难，而是成了一种精神超度的仪式。迟子建所信奉的泛神论和万物有灵论的思想，在这条狗身上可以说是绽放出了璀璨的艺术火花。

其次，小说的魅力还来自作家在生活的日常性、世俗性与诗性和神性之间所建构的奇妙张力。小说有广阔的时间与空间跨度，涉及了众多的人物、场景与故事，虽然整体的世界图景是一种日常化和世俗化的景观，但这并不妨碍作家在日常性的描写中灌注进文化诗情。小说有两个形象系列：以狗为代表的动物形象系列和以"我"的六个主人为代表的人的形象系列。在前一个系列中，狗、鹿、白马、野鸭都是充满灵性和神性的形象，而文医生给"我"取的名字"夕阳"更是诗性盎然；后一个系列中，乌玛尼、梅红、小花巾、文医生、大丫都是具有浪漫和诗性气质的人物，尽管他们"死的死、散的散"，但在黑暗的人世里，他们无疑代表了穿破"云层"的那一束"晴朗"光亮。与这两个系列相对应，小说中的"自然"则更是诗情和美感的化身。作为"俗事"的一种对照，"自然"是神奇而又美好的，丛林、飞雪、落叶、大河、湖泊、松林、星星、云彩，它们都有生命和灵性，与叙事主体阿黄有着源自灵魂深处的沟通与呼应，并作为一种独立的形象参与了小说主题的营构。即使在"人世"的社会层面的呈现上，作家也没有让世俗的灰尘完全遮去诗情的光辉。对放排、月亮节等民

---

① 迟子建：《穿过云层的晴朗·后记》，《钟山》2003 年第 2 期。

间文化风情的捕捉是作家挖掘日常生活背后诗情的一个重要艺术手段。在这些方面，小说对一幕幕东北民间风俗画的描绘确实很得萧红的神韵。

最后，通灵而凄楚的语言也是小说艺术魅力的一个重要方面。小说有很强的情感震撼力，这种震撼力既与小说叙事主体阿黄以及它的主人们的悲惨命运有关，又更直接来自它的诗意而敏感的抒情性语言。比如，小说叙述文医生惨死的那段文字，就至情至性有着催人泪下的力量，这里的语言可以说把凄楚的美感和毁灭的诗意表现到了极限。

我抬头望天上的云。我永远忘不了那天的云彩。好几朵白云连成一片，一朵比一朵大，最大的那朵云像牛，居中的像羊，最小朵的像鹅。我感觉是牛带着羊，羊又领着鹅在回家。我想看看它们最终会在哪里消失，就知道它们天上的家在哪个位置了。正当我观察云彩时，突然听见一声清脆的枪响"砰——"，我扭头一看，只见水缸举着枪，正对着湖心。而我的主人，他已经平躺在湖面上了！他游泳时从来不用这姿势，我猜水缸是把他当野鸭给打中了！我跳下湖，奔向我的主人！他虽然在漂动，但我知道那是水在推着他动，他的四肢不动了，胸前涌出一汪一汪的血水。他睁着眼睛，微微张着嘴，好像还想看看天上的白云，还想和谁说点什么似的。我知道他这是死了，我悲伤极了！没人看见我的泪水，它们全都落入湖水中了。我试图把他推上岸，但努力几次都不成功。我就想该回小木屋求助老许。水缸我是指望不了的，他开过枪后，一直呆呆地坐在湖畔，目光直直地望着湖水。

在这里，情与景、人与物、动与静、描写与叙述全都被笼罩在悲情的语调里，汉语的表意与抒情功能、汉语的特殊的美感无疑被发挥到了极致，真是每个字、每个词、每个句子都惊心动魄、扣人心弦。这样令人感动的语言境界在中国当代文学中已是很罕见了，但在《越过云层的晴朗》这部长篇小说中却是比比皆是。例如，小说写梅主人死的文字，写狍子、芹菜和十三岁被杀的文字，写白马累死的文字等，就都同样是既放射着艺术的光芒，又洋溢着浓得化不开诗情的美文。在我看来，《越过云层的晴朗》的语言魅力和语言成就，既是迟子建卓尔不群的语言理想和语言追求的体现，同时也是她非凡的语言功底和语言能力的证明。更重要的是，对迟子建来说，这样的语言境界似乎也并不是刻意雕琢而成的，仿佛就是一种"日常生活"，她的语言总是水到渠成，自然而然的。这就是迟子建，只要她一开口，她的"口语"就已经是艺术化的了，就已经进入一种"境界"了。没办法，这也许就是一个作家的天分吧。

原载《当代作家评论》2004年第3期

99

迟子建
研究资料

历史叙事中的审美想象

——评迟子建长篇小说《伪满洲国》

巫晓燕

在二十世纪九十年代新历史主义小说的漫漫潮流过后，读者们无疑在期待着更新的，或说更加别具风味的历史小说观念、叙述模式、审美形态的出现。毕竟读者们早已经品读过苏童式历史小说的恣肆、叶兆言式历史小说的丰腴，作家们也早已尝试过对历史进行神秘化、象征性想象的快乐。忽略历史的史实性存在，追求历史的审美特质，可以说正是新历史小说解构式历史书写的重要特征。但是，历史之为历史，又不仅仅是人类对自我过去的追忆与诘问、反思与探究，不仅是一种主观性的存在，它还具有不可规避的以时间形式记载下来的客观性内涵，是人类的全部过往与存在留下的无法抹去的痕迹。或者，简单如李泽厚所说，历史具有两层含义：一是相对性、独特性，即历史是指事物在特定的时空、环境、条件下的产物（发生或出现）；一是绝对性、积累性，指事物是人类实践经验及其意识、思维的不断的承继、生成 ①。如果说新历史主义小说更多的是关注历史的主体性与相对性，那么它就忽略了历史的另一个层面，而事实上，正是这个层面（历史的积累性、绝对性）关乎人类的本体存在。

---

① 李泽厚：《历史本体论·己卯五说》，第42页，北京，生活·读书·新知三联书店，2003年。

因为人是历史地存在着的，历史作为文化因子已深深地植入了人类的根性。我并不想以偏概全地断然否定新历史主义小说在中国当代文坛的独特贡献，相反，新历史主义小说从观念到形式上对中国当代小说形式的巨大解放之功是任何人都不能抹杀的。然而，这并不意味着新历史主义小说主观臆造的历史叙事就是历史的全部，它在历史性上的缺失是不容回避的。因此，就我个人而言，我特别期待一部能够兼具历史两重性的作品，将使阅读成为一件十分有意义、有意趣、有意味的乐事。从这点上来说，当我细读完迟子建长达七十万字的小说《伪满洲国》时，我想，我获得了期待已久的喜悦。因为《伪满洲国》不仅仅是一部厚重的、洋溢着作家创造力的长篇，而且是一部兼具历史性、民间立场与复式审美品质的力作。

1

《伪满洲国》这部作品首先显示出的是深厚的历史意识与历史精神，这或许是它区别于新历史主义小说的主要之处。我们知道，在后者的许多作品中，历史虽然是重要的，是他们所表现的文化、道德与人性内容的存在过程与载体，但也仅仅是载体或依托而已。但是在《伪满洲国》的历史叙述中，"过去时"的时间标识以及历史意象、历史人物既是叙述展开的依据，也具有本体意味，因为作家探求的正是人性、命运与历史存在的冲突。这样《伪满洲国》呈现出的历史性就成了作品中一个重要的情境符号，承载着丰富的意义指向。

首先，文本以章节纪年的形式来标明历史的身份，从而构成作品饱含历史感的显形式。迟子建用伪满洲国"建国"的1932年到溥仪"退位"的1945年的十四个年头结构了小说的十四个章节，随后她又按照历史事件大体发生的顺序，以看似隐晦、折射的曲笔涉猎了诸多伪满洲国的历史史实：溥仪在长春就任伪满洲国的"皇帝"，平顶山惨案，东北山野的匪患，日本移民"开拓团"的生活，日本七三一细菌部队的罪恶径，东北抗日联军的艰苦斗争，日本战争"慰安妇"的凄楚命运，中国劳工的非人处境，等等。在空间上，作品也基本覆盖了伪满洲国的各重要地区：长春，奉天，哈尔滨及其他周边的城市、乡村，此外如中苏边境、东北大兴安岭的山区以及鄂伦春族聚居地等都流淌在作家的笔端。文本以时间的纵向铺陈，配以空间的横向流动，使厚重的历史感、历史情怀展现在读者的面前。这样看来，作家显然没有悬置历史、隐藏时代感的意图，也没有遮蔽主体对这段历史倾诉的欲望，更没有嘲讽和调侃的意味。迟子建在《伪满洲国》中表达的历史意识，凸显了一种观念：历史是一门时间中的人的科学，人则是存在于历史的时间延续中的存在。或如兰德曼所说，人作为一种文化的存在，也是一种历史的存在，这一点也具有双重意义：他对历史既有控制权，又依赖于历史；他决定历史，又为历史所决定。[①] 这种兼顾历史主客体双重形态的主体自觉意识，可以说正是新历史主义小说所缺失的，因为后者注重的是文学文本对线性时间历史意识的深度弱化，强化的是在作家自为的历史时空中行走，这样必然导致历史感与历史精神的流失。所谓历史感，它所要体现的就是由一定历史客观事实构筑的历史文化中的人类本质力量和精神，体现的是作家面对浩瀚的历史而发出的心灵的回声。在《伪满洲国》中，我们可以感受到这种由历史的客观史实的诗性描写所带来的强烈历史意识、历史感。日军的疯狂逼近、对中国老百姓的血腥屠杀；伪满政府的虚弱无力、对日军的矛盾心态；东北百姓的凋敝生活，对命运的挣扎反抗……这些来自历史深处的沉重叹息与苦难往事，使读者的神思回到为历史、文化所笼罩的过去岁月，并从中感受和把握特定时空国民的普遍情感与生存本相。

此外，《伪满洲国》的历史性还体现在历史意象的复活与重铸，以及由此投射出的历史精神上。毋庸置疑，每一段历史，其表层的东西都会被时间冲刷掉，留在人们心灵底部的，则是那些深层的民族文化心理结构，这种文化心理制约了人们的行为方式、感受方式、思想方式。而历史意象的物质形式正是那些已成为过去的历史遗存物，它指向了由时间的流逝呈现出来的复层空间，特别是人类活动的自我空间，在这个"自我空间"中聚集的精神形式是民族的文化心理积淀、情感方式等历史精神遗存。《伪满洲国》中，作家从伪皇宫到民

---

① ［德］兰德曼，张乐天译：《哲学人类学》，第221页、225页，上海，上海译文出版社，1988年。

居杂院，从日军的监狱到极乐寺，从李香兰的电影到溥仪的京剧唱片，从哈尔滨的烟馆、妓院到奉天的当铺、杂货店，从城里的风气习俗到乡村的景象人情都给予了细致、绵密的重现，文本因这些历史的物质形式的逼真，而具有了历史的深邃质感，再加以其他历史情境的介入使作品的历史空间十分丰满。与此同时，作家并未忘记在历史的物质意象中投入民族情感与精神指向：对东村正南这样残害东北百姓的日本军国主义者的愤恨，对杨靖宇将军这样的抗日将士的敬仰，对东北乡土百姓艰苦挣扎的同情……就是说，作家没有完全偏离和淡化重大历史事件对国人的影响，没有完全回避所谓主流历史立场的历史态度，也没有完全背弃陈思和先生所说的"庙堂历史意识"。正是在这种历史意识支撑起的叙述中，作品融会着历史的苍凉、悲壮、幽深感与作家尊重历史、珍视历史的心态。

然而，在这种看似构建"宏大历史叙事"的立场、意识、态度的背后，隐藏着作家对伪满洲国这段独特历史的复杂而强烈的意识冲突，因为，在作品中，作家一方面用历史时间、历史史实、历史意象等等一切具有历史感的具象框设了一个"正统"的历史情境，一方面又在这个特定的历史情境下书写了"基于民间立场的历史"，正是作家这种试图将主流历史意识与民间立场相互融合的努力，使得《伪满洲国》的历史叙述呈现了复杂性和丰富性。

简言之，历史客观史实，以及由此产生的历史感成了构筑作品的基点，托起作品的梁柱则是作家对历史的民间化书写，而完成历史叙述的总体构思则是对历史的审美叙述。这样一来，文本呈现出了多元建构的审美图式，是显形式、内形式、潜形式的立体交织，是历史的客观性、民间化、审美化相融会、重叠所形成的复式历史叙事。

2

在《伪满洲国》的历史显形式下，蕴藏着立足于民间的内在形态与精神立场，这也成为建构文本的内驱力。作品中民间立场的确立主要体现在以民间视角与世俗关怀来揭示人性和生存的意义。从《伪满洲国》这部作品来看，作家的民间指向是在知识分子的立场上，来表现特定历史时空下的民间生活状态，整部作品始终是知识分子话语和民间话语并存地展开情节：作家对主流历史意识的包容，以及作家主体情感渗透的方式等方面，充满了知识分子诗性表达的意味，而作品的艺术世界，即对于人性和存在的书写则具有了强烈的民间意味。这主要表现在以下几个方面：

其一，是作家对民间日常生活的审美表现。文本中展示的十二个主要人物的生活片段，都是基于衣食起居、爱情婚姻等平常琐事，例如王二这个人物，作家写他的命运，截取的是他的失恋、收粮、意外致残以及在烟馆做事谋生等等普通的人生经历，没有什么异闻异事。作家对每一个人物在伪满洲国这个特定历史时空的人生经历的展现，都是同琐碎、感性的日常生活联系在一起的，是在民间的土壤与情境中发生着的。即使像皇帝溥仪这样的人物，作家的视角也是投射在他的日常生活中，"一只苍蝇落在了溥仪心爱的留声机上，其时他正在如醉如痴地听《游园惊梦》"。"生活除了服饰的变化之外，还有偶尔的饮食变化，能让他（溥仪）觉得日子正在吊儿郎当地向前晃着"。而对于像杨靖宇这样具有"革命"色彩的人物，作家也关注着他"饥饿"时的感受："这时他特别想抽一支烟，可身边没有；他还想喝碗滚烫滚烫的热水暖暖身子，这也绝不可能。"这一切都说明了民间生活无法被割裂的恒常性，从这个角度来说，小说具备了在具体琐碎、丰沛感性中抵达生活内核、人性内质的审美效果。正如迟子建所说："我越来越觉得一个优秀最主要特征不是发现人类的个性事物，而是体现那些共性的甚至是循规蹈矩的生活。因为只有才包含了人类生活中永恒的魅力和不可避免的局限。我们只有在拥抱平庸的生活后才能产生批判的力量。"[①] 还需说明的是，作家在文本中对民间日常生活的揭示，并不是对一种人的衣食住行的基本物质生存状态的"冷面"摹写，而是倾注知识分子话语"修饰"的民间生活，是一种从单纯的民间生活体验上升为审美生活体验的过程。我们知道，审美体验的认知指向是指向主体的，是同人性、文化、存在等命题相联系的，是知识分子民间立场的一种表现方式，也正是基于此，文本才揭示

---

① 迟子建：《女人的手》，第141页，济南，明天出版社，2000年。

出那些血肉丰满、卑微坚韧的个体生命在特定历史时空中的独特生命形式。

其二，《伪满洲国》的民间立场还体现为作家对世俗情怀的关切，即作家以民间的视角，对常态人生的存在予以了审美表现。在作品中作家着力描写的人物达十二个，他们中有皇帝、王妃，有小知识分子、手工匠，有商人、土匪，有乞丐、农民，也有厌战的日本士官、执迷于细菌试验的日本军医……作家将笔墨集中于他们在伪满洲国"建国"的十几年时间里的人生经历，书写了这些小人物在这个带有强烈的历史意识色彩的时空中的生命律动，解读了弱小生命的坚强、无助、挣扎、悲喜，这些个体存在所具有的普遍性的脆弱与飘摇，最终昭示了人与社会、人与历史之间无力的命定的关系。

首先，我们看到，作品中的小人物不是表现为对否定性力量的主动性的挑战或应战，而是被动地出乎意料地受伤害。王亭业莫名其妙地被抓进监狱、送进细菌医院；郑家晴违心地恋爱、从商；王金堂则因陪他人进货，被附带着抓去做了劳工……但正是这种弱小者、被动者、无辜者被扭曲、颠倒的人生遭际，凸显了历史与命运的压抑与沉重。战争使这些小人物生命进程的确定性与稳定性被摧毁，但王金堂们常常会以生活的原速度惯性向前，他们并不确知无常即将到来，更不会对生与死作无端的揣测。但是作为历史的人，作为大千世界中生命的个体，他们却天然地依赖、应对着"历史"的进程，他们生命的存在就带有了必然性。也正是这一点，构成了作家知识分子视角下的世俗关怀。作品中最能体现这一点的是关于美莲一家的死，它所表现的是震惊中外的平顶山惨案发生之前，个体生命无助的茫然、无力的叹息。如果从审美效果来看，它使读者感受到强烈的阅读冲击和悲剧感，这震撼正是来自常态人生的自然进程被暴行阻断后的愤慨。而作品在第一章中就强化了这种冲突：常态——异态、自然——非自然、恒常——短暂，则使作品对常态人生的审美表现具有了哲学思辨的意义。如果从民间的视角、民间的立场来看，它揭示了民间世界生存的辛酸与生命的苦难，而并非主流历史所张扬的那样，人可以掌控历史、生命、存在。

其次，《伪满洲国》在关注常态人生的自然状态、模糊状态、恒常状态的同时，还挖掘了埋藏在民间资源中的人性精神，或说汇聚了作家主体累积的全部民间理想与人性期待。作品中的芸芸众生，都是在"平庸的生活"中寻找生活下去的理由和力量，我们会发现民间的生命力并不表现在来自外界的"幸福"和拯救之中，恰恰是在常态人生中为抵抗苦难和绝望而生的忍耐力。最典型者是王金堂这个驼背老人的形象。王金堂是个地地道道的手艺人，靠弹棉花维持着自己与老伴的生计，但是日军将他抓去做了劳工之后，他唯一的却是坚定的目的，就是活下去，哪怕卑微得像一条狗，也要活下去，因为这不仅仅是为了自己，更是为了孤苦无依的老伴。他以自己的方式反抗，似乎是绝望地反抗，却也充满了人性的智慧之光。作家在这里正是以平实而朴素的生命之力来阐释民间生活中某些永恒的精神魅力。

其三，作家善于捕捉富于民间情感的"集体无意识"，如亲情、和谐、温婉、善美等沉淀在民间心理中的理想情愫，而那些与此相反的，文化因袭的滞闷、传统心理的负荷等等，也是作家表现常态人生的切入点。例如，作家在文本中对拾粪的杨老汉一家，乞丐狗耳朵，孤妻寡女刘秋兰、宛云，以及失去亲人的杨浩等人都投以温情的含有民间情感的慰藉，以具有民间色彩的善有善报、知恩必报等等方式实现蕴藏在小人物心底的希望与祈愿。而作家对作品中吉来、郑家晴、王亭业等人物的描写，则具有了文化批判的意味，他们本是经济充裕、富有知识的人物，然而或由于个性软弱或由于陈习积念或由于耽于白日梦想，使他们成了"近于无事"的悲剧的牺牲者。换个角度说，作家在用民间的视角来展示他们，用知识分子的思想来透视他们。作品中的日本军人羽田少尉，倒是作家精心虚构的一个民间"理想"人物，从外表看，他寡言木讷、恪尽职守，然而他的内心深处却从未平静过，面对战争，他从茫然、失望到厌弃、痛恨，是因为他深深地眷恋着故土的温暖与宁静，怀念着爱情梦想的纯洁与执着，于是他将自己锁闭在现实之外，敞开于回忆之中……是否可以这样说，羽田是迟子建对于理想人性的又一种表达，他深刻、自足、丰满，同时也犹疑、孤独、痛苦，在他身上折射出了知识分子与民间人物相融合的理想的人格品质。

毋庸置疑，迟子建在《伪满洲国》中试图以民间的视角、立场重新理解历史，理解那些非主流的、非历史化的人物和生活事实，发掘那些在未被钦定的历史框架中，以偶发的方式存在于历史某个角落的民间精神与智慧。这应该是她设置庞大人物群落的初衷，但由于作家在历史性与民间历史性、知识分子话语与民间话语之间的游移，使得《伪满洲国》这部小说出现了一些艺术问题。首先，人物命运的美学张力受到限制。小说中作家虽然试图避免先验判断，期望由人物本身来实现"零度情感"的历史表达，但是由于作家力求由"小人物"书写历史，就难免陷入芸芸众生相的静态描绘，人物命运的动态挖掘则因历史的断片式呈现而受到阻扼。例如，文本中这几个人物——杨路、于小书、孙小龙、山口川雄、麻枝子、李香兰、剃头师傅、陆天羽、祝岩、祝梅等，他们的出场姿态都很强劲，似乎预示着他们的故事即将上演，在读者的期待视域中，小说好像也为这些人物留下了足够的展示空间，但是作家却好像遗忘了他们的存在，或是有意悬置了他们的存在，或是将他们的存在观念化了，结果这些人物的退场总是那么突兀，只留下了名字和一道无形轨迹。从这个角度来说，他们只是文本中单薄甚或无意义的预设或"过客"，这无疑削弱了作品展示人物命运的美学张力。其二，作家作为知识者的身份有时也会同预设的民间文化、人物、情景发生背离，从而造成文本的民间色彩过度知识化。试举一例：乞丐狗耳朵再次踏上乞讨之路时，作家先以民间文化色彩浓厚的鬼节放灯来渲染、烘托或者说设置狗耳朵孤苦无依的气氛。但是接下来作家却用诗一样的语言、童话般的意境为狗耳朵的流浪吟唱着。在这里作家显然疏忽了人物的民间身份，过度强化了主体知识者的感受，民间情愫也因此变得矫情、失真，同人物完全分离，造成了情境设置与情感表达的倒错。此外，或许由于迟子建是位情感型的、具有丰厚审美想象力的作家，这使得她在《伪满洲国》中，从未想过以零度距离、零度情感来写作，因此，我们看到文本中主要人物的形象都十分饱满、活脱、细腻、真实，但是，作家一旦用主体知识者的情感代替民间小人物的情感，将知识者的审美方式投射在民间小人物身上，就会造成人物情感的重叠、读者审美感受的单一。

3

正如前面所述，《伪满洲国》的复式构图还存在着一个潜层面：历史审美化。从某种程度上来讲，这十分贴近新历史主义的美学理想，在想象和虚构的历史形态中，呈现生命的哲学意义。当然，新历史主义小说更强调使历史成为纯粹的审美对象和超验想象的领域。这又显然同《伪满洲国》的历史观有所不同，但是注重审美想象无疑也是《伪满洲国》完成历史叙事的重要途径。小说作为虚构的文体，本身就是想象的产物，小说中的情节演进、细节描写都依赖想象。而《伪满洲国》的创作过程正是迟子建艺术想象力最为蓬勃恣肆的一次宣泄过程。最为重要的是，作家必须将这些人物合情合理地安排在伪满洲国这样一个特定的历史时代之中，营造特定的历史环境、社会氛围，表现独有的历史文化色彩与民俗民风。这一切的一切都是虚构的力量、想象的力量。而这显然同新历史主义小说的想象方式有所分别，因为在后者那里，历史往往只是一个"框架"，作家对"历史的想象"可以不受任何约束。《伪满洲国》则是在历史史实下的遨游、在纪年体形式下的创造，这似乎有点像桎梏下的精神舞蹈，限制中的自由腾跃，作家的审美感觉与创作思维既空前活跃，又未与史相悖。

如果细致地解读《伪满洲国》，我们会发现，作品想象力的呈现方式是一种情感性的、审美性的想象方式，即审美想象。它强调的是在想象过程中，心与物的组合、变异、发展和孕育，都以情感为纽结。可以说，《伪满洲国》中，无论是表现日常生活、常态人生还是民间风情，作家都是以审美想象的方式来书写的。而最能体现这种审美想象方式的则是文本中审美意象的创设，这不仅仅因为审美意象正是在情感和想象的渗透与契合中诞生的，而且也是《伪满洲国》这部小说美学的魅力所在。

在《伪满洲国》中，作家并没有因为历史的沉重而遗忘、压抑美。相反，美在历史的废墟上开出了异常鲜艳的花朵。迟子建对美的感悟有一种形而上的观念，这种形上色彩与"天人合一"的自然观以及神话原型思维、泛神主义、唯美主义和神秘主义相结合，使她小说的审美意象拥有着多变的内涵和特殊的魅力。在《伪满洲国》中，自然景观、季节变迁更是作家迷醉和依赖的审美意象，可以说，作家借助它们透视了人物的心灵、寓意了世界与历史，完成了对历史的想象与叙述。分析起来，作品中的自然审美意象分为三个层次结构：独立意象、组合意象、系统意象。它们虽然各自指向不同的意义内涵，但最终还是统一在作品的民间精神之下，共同承载了叙述历史、想象历史的使命。

第一层，是以大海、山林等自然表象来应对人物主体情感的独立意象。这主要反映在郑家晴之于大海、胡二之于林莽的对应写照中。前者总是被围困：爱情、事业、信仰。他精神上的失落、彷徨、孤独、痛苦同大海的蓬勃、宽广、莫测多变形成了强烈的对照，他是一个在历史的缝隙中叹息、挣扎，最终走向精神消亡的个体，而大海这个意象则隐喻着汹涌澎湃的历史浪潮，它以不可摧毁的力量裹挟着人们的命运。海于人，如同上帝于信徒，可以使你获得灵魂的解放，也可以胁迫你遵从宿命的悲剧。与郑家晴等人物形成比照的，则是胡二。脱离匪行的胡二，他游走于山林、江海之间，深山老林、木屋皮衣是他赖以生活的一切。而作家为他创设的一系列山色风景就是要表达人性自由张扬时的丰满，以及人性极度自由驰骋时的矫健与欢悦。在他身上作家灌注了一种逃离与回归、超越与依附的矛盾，虽然妻儿仍是他最终的归宿、最终的精神依托，除此以外别无他物可以俘获他的心灵，但是具有原始意味、蛮横野性的胡二在本质上还是最贴近人的自然本性的，这反而使他成为文本中陶然于历史之外，承载作家理想情怀的"这一个"。这一切，显然都源于人物与自然的亲和关系，以及对自然意象的象征化处理。

第二层，作品中以特别能代表四季变迁的风霜雨雪等自然天象组合成了一个意象群，并将它辐射在溥仪等皇室成员身上。通过这个意象群，既概括地反映了外部的感觉世界，也表达了人物内心的复杂情绪。如婉容之于雪花，溥仪之于激越的风声、炎夏的酷热以及电闪雷鸣，祥贵人之于狂风暴雨，福贵人之于霜花。作品中的气候天象作为一个整体的意象群，同人物情节的语象形成了一种对应或冲突，直指人物的历史命运。似乎寓意了无论是福贵人、祥贵人，还是皇后、皇帝，他们的内心总是充满寒冷、孤寂、恐惧；他们的生命，就像来去无定的风霜雨雪，无法自控；最终，他们也只能成为历史的过客，懵懂、机械、盲目地完成抽象的命运。由此看来，这些自然意象的内在意味是与生命的存在，生命的精神相一致的，这些自然意象已将人物的命运同历史以及生存的世界相融合。

第三层是文本中的系统意象，它是由作品的章节设置构成的，并统摄了整部小说。《伪满洲国》共十四章，每章基本由六节组成，而这六节几乎都遵循着冬、春、夏、秋的四季循环，这可以使我们感悟到神话原型般的结构魅力。因为在神话原型理论中，自然界的四季更替、往复循环会使人联想到生死繁衍，即由生到死的个体生命在由死到生的持续发展中得到延伸。从这点上说，这个意象系统构成了一个整体性的、指向文本结构、预言整部小说的象征，即它寓意着生存在伪满洲国的小人物，在历史的大喜大悲中看似无力，却隐藏着如季节更替般的强大生机，其生死轮回的固有内在规律和自在自为的生命方式是同自然时间一起向前流淌的，永不止息。这个意象系统不仅仅同作家在作品中寄托的民间理想相契合，而且加强了作品的审美效果：它使文本中的历史精神始终被一种驰骋着的艺术想象力围绕着，它也使文本中的历史客观性始终被一种历史情境下的审美之思引领着。总之，正是作家审美想象的极大张扬，才完成了对于伪满洲国这段国难史的民间化书写，才最终产生了《伪满洲国》这部具有复式历史意味的磅礴巨制。

以上对《伪满洲国》散点式的谈论，很可能回避了许多内在的困惑与焦虑，但是，这里的确包含了我对一位真诚写作、执着于文学的女作家的尊敬。这个物欲化的世界已经让太多的作家迷失，文学的殿堂也缀满了蛛网，能看到一位怀着平常心的作家走进文学的殿堂，从容地沉醉于写作，实在是一件赏心悦目的乐事。

原载《当代作家评论》2004年第3期

论迟子建的个体哲学

——透视其中短篇小说

李丹梦

在当代群星璀璨的女作家中，迟子建是非常独特的一个。这不仅仅是由她笔下反复渲染的异域风情所致——迟子建携带着《北极村童话》步入文坛，犹如东北雪原拂来的一股清新之气，其间初试锋芒的细腻、灵性的风物描述，一种浓得化不开的大自然情结，在她后来的创作中贯彻下来——更为重要的因素或标志在于，迟子建在创作中透露出的独特的个体哲学，一种带有古典倾向的主体定位。进入迟子建的小说世界并不难。尽管她的笔法散漫了些，作品结构也略显不修边幅，但总有一个古老、迷人的故事主干。故事，这一小说的传统形式，在迟子建这里没有遭到先锋派式的冷遇和鄙弃，相反，它得到了呵护。虽说作者无意制造故事，捕捉、抒发难言而诗意的情调才是其构思与书写的重点，但对故事她显然不反感，而且，其叙事、写实的能力在女作家里亦属技高一筹者。应该讲，迟子建是把故事作为小说文体的一种必要"束缚"来予以接受的。这使她的作品具有了亲和的外观。不仅如此，其小说内在的品格也朴实得很。没有怪异的表情，也极少奇峰突起、横逸斜出的笔法，无论就行文，还是情绪的表达而言，都泛着自然、健康的生命底色，甚至那最抑郁、微妙，最容易走火入魔的部分（这在下文会有详细的说明）也不例外。她采取的是一种绝处逢生的平和化处理。与其说这暴露了作者思想的"软肋"和浅近，不如说它更接近于一种主动的"度"的修持：不作病态的极端展示，伤感而不致自怜，把单刀直入、硬度十足的批判与揭露转化为一种温煦的丰满，一种人性厚度的寻觅与还原，这才是迟子建的追求所在。

纵观迟子建的创作，度的守持是始终如一的。它在造成主体情感节制的同时，亦给出了发展自我同一性（包括风格和人格）的起点与边界。很难找到比迟子建更具和谐性的文本了。透过那舒缓低回的节奏，明亮忧伤的格调，能清楚地感受到幕后的主体气息：踏实、温暖、自足。在此，文本的浑然、平和与主体的气质吻合了。一种纯属传统的人格魅力。它让人在油然生出亲近之感的同时，又保持敬意地隔出一段距离。与新时期以来的女性写作大相径庭的是，性别意识在迟子建这里是相对钝化的。这并不是说迟子建不具备女性意识，而是她不想将自己女性的身份识别建立在一种剑拔弩张的男女对立的基座与背景上，这太张扬，与度不符；也不愿陷入一种自戕式的独语——虽然这种言说方式容易深刻，但亦有导致人格撕裂的危险。更糟糕的是，女性这颇具勇气的自审与道出在阅读消费中难免沦为他视目光中猎奇的风景——从一开始，迟子建就致力于在公共空间开掘。其作品题材大多来自民间，来自日常生活的琐事，这种平民化的倾向或立场在她近来的创作中日趋明显，作者借此在公共空间里站稳了脚跟。而人性善主题的反复吟唱则使她获得了中正、大气的形象。这不能不说是一种自我选择、定位的结果（度的成效），尽管在实际的操作中主体往往是下意识的。这种主体塑造和创作交织在一起，呈现出相互促进的态势。写作事实上成为此在于想象、虚构中的一种自我筹划。通过这种筹划，迟子建成功地逃脱了女性写作天然被"窥视"的怪圈。但这并不意味着女性意识在她这里就偃旗息鼓了，而毋宁说它以一种迂回的、后发制人的方式潜藏、显现，局部的隐藏是为了整体的更大程度的彰显。我们在迟子建的作品中很难看到私小说、身体写作的痕迹，它们被审慎地过滤掉了而表露出某种美学的"洁癖"。我觉得这和作者潜在的、女性身份的自我提示是密不可分的。一种大家闺秀的气派——随和而不逾矩，醇厚而不狎昵，断断是驱除了非分之想的。它在文本里具有压倒一切的地位，是理解迟子建的关键。而主体在封闭自我的同时，亦守住了特属于女性的某种神秘。这是迟子建尤为珍视的部分。在她那坦荡的诉说中，一直蓄含、克制着某种疼痛，否则她的笔调不会那样一如既往地伤感。正是在这个意义上，写作衍变成了疼痛的抚慰，但碍于度的限制，又不能一蹴而就地抚平，于是写作化为绵绵不绝的奔赴。那么，这疼痛或曰神秘，究竟是什么呢？

我以为，这疼痛隶属于一种少女的情愫，即对爱的希冀与渴望。如此讲并不含任何轻视或贬低的意思，在我看来，这恰恰是迟子建的动人之处。一个敏感、柔弱的心灵部位，出于成熟与体面的顾虑而被小心翼翼地掩饰住，但它就像荧荧跃动的火苗，微弱却持久，不时地会从体面的缝隙中泄露出来……

根据迟子建小说的叙述风格及老练程度，我们大致可以将其创作历程分为三个阶段。时间上约以 1989 年和 1994 年为界。1989 年之前是迟子建创作的起步、成长期，以《北极村童话》为代表，还包括一些像《炉火依然》《遥渡相思》《关于家园发展历史的一次浪漫追踪》等具有探索、过渡性质的作品。此后迟子建日渐成熟，以 1991 年《旧时代的磨房》的发表为正式标志，迟子建进入了她创作的第二阶段，出现了《秧歌》《香坊》《岸上的美奴》等一批类似于张爱玲传奇式的作品：故事的虚构意味很浓，一个暧昧的（历史）场景，进出的人物也亦古亦今，犹如一幅旧时的水墨画，缭绕着雾气与落寞之情。自 1994 年起，迟子建开始关注日常生活，尤其是普通人的情感世界，创作了一大批诸如《亲亲土豆》《雾月牛栏》《逆行精灵》《观彗记》《门镜外的楼道》《微风入林》等写实性较强的作品。笔法日趋朴素、致密，主体的情绪也更为内敛了。

就三个阶段的简单勾勒来看，迟子建的成长之快是惊人的。阶段之间呈现一种断裂、跳跃式的发展。由文本透视其中的主体人格，如果说第一阶段显露的是一个充满梦想与躁动的少女（这不大会有异议），那么到了第三阶段，则已然是一个洒脱、成熟的女人了。这是一个尘埃落定、自我平复的过程。问题在于早先的冲动是否真的像文本表面所力图呈示的那样，被剔除干净了呢？我想并非如此，这不符合客观规律。而迟子建后来的作品也的确保持、延续了早期的女儿本色，尽管是以一种隐蔽的、矛盾的方式。我将在具体的文本分析中指明这一点。在迟子建多变的创作历程中，有一点是一致而清晰的，即无论她的视角和题材如何变换，其文本都保留着一种罕见的、单纯的质地。就主题而言，正像大多数论者所指出的那样，迟子建一直致力于人性善的开掘。这化作了某种执着与虔信，甚至当有人指出它造成了迟子建小说的局限，"阻碍了她的笔触向人类的劣根性、向文明断层的痛处延展"①时，迟子建亦不为所动，并针锋相对地提出，"温情的力量同时也就是批判的力量"，她永远不会放弃"对辛酸生活的温情表达"②。那么，这温情的所指，那人性善的内容到底是怎样的呢？

《北国一片苍茫》（1987）③是迟子建早期由稚嫩向成熟过渡的一部作品，虽然在一定范围内它仍延续了《北极村童话》《沉睡的大固其固》中的童年视角，但内里的声音却明显地沧桑了，人物间的纠葛也较以前错综复杂。特别值得注意的是，这里出现了迟子建笔下第一个"善恶同体"的角色——父亲，一个守林人。他在妒火中烧死了芦花的母亲，"头也不回地朝山外走"，但蓦地，他"走不动了，将她（指芦花）扔在地上，把脸深深地埋在雪中，耸着肩哭了。那是她第一次看见爸哭"④。这里的"爸爸"形象与弗洛伊德恋父情结中的父亲相去较远，小说告诉我们，这个被芦花口口声声称作父亲的人其实与她并无血缘关系，他更大程度上是作为主体对男性总体感觉的一个模糊的象征而存在的。芦花的童年视角进一步加强了这种朦胧与恍惚感，是一种对异性认识的开始。如果说父亲的恸哭表征了一种良心发现式的善，那么这善的内涵应该是指向爱的。尽管下手狠辣、残忍，但它并不能抹去爱意，父亲仍旧爱着母亲。这便是男女之间最深刻、终极的关联，我们从中能感受到主体对于爱的虔诚的预期。如果不是这样，她不会将那场灾难的大火描绘得如此明媚、灿烂："屋子已经变成了一团大火球，灿灿爆燃着。这火球像黄昏的落日，沉在黑黝黝的山林中，

---

① 徐坤：《重重帘幕密遮灯——90 年代中国女性文学写作》，《作家》，1997 年 8 期。

② 文能、迟子建：《畅饮"天河之水"——迟子建访谈录》，《花城》，1998 年 1 期。

③ 括号中的年份系作品发表的时间。下同。

④ 《迟子建文集 3：亲亲土豆》，第 35 页，江苏文艺出版社，1997 年 7 月。

又像一轮朝阳，冉冉地欲从林中升起。"① 语句中分明含着一种脱胎换骨的喜悦，显然，主体已然看到了爱的回归，而对此她已等待多时了。事实上，这种等待早在《北极村童话》中便开始酝酿。这部被作者自称为"早期最具代表性"② 的作品带有明显的少女特质。俏丽的语言自不必说，第一人称的童年视角也是少女初涉写作经常采用的手法；而强烈的抒情愿望胀破了"我"的天真，使文本染上了一层修饰的色彩。真正的孩子是不大会抒情的，她只是尽可能地把每天经营得自在而充实。当我们从那个在姥姥、姥爷及傻子狗中寻觅"温暖和爱意"③ 的女孩身上体验到孤独、痛惜的感觉时，就已经不再是纯粹的孩童旨趣了，它指向少女青春期特有的感伤与惆怅。在"我"对动物、自然的亲近，对老人的眷恋以及那有些泛爱色彩的万物有灵的观念中，我们不难读出少女内心对爱既盲目又强烈的希冀。这是一种情感的投射与转移：借助孩子纯净的视角，主体克服了羞怯而开启了内心爱的闸门。

由此重新切入迟子建的作品，我们发现，其实迟子建那些描述人性善的小说大多可还原为爱的主题。作为人性善的最高内涵，爱的期待与召唤成了迟子建作品中孜孜以求的目标。与《北国一片苍茫》中"爸爸"的形象相一致，迟子建喜欢刻画刚中带柔的男性。王二刀对女萝先奸后娶，又三心二意，但女萝在他不经意的泪水中还是感受到了男人内心深藏的脆弱与温存（《秧歌》，1992）；以吃喝嫖赌著称的商人马六九却让假小子式的邵红娇成了真正的女人（《香坊》，1993）；那个五大三粗的杀猪人齐大嘴居然也是个柔肠子，他收容了大肚子的外乡女，并原谅了她的谎言与欺骗（《腊月宰猪》，1995）……这些男性没有一个是十足的恶人，透过粗犷的外表，总能找到闪烁的爱的灵辉。这种对于男性的独特感知和执拗的寻找与少女内心对爱的企盼是相对应的，从而多少带有了圆梦式的理想色彩。父亲的形象也是这样。曾有论者指出迟子建身上有恋父情结的倾向，我以为并非如此。作者虽然经历了丧父之痛，但那已

---

① 迟子建：《北国一片苍茫》，《青年文学》，1987 年 8 期。

② 《迟子建文集 1：原野上的羊群》，第 2 页，江苏文艺出版社，1997 年 7 月。

③ 参见迟子建小说《岸上的美奴》题记。

是成年工作后的事情①，应该不至于陷入缠绵的恋父漩涡。而且，就述说父亲的几篇小说（《白雪的墓园》《重温草莓》）来看，也算是朴素的父女之情。迟子建是一个非常在意自我形象的作家，她决不会在作品里渲染任何关涉自身的"不同寻常"的情感。如果迟子建对父亲真有类似于男女情爱的意识，那么她就不会在作品中如此反复、从容地展示了。而父亲之所以能够常常进入她的文本，恰恰是因为父女之情乃是人世间一种天经地义的伦常之情。在此，父亲实际上已成为一个完美男性的符号或借代；借着父亲的名义，主体尽可以书写内心对爱的期待。与童年的视角相似，父亲也是主体在书写爱的过程中一种战胜羞涩的方式。这种矜持和自我保护的心理是与迟子建的主体定位相一致的，它贯穿了她的创作历程。

《白银那》（1996）是迟子建成熟期的代表作：鱼汛后村民腌鱼要大量用盐，个体户马占军夫妇趁机高抬盐价。村长之妻卡佳进山采冰块以储存鱼，不料在途中遭熊袭击而死。村民群情激愤，一场暴力冲突箭在弦上。然而就在这时，马占军回心转意，将盐挨家挨户主动奉上。小说此前曾插叙一笔：卡佳是马占军年轻时恋慕的女子。结果，又是爱的力量占了上风。而一向懦弱的村长在妻子死后也变得果断、坚毅起来，他平息了村民的愤怒，将干戈化为爱的玉帛。这峰回路转的结局在出人意表的同时，亦在一团和气中牺牲了小说的张力，有一种匆匆收尾的感觉。因为在现实生活中，马占军之流很可能仍旧使盐价居高不下，如果就此挖掘下去，会触及人性深处某种坚硬而残酷的东西。而迟子建的回避与其说是构思、选择的定式，不如说是基于内心某种深刻的需要，一种微妙的自我说服与摇摆。我以为，这依旧是与创作主体对少女心结的压抑联系在一起的。就迟子建而言，稳重与成长是第一要坚持的东西，大家闺秀的形象是以对少女情怀的克制为代价的。后者被当作了单薄肤浅、难登大雅之堂的东西（用迟子建的话来说，"青春时代抒写个人经历往往带有一种自以为是的虚荣成分"②），而主体虽极力摆脱却又无法清除这种情绪；受制于自尊与

① 参见迟子建散文《云烟过客》。

② 文能、迟子建：《畅饮"天河之水"——迟子建访谈录》，《花城》，1998年1期。

羞怯，主体不能在内容中直接书写自我对爱的希冀，而强烈的抒情欲望又力图使这种希冀突破障碍地表达出来。于是爱的实现成了永恒的主题，这是一种斗争和妥协的结果。换言之，主体需要这种实现来曲折地平复、满足少女对爱的顽强期待——这也是迟子建与冰心的最大区别：同样秉持爱的哲学，冰心遁入了空幻的宗教，而迟子建则追溯到了细节、现实的场景。这使她较之冰心远为实在、可亲——作为一种意向化的行为，爱的显示对于文本的构成具有优先的组织性，表面自在游动的故事实则难以走出爱的"视界"。由此来看《白银那》的结尾，便不再觉得仓促了，其身后原是有着坚执的自我伦理支撑的。在迟子建这里，爱实现的方式不是在情人、爱侣之间，因为这容易让人联想到主体的影子；而是在夫妻之间（《亲亲土豆》《花瓣饭》），在爷孙的默契里（《日落碗窑》），在对父亲的怀念中（《白雪的墓园》《重温草莓》），在残疾的生命里（《盲人报摊》《雾月牛栏》），在往昔女子的传奇中（《旧时代的磨房》中的四太太，《月光下的革命》中的李恒顺的女人），甚至在动物与主人的相濡以沫里（《北极村童话》中的傻子狗，《一匹马两个人》中的老马）……一切的浪漫都通过"正常""合法"的途径呈现出来；在如此爱的诉说中，没有人再会对主体说三道四、捕风捉影。尽管这中间也存在着无法弥补的缺憾，就像《雾月牛栏》（1996）中的宝坠，到底也没有走出失忆的阴霾，但主体毕竟与爱相遇了。实际上，他者的缺憾亦是对主体内心的一种变相抚慰，缺憾本身乃是主体对少女心结遭压抑这一事实在创作、虚构中的结构指认与呼应。

除了在主题上对爱的反复书写外，最能证明主体少女特质的乃是其创作中所流露出的独特的情调模式。迟子建的小说多以第三人称写成，但往往给人造成第一人称的错觉。这和主体不自主的抒情意识以及散文化的笔法是联系在一起的，从《北极村童话》就开始了。这是一种类似于歌德所讲的"曲折的自白"。迟子建善于将人物的人生历程化繁为简地勾勒出来，几个画面一连接，故事就"完型"了。这在她第二阶段的作品中表现得最明显。女萝与王二刀（《秧歌》）的情感纠葛就三个画面：强暴、逼婚、老年时的相互依偎；而神秘的小梳妆也只是在最后才真正露脸。画面之间无尽的裂痕与空白折射出时间的流逝、青春的伤痛。故事一律被处理成了诗意的挽歌，死亡不时袭来，而主体也就在生死的褶皱间发掘、寻觅着脆弱的生命，飘忽的情绪，懵懂而执着的爱情。迟子建很少按部就班地叙述她的故事——严谨不是其特长——而是着力寻找与自身相合的某种气氛，这成了主体在场的证明。在捕捉、营造气氛的同时，少女莫名的忧伤也在传奇的人生画面中缓缓释放……

与当下时髦的审丑或暴力美学不同，迟子建始终致力于纯美的耕耘与建构。有人曾说她的作品代表了文坛"理想话语"的存在，从审美所具有的深层的肯定意义来看，不无道理。只是这种肯定是双向的：不仅对读者，还包括创作者本人。在迟子建的作品中我们看不到污秽与血腥，即使涉及此类场景，作者也只是淡笔带过。《岸上的美奴》（1995）如果让男作家来写，很可能会死死揪住美奴杀母的阴暗心理不放，这虽会带给人震撼，但画面也早就污浊不堪了。而迟子建对此的处理却极为轻盈，显然，她不想因此破坏了整体忧伤而诗意的气氛。这种文本肌理的纯洁意识与主体内心潜藏的少女的爱美心理是一脉相承的。在迟子建的笔下，经常出现的意象是白雪、月光、细雨、雾岚，既晶莹，又朦胧。而月光是一种统治性的拂照，象征着女儿的温柔、梦幻与失落，一种主导的情绪。《逝川》（1994）中作者甚至虚构出一种红色的"泪鱼"，它给孤寡一生的吉喜婆带来了慰藉。这凄美绝伦的意象同样散发出浓浓的女儿气息，善良而清纯。迟子建的语言也受到了这种唯美倾向的浸润，第一阶段那流丽的笔触便是这种思想的外化。值得注意的是，在她后期的作品中，语言越来越朴实，主体似乎是想脱去早先的"脂粉气"，为此她甚至不惜动用日常口语。然而，不经意地，那优美的语言仍旧会复苏。这在她描述景物的时候表现得最为明显：

金井的山峦，就是大鲁二鲁的日历。

雪让山峦穿上白衫时，他们拉着爬犁去拾烧柴；暖风使山峦披上嫩绿的轻纱时，他们赶紧下田播种。山峦一层一层地由嫩绿变得翠绿、墨绿时，他们顶着炽热的太阳，在田间打垄、间苗、锄草和追肥；而当银光闪闪的霜充当了染匠，给山峦罩上一件五彩的花衣时，他们就开始秋收了。[①]

　　这是迟子建《采浆果的人》（2004）中的句子，依然是以前那鲜嫩的色调，活泼、俏丽也一如往昔。如果不注明，还以为早先的极地女孩又回来了。于是，文本中交织着两种语言精神：朴素与华美，宁静与修饰，大家闺秀与清纯少女，它们结合得虽然不算老练，但却形象而真实地显示了主体成熟的阵痛与艰难。女性"成为自己"并非一蹴而就的事情，有些东西实在是天性的附着，很难改变。单就题目而言，就透露出一致的审美情趣，《原野上的羊群》（1995）、《雾月牛栏》（1996）、《朋友们来看雪吧》（1998）、《清水洗尘》（1998）、《青草如歌的正午》（1999）、《格里格海的细雨黄昏》（2001）、《鸭如花》（2001）、《芳草在沼泽中》（2002）……无不清新，优美。而浪漫的意象依旧在营造着，《逆行精灵》（1997）中那在森林薄雾中飞翔的女人便是一个妓女的幽魂。虽然她只出现了两次，全篇也大多是写实的笔触，但作者却说，她印象最深的就是这个女人[②]，题目命名为《逆行精灵》即可见出作者对她的重视。很可能正是这孤单单飘飞的魂魄诱发了作者创作此篇的冲动，这与读者通常对文本的理解产生了分歧。准确说，是双方的兴奋点存在差异。而之所以造成这种现象，是与作者对这个女人过于隐晦的描述分不开的：不单是篇幅少，关键问题在于，这个意象不像迟子建早期的作品，具有笼罩全文的辐射力。我认为这是主体有意克制的结果。妓女的灵魂在森林中飞舞，这带有少女情调的、过于罗曼蒂克的声音被强大的、成熟的声音覆盖了。人不能老是浪漫下去，不仅由于年龄不允许，最棘手的是无法通过自己的标准。要获得稳重、大气的形象，主体必须放弃某些东西，尽管它们有可能是自己最割舍不下的。

　　这种矛盾在迟子建第三阶段的作品中不时出现，《观彗记》（1998）便是一例。小说以第一人称的方式叙述了"我"只身前往出生地——漠河看彗星的经过，写得琐碎而密集：如何搞票，如何在火车上碰上记者王无寺和毕亮一家，

研究资料　迟子建

---

①　《小说月报 2004 年精选本》，第 245 页，小说月报杂志社，2004 年 12 月。

②　迟子建：《朋友们来看雪吧》，第 297 页，解放军文艺出版社，2000 年 1 月。

如何嫌王无寺俗气而设法甩掉了他，下了火车后如何转车，与漠河的亲戚见面了又如何攀谈……在这新写实般的交代里，迟子建以前那古典的韵致几乎看不到了。然而，当我们读完后，才蓦地发觉这居然是一个再纯情不过的故事。故事真正的主人公叫周方庐，一个让"我"一见钟情的男子。他有自己的家庭，也很爱妻子、儿子。"我"和他只见过两次，彼此都没有捅破。"我"在火车上想他，看日全食时想他，要返程了，又不由自主地给他打了电话。不料，他在电话里告诉"我"，他三天前到哈尔滨来找"我"了。就这样，为了那没有出现的彗星，"我"错过了与周方庐相聚的机会。且不论周方庐这个人物是否真实，单就他被塑造得如此成熟、体贴这一事实，以及文中叙述人那痴心不渝的心理来看，主体内心是含着某种少女情愫的冲动的。一个相信一见钟情并力图将其构思得入情入理的人，不大会成熟得铁板一块，其心底定藏着浪漫的因子。迟子建在与文能的对话中曾谈到这篇小说，后者问她在创作此篇时有什么新的想法，她是这样回答的："如果真有这种想法的话，那么我希望老天有一天会扔下一个'白马王子'给我，我想人生的此等'偶然事件'是人人皆欢喜的。"[1] 这略带玩笑的话其实透露了主体内心真实的疼痛：少女心结并没有随着有意识的成长而泯灭，它一直潜伏着，寻找释放的时机。在《观彗记》中，主体试图用一种成熟的声音来讲述一个单纯的爱情故事，而这种成熟是通过对诗意语言的刻意回避来表现自身的，开头那不乏夸张的大白话"天上要出现大事故了"就是一例。显然，迟子建对早期少女的诗性声音里所暗含的矫饰已有了足够的警觉——虽然这种矫饰在某种程度上也是天性使然，且和少女的坦诚彼此交织、错杂——她力图用一种自然朴素的方式将这种纯洁、微妙的情感表达出来，特别是在面对这让读者和主体都敏感的第一人称"我"时，更是小心操作。不仅要让读者接受，也要符合自身大家闺秀的形象标准。文中最具诗性的部分是在描写日全食时，"我"感觉，那仿佛是太阳和月亮在做爱。一个大胆的比喻，像彗星一样越过文本那平静而略嫌单调的天空，在给人带来短暂兴奋的同时，亦觉得有些突然。看得出，作者想通过两种笔触、两套语言的对

① 文能、迟子建：《畅饮"天河之水"——迟子建访谈录》，《花城》，1998 年 1 期。

比，通过平庸（王无寺）和洒脱（周方庐）的相互映衬，来突出那美好的情感。但问题在于两种语言中的"我"之形象并不统一，很难想象那个就因为王无寺说了几句带有小市民气的坦率话就心生厌恶的女人会对另一个有妇之夫一往情深。她太清醒，太矜持，太有规矩，以至我们无法将她与结尾处那个纯情得让人心痛的女子视为一人。爱上一个有妇之夫需要勇气，而仅仅见了一次面，就特地跑到另一个城市来找他更需要勇气，更不用讲在电话里说出"我看见太阳和月亮做爱了"这种大胆的、表露心迹的话了，这都不像是那种有规矩的人做出的举动。两套语言中的"我"相抵牾、消解，这种人物形象的"断裂"反映了主体内在的困境：在坚定的成长与清纯的固执之间，主体究竟该何去何从呢？

《微风入林》（2003）是迟子建近期的作品，一个带有传奇色彩的故事。边区护士方雪贞在值夜班时受到鄂伦春汉子孟和哲的惊吓而停经，其夫到医院大闹一场要求给予方雪贞工伤补助，事情吵得沸沸扬扬。就在方羞愧难当之际，得知消息的孟和哲主动提出要为方医治。然而他治疗的方式居然是性爱，方措手不及地接受了，并在"医治"的过程中爱上了孟和哲。而后者在她恢复正常的生理周期后，恪守鄂伦春一夫一妻的规矩，毅然离开了方。《微风入林》是迟子建为数不多的描述性爱的作品之一。与众不同的是，浪漫的性爱在此却是与冰冷的治疗联系在一起的。尽管进行的过程如火如荼，但最终却只是一种歉意的弥补。小说的语言恢复了迟子建一贯的柔美与诗意，月光再次朗照于虚构的世界。然而，一个浪漫的故事外壳却包含了一个并不浪漫的内核。与《观彗记》截然相反，我们从中能够体验到某种女儿式的梦想的破碎。如果说这也算是一次婚外恋的话（方、孟都有自己的家庭），那么这恋爱是在家庭伦理的限度内展开的。热烈与忠诚，浪漫与责任，融洽地结合在一起。最终，每个人都停留在原地，没有逾矩、出轨，浪漫只是一次事故，一个偶然。迟子建在深深的思索之后，又回到了她的"度"内。

从某种程度上讲，这是一个用不着选择的选择，因为它早已在此在的精心筹划中了，呈现出一种节制而古典的个体哲学。方雪贞和《观彗记》中的"我"一样，在命运的安排下遇到自己的白马王子，却又与他失之交臂。这种失之交臂的故事贯穿了迟子建的作品：《遥渡相思》（1989）中的"我"（得豆）和那神秘的少年，《炉火依然》（1990）中的"我"与禾，《向着白夜旅行》（1994）中"我"与马孔多（亡夫的魂魄），《旅人》（1995）中"我"与郑克平（一个飘忽不定的浪子），《朋友们来看雪吧》（1998）中"我"和那个被"我"拒绝的夜晚想留宿的男子……我们发现，它们大都采用了第一人称的叙述方式，写得隐晦而浪漫。情节也差不多：女主人公在犹豫不决中，错过了一段本来美好的感情或经历。这中间是否隐含着作者自身的影子？我不想妄作猜测。这些第一人称下爱的缺失与远离的故事，与那一系列爱的实现的作品一道，构成了迟子建创作中的两条脉络：一个副线，一个主线。让人为之动容的是，主体从来没有被那带有梦幻色彩和自怜性质的爱的迷失所主宰；不仅如此，迷失与困惑还化作了爱的虔诚与动力。爱的困惑愈深，在他者那里，爱的实现就愈是灿烂。从极地的童话，到幽怨的历史传奇，再到小人物的悲欢离合，迟子建总的趋势是越写越朴实、明朗了。读她的小说，眼前会不由自主地浮现出一个大家闺秀的形象，举手投足都透着一股宁静与端庄。只是不经意间，在她的眼中会出现少女般晶亮、梦幻的光彩，尽管是一闪而过，却让人久久难以忘怀……

原载《山花》2005年第9期

当悲的水流经慈的河

——《世界上所有的夜晚》及其他

蒋子丹

个人伤痛的入口

说到迟子建，二〇〇二年五月的那次车祸是绕不过去的，她的丈夫在车祸中罹难。他们之间仅仅四年的婚姻，以一种叫她难以承受的方式，在大兴安岭的春天里戛然而止。可是这个男人在迟子建的生命中的影响，似乎从这一天才真正开始。

当时我正在海南岛，夏日里每天必下的阵雨没有如期而至，但方方从电话里传来消息，让明亮的热带阳光在我眼前顿时黯然。我们以朋友的身份，隔着山隔着海沉默，心里明白这对小迟子意味着什么。这桩迟来而短暂的婚姻，带给她的幸福与安宁，曾经在我们的见证之中与意料之外，我们担心，毫无征兆倏然降临的灾难，会毁了她的家，还有她本人。

跟迟子建熟悉起来，是在一九九七年某个笔会上。她给我留下的印象是性格明朗热烈而且刚强，虽年轻貌美却没有小女子的忸怩做派，高兴时会爆发出豪气十足的大笑，不高兴了很可能吼几嗓子或者痛哭一场，而且出入文坛多年以后，还没学会在男士们跟前突然改用气声说话。我曾经想，这女孩，才情如她，性情如她，怎样的一个男人才能让她心甘情愿与之偕老。然而不过一年之后，迟子建突然结婚了。婚姻中的小迟子神采飞扬文思泉涌，每个毛孔都冒着沉静与安详的气泡。这多少使我对她的夫君产生了一点好奇心，不知道他以何种魅力，彻底俘获了小迟子并非寻常的芳心。可是，从开始到结束，朋友们中间极少有人见过迟子建的丈夫，我也只在一张照片上，看到了那个逝去的人留在雪地上的剪影：迟子建面对镜头调皮地笑着，北国冬天黄昏的阳光，将拍与被拍的两个人的轮廓印在白雪上。小迟子在这张照片下边无限惆怅地写道：故乡的冬天，雪地上的影子还是两个人。

故乡对于迟子建而言，可谓恩重如山。作为一个人，故乡给了她生命，给了她灵性，给了她姣好的皮囊和敏感善良的心，就连生命里的另一半，也是在寻觅了多年之后，等到她三十有四的年龄，终由故乡赐予。作为一个作家，故乡的山野生活，给了她许多好感觉和好细节，使她一写起大自然的种种就下笔有神，在大多都市长成的女作家里独树一帜。在迟子建的小说里，天上地下日月星辰山川河流飞禽走兽人，不分彼此互相转换着身份和形体，太阳长出温软的小手小脚；野花中疾驰的马蹄跑成了四只好闻的香水瓶；林子里的微风吹过，水分子像鱼苗一样晃动着柔软的身体游动；江水把自己胸脯上的肉一块块切下，甩向沙滩化为了石子；天空长着眼皮和睫毛，耷拉下来，大地就黑了；人们活着或者死去，后代们绿油油成长起来……突发奇想的意象比比皆是，并无雕琢堆砌的痕迹，在阅读中甚至可以感到其笔墨行进的速度之快，几乎到了不假思索的程度。更多看起来被轻易放过的句子，构成了那些意象的底色，让它们如草甸子上的野花，被青草衬托着自由自在开放。

可能出于偏好，我引用了过多的好句子。实际上我很清楚，它们绝不仅仅是文学课堂里或平庸评论中的修辞手法，而是一个人从童年开始建立的生活态度与生命观念。一个作家倘若有幸从上苍那里，领取了这样一双融入自然的眼睛，他的世界将一定是阔大的丰富的，从宏观的角度和抽象的意义上说，也是永远不会孤寂的。故乡给了迟子建这样的眼睛。大约二十年前，迟子建发表了中篇小说《北极村童话》。这颗新星闪现于当时已然花繁叶茂的文学之树，仍以它清冽自然的光芒，吸引了读者的目光。这篇小说对于迟子建，其意义不仅在于让她在文坛崭露了头角，更像一只音准，校准了她全部前期作品的基调。春天的温馨曾经是迟子建小说始于《北极村童话》的基调，秋天的萧瑟和冬天的严酷总被推成远景。她几乎很少把人物逼入绝境，政治、历史、生态、社会、家庭、人生，以及任何原因引起的对立，常在读者预见将要尖锐起来的时刻，被一个意外的分岔软化，诚如生离死别一波三折，需要大煽其情的看点，反而波澜不惊，三言两语带过。于是她的小说留给人们的印象，总如同幅幅风景画，在鸡犬相闻的人间烟火中，氤氲着恒定的温婉浪漫气息。有人认为迟子建作品的唯美主义温情立场，削弱了对社会现实的批判力度，作家苏童的观点或可从另外的层面做出注解："她在创造中以一种超常的执着关注着人性温暖或者说湿润的那一部分，从各个不同的方向和角度进入，多重声部，反复吟唱一个主题，这个主题因而显得强大，直到成为一种叙述的信仰。"（《关于迟子建》）我们大约不应该要求每个作家都必须写出百科全书，如果他们各尽所能写出达标的社会分类辞典，仍不失为文学和读者的幸事。

二〇〇二年的车祸，对迟子建的写作所产生的影响不知不觉显现着。丈夫之死如同春天里的沙尘暴，为迟子建带来一段天昏地暗的日子，也带来将与生命等长的伤痛记忆。最初的日子里，她常会不由自主拨打丈夫的手机，祈盼亲切熟悉的声音，再次从听筒里传出。奇迹没有发生，电话里一遍遍传出的，总是电脑冷冰冰的提示音："对不起，您拨打的用户已关机。"然而她欲罢不能，直到有一天听筒传出的声音，变成"您拨打的号码是空号"。彻底绝望之后，她恢复了长篇小说《越过云层的晴朗》的写作。丈夫出事前，这部小说刚写了第一章，迟子建曾经把其中的片段轻声读给他听过。小说写的是一只大黄狗坎坷的生命历程，以一只狗善良纯洁的目光观照世道人心。迟子建这本书的后记里坦言，这部长篇冥冥之中完全是为丈夫写的悼词，她丈夫姓黄，属狗，她常以"大黄狗"作为他的昵称。当最后写到大黄狗死于人为的祸害时，她突然产生了宿命的伤感，假如最初小说不设计成这样的结局，是否能把丈夫留在人间？

迟子建流着泪，用六个月时间写完了这部长篇，中间还插着写了短篇《一匹马两个人》，一部与车祸有着隐晦关联的小说。一对相濡以沫的老年夫妻，由老马拉车去远离村落的麦田看守庄稼，半路上老妻从马车上跌落而死。饱经痛苦思念的折磨后，老头也随之死去，剩下忠诚的老马，守护着主人生前播种还来不及收获的麦田。小说通篇地老天荒的凄凉，读来让人潸然泪下。我怎么读都觉得这里边包含着迟子建的一种愿望，假如能与丈夫白头偕老，哪怕仍然有灾祸袭来，哀伤或许会浅淡些吧。这等于从另一个角度，传达了她对哀伤的不堪。

接下去，她又写了中篇小说《踏着月光的行板》，叙述一对两地分居的清贫夫妻，相思中不约而同前去探望对方，却相互扑空失之交臂，只能电话约定在返程的路上，通过相向而行的车窗相望。丈夫生前，迟子建曾多次陪他去大庆探看公公，果绿色的短途列车上那些衣着破烂的民工，曾经引起她的关注和同情。可是，当她真正下笔写他们的时候，同情不知不觉中变成了羡慕。迟子建描述过写作的心境：男女主人公在慢车交错之时，终归得以隔窗相望，而自己却连再看丈夫一眼的可能都没有了。"我们婚姻生活中曾有的温暖又忧伤地回到了我身上，所以那对民工夫妻的感情，很大程度上倾注了我对爱人的怀恋。"

从迟子建寡居后的第一部小说开始，其创作上的变化相当明显，一种鲜见于她的沧桑感，像深秋山涧的冷雾弥漫开来，笼罩了从前童话牧歌的天地。单就小说的品相而论，它们当属上乘，《一匹马两个人》更可与她前期代表作《雾月牛栏》相媲美。但是在《世界上所有的夜晚》之前，这些近作明显带有仅限于个人伤痛记忆的痕迹，作者在一潭深不见底的悲情里挣扎，不得其路而出，这正意味着某种潜在危险的临近。

个人的伤痛记忆对一个作家是财富也是陷阱。它可能是一把钥匙，能替你打开伤怀之锁，释放出大善大美的悲心，赠予你悲天悯人的目光。在更多的情境下，它却是自哀自怜的诱饵，让你误入自恋的沼泽，成为一个看似万变其实不变的文学"祥林嫂"。当然你还可以连篇累牍地写，此起彼伏地发表、转载、改编和出版，甚至得奖，但这也许恰恰是你的精神将要停止生长的信号。人们总爱说，天降大任于斯人，必先苦其心志，可是别忘了有多少人先于大任之降已经被心志之苦湮灭。如果那样，人们只能惋惜地说，一场灾难，破碎了一个大作家成长的可能性。所幸迟子建靠着她的悟性远离了陷阱，在危险真正到来之前,将自渡之船撑出了哀思之海,《世界上所有的夜晚》的白纸黑字可以作证。

人间慈悲的出口

现在,我们可以开始阅读迟子建这一篇新作了。迟子建在小说里出发的时候,已经勇敢地从幕后走到前台,头一回以寡妇的原型领衔主演真人秀。需要说明的是,真人秀只是一个借用的词,我的本意也并不是一个作家非把小说写得像自传才好。但是我以为,在非常的心理创伤中,迟子建敢于把自己的心扉敞开,对她具有特别的意义。敞开是她将要放下的先声,而放下才可能从自哀自怜中超脱出来。翻开小说,一种与温馨的北极村童话里截然不同的,粗粝,黯淡,艰苦,残酷,完全可以称得上绝望的生活,扑面而来。在意外受阻的旅途中,来自大城市的寡妇,一头扎进了小镇乌塘那个哀伤的汪洋大海。大海的力量能把一切人们眼中的庞然大物变轻变小,个人的伤痛哪怕大得像一头蓝鲸或者一艘航母,一旦驶进了芸芸众生的哀伤海域,也将还原它的分量,让一切形式的自恋相形见微。

在当下的文坛,自恋差不多成了作家中的传染病。以各种面貌出现的自恋,在作品中多角度折射出不同的精神病容。有的自恋于个人的爱,个人的恨,絮絮叨叨无外乎私人生活的小伤小痛、小情小感,穿的什么牌子衬衫,吃的几星酒店的大餐,恨不得把皮肤上每个小痦子的生长,都用分镜头脚本记录端详。上下左右的小恩小怨、小奸小坏,丝丝扣扣入眼入心,揣度琢磨放大解剖,再借题发挥以泄私愤。有的自恋于怀旧情结,受过的苦,立过的功,都是傲视众生的资本,不天天写月月写年年写,苦就白吃了,功就白立了,纪念碑就不够雄伟光辉。还有人在追诉受难经历的作品里,也不忘炫耀贵族生活的优越,反而把政治斗争的严峻与残酷,冲淡到读者无法理会的程度。苦难本来是作家的财富,然而没有阔达的胸怀,吃再多的苦也只是一己之苦,不能成为写出大作品的动力。另一种自恋走得更远,甚至跟个人经验和情感也没有多大关系了,有的只是对写作技巧的迷恋,信手拈来左右逢源,不动心不动肺,写什么都顺理,怎么写都成章,技术化的制作之下怎一个写字了得。

迟子建的新作，从克服自恋的意义上说，是一个有益的启示。这部小说的可圈可点之处，在于对大众苦难的关注，更在其努力超脱个人伤痛，将自己融入人间万象的情怀。迟子建从小生长于社会底层，多年来她的笔墨也一直在为她所熟悉的人们泼洒，故而她不会把文化人对底层居高临下的怜悯硬塞给他们，而是凭直觉寻找着他们，并与之结成天然的同盟。

肮脏的小镇子乌塘矿难连续不断，迎面走来的每个女人都可能是寡妇。她们在丈夫活着的时候，天天为随时可能降临的灾难提心吊胆，丈夫死了，老人孩子一担两头。街头巷尾活动着的每一袭廉价俗艳的衣裳里，都裹着一颗伤痕累累的心。尤其那个蒋百嫂，丈夫下井不归，生不见人死不见尸，剩下她，白天在酒馆买醉，晚上向男人卖笑，因此成为镇子上有名的疯女子。其实这个借酒撒疯的女人，守着一个惊天的秘密，她死于矿难的丈夫，竟被迫冷藏在家中的雪柜里，矿主瞒报矿难人数的勾当，让他死无葬身之地！苦难深重的女人，已经够让人怜惜了，矿区的男人还有更叫你揪心的遭遇：早晨下井不知晚上还回不回，回不来一了百了；回来了也并不见得开心，要是赶上老婆正好是个"嫁死"的女人（先上好节育环、买好保险单再嫁给矿工，专等着丈夫井下遇难，领了银子走人的女人），活着回来，看见的也是冷锅冷灶冷言冷脸，连晚饭还不知在哪儿。

石破天惊的真实故事，藏在迟子建的采访笔记本里已经七八年。当年她以作家的身份去矿区深入生活，满怀同情记录了这些人和事。应该说，这是一些有着极大拓展空间、最便于作家生发细节的素材，稍事发挥就是社会底层生活最真实的写照。它们的残酷和血腥程度，对人性黑暗面的揭示力度，都可以用五颗星作为标记，只需有条有理写来，就已经具备了煽情效果。这些素材在《世界上所有的夜晚》中的运用，超出了一般写实与再现，作者对个人伤痛的超越，使透心的血脉得与人物融会贯通，形成一种共同的担当。女主人公在震惊之余，庆幸残酷的命运对自己仍然网开一面：至少还有机会在火化炉前吻别丈夫，再给他造一座可供凭吊的坟墓。与此同时，庆幸并没有矮化为常见的心理平衡，特殊的感恩心情所催生的，是对更加不幸的人们更深的关切，同情升华为大的悲悯，她本人也得救于其中。

我大约没有听错，死亡是《世界上所有的夜晚》的主旋律，它在小说里一遍遍奏响，密集到令人不能喘息的程度。死亡发生在昨天，发生在今天，自然还将发生在明天，它随随便便说来就来，带走了它需要的人，留下另一些人继续艰难地活着。但在这里，死亡并不能斩断往生者与现世生命之间千丝万缕的联系，他们只是失去了有形的躯壳，可亲可近的魂灵还真实地活着，通过才下眉头又上心头的思念，通过柴米油盐的照料，通过有曲无词的民歌，通过承受着藏尸的异化与众人误解的妻子，通过一只气息奄奄仍在等待主人归来的义犬，活着。

《世界上所有的夜晚》唤醒了我们对魔幻现实小说的回忆。曾在上世纪八十年代的中国风靡一时，以后又悄悄然偃旗息鼓的魔幻现实主义文学，其重要标志之一，是人与鬼神同生共处，一起面对人生疾苦与社会现实。跟传统的志怪志异小说不同，这类小说不是将现实中的人引向鬼神的疆域，而是让魂灵生活在尘世人间。迟子建的小说，同样营造了一种适合鬼神出没的氛围，煤尘漫天的乌塘镇总下着黑雨，地名不是回阳巷、月树街，就是青泥街、落霞巷，众多打黑伞的人像一大群乌鸦在行走；画匠陈绍纯在"文革"中被勒令吃下撕成碎纸片的民歌，旋律在他心底生长，歌词不知飘落何方，只要他唱起无词的民歌，家中花猫跟着流泪，小孙子不肯吃奶；人们对矿难的解释，是活人下到地底下采煤掘到了阎王爷的房子，引得他从死生簿上提前勾掉那些年轻矿工的名字……亦真亦幻的画面、声音、意识，将碧落黄泉人间联为一体，给了作者将悲悯由生者扩展至死者的更大空间，为再一次提升境界做好了准备。

应该说，《世界上所有的夜晚》所描述的底层生活，其深度和广度、尖锐和残酷，都超出了迟子建以往的作品，但贯穿始终的温婉基调并不肯彻底淡出。她笔下的魂灵对人间的亲人满怀温存的牵念，使小说明显有别于以荒诞、变形、诡谲、奇幻的手法为特征的拉美魔幻现实主义文学作品。西方文化以宗教为本，从希腊神话到拉美神话的叙事传统，人界之外还有神界的深厚资源和广阔空间，魔幻的力量诱人至深，今天风靡天下的《哈利·波特》和《星球大战》，更把这一传统在高科技的参与下发扬光大。中国文学中六月飞雪，梁祝化蝶，白发三千丈，倒拔垂杨柳，等等，是介乎浪漫与魔幻之间的想象夸张，即便偶有神幻的点缀，也用之极慎。撇开佛家道家的传统不谈，中国儒家主流强于人本视角而弱于神本视角。受此影响，中国的文学中也有广义的"神"，但这样的神，多在神格的人，不在人格的神；多在此岸，不在彼岸；多在人间世情，不在天堂地狱。迟子建小说的魔幻成分，有可能得益于儒家传统文化的滋养，始终着力于人文的亲切和生活常理的真切，与她一贯的美学追求暗中相契。

离开乌塘镇之后，女主人公继续她原定的旅行，去到了那个以红泥泉水引人入胜的风景区。风景区灿烂灯影中的红男绿女，跟乌塘镇飘飞的黑雨下为了生存挣扎的人们，完全是天上地下两重天里的生灵。女主人公离开了欢颜笑语的人群，跟一对靠卖火山石为生的父子交上了朋友。七月十五鬼节将临，小说也已进入尾声，女主人公与小男孩云领相约，去一个叫作清流的小溪放河灯。云领的母亲生前是个理发师，被顾客的宠物小狗咬伤，患狂犬病死去，父亲在度假村替客人放焰火，为了挣到客人许诺的两百块钱，将一个大礼花托在手上点燃，自己的一条手臂，跟绚丽的焰火一起飞上了天空。看着云领经磨历劫的小小身影，想着乌塘镇不幸的人们，女主人公突然觉得自己所经历的生活变故，轻得就像月亮旁丝丝缕缕的浮云。

实际上，这是迟子建第一次用"轻"来形容自己的不幸。她的一颗曾让伤痛塞得满当当沉甸甸的心，在大自然的怀抱里，被一股充盈的活水荡漾起来，沉郁的笔尖又重现了丰富的浪漫意象。女主人公拿出珍藏的剃须刀盒，将亡夫留在里边的胡须，倒入莲花形的河灯。河灯在清流里远去，载着代表夫君血肉之身的细小粉末，载着她所有被遗弃的委屈和哀痛，一直流向夜空中无边无际的银河。银河，是亘古万年奔流于天上人间的最慈悲的河，象征着广阔的宇宙、高洁的品质和亮丽的光芒，这个意象一出，当局者和旁观者都豁然开朗，一种更大的慈悲和向往跃然纸上。迟子建在浪漫的旋律中翩跹若仙欲罢不能，再一次调动了她出色的想象力，将整篇小说定格在对未来充满希望的意象里：一只精灵般的蓝蝴蝶飞出了剃须刀的空盒，落在她右手的无名指上。

《世界上所有的夜晚》是一部文学成分比较复杂的小说，写实、浪漫、轻度魔幻的技法相互渗透相互交织。但作者似乎并未在表现手法上刻意经营，精神意志的内在需求成为一只无形的手，支配着作者用不同的手法表现不同的空间。对于文学作品的内容和形式关系，大家最熟悉的一种比喻是酒与瓶子，但作家韩少功在最近的一个访谈录中，把它们的关系比作光和灯。我觉得这个比喻更加贴切，有经验的作家们大都有过这样的体会，在好的创作状态下，往往内容就是形式，形式就是内容。由此或可推测，迟子建在这篇小说的写作过程中，找到了这种状态，使技法的转换和情感的辐射浑然一体不可分离。作者感情的世界，随着兴奋点的跃动，自然而然变大：就空间而言，从一个人到一群人，从人和动物到第四空间的鬼魂，最终扩展到自然万物与银河宇宙；就时间而言，从现在到过去，再从过去到未来。表现手法随情感起伏自然而然转换，并不需要人为的设计。这是一种多好的状态！

　　合上书页的时候，海南岛夏天里常见的太阳雨渐渐止息了，从窗户望出去，天空和海面被一片澄明的银灰照亮，一艘大船正航行在天与海的交界处。我想，也许最好的文学不在人间，也不在天上，恰在那艘大船航行的地方。

原载《读书》2005年第10期

迟子建
研究资料

挽歌从历史密林中升起

——读迟子建的《额尔古纳河右岸》①

周景雷

阅读迟子建的小说有一种执着感，她的每一句话都是那么细密、用心和敦实，不温不火，显得相当有耐力。她和她的前辈们，比如萧红等产生了很大差别。同样是童真童趣，《呼兰河传》有点少年顽皮，而《北极村童话》则带有成人般的哀婉。同是写生死，《生死场》就显得坚硬冷漠，而《世界上所有的夜晚》则是愁肠百结。在很大程度上，迟子建把东北文化中冷硬凝重的色彩遮掩起来，她笔下东北的雨雪山河、风土人情，充分展示了东北文化细腻、轻灵的一面。如果我们说，在当代文学中，东北文学开始了一种超越地域色彩的转型的话，那么迟子建应该说做出了很大的贡献。

历史题材的写作在迟子建的创作中占有很重要的位置。迟子建写历史就像她写《北极村童话》一样，都带着个人独特的感受，其中轻灵与凝重是她看待历史的独特视角。所谓轻灵，是指她的写作带有较强的抒情性，但她的抒情着眼于日常细节和生活的广泛性，善于从卑微的个体和灵魂中找寻历史遗迹，通过对常被忽略的底层场景的描述达到认识历史全貌的目的。这正如有的历史学

---

① 迟子建：《额尔古纳河右岸》，《收获》2005 年第 6 期。

家所说："一般的知识、思想与信仰真正地在人们判断、解释、处理面前世界中起着作用。"①这就是迟子建作品中所显现出的"一般历史观"。所谓凝重，是指她需要从历史的表象背后探测到人类生存的深刻所在。这种深刻既包括历史庸常性，也包括历史的荒诞性和悖论性。轻灵与凝重在《伪满洲国》中得到充分体现。书写伪满洲国本身就是一个非常沉重的主题，那是一个民族的疼痛，会长时间地留存在人们的记忆中。面对着这样一个主题，我们无论赋予它多么悲壮的色彩，都不会觉得过分。

但迟子建却另辟蹊径，她将这种沉重性和悲壮性分散到每一个个体身上，上到帝王将相，下至贩夫走卒，他们从不同的立场、不同的角度去感受和承担这场灾难。这既是个人的灾难，也是民族的灾难，在不以民族国家相号召的前提下，实现了民族国家的广泛性。因此轻灵与凝重尽显其中。

轻灵与凝重属性在迟子建新作《额尔古纳河右岸》中得到进一步延续。同为关于民族的叙事，因其历史属性不同，《伪满洲国》写的悲痛，偏于凝重，而《额尔古纳河右岸》则是哀婉，偏于轻灵。它叙写了一个独特民族（鄂温克族）近百年的丛林生活场景和渐行消亡的历程，是一首从历史的密林中飘出的挽歌。在《额尔古纳河右岸》中，迟子建使用了"独语体"来构建她关于历史的轻灵与凝重属性。独语体并不是迟子建的发明，鲁迅《狂人日记》中创立了这一现代小说的文体，通过一个"疯子"的独语自白来控诉整个封建历史。因经鲁迅的使用，这种文体形式往往成为作家在面对世事、表达自身感受时的一种强有力的工具，尤其在后来很多女性作家的创作中都有不同程度的表现。历史存在的本身是一个众声喧哗的客体，有能力将其归于一端，必是有独特的感受。迟子建独语自白正是来自她对那个行将消逝的民族历史的心灵感应。历史的叙述者"我"始终站在当下与过去两种历史场景中，通过时空切换来表达历史的有限性。历史本来是无限的，它是时间的物化形式，但对于一个特定时空和经历，它又会变得有限，正因为有了这种有限性，才使人们更便于实现对其

① 葛兆光：《思想史的写法——中国思想史导论》，第14页，上海，复旦大学出版社，2004。

确切的把握。换句话说，所有的对历史的确切把握都是有限性把握，当然这是指完全个人化的把握。新历史主义者认为，每一部历史首先是一种言语的人工制品，是一种特殊的语言运动的产物。他们还认为一部历史不是试图同他谈论的对象达到相似的一幅图画，而是为了显示过去所建立起来的复杂的言语结构。这样看来，独语体的历史叙述方式正是适合了这种要求。在迟子建的笔下，鄂温克民族的历史或许并没有确切的史料的记载，它存在的诸多可能性完全依据叙述者"我"的回忆表现出来。"我"的回忆准确与否并不紧要，关键的是"我"的感受是否真实、有耐力和经得起咀嚼。在作品中，迟子建始终没有说出叙述者的名字，这种设计是很有意思和耐人寻味的，它是否就可以说明，叙述者不是一个个人，而是历史本身？抑或历史本身就是虚无的？正如作品中所言："我没有告诉你们我的名字，因为我不想留下名字了。我已经嘱咐了安草儿，阿帖走的时候，一定不要埋在土里，要葬在树上，葬在风中。"又说："故事总要有结束的时候，但不是每个人都有尾声的。"[①] 叙述者不知道历史的尽头，但面对着行将消亡的过去，她也只能希望历史随风飘散。所以，看似在絮絮叨叨的叙述中大量杂陈着白桦林、河流、山脉、阳光和驯鹿等美好轻盈的意向（轻灵），而实际上却是对逝去历史无可奈何的沉重叹息（凝重）。这一点应该是这部长篇最重要的主题。

新历史主义还认为，历史表述有时需用虚构、情节编织、隐喻、讽刺等来做出独特的解释和判断。所以说隐喻是一种判断历史的方法。《额尔古纳河右岸》充满了隐喻，它所有的隐喻都是为历史叙述服务的。在众多的隐喻中，有两种是非常值得注意的。一是结构性的，一是时间性，而结构性和时间性又很好地结合在一起。迟子建以此实现对历史的有限性把握。在结构上，她把历史浓缩在一天，并用清晨、正午、黄昏和半个月亮将之分成四个部分。清晨、正午、黄昏分别隐喻了历史发展由初而盛、盛极而衰的过程。尽管在这一过程中，叙述者为这行将消失的历史哀叹，但又用"半个月亮"来寄托自己的希冀和渴望（坚守）。叙述者说：

---

① 迟子建：《额尔古纳河右岸》，《收获》2005 年第 6 期，第 207 页。

月亮升起来了，不过月亮不是圆的，是半轮，它莹白如玉。它微微弯着身子，就像一只喝水的小鹿。月亮下面，是通往山外的路，我满怀忧伤地看着那条路。安草儿走了过来，跟我一起看着那条路。那上面卡车留下的车辙，在我眼里就像一道道的伤痕。忽然，那条路的尽头闪现出一团模糊的灰白的影子，跟着，我听见了隐隐约约的鹿铃声，那团灰白的影子离我们的营地越来越近……我抬头看了看月亮，觉得它就像朝我们跑来的白色驯鹿；而我再看那只离我们越来越近的驯鹿时，觉得它就是掉在地上的那半轮淡白的月亮。[1]

　　在这段叙述中，那些通往山外的车辙印迹是民族历史难以为继的隐喻，而那从这条路上跑回的驯鹿却代表了一个民族历史的回归。这驯鹿正是半个月亮在大地上的投射。在时间的隐喻上，叙述者是一位九十高龄的老者，她从自己出生讲起，一直讲到自己九十岁止，也就是几乎所有的鄂温克人下山定居结束游牧生活（二十世纪八十年代）。这个时间段的确定很有意思，它几乎代表了中国现代化进程中最为关键的部分。在中国由近代向现代转变过程中，不仅经历了改朝换代的诸多时空和思想意识转换，而且还有异族入侵和民族奋争。面对这些，一个生活在丛林中的弱小民族并不能使自己独居世外桃源，而且越是随着现代化进程的加快，越是社会动荡和急剧改变，就越是可能使自己在历史进程中消失。现代化可能使一个强大的民族更强大，也可能使一个弱小的民族更弱小。尤其是对鄂温克这个丛林民族来说，现代化进程使他们走出密林的同时，也使他们的历史湮没在正在遭受着毁灭的密林中。或许九十岁并不是一个确定的数字，但它却是一个确定的现代化的进程，我们说整部作品中的哀婉基调也许正在这里。

　　从上述轻灵与凝重的属性以及种种隐喻中，我们还看到了迟子建通过对历史日常性的描述，表达其对文化（历史）悖论的思考以及对文明的尴尬心态。

---

[1]　迟子建：《额尔古纳河右岸》，《收获》2005年第6期，第207页。

鄂温克民族的历史日常性中充满了神秘，但迟子建对神秘色彩的描写并不是停留在一般的玄奥立场之上。她笔下的鄂温克民族的生活是凡庸而细密的。所谓凡庸是指它的日常性和生存本质性，也就是说它的日常生活是为它的生存本能服务的。一个丛林生活的民族也许在他们的生活中并不是刻意地将一种休闲的多余的行为作为一种审美独立出来，而是融入生存本身。所以在这种为生存而奋斗的日常行为中显现不出它的崇高性来。一方面人们既为生老病死、衣食住行中的诸多超出想象的行为所感动、慨叹，另一方面它又像额尔古纳河的流水一样，像他们为那些写不知名的山命名一样，仅仅是历史的、生活的基本组成部分。在这一点上，正如我们前文所说的那样，迟子建是在建立一部鄂温克民族的一般历史，而不是典型的、充满着神圣感、崇高感的历史。我们读其他少数民族的史诗作品，比如藏族的《格萨尔王传》、蒙古族的《江格尔》、柯尔克孜族的《玛纳斯》等，都是这些民族精神的结晶，在该民族中都具有神圣的地位。但在迟子建笔下的鄂温克民族历史中，只有额尔古纳河右岸的那片白桦林和额尔古纳河的日夜流淌，只有几个酋长带着他的部族狩猎、迁徙，也许这就是这个民族的史诗。但是在生活的细密性上，却表现了作者对历史（文化）细节卓越把握。《额尔古纳河右岸》中到处都是文化意向，从希楞柱的搭建到迁徙地的选择，从驯鹿的豢养到狩猎的景象，从对"生养"环境的营造到对死亡的虔敬，从"我"画岩画到西班造字等等，最突出的是对萨满文化细致描述。在小说中，几代萨满肩负着拯救苍生的使命，在人神之间往来，前赴后继，其中所浸透的那种牺牲精神感人至深。这是一部鄂温克民族的百科全书，具有很强的文化人类学的属性。整部作品还充满了生命意识，丛林中的山水草木、丛林上空的日月星辰都是灵动的、轻盈的，都具有一种生命的质感。但当这种鲜活的历史遭遇到了强势的异族文化的时候便枯萎消失了。

　　文化（历史）的悖论就是这样形成的：当两种文化相遇，强势文化总要改造弱势文化。但要注意的问题是，强势文化也许并不先进，弱势文化也许并不落后。当弱势文化被改造而变成强势文化的时候，同时它也就丧失了自身。中国历史上几次少数民族入主中原都是以丧失本族文化为代价的。鄂温克民族并没有入主中原，也没有被强势入侵。当一种从人道的善良的愿望出发的改善生存条件运动开始以后，新萨满不能再产生了，森林被采伐了，驯鹿被圈养了，希楞柱被拆除了，族人被请到瓦房里了，青少年被送到学校了。当他们的生存条件越来越好，文明程度越来越高的时候，他们的民族历史文化也就消失了（只有"我"画岩画和西班造字还属于是对鄂温克文化的最后坚守）。鄂温克民族面临的正是这种文化悖论，大概这也是迟子建在面对苍茫历史时的哀婉心态所在，所以在这个意义上，我们才说她是为这个民族弹拨了一首挽歌。

　　幸而不幸，悲而不悲，既保持温婉的情感冲动，也有适度的理性制约，这是迟子建颂唱挽歌的基本旋律，甚至也可以说是迟子建整个创作的基本旋律，是她为人的生存或者历史存在所确定的基本格调。这是一个事物的两个方面，适当的理性节制正是适合生存现实。迟子建的身上有着很强的"不以物喜，不以己悲"的精神向度。与同时代作家相比，她既善于讲述，又善于抒情。她的很多小说读起来更像散文，她要像写散文一样使自己的小说显得高雅有韵致。但她又不能无视现实中的苦难、苦涩，所以她愿意用一种美好的情怀去理解它们、包容它们，甚至是装饰它们。比如《原野上的羊群》那位年轻的父亲，养活不了自己的孩子，只得将其送与他人，但内心又充满了担忧和苦痛，所以他于大雪纷飞之中在原野上牧羊，为的是见一见那对收养孩子的年轻夫妇。美好的自然景象稀释了人的内心苦痛。在《踏着月光的行板》中那对年轻的农民工夫妇为了生存分别来到相距不远的两个城市打工，在一个假日中互相去看望对方，结果在一天当中几次往返未能相遇，最后只能在两辆相向而行的列车上相视而过。他们的生存现状无疑是苦涩的，但这又是一个多么美好的爱情故事呀。在《世界上所有的夜晚》中，魔术师的意外死亡无疑对"我"造成了重大的打击，真是人生中的不幸。但当"我"看到有那么多形形色色死亡和不幸的时候，突然发现自己并不应该是自己想象的那么悲切。

　　《额尔古纳河右岸》的写作是对幸而不幸、悲而不悲的生存格调的一次集中展示和总结。如果说在以前的写作中，她的这种认识仅仅关注到一人一事，或是一时一事，而此次写作则将之延伸到了一个民族、一个社会——鄂温克民族的生存史及其向"文明"社会迁徙。其中充满了生存的悖论。因为悖论性的存在，我们才说它是幸而不幸、悲而不悲的。对特定历史中的鄂温克民族而言，他们的生存状况是不幸的：不间断的迁徙，生产和生活方式的原始落后，严寒、疾病和野兽的侵袭，等等。但他们又拥有着令人艳羡的自然环境：密实的优美的白桦林、林间"鄂温克小道"上驯鹿颈下的铃声，以及篝火旁的音乐舞蹈，大概在今天应该是身陷都市的人们竞相争睹的人间胜景。后来随着社会进步，鄂温克人远离"鄂温克小道"，走出密林，融入"文明"。他们的生存状况改善了，但原来那种优美的生活环境却荡然无存了。所以幸与不幸伴随而生，这是生活的常态。在迟子建看来，人和历史一样，既不是永远的激愤昂扬，幸福快乐，也不是永远的凄切沉郁，痛苦无边，它们总是杂陈着，制约着，然后才得以平衡。生活是这样，迟子建的写作心理和叙述态度也如此。在《额尔古纳河右岸》中，最有意味的是她对于死亡的描写。比如，列娜死于驯鹿的报应，达西死于复仇，林克死于雷电，拉吉达死于暴风雪，尼都死于与日本人的对抗，安道尔死于哥哥的误伤，瓦罗加死于与熊的搏斗，妮浩死于祈雨灭火的仪式，等等。本来死亡是很平凡的沉痛的，但迟子建却赋予每种死亡以一种牺牲的意义，每一种死亡都有不同凡响的色彩，都是充满着活力的死亡。比如列娜，在早年的一次濒临死亡之时，是一只幼小的驯鹿的死代替了她，所以她最后的死亡也就是实现了另一次的生命回馈，正如尼都萨满所说，列娜已经和天上的小鸟在一起了。死被赋予了生命色彩，这样就把悲痛从死亡中拯救出来，从而达到悲而不悲的境界。

挽歌已经升起了，在挽歌升起的时候，历史的密林已经消失。在本文结束的时候，我们引用一段"我"的诉说：

生活在山上的猎民不足两百人了，驯鹿也只有六七百只了。除了我之外，大家都投了去布苏定居的赞成票。激流乡新上任的古书记听说我投了反对票时，特意上山来做我的工作。他说我们和驯鹿下山，也是对森林的一种保护。驯鹿游走时会破坏植被，使生态失去平衡，再说现在对动物要实施保护，不能再打猎了。他说一个放下了猎枪的民族，才是文明的民族，一个有前途和出路的民族。我很想对他说，我们和我们的驯鹿，从来都是亲吻着森林的。我们与数以万计的伐木人比起来，就是轻轻掠过水面的几只蜻蜓。如果森林之河遭受了污染，怎么可能是因为几只蜻蜓掠过的缘故呢？①

这不是哀婉中带着几分温暖的控诉吗？

原载《当代作家评论》2006年第4期

---

① 迟子建：《额尔古纳河右岸》，《收获》2005年第6期，第207页。

独特而宽厚的人文伤怀

——迟子建小说的文学史意义

施战军

一种一以贯之又逐渐深化的文学意绪含化在迟子建的小说中，那就是对在时代日常流程中逐渐流失的美与爱的追怀和寻求，追怀是向后回溯，寻求是面对目下和向往未来，而这一切，关涉当今时代人性的健全发展和人类永恒的生存理想，基底上是对生命的殷切惜重。

这种文学意绪所牵引而出的生动可感的人与人、人与其他生灵、人与神魅、相对中心地带的人与边地人等等关系，构成了人心与世情的丰饶景象和阐释的丰厚可能性。情韵如诗如画也如泣如诉、生命有繁花易落也有劫运难躲。

社会生活的历史主潮永远是趋利和新变的，它不注重被遗落的东西。中外无数的经典性作家以特有的本能质疑历史主潮对人性的异化，普遍的社会生活的热潮引发了作家对其冷漠的负面不断质疑的激情。而对持守着人之为人的底线，自然地忠诚于善意的人际情感关系的存留，并对其迹象进行呈现性观照的文学，由于和"现代性"时尚趣味保持着距离感和疏隔感（至多是审视的眼光），常常不能不领受被忽视的待遇。它不是"批判"因而也没有夸张的动作，于是难以醒目，没有放大音量的"罪与罚"，于是响声相对微弱，对热潮中的日常人生并不构成鲜明的针对性。这没什么不好，反而可以免受更多的非文学因素的干扰，可以凝神、透悟和沉思。正如爱默生所说的作为"一种规范的例外"的"美德"："他们的美德是赎罪。我不愿意赎罪，我只愿生活……我宁愿它是平淡无奇的，因而也是真实而宁静的，而不愿它闪闪烁烁，毫不稳定。我希望它完整而甜美，不需要节食和流血。我寻求的是你作为人的基本的证据……"① 即便面对突袭而来的生命风暴，作家心底早已有之的伤逝情怀也能缓缓地对所受的重创有所释解和平复。这些对并不能成为强势的生命个体和群落抱以仁厚宽解的心志，尤其是经由自身遭际的体验的溶解，汇流到柔弱中见刚强、单纯中见博大的情怀，它的广阔和深沉也就不必声张地潜隐在文本内部。作品所透出的作家品格的坚韧和心态的安详，又无疑是现代以来声色并不刻意显扬的人文性文学的耐心的留存与绵延。不在前场主演也不做主角的对手戏，但是绝不意味着它会从生活着的人群中逃逸，它始终在场，倾心于对日常人生的细密质地的呵护。在命运的道道横线之上，自主地完善着人性人情人心的路向，势成"对生命抱有一贯的暖意关爱的写作"② 在现时代已经是一种所剩甚少的真正珍稀的"个性"；在历史 / 社会 / 时代的潮涌之中，其文化意念的恒久性和文学情思的当代性兼具，以不可或缺的价值体现它的和谐制衡的结构性力量。这就是我所认为的人文性文学的基本取向。

这也正是迟子建小说的特有价值所在。随着写作视域的渐次张大，迟子建小说的文学史意义已经到了有必要揭示出来的时候。

一个逆行的精灵

回望的捡拾的情感视线，而不是趋前的争抢的猎取眼光，从一开始就给迟子建的小说带来了与众不同的个人色彩。《那丢失的……》发表时，作家不到二十一岁，本然的生命感悟，在最初的写作中就与清凉如水的伤感优美的调子

---

① ［美］R.W. 爱默生：《自然沉思录》，第131页，博凡译，上海，上海社会科学院出版社，1993年。

② 施战军：《九十年代创作走向分流的实质——一个有关文学理想的话题》，《文艺争鸣》1997年第4期。

对准了，除了天赐，我们实在找不到更合情合理的猜想。短篇《那丢失的……》到《逝川》之间，还有《沉睡的大固其固》《旧土地》《在低洼处》《北国一片苍茫》《无歌的憩园》《关于家园发展历史的一次浪漫追踪》《白雪的墓园》《在松鼠的故乡》《从山上到山下的回忆》《守灵人不说话》《回溯七侠镇》等等；中篇《北极村童话》到《岸上的美奴》之间，又是《遥渡相思》《原始风景》《怀想时节》《炉火依然》《旧时代的磨房》《秧歌》《向着白夜旅行》《洋铁铺叮当响》《原野上的羊群》等等，涓涓细流汇成了自己的一条河，作家的主体姿态也许并非出于自觉，但均朝着一个不变的自然落日、故园人情的方向回游。到了一九九〇年代中期，当迟子建这样的自觉开始体现在《逝川》《庙中的长信》《亲亲土豆》《雾月牛栏》等动人的佳作的时候，她才被当时的部分专业人士如吴俊、李师东等发现了她"追忆"的意味和"还原生活"并对"灵性的世界"探照的价值。甚至，一直到现在，迟子建这个向后寻觅人类家园的"习性"也没有丝毫改变。相对于红尘滚滚一往无前的时代，迟子建的小说里始终活跃着那一个顽固而无可救药、可亲可敬的"逆行精灵"。回忆使寒冷的时间转化为温暖的岁月，留恋让荒凉的空间变换成葱郁的家园。在现实中沉睡和流逝的，在文学中被她唤醒与激活。

从发表时间上看，迟子建的小说面世始于一九八五年。从此其特异性仿佛与生俱来，一直到新的二十一世纪，她的创作始终不能让人依各阶段文学的基本类型来给出归属。

一九八〇年代中期到末期，文坛上小说的醒目标识一类是"实验""新潮"或者"先锋"，一类是"寻根"或"民族文化"。前者趋于形式的奇观和生命的抽象，后者显示内容的魔幻以及与五四民族性批判性的对接，表层上看是汉语文学及民族文化，但是写作的动力引擎大都是从国外特别是拉美进口的。这些扎堆出现的创作容易构成"现象"或者"事件"，而且作家一定要在作品之外说出高屋建瓴的话，创世的热望使他们成为预言家和寓言的最后寓意的阐释者，反而忽略了活生生毛茸茸的现世人间关怀，于是我们看到，他们对写作观念的极大彰显甚至压过了写作本身，这有利于归类并方便了偷懒的文学史家的工作。迟子建似乎并不清楚也没有思量过那些入队的便捷和好处，她沉浸在"北国"的纯粹之爱里，不嗜畸变也不喜欢残缺，宁肯从格局不大的阳面柴门进入世界，也决不选择山阴豁口以冷风肆虐的方式刺痛生命，她钟情于生养自己的土地和亲人，生命的自然状态的完美，是她写作的理想。

这样的跟生性融为一体的写作，由于潜心一致，必然有越来越整饬和氤氲开来的气象。早期的作品稍显稚嫩的散文诗化的抒情语感，渐渐地浸泅在人物和事物的体内，通过人物的语言、心事、表情、动作以及交会中的人事物理吐露出来，从《沉睡的大固其固》夜晚"星星仍然鼓着腮帮在唱"到《北国一片苍茫》"娘脸上的黄昏越来越浓"，短短的数年时间，我们从中可以明显感知到她对家园的亲近使她逐渐触摸到了丰盈的质感的痕迹。

对家园的亲近或者就在家园中领受它的四季冷暖和隐秘灵性，这是迟子建从不移变的情感和信念。不变中让这种信念和情感清晰和深化，长篇小说《树下》更为确凿地为迟子建活现了童话与北方中国的人性理想温柔相洽的情韵。到了一九九〇年代中期，又一部长篇小说《晨钟响彻黄昏》的发表，标志着她驾驭长篇作品的能力和对生命与人生的思考的新深度。连同数量不少的中短篇小说，几乎篇篇精致而富于感染力，其艺术价值在喧乱的文学情境中安然卓立，无论外在的环境因素怎样的纷杂，她的作品都带着空谷幽兰的气质和林间水滴的晶莹。更值得重视的是，她所倾心的"伤怀之美"，此时已经具有了独特的人间洞察和丰富的体验的深度，这些已经奠定了迟子建作为中国最优秀的特色作家的地位。直到现在我仍然这样认为："迟子建是90年代中期最高艺术理想的追望者，她的《白银那》《日落碗窑》《雾月牛栏》给刻意地走向极端的分流写作提供了高不可攀的反向参照……这最简单的事情一直做下去，就容易获得对生命的大悲悯的品质，就可抵达文学理想之巅。安宁、纯然的艺术理想以本色放出光亮，刻意而为的一切都只能作为这光亮的阴影。"①

永在的长久的人类关爱如何会让我们常生伤怀之痛？迟子建的作品呈现给我们的问询常常是脆弱和坚韧伴生着的，热流和凉意总是给苍生带来不可知的

---

① 施战军：《九十年代创作走向分流的实质——一个有关文学理想的话题》，《文艺争鸣》1997年第4期。

遭遇。除了温慰，迟子建更多地对命运给予了深切的理解。在她创作十年之后，作家将自然、人情、世事糅合得更为不落雕痕，而情感、生活的去向显得不再像以往那样有把握，敬畏生命的同时，作家对风俗的规约、自然的神性也饱含喜爱和敬畏（比如三年前发表的《一匹马两个人》），更重要的是，命运对理想生活的成全和修改都得到了尊重。以和解、分析性呈现的而不是以反抗为特征的人文性文学，就是有所爱有所畏的文学。大概从《逝川》这里，命运和性格、记忆、岁月的关系作为内核慢慢地长成在迟子建作品中。命运会时不时地造成人的误伤，命运面前，人们以及人与其他生灵之间暖老温贫，相怜相携，互通音讯，彼此体恤。命运只能更加让我们懂得珍惜生命，哲人说："世界不是为我们而造的，而且，不论我们所渴望的东西如何美丽，命运可能禁止我们获得。"① 《逝川》《亲亲土豆》《雾月牛栏》就是在这样的层面上显现出了经典般的光泽。还有堪称珍品的《清水洗尘》《微风入林》等也是这种艺术光晕的照映。命运之手造成的生命、亲情和爱情的痛失感一度在迟子建的笔下得到了强化，长篇小说《越过云层的晴朗》、中篇小说《世界上所有的夜晚》《第三地晚餐》等等在美妙的行文中贯穿着悲哀的力量和对人间生存的荒诞意味的观照。即便如此，迟子建也没有放大命运的凶相。渲染残酷和黑暗，表达恐惧和仇视，这是别人的嗜好；自忍大恸，紧抱怀念，有所原谅，这是迟子建对命运之错的宽解和慈心，了解她的读者只能更加由衷地敬重并祈福于她。

迟子建的创作也给类型化的文学研究与评论出了难题。前面说过，她的作品既不"先锋"也不"寻根"，而我们看到有不少的评论者意欲用"乡土小说"和"女性文学"来框定，也同样吃力而无关痛痒。即便稍显有效性的研究比如将迟子建与萧红进行对比分析，也仍然不能准确理解迟子建内在的人文情味。

我们的文学评价上的很多习惯都是可疑的。对重大、沉浑、震撼以及性别奇观的追求和倡导，让我们见识了无数实际上是肿大、浑浊、空喊、怪异的废品。向爱向美的艺术的理想似乎被攀高求大的气势汹汹的疯狂劲给撕扯得面目全非了，正常的善意在情感上表现为爱与痛惜，好像这就一定是格局小的、思

144

① ［英］罗素：《一个自由人的崇拜》，第23页，胡品清译，长春，时代文艺出版社，1988年。

力浅的、分量轻的，而要成为大作品必须要有巨型的恶，它生长惊心动魄的恨与仇，仿佛那才是重大的、深邃的、有分量的——于是，如迟子建这样的不符合通用的标准化评价的不愿出奇制胜也不以"重大、沉浑、震撼"为尺度的作家就多多少少被遮蔽在了文坛幕布的后面。这又使得迟子建免于被势利的文坛所异化，成就一种与文坛的急功近利的舞蹈反向而行的人文漫步：不是忙于追赶无暇他顾，而是时有停顿并从停顿中采撷欣喜；不是黏着于世风人声的漩涡里不肯自拔，而是并非傲慢地秉有离地轻飞的超然之美，是谓"逆行精灵"。

《额尔古纳河右岸》

我想先从《伪满洲国》说起，我总是觉得它与《额尔古纳河右岸》有着某种气脉相承的联系。长篇小说的"史诗"企望，曾经强劲地鼓荡着中国作家的心旌。现代以来的"史诗性"汉语长篇小说常以主流意识形态的历史观作为参照系，上世纪三十年代的"革命文学"、四十年代的"抗战文学"、五六十年代的"革命历史题材"和体现"社会主义建设"的"工农业题材"创作，无不是顺着意识形态强势力量的历史论断，以相关的题材内容展现所谓"史诗性"；而八十年代以来的"史诗性"长篇小说更多的是对以往历史认识的补写和改写，同样是"史"大于"诗"。只要参照已有的给定的历史观，其史诗性必然只是对人所共知的重大历史过程的文学性注释和稍加细化而已，历史褶皱中的生活样态和人的生存心态等等的丰富性内藏，这些最能体现文学的艺术价值的东西一旦被抽空，就失却了活的血肉筋骨和生动的心神表情。现代文学史上的"东北沦陷区"文学曾与《伪满洲国》的历史情境同构。那时候的作家，除了萧红，基本行进在历史主流叙事的帮衬之路上。即便是萧红，《生死场》的社会历史意义也是明显重于它的艺术价值；《呼兰河传》因为有了时间和空间的距离感，所以平民生态和风俗世情的因素得以较多呈现，其中鲜明的哀民生的意蕴虽然富于强烈的感染力，但是基本的历史判断在民族自尊的伦理规约下仍是服膺于社会主潮的需求，结构上的散漫也使得这个以"小城镇"意象构织"史诗"的良好意图没能得到充分的实现。伪满时期是东北地域最富历史复杂性和人性遭际意味的历史，无论谁来书写，都必然首先面对一个既要保持忠实于历史气氛和史实的严谨态度，又要超越萧红的难题。迟子建要驾驭这么一个有着较大跨度和如此繁复的史事的俨然庞然大物的"满洲国"，确实令人始料不及。历史被转换或者说被还原为生活，而且是平民的日常生活，小说以难能可贵的勇毅探照到了北国平民日常生活中的人际世界深处，构成了以平常普通的"人"为支点，"个人——家园——国族"的关系史。前两者都具体可触，"国族"则被小心翼翼地呵护在了"人"与"家"的底线处，一点也不妨碍它的尊严的存在。那个不伦不类的伪"国家"横陈在普通百姓的头上，也是一场"命运"的考验，只不过是整体性的厄运与磨难，但是"人"依然要生活，他们生活的表面模式和内在的复杂性，还是被迟子建照料得分寸恰当十分得体。《伪满洲国》的文学史价值至今为止仍然没有得到业内人士足够的重视，原因也许就在于我们对史诗性文学理解上过于倚重对意识形态的指涉程度的认知，而对平民生活与历史的关联缺少应有的敏感，因而无法予以学理诠释的偏差。

从《伪满洲国》再看《额尔古纳河右岸》，这也可以看作平民生活的史诗，但是会随着位移于特殊的区域，文化习俗信仰的不同，其平民生活史诗的风貌就有了与汉民族文化相区别的特征。无疑，《额尔古纳河右岸》也可属于在热潮中的"边地书写"。

看看今天，尽管对边地尤其是少数民族聚居区的生活风情的描写已经成为热点，迟子建的很多小说也进行了对边地的书写，但是仔细辨识，就整个文坛风向而言，她的写作仍处于热闹的文场之外，具有真正的"边地"特色。边地是她的肉身的近邻和精神的原乡，她不是边地的旅行者造访者，也不是借宿者暂居者，没必要摇铎采风或者非要把动物写成人，因为她将自己置身其中，仿佛与生俱在。

鄂温克族作为中国人数最少的少数民族之一，中国北端边地的森林是他们赖以栖身并形成自己的民族信仰和民族文化的渊薮。但是事实上的山林的毁坏性利用，曾使他们不得不短暂地委身于城市文明的屋檐下，但是没有自己的文化依傍的族群其生存本能和生活趣味便失去了根由。于是他们顺着驯鹿的足印重返山林，回到了他们的历史和日常生活之中。带有原始气息和外族渗透的味道的生活史于是在回溯中情意绵绵绿色葱茏地展开。

他们的命运不能不让我们想到在强大的现代文明强力入主情境下的印第安人。这是来自迪格尔印第安智者的声音：最初，"每个民族一只陶杯，从这杯子里，人们饮入了他们的生活"。如今的情形是，"杯子破碎了，那些曾赋予他的人民的生活以意义的东西，他们自家的饮食仪式，经济体制内的责任，村中礼仪的延续，跳熊舞时那种着魔状态，他们的是非准则，这些东西都已丧失殆尽，随着这些东西的丧失，他们生活原有的那些样式与意义也消失了……世间留下的是诸种别样的生活之杯"①。本尼迪克特认为应该"承认他们的文化也具有与本文化同等的重要意义"②，因为"一种文化就像是一个人，是思想和行为的一个或多或少贯一的模式。每一种文化中都会形成一种并不必然是其他社会形态都有的独特的意图。在顺从这些意图时，每一个部族都越来越加深了其经验。与这些驱动力的紧迫性相应，行为中各种不同方面也取一种越来越和谐一致的外形"③。按照文化人类学者的理解，首先应该像承认和尊重一个人一样来承认和尊重一个部族的文化；其次，一种文化的消失对和谐构成的也许就是破坏作用。我们从《额尔古纳河右岸》里读到的那些萨满文化信仰和住宿狩猎、食用、穿戴的民俗以及和驯鹿、野兽、鱼类的关系，让我们领略的是生之欢乐，而眼见的赖以存活的境况的毁坏，又让我们经受了死之迅速和沉痛。穿梭其中的是这个部族的几代人的生活史，这里曾经静谧祥和如高天阔地，但是随着历史的动荡，任何一个时期的历史大事都曾威胁着吞噬着这里的安宁生活。左岸的时世的冲击和右岸的同化，物质资源引诱而来的现代性涤荡，使得额尔古纳河右岸这个小小的山林显得无比弱小，处在命运的生死劫中。

《额尔古纳河右岸》是目前为止迟子建写得最具感性之美，也是最能体现她的人文伤怀的作品。叙述时间跨过百年，但读来毫无吃力之感.她再次延展

①　[美]露丝·本尼迪克特：《文化模式》，第23页，王炜等译，北京，生活·读书·新知三联书店，1988年。

②　[美]露丝·本尼迪克特：《文化模式》，第39页，王炜等译，北京，生活·读书·新知三联书店，1988年。

③　[美]露丝·本尼迪克特：《文化模式》，第48页，王炜等译，北京，生活·读书·新知三联书店，1988年。

了命运的暴力，将宿命的笼罩大网一样撒开，向死而生的人群没有不同的生来，也一定有各自异样的死去，整部书就是酋长、萨满以及那么多可爱鲜活的人物的安魂套曲。魂灵在此安妥，生命无可挽回。此前当《世界上所有的夜晚》发表后，蒋子丹撰文道："实际上，这是迟子建第一次用'轻'来形容自己的不幸。她的一颗曾让伤痛塞得满当当沉甸甸的心，在大自然的怀抱里，被一股充盈的活水荡漾起来，沉郁的笔尖又重现了丰富的浪漫意象。"①这确实也是生死爱交织之下的文学救助。就像尼都萨满面对血河的那悲怆的歌唱："只要让她到达幸福的彼岸，哪怕将来让我融化在血河中，我也不会呜咽。"如果说这部长篇小说是在写一个部族的衰落史，莫如说它是一曲大自然和与大自然同生死的人类的挽歌。在河边山脚，做到了最美最感性，也就是她看到了普遍性的文化危难和价值失衡，文字的美轮美奂，便是心头的伤痛欲绝。

集中阅读迟子建这几年作品，我惊讶于她已经拥有了属于自己的文学世界。这个世界不以沿海和内陆、城市和乡村来区分，看似边远，实则穿越普遍的人类的密林、生活的心海。以往那个清水醇酿般的感伤的纯美意义上的迟子建，已经走在通往人文关切的大山深处的路上。细小如缕的人文关爱，不再是以自身记忆为核心的情愫，而是普照式的情怀，绵长弥漫，宽悯如天云浩茫。伤怀之美还在，但更多的是悲凉之雾遍披华林。如果说，早期和几年之前的迟子建总是令人不期然地联想到萧红的话，这个时期，迟子建已经分明蝉蜕为一个新的她自己。

一个拥有自己独特的艺术世界和宽厚绵长的人文思想的优秀作家，是可以不用借助群体和社会历史思潮的力量，而以完全独立的文学品格和业绩面对文学史的严格筛选的。

原载《当代作家评论》2006年第4期

---

① 蒋子丹：《当悲的水流经慈的河——〈世界上所有的夜晚〉及其他》，《读书》2005年第10期。

生命神性的演绎

——论新世纪迟子建、阿来乡土书写的异同

黄轶

20世纪末期以来，工业化的强势推进和人对自然过度开发造成的生态危机日益加重，地球作为家园的破败使人类面临着"失根"的威胁，"危机寻根"也伴随着一种精神寻根、文化寻根从生态叙事中氤氲而出。以人与自然关系为书写向度的中国乡土小说也显示出空前的魅性特质，涌现了一批有着各自"生态"表现风格和伦理立场的作家作品，特别是"边地小说"，如郭雪波的"大漠系列"、红柯的西部风情小说、杜光辉的"可可西里"小说、董立勃的"下野地"小说、杨志军的"藏獒"系列、姜戎的"狼文化"小说，凝结着现代乡愁的伦理追求，其自然观既蕴含着传统伦理价值取向，又兼具后现代重建自由精神的企图。虽然蕴藉深厚的生态小说当下还未成气候，精品力作更不多见，但"生态责任、文明批判、生态理想和生态预警"[1]已成为乡土小说重要的意义指向，标示了生态题材创作所能呈现的哲学命题及前沿高度。同样书写边地的阿来和迟子建无疑为这支队伍带来了饱满的生气，探寻阿来和迟子建该类文本的同与异，对于认识中国乡土生态小说创作有着启示意义。

---

① 王诺：《欧美生态文学》，北京大学出版社2003年版，第11页。

一

阿来在《尘埃落定》后处于酝酿状态，陆续发表有《遥远的温泉》《已经消失的森林》《奥达的马队》《孽缘》《鱼》《格拉长大》等中短篇小说，创作井喷期似要到来。《空山》拟以 3 卷 6 部长篇的串珠式结构组成，面世的是"机村传说第壹部"，包括《随风飘散》和《天火》，但前后两部从内容、手法到格调都很不相同（以下叙述中仍用单篇名）。迟子建新世纪以来作品较多，中短篇小说有《五丈寺庙会》《鸭如花》《芳草在沼泽中》《酒鬼的鱼鹰》《相约怡潇阁》《格里格海的细雨黄昏》《雪坝下的新娘》《微风入林》《蝌蚪游向大海》《草地上的云朵》等，长篇小说有《伪满洲国》《树下》《越过云层的晴朗》《额尔古纳河右岸》（以下简称《额》）等。阿来和迟子建一个是来自川坝藏汉杂居地、书写西部藏地文化的藏族作家，一个是来自中国最北端漠河、书写东北丛林的汉族作家，但在文本间你能感受到他们对边地风景风情风俗的诗性眷恋，也能从其对民族寓言的再造中寻绎他们对边地民族历史遭际的疼惜和哀婉；他们退居一隅、深察默省，用最合于自然性情韵味的文字，表达他们对原生态文化自然神性的尊崇以及建立在这尊崇之上的对神的消解与人的堕落的忧患、对人与自然关系的悲悯伤怀。他们对乡土家园的追怀，传达着浓郁的精神乡愁和原乡意识，渗透着深刻的人文情怀。

阿来和迟子建精神的原乡，首先是通过对人与自然和谐共处的描述来传达的，"回忆"是其重要的艺术手段。阿来《遥远的温泉》调用了现在的"我"与过去的"我"多重的叙事视角。小说写脸上长了一块块惨白皮肤的花脸牧人贡波斯甲被驱逐到山上放牧，他给不爱说话的坏孩子"我"讲述远方有一处措娜温泉，那里梭磨河在群山之间闪烁着光，穿流过绿色的草原，温顺的小鹿、蛮力的野牛、健硕的女子和多病的村人都被吸引来。回忆中童年的"我""经常独自唱歌，当唱到牧歌那长长的颤动的尾音时，我的声带在喉咙深处像蜂鸟翅膀一样颤动着，声音越过高山草场上那些小叶杜鹃与伏地柏构成的点点灌丛，目光也随着这声音无限延展，越过宽阔的牧场，高耸的山崖，最后终止在目光被晶莹夺目的雪峰阻断的地方"，因为那里有"我"的梦中温泉，它以诗意和神性接纳了一切所谓的美与丑、贵与贱，"我"渴望有一天花脸会带我去温泉。回忆既是一种叙事策略，又使"我"在猝不及防的回忆中时时陷入感慨。《老房子》中的莫多仁钦也生活在回忆和意识流动之中。

《格拉长大》《随风飘散》中的流浪少年格拉身上有着阿来早年生活的印记。《格拉长大》把母亲桑丹大呼小叫的生产过程与十二岁儿子格拉在"汪汪"学狗叫中成为男人的过程叠加。这里的女人分娩时痛死也不能叫喊，而桑丹没头没脑地大叫，兔嘴和汪钦们因此侮辱格拉，格拉勇敢地打断了兔嘴的鼻梁，但格拉的心是雄健温情而宽博的，当嘲笑者遭遇到熊，格拉又拼命把熊引开：

> 他奔跑着，汪汪地吠叫着，高大的树木屏障迎面敞开，雪已经停了，太阳在树梢间不断闪现。不知什么时候，腰间的长刀握在了手上，随着手起手落，眼前刀光闪烁，拦路的树枝唰唰地被斩落地上。很快，格拉和熊就跑出了云杉和油松组成的真正的森林，进入了次生林中。一株株白桦树迎面扑来，光线也骤然明亮起来，太阳照耀着这银妆素裹的世界，照着一头熊和一个孩子在林中飞奔。

就在这个历险过程中，格拉明白了母亲生下自己时也是如此疼痛，他一下子成长为男人，他学着父亲们的口气问妈妈"他呢"，他像父亲一样给妹妹起了名字，他对母亲说"你也睡下，我要看你和她睡在一起，你们母女两个"。

这是格拉的成长史，也是一个民族苦难而坚毅平和的成长秘史。阿来试图通过这对母子简陋而本真生活的再现，表现他们生命力的自然、真实和坚韧无比，他们那"没心没肺的笑"是他们涅槃的精魂，由此来反讽文明与道德、虚伪与浮饰，从而以新的伦理立场来追寻一种人性本真的原生态美，彰显来自大地的风情和创造力。《随风飘散》中格拉"停下脚步，竖起耳朵"就能进入野物们的世界："一只野兔正在奔跑，三只松鸡在土里刨食，一只猫头鹰蹲在树枝上梦呓。"这个丛林里的孩子与大自然完美融洽，自然大地也以自身的规律保持着莺飞草长的旺盛。他一年四季在林中狩猎，林子里的野物却似乎越来越多，好像他的猎杀"刺激了野物们的生殖力"。格拉和野鹿的友谊是那么熨帖，鹿一高兴就"舔他的手、他的脸",他"喜欢那种幸福一般的暖流,从头到脚,把他贯穿"。"大地"是一切,在精神、肉身、伦理等各个层面与人合一,特别是小说结尾,格拉这个遭遇了恩仇算计、流言蜚语的自然之子最终和额席江奶奶在青绿的草地上"一道走了",他回归了精神的家园,一切消散了,包括爱与恨。

童年的记忆也流淌在迟子建的心灵河流中。《额》无疑是迟子建为童年时在山镇周围共处过的民族唱出的一支最苍凉最宽厚的长歌。作为第一部描述我国东北少数民族鄂温克人生存现状及百年沧桑的长篇小说,作者安排氏族最后一位女酋长"我"用一天时间回忆并向"风"和"火"讲述这个民族的百年历史,苦难死亡在一个历经沧桑的老人口中。"小乌娜吉长大了!母亲拿来一些晒干的柳树皮的丝线垫在我的身下,我这才明白为什么每年春天她都要在河岸采集柳树皮,原来它是为了吸吮我们青春的泉水啊。"在原生态的生存中,"成长"是多么让心灵悸动的幸福。自然令人与历史和现实都有着密切的关联。《酒鬼的鱼鹰》中鱼鹰"像浓荫遮蔽的一处湖水,神秘、寂静而又美丽",它与人心灵相通,成为小镇人间世相的窗口;《一匹马两个人》中羸弱的老马是具有人格的存在,"它在别人家是马,在他家就是人";《越过云层的晴朗》采用了生态小说常常选取的动物叙事视角,通晓人性的狗作为叙事者揭示了生存的苍凉本相;讲述"文革"故事的《花瓣饭》中,正是来自自然的那美艳而香气蓬勃的"花瓣饭"像和煦的阳光抚慰了受伤的心灵;《原野上的羊群》中"我"把自然当作医治被现代文明戕害的灵魂的良药;《芳草在沼泽中》的刘伟终于在芳草洼找到了"吃了它,就没有烦恼"的"芳草",纯朴清爽的自然和空虚浮躁的都市时时形成对比。

回忆具有去蔽功能也具有遮蔽功能,远距静观的回忆给历史披上了理想的外衣。回忆中远逝的乐园般的情景引起审美主体的审美快感,让被现代技术"污染"了思维的人们重新找到敞开心灵的自由空间,使叙述者获得自我精神压力的缓解和挫折感的释放,以一个消逝了的乐园对抗现实,在对现实的颠覆中一个理想的文化图式和生存图式跃然而出,生活的审美于是升华为艺术的审美。回忆让阿来的川坝黑头藏民和迟子建的丛林游牧民的秘史渐渐显示了轮廓,隐喻着一个历史久远的民族寓言和神话。

对于原乡者来说，在回忆中运用民歌及民族语言进行书写，是其返归自然、接近灵魂的有效途径。在一个个没有为现代狼烟所玷污的自然神话中，颂赞自然、祈祷神佑、超度灵魂、排遣困惑都离不开歌唱，这些歌正是这些民族的生存本相和文化本体的一部分，歌唱一切就是他们的自然生存状态。《天火》中的巫师多吉在烧荒前"深深地跪拜"在大地上，唱颂的谣歌便荡漾开来："让风吹向树神厌弃的荆棘和灌木丛，/让树神的乔木永远挺立，/山神！溪水神！/让烧荒后的来年牧草丰饶！"受到男人伤害的央金那悲情的歌声也与自然如此密切："我的心房为你开出鲜花的时候，你却用荆棘将我刺伤。"

而迟子建更为钟情歌谣，特别是在《额》中，"正午"部分出现了5支跳神歌：第一首是尼都萨满为魂归天堂的心爱女人达玛拉而歌，第二首是妮浩为驯鹿玛鲁王所歌，第三首是达西向新寡的杰芙琳娜求爱时妮浩为死去的金得祝福的神歌，第四首是妮浩祭熊的歌，第五首是为她夭折的孩子果格力吟咏；"黄昏"部分也有5首，第一首是妮浩为马粪包跳神时，她的孩子交库托坎被马蜂蜇死，妮浩为孩子所唱，第二首是瓦罗加为"我"唱的，第三首是妮浩以歌怀恋交库托坎，第四首是妮浩为偷驯鹿的汉族孩子跳神时造成流产，她为夭去的孩子所唱，第五首是在贝尔娜失踪的晚上马伊堪唱的；"尾声"中那支妮浩唱过的流传在这个氏族的祭熊神歌再次由"我"唱出。而这个氏族史的亲历者和叙述者"我"，"不想留下名字了"，"走的时候……要葬在树上，葬在风中"，化为森林的一部分。

缭绕的神歌是每一个民族的童年，它凄凉的散去也正是一个个逝去的部落的歌。如果说阿来的民谣更多是即兴式的"就事论事"，迟子建的神歌则有着更加苍郁的民俗色彩，也更能传递一方游牧民族血脉中浪漫、坚韧、善良、生机酣畅以及生命意识的悲壮。正是这些歌谣和苍凉的回忆，一起构成了阿来和迟子建文本浓郁的神秘色彩和诗性特征，诗性叙事又反过来晕染了人与自然相通的情怀。

民族歌谣最能体现语言的本土特色，而语言很大程度上就是一个民族的身份认证。阿来和迟子建都具有一种民族语言的自觉。阿来语言的边缘意识和原乡渴望特别浓烈，他说："我们这一代的藏族知识分子大多是这样，可以用汉语会话与书写，但母语藏语，却像童年时代一样，依然是一种口头语言。汉语是统领着广大乡野的城镇的语言。藏语的乡野就汇聚在这些讲着官方语言的城镇的四周。每当我走出狭小的城镇，进入广大的乡野，就会感到在两种语言之间的流浪，看到两种语言笼罩下呈现出不同的心灵景观"，强势语言必将覆盖掉多种语言共存，"世界上会有越来越多的人加入这种体验"①。这种流浪体验无疑会带来一种与生俱来的身份焦虑。写"文革"的《天火》中，穿行于两种语言之间的喇嘛对大火当前花样翻新的批斗会发表了意见，他开始是说了一大串藏话："你们在这里为一些虚无的道理争来争去有什么劲呢？多吉已经死了！不管是不是封建迷信，也不管他的作法是不是有效果，但他的确是为了保住机村的林子，发功加重内伤而死的。……我们只是迷信，你们却陷入了疯狂。"喇嘛用对方不懂的藏语嘲弄了妄自尊大、一无所能的汉地领导——你们连我们的语言都不懂，那么你们就不懂我们的文化、更不懂机村，你们纯粹是比迷信还要可怕的瞎指挥！正由于语言的原乡欲望，《鱼》中"我"敏感地察觉到贡布扎西说"我还以为你钓过鱼"时，暗含着"在很多其实也很汉化的同胞的眼中，我这个人总要比他们都汉化一点点。这无非是因为我能用汉语写作的缘故。现在我们都打算钓鱼，但我好像一定要比他先有一段钓鱼的经历"。生长于嘉绒大地的阿来在同胞眼里并非纯粹血统的嘉绒人，他见识过排拒的目光，个体生命的"弃儿感"使他对那里的语言和文化有着复杂的心理，个体的隐痛其实也正是民族的隐痛。

作为叙写鄂温克的汉族作家，迟子建也敏感意识到语言是一个民族统合力的"黏胶"，不过作为旁观者，她笔下鄂温克的语言乡愁不像阿来作品中那样峻急沉郁。《额》中的西班是鄂温克文化的传承者，当他听说好听的鄂温克语没有文字时，他迷上了造字，最大的梦想"就是有一天能把我们的鄂温克语变成真正的文字，流传下去"，但是就连本氏族的人也嘲笑他："现在的年轻人，有谁爱说鄂温克语呢？你造的字，不就是埋在坟墓里的东西吗？"阿来和迟子

---

① 阿来：《我是一个用汉语写作的藏族人》，《文艺报》2005年6月4日第3版。

建笔下的人物离开了语言原乡后就将在母语之外的汪洋漂泊一生，这些认识使他们的文本充满了对语言的诗性愁绪，而这种语言的乡愁正体现着精神的原乡意识。

仪式也是生态叙事返归自然的通道之一。风景画、风俗画、风情画正是乡土小说之所以成立的"三大要义"①，而仪式是展现乡土原生态色彩最有质感的风俗画面，因为一方水土才有了一方仪式。对仪式的描写是 20 世纪 20 年代以来许多现代乡土小说家一贯重视的内容，从 40 到 80 年代"仪式"被定性为封建迷信，主流的农村题材小说都不再热心描述仪式，90 年代末的乡土小说中仪式描写又重新出现，特别是在边地小说中，但却与五四乡土小说叙写仪式的意图有质的不同。鲁迅影响下的乡土小说家站在启蒙的立场对乡下人无法适应现代社会与文化变革的精神状态予以批判，常把民俗仪式视为民族愚昧僵化的劣根性，如鲁迅《祝福》、王鲁彦《菊英的出嫁》、台静农《拜堂》等。当然，在表达批判意味的同时，异域情调的渲染也饱含着浪漫乡愁。近年乡土小说中仪式的描写重在表达人对自然的虔敬，如郭雪波的《大漠魂》《锡林河女神》，范稳的《水乳大地》《悲悯大地》，等等。阿来和迟子建都屡次写到仪式，如《随风飘散》中兔子的火葬，《天火》中多吉烧荒时的颂歌和跪拜、江村贡布为多吉举行葬仪，《额》中为猎物举行风葬、萨满唱神歌等。乡土描述跨越了启蒙的话语逻辑，取消了他者叙述中对大地的"蒙昧"指认，发现乡土风俗的诗性美学，成为乡土生态文本的审美特征。

仪式在文本中的另一意义则是塑造本部族的英雄传奇。仪式本身就是一个部族区别于其他群落的文化标签，仪式的实现必须仰赖部族中所谓的通灵人或动植物，所以仪式成就的英雄传奇是一个民族创世神话的一部分，是民族图腾的传接。《额》中妮浩明知道天要把一个人带走，"我把他留下来了，我的孩子就要顶替他去那里"，但危难降临在别人身上时，她还是强抑着又要失去一个孩子的悲痛跳起了神舞，在她内心没有恶人，为那偷盗氏族驯鹿的汉人孩子、为那令人讨厌的马粪包、为给失火的森林祈雨，她先后失去三个孩子。作为自

---

① 丁帆：《中国乡土小说史》，北京大学出版社 2007 年版，第 17 页。

然智慧的宠儿，她怀有对神职的虔诚、对一切生命的敬畏和从容舍己的美德，她把个人生命升华为自然流转的生生不息的万物。而《天火》中的多吉也是阿来所塑造的平民英雄。"新的世道迎来了新的神"，新的神只准人们开会读报，根本不在乎机村来年的牧草是否茂盛。心中没有自己只有机村的巫师多吉有些特异功能，如测定风向、呼唤火神和风神，他屡次冒着入狱的危险烧荒，为机村烧出一个丰美的牧场，终于在"全国山河一片红"的"文革"中被逼成逃犯。即便如此，残疾了的多吉藏在山洞里还要发功祈雨，期望以微薄神力熄灭肆虐森林的大火，直至困累而亡。阿来《守灵夜》中色尔古村村民集体站在村口迎接逝去的贵生老师，生存环境的恶劣磨砺出生命的坚韧和尊严。《奔马似的白色群山》里那些"一步一长跪的朝圣者"面孔"像一段段糟朽的木头"，但眼里却闪烁着坚定明亮的光芒，他们毫无怨言地把生命托付给厄境。

　　另外，仪式常常关涉对动植物神性的敬畏，这也正是原始生态得以平衡的古老戒律。《额》中玛鲁王死去时，妮浩为它唱了成为萨满以来第一支神歌，那温存而忧伤的调子表达了氏族对这只相助人类的动物的感恩和祝福。游牧在丛林中的人类有时不得不猎杀大熊，正如熊在饿极时会伤害人，这是自然赐给双方的生存条件，相互都只为了简单的生存而与贪婪无关。氏族为捕杀的熊举行风葬仪式，正如给逝去的人一样："熊祖母啊，/你倒下了，/就美美地睡吧。/吃你的肉的，/是那些黑色的乌鸦。/我们把你的眼睛，/虔诚地放在树间，/就像摆放一盏神灯！"

　　对自然生命的敬畏使阿来和迟子建文本濡染着浓厚的神秘色彩，对神性色彩的揭示有时通过"死亡"来完成。在边地民族的生命意识中，死亡是灵魂存在的另一形式，草地、湖泊、鹿、熊、人等所有自然风物都有它们的生命形式和轨迹，都有"如其所是"的自身禀赋，诗意、尊严、从容、充满活力的死亡，在阿来和迟子建那里都有呈现。正是在对生命神性的敬畏中，"物"获得了与人等齐的灵性，自然不再是人的附庸或叙事的背景工具，而是推动人向善向真的魅性力量，所以自然的死亡也带着高贵的神性。和死亡的神秘不可把握一样，新生命的孕育也和自然神性密不可分。《额》中"我"能够怀孕"与水狗有关"，"我"制止了丈夫猎杀水狗妈妈，因为"我"想到还没有见过妈妈的小水狗"睁开眼睛，看到的仅仅是山峦、河流和追逐着它们的猎人，一定会伤心的"，此后不久，等待了三年的新生命气象终于降临"我"的肚腹。人护佑弱小动物，动物的神性带给人福祉，其中传达的正是一种宝贵朴素的人与自然和谐共存的生态意识。

二

徜徉在诗意的情怀里书写人与自然的和谐、颂赞生命神性意识的高贵，怀着义愤和忧患的意识揭示人类活动对自然的破坏、开掘人性与自然的诸多悖论以及由这悖论所引发的无数心理曲折，其实是当下张炜、张承志、郭雪波、杨志军、范稳、红柯等作家都关注的题旨，文本内部一般有这样一条思维链接：生态和谐→外力侵入（政治强权／现代化挤压）→神性消解→人性堕落→自然破坏→生态危机→人与自然关系重构。迟子建、阿来调用回忆、民谣和仪式，正是为了对照现实——神性的消解和人性的堕落，但他们并没有让通灵者的精神活动止于自然神性和自我神性的幻异感觉和超常领悟，神性人格的建构和形成与先在的历史和共时的现实相关联，在获得了自由空间的同时避免了成为脱离"人"与"世"的孤独之神，因而生命神性的塑造更富有人的主体性，也就更富有人文性和现实感。虽然迟子建和阿来都关注外来强制力量对生态和谐的破坏，但依然有其迥异之处：阿来倾向于对政治强权的批判，迟子建则侧重于对经济发展与生态平衡的悖论书写；阿来在批判中揭示神性解构下的恶欲膨胀、愚昧无知、人心阴鸷，迟子建却更愿用温情的心发掘"恶"中那人性闪光。

阿来执着于近代以来权力运作对一个区域文化生态和自然生态的摧毁，他的多部小说都是聚焦一个时代的乡土风俗画。《天火》中的色嫫措是机村的神湖。机村过去干旱寒冷，光秃秃一片荒凉，后来色嫫措里来了一对金野鸭，从此机村生机盎然。金野鸭负责让机村风调雨顺，"而机村的人，要保证给它们一片寂静幽深的绿水青山"，所以机村人对森林的索取仅限于做饭煮茶、烤火取暖、盖新房、添畜栏。但在一个功利和仇恨成为动力的时代，伐木队来了，林子大片大片消失，机村人无法保证"绿水青山"；那寻找矿石的地质队手持"宝镜"

到处照，金野鸭难免受惊；漫山遍野的国家森林失火，人们却陷入了政治疯狂，政府派来的大批人马只热衷于开会偷腥、吃好饭、呼口号，"金野鸭一生气，拍拍翅膀就飞走了"。当汪工程师心生妙计炸掉色嫫措放水灭火时，湖底却塌陷了……文本结尾更是一个大的政治闹剧，对自然没有任何敬畏之心的外来汉人以救林的表象最终完成了毁林的罪恶，还推出了三个烈士、一个英雄，抓住了四个罪犯。央金成为英雄是戏剧性的，这个痴情于城里来的"蓝工装"的共青团员，差点被炸湖的大水淹死，因之被加冕为英雄——只因这么大一场保卫国家森林的运动需要发现英雄，并非她救火有功；而真正爱森林爱机村的多吉因烧荒被判为反革命，焚烧后的一点遗骨也得接受审查，还连累了江村贡布、格桑旺堆，历史的荒谬在这里落下了最浓重的一笔。作为一个藏族人，阿来更多的是从民间口耳传承的神话、部族传说、家族传说、人物故事和寓言中吸收营养。流传于乡野百姓中的故事包含了许多藏民族原本的思维习惯与审美特征，包含了许多对世界朴素而又深刻的看法，因此，他情不自禁地流露出对民间藏文化的维护和对外来强权的义愤和嘲弄。阿来的《鱼》打破了现实物象与精神世界的界限，在一种未知与可知、历史与现实之间抒写了藏民族敬畏自然的嬗变史，叩击了一个民族隐秘的心灵史。小说写在藏族的传统中有很多禁忌和自然崇拜，如人总把不祥之物驱赶到水里，鱼是一切不洁的宿主；20世纪后半叶，藏民都开始吃鱼了。那么，"我"从对钓鱼的诚惶诚恐到不再心悸，也就预示了自然的生命神性在这片乡土上荒芜了，原生态的神话也褪掉了神秘色彩。如果说"鱼在叫"时"我"的痛哭是由于孤独和恐惧，倒不如说是对逝去的神性敬畏的献祭。一旦"我"已学会了钓鱼，感觉"不是我想钓鱼，而是很多的鱼排着队来等死。原来只知道世界上有很多不想活的人，想不到居然还有这么多想死的鱼。这些鱼从神情看，也像是些崇信了某种邪恶教义的信徒，想死，却还要把剥夺生命的罪孽加诸于别人"。这句话道出了阿来对世俗龌龊的隐喻。《遥远的温泉》里"我"在多年后终于实现了造访措娜温泉的夙愿，却发现温泉已被野心勃勃的政治家开发为钢筋水泥的旅游场所，而且荒败了——"我"永远也去不了童年"那个"温泉了，而且这片土地上马踏软草的声音和耳边呼呼的风声，草地杜鹃花、腹地柏丛、溪流草地、落叶松、比房子还要大的冰川碛石，都将成为美好的过去。在这里，阿来不仅痛惜于原生态的毁灭，也表达了对特殊年代"不能自由行走"的批判，这种批判后来又出现在《随风飘散》中，同时也意在表达即便温泉还在，奔波在功名利禄中、丧失了精神抒怀的我们，再也欣赏不了自然那美妙的和弦了。

神湖被炸了，温泉面目全非，而森林的消失终将毁掉我们想象中那点美轮美奂的诗意。如果说《格拉长大》是《随风飘散》的序曲或小排演，《已经消失的森林》就是《天火》的雏形，其中现实与回忆又强烈撞击，击碎了我们一切幻想。那林涛过后凉凉的雨丝、柏树林泉边吹响的竹笛、青翠的白桦树与箭竹林、等待猎犬归来的希冀与恬淡、丛林怀抱中的神秘、爱情与罪感……现在都被黄色的泥地、电锯的轰鸣、泥石流、囚徒、镣铐、洪水等所代替，阿来以穿透历史隧道的眼神告诉我们：那个象征着生命茂盛勃发，也隐含着生命深不可测的森林已成为历史。《随风飘散》中现代文明洪水一样流过了机村生活的表面，美好的机村随着修路开林、鞭炮炸响，成了一个飞散传言的村落，露着对人们无知的讥讽、人性蒙昧的丑陋；《天火》中对神灵的敬畏与"破四旧"的革命思想产生了冲突，阿来以自然灾变喻示了社会变局，他借格桑旺堆之口批判了外来文化的无理："他们都是自己相信了一种看不见摸不着的东西，就要天下众生都来相信。他们从不相信，天下众生也许会有自己想要相信的东西。"多吉也说："山林的大火可以扑灭，人不去灭，天也要来灭，可人心里的火呢？"阿来看到了丑恶年代里庄严和神圣的失落，丑陋的人性表露无遗。执着于对历史和政治荒谬的揭示，显示了阿来的人文关怀立场，但这种以自然灾变喻示社会变局的手法，又令抒情性的文字颇显生涩。

初涉文坛时的迟子建以《沉睡的大固其固》表达对外部世界的向往：将要离开小镇的楠楠就像大固其固的小马哈鱼一样游了出去，"不想再回头去看小镇"，她也希望她的伙伴们不要"伴着它一起再沉睡下去"。随着世界观和生命观的渐变，迟子建对中国现实性生活的拒绝和现代性的质疑也越来越深入：我们人类是无知的，地球是自然的，我们人类不过是进入自然界探知它的奥秘。迟子建在《额》中写出了现代经济对一个民族的挤压，结尾处洞悉世事的"我"发出这样的疑问："这几年，林木因砍伐过度越来越稀疏，动物也越来越少，山风却越来越大。驯鹿所食的苔藓逐年减少……他（激流乡古书记）说我们和驯鹿下山，也是对森林的一种保护。驯鹿游走时会破坏植被，使生态失去平衡，再说现在对动物要实施保护，不能再打猎了。他说一个放下了猎枪的民族，才是一个文明的民族，一个有前途和出路的民族。我很想对他说，我们和我们的驯鹿，从来都是亲吻着森林的。我们与数以万计的伐木人比起来，就是轻轻掠过水面的几只蜻蜓。如果森林之河遭受了污染，怎么可能是因为几只蜻蜓掠过的缘故呢？"这是对破坏自然生命的深切痛楚和对外来经济进行强词夺理掠夺的温婉控诉。人与自然的悖论就在这里出现了：森林哺育了自己的子孙，而这些子孙为了改变生存境遇又毁灭了森林，这使他们再也不能与森林相依为命，心灵的灾难史开始了。《西街魂儿》也表达了同样的观念。不过，迟子建的批判态度是宽厚的，她认为："我们所受到的文化熏陶和他们的原生态的文化是不一样的。当它们相遇的时候，必然要发生冲突。而这种冲突用善和恶来下结论是简单的。"[1] 这里迟子建并没有把"我们的文化"定性为恶。作为具有现代意识的作家，迟子建没有迷失于历史理性与道德感性之间，那充盈着丰沛诗意的乡土已经严重滞后于新世纪的步伐，告别田园虽然带着太多无奈、太多肉体与精神的磨难，但身处人类现代文明的总体进程中，迟子建也并不遮蔽林牧游猎生活的生存困顿和精神愚昧。《额》中写山林生活偏僻不便、交通阻塞、医疗无保、教育无着、就业困难，"我"的女儿达吉亚娜在她女儿依莲娜去世后，联合其他乌力楞的人联名提交给政府一个下山定居的建议书，很多年轻人愿意下山，"我"没有阻止。迟子建也有对原生态生存非人道处的批评，如《额》中尼都萨满晚年对达玛拉的爱恋却是族规所不容的，所有人都予以抵制，结果他们疯癫了，还有依芙琳娜的乖张、金得的被逼成婚、瓦霞的刻薄等。依莲娜是作者所塑造的有意味的形象。她是这个家族走出去的第一个大学生，并成为画家。她结婚一年就离婚了，每次她返回山林疗伤都会说城市的喧嚣和无聊，但她又嫌山里太寂寞，于是在城乡之间反复往返，最终她"彻底领悟了，让人不厌倦的只有驯鹿、树木、河流、月亮和清风"，结果回归自然的依莲娜还是

---

① 迟子建、周景雷：《文学的第三地》，《当代作家评论》2006 年第 4 期。

被丛林河流夺去了生命。《西街魂儿》也有对愚昧和无知清醒深刻的批判。所以，迟子建的审视是双向的，人类需要在前行中频频回首捡拾失落的人文精神，但回归也并非标示一种未来方向。

在对自然风物的拥抱和本真人格的热望中，作家拥有的体验可能是激昂、亢奋、扩张的，也可能是平和、宁静、顺从和守护的，阿来多属于前者，迟子建多属于后者。阿来也会偶露温情，《随风飘散》中当外出流浪的格拉和母亲终于见面，充满歉意的村人主动赠与的场面每每令读者潜然泪下，他对人内心虚弱、温柔与高贵之处那轻轻的开示让人心灵颤动，但在整体上阿来更加凌厉深刻，他的气定神闲也掩饰不了他内心的焦灼。迟子建更愿意展示细腻的风范和丰富的想象力："憧憬是想象力的一种飞翔，它是对现实的一种扬弃和挑战。"[1]同样写祈雨中的死亡，比起《天火》中的多吉，也许妮浩在天堂里也是幸福的；《世界上所有的夜晚》写到"魔术师"丈夫的故去，写到金钱和权力对人性的异化，但叙事笔调相对轻快舒缓；另外作为女性作家，迟子建表达对本真人性的呼唤常通过塑造民间女性来实现，作家稍稍沉醉于女性的从容浪漫，《沉睡的大固其固》中的媪高娘、《世界上所有的夜晚》中的周二嫂、《额》中的妮浩等，都有着女性的人格魅力；迟子建的"文革"书写也不同于阿来的风云展现，而是轻描淡写，揭示特殊环境下人性的迷失以及艰难的人性超越才是文本的闪光之处。迟子建认为整个人类情感普遍倾向于温情，她信奉"温情的力量同时也就是批判的力量"[2]。她通过对富有自然色彩、神性色彩和流寓色彩的"原乡"的书写，发现了人性的真纯美，以大慈爱大悲悯削弱了文本的悲情色彩，形成了迟子建小说"独特而宽厚的人文伤怀"[3]。

人类在推进自身文明前行的过程中，反躬自省种种失误所造成的自然不可持续为人类发展提供共享空间的现实，是理智的，这也正是人的主体价值的体现，只有当"人"作为人与自然协调共处的主体价值被凸显出来的时候，自然的被保护才真正有所依傍。新世纪以来，中国有些乡土作家忧患于严峻的环境

---

①　迟子建：《必要的丧失》，《迟子建随笔自选》，广西民族出版社1998年版。

②　张英：《文学的力量》，民族出版社2001年版，第302页。

③　施战军：《独特而宽厚的人文伤怀》，《当代作家评论》2006年第4期。

问题，却认识不到西方纯学术的生态理论背后暗藏的生态殖民主义和生态帝国主义意识形态，生吞活剥的结果背离了中国历史现实和人性底线，其乡土文本中人与自然生态伦理观的倒错正产生着恶劣的影响。从弱势文化层面展示民俗民情、生存艰难与生命高贵，探究自然奥秘以及人类文明与自然的生命和弦，从人文关怀的立场切入生态关爱、从生态关爱的角度抒发人文关怀，是阿来和迟子建的文学理想；在认同人类发展的本质上，自然生态的灭顶之灾，实质上是非人文性的扩张、资本权力的操纵所造成的，这是阿来和迟子建小说的启示。

乡土小说家如能站在中国坚实的大地上，扬弃西方伦理理念，写出中国现代化进程中独特的"中国经验"，人与自然的书写才真正能体现出作家主体性反省的深刻动机和良好愿望。从这个角度而言，阿来和迟子建写于新世纪以来的乡土小说，把生态关注的视域从单纯的环境生态"提升到自然生态与精神生态的高度，注视一切生命的自然状态与精神状态，在拯救地球与拯救人类灵魂的高度与深度作出审美观照"[1]，也许比那些单纯地对抗现代的姿态更富有意义。

原载《文学评论》2007年第6期

---

[1]　王克俭：《生态文艺学：为了人类"诗意地栖居"》，《浙江师范大学学报》2001年第1期。

温情主义者的文学信仰

——以迟子建近作为例

金　理

一

在迟子建晚近作品中最为重要的中篇，我想应该是《世界上所有的夜晚》（《钟山》2005 年第 3 期）。主人公丈夫是一位出色的魔术师，不幸在一场车祸中意外丧生，给她带来无边的哀痛。正当人生的岔道口，她在旅途中偶然来到一个叫乌塘的小镇……在这个小镇上，她同各式各样的人交往，包括丈夫因矿难亡身的蒋百嫂，每每在梦中与亡妻相会的小食摊摊主；她听史三婆讲哀婉的鬼故事，听陈绍纯唱行将失传的民歌，在那如秋水月光般的"悲凉之音"中"热泪盈眶"……小说安置了两条线索：一个人在异乡点点滴滴的遭际——这是条外在的线索；而从小说开头"我想把脸涂上厚厚的泥巴，不让人看到我的哀伤"，到末尾"天与地完美地衔接"的夜晚，"我"将丈夫留在剃须刀盒中的胡须轻轻倾入河灯中，"让它们随着清流而去"，那里面不再有"虚空和黑暗"，而荡漾着"月光和清风"——这是内在的线索：一个人内心的复活。这个小说，写一位女性知识分子在投入民间大地、与之共同呼吸的过程中，如何领悟承受、消融、超越苦难的能力。熟悉迟子建经历的读者无法不为这个中篇所打动。作家如此坦然地写自我内心一度的封闭，更重要的是这颗心最终打开了、舒展了。爱人留下的胡须，在月光洗礼下，最终化作扇动着湖蓝色翅膀的蝴蝶——迟子建小说中经常有类似这样唯美而诗性的细节，犹如仪式一般，一个人的黑夜融进了"世界上所有的夜晚"，一个人的苦难，在民间日久天长的哀恸中，最终淬炼成向死而生的力量。

蒋子丹在提到这部中篇时，有过一段体贴入微的评价："迟子建在小说里出发的时候，已经勇敢地从幕后走到前台，头一回以寡妇的原型领衔主演真人秀。需要说明的是，真人秀只是一个借用的词，我的本意也并不是一个作家非把小说写得像自传才好。但是我以为，在非常的心理创伤中，迟子建敢于把自己的心扉敞开，对她具有特别的意义。"[①] 这篇小说特殊而可贵的地方在于，迟子建努力地超脱一己之伤痛，将自身融入人间万象；而她对外界的凝眸，又有着最深沉的内心背景的依托（而不像很多小说在演绎民间、苦难等主题时往往欠缺个人精神维度的参与，因此显得廉价、肤浅）。变换的时代、这个时代中他人的遭际，以及自我生活的波折，以及这一波折所造成的伤痛，这几者之间交织的关系具有震撼人心的精神深度与强度；而也恰恰正是这一深度、强度的真切无伪，成就了迟子建小说和生命体生机的恢复。所以这个中篇不仅仅是一个纸面上的小说，它立体、丰厚，由动心忍性的生命实感孕育而成。我想说的是，涵养迟子建文学的资源是与众不同的。

这就是为什么今天审美的批评之所以会被排除在外的缘故，因为它只想同诗人和他的作品打交道，而并不关心诗人写作时的地点和时间，也不注意促使诗人走向诗的舞台、对他的诗歌活动起了影响的情势，这样审美批评就失去它的一切威信，而成为无用的东西。[②]

---

① 蒋子丹：《当悲的水流经慈的河》，《读书》2005 年第 10 期。

② 别林斯基：《一八四七年俄国文学一瞥》，满涛、辛未艾译，《别林斯基文学论文选》第 696、697 页，上海译文出版社 2000 年 7 月。

我所谓"涵养文学的资源"正如同别林斯基说的"促使诗人走向诗的舞台、对他的诗歌活动起了影响的情势"，这其实只是一个文学常识，但也许被我们忽略得太久了，在"审美批评"的观照下，很多小说显得如此表面、单薄而逼仄。在当下小说创作的图景中，迟子建的创作每每显得超拔流俗，有段时间我一直觉得很难讲清楚这个问题，也就是说，很难讲清楚她到底优秀在什么地方、和别人不同在什么地方。直到遇见《世界上所有的夜晚》。它清晰地提示着：文学所由以养成的资源在很多人那里是晦暗而无法考较的，但是却构成了迟子建小说最主要的质地。这到底是一汪与个体精神生命往复环流的源头活水，抑或气血呆滞的软土浮沙？迟子建的创作，真正粘连着作家的血肉与心灵压力，浸透着她的痛苦与生命质感。由这样的资源所哺育而成的文学，不仅仅是对世界的发现与理解，同时更是对精神生命形态的一种扩大和加深。

伴随着生命亲证的文学的养成，迟子建的创作（无论是中短篇、长篇，还是散文）渐成一个相互联系的有机整体，这不是就某一部作品而言，而是指作家全部的创作，都有成熟稳定的感受生活的方式，以及支撑在这一感受方式背后的情感、哲学，或者用迟子建自己的话说，在这个整体性的艺术世界中，每一寸空间都有着专属于她的"精神光辉"（她喜欢用这个词来理解优秀作品）。风格的统一还表现在，她总是执着地关注人性中温暖的那部分，从不同角度、方向进入，多重声部，反复吟唱。

迟子建笔下的善意与希望，并不意味着温情主义的浅薄与局限，它恰恰显现了作家的责任感与写作伦理，亲证的文学的养成，正伴随着对这一写作伦理的信仰的建立。苏童评价迟子建，说关注人性温暖的主题如此强大，"直到成为一种叙述的信仰。即使是在《一匹马两个人》当中，你也会感到，当迟子建右手弹她自己美好而忧伤的旋律，左手试图去弹出一组不和谐和弦时，结果她的手似乎被烫着了，主旋律余音绕梁，结果小说中那对受辱的母女在麦田夜色中的身影看上去竟然是和煦美好的夜景的一部分了"①。苏童的这个比方实在

_____

① 苏童：《关于迟子建》，《当代作家评论》2005 年第 1 期。

研究资料　迟子建

是贴切，在迟子建小说的末了，我们往往会发现一种回归式结尾[①]。

《踏着月光的行板》(《收获》2003 年第 6 期）中主人公是一对离开家乡到城市谋生的民工小夫妻，分居两地，"每周都会通上一个电话"，"风雨不误"。中秋节那天，好不容易挤出时间，各自带着送给对方的礼物踏上探亲的旅途，然而由于通信联系的不便和时间上的阴差阳错，没能如愿，但最终在相对行驶的两列列车上隔着车窗相见了。小说就是以这特殊一天中彼此旅途上的回忆、见闻为线索，展现这对底层夫妇的精神世界，在琐碎而绵密的风情画卷中挥发人性的善意和淳朴。作家写两人在腥臭的车厢内奔波，写丈夫协助乘警追查小偷，写妻子借出口琴，让柔和明净的旋律抚慰即将被判刑的嫌疑人落寞的心灵，末尾处写"林秀珊的声音颤抖了，'咱一家人在电话中团圆了，我知足了！'"这里的回归式结构不仅体现在擦肩而过的那一瞥，更内在地体现为物质困窘下的一脉温情与善意，真如同月光下的行板，一唱三叹，余音不绝。

《第三地晚餐》(《当代》2006 年第 2 期）中的丈夫是优秀企业家，标准的成功人士，妻子是报社名记者，让人羡慕的婚姻却遭遇"第三地"，迟子建把一桩美满的婚姻扯得支离破碎，到读者都绝望的时候，作家把感情复原了。迟子建在一个通俗的情爱故事中演绎了她素来关注的主题：在急速变动的物质环境中、在都市的十丈软红中我们是不能被轻易挤碎、压垮、淹没的，否则，人的意义又何以显现？人性与信念，这二者会给类似陈青、马每文这样在感情的漩涡中一度无所适从的人，带去支撑与力量。

《野炊图》(《香港文学》262 期，《中国作家》2006 年第 10 期）中暴露的现实问题更加峻急：当上级领导来农场视察时，黑眉把三个上访钉子户请到山里野炊，进行别开生面的"座谈"。在显在的层面上，酒足饭饱之余似乎所有的痛苦都被稀释、抹平了，对痛苦的申诉有如表演更让人倍感触目惊心。但是这个小说并不只有批判的调子，小说写众人酒醉之后，"太阳

---

① 对于迟子建创作中"回归式结构"的探讨，可参见管怀国：《迟子建艺术世界中的关键词》一书的相关论述，中南大学出版社 2006 年 6 月。

翻滚在一带雪白的云中，把云浸染得通体透明。林地有了些微的阴凉，鸟儿也叫得欢了"……这又是上文提到苏童所谓的"弹出一组不和谐和弦时，结果她的手似乎被烫着了，主旋律余音绕梁"。这里的"回归"体现在从现实问题到人性关怀的过渡。我们在这个时代中所遭遇的种种具体问题，比如小说中涉及的医疗体制改革的步履维艰，自然是作家忧心所在，但这又自然是她无法解决的；文学的启示是：如果倾听、休憩和理解可以给予受伤、扭曲的心灵以人性舒张的空间，那么我们为什么不努力呢？我们为什么不从可以做到的事情开始呢？

更加形象地体现出回归式结尾的是长篇《额尔古纳河右岸》（《收获》2005年第6期）。"林业工人进驻山里"，"伐木声从此响起来"，"粗壮的松树一棵连着一棵地倒下"……最后，响应政府号召，山林中的民族大规模搬迁到山外去定居，驯鹿也跟着下山，"木库莲"将被关进鹿圈。只有默默无声的安草儿陪伴着风烛残年的"我"留了下来。这个时候，"月亮升起来了，不过月亮不是圆的，是半轮，它莹白如玉。它微微弯着身子，就像一只喝水的小鹿。……忽然，那条路的尽头闪现出一团模糊的灰白的影子，跟着，我听见了隐隐约约的鹿铃声，那团灰白的影子离我们的营地越来越近。安草儿惊叫道，阿帖，木库莲回来了"。

残月至美的意象最能体现出回归式结尾的精要所在，它来自温情主义者对世界痴心不改的热爱与信仰，这又往往以一组对比性结构出现：作家体认着苦难，在《福翩翩》（《人民文学》2007年第1期）里，困厄几乎就是生活的常态，但她拒绝在苦难中绝望、沉沦，而希望之光并不存在于彼岸，它就来自对日常生活默然领受的过程中生命的创造力和幸福感，更重要的是迟子建相信这是每个人都具备的。"幸福是一种错觉，而辛酸才是人的真实处境"，但是，"真正的幸福总是和痛苦相依相伴"[①]。迟子建是敏感的，但些许隔膜在进入小说之后就转化为宽容。迟子建忧伤、洞察世相，但不绝望。"天下莫柔弱于水，而攻坚强者莫之能胜"，从作家心底流淌出的善意与希望，同让人艰于呼吸的

---

① 迟子建：《我伴我走》第236、247页，中国青年出版社2002年1月。

现实相比显得如此柔弱、纤细；但不经意间，它就在困窘与逼仄的黑幕上为我们打开了透光的通道。

二

我一直觉得，迟子建是价值叙事最出色的论证者[①]。巴赫金说："强烈感觉到可能存在完全另一种生活和世界观，绝不同于现今实有的生活和世界观（并清晰而敏锐地意识到）——这是小说塑造现今生活形象的一个前提。"[②]迟子建的创作指向生活的"应然"、指向"另一种生活和世界观"：无论在何种境遇里，你都可以选择；而你的选择，决定你成为什么样的人。在价值叙事的意涵中，人们决意过一种符合伦理的生活，决意成全人性，人们感到需要有一种比现在更美好的生活、更健全的人性。更重要的是，价值叙事相信人们有能力争取上述二者的实现，这是可能的。就如同苏童所说的"成为一种叙述的信仰"。迟子建的创作给人印象深刻的地方在这里，而招致诟病的也在这里，因为温情主义者对人性温暖的信仰，往往被人理解为浅薄，尤其当我们面对一个纷繁复杂的世界时。

《悲惨世界》的叙事者高居于小说世界之外，在向读者展示故事的同时，时不时对事件发表意见，甚至不惜中断情节发展，用权威口吻评论历史、哲学、伦理、宗教问题，或者评骘书中人物。他不仅要证明自己的存在，而且还面对读者展示他的理念和信仰。《九三年》中惊心动魄的力量和巨大的道德震撼力，最终无不指向小说末尾的宣言："在绝对正确的革命之上，还有一个绝对正确的人道主义。"说这句话的时候，雨果斩钉截铁而至高无上。王安忆曾经这样评价以托尔斯泰为代表的古典作家："他们人道主义的立场是非常明确的：我真的同情你们，你们真的是很可怜，你们真的是可以解释的，你们所有的都是

① 关于"价值叙事"的讨论，参见拙作：《从信开始，委身于善——重申价值叙事的意义》，《小说评论》2007 年第 5 期。

② 巴赫金：《关于福楼拜》，晓河等译，《巴赫金全集》（第四卷）第 98 页，河北教育出版社 1998 年 6 月。

可以解释的，但是我不因为你们可怜那我就同意你们苟且，你们依然不能无耻，我不能和你们同流合污，我还是要批评你们。我觉得人还是应该崇高的，不放弃崇高的概念。"①总之，在古典作家那里是有定在、无法移易的立场的，而且他们对自身对人性的把握充满自信。

到了现代，情况就大不相同了。其实在19世纪的福楼拜那里已经开始改变。他竭力主张作家以冷静、客观的态度进行创作，反对作家介入到作品的人物和事件中去："说到我对于艺术的理想，我以为就不该暴露自己，艺术家不该在他的作品里面露面，就像上帝不该在自然里面露面一样。"②叙事者保持"客观性"的主张，为现代小说树立了界标，在略萨看来，福楼拜"在现代小说和浪漫与古典小说之间划出了一条技术界线"③。全知全能叙事者的衰落，当然促成读者的民主要求提上议事日程，但代价是：作家无力再行使"诗的正义"，雨果、托尔斯泰们在人性善恶面前所持守的坚定信心，开始摇摇欲坠。沿着这样一条轨迹我们很快看到了卡夫卡，他的绝望在于对世界、对他人与自身完全失去了信心，先前在艺术表达上往往是肯定、确认的精神图景，一下子变得黯淡、模糊。在讨论失信的写作时，谢有顺先生有这样一段话，我以为一针见血："为什么整个现代艺术史都充满了荒诞的现实和虚无的精神？这也与写作的信心有关。信心的软弱所带给现代人的精神屈服性，决定他们无法再获得一种英雄人格，只能被奴役在荒诞的现实和虚无的精神之下。于是，他们大量地写到了精神错乱、厌世、忧郁、孤独、绝望、无意义、暗昧的情欲与性腐败等，希望与幸福似乎再也找不回来了。"④

即便对于我们今天的小说创作而言，这个问题同样困扰着我们。而且此前特殊年代里，教条主义人性论曾经对文学造成过巨大伤害，个人道德纯洁性的

---

① 王安忆、张新颖：《谈话录（三）："看"》，《当代作家评论》2007年第3期。

② 福楼拜：《弗洛贝尔致乔治·桑》，李健吾译，见伍蠡甫主编：《西方文论选》（下）第210页，上海译文出版社1979年6月。

③ 马里奥·巴尔加斯·略萨：《给青年小说家的信》，赵德明译，第56、57页，上海译文出版社2004年10月。

④ 谢有顺：《写作是信心的事业》，《我们内心的冲突》第42页，广州出版社2000年1月。

极端追求、空洞的人格符号满天飞，在这样的阴影中开始文学创作，现代主义艺术自然给了我们有益的启蒙。但是今天我们可以不必矫枉过正了吧，我们可以反思是不是走到了又一个极端。在文学表现上，无力塑造美好人物，因为此前坚信对人性阴暗面的发掘就意味着探触到了心灵的深层空间；在现实生活中，对人性的理解与通融，逐渐演变为了对人性弱点的妥协和迁就……

由此我想起了果戈理，我们往往也会在刻画荒诞、虚无的视野中来理解果戈理，但是他自己却说："我的出世，全不是为了要在文学史上划出一个时期来。我的职务还要简单而切近：就是要各人都思索，而不是我独自先来思索。我的范围是灵魂，是人生的强大的、坚实的东西。所以我的事务和创作，也应该强大和坚实。"这段话曾经让胡风感念不已，在纪念果戈理逝世一百年的时候，胡风说："在那个'忧郁的'俄罗斯，在那个黑暗的俄罗斯，如果没有真诚的肯定的泪，那就不能有大胆的否定的笑的。"[1]胡风早年在《张天翼论》中对张天翼的创作有所不满，他说张"在现实生活里面看到了凡庸，可笑，丑恶，忍不住要嘲笑，暴露，但我们希望他不要忘记了，如果他自己站得太远，感不到痛痒相关，那有时就会看走了样子"[2]。胡风这样说的时候，肯定想到了他心目中的典范果戈理。张天翼和果戈理在小说中都有无情的讽刺，在胡风看来，前者之所以"有时就会看走了样子"，正是因为他还缺少果戈理内在的文学质色："在冷笑的深处可以寻出永久热爱的火花，在世上常常流出深沉的心灵的泪的人，他大概比一切人更爱发笑。"也正是在这里，我们发现了果戈理的追求：在否定与消解的背后，有强大、坚实的肯认与信仰。他所谓葆有"人生的强大的、坚实的东西"，正是因为他相信自己来到这个世界上是为了"寻出永久热爱的火花"。

雨果在《〈克伦威尔〉序》中为当时新近出现的滑稽丑怪等审美元素辩护，但他同时标示了自身恪守的艺术原则："滑稽丑怪似乎是一段稍息的时间，一种比较的对象，一个出发点，从这里我们带着一种更新鲜更敏锐的感觉朝着美

---

① 胡风：《果戈理与我们》，《胡风全集》（4）第236、237页，湖北人民出版社1999年1月。本段中对果戈理言论的引录，均转自胡风此文。

② 胡风：《张天翼论》，《胡风全集》（2）第56、57页。

而上升。"① 由此结合果戈理在"大胆的否定的笑"的背后，深藏"真诚的肯定的泪"，我们就不难发现这两位风格迥异的艺术大师有着多么可贵的神合："寻出永久热爱的火花""朝着美而上升"。伟大的小说往往具备这样的质地，格非在最近的一次谈话中就是以这样的质地来理解《红楼梦》："《红楼梦》是有好几条线索，儒、道、佛都有，外在结构有一个貌似相对主义的哲学框架，可读到后来，作者并未陷入相对主义和虚无主义，文字的背后仍然有作者对重要价值的坚决肯定。……看到了虚空，仍能肯定现世的美好价值……"②在特定的历史时期和文化心理背景下凸现消解与否定，无可厚非；但问题在于作家在文学表现背后的态度。历史与伦理的辩论、文学与道德的驳难，这几者之间的关系是如此复杂，但我们没有理由在最基本的态度上表现模糊。中国古典文论讲究"文如其人"，注重在文章背后见出一个人的性情、修养、气质，从这个意义上说，迟子建以个体精神生命为小说提供文学补给的资源，其实涉身的正是这条传统的长河；但是当"作家死了"、价值中立成为写作时尚时，我们就要反思这样的叙事策略是不是已经成为相对主义、虚无主义大行其道的借口了。

我们今天有很多作家，在发掘潜意识、人性恶等方面淋漓尽致，似乎不如此穷形尽相就无法展示人性的复杂，无法表现自身的"忧愤深广"，以致沉迷于其中不加节制。可是有多少人对果戈理意义上的"大胆的否定的笑"的背后裹藏"真诚的肯定的泪"有所自觉呢。由此我们有必要重温70余年前胡风在《张天翼论》末了所提请的注意：小说家"须要在流动的生活里面找出温暖，发现出新的萌芽，由这来孕育他肯定生活的心，用这样的心来体认世界"。迟子建是少数对此自觉并身体力行的当代作家。

人性显然表现为程度不同的双重性或复调结构，所以价值叙事并不忽视人性的多维。正如上文提及的，特殊时期教条主义的人性论曾给予我们惨痛的教训与经验，而历史也往往出现一些不同种类的虚幻、空洞的、关于人性善乃至

① 雨果：《〈克伦威尔〉序》，柳鸣九译，《雨果论文学》第35页，上海译文出版社1980年5月。

② 王中忱、格非：《"小说家"或"小说作者"》，《当代作家评论》2007年第5期。

集美善为一体的"理想国"，比如从古延续至今的乌托邦主义者所允诺、描绘的"黄金世界"，教条式的人道主义者所倡导的人类纯粹而抽象的价值……而雨果早已指出，"英雄主义和美德的抽象化"并不能把人表现出来①。价值叙事者塑造的人物，不是性格纯粹、心理结构单一的人格符号，或者完美无缺的道德楷模。优秀的小说中都有善恶、美丑、灵肉的对位结构。马克思评价狄德罗塑造的拉摩的侄儿这个艺术形象有着充满矛盾的性格，集伟大与渺小、崇高与卑鄙为一体。托尔斯泰发现人身上"一半是天使，一半是野兽"，按照这样的性格结构模式，他描绘了聂赫留朵夫怎样通过沉痛的忏悔，完成道德的自我完善和灵魂"复活"。展现在精神炼狱和具体经验中求证美善的艰苦实践和挣扎过程，由此，价值叙事才能发散震撼人心的力量。

海德格尔说："真理本质上就具有此在式的存在方式，由于这种存在方式，一切真理都同此在的存在相关联。"那么这是不是意味着真理是"主观的""任主体之意的"？并非如此，揭示活动是"把揭示着的此在带到存在者本身前面来"，德格尔接下去说，"真理的'普遍有效性'也仅仅植根于此在能够揭示和开放自在的存在者这一情况。……从存在者状态上来说，真理只可能在'主体'中，并随着'主体'的存在一道浮沉。"②在海德格尔看来，真理的展开，尤其是作为具体的个人的展开，也许比真理的定性更为重要。这让人联想到鲁迅，身当秩序重建的年代，鲁迅是以"心以为然"的"确信"来估量"终极究竟的事"（《坟·我们现在怎样做父亲》）。那么，20世纪中西方两位伟大的思想家给予我们什么样的启示？价值叙事自然有其积极持守的"绝对价值"，比如对人类自我完善的信念、对生活的热爱与肯定，面对苦难、捍卫正义的勇气……但所有这一切并不是塞进文学变成静止的存在就可以了。在今天的时代里，价值叙事从来不是外在于大千世界，高居于文学之上，凛然地给出道德判断；相反，它要求以文学的方式展开个人经验，以煎熬与挣扎来体认善的价值，这是以身相受的过程，而不是立足一个外在于文学世界的"天经地义"中故步

---

① 雨果：《〈克伦威尔〉序》，柳鸣九译，《雨果论文学》第44、45页。

② 海德格尔：《存在与时间》第273页，陈嘉映、王节庆译，生活·读书·新知三联书店1987年12月。

自封。我在本文的开始部分讨论迟子建小说所由以养成的资源，正是为了应对这个问题，生命亲证的文学粘连着作家的血肉与心灵压力，浸透着她的痛苦与生命质感——由这样的资源所哺育而成的文学，由这样的资源所淬炼建立的信仰，才真正坚如磐石、天长日久……

原载《小说评论》2007年第6期

迟子建论

吴义勤

当迟子建凭借《北极村童话》走上文坛时，她的亮光虽然耀眼，但似乎并没有给中国文学以深刻而具有刺激性的影响。相反，她很快就被 20 世纪 80 年代中叶汹涌的先锋文学浪潮淹没了。与先锋作家那种极端而夸张的文学形象相比，迟子建的出场显然是平淡而素朴的，如果说以先锋作家为代表的 80 年代文学追求的是一种"革命性"的标新立异的文学趣味的话，那么迟子建似乎还是走在传统的文学路途上，她的文学观与审美观还浸透着传统的脐血，这使她自然而然地与其所处时代的文学潮流具有了某种距离。这种距离，一方面造成了迟子建的被遮蔽与被忽略，那些"审美爆炸"的光芒照不到她身上，她只能躲在那些"荣光"的阴影里写作。另一方面，又使她在文学领地里具有了自由生长的空间，她的个性、才情、理想都得到了正常的萌芽、孕育与培养。与大多数青年作家"裂变"式的、大起大落的出场方式不同，迟子建的文学之路不但历史脉络清晰，而且始终有着均匀的节奏和坚定的方向，她一直走在文学的"正途"上，没有审美历险，也没有叛逆式的反抗，就像一位灰姑娘始终成长在亘古不变的文学传统与趣味里，但在今天灰姑娘终于变成了白天鹅，她的文学形象不仅越来越鲜亮越来越魅力无穷，而且似乎正在以她 30 多部文学作品为我们时代呈现又一个亮丽的"文学童话"。正如苏童所说："大约没有一个作家会像迟子建一样历经二十多年的创作而容颜不改，始终保持着一种均匀的创作节奏，一种稳定的美学追求，一种晶莹明亮的文字品格。"①许多人都承认迟子建是当今最优秀的小说家，是一棵引人注目的文学大树，但同时她又是一棵绿色的、"环保"的、健康的文学大树，她既未中形式主义病毒，又未为"女性主义""性别意识"所害。她的优秀在于她始终像一个"中性人"一样信奉着小说的最原始、最本源的道德与伦理，始终演绎着小说最自然、最朴实的美感，因为从不"东张西望"，因而她所呈现给我们的"文学性"也是最纯粹、最本色的文学性。正如有位论者所说的，她"没有怪异的表情，也极少奇峰突起、横逸斜出的笔法，无论就行文，还是情绪的表达而言，都泛着自然、健康的生命底色，甚至那最抑郁、微妙，最容易走火入魔的部分，也不例外。一种绝处逢生的平和化处理。与其说这暴露了作者思想的'软肋'和浅近，不如说它更接近于一种主动的'度'的修持：不作病态的极端展示，伤感而不致自怜，把单刀直入、硬度十足的批判与揭露转化为一种温煦的丰满，一种人性厚度的寻觅与还原，这才是迟子建的追求所在"②。当20世纪80年代以来以反意识形态、西方化的形式主义和反叛传统文学观为其"现代性""纯文学"标识的先锋文学运动，把文学改写成黑暗而冷冰冰的存在时，"乖乖女"迟子建式的"正统"写作无疑捍卫了文学的形象，并越来越呈现出无可替代的文学史意义。

在中国的文学研究与批评传统中，对作家的研究或作家论的写作常常会遵循某种"分段"的模式，一个作家的创作常会被分成早期、中期、晚期等不同时段进行考察。这样的研究方式当然有其价值：一方面，它确实能够揭示一个作家在思想和文学方面的成长历程；另一方面，它也符合我们对于人生和文学的基本认识规律，并有助于阐释作家与时代的关系。比如说，我们对于鲁迅、巴金、老舍、茅盾、郭沫若等现代作家的"分段"研究，就有助于揭示这些作家人生观、世界观的变化以及这种变化对于文学的影响，事实上，这些内容也正是现代文学史的重要内容。可以说，对五四这一代作家如何从进化论到阶

---

① 苏童：《关于迟子建》，见《微风入林·跋》，春风文艺出版社2005年1月。

② 李丹梦：《论迟子建的个体哲学——透视其中短篇小说》，《山花》2005年第9期。

级论、从个人主义到集体主义、从迷信无政府主义到信奉共产主义、从冲出旧家庭到投身革命等等思想历程和人生历程的关注一直是中国现代文学研究的重点，也确实有效推进了中国现代作家研究的深度。但是，与此同时，我们又发现这种"分段研究模式"又有其机械性和简单化的局限，这表现在：其一，对作家思想和文学的研究常常因为理念的需要而割裂了作家本身的有机性和整体性，因为强调"变化""进步"而忽视或有意蔽遮了作家心灵、思想和文学中永恒的、"常温"的东西。其二，这种模式因为"分段概括"的需要，所以常有武断、牵强之弊，既回避了作家精神世界本身的复杂性，也忽略了作家与作家之间的区别，以"传记"性的研究取代对于"文学"和"艺术"本身的研究，某种程度上显示了对于文学本体的轻视。尤其在对当代年青作家的研究中，这种"分段模式"就更是显示了其荒谬，许多青年作家只有不长的写作历史，人生观、世界观也并无根本的变化，但许多研究者却照搬对鲁迅等现代作家的研究模式来进行前期、后期的分段研究，这使得这些刚走上文学舞台的青年作家似乎一上来就把自己的人生道路和文学道路走完了，他们今后漫长的文学之路我们还怎么去描述呢？迟子建也是一个曾被如此研究的作家，有论者就曾这样概括迟子建小说写作的阶段性："根据迟子建小说的叙述风格及老练程度，我们大致可以将其创作历程分为三个阶段。时间上约以1989年和1994年为界。1989年之前是迟子建创作的起步、成长期，以《北极村童话》为代表，还包括一些像《炉火依然》《遥渡相思》《关于家园发展历史的一次浪漫追踪》等具有探索、过渡性质的作品。此后迟子建日渐成熟，以1991年《旧时代的磨房》的发表为正式标志，迟子建进入了她创作的第二阶段，出现了《秧歌》《香坊》《岸上的美奴》等一批类似于张爱玲'传奇'式的作品：故事的虚构意味很浓，一个暧昧的（历史）场景，进出的人物也亦古亦今，犹如一幅旧时的水墨画，缭绕着雾气与落寞之情；自1994年起，迟子建开始关注日常生活，尤其是普通人的情感世界，创作了一大批诸如《亲亲土豆》《雾月牛栏》《逆行精灵》《观慧记》《门镜外的楼道》《微风入林》等写实性较强的作品。笔法日趋朴素、致密，主体的情绪也更为内敛了。"①我不能说，这种分析就是错误的或不合实际的，因为客观上说每个作家都有叙事技巧等方面从不成熟到成熟的过程，但是对文学来说，所谓成熟与不成熟又是很相对的，文学是一个"综合性"的艺术，割裂地看待文学的某一个方面是没有意义的。对迟子建来说，重要的不是她在不同的阶段写了怎样的不同的作品，形成了怎样的不同的风格，而是她怎样成为一个独特的有个性的"她"的，她的文学个性的内涵是什么。在我看来，一个作家的价值和个性是由她的全部写作历史体现出来的，并不一定是进化论的和阶段性的，她的气质与文学感觉是与生俱来贯穿于她的全部创作中的，即使具有某种阶段性的特征，这种阶段性也不是否定性的，而应是循环性或包容性的。因此，对于迟子建来说，发现和认识她的气质与个性也显然比分析她写作的阶段性更重要，更有意义。

一、"循规蹈矩的生活"与"温暖的信仰"

文学与生活的话题虽然古老，但却是一个永恒的无法回避的话题，每一个作家的写作都会从各自不同的方面建立起与生活的关系，而他们的艺术世界很大程度上也建立在生活的根基上。当然，这种"生活"并不只是表象的"生活"本身，还更关乎作家对生活的态度、思考，以及由此而来的生活哲学与生活美学。许多人都认可现实主义文学与生活的联系，但却想当然地否认现代主义、后现代主义文学与生活的关系，这里面其实存在着一种误解：现代主义、后现代主义对"生活"的颠覆、消解与拒绝不是证明了文学与生活的无关，恰恰反证了生活的强大。那种荒诞的、变形的、抽象的、理念的对"生活"的改写，消解的不是生活本身，而是传统的生活哲学与生活美学。拿 20 世纪 80 年代兴起的中国先锋小说来说，它们对文学虚构与想象本质的强调，对文学与生活关系的怀疑与反动，其实颠覆的并不是"文学与生活的关系"这个命题本身，而是文学与生活发生关系的方式，他们对于生活等级制的打破、对于生活中文学

---

① 李丹梦：《论迟子建的个体哲学——透视其中短篇小说》，《山花》2005 年第 9 期。

性的强调与发现，都标志着一种新的生活哲学与生活美学的建构。但我在上文说过，迟子建似乎并不是一个反叛型的"另类"作家，她对于生活的认识还更倾向于传统的文学理解，因此，她的生活哲学和生活美学也并未超越 20 世纪中国现实主义主流文学的审美惯性与艺术惯性。她是一个真正对"生活"本身充满宽容、敬畏和感恩之心的人，也是一个真正脚踏实地地试图在"生活"的根基上建筑自己的文学大厦的人。她相信文学性并不只是存在于那些猎奇的、边缘的生活中，普通的、日常的生活同样蕴含着丰富的文学性，她发掘和迷恋着这样的文学性，并以此作为对自己文学能力的一种真正的考验。她说："我越来越觉得一个优秀作家的最主要特征不是发现人类的个性事物，而是体现那些共性的甚至循规蹈矩的生活。因为只有这里才包含了人类生活中永恒的魅力和不可避免的局限。我们只有在拥抱平庸的生活后才能产生批判的力量。"①迟子建的小说总是聚焦平凡庸常的人生，描写和表现的是那些奔忙于衣食住行、婚丧嫁娶、生老病死中的世俗人生，对非日常性的生活她很少涉笔，即使是面对重大的政治历史事件，她也是从日常人生的视角来进行审视与建构的。"迟子建又是细腻温暖的。她几乎不写闲愁闺怨，更别提风骚艳情，她的笔下，都是平常日子里的酸甜苦辣：吃饭、穿衣、写作、旅行。迟子建用丰沛的情感和朴素的思想拥抱生活，甚至用它们来包裹冰冷的死亡。"②在她看来，饱满的小说是离不开平凡人生与"循规蹈矩的生活"的支撑的，小说的力量首先来自世俗的"人间烟火气"的表现，其次还来自对生活中美的、感人的一切的发现。小说当然应该对于生活具有批判性与超越性，但小说首先应该是美的、温暖的、能感动人心的。这样的小说观是古典的、朴实的，但恰恰又是最接近文学真理的。

从这样的生活观与文学观出发，我们发现，迟子建的艺术世界无疑是温暖而湿润的。无论"生活"是怎样的形态，也无论人生面临怎样的缺陷，她总是朝向最柔软、最温暖之处进发，总能发掘到给我们的心灵以温暖和感动的地方。如苏童所说："她在创作中以一种超常的执着关注着人性温暖或者说湿润的那

---

① 迟子建：《女人的手》，明天出版社 2000 年 1 月，第 141 页。

② 雷淑容：《苍凉的迟子建》，《青年报》2006 年 5 月 4 日。

一部分，从各个不同的方向和角度进入，多重声部，反复吟唱一个主题，这个主题因而显得强大，直至成为一种叙述的信仰。""如果说迟子建是敏感的，那她对于外部世界的隔膜和疑惑进入小说之后很神奇地转换为宽容，宽容使她对生活本身充满敬意，因此我很惊讶地发现迟子建隐匿在小说背后的形象，她也许是现实生活的旁观者，她也许站在世界的边缘，但她的手从来都是摊开着，喜悦地接受着雨露阳光。即使对迎面拂过的风，迟子建也充满感念之情。"①苏童对迟子建的解读无疑是非常准确、到位的，迟子建小说的魅力与其这种对待"生活"的人文向度和世俗情怀是密不可分的。她对世俗生活充满热情，对日常生活的细节如数家珍，对日常生活的伦理与道德体味独特。《日落碗窑》中吴云华对于"情敌"刘玉香的无私帮助，以及这种帮助在丈夫心中的情感涟漪细腻而生动。《清水洗尘》中蛇寡妇找父亲修澡盆所引发的母亲的醋性、焦虑、赌气以及搓背前后的心理与情感的起伏都充满了生活的情趣和人间生活的"烟火气"。

迟子建的"温暖的信仰"首先是一种情感信仰。对于迟子建来说，"生活"从来都是一种饱含着情感的"生活"，从先锋小说到新写实小说的所谓"冷漠""零度"的生活观是她所拒绝的。在她的笔下，生活就是有着"温度"和情感的生活，她从不掩饰自己对生活的喜怒爱憎，从不苛刻或道德化地对待生活，而是理解包容着生活中的一切。迟子建的小说总是充满丰沛的情感，亲情、爱情、友情的抒写又是其中最为感人的篇章。《北极村童话》中姥爷对死去的大舅的刻骨怀念，以及对姥姥保守秘密的辛酸令人扼腕神伤；《白雪的墓园》中父亲去世后姐弟、母亲互相体恤失去亲人的痛苦，母亲的坚强给了姐弟们极大的温暖与勇气，"从现在起谁也不许再掉一滴眼泪。我和你爸爸生活了二十几年，感情一直很好，比别人家打着闹着在一起一辈子都值得，我知足了。伤心虽是伤心，可人死了，怎么也招不回来，就随他去吧。你们都大了，可以不需要父亲了，将来的路都得自己走。你们爸爸活着时待你们都不薄，又不是没受过父爱，也该知足了。"小说写道，"这是一个温暖的略带忧伤气息的除夕，它伴着母亲

---

① 苏童：《关于迟子建》，见《微风入林·跋》，春风文艺出版社 2005 年 1 月。

韧性的生气像船一样驶出港口了。我大大地松了口气。那天夜晚，炉火十分温存，室内优柔的气氛使我们觉得春天什么时候偷偷溜进屋里来了。""窗外的大雪无声而疯狂地漫卷着，我忽然明白母亲是那般富有，她的感情积蓄将使回忆在她的余生中像炉火一样经久不息。"《亲亲土豆》中秦山、李爱杰夫妇那种深层的情感也感人至深。秦山生病去哈尔滨治病，妻子李爱杰与邻床患脑溢血病人的家属王秋萍一起在外租房子住。秦山自知病已无治跑回家收土豆，并给妻子买了蓝宝石软缎旗袍。秦山死后李爱杰穿着旗袍为他守灵，并给他垒了土豆坟。作家把主人公之间的关爱、体恤情感写得跟"土豆"一样具体可感。《花瓣饭》写的是"文革"时期的一段家庭生活。父亲、母亲被批斗，回来晚了。姐姐、弟弟和"我"自己做饭等他们。天下雨了，爸、妈分别回来后，又再次出去互相接对方，很晚还不回来。三个孩子怕他们寻短见，害怕得哭起来，这时爸妈回来了，妈妈还抱着一束花："那花紫白红黄都有，有的朵大，有的朵小；有的盛开着，有的则还打着骨朵。还有一些，它们已经快谢了。妈妈抱着它们经过饭桌的时候，许多花瓣就落进了粥盆里。那苞米面粥是金黄色的，它被那红的黄的粉的白的花瓣一点缀，美艳得就像瓷盘里的一幅风景油画。爸爸妈妈的头上都沾着碧绿的草叶，好像他们在草丛中打过滚。而妈妈那件洋红色的衣裳的后背，却整个地湿透了，洋红色因此成了深红色。"在叙述者眼中，这顿花瓣饭"那是我们家吃得最晚最晚的一顿饭，也是最美最美的一顿饭"。在小说中，爸妈对生活的坚强乐观，以及孩子们对父母的牵挂与关爱都呼之欲出，充满情趣与美感。《踏着月光的行板》表现一对农民工夫妻林秀珊、王锐的情感，他们在不同的地方打工，只有在休息日才能见面。但是，这一次他们为了给对方惊喜而精心准备的见面却彼此错过了，他们分别到了对方工作的地方，最后只能约好在相对而行的火车上见面。一条丝巾、一把口琴，虽然没能送到对方的手中，并且火车相遇的那一刻太快以至彼此都没看清对方，但是那种浪漫的深情却覆盖了两列火车，让人感叹。

其次，迟子建的"温暖的信仰"还是一种"人性的信仰"。迟子建的小说让人相信她始终是一个对人性、对爱持乐观信仰的人。她并不总是唱人生的赞歌，但恰恰是在人生的灰暗情境中，迟子建最能发现人性的闪光。《雾月牛栏》

中的继父因为失手把宝坠打伤导致了他的智力出了问题，这成了他永久的心病，并终于被后悔、内疚夺去了生命。《到处人间烟火》中祖母、媳妇、孩子在大年除夕的"烟火"中有着各自不同的情感与心思。祖母想的是家教与对媳妇的约束，媳妇在长期压抑中有着人性的欲望与渴求，而孩子则想着逃过祖母的"悔过"责罚，快乐地过年。当媳妇和庞大天的偷情被孩子看见后，孩子在祖母的责问面前还是以看到爸爸和妈妈在一起的说辞，使媳妇获得了解脱。《鱼骨》中的旗旗大婶的男人因为她年轻时生不出孩子把她扔了，可是当出走的男人终于回来时，"那男人像块石头一样沉默着，突然，他痉挛地扩张开双臂，紧紧地把旗旗大婶抱进怀里。而旗旗大婶则像一只刚被关进笼子中的老虎一样，不停地抓那男人的胸，不停地哭，不停地喊"，她终究还是宽容了男人的背叛。《腊月宰猪》中齐大嘴在齐二婶累死之后，被一逃出来生孩子的外来女骗了，但骗子走后却给齐大嘴和他儿子寄来了棉袄、鞋子，"骗子也有良心"，迟子建呈现给我们的还是那种温暖的柔软的人心。《相约怡潇阁》是迟子建近期的一部小说，画家陈斑斓在与画评家叶如果和行为艺术家江千月的电话恶作剧中得到启发，用同样的方法考验丈夫陈艺尚，在几近绝望之时，丈夫的坦荡与说明又给了爱情一个机会，也使得主人公感动得泪流满面。《门镜外的楼道》中"我"与楼道清洁工老梁的友情以及老梁与旧书摊老伯的爱情都苦涩而温暖。老梁养着一残一傻两个男人，但生存的艰难并没有抹杀她的爱心，叙述者与她虽没有正面的语言交流，但鸡蛋和杂志就把彼此的情感与牵挂表达得淋漓尽致，主人公毫不掩饰自己的感情："门镜后的她是那么的渺小，就像深井口望去的一只青蛙。她干活转身时是那么的费力，慢慢腾腾的就像蜗牛在爬。水泥地面明明平平展展的，可她拖着一黑一白两条袋子行走时，你觉得她是跋涉在泥泞中。"《蒲草灯》本来是一个凶杀的故事，五舅和妻子曼云的偷情，使"我"怒火中烧，并在疯狂的状态中杀死了他们。这一幕无疑展现了人性的黑暗与扭曲。但当"我"在逃跑过程中与老骆驼相遇之后，老骆驼对带两个孩子回日本的山田雅子几十年如一日的等待、怀念、宽容与爱，使"我"心灵受到深深的净化。面对电视里五舅母自首代他顶罪的画面以及老人一直守着的雅子给他打的蒲草灯，"我"坚硬、仇恨的心被软化，人性也开始复苏。小说最后，"我"

是怀着感恩与悔恨的心拿着蒲草灯自杀的。迟子建的小说似乎并没有塑造纯粹意义上的恶人，《秧歌》中王二刀对女萝先奸后娶，又三心二意，但女萝在他不经意的泪水中还是感受到了男人内心深藏的脆弱与温存，《香坊》中以吃喝嫖赌著称的商人马六九不仅让假小子式的邵红娇成了真正的女人，而且他的爱情与义气也颇令人感叹，《腊月宰猪》中那个五大三粗的杀猪人齐大嘴居然也有柔情的一面，他收容了大肚子外乡女，并原谅了她的谎言与欺骗……在这些有"污点"的主人公身上我们仍然看到了人性的亮光。

在迟子建的小说中，她对"人性"的信仰还尤其表现在其对弱智、疯子、身体残疾者、老人、小孩等所谓社会弱势群体的同情、关怀以及对其人性光辉的挖掘与呈现上。《罗索河瘟疫》中接生婆母亲、傻子领条以及酒鬼哥哥别利组成了一个看不到日常温暖的特殊家庭。但恰恰是傻子领条发现了哥哥别利杀死公路站长阿里的事实，并因为无法承受和面对这种残酷的事实而痛苦地投河自杀了。而伤心的母亲也终于发现了别利杀人的真相，她毅然杀死了别利，并跳进了罗索河。这样的小说处理的是一种残酷的人生境遇，但迟子建在其中发现的却是人性的闪光与道德伦理的力量。《雪坝下的新娘》中"刘曲"因被县长的儿子打傻了，有了在三开镇白吃白喝的自由。女人花袖每当与杨半拉偷情就支使他出去找猫，他乐此不疲，并在雪坝下看到了"金色的美人"，自己的新娘。迟子建以温情的笔墨告诉我们：哪怕是傻子，他的理想与梦也仍然是美丽迷人的。《采浆果的人》中大鲁、二鲁是两个智残的孤儿，当全村人都在疯狂地采浆果卖钱时，只有他们二人坚持不受诱惑收获庄稼。当全村人面对被封冻的庄稼，欲哭无泪时，苍苍婆"站在他们的院门前，隔着白桦木栅栏，望着这户唯一收获了庄稼的人家，想着这个冬天只有他家是殷实的，她的心中先是涌起一股苍凉，接着是羡慕，最后便是弥漫开来的温暖和欣慰。"《盲人报摊》中吴自民、王瑶琴是一对盲人夫妻，他们靠卖报为生，生活得恩爱、自足、平静。但王瑶琴怀孕后，他们开始对孩子眼睛担心，并决定开始募捐为将来的孩子治眼睛。经过一系列挫折，特别是看到邻居刘奶奶因与孙子强强吵架而自杀的悲剧，他们决定不再搞募捐，他们觉得："要让他有点什么不足，缺陷会使人更加努力。""全院子里只有我们是不吵嘴的夫妻，因为我们相互看不见，在我心目中，你是世上最美最好的女人。""他们像新婚那夜一样拥抱在一起。失明的痛苦早已被抛到九霄云外。孩子不管是否盲人，都是上帝赐予的。他们觉得会加倍爱惜那孩子的。"对比于现实生活中的人与人之间的争斗，这对盲人夫妻的爱情与人性是何等的美丽而温暖！

最后，在迟子建的小说中，人与动物的关系也是其温暖主题的一个向度。迟子建是一个对动物充满爱心的人。她笔下的动物总是充满灵性与生机，人与动物也是充满了情感。迟子建曾说过："我的亲人，也许是由于身处民风纯朴的边塞的缘故，他们是那么的善良、隐忍、宽厚，爱意总是那么不经意地写在他们的脸上，让人觉得生活里到处是融融暖意。……我从他们身上，领略最多的就是那种随遇而安的平和与超然，这几乎决定了我成年以后的人生观。至于那些令人难忘的小动物，我与它们之间也是有着难分难解的情缘。"《北极村童话》中灯子乘船离开时奋不顾身地跳入江中的傻子狗、《雾月牛栏》中宝坠与牛的感情、《酒鬼的鱼鹰》中那只富有灵性而善解人意的鱼鹰、《逝川》中呜咽的"泪鱼"、《一匹马两个人》中与两个老人相依为命最后为保护主人的麦子而被杀死的老马、《日落碗窑》中关小明与他的狗"冰溜儿"都无疑给小说注入了温暖的情愫。应该说，迟子建小说中的动物形象都是非常感人而美丽的，它们是动物，又是人，是精灵，是人类世界的对比与象征，动物的命运隐喻的也正是人的命运。正如有论者指出的那样："迟子建笔下的诸多动物形象已不仅仅是单纯的动物，它们往往寄寓着作者某种特定的善良愿望——对美好人性的呼唤与褒扬。迟子建笔下的动物意象世界可以说是一个操持着动物语言的人类世界，它们几乎聚集了人性的全部特征，正义、善良、温存、忠诚、勇敢、善解人意乃至谄媚、胆怯、背叛等等。傻子狗是忠诚的，唔唔是勇敢正义而不乏温情的，小夏是多情、痴心的（《原始风景》），卷耳是单纯、可爱的，老黑的猴子是具有'惊禅式'温情目光的。往往正是这些有灵性的动物意象增添了作品的缕缕亮色。唔唔曾给无助的芦花带来美好希望；像卷耳一样小牛犊的出生，梅花扣的不断增多是弱智儿宝坠最大的人生愿望；老黑的猴子是拉二胡白发老人唯一的知音，老人死而无憾……作家的愿望是善良美好的，但现实是冷酷的，她最终无法回避人性中的种种弱点，于是作者巧妙地借助这些充满灵性的生灵作为褒扬美好人性的载体，来增亮作品中的人生底色。"①

二、"感伤的主体"与"疼痛的诗学"

如前文所说，迟子建的小说具有很强的抒情性，她特别重视情感的挖掘与抒发，但是她小说的情感又是温暖、中性、适度、自然的，既不矫情又不煽情，既不偏激也不极端，没有大喊大叫，也没有血泪的控诉，她的文字是柔和、平静的，绝不是那种宣泄性的"血和泪"的文字，如蒋子丹说到的："她几乎很少把人物逼入绝境，政治、历史、生态、社会、家庭、人生，以及任何原因引起的对立，常在读者预见将要尖锐起来的时刻，被一个意外的分岔软化，诚如生离死别一波三折，需要大煽其情的看点，反而波澜不惊，三言两语带过。于是她的小说留给人们的印象，总如同幅幅风景，在鸡犬相闻的人间烟火中，氤氲着恒定的温婉浪漫气息。"②作家对于情感的节制表达，构成了其特殊的小说美学。这当然是由其小说的抒情主体决定的。迟子建的小说，自始至终站立着一个不断成长着的抒情主体形象。这是一个对真、善、美充满了热情与期待的主体，她有着忧虑、典雅而敏感的气质，既有对生活与人生浪漫而诗性的想象，又有对人类精神家园温情的回忆与张望；她的目光透明而纯净，她坚定不移地寻找着人生的诗意，又以悲悯和仁慈的情怀注视着人间的悲欢离合；她是生命的歌者，又是生存之痛的体验者。某种意义上，正是这个充满魅力的抒情主体决定了迟子建小说的风格与基调。在谈到自己的短篇小说写作时，迟子建曾说："短篇小说的写作一定要有激情的推动，而推动这激情的，是一个作家的'沧桑感'。激情是一匹野马，而沧桑感则是驭手的马鞭，能很好地控制它的'驰骋'。"③在我看来，"沧桑感"在迟子建的小说中确实非常重要，它联系着迟子建对于生命、死亡和命运的探讨。正如戴锦华所指出的："迟子建

① 单艳红：《迟子建作品动物意象浅析》，《当代文坛》2004 年第 1 期。

② 蒋子丹：《当悲的水流经慈的河——〈世界上所有的夜晚〉及其他》，《读书》2005 年第 10 期。

③ 迟子建：《微风入林》，春风文艺出版社 2005 年 1 月，序第 2 页。

是一位极地之女。她带给文坛的，不仅是一脉边地风情，而且是极地人生与黑土地上的生与死：或是重彩，或平淡的底景上的女人故事……生与死在迟子建的笔下有着一份别样的单纯与质感，但不是、不仅是诗情书写中的生的礼赞、生的悲歌或死的哀叹。在迟子建笔下，比对生死之秘的痴迷更为清晰的，是颇为独特的对生死之谜的了悟。"①

　　迟子建是一个对于生命充满敬畏与敏感的作家，一方面，她的小说贯穿着对于生命之美的发现、讴歌与礼赞；另一方面，她的小说又有着对于生命或生存痛感的深切体验。她小说的人物谱系覆盖从儿童到成人到老人等各个层面，既有着对美丽纯真的生命或顽强、坚韧生命力的展示，又有着对残缺、陨落生命的关切。但不管是哪种生命形态，小说叙事主体或抒情主体贯注其中的那种生命的自尊或生存的痛感却是贯穿始终的。《北极村童话》中灯子是小说抒情主体，她童真的视角和清纯忧伤的生命固然令我们印象深刻，但小说中几对老人的生命之痛显然更具有沧桑感。爷爷的生命之痛在对于"西瓜子"的呵护中淋漓尽致地表现出来，而他对姥姥的关爱更是感人肺腑；孤寂而痛楚的"老苏联"虽然生命在一天天消逝，但她对于爱情、对于亲人的信仰却一天也没有放弃，她的生和死都是那样的庄严而神圣；被日本人糟蹋过的"猴姥"，她的生命之花萎缩了，她的人生道路被扭曲了，但是她的向善之心并未泯灭，她的痛苦中也有着难言的生命尊严与美感。《逝川》是关于青春与美的挽歌。78 岁的吉喜婆年轻时漂亮能干，但她的爱情却因为她太强太能而失败了，"你太能了，你什么都会，你能挑起门户过日子，男人在你的屋檐下会慢慢丧失生活能力的，你能过了头。""在阿甲，男人们都欣赏她，都喜欢喝她酿的酒，她烹的茶，她制的烟叶，喜欢看她吃生鱼时生机勃勃的表情，喜欢她那一口与众不同的白牙，但没有一个男人娶她。逝川日日夜夜地流，吉喜一天天地苍老，两岸的树林却愈发蓊郁了。"吉喜的美好青春与她的容貌一样衰老了，她的生命之树在枯竭，但她的生命之美、人性之美却在小说中光彩夺目。她为胡刀接生

---

　　① 　戴锦华：《迟子建：极地之女》，见《格里格海的细雨黄昏》，江苏文艺出版社 2003 年 8 月，第 304—305。

了双胞胎，错过了打泪鱼的机会，这在当地的风俗中是不吉利的，但当她在河边独自忧伤时却发现自己的木盆里被悄悄地放进了十多条泪鱼，"吉喜听着逝川发出的那种轻微的鸣咽声，不禁泪滚双颊。她再也咬不动生鱼了，那有质感的鳞片当年在她的齿间是怎样发出畅快的叫声啊。她的牙齿可怕地脱落了，牙床不再是鲜红色的，而是青紫色的，像是一面旷日持久被烟熏火燎的老墙。她的头发稀疏而且斑白，极像是冬日山洞口旁的一簇孤寂的荒草"。青春、生命和爱情都一去不可留了，可是人们对她的美的怀想、对她的爱、对她的敬重却是一如既往，某种意义上，她的疼痛，她的伤感都是美丽而温暖的。《微风入林》也是一篇对生命有着特殊理解的小说。护士方雪贞在医院值夜班时被受伤的鄂伦春人孟和哲吓停了月经。孟和哲就以自己的"性爱疗法"对其进行治疗。"老天很照顾他们，只有一个夜晚是微雨的天气，他们听着温柔的雨声，浑身被雨淋湿，就像在波涛里做爱一样，从未有过的疯狂。孟和哲的号叫和方雪贞的呻吟也比以往更强烈，所以那一夜他们没有听到马的嘶鸣，想必它的声音不敌他们，被消融了。方雪贞觉得她和孟和哲就是这林中两株扭曲在一起生长的植物，苗壮，汁液饱满，不可分离。"正是在这样充满野性和激情的"野外性爱"中，方雪贞不仅病好了，而且生命力被彻底唤醒。而鄂伦春人孟和哲则在方雪贞病好后却毅然离开了。这是一篇充满寓意和象征的小说，作家没有纠缠于伦理和道德的视角，而是从生命与人性的角度切入，在一个偷情的故事背后我们看到的不是罪感与丑恶，而是生命的美感。就连嫉妒得砍了孟和哲马匹的陈奎，在小说最后也得到了灵魂的净化。

迟子建还是一个对于"死亡"情有独钟的抒情主体。她善于描写死亡，她的小说几乎每一部都有着死亡的场景。但她又很少情绪性地渲染对死亡的感受，而是善于从主人公面对死亡的平静态度中，体味那种生命的美感与伤感。可以说，作家关注的不是死亡本身，而是死亡背后的精神内涵与灵魂内涵。《雾月牛栏》中继父的死是一个令人痛惜的精神事件。继父以自己的生命为代价表达了对于宝坠深沉的爱以及对失手把他打傻的无尽悔恨。在这部小说中，主人公生存之痛是如此强烈，也许只有生命本身才能与此相抵。《香坊》中邵明伦的死亡也是对于毒打邵红姣的巨大悔恨的一种解脱。《亲亲土豆》中秦山面对死亡和疾病的平静态度，则让我们看到了普通人的情感趋向和生命伦理。这样的朴实而纯净的死亡背后，我们感受得最多的还是温暖的爱意和生命的神圣。《朋友们来看雪吧》中胡达老人的死亡则是他神秘而令人敬重的生命的一个重要环节，是一种生命沧桑感的呈现，是独特而有个性的生命形式的最终完成。《草地上的云朵》对白鹤充满神往想象的丑妞被张无影的炸弹炸死了，一个年轻而美丽生命的消逝令人痛惜，作家借此揭示的是生活中的疼痛以及这种疼痛对心灵的净化意义，"天水和青杨想起了丑妞所描述的有关见到白鹤的情景，他们再也控制不了自己的泪水了，一任它们像一串连着一串的删节号一样划过脸颊。他们多么希望白鹤能衔住他们的泪滴，把它带到天庭去，因为他们相信，丑妞已是天上的白云中的一朵了。"《世界上所有的夜晚》中"我"的魔术师被撞死了，"我想把脸涂上厚厚的泥巴，不让人看到我的哀伤"。但是"我"没有被哀伤击垮，蒋百嫂把自己矿难中死去的丈夫冰在冰柜里的悲哀深深地震撼了"我"，深井画店陈绍纯先生的悲歌也感动着"我"，而失去母亲的云领带"我"在三山湖放河灯的情景更是从灵魂上拯救了"我"。某种意义上，"死亡"正是生命的另一种形式，是精神的历练与拯救，迟子建对死亡的表现既体现了她独特的人文情怀，又体现了超越死亡的一种美学眼光，"这样的死是属于迟子建的，也是属于北方大地的：一种内在的静穆，一种朴实的光芒，一种壮丽的苍凉"。①

与此同时，迟子建还是一个对于人的命运和灵魂有着浓厚兴趣的主体。她曾说："也许是由于我生长在偏僻的漠北小镇的缘故，我对灵魂的有无一直怀有浓厚的兴趣。在那里，生命总是以两种形式存在，一种是活着，一种是死去后在活人的梦境和简朴的生活中频频出现。不止一个人跟我说他们遇见过鬼魂，这使我对暗夜充满了恐惧和一种神秘的激动。活人在白天里生活，死人在白天里安息；活人在夜晚时'假死'，死人在夜晚时栩栩如生地复活。就这样，我总是比其他人更加喜欢梦见亡灵。他们与我频频交谈，一如他们活着。"②《格

---

① 雷淑容：《苍凉的迟子建》，《青年报》2006 年 5 月 4 日。

② 迟子建：《秧歌·自序》，见《迟子建文集》卷二，江苏文艺出版社 1997 年 7 月。

里格海的细雨黄昏》中漠那小镇的小屋子"深夜的开门声"是鬼魂的音乐，使主人公联想到了格里格海的音乐，并为自己找女巫师驱鬼的行为羞愧，"我为自己在木屋里驱鬼的行为感到无比羞愧。我想那是一种真正的天籁之音，是一个人灵魂的歌唱，是一个往生者抒发的对人间的绵绵情怀。我为什么要拒绝它？在喧哗浮躁的人间，能听到这样的声音，只应感到幸运才是啊。在格里格的故居，我听着四周发出的奇妙声音，更加怀恋曾笼罩过我的深夜的叮当响声。我相信，一个热爱音乐的人，他的灵魂是会发音的"。《向着白夜旅行》是另一部探讨灵魂的小说。恋人马孔多车祸去世了，但他的亡灵陪伴"我"进行了一次漫游，通过这次漫游主人公再次重温了马孔多的一切，并在目击女店主秋棠被其丈夫所杀以及呼玛沉船等现实境遇中完成了一次灵魂与精神的对话与救赎。《秧歌》是一出旧时代的传奇，那些平凡人生的命运感给人以隐隐的感动与忧伤。女萝被王二刀强奸，她没有寻死觅活，而是平静地接受了这种命运。小梳妆是那么多人的偶像，但她与付子玉的爱情却不得不落入悲剧的命运，她的自杀无疑是以一生为代价对命运的彻悟："我等了他一辈子。而他再回来时，我是一个老太婆了。""没有薄情的男人，只有痴情的女子。"而小说中的其他人，付子玉、拉黄包车光头、剃头匠、洗衣婆等等，他们也都在自己的命运中走完了自己的人生，正如小说中所说，"有时候她就想，人活一世就跟一场秧歌戏一样，不管演得多么热闹，最后总得散场，在南天阁那并不清静的地方找一个最后落脚的地方"。《旧时代的磨房》同样是一个旧时代的命运故事。随着小说中各种秘密和真相的逐步呈现，各种旧时代漂移的人影就在命运的拨弄下完成了自己的演出。老爷付奎元因为与丫鬟朱秀的偷欢而招致了杀身之祸；二太太一心想再生一个自己的孩子，可是短工蟋蟀虽使她怀孕，却不能拯救她的生命；蟋蟀一生都在寻找十三岁被卖的姐姐范紫燕，但身为四太太的范紫燕在内心中已决绝地宣布：蟋蟀和紫燕都已死了。过去的生活永远不可能回去了，这既是时代的痛，也是人性的痛。《东窗》则是一幅乡间生活的风景图。一个个人物的命运，作家娓娓道来，淡定从容。李曼云东窗下与神的交谈，那种美人迟暮的美感，闪着宗教的神光；苏鸿达父子的"战争"以及郭富仁、徐慢慢的"坟场说亲"都让我们看到了命运的影子。苏应时看中"我"曾是令人不可思议的奇谈，几乎遭到所有人的反对与嘲笑，但在命运之手的牵引下，"我"最后还是与苏应时结婚了。《酒鬼的鱼鹰》同样是一部充满命运感的小说。酒鬼刘年一生麻烦不断，他的人生被虚无和疼痛挤压着，只有在酒精中才能得到麻醉。只有在与寒波那里他才有惺惺相惜的感动："寒波再回到座位时，刘年就觉得她愈发地亲切可人了。这种感觉他这辈子还从来没有过，是一种温柔的心疼和令人想哭的缠绵。""刘年想，如果我不是个酒鬼，如果我还年轻，如果我不是总被这样那样的麻烦纠缠着，我一定紧紧地搂着叫驴子的女主人。没人能看见他的泪水，除了他的心知道他在流泪之外，知道他泪水的就是雨水了。"在这里，我们能感受到刘年在命运面前的无奈与不甘，作家无疑触及到了人物内心中最隐秘和最柔软的地方。

总之，在迟子建的小说中，命运的力量虽然强大，但"命运之手造成的生命、亲情和爱情的痛失感一度在迟子建的笔下得到了强化，长篇小说《越过云层的晴朗》、中篇小说《世界上所有的夜晚》《第三地晚餐》等等在美妙的行文中贯穿着悲哀的力量和对人间生存的荒诞意味的观照。即便如此，迟子建也没有放大命运的凶相。渲染残酷和黑暗，表达恐惧和仇视，这是别人的嗜好；自忍大恸，紧抱怀念，有所原谅，这是迟子建对命运之错的宽解和慈心，了解她的读者只能更加由衷地敬重并祈福于她"[1]。在迟子建的小说中，她以自己的细腻与敏感对这种生命、死亡和命运中寓含的"痛感"进行了多层面的揭示，那是一种满含悲悯情怀的揭示，生与死、人与物、现实与命运都已超越其本身而被审美化、美学化了。实际上，在迟子建笔下，由于"对辛酸生活的温情表达永远不会放弃"[2]。生存之痛最终积淀为一种沧桑的力量与美感，"疼痛"也由此成为一种庄严、神圣的诗学。就如长篇小说《额尔古纳河右岸》的开头："我是雨和雪的老熟人了，我有 90 岁了。雨雪看老了我，我也把它们给看老了。"古老神秘的鄂温克部落故事由一位饱经沧桑的鄂温克酋长之妻口中不紧不慢地铺展开来，那种浓重的宿命感与沧桑意味可以说奠定了整部小说的美学与情感基调。

研究资料 迟子建

---

① 施战军：《独特而宽厚的人文伤怀迟子建小说的文学意义》，《当代作家评论》2006年第 4 期。

② 文能、迟子建：《畅饮"天河之水"——迟子建访谈录》，《花城》1998 年第 1 期。

三、传奇叙事与"伤怀之美"

说迟子建是传统的、正统的,不仅指其生活哲学与生活美学,而且更是指向她的小说艺术观以及对于小说本质的理解。在当今时代,追新逐异的"另类"小说更好写、更易出名,倒是"循规蹈矩"的小说更难写,更能见作家的艺术能力。迟子建小说观的"正统"和"传统"在艺术层面上就表现为对于"故事"这个小说元素的看重与坚持。她是对"故事"有着信任与感情的人,在她看来,无论小说怎样变化,小说总有某种永恒的、持久不变的东西,"故事"自然也是这种永恒不变的元素之一。某种意义上,她是一个很本分的"讲故事"者,她的小说不太追求"形而上"的思想表情与怪异的文体形式,她总是以最本分、最传统的小说形态与故事形态来打动人、感染人。她的写实能力与叙事能力正

是在这种本分的"故事"中得到了证明。许多人把迟子建视为中国文学的"神话"与"传奇",事实上,迟子建的"故事"虽然重视的是情调、氛围或思想等内在的人文意味,但是从艺术和阅读层面来说,其"故事"的表层形态也仍然是独特而充满魅力的。在我看来,强烈的传奇性、神秘性与日常性、人文性的融合正是迟子建小说的特殊魅力之所在。

迟子建的传奇叙事,通常有"大传奇"和"小传奇"之分。她擅长的是"小传奇",即在普通、平凡的人生中挖掘生活与人性的戏剧性。迟子建小说专注于庸常的人生,但是当庸常的人生在小说中化为"故事"时,就不再是平淡、琐碎、枯燥、乏味的,而是充满了张力与情趣,具有了感性、神秘的"传奇性"。在这方面,迟子建的《旧时代的磨房》《香坊》《秧歌》以及长篇小说《额尔古纳河右岸》等本身就具有鲜明的传奇故事的特质,姑且先不说它。但对迟子建来说,我们更感兴趣的是那些表面形态上没有"传奇"特质,却又有强烈传奇效果的日常态的小说。正是在这样的小说中,迟子建显示了她出众的编织故事的能力以及对于"故事"的特殊嗅觉。在我看来,她小说的"传奇性"首先来自人物的传奇性。她笔下的人物,哪怕在现实中、生活中是平平淡淡的,但他的"前史"都是辉煌耀眼的。《北极村童话》中的"老苏联"和猴姥、《鱼骨》中的旗旗大嫂、《逝川》中的吉喜、《朋友们来看雪吧》中的胡达老人、《秧

歌》中的小梳妆、《东窗》中的李曼云……这些人物的经历、性格和命运在小说中都离奇曲折，充满神秘性。他们的存在与现实中的人生构成了一种对照与呼应，既是小说情节和叙事的一条重要线索，又与小说中的其他情节线构成了张力。其次，迟子建小说的传奇性还表现在其对日常生活中戏剧性情境的敏感捕捉上。她的小说的情节推动点和结构点往往都是能够改变人的命运和生活的大事。《月白色的路障》中的车祸、《蒲草灯》中的杀人事件、《雪窗花》中的换票事件、《索罗河瘟疫》中的凶杀案、《白雪的墓园》中父亲的去世、《逝川》中孩子的出生、《花瓣饭》中父母的晚归、《雾月牛栏》中继父的失手、《亲亲土豆》中秦山的生病、《日落碗窑》中关小明的驯狗、《清水洗尘》中蛇寡妇澡盆的漏水、《世界上所有的夜晚》中魔术师丈夫的死亡、《到处人间烟火》中儿媳的偷情……这些情节点的出现意味着小说中人生的某种"缺失"，意味着生活平衡态的被打破，正是有了这种"缺失"与打破，迟子建获得了建构故事"传奇性"的巨大空间。迟子建的高明在于，她并不纠缠于这种情节的关键点，或仅以此来建构故事的传奇性，而是仅仅把它作为一个起点或背景，她的笔很快宕开，从"外在的戏剧性"转向"内在的戏剧性"，转而追寻或挖掘出另一条隐在情节线，那就是由外在情节引起的人性、情感、意识、心理或灵魂内部的冲突、风暴与传奇。从这个意义上说，迟子建日常生活形态的小说所呈现的都不是一种情节传奇，而是一种人性传奇、精神传奇或心理传奇。

与"小传奇"相对，迟子建也有着对于"大传奇"的追求。她是一个对"故事"很有感觉的作家，既有与其小说温暖、细腻的风格相统一的"日常性故事"或"小传奇"，又更具有宏大叙事面貌的关于历史、自然或文化的"大传奇"。她说："我心目中的伟大作品，就是这种经过了现实千万次的'炼狱'，抵达了真正梦想之境的史诗。一个作家要有伟大的胸怀和眼光，这样才可以有非凡的想象力和洞察力。我们不可能走遍世界，但我们的心总在路上，这样你即使身居陋室，心却能在千山外！最可怕的是身体在路上，心却在牢笼中！"① 迟子建确实是一个具有非凡想象力和创造力的作家，她的"传奇叙事"与她的美

① 迟子建：《迟子建作品精选》，长江文艺出版社 2006 年 9 月。

学追求有着神奇的内在契合，她的传奇不是一种简单的"故事"，或是一种讲故事的方法，而是一种有内涵、有深度的故事美学，是"伤怀之美"的有效载体。

什么是"伤怀之美"呢？迟子建对此有着形象的描述："伤怀之美像寒冷耀目的雪橇一样无声地向你滑来，它仿佛来自银河，因为它带来了一股天堂的气息，更确切地说，为人们带来了自己扼住咽喉的勇气。""伤怀之美为何能够打动人心？只因为它浸入了一种宗教情怀。一种神圣的不可侵犯的忧伤之美，是一个帝国的所有黄金和宝石都难以取代的。我相信每一个富有宗教情怀的人都遇见过伤怀之美，而且我也深信那会是人一生中为数不多的几次珍贵片段，能成为人永久回忆的美。"[①]在我看来，伤怀之美既是个体的、切己的美学体验，又更是一种生命的大美、人性的大美、文化的大美、自然的大美，是一种具有宗教情怀的"大叙事"。

首先，"自然"的传奇化。迟子建是一个"极地之女"，她出生在大兴安岭，对森林、土地、自然有着特别的亲近与敏感。在她的小说中"自然"也是一个重要的精神维度、思想维度和艺术意象。她说："我想我若生为男性，也许就不会成为作家，因为男性往往对大自然不敏感，而我恰恰是由于对大自然无比钟情，才生发了无数人生的感慨和遐想，靠它们支撑我的艺术世界。""大自然是世界上真正不朽的东西，它有呼吸，有灵性，往往会使你与它产生共鸣……我走上文学道路以后，脑海里还时常浮现出童年时家乡的山峦、河流、草滩的自然画面，似乎还能闻到花草的香气，闻到河流的气息；也常常不由自主地想起童年故乡的生活场景，乡亲们言谈举止的方式和表情，他们高兴时是什么样子，他们发怒时是什么样子……一下笔故乡的人、事、景、情就扑面而来。"[②]在她的小说，大自然是一道永恒的背景，与她笔下的人生有着神秘的呼应与对应关系。对迟子建的理解离开了对其自然美学的解读肯定是难以想象的。一方面，迟子建在小说中对自然美的书写是不遗余力的。在长篇小说《越过云层的晴朗》《额尔古纳河右岸》以及《伪满洲国》中大自然的雄奇与壮观就得到

①　迟子建：《伤怀之美》，见《我的世界下雪了》，代序第2页，山东画报出版社2005年5月，第133、137页。

②　迟子建：《疯人院的小磨盘》，新世界出版社2002年10月，第404页。

了充分的展示。另一方面，迟子建笔下的自然又是人格化的、泛神论的、具有灵性与人性的自然，迟子建常常通过自然寄寓其人文情怀与象征性意蕴。《观彗记》《逝川》《鱼骨》《草地上的云朵》《朋友们来看雪吧》等小说中的"自然"背后都有一个传奇性的故事，它呼应的是抒情主体对于生命本身的敬畏与感叹。诚如蒋子丹所言："在迟子建的小说里，天上地下日月星辰山川河流飞禽走兽人，不分彼此互相转换着身份和形体，太阳长出温软的小手小脚；野花中疾驰的马蹄跑成了四只好闻的香水瓶；林子里的微风吹过，水分子像鱼苗一样晃动着柔软的身体游动；江水把自己胸脯上的肉一块块切下，甩向沙滩化为了石子；天空长着眼皮和睫毛，耷拉下来，大地就黑了；人们活着或者死去，后代们绿油油成长起来……突发奇想的意象比比皆是，并无雕琢堆砌的痕迹，在阅读中甚至可以感到其笔墨行进的速度之快，几乎到了不假思索的程度。更多看起来被轻易放过的句子，构成了那些意象的底色，让它们如草甸子上的野花，被青草衬托着自由自在开放。"① 最后，"自然"也是迟子建小说诗意营构的一个重要向度。迟子建是一个感性而诗性的作家，她对日常生活的描写之所以既有现实主义的纯朴形态和气质，同时又有着特殊的美感与情调，就与她善于从平淡的生活中提炼、升华出诗意的能力有关。《白雪的墓园》《日落碗窑》《逆行精灵》《月光下的行板》《微风入林》等小说都因为这种诗意的提升而具有了超越世俗的力量。而本身就具有超世俗性的"大自然"在迟子建的小说中成为诗意的源头就更是顺理成章了。"自然"的诗意在迟子建这里既表现为自然本身的节律、变化、神秘与灵性，在《伪满洲国》《越过云层的晴朗》《额尔古纳河右岸》等小说中气势磅礴的林海、茫茫的飞雪、莽莽丛林、浩浩长河、悠悠云彩无不有着丰富的表情和诗性的韵律，又更表现为"自然"对人的心灵和精神的净化与升华。《越过云层的晴朗》中的梅红与文医生、《逝川》中的吉喜、《额尔古纳河右岸》中的"我"都是在自然面前获得人生的彻悟与灵魂的超度的。

---

① 蒋子丹：《当悲的水流经慈的河——〈世界上所有的夜晚〉及其他》，《读书》2005年第 10 期。

其次，“文化”的传奇化。与自然有关，“文化”也是迟子建构筑其“传奇”艺术世界的重要视角。在迟子建小说中，与对生活和自然“传奇”的表现相一致，作家对风俗礼仪、生存方式、婚丧嫁娶、生老病死、宗教信仰、民族风情、神话传说等等隐含于生活之中的“文化”内容的挖掘与展示同样引人注目。某种意义上，迟子建的小说其实也可谓是一种名副其实的“文化”传奇。《原始风景》《到处人间烟火》《清水洗尘》《东窗》等小说对于日常性、民间性文化内涵的叙述，《香坊》《秧歌》《旧时代的磨房》对于民间文化记忆的挖掘，《越过云层的晴朗》《额尔古纳河右岸》对于少数民族文化以及边地风情的渲染……都使小说不仅具有了深厚的文化韵味，而且也使得小说的温暖的人性向度具有了更深刻的文化依托。在迟子建的小说中，文化不仅是一种仪式或知识，而且是一种生存的依靠，是主人公们命运与情感的根基，它不是抽象的、理念化的，而是具有活生生的人性与灵魂的，因而也就成了小说叙事的逻辑起点。在这方面，长篇小说《额尔古纳河右岸》尤其值得重视。这部小说对鄂伦春人传奇人生的书写，对萨满教以及鄂伦春文化的朝拜式的描写，赋予小说独特的感伤意味与诗情格调。正如迟子建自己所说的那样：“这篇小说中确实有一种超然的态度，我觉得更多的还是悲悯。我很羡慕鄂温克人身上朝气蓬勃的生命观，在他们心中没有什么东西是不可放弃的。来自自然、来自萨满教无我的精神气质，使他们张嘴就唱歌，哪怕不知道唱的是什么，为什么唱，完全是原生态。很多诗性埋藏在他们血液里。除了超然，鄂温克人还有一种巨大的忧伤，这种忧伤不同于都市人的烦躁，这种忧伤很美好，是对生命本身的忧愁，非常自然。”[①]

最后，还要说到的就是“历史”的传奇化。在中国的语境里，作家对于历史的兴趣是一种主流的、不可改变的嗜好，由此而来的史诗追求也是再自然不过的事情。迟子建当然也有着对于历史建构的宏大叙事冲动，并在长篇小说《伪满洲国》中得到了淋漓尽致的演绎。这是一部有艺术野心和追求的作品，也是一部能体现迟子建突破自我能力的作品。作家对伪满洲国历史的方方面面都有

---

① 丁扬：《迟子建：写我所爱乐此不疲》，《中华读书报》2006 年 4 月 14 日。

所涉猎，确有某种百科全书式的气韵与架构，但是小说中的历史又是一种传奇化、文学化了的历史，作家把历史分解成了日常生活的片段，并通过小人物来说历史，通过小人物的衣食住行、生老病死等日常生活图景来透视历史。这样，我们看到，《伪满洲国》中的历史已经被改写：历史的政治性、意识形态性融入了生活的日常性，庞大、抽象的宏大历史主体被分解成了感性、具体的人物个体，冷漠、残酷的历史被替换成了温暖、人性的历史。历史的"大传奇"被人生的"小传奇"丰满、充实了。正如迟子建所说："在写作时我还有一个想法：伪满那一段历史仅仅靠一个'皇帝'，几个日本人，以及历史书上记载的一些人，无论如何是不完整的。而在众多的小人物身上，却更能看到那个时代的痕迹。从社会各个层面的人物身上，你能看到普遍的不满。他们中有这些不满，还有爱情生长，还有婚姻与爱情，以及那些尔虞我诈的东西等。我想应该从他们身上来看这一段历史，所以，我在作品中往往特意让小人物来说历史。"①又说："作家是要靠想象来完成艺术创造的。一部作品如果单单靠史实、靠完全真实的历史及完全真实的人物事件构筑而成，那会是非常匠气的，也没有光彩……我很庆幸我所处的社会环境给我提供了想象的空间。我常想，假如我经历过那个时代，从那个时代走过来，成为一个白发苍苍的老人，再回首往事去写它，我未必会有激情，未必会有那种强烈的表达欲望。恰恰是因为这个时代离我很远，而又发生了那么多惊心动魄的事情，你追忆起来便有了非常遥远又非常亲切的感觉。这大概就是文艺学上所说的审美距离吧。就我的创作来说，这距离给我留下了巨大的想象空间……"可以说，正是这种"距离"意识解放了作家的想象力与创造力，保证了《伪满洲国》的传奇性与美学品格。

总之，不管是"大传奇"还是"小叙事"，迟子建小说的"意象是苍凉的，情调是忧伤的。在这种苍凉和忧伤之中，温情应该是寒夜尽头的几缕晨曦。"②而这正是"伤怀之美"的永恒魅力之所在。

---

① 迟子建：《疯人院的小磨盘》，新世界出版社 2002 年 10 月，第 412 页。

② 文能、迟子建：《畅饮"天河之水"——迟子建访谈录》，《花城》1998 年第 1 期。

四、结语：温暖的限度

面对迟子建，我们实际上是在面对一个文学神话，一个光芒缓慢释放的神话，一个没有爆炸效果以平凡形态呈现的神话。从新时期到现在，中国文学思潮更迭风起云涌，文学"明星"层出不穷。在这样的文学氛围中，一直不显山露水的迟子建能够在"沉默中爆发"，一方面说明在当今时代文学的基本伦理、基本道德是仍然存在、仍然有生命力的，另一方面也说明迟子建的文学才华以及她所建构的文学理想、文学价值确实是我们今天所缺乏的。迟子建始终是一个与世无争的作家，她是朴实的、本分的，甚至是平凡的，她与政治、意识形态语境不但没有什么正面冲突，甚至连产生纠缠的可能性都没有，她也不是一个刻意追求思想和深刻的作家，她没有什么形而上的表情，始终在文学的潮流之外耕耘着自己的文学园地。因此，她建构的文学家园就是一种自足的、原始的、纯粹的家园，别人可以忽略甚至轻视它，却也造就了这个家园的稳定性、安全性与合法性。在我看来，迟子建的意义和价值至少体现在这样几个方面：首先，她的文学创造力以及这种创造力的稳定、持续程度超过了中国当代的很多作家。她虽然少年成名，但一直保持稳定而持续的创作冲动，没有出现创造力中断、疲软的现象，作品的产量和质量都维持在很高的水准上，几乎没有失败的作品。与很多年轻作家的"短命"相比，她文学生命的"长寿"令人感慨；其次，她是一个能够证明文学的底线和最基本力量的作家。她是一个能够抵御外界诱惑与干扰的作家，是一个具有很强文学定力的作家，她与文学的关系基本上是一种本能的关系，从走上文学道路那天起她的文学自我就已确立了，其强大的程度足以抵抗一切。与中国文坛众多朝三暮四的作家相比，迟子建的自我是封闭的，甚至是迂腐的、顽固不化的、不可改变的，但也绝对是形象鲜明、异常强大的。在这个意义上，迟子建是一个真正建构了自己的个体性的作家，是一个能够凭自我的力量与他人区分开来的作家，她是中国文学领域的"农妇"和劳动模范，始终坚持基本的文学元素，始终坚持"手工劳作"，从来没想到用奇招、怪招取胜，但是唯其如此，文学的魅力才在她这儿得到了淋漓尽致的表现；再次，迟子建还是一个有信仰的作家。在中国有信仰的作家实在是太少了，迟子建的魅力显然得益于她的信仰。这里所说的信仰不是宗教和政治意义上的，而是日常意义上的。迟子建的信仰是一种对文学本身和生活本身的信仰，这种信仰决定了她的价值观与文学观。她信奉真善美，始终坚持文学应给人温暖，抚慰人的心灵和精神。她对人性善的表现，对于生活诗意的提炼，在展示人的内心力量、维护文学的基本品格的同时，也使其小说具有了某种近乎宗教的气息。

在当今的中国，如果要评一个温暖、阳光的文学形象大使的话，迟子建可谓当之无愧。迟子建的温暖的信仰既是文学本性和本质的展示，又是文学形象、文学魅力和文学永恒性的一种证明。但是文学从来就是复杂的，混沌的，多向度的。迟子建式的温暖是对于文学的提纯或透明化处理，因而不可避免地也会带来文学其他品格或向度的流失与被遮蔽。迟子建是一个坚定的人道主义者，她小说的温情一方面是人性和生活本身赋予的，她从人道主义的立场出发对于人性和生活做出的善意的解释是合法、正当的，也是符合生活与人性逻辑的；另一方面又是由叙事主体的同情心、善良本性和儿女情长"强制性"制造的"神话"。迟子建的小说对暴力、血腥、残酷有一种本能性的拒斥与回避，但是她没有意识到，她虚假的人性承诺，乌托邦化的诗性提升，实际上也正在制造一种新的"叙事暴力"。首先，乌托邦化的对于人性善与生活诗意的表达以及温情神话有可能恰恰造成对生活真相与复杂性的遮蔽。温暖有时恰是一种麻醉剂，它削弱了文学的批判性，并使作家在对"现代性"的认识上陷入了简单的"反现代性"的怀旧与感伤思想中。其次，迟子建的温情叙事暴力，对生活与人的解读有很强的主观性与理想主义倾向，这种简单化、单向度的表达不仅会影响作家认识现实、反映现实的深度，造成对生活逻辑的武断撕裂和虚假的生活幻象，而且不可避免地会带来文学思维的盲区以及文学表现的模式化。再次，迟子建式的"叙事暴力"，某种意义上也是其小说具有某种中庸风格的原因，总体上看她的小说结构较散漫，情绪比较节制，在给人温暖的感动时，也似乎使文学失去了那种野性、狂放、尖锐的酒神精神与悲剧力量。这大概就是温暖的限度吧。

原载《钟山》2007年第4期

迟子建小说论

韩春燕

迟子建的小说，如今论说者众多，本文试图从几个新的路径，完成对迟子建小说的解读和发现。

一、逆向飞翔：对童年和家园的怀想

一片神奇的土地注定要孕育出一个它的代言者，迟子建被北极村的山林流水孕育，被中国北方的日月精华喂养，从小与鸟兽虫鱼为伴，与雨雪云霞私语，她的心性，她的情怀，她的美学眼光，早已是注定的了。

一般论者认为，迟子建早期是以少女情怀，进行着"北极村童话"的儿童视角书写，后来成熟了，走出了童年和童话，走向了现实生活中的普通人生。其实童年是无法走出的，它是沉在血液里，渗入灵魂中的，它总在不知不觉中支配着人们的情感、思维和行动。有许多作家一生都在书写着童年，书写着童年的经验和感受，迟子建也不例外，只不过在她后期的小说中，童年视角由显性变成了隐性，童年的经验和感受如"北方的盐"，雪般融化在文字和情感的肌理中了。迟子建自从走出了生理上的童年，走出了家园，她其实就一直在渴望着返回，一直用文字努力地靠近那个经验的时空，她像一个逆行的精灵，穿越成长的苦闷，穿越城市的红尘，奋力飞向童年、家园，飞向那个遍地神灵的所在。

（一）从童话到隐性童话：《北极村童话》的原始文本意义

巴乌斯托夫斯基在《金蔷薇》中说："对生活，对周围的一切富有诗意的联想，都是童年时代给予我们的最伟大的馈赠。在悠长而严肃的岁月中，如果谁不忘记自己的童年，他就是一个诗人。"

童年经验从生命底处规定了一个人的全部生活，作家（诗人）与其他人的区别就在于他始终怀有童年的记忆，并且，在心灵上，他的一生将永远是童年世界的扩大和延续。

迟子建就是这样一个作家。

北极村应该是迟子建的福地，她的童年和文学生命是这个大兴安岭山脉北麓，有着白夜和极光的临江小镇给的，只有这个古风纯朴、静谧清新、景色宜人的中国最北的村落，才能赋予她丰富的想象力和一个童话的世界。

迟子建是带着《北极村童话》，从大兴安岭走上文坛的，《北极村童话》作为她文学生命的肇始，宿命般成为她后来所有文学作品的底色，可以这样说，迟子建后来的所有文字都是在不同路径上的向"北极村童话"的一次逆向飞翔。

迟子建的童年是寂寞的，姥姥家的"街上只有三个小孩"，而这三个孩子却因为种种原因不能在一起玩耍，她的伙伴是一条叫"傻子"的狗，她每天打交道的是鸡鸭蚂蚱蝈蝈蝴蝶和鸟，是云霞星星月亮和梦。她所受的文化熏陶除了民风民俗就是神话和鬼怪故事。寂寞的孩子是敏感的，因为寂寞她才注意观察周围的一切，因为敏感她才被那些草木的枯荣、雨雪的更迭打动，对月亮星星充满冥想。爷爷的后花园曾经安慰了北国才女萧红的寂寞童年，而姥爷的菜园子因有着那些美丽的生命也给迟子建的寂寞童年增添了乐趣。也许是童年的记忆太深了，让她对童年的故事和感受说也说不完，她不自觉地延续着《北极村童话》的儿童视角叙述着，童年视角使迟子建觉得清新、天真、朴素的文学气息能够像晨雾一样自如地弥漫，她觉得这个视角更近乎"天籁"，天籁让迟子建沉湎于童话的世界无法走出，《东窗》《北国一片苍茫》《从山上到山下的回忆》等等都是在以孩子的眼光描述着这个世界。

然而，孩子眼中的世界也不是完美的，落寞惆怅的温暖、美丽缱绻的苍凉是迟子建小说一直的美学追求。从《北极村童话》起，迟子建的"童话"就弥漫着忧伤，充满着遗憾：那个爱讲鬼怪故事的猴姥有着惨痛的身世；那个热情灵巧的"老苏联"被丈夫儿子抛弃，孤单地活着，寂寞而凄凉地死去；姥爷隐藏着儿子死去这个痛楚的秘密，"我"寂寞的童年里，伙伴只有一条狗……

这种忧伤的童话迟子建一直讲述着，《东窗》中最美丽的女人——"王妃"李曼云在寂寞等待中花开花落的一生；《北国一片苍茫》里芦花的泪水；《从山上到山下的回忆》中安乐的悲剧；《岸上的美奴》里美奴的痛楚；《罗索河瘟疫》中领条的苦恼；《麦穗》中忧伤的紫色披肩，成长的烦恼，夭折的爱情；《疯人院的小磨盘》里那个被家族精神病阴影笼罩着的，生活在另一个世界里的孩子……

迟子建把这种忧伤的童话延续到了几乎所有的各种题材的小说里，只不过童话已由《北极村童话》式的显在，变成了隐性，迟子建仍固执地在对历史传奇和现实生活的描述中，置入了她割舍不下的，生长在她的灵魂里文字中的"童话"。

《清水洗尘》中她讲述了北疆一个小镇上一户人家洗澡的事。十三岁少年天灶在年关"放水"的日子里，渴望自己拥有一盆清水，而这个愿望却一直被家人忽略着。当天灶为别人烧了五年水，终于真正为自己烧水时，那原本枯燥单调的烧水过程，在一瞬间，变得那么美好，那么富于诗意，锅里沸腾的水，也不再是炎夏的知了单调枯燥的叫嚷，而是热情洋溢的歌唱。窗外寂静无声的寒夜和经久不息的星星，和着天灶自编的旋律，此时也变得格外美妙动人了，他甚至觉得星光还特意化成皂角花撒落在了那盆清水中了。而《日落碗窑》中想要把爱犬培养成杂技明星的关小明和执着地要在砖窑烧出泥碗来的爷爷以及最后那只"仿佛是由夕阳烧成的"，给王张罗一家带来福气的"金红色的碗"，无不具有童话色彩。《采浆果的人》中的第一句话就奠定了话的基调："金井的山峦，就是大鲁二鲁的日历。"尽管在小说中揭示了人们在金钱诱惑下的短视，但美好而苦命的苍苍婆，可爱的弱智孤儿大鲁二鲁，给精灵做小衣服的、心灵手巧的王一五，他奇怪的爱画画的儿子豆芽以及对采摘浆果的描绘，却分明是童话的氛围，童话的色彩。《青草如歌的正午》就是一个童话，童话里是那个草编的世界，那个痴情的男人。《踏着月光的行板》那对来自底层的夫妇，他们虽然在月光下不断失之交臂却拥有着童话般的爱情。甚至在近期公认迟子建创作风格发生大的转变的《世界上所有的夜晚》中，在对现实的丑恶和人生的辛酸与疼痛进行展示的时候，也隐现着童话的色彩和韵味。陈绍纯漫天大雪般的歌声，"我"对魔术师的深情，云领的戏法，三山湖的焰火，七月十五沿着清流可一路走到天河的河灯，精灵般从亡夫剃须盒飞旋而出的蓝蝴蝶……它们无不在昭示着，迟子建心中有一块地方，她是永远也走不出的。

她2005年底出版的长篇小说《额尔古纳河右岸》①干脆就是一篇被现代文明摧毁的鄂温克人的童话。

由于这种童话色彩，迟子建的小说便充满了孩子气——叙述主体与小说人物的孩子气，这种孩子气从《北极村童话》逶迤而来，绵延不绝。《北极村童话》叙述主体无疑是孩子气的，因为她就是一个七岁的小女孩，而姥姥的赌气、"老苏联"的歌谣和游戏、猴姥讲鬼神故事时的表演无疑也都是有几分孩子气的。叙述者儿童化和人物儿童化的特点在她以后的小说中屡见不鲜，已经成为一种稳定的美学风格。

"如果你在银河遥望七月的礼镇，会看到一片盛开的花朵。那花朵呈穗状，金钟般吊着，在星月下泛出迷幻的银灰色……你的灵魂却首先闻到了……一缕凡俗的土豆花香气。你不由得在灿烂的天庭中落泪了，泪珠敲打着金钟般的花朵，发出错落有致的悦耳的回响……"这是小说《亲亲土豆》的开篇文字，作者将一对农民夫妇土豆一样纯朴的爱情置入一个空灵浪漫的时空中，土豆在小说中被赋予了感情和灵性，土豆花能"张开圆圆的耳朵"，听着天上人间的对话，土豆会像个孩子似的跟着大人的脚。而《蒲草灯》中，作者一开始就用"跟着我逃跑的，有我的影子，还有阳光。阳光跑起来不像我那么张皇失措，它纤

---

① 2005年在《收获》（双月刊）第6期发表后，于12月份由北京十月文艺出版社出版。

细光亮的脚灵巧而充满活力，一派从容，看来没有犯过罪的脚跑起来才是自如的"这样的句子叙述，使这个逃犯充满了孩子气。《世界上所有的夜晚》也是以"我想把脸上涂上厚厚的泥巴，不让人看到我的哀伤"这样的句子开端的，它让我们对女主人公充满怜爱。《青草如歌的正午》中"陈生坐在木墩上，垂着倭瓜似的扁圆的头，十分卖力地编着缝纫机。由于编得不顺利，他先是骂手中柔韧的青草是毒蛇变的，然后又骂正午的阳光像把钢针一样把他的头给扎疼了。后来只有只蜜蜂落在他的肩膀上，他就歪过头觑着眼对蜜蜂说：'你蜇呀，蜇完我你也就小命没了。我又不是花，满身的盐气，弄得你死时连点甜头也尝不着，你要是觉着合算，就蜇呀？'……他嗅到了一股咸腥的气息，使他怀疑自己变成了一条大鱼。他摸了摸自己的身体，并没有鳞片出现，他放心了。后来他想到自己弄皱了被单可能会惹得杨秀不高兴，就用双手抻着被单用力抖了抖。不料那被单太旧了，纤维已经磨薄，他不慎将其抻破了。透过这道口子，他看见天边有几颗闪烁的星星，它们就像萤火虫一样朝他扑来。陈生'咦喝'了一声，说'我今晚不想要亮儿了，你们去别人家发光吧。'"

在迟子建小说中，人物和叙述者一样是充满想象力的，孩子般奇幻的想象，使他们无比可爱。而比喻是迟子建小说文本中最普遍，也是展示人物想象力的最好的修辞。像"杨秀的肚子仍然瘪瘪的，因消化不良常常发生咕咕的叫声，陈生便怀疑她怀了一窝鸟"（《青草如歌的正午》）；"陈生说着说着，眼泪就像被轰下山岗的一群羊一样冲下来"（《青草如歌的正午》）；"他想一定是他在水中挣扎时，裤子充当了叛徒，从他肩头跳下来逃跑了……他们坐在河滩上，一个接着一个地打着寒战，想着青鱼河要的是一条大青鱼就好了，他们会从家里拿来斧头，把它砍得血肉横飞、断肢解体"（《采浆果的人》）；"夕阳的余晖正想闯进屋子，不料被那女人身体给挡住了，那金色的余晖只得像被猎人降服的老虎一样夹起尾巴俯地而过，而那站在余晖之上的女人则像海面上的红帆一样炫目逼人"（《月光下的革命》）；"他想……炉火是个什么东西，它不就跟那些生性浪荡而美丽的女人一样，不停地用温暖和热情诱惑你，而结果是把人弄得越来越没力气吗？所以烤炉火的人总是精神萎靡地打呵欠，那时候他们放的屁都是蔫的"（《换牛记》）；"然而霉运又像乌鸦一样地在半空回旋了，这次乌鸦落到了我家屋顶，它从窗口钻了进来狠狠地踩了西西一脚"（《麦穗》）。

迟子建在小说中塑造了一群孩子气的成人形象，他们爱用花草鱼虫星星月亮动物什么的作比喻，他们的言行可笑而又不乏可爱。他们有《从山上到山下的回忆》中尝试用一只眼睛流泪的安世贞，有《东窗》中生不逢时的"英雄"苏鸿达，有《秧歌》中爱吃茴香馅饺子的洗衣婆，有《清水洗尘》中自我感觉良好的奶奶，有《鸭如花》中与鸭子相依为命的徐五婆，有《日落碗窑》中固执的爷爷、离不开小人书的关全和和生活一塌糊涂的王张罗等等。这些成人身上的孩子气与《北极村童话》中姥姥、姥爷以及猴姥、"老苏联"身上的孩子气是一脉相承的。

我们在迟子建返回"北极村童话"的诸多篇什中，在她显在的儿童视角和隐性的儿童视角里，总可以见到这样一些"原型"。

孩子。《北极村童话》后，迟子建创作了大量的以孩子为主人公的小说，即使那些不是以孩子为主人公的小说，也在故事中为孩子安排大量的戏份。《雾月牛栏》里执意和牛睡在一起的宝坠，《日落碗窑》里热衷于杂耍顶碗的小明，《清水洗尘》里执着于用清水洗澡的天灶，《逆行精灵》中天真未凿的活泼的小豁唇，《采浆果的人》中喜欢举着自己的画到处走的豆芽，《岸上的美奴》中为舆论杀母的美奴，《北国一片苍茫中》失去亲人的芦花，《从山上到山下的回忆》中笨而好学的安乐，《麦穗》中憨厚懂事的哥哥麦穗、刁蛮聪明的妹妹西西，《疯人院的小磨盘》中想法怪异的小磨盘，《秧歌》中好奇、大胆的会会，《腊月宰猪》中连着蹲级的齐小放，《遥渡相思》中父母双亡的孤寂少女得豆，《世界上所有的夜晚》中不幸的蒋三生和云领，《五丈寺庙会》中善良的小男孩仰善、纯情的小女孩雪灯……他们组成了迟子建小说一个阔大的孩子的世界，这个世界有阳光明媚的时刻，也有阴雨连绵的日子，迟子建在书写孩子们纯净而美好的心灵时，并没有忘记去揭示他们复杂的情怀和成长的疼痛。

狗。迟子建像钟爱孩子一样钟爱着狗。《北极村童话》中有一条充满灵性的忠诚的狗——傻子，在后来的许多小说中，迟子建都在满怀深情地书写着这条狗，只不过"傻子"在这些文本中或化身为斜阳（《从山上到山下的回忆》），或化身为阿黄（《越过云层的晴朗》），或化身为冰溜（《日落碗窑》）、小夏（《原始风景》）了。这些狗都像"傻子"那样通人性、有爱憎，但它们又都如同"傻子"一样不幸，"傻子"在《北极村童话》中，"戴着沉重的锁链，带着仅仅因为咬了一个人而被终生束缚的怨恨，更带着它没有消泯的天质和对一个幼小孩子的忠诚，回到了黑龙江的怀抱"，而斜阳被人谋杀了，阿黄九死一生，冰溜瞎了一只眼睛，小夏殉情绝食而亡。对狗的执着书写，表现出了童年在迟子建心中种下的一个情结，一样情怀。

老妇。迟子建的文本中有许多老妇形象，她们不断延续着《北极村童话》中的姥姥、猴姥和"老苏联"一脉。《沉睡的大固其固》中的媪高娘，《逝川》中的吉喜，《白银那》中的卡佳，《鱼骨》中的旗旗大婶，《罗索河瘟疫》中的接生婆，《采浆果的人》中的苍苍婆，《鸭如花》中徐五婆，等等，她们都正直、能干、善良、热心、达观，有的甚至在生存困境中不乏勇敢坚毅，往往成为某个家庭或某个事件的核心和主干。迟子建对这些美好的东北老年妇女的塑造，无疑来自童年对姥姥和姥姥身边一些老年妇女的耳濡目染。

另外《北极村童话》中姥爷的菜园子作为一个"原型"，也经常进入迟子建下意识的描写之中。《洋铁铺叮当响》中，赵孝仁家"园子中的各种青菜被七月的阳光照耀得更加油绿。蜻蜓和蚂蚱在菜园中或飞或蹦，而蜜蜂则看中了刚刚绽放的豆角花，将豆角花挑逗得终日魂不守舍，姿容憔悴"。后来，"菜园中的豆角长得小刀一般长了，金黄色的倭瓜在攀缘的藤蔓中一天天变得沉甸甸起来。大白菜慢悠悠地卷心，而圆鼓鼓的大头菜正团团抱心。刚出土的土豆又白又胖，大蒜和毛葱的苗已经泛黄了"。而《原始风景》中，傻娥家也有着闪着金光的"秋天的后菜园"。另外，《北极村童话》中的雨雪、云霞、月亮、星星等意象也不断地斑斓呈现在迟子建另外的小说中。

诺贝尔文学奖获得者，法国新小说家西蒙曾说过，"过去的小说是对非凡经历的描写，现代小说则是对经历的非凡描写"。这句话显示了对想象与虚构能力、如何表达的推重以及现代意义上的小说文体意识，而小说文体意识就是语言文字意识。迟子建从北极村童话走来，她的想象力与虚构能力在不断加强，她的艺术表现能力也在不断提高，童年的经历（有形的和无形的）就像一个潜在的宝藏，她在以各种方式完成着对它非凡的描写。

总之，"北极村童话"中的一切，看得见的物象和看不见的心情与氛围，都已化作美丽的蝴蝶，它们飞越时空的阻隔，不断翻跃在迟子建文字的园地里。

迟子建的写作无疑体现着一种回归的努力，回归"北极村"，回归"童话"，也许已经成为她写作的宿命，而"北极村"与"童话"已经成为一种象征，一种美好和纯洁，一种温暖和爱，一种伤痛与缺憾……

在这个意义上，《北极村童话》具有原始文本的意义。

（二）在封闭与敞开之间：迟子建小说中的有机时间与毗邻关系

巴赫金在他的《小说理论》中曾阐述过，不论田园诗的各种类型及其变体多么不同，共同点"首先表现在田园诗里时间同空间保持一种特殊的关系"，人的生命时间是一个固定空间里的时间，这个空间就是被称作家乡的那个地点，那个地点具体的山水田野树木房屋。在这里"摇篮和坟墓接近并结合起来"，在这里，生活及其事件对地点有着"一种固有的附着性、粘合性"，"地点的统一导致了一切时间界线的淡化，这又大大有助于形成田园诗所特有的时间的回环节奏"。无疑，这是一种有局限性的生活。而田园诗的另一特点，就是"它的内容仅仅严格局限为数不多的基本的生活事实。爱情、诞生、死亡、结婚、劳动、饮食、年岁"——这就是田园诗生活的基本事实。最后，与第一特点密切相关的田园诗第三特点，是人的生活与自然界生活的结合，是它们节奏的统一，是用于自然现象和人生事件的共同语言。[①]

迟子建的小说无疑属于田园诗的一种，她对于家乡执着的描写，对那里山水草木生灵的深情，印证着她小说的田园诗性质。在她的笔下，北方家园的人、动物、植物，星星、月亮、雨雪、云霞，一切有生命和无生命的事物，都自然而然地绽放着诗意。小说的书写内容也没有跳出那块土地上人群的爱情、诞生、死亡、结婚、劳动、饮食、年岁这些田园诗生活的基本事实。迟子建小说中的故土是打开着的，但也仅仅是打开了一条缝，吉爱走出去了，又回来了，她回

---

① 巴赫金.小说理论［M］.石家庄：河北教育出版社，1998.

来并不是受到了外面世界的伤害，而是压根儿就不觉得外面世界怎么好，在她眼中城市"到处是汽车和行人，人住的地方不宽敞，空气不清新"（《银盘》），而家里的亲人、猪、鸡、场院，村前的小河和麦子成熟的气息对她的诱惑远远超出城市（在对待城市的态度上，迟子建小说中的人物与孙惠芬小说中的人物明显不同，辽东半岛的乡村因为沿海，他们的生活一直是打开的，没有北疆乡村长久以来的封闭和自足，长久的封闭和自足容易形成更具传统意味的心理机制）。在迟子建的笔下，故乡虽被现代文明打开了一道缝隙，也印上了些许破损的痕迹，但还基本上维持着它自足的古老的田园诗性质。《白银那》中的乡长"一辈子最不喜欢听'恨'这个字"，他原谅了因在汛期将盐提价而致使妻子卡佳丧命的马家，并对众人说："他们也是咱白银那的人，我相信他们以后会变的……"而马家夫妇最后不但把盐送到了每家每户的门前，还亲自为卡佳送葬。《洋铁铺叮当响》中，赵孝仁一家虽经过了女儿丽晶爱情的波折和儿子外出的不顺，但结尾处六只大白鹅在食槽前构成的六朵洁白的大花瓣，像怒放的芍药花一样预示了生活又恢复了它先前的平静和美好。

迟子建的小说叙述是健康自然的，小说中的事件一般都是按照自然界的回环时间来安排的。我们知道，在小说中，人们可以粉碎物理学意义上的时间的压制，而处于现实中不可能有的自由的时间状态，也就是说可以宰割时间。小说时间具有故事时间和叙述时间这两个相关联又相独立的系统，而构成小说时间的框架是叙述时间，故事时间只能落入这一框架任叙述时间游戏。而迟子建小说的时间观就是春去秋来，就是雨停雪至，就是日月轮回，就是草木枯荣，就是大江的封冻与开冻。在她的小说中，人们的生活完全与自然界的生活统一，人的日常生活节奏就是自然界的节奏。《东窗》中的时间标志是胭粉豆花在东窗下一次又一次地花开花落，乡间的故事在这花开花落间上演着，女孩子的故事也在这花开花落间绽放和凋零。胭粉豆花开在文中是和女孩子们手忙脚乱地把指甲染成晚霞模样以及母亲们对她们作践饭碗的责怪声联系在一起的，胭粉豆花开的时候，是女孩子们甜美的青春绽放的时候。但自然界每年一度的花开，吸引来的却不是恒定的女孩子，东窗的花开花落淘洗了一茬茬的青春，老去的女子不再有兴趣染指甲了，她们在乡村庸常的故事中指甲已经"渐渐失去了往昔的光泽"，变成了青色。在《东窗》中，乡间人们的日常生活随着胭粉豆花开落的节奏进行着。《沉睡的大固其固》中，故事在"又是一个冬天。又是一个冬天中日落的时刻了"中开始，在"又是一个冬天中的一天。又是日落的时刻了"中结束。《葫芦街头唱晚》中的故事只能在每天的日落景色中展开，《雾月牛栏》中宝坠的故事和命运与那些飘雾的日子密切相关。在长篇小说《额尔古纳河右岸》中，作者干脆用"清晨""正午""黄昏""半个月亮"这样的自然界的回环时间来组织全篇。在迟子建的文学北国，人们在开江的时候打鱼，在封冻的时候猫冬，在春天来的时候播种，在秋天来的时候收割。他们就像生长在大自然中的灵性植物，本身就是自然的一分子，喜怒哀乐、生老病死，琐碎的庸常的故事，只不过是自然界中如期上演的节目。

迟子建在以田园诗方式解决小说时间问题的基础上，使日常生活诸因素经过改造变成举足轻重的事件，并且获得了情节的意义。

正如巴赫金所言："田园诗生活的真正有机的时间，在这里与城市生活忙碌而零碎的时间，或者甚至同历史时间，形成了对照。"[①]迟子建的小说让我们感受到了，这种"与城市生活忙碌而零碎的时间，或者甚至同历史时间"相"对照"的田园诗生活的有机时间。

表现毗邻关系是迟子建田园诗小说中一个重要的主题。田园诗中不可缺少的是孩子与大人的关系，男人与女人的关系，男人与男人的关系，女人与女人的关系，人与动物、植物与自然万物的关系……所有这些关系都是在小说的"有机时间"里形成并存在着的，因为这些相互纠结的关系的存在，才有了乡村生生不息的故事发生，才有了生活在关系中的人的有声有色、充满趣味的日子。

《北极村童话》中，孩子迎灯的世界是由和大黄狗"傻子"、姥姥、姥爷、小姨、猴姥、老苏联，以及菜园子、鸡、猪、雨雪、花鸟、星星、月亮、蜻蜓等等的关系构成的，她的喜怒哀乐都与这种关系以及这种关系的变化相关。与"傻子"的友谊和对自然景物的想象，安慰了她因无法和其他儿童建立关系而寂寞的童年，与"老苏联"的交往，让她在北极村的日子里拥有了一个温暖、

---

① 巴赫金.小说理论［M］.石家庄：河北教育出版社，1998.

神秘的去处和一份惦念，而这种交往的不被允许又使她委屈、苦闷、忧伤。人是关系中的存在，小小的迎灯就体味了关系带给她的欢愉和苦痛。最后，老苏联死了，"傻子"回归了江水，她被家人接走了，关系结束了，然而，北极村这个"苦涩而清香的童年摇篮"连同那段温暖而疼痛的日子已经深深刻印在了她的生命深处。

不仅《北极村童话》整篇小说在描写一种关系，迟子建的许多小说都在关系中存在着。《银盘》写的是吉喜和虎头的关系，而吉喜和虎头的关系又与城市和乡村的关系密切相连。《岸上的美奴》写的是母女之间的关系以及男人和女人的关系。《逝川》写的是男人女人之间的关系和乡邻之间的关系。《原野上的羊群》写的是父子之间的关系、姐弟之间的关系、夫妻之间的关系、母女之间的关系、雇主与雇工之间的关系、养父母与养子的关系……

"吃与喝在田园诗里要么获得了社会性，更常见的则是获得家庭的意义，通过饮食把不同辈分的家人、不同年龄的家人聚合起来。"① 田园诗小说中的家庭聚餐是一种关系集中的场景，集中展现的不仅是家庭内部的婆媳、夫妻、母子、父子、兄弟姐妹的关系，它还将家人与外界的诸多关系牵连到一起，这使乡村的就餐场景为各种毗邻关系的汇集提供了机会。迟子建的《北极村童话》《洋铁铺叮当响》《花瓣饭》等小说中的乡村饭就具有这样的意义。"在田园诗典型的是饮食同子女的毗邻关系，这一毗邻关系里渗透着生长肇始、生命复苏的意思。孩子在田园诗里常常是性行为和妊娠的升华结果，与生长、生命复苏、死亡相关连（孩子和老人，孩子在坟墓上游戏等等）。孩子形象在这类田园诗中的意义和作用巨大。"② 在乡村，人如同庄稼一样，当一茬老去、消失的时候，永远会有另一茬孩子鲜活地成长起来，生命在乡村周而复始地循环着，而乡村的活力、生机与希望，永远是因为有那些成长起来的孩子们。孩子是迟子建田园诗小说永远忘不掉的书写对象，迎灯、麦穗、西西、小福子、宝坠、天灶……他们已经构成了各具神韵的乡村儿童系列，在迟子建的小说中，这些孩子在各

---

① 巴赫金：小说理论［M］．石家庄：河北教育出版社，1998.

② 巴赫金：小说理论［M］．石家庄：河北教育出版社，1998.

种毗邻关系中正幸福着、忧伤着、疼痛着、懵懂着，但他们注定是在成长着。

诚然，乡村各种和谐的毗邻关系在当下正在被破坏着，这一点，迟子建的小说里也有所展示。《鱼骨》中那条几十年前可以用麻绳捕鱼的江，在几十年后，"像女人过了青春期，再也生不出孩子来了"；《岸上的美奴》中女儿冷静地将有病的母亲推到了江中；《白银那》中马家在鱼汛来时抬高盐价；《世界上所有的夜晚》中女人的"嫁死"……在迟子建的小说中，田园诗已有了一丝瓦解的迹象。而在 2005 年底出版的长篇小说《额尔古纳河右岸》中，迟子建无奈地呈现了由于现代文明的剿杀，鄂温克人的田园诗在历史的密林中彻底消失的悲剧。

这，注定要使迟子建对童年和家园的逆向飞翔充满了沉重和疼痛。

二、沼泽中的芳草：迟子建小说的另类英雄叙事

日常化的生活在迟子建那里有着无与伦比的意义。

"我就是要写日常的历史，因为小说就是日常化的生活。我觉得我们应该从日常化的生活当中看出后面的历史，而不是像以往的一些历史小说，一开始就把历史的布景放在那里，所有的人物都像皮影戏一样，被作者操纵着。相反，应该是这些人物在前台表演，我们不要过重的背景，而只是让人物自己充分表演，就能从中看出时代的痕迹。即使写大人物，也要通过他的日常生活来表现，而不是让他在舞台上演讲。我觉得历史人物应该这样来写。生活流也是靠这些编织起来的。在我看来，一个细小生活事件，既能打断历史波流，也可能加速历史的前进。我觉得思想化的、个性化的东西其实就是包含在日常生活的每一个细节当中。"[①]

历史是被日常化生活左右着的，历史小说的历史，就是要用日常化的生活表现的。这是迟子建的历史观和历史小说观。同时，对日常化生活的书写也是迟子建的文学观，她在历史小说以外的文学作品中也在践行着这一原则。

---

① 迟子建，周景雷. 文学的第三地 [J]. 当代作家评论，2006.

与她从日常化生活着笔的写作原则密切相关的，是她对小人物的偏爱。迟子建的笔下没有叱咤风云的大人物，小人物一贯是迟子建作品的主人公。这些小人物在迟子建的文学世界里鲜活着，他们在庸常的生活中坚忍、乐观，至为着某一种信念可以忍受许多人难以承受的磨难和牺牲，在平凡的他们身上有着一种神性的光辉。《沉睡的大固其固》中年轻时就守寡的媪高娘只是一个做豆腐的老太太，为了拯救镇子和镇子里的孩子以及那个总是捏老鼠的魏疯子，自己出钱请全村人吃还愿肉，甚至"死前的一刹那间，她还在内心里深深地祈求着，不要把这灾祸带给孩子、带给小镇，让她一个人顶了吧"。《白银那》里那个美丽不再的混血女人卡佳，直率能干，为了使鱼免除腐烂，不辞劳苦地去远山采冰，最后死在半路上。《鱼骨》中的旗旗大婶被男人抛弃后仍乐观坚强，光棍儿老开花袄爷爷只因为"是女人把我带到这世上的，不能亏待了她们"，就收养那些没儿没女的老太婆，为她们养老送终。《逝川》中的热情能干而又孤独的老渔妇吉喜，为了给人接生，宁愿冒着捕不到泪鱼而身临灾难的危险。《采浆果的人》中为瘫痪的丈夫陪葬了青春的苍苍婆，善良、乐观、时刻为别人着想。《盲人报摊》中的盲人夫妇吴自民、王瑶琴，不仅自食其力，而且热心助人，对生活充满憧憬和信心。《伪满洲国》中的罗锅子被日本人抓去当劳工，忍受一切屈辱活下来，就是为了能够回去和老伴儿团圆。《鸭如花》中的徐五婆以她的爱心、温暖、理解和同情不仅使年轻的逃犯得以到父亲坟头悔罪，还最终使他安心自首。《额尔古纳河右岸》中的妮浩萨满为了履行自己救人的职责，一次又一次地舍弃自己的亲生骨肉……

　　迟子建说："这些人既是社会存在的基础，也是支撑社会发展的主要力量。这些人物放到文学作品中，在他们的身上有一种气场，他们的身上汇集了很多的信息，能够感染和渲染时代的气氛。我们不是说英雄已经过时，而是要说明，过去那种高大全式的人物已经被实实在在的小人物替代了，所以他们应该是'新英雄'。"[1]

　　这就是迟子建的英雄观。曾经，我们头脑中"英雄"这个能指所指向的是

---

① 　迟子建，周景雷．文学的第三地 [J]．当代作家评论，2006．

一个不食人间烟火超凡脱俗的"特殊材料"，这样的英雄脱离了琐碎庸常的生活，脱离了"低级趣味"，甚至也脱离了一个血肉之躯必然的生存需求，他们的生命被人为地剔除掉了细节和温度，成为一种符码、一个象征。这样的英雄尽管闪烁着理想的光辉，但可敬而不可爱，芸芸众生对他们只能仰视而永远无法抵达。但一段时期以来，人们的美学观念发生了变化，崇高美学让位于平凡美学，文学作品中开始还原英雄作为普通人的庸常性。当然也有作品在书写英雄平凡一面的时候，有故意矮化和丑化的倾向，但总的来说，这种平凡美学毕竟对崇高美学进行了一种补充，它让人们看到了英雄作为"人"的另一面，让人们看到了自己抵达的希望。迟子建不是赶潮趋时的作家，她出道以来就一直坚持着对那些日常生活中小人物身上"神性"的发现和挖掘，表现他们的在困境中所焕发出来的美好。迟子建笔下的"新英雄"是一种"高效仿式的英雄"，他们本身只是普通人，却带有一种高贵的品格和魅力。正如托尔金所说："英雄主义乃根植于顺服和爱，而非骄傲和意愿。"这种"新英雄"是一种来自日常生活中的品性，它能够开启每个普通人日常生活中的"宗教情怀"。

明朝艺术大师徐渭曾经写过一幅草书诗轴，诗云："一篙春水半溪烟，抱月怀枕斗眠。说与旁人浑不识，英雄回首是神仙。"迟子建笔下的"新英雄"虽然没有这个渔夫在水边的逍遥，也没有传统英雄人物慷慨悲歌的情怀和惊天动地的事业，但在默默的生存和苦难的萦绕中，他们表现出了令人尊敬的韧性和达观，表现出了人性中最光彩的仁慈和爱。他们是平凡的，甚至是不幸的，但他们更是快乐的、伟大的。

迟子建在散文《晚风中眺望彼岸》中抒发自己面对新世纪来临的心情时写道："我在香火缭绕的寺庙中叩头祈祷的一瞬，内心里满是人间烟火的事情，脱离凡尘于我来讲似乎是不太可能的事情。"将目光投向凡俗，投向芸芸众生，关注人间烟火和烟火中的生命，看来也将是迟子建未来的选择。

在中国当代作家美学观念发生转变的今天，迟子建的美学选择恰巧契合了这个时代，她那些朴素、温馨、凄美的文字让我们在一个个平凡而伟大的灵魂面前肃然起敬。这些有着凡俗气息的"新英雄"，他们在庸常生活中所闪现着的人性美好和圣洁，就像沼泽中茂盛的芳草，洋溢着绿色的生机。

三、神性的证明：迟子建小说的"原始风景"

迟子建超常的想象力负载着她的美学追求让她的笔抵达了一个万物有灵的世界。在这个世界里不仅花草树木星星月亮风霜雨雪鸡鸭鹅狗都富有灵性可与人交流，甚至鱼会流泪（《逝川》），土豆会撒娇（《亲亲土豆》），甚至人可以到鬼魂的世界出游（《炉火依然》《秧歌》），可以和死去的亲人交流（《遥渡相思》《重温草莓》），可以和鬼魂结伴旅行（《向着白夜旅行》《逆行精灵》）。

迟子建用她的小说为我们构建了人类生存的另一幅图画，一幅精灵遍地、阴阳相邻、天人合一的人类原初文化图景。罗斯·钱帕斯在《故事与处境》中指出，很多文本都是"言及自我处境的"。迟子建笔下这个万物有灵的美学世界的产生，是与她的"自我处境"密切相关的。

迟子建生长在北疆纬度最高的大兴安岭北麓，是在漠北的山林江水中长大的，地域的自然环境、文化环境塑造了她、成就了她，即使她离开了家乡，住进了城市，那份骨子里、灵魂中的印记也是擦抹不去的。正如洪峰所感慨的："我只在家乡生活了18年，但这18年对我来说就是一生。一个人在哪里度过了他的童年时光，他的一生就被那种最初的记忆固定了。许多进了大都市的人试图抹去他身上的乡土气味，但往往不能成功，究其原因还是生命中最原生的部分将伴随你到死。"迟子建的家乡由于在中国的最北，它受传统文化的影响就微乎其微，她主要接受的是大自然和民间文化的哺育，是大自然和民间神话传奇让她生成了自由的天性和富有生命力的想象。而北方民族的宗教信仰，尤其是萨满教和泛神论思想对她的世界观和文学创作也给予了具有深远意义的影响。然而她又是一个现代人，一个看着"天人合一"的和谐生存图景被大幅度毁灭的，居住在城市里的现代人，她以她那大自然赋予的灵性看到了人类的生存困境和并不美妙的前景，她忧伤、疼痛、绝望，并在文字中尽情地倾诉对自然的痴情，对自由的向往，对现代文明的反思和批判。

也许是由于我二十岁以前一直没有离开大兴安岭的缘故，我被无边无际的大自然严严实实地罩住。感受最多的是铺天盖地的雪、连绵不绝的秋雨以及春日时长久的泥泞。当然还有森林、庄稼、牲灵等等。所以我如今做梦也常常梦见大自然的景象。大自然使我觉得它们是这世界上真正不朽的事物，使我觉得它们也有呼吸，我对它们敬畏又热爱，所以是不由自主地抒写它们。其实我在作品中对大自然并不是"纵情地讴歌赞美"，相反，我往往把它处理成一种挽歌，因为大自然带给人的伤感，同它带给人的力量一样多。[①]

　　她的那些以故乡大兴安岭一带为背景的小说也真的让读者在木刻楞房、白夜、极光、大雪、鱼汛、秧歌等极富地方特色的景致和民俗中流连忘返，在那个如梦如画的世界品味它的美好、它的忧伤。故乡，"那些梦幻般的生活像山野的野菊一样烂漫在她的心间"，但也像泪鱼这个凄美的意象一样，让她的挽歌"响彻晨昏"。

　　故乡对她的文学生命意义是重大的，故乡的一切就是流淌在她文字中的血浆。故乡给了她最早的生命领悟，"我从早衰的植物身上看到了生命的脆弱，同时我也从另一个侧面看到了生命的从容"。而故乡的人们，"也许是由于身处民风纯朴的边塞的缘故，他们是那么善良、隐忍、宽厚，爱意总是那么不经意地写在他们的脸上，让人觉得生活里到处是融融的暖意。我从他们身上，领略最多的就是那种随遇而安的和平与超然，这几乎决定了我成年以后的人生观，至今那些令人难忘的小动物，我与它们之间也是有着难分难解的情缘。"故乡让她认识到"大自然是世界上真正不朽的东西，它有呼吸，有灵性，往往会使你与它产生共鸣……"使她走上文学道路以后，"脑海里还时常浮现出童年时家乡的山峦、河流、草滩的自然画面，似乎还能闻到花草的香气，闻到河流的气息；也常常不由自主地想起童年故乡的生活场景，乡亲们言谈举止的方式和表情，他们高兴时是什么样子，他们发怒时是什么样子……一下笔故乡的人、事、景、情就扑面而来。"是父老乡亲为她的文学启蒙，是那些关于鬼和神的

---

　　①　文能，迟子建·《畅饮天河之水——迟子建访谈录》代序［M］.北京：人民文学出版社，2000.

传奇故事，给了她无穷的幻想和最初的文学感觉。是由于神话的滋养，在她的记忆里，那房屋、牛栏、猪舍、坟茔、山川河流、日月星辰等等，统统沾染了神话的色彩与气韵，她笔下的人物也无法逃脱神话的笼罩。使她所理解的活生生的人，"不是庸常所指的按现实规律生活的人，而是被神灵之光包围的人，那是一群有个性和光彩的人"。

迟子建对那幅人类原始风景的绘制，正是因为有了故乡，才有了故乡那的独具特色的自然和文化。故乡特定的环境赋予了作家天然的地域气息，文学的地域性，用迟子建的话来说，"就像北方过冬必需的棉衣，特定的季节来临时，你必须穿上它才能度过严冬"。这是与一个人的特定生命和创作浑然一体无法剥离的。

在远离传统文化中心的漠北，在那片神奇的土地上，人鸟对语，精灵翩飞，这是原始宗教留下的印记。

东北的各族先民在历史上受到儒、释、道三教的影响，但从整体上说，在东北各民族的信仰中，占主导地位的是北方原始宗教——萨满教。

萨满，是从远古走来的传奇式的才智渊博的民族圣哲。米·埃利亚德讲得很精辟："萨满不只是神秘主义者，萨满确实可称得上是部族传统经验知识的创造者和保护者。他是原始社会的圣人，甚至也可以说是诗人。"不仅如此，萨满还是"理想主义与浪漫主义的化身"（迟子建语）。作为原始宗教的萨满教是殖生在地球温带、亚寒带、寒带地域中的宗教文化现象。北方民族，尤其是高寒地带的民族，他们笃信万物有灵，崇拜萨满，而且这种信仰绵延不绝，子孙相递。而"万物有灵论是内在神论的原始形式，由于万物内在灵魂的主导作用，万物有灵各有神性，人们便把对自然物的崇拜变成了对精灵的崇拜，把对自然力的敬畏变成了对自然神灵的信仰"。于是北方女作家迟子建的笔下就诞生了一个遍地精灵的世界。

《额尔古纳河右岸》是迟子建的一部描述东北少数民族鄂温克人生存现状和百年沧桑的长篇小说。在这部小说中，迟子建将她对生与死、人与自然、现代文明与原生态文化的思考，将她对遍地精灵天人合一世界的渴望，将她对萨满教的尊重和敬仰，对一种自由中的艰难、一种有代价的幸福的无奈，都包蕴在一个 90 岁的鄂温克女人从"清晨"到"正午",再到,直至"半个月亮"升起来的讲述中了。

这是一个饱经沧桑的鄂温克女人,是鄂温克这个民族最后一个酋长的女人,迟子建通过她的口述,让我们看到了一个与森林同生共死的游猎民族的百年历史。从原始的山林生活到现代文明对森林的侵占,鄂温克人和驯鹿一样渐渐稀少。一种天生天养、充满仪式感的传奇生活被终结,一片人类"原始风景"的栖息地被蚕食。

在《额尔古纳河右岸》的一片"原始风景"中,充满了"有活力的死亡"和"散发着神性光辉"的"有个性的生命"。

在笃信神灵的北方少数民族中,"他们的死亡观念和汉民族是不一样的。他们把身体看作是神灵的一部分或者是自然的一部分。神灵随时都可以把他们的生命取走,无论是在痛苦或者快乐的时候,生命都可戛然而止。也就是说他们的死亡不仅是奇异的,而且还很即兴的。死亡对他们来说只是生命的另一种存在形式。"[①] 他们或冻死、病死,或酗酒而死,或溺水而死,或被黑熊咬死,雷电击死,跳舞累死……无论何种形式的死亡都是那么的从容。这是一种"庄严的死亡",也是"有尊严的"、具有宗教感的死亡。他们的生活是热情奔放的,死亡也是热情奔放的。

这个鄂温克老女人一直与死亡连在一起。少女时,父亲林克在一次打猎中被雷雨击中,死了。她的母亲达玛拉热爱跳舞,最后她的母亲穿着尼都萨满送她的羽毛裙子,脚蹬一双高腰豹皮靴子在篝火旁孤独地旋转着,直至死去。于是她的父母"一个归于雷电,一个归于舞蹈",而她的二儿子安道尔多年后被她的大儿子维克特"一枪打在脑壳上,一枪从他的下巴穿过,打到他的胸脯上",那是维克特误以为野鹿而错杀。她的第一任丈夫拉吉达在一次寻找驯鹿的途中被活活冻死在马背上。眼看着亲人一个个离她而去,悲伤的她依然充满活力与热爱。第二任丈夫就是酋长瓦罗加最后死于黑熊的魔掌。生命中的悲剧有时也像戏剧一样,所以她感慨地说:"我和拉吉达的相识始于黑熊的追逐,它把幸

---

① 迟子建,周景雷.文学的第三地〔J〕.当代作家评论,2006.

福带到了我身边；而我和瓦罗加的永别也是因为黑熊。看来它是我幸福的源头，也是我幸福的终点。"酋长死后不久，1976 年她的大儿子维克特因酗酒而死亡。

这是个通篇充溢着死亡气息的长篇，而所有的死亡中，妮浩萨满孩子们的死是最具有悲剧震撼力的，一个作为氏族英雄的萨满形象就在一个个孩子的死亡中凸现出来。妮浩（也就是鄂温克老女人的弟媳）在成为萨满之后，每跳一次神救一个人，她自己的孩子就会死去。果格力是她的长子，死去后按照鄂温克人的习俗，被装在白布口袋里扔到向阳的山坡上。在注定的规则面前，妮浩认定拯救同族人的性命是自己作为萨满神圣的天职，于是她为了救别家孩子的性命不得不舍弃自己的孩子。面对一个又一个孩子的离去，她只能在悲伤中为死去的孩子唱上一首神歌，她这样唱道："孩子呀，孩子 / 你千万不要到地层中去呀 / 那里没有阳光，是那么的寒冷 / 孩子呀，孩子 / 你要去就到天上去呀 / 那里有光明 / 和闪亮的银河 / 让你饲养着神鹿。"于是在额尔古纳河右岸的森林里，一个母亲疼痛的歌声经久不息。

这是一个"散发着神性"和人性光辉的有个性的生命，迟子建是把她作为一个英雄来写的，对苦难的坚忍和对神圣的牺牲，让所有人不得不对这个鄂温克女人肃然起敬。

小说中，除了妮浩萨满，林克、达玛拉、尼都萨满、拉吉达、安道尔、瓦罗加等等人物也都焕发着个性的光彩。

《额尔古纳河右岸》是一部鄂温克民族的传奇和挽歌，它在迟子建的小说世界和当代文坛闪现着奇异的美学光彩。小说为我们展现了这个以放养驯鹿和狩猎为生的鄂温克民族与大自然水乳交融，既神秘又原始的生活图景。他们住在"希楞柱"里，迁徙时把东西放在靠老宝（树上的仓库）中，生病时有萨满跳神，死后搁在高高的树杈上风葬。这些让你一进入小说便被鄂温克民族的气息和氛围所包裹，在这古老而神秘的气息和氛围中，你体味着异族的情爱，感受着奇特的民俗，惊讶着原生态的生活，触摸着他们与中国东北额尔古纳河右岸的森林息息相关的飞翔的灵魂以及这些灵魂的苦难、疼痛与忧伤。

作者并没有简单地呈现这些"原始的风景"，与看似浪漫而富有诗意的生活相关联的也不仅是个人的苦难、疼痛与忧伤，她"从生活小事着手，以一曲对弱小民族的挽歌，史诗性地唱出了人类历史在现代文明进程中的悲哀"。小说每章开头都有一段散文化精美的语言作为引言，而每一段引言里作者都提到女主人公的孙子安草儿。安草儿是女主人公二儿子安道尔的儿子，这个默默无声的安草儿陪伴着老女人，仿佛守卫着一种古老的生活方式。对现代文明的反思一直是迟子建小说的内容。

"我对人类文明的发展进程总是心怀警惕。文明有时候是个隐形杀手。当我们结束了茹毛饮血的时代而战战兢兢地与文明接近时，人适应大自然的能力也在不同程度地下降。战争是和平的敌人，但谁能否认在战争的硝烟中诞生了无数动人的故事，而在和平生活中人们却麻木不仁？更可怕的还是道德。我们所接受的道德观基本是以伪君子的面目出现的，它无视人内心最为自由而人道的情感，而衣冠楚楚的人类却视其为美德。"[1]她憎恶现代文明带来的整齐划一，包括人的生活和生命的整齐划一，她认为整齐划一的生活最后导致的必然是想象力和生命力的萎缩甚至消失，必然是人与自然的决裂和人身上神性的隐退。她说："文化艺术是靠想象力的支撑才得以发展的。想象诞生了数不清的神话和传说，使我们觉得在嘈杂的生存空间里有隐隐的光带在闪闪烁烁而令人倍觉温暖。然而现在，神话和传说却难以诞生了，那些自诩为神话的东西让人嗅到的却是一股浊重的膏药味。我怀疑人类的想象力正在逐渐萎缩。同一模式的房屋、冷漠的生存空间、机械单调的生活内容，大约都是使想象力蜕化的客观因素。房屋越建越稠密，青色的水泥马路在地球上像一群毒蛇一样四处游走，使许多林地的绿色永远窒息于它们身下。我们喝着经过漂白粉消毒的自来水，吃着经过化肥催化而长成的饱满却无味的稻米，出门乘坐喷出恶臭尾气的公共汽车。我们整天无精打采，茫然无从。这种时刻，想象力注定是杳如黄鹤，一去不回。高科技的发展在使生活中的一切都变得极为方便和舒适的同时，也在静悄悄地扼杀了人的激情。如果激情消逝了，人也就不会再有幻想和回忆，也许在新世纪的生活中，我们的周围会越来越缺乏尘土的气息，我们仿佛僵尸一样

---

① 　见迟子建散文《晚风中眺望彼岸》。

被泡在福尔马林中，再没有如烟往事可以拾取，那该多么可悲。"①而在这样的文明面前，"任何独辟蹊径的生活方式便也就屡屡遭到世人的责难和白眼，所以幸福的获得是辛酸的"②。

不只是对现代文明，对传统文化，迟子建也有自己的看法，"我们是一个太容易在出生时就安排好归宿的民族，所以我们的自由精神和创造力总是显得那么贫弱。儒教的最大弊端在我看来就是扼杀人的激情"③。

由此可见，迟子建所看重的是世界和生命充满生机的多元化，是与多元化世界和生命同在的喷薄的激情绚丽的想象。她恐惧着"未来世纪的人间尘土气息会在道德和文明的挤压下越来越淡薄，如一棵树被经过持续不断的修剪后，规规矩矩地僵直地立着，再没有屈曲盘旋的虬枝能给人制造变幻的阴影和遐想，那么即使这树下仍有极小的一块阴凉，我们也不情愿靠在它的身下休息"④。

然而，现代文明是强大的，甚至可以说势不可当，所以在《额尔古纳河右岸》中迟子建忧伤地哭泣着，唱着传奇的结束，故土的远去，人类与自然的离别，诗意和想象的不再，人与神的最后剥离。然而，她是多么希望这个世界的人们能够获得幸福，哪怕是被辛酸浸淫着的幸福，那种幸福"一定像撒满晨露的蓓蕾一样让人心动"，但她又实在不敢抱有太大的希望，"因为它到来的过程充满桎梏，实在像船行进在浅滩中一样艰难"。

在现代文明的剿杀下，鄂温克人失去了家园，也必将失去自己的习俗和文化，一个传奇结束了，神性的鄂温克民族，必将如同小说结尾处，那个老女人眼中掉到地上的半个月亮一样，沾满现代文明的尘埃。

当叙述者在半轮月亮的清辉里分不清天上人间的时候，迟子建作为一个汉族女作家用充满激情又饱含感情的文字完成了鄂温克人的世纪绝唱。

小说是以见证了一个世纪沧桑的鄂温克老女人的叙述进行的，这种内视点使小说所展示的鄂温克生活真实细腻动人。"在很多情况中，如果视点被改变，

---

① 见迟子建散文《晚风中眺望彼岸》。
② 见迟子建散文《晚风中眺望彼岸》。
③ 见迟子建散文《晚风中眺望彼岸》。
④ 见迟子建散文《晚风中眺望彼岸》。

一个故事就会变得面目全非甚至无影无踪……在绝大多数现代叙事作品中，正是叙事视点创造了兴趣、冲突、悬念乃至情节本身。"①视点在小说叙述中的重要性是众所周知的，而作为一个"外来者"对另一个民族生活的描述很容易"用自己的思维、术语、概念记述的对特定文化的见解，而不是该文化内部成员对自己文化的描述和理解"，因为"作为外来者"，他们缺乏对文化持有者自身的社会心理、思维方法、价值观、审美观和世界观的了解"，也就是说他们"缺乏对本族人看待自然、看待社会的了解"②。

正因为如此，20世纪60年代前后人类学家派克（Pike Kenneth）提出了人类学描写的"族内人"（insider）和"外来者"（outsider）不同视角对其思维方式、描写立场和话语表达的影响等等，引起了学术界极大的关注。从这个理论支点出发，派克从语音语言学术语 phonemic 和 phonetic 匹配 insider/outsider 的概念创造了 emic/etic 的描写理论。emic 是文化承担者本身的认知，代表着内部的世界观乃至其超自然的感知方式。它是内部的描写，亦是内部知识体系的传承者，它应是一种文化持有者的唯一的谨慎的判断者和定名者。而 etic 则代表着一种外来的、客观的、"科学的"观察（scientific observers），它代表着一种外来的观念来认知、剖析异己的文化。在这儿，"科学性"是 etic 认知及描写的唯一的谨慎的判断者。而吉尔兹认为，认知、语言是察知文化形态的基础，然而精通其语言并不意味着已精通其文化，文化有其内在的认知结构，有其"文化语法"。文化的语法不仅仅是以语言、认知写成的，也是以神话、宗教、艺术、民俗乃至天文历法、丧葬典仪等文化本文和文化话语写成的。③

针对鄂温克文化，迟子建虽然在民族归属上是个"外来者"，但她从小在大兴安岭长大，大自然的熏陶和对北方少数民族生活的耳濡目染，使她与他们在精神气质上是一致的，也就是说，迟子建在描述鄂温克文化时已拥有着"文化持有者的内部眼界"了。她的视角不是"外来者"（outsider），而是"族内人"（insider），她的头脑中已清楚地刻印上了一张鄂温克人的文化地图。

①　［美］华莱士·马丁.当代叙事学［M］.北京：北京大学出版社，2005.

②　［美］克利福德·吉尔兹.地方性知识［M］.张家瑄译.北京：中央编译出版社，2004.

③　［美］克利福德·吉尔兹.地方性知识［M］.张家瑄译.北京：中央编译出版社，2004.

我们相信《额尔古纳河右岸》不是迟子建在全球化时代对"地方性",也即"差异性"的最后书写,我们希望她仍能不断穿越众声喧哗的时代,避开社会意识在文学对象身上碾压而成的多条大道和蹊径,抵达自己的文学世界——一个纯净鲜活的世界;我们希望在她构建的那幅"天人合一"的"原始风景"中,仍能看到坚忍美好的北方女子和勇武霸道又不乏责任感的北方男人,仍能看到爱情失之交臂的忧伤和人生缺损的疼痛。

我们渴望着那个精灵飞舞的原初世界。

这是其他地域的作家无法给予的。

四、隐蔽的生活之痛:对疼痛的深度描写

迟子建的小说一以贯之地弹奏着生活的美好,无论是她早期的《北极村童话》还是后来的《亲亲土豆》《清水洗尘》《雾月牛栏》和《花瓣饭》等等,她都在不遗余力地从多个方向多个角度进入对人性温暖的书写,自然的美好、人性的美好已经成为迟子建一种执着的叙述信仰,她永远用孩子似的眼睛打量这个世界,永远都赋予她笔下的生命一份美丽、柔软和湿润。

当然迟子建的笔下也有疼痛和忧伤,但那疼痛和忧伤裹藏在温暖之中,留给人们的是一种伤感的美丽。生命中彻骨的疼痛,生活中难以直视的龌龊,还从没成为她过往小说叙述的主题。

直到中篇小说《世界上所有的夜晚》[①],我们才尖锐地感受到了迟子建作品的疼痛,感受到她对人性和生活阴暗部分的逼视。

小说是以一个知识女性的游历来编织的,小说的开始是叙述者"我"描述自己丧夫的疼痛,她去三山湖旅行,是因为她和魔术师丈夫曾有过这样的向往,现在她独自前去,既是了结丈夫生前的心愿,也是想收集民歌和鬼故事,而搜集民歌和鬼故事是"希望自己能在民歌声中燃起生存的火焰,希望在鬼故事中找到已逝人灵魂的居所"。

---

① 见《钟山》2005 年第 3 期。

叙述者是怀着哀伤和疼痛上路的，所以小说的色调亦如乌塘的颜色，是灰黄的阴郁的。

六章的篇幅，作者用了整整四章去写乌塘这个她在旅途中由于山体滑坡而搁浅了的小城。乌塘是煤炭产地，把粗糙而污涂的煤城作为故事背景，并不符合迟子建一贯的审美取向，她喜欢的颜色是淡雅的或明丽的，她的美感追求是诗一样的温暖湿润和忧伤，而这次，迟子建选择一个面目混沌有二十几个大小煤矿的乌塘来写，是想表达什么呢。

她对乌塘的介绍是这样开始的："乌塘是煤炭的产地，煤窑很多，空气污浊"，黄昏时分招徕生意的乌塘妇女"个个穿着质地低廉的艳俗的衣裳，不是花衣红裙粉鞋子，就是紫衣黄裤配着五彩的塑料项链，看上去像是一群火鸡"。并且通过这些乌塘妇女引出"这里下煤窑的男人死得多，乌塘的寡妇最多"。

因着乌塘的寡妇多，而"我"也是个寡妇，于是就有了与乌塘的联系，于是就有了"我"在乌塘凋零的斜阳中，乘着缓慢的驴车，沿着灰黄的土路走进乌塘的故事。虽然作者在乌塘的周二嫂身上寄托了人性的温暖与美好，但乌塘的故事本身却是阴冷甚至是恐怖的，作者的字里行间也充斥着阴晦和悲凉。

乌塘的太阳面目混沌，"天空就像一件永远洗不干净的衣裳晾晒在那里"，"街巷……灰暗、陈旧得像一堆烂布条"，"落到巷子中的光影就显得单薄而阴冷"，而夜晚的乌塘更是凄怆，"夜色那么混沌，没有月亮，也没有星星，街面上路灯投下的光影是那么的单调和稀薄，有如被连绵的秋雨沤烂了的几片黄叶"。在这样的乌塘，有为了发财来"嫁死"的外地女人，她们每天盼望着自己下窑的男人早上出去，晚上就回不来；有被连襟当卫生局长的兽医给治死老婆的小吃摊摊主，他日子愁苦，每天怀念死去的女人；有说鬼的集市，集市上有热衷于讲鬼故事的小摊贩们；有热爱悲调，被朋友出卖被家人漠视，最终死于非命的陈老爷子；有惧怕夜晚，逢酒必醉，邀请无数个男人糟践她的蒋百嫂……

而乌塘故事的内核却是与乌塘的夜晚密切相连的，那停电之夜蒋百嫂撕心裂肺的号哭，那挂在蓝漆门上的大锁，那蜷缩在冰柜里面目全非的男人，直接指向的是一场矿难的真相，指向一个女人无处诉说的痛楚："我终于明白蒋百嫂为什么会在停电时歇斯底里，蒋三生为什么喜欢在屋顶望天。我也明白了乌塘那被提拔了的领导为什么会惧怕蒋百嫂，一定是因为蒋百以这种特殊的失踪方式换取了他们升官晋爵的阶梯，蒋百不被认定为死亡的第十人，这次事故就可以不上报，就可大事化小。而蒋百嫂一定是私下获得了巨额赔偿，才会同意她丈夫以这种方式作为他生命的最终归宿。他没有葬礼，没有墓地。他虽然坐在家中，但他感受的却不是温暖……有这样一座冰山的存在，她永远不会感受到温暖，她的生活注定是永无终结的漫漫长夜了。"

乌塘是不洁的、可怕的，是令人失望的，乌塘是一个漫长的黑夜，是一个让人周身寒冷的故事，乌塘的故事是阴森恐怖的鬼故事，是无法停止演出的悲剧。

生活之痛永远埋在喧嚣和热闹的下面，永远隐在黑夜，藏在人心之中。陈绍纯每天夜里那漫天大雪样的悲调，至纯至美，直抚人心的疼痛，因为有痛，所以放浪形骸的蒋百嫂，才会常常夜半蹲伏在陈绍纯门前听歌流泪，因为有痛，"我"才会在苍凉的旋律中牵住魔术师的手，泪流满面。

陈绍纯的歌声是美的，他的歌声是乌塘长夜里的月华，是龌龊尘世清芬的雪花，然而作者一反从前的创作路数，她残忍地为这人间至纯至美的歌声画上了休止符——陈绍纯在她听完悲调的那个夜晚被艳俗的牡丹图给谋杀了。

为什么迟子建会写出这样的乌塘，为什么会为陈绍纯安排这样的结局？要知道她从来是主张爱和美的，她从来不忍心"将美毁灭了给人看的"。她说："就在那个夜晚，陈绍纯永别了这世界沉沉的暗夜，他把那些歌儿也无声无息地带走了。"她说："想到那些至纯至美的悲凉之音随着陈绍纯离开了这个世界，我流泪了。这张艳俗而轻飘的牡丹图使我联想起撞死魔术师的破旧摩托车，它们都在不经意间充当了杀手的角色，劫走了人间最光华的生命。"

迟子建的笔开始面对生活的残酷了，开始怀疑这个世界的美好了，开始有了愤激了。从不买梨不指路的卖梨老女人身上，从那些"嫁死"的女人身上，从出卖陈绍纯的朋友和泯灭亲情的陈家人身上，从蒋百嫂的秘密上，我们开始看到迟子建的变化了，她虽然还有些迟疑和矛盾，但她已经走出自己的"童话"，开始用成熟的目光打量这个不那么美好的世界了，她看见了丑恶，看到了龌龊，看到了人心险恶，看到了人性中不尽如人意的部分。

迟子建为什么会有这种变化？她作品的色调为什么变得如此灰暗？这也许和她不久前遭遇的不幸有关，和作品中的"我"一样，因为车祸，她也失去了她深爱着的丈夫，我们在小说的字里行间能感受到一个女人失去爱人后的真切的痛楚，不幸或许给了她另一种打量生活的目光，面对不幸，也许对命运的残酷和世态人心的体味就更深了一层。

《世界上所有的夜晚》是写生活之痛，是写悲剧的，这悲剧不仅仅是死得委屈和不值得的魔术师、蒋百和陈绍纯的，也不仅仅是"我"和蒋百嫂的，它是所有人的，包括那些下窑的男人和他们"嫁死"的女人，包括许许多多的男人、女人，甚至还包括孩子。

蒋三生是个八九岁的孩子，他承受着父亲蒋百藏尸冰柜的痛楚，承受着母亲每日歇斯底里的折磨，瘦小忧郁的他总是仰头看天，希望在那里找到答案。而"我"在三山湖遇到的云领也是孩子，他的妈妈被有钱人的狗咬了，因为舍不得钱打狂犬疫苗死掉了，他的爸爸在景区给游人放焰火，为了挣二百块钱，被南方老板的生日礼花炸飞了一只胳膊。这个八九岁的孩子为了生计，每日要琢磨着变戏法来推销他的磨脚石。面对着这些人的不幸，"我"开始意识到"自己所经历的生活变故是那么那么的轻，轻得就像月亮旁丝丝缕缕的浮云"了。

"我"怀着失夫的个人悲剧走向旅途的时候，看到了更广阔的更大的人间悲剧。

迟子建在中国的女性作家群落里，一直是一个执着的美的书写者，她永远少女般编织着北国美丽的梦境，永远孩子样凝视着生活生命中的美好，她永远以一颗感恩的心，宽容地看待人间的悲欢，永远在叙事中进行着诗与画的发现。迟子建的作品是明丽的，是属于春天的，是充满慰藉和希望的。

然而，我们看到在《世界上所有的夜晚》中，迟子建的目光是阴郁的，迟子建的表情是无奈的，迟子建的心灵是痛楚的，在乌塘晚秋的萧瑟中，她抱紧双肩，感受到了这个世界彻骨的寒冷。所有美好的事物，所有"光华的生命"，都在远去，"这世上的夜晚怎么这么黑啊"，她用冷静的目光面对现实的时候，看到的是人性的沦落，是悲剧和肮脏。

虽然由于心理惯性，迟子建还不忍心这个世界上所有的夜晚都是那么黑，她在乌塘的阴冷中安排了温暖的周二嫂，她在小说的最后，让七月十五的夜里出现了月亮，但这一点点光辉是无法照亮世界上所有黑暗的夜晚的，小说的基调并没有因之发生改变。

应该说，中篇小说《世界上所有的夜晚》是迟子建小说和谐旋律中的一个不和谐音，也许它是作家特定心境下的特殊产物，但它更有可能是迟子建小说创作发生突变的一个重要标志。

果然，此后的《雪窗帘》①她用一道拒绝融化的雪窗帘，揭示了这个世界彻骨的冰冷。一个从没乘过卧铺车的老女人，因为上车后不懂得换票而失去了自己的位置，一群骨子里自私自利的乘客，貌似善良正直，却终不肯舍弃一点自己的利益。迟子建将笔探到了人性深处，我们在那深处看到的不再是她从前展示给我们的美好和温暖，而是令人绝望的寒冷。

一道雪窗帘就是迟子建对这个世界人与人之间关系的形象说明？而那个她笔下曾经温暖的世界难道已被这道雪窗帘终结成了昨天的历史？一直朝着温暖和美好努力做着逆向飞行的迟子建在 2005 年是否折断了那对童话的翅膀？在 2005 年 12 月，迟子建的长篇小说《额尔古纳河右岸》出版，使她 2005 年对疼痛的书写被推到了高潮，而这种疼痛则是一种更广大的疼痛。

原载《长城》2009年第1期

---

① 见《山花》2005 年第 9 期。

重提作为"风俗史"的小说
——对迟子建小说的抽样分析

何　平

　　当代作家中，迟子建应该算被评论得比较多的作家。印象中许多优秀的批评家都做过迟子建的专题研究。对于这样的作家，再去研究她是要从遗忘开始的，忘记别人怎样谈论她，转而从最诚实的阅读开始，尊重自己最朴素的阅读感受。从二〇〇八年秋天开始，我对照迟子建提供的目录进行近半年的"编年"式阅读。在读完她差不多所有的作品之后，我相信好作家是可以在他们的作品中闻到属于他们自己的气息的。迟子建作品所散发的气息接通她生命出发之地的"地之灵"。虽然现在看迟子建，她辽阔得也许已经不只是那个在写作中频频回望故乡——北极村的"逆行精灵"了，但如她所说，"我作品中的善良天性"，"人性之善，如果追根溯源，可能与我从小生活的那个村子有关"①。

沉默者的风俗史

　　文学史中的一些老话题，一些习焉不察的常识，有时会被后世的作家在他

---

① 迟子建、郭力：《现代文明的伤怀者》，《南方文坛》2008 年第 1 期。

们所处的时代翻出新意。阅读迟子建，我总是想起巴尔扎克在《人间喜剧》中提出的作为"风俗史"的小说。当然现在我们谈论"风俗史"的小说，不仅仅是指"百科全书式"的，作家对某一个时代的地域风情、日常生活场景、器物、语言、衣食住行、风俗仪式等的熟道和自然主义式的精确。这纯粹是一个"技术"问题，完全可以通过案头资料准备和田野调查获得。事实上，迟子建在她两部重要的长篇小说《伪满洲国》和《额尔古纳河右岸》写作之前都做过这方面的工作①。而且，我们应该注意到，在巴尔扎克的视野里，作为"风俗史"的小说被赋予了这样的意义，"法国社会将要作历史家，我只能当它的书记，编制恶习和德行的清单、搜集情欲的主要事实、刻画性格、选择社会上主要事件、结合几个性质相同的性格的特点揉成典型人物，这样我也许可以写出许多历史家忘记了写的那部历史，就是说风俗史"②。因此，作为"风俗史"的小说涉及的归根结底是作家介入现实的立场、视角、声音和叙述方式等等。

还是从迟子建这一年的写作说起吧。这一年多，迟子建发表的作品也就《草原》（《北京文学》二〇〇八年第一期）、《一坛猪油》（《西部华语文学》二〇〇八年第五期）、《布基兰小站的腊八夜》（《中国作家》二〇〇八年第八期）、《解冻》（《作家》二〇〇九年第一期）等可数的几篇，对于一个正值创作盛年的作家，即使不和一些所谓的高产作家比，在迟子建自己二十余年的写作生涯中也是算比较少的。就是这些小说，迟子建似乎也自守着一种自己与生俱来、珍惜不已的腔调。在今天这个日日逐新的时代，能够固执地自持恒与常确实需要相当的勇气。迟子建在考验着自己的耐心，也在考验着热爱她的读者的耐心。《草原》讲一趟出差，《一坛猪油》说一坛猪油，《布基兰小站的腊八夜》纠结于山林小站的小酒馆，《解冻》缠绕在春天泥泞的小坑。迟子建喜欢日常生活的"传奇"。《一坛猪油》写乡屠霍大眼暗中将一个绿宝石的戒指藏在一坛猪油里，那个他偷偷喜欢的女人抱着这坛用房子换来的猪油去投

① 迟子建、郭力：《现代文明的伤怀者》，《南方文坛》2008年第1期；迟子建：《心在千山外——在渤海大学的讲演》，《当代作家评论》2006年第4期。

② 巴尔扎克：《〈人间喜剧〉前言》，《西方文论选》（下册），第168页，上海译文出版社，1979年。

奔大兴安岭的男人。临到目的地女人却将护得紧紧的坛子打破。男人的同事崔大林昧下藏身于猪油之中的戒指，戒指引得皮肤白净的女教师嫁给他，而他因为良心不安丧失了性功能，后来女教师因为丢了戒指丢了命。这坛猪油可谓情愫暗生于焉，而又苦果结蒂在斯。小说寓沉痛于戏谑，女人怀孕吃多了猪油招致胎儿太大，以至于难产而跑到国境那边的苏联才生下孩子，而"文革"时这又成了丈夫的罪状。更为"传奇"的是女教师丢掉的戒指竟然被女人长大的儿子打鱼打上来，而这在异国生下的儿子恋上异国的女子最后跑到了国境那边。

和古典小说"无巧不成书"不同，现代小说追求的是故事的自然流淌，讲究的是春梦了无痕，少有像迟子建这样公然在短篇小说的格局里容纳下这么多的"偶然"和"巧合"。像这样的小说我们恍若回到了中国古典小说说书人的时代，一日复一日的且听下回分解，让听者提着心气撑到故事的终了。这样的小说听着杀馋，写下来好看。是啊，很多时候我们似乎已经忘记了小说应该是"引人入胜"的好看。我们是不是可以说迟子建的小说就是"好看"的小说呢？再说《解冻》呢，一封事后证明只是看一场内部电影的急件，却让了无新意的刻板夫妻生活，划拉出女人对男人的柔情，而却又终归于淡漠。迟子建小说有大时代闪烁其间，更有像《布基兰小站的腊八夜》中古老的中国谨守而至今日的道义和德性潜隐深藏于焉。

迟子建的小说也写智识阶层、上流社会、中产阶级，但迟子建小说最多的还是在"下层人"中打滚。一九八〇年代中期，写了三十万字的迟子建在回顾自己的创作时说自己的作品"百分之九十九都是写下层人的生活的"[1]。而时过境迁，今天我们再回过头来看，迟子建就从来没有离开过"下层人"。今天"底层文学"这么热闹，却好像很少有人把迟子建放在"底层"这个文学谱系来考量。

无论是中国还是异域，文学从来没有停止过"底层"关注。五四之后现代中国的"底层"关怀差不多是衡量现代知识分子的一个重要指标。如果从文学书写的角度，中国现代文学史，差不多是一部"底层"小人物的命运史。

---

① 迟子建：《斯人独憔悴》，《北方的盐》，第 188 页，江苏文艺出版社，2006 年。

二〇〇一年第八期《读书》发表了查特吉的《关注底层》，此文无论是对"底层"的理论资源的梳理，还是对其现实意义的阐发都远较我们后来的许多关于"底层"的思考深刻。查特吉认为，"底层""昭示了印度作为殖民地的经历和体验"。但有一点需要指出的，在新世纪中国，"底层"并不是"作为对殖民地精英主义和资产阶级—民族主义精英主义的反抗而出现的"[1]。它更不是福柯和德勒兹那里指称工厂工人、囚徒和精神病患者的"底层人"，也不局限于西方女权主义者为之代言的"第三世界"妇女[2]。不过，应当看到，新世纪中国的底层研究和底层书写挟"底层"而抒智识阶层胸臆的欲望相当急切，因而，当今的"底层"研究和底层书写难免借题发挥的"文人腔"。一定程度上，新世纪的文化和文学中的"底层"不仅仅是对文学突入现实可能性的试金石，而且是在新的历史语境下，日渐边缘化的知识分子所占据的最后道德制高点。其实，不只是新世纪的"底层文学"叙述，"底层"翻作"文人腔"在新时期是有前科的。一九九〇年代前后，"新写实"文学和"新生代"文学是先锋文学的本土化和世俗化，实质上则是，一九八〇年代以残雪、余华、莫言、苏童、孙甘露、格非等为代表的先锋文学在中国当代文学中的集体退场。先锋文学凭借想象力"炫技"式的对现实的逃逸和重构，被"新写实"文学和"新生代"文学的"仿真"式的原生态还原所取代。因此，在新世纪初"底层"写作登场之前，中国当代文学已经用十多年的时间将"仿真"式的原生态文学书写操练得相当娴熟。

斯皮瓦克曾经提出过一个引起广泛关注的命题："底层人能说话吗？"[3]有意思的是尽管语境和内涵各不相同，二〇〇五年作家刘继明也追问道："我们怎样叙述底层？"面对当下文学中的"三农文学""打工文学"等等，我们能够说已经解决了"文学叙述底层"的问题了吗？假定我们承认客观存在着一

---

[1] 查特吉：《关注底层》，《读书》2001年第8期。

[2] 陈永国：《从解构到翻译：斯皮瓦克的底层人研究》，《从解构到全球化批判：斯皮瓦克读本》，编者序第13页，北京大学出版社，2007年。

[3] 斯皮瓦克：《从解构到全球化批判：斯皮瓦克读本》，编者序第12页，北京大学出版社，2007年。

个曾经被遮蔽的"底层"经验有待作家去叙述，但一旦作家进入了叙述多大程度上能够保证"底层叙述"的实现？如果不对今天的"底层"文学书写进行细致的辨析，很有可能在一些常识性的问题上让一些早已经摒弃的东西借尸还魂，比如"道德优先"的"题材决定论"，比如对苦难把玩的"炫痛"，比如对"底层"的诗意想象，等等。因此，如果没有清醒的反思，很有可能占据"道德的高地"却无法抵达"文学的高地"。

因此，无论对于底层预置多少"意义"，"叙述底层"一个必要的前提是能不能、多大程度上让底层人说话，而不是"底层"翻作"文人腔"。其实如果仔细梳理，我们今天的小说书写丢掉的还不只是小说的手艺传统。有些东西由于曾经被庙堂征用，我们更是弃之如敝屣，比如耳熟能详的"阶级立场""阶级感情"。问题是如果我们不囿于"阶级"，一个作家应该不应该有属于自己的"立场"和"感情"？作为思想的传播者，一个好作家应该有自己安身立命的文学栖地，他的"立场"和"感情"当然也属于和他生命、精神相关的一部分人。再看迟子建呢？比如她二○○四年的《世界上所有的夜晚》。小说的"矿难"题材是典型的"中国经验"。贫困、苦难、阴暗、善无善报的"中国"在这篇小说中以令人惊悚的景象呈现。这不但在迟子建的小说中罕见，甚至在当代同类题材的小说中也少见。但小说中更重要的是，一个深受丧夫之痛的智识女性，走向民间底层，冀望在"民歌和鬼故事"中疗救自己的苦痛，最终将自己的一己疼痛汇流到更为辽阔的中国大地的苦痛中。事实上，现在知识界的写"下层"必须经历这样痛痒相关的"下底层"，才能在"重"中照见自己的"轻"，进而在这样的轻重相较中"叙述底层"。

如果我们承认迟子建叙述的是"底层"，我不知道迟子建是不是认同一个曾经被污染的词——"代言人"。我们看迟子建这二十余年的写作，她也会有自己的忧伤和自闭，有所谓的"文人腔"，但更多的时候迟子建都是选择和"下层人"，和弱者，和被侮辱被损害者站在一起。《树下》的七斗是沉默者，《越过云层的晴朗》的狗是沉默者，《伪满洲国》是一个沉默的"国家"，《额尔古纳河右岸》是一个沉默的民族。迟子建写作为风俗史的小说，但迟子建是一个把自己看得很渺小、微弱的作家，她的风俗史是一部属于北国大地沉默者的风俗史。以《伪满洲国》为例，迟子建采用一种仿"地方志"写法，用她自己的话说是"年谱"。其实更早的时候，迟子建就曾经用"年表"为一个早夭的孩子作"史"，这篇叫《烟霞生卒年表》的小说本来可以作为考察迟子建历史观的一个恰当的例子，却没有被批评家充分注意。《伪满洲国》"地方志"的历史建构本身就体现着个别性和边缘性，现在迟子建的仿"地方志"则进一步把"风俗史"的书写重点移置到"地方的日常生活"之上，这就是迟子建所谓"小民们"的"卑琐平凡的实际生活"。二十世纪是一个大变动的时代，裹挟其中的作家已经习惯追新逐变，对时代变动的敏感成为衡量作家对现实进入程度的一个重要指标，但现在迟子建却走向反面，在"变"中感知凝定的"常"。"我觉得那个时代，动荡中还是有平静的生活的，当然这种'平静'，打着屈辱的烙印。"①某种意义上，迟子建的《伪满洲国》的时间要"古老"得多；在"伪满洲国"，时间没有空间并置、参照中的进步与落后，也没有沧桑巨变中的惊悚。迟子建的笔下，"时间"往往是一天又一天，慢慢地成长、衰老，这中间有难以言说的苦痛和细碎的挣扎，更有所谓实际生活和精神上"盛举"的无聊、微小的快乐。《伪满洲国》，多少的家仇国恨，我们几乎以为迟子建要变出腔调拖曳出大咧咧的国族叙事史诗。可刀光剑影、家国之仇，"小"民还是要忍辱偷生。迟子建不否认壮烈和庄严，她写杀戮和抗争，但世界之"大"之"雄壮"从来不是"小""隐微"的死对头。在一个"大"且"雄壮"的时代，那些"小""隐微"中间自然有生命的尊严和体面。

"我的文字是粗糙而荒凉的"

迟子建"编制恶行和德行"风俗史的"清单"，而且熟谙由恶至善调控的转换术。在今天这个复杂得让我们晕头转向的世界，迟子建却执意于简而直的善恶两分。

迟子建有她的信仰。我曾经在一篇谈论迟子建中篇小说的书评里说，迟子

---

① 迟子建、郭力：《现代文明的伤怀者》，《南方文坛》2008 年第 1 期。

建是一个为我们今天的文学时代持一盏简朴灯的女人①。就像《逝川》里写到的"泪鱼"，我相信迟子建念念在心的痛惜与爱怜、温暖与爱意也是能够给我们带来"福音"的"泪鱼"。迟子建总爱写到月光与灯盏，总喜欢让她的小说闪烁着亮光。迟子建护卫着生命的美丽与庄严。《岸上的美奴》题记说："给温暖和爱意。"迟子建对一切美好、易逝的东西抱有伤怀之美的爱怜，但迟子建的小说从来不回避"人之恶"。她趋善向美却不隐恶遮丑。"我的手是粗糙而荒凉的。我的文字是粗糙而荒凉的。"②这来源于成长经验。"嗅着死亡的气息渐渐长大"，"稚嫩的生命糅入了一丝苍凉的色彩"③。从她早期的《北极村童话》一路读下去，迟子建小说的"人之恶"总会在迷离的梦幻和柔软的善良中浮现出来，尖锐地刺痛我们。而越是靠近，时易世变，迟子建小说的"人之恶"就像一树一树的阴影一枝一叶地扩大。《白银那》中趁着鱼汛囤盐提价致使整个村子的鱼腐坏的小店主，《青草如歌的正午》中溺亡自己傻儿子的父亲，《相约怡潇阁》《第三地晚餐》中的不忠者，《世界上所有的夜晚》中更是一个如人间地狱一样暗黑、冰凉的世界……自私、猜疑、嫉妒、贪婪、残忍，所有的人性之恶像怀揣着匕首的刺客随时割破我们世界的温情。

有对世界如此的洞悉，迟子建完全可以种植出"恶之花"，但迟子建却让"温暖和爱意"的光照亮世界。要看到世界的光，作家内心首先要有光。迟子建对鲁迅作出这样的理解，其实也是在反观自己："我总想鲁迅在骨子里其实是一个浪漫主义者。只不过我们把他定位在'民族魂'这个高度后，更多地注意了他作品的现实和批判的精神，而忽略了任何一个伟大的作家内心深处都具有的浪漫主义情怀。从他的故居直至老街，我感受的是栩栩如生的鲁镇，它闲适、恬静、慵懒、舒缓，这种环境是能让人的想象力急遽飞翔的地方。"④我们相互敌意、伤害，但我们又相濡以沫。这是一个苦难的世界，我们却支撑活着。像《亲亲土豆》《五丈寺庙会》《布基兰小站的腊八夜》，予爱亲人，予爱萍水相逢者。

① 何平:《迟子建: 为我们今天的文学时代持一盏简朴的灯》,《解放日报》2008年7月11日。

② 迟子建:《年年依旧的菜园》,《北方的盐》, 第52页, 江苏文艺出版社, 2006年。

③ 迟子建:《死亡的气息》,《北方的盐》, 第282页, 江苏文艺出版社, 2006年。

④ 迟子建:《鲁镇的黑夜与白天》,《北方的盐》, 第64—65页, 江苏文艺出版社, 2006年。

作为一个作家，迟子建似乎在证明这样一个事实：一个清醒的现实主义者同样可以是一个彻底的理想主义者。就像她说的："我觉得生活肯定是寒冷的，从人的整个生命历程来讲，从宗教的意义来讲，人就是偶然抛到大地的一粒尘埃，他注定要消失。人在宇宙是个瞬间，而宇宙却是永恒的。所以人肯定会有一种与生俱来的苍凉感，那么我们所能做的，就是在这个苍凉的世界上多给自己和他人一点温暖。在离去的时候，心里不至于后悔来到这个苍凉的世事一回，我相信这种力量是更强大的。我从小在北极村长大，十月份至次年的五月，都是风雪弥漫的时候，在那个环境中，如果有一个火炉，大家就很自然地朝它靠近。"[①]正因为如此，迟子建喜欢雨果和托尔斯泰。因为雨果也很少把一个恶人逼到绝境，像冉阿让这种人都会让他心灵发现。托尔斯泰写的《复活》，也是这样。迟子建的小说很少写大奸大恶，所以像《雾月牛栏》《夜行船》《西街魂儿》《百雀林》……迟子建都给迷失者自我觉悟、返回本性的路途。

　　"芳草在沼泽中"，"飘飞的剪影在暗夜中有一种惊世骇俗的美"（《五丈寺庙会》），迟子建的小说写光之于暗，善之于恶，梦想之于绝望。如《热鸟》所写，正是大鸟的逍遥梦才能让赵雷见出父母亲生活的虚伪和假面。"我一直以为这样尽善尽美的环境没有给想象以飞翔的动力，而荒凉、偏僻的不毛之地却给想象力提供了更广阔的空间。可惜这样的地方又缺乏足够的精神给养。没有了满足感、自适感，憧憬便在缺憾、失落、屈辱中脱颖而出，憧憬因而得比现实本身更为光彩夺目。"[②]迟子建坚持认为，一个作家要自觉地去寻找并葆有大风雪中这个小火炉。所以，她对俄罗斯作家拉斯普京的《伊万的女儿伊万的母亲》序言中的一句话有着深刻的会意。这句话说："这个世界上的恶是强大的，但比起恶来，爱与美更强大。"当我们读迟子建的小说，从她的悲悯和宽宥之心看去，我们每个人原来都揣着良善之心，或者只要我们愿意把那些自私、猜疑、嫉妒、贪婪、残忍从我们的心底赶走，世界将会重新接纳我们。我不知道什么原因，迟子建特别喜欢写旅行，《热鸟》《向着白夜旅行》《踏着

---

①　迟子建、郭力：《现代文明的伤怀者》，《南方文坛》2008 年第 1 期。

②　迟子建：《必要的丧失》，《北方的盐》，第 176 页，江苏文艺出版社，2006 年。

月光的行板》《世界上所有的夜晚》《观彗记》《逆行精灵》《第三地晚餐》《草原》……是不是她私心里总愿意把人生看作向善的行旅？《岸上的美奴》中的美奴、《鸭如花》中的逃犯、《青草如歌的正午》中的父亲母亲，还有许多在尘泥中颠簸的"罪人"，迟子建对他们同样也充满痛惜与爱怜。而且就像迟子建在《蒲草灯》和《第三地晚餐》中所直面的，许多时候罪人获罪常常因为他们就预先生活在一个有罪的世界里，犯罪者同样是我们世界中的被侮辱被损害者。沉入到世道人心的最幽深细弱之处，痛惜与爱怜、温暖与爱意在迟子建那里差不多长成一种"信仰"了；哪怕这样的"信仰"像《观彗记》中的彗星那样难以遭逢，哪怕"信仰"之后得到的只是《日落碗窑》中唯一的金色泥碗。

迟子建终究是一个现实主义作家。作为一个现实主义作家，迟子建能够体会到巴尔扎克深切地体会到的："历史的规律，同小说的规律不一样，不是以一个美好的理想作为目标。历史所记载的是，或应该是，过去发生的事实，而小说却应该描写一个更美满的世界……可是，如果在这种庄严的谎话里，小说在细节上不是真实的话，它就毫无足取了。"[1] 因此，有一点必须得到澄清，迟子建并不像有的研究者所认为的就是一个温情主义者。事实上，单一的温情主义是虚弱的、避世的。迟子建给人"憧憬"，但她自己清醒"庄严的谎话"和"真实的细节"的尺度和界限，甚至要不惜将"憧憬"的幻影戳破。从这个角度看，迟子建《秧歌》的意义就不止在呈现了一个丰盈的民间和底层世界，小说最为惊心动魄的是会会为了一睹小梳妆这个传奇式的"标致得不同寻常"的女子掘了小梳妆的坟。迟子建是"醒"着的。迟子建的长篇小说《树下》和《越过云层的晴朗》写一人一狗在苦难的大地上行走。《树下》的最后却写："他们在一起重温了那种无法言说的美丽的温情。他们似乎有些疲倦了。天大概就要亮了，黑夜带着全农场人的沉甸甸的温情满意地离去了，单薄苍白的白天即将到来。必须睡上一觉了，他们这样说着，彼此沉入了梦乡。七斗在那个沉沉的梦乡中见到了那匹久违于她的白马，白马暴露在月光下，醒来后，她有

---

① 巴尔扎克：《〈人间喜剧〉前言》，《西方文论选》（下册），第173页，上海译文出版社，1979年。

一种说不出的忧伤。"而《越过云层的晴朗》中的狗在弥留之际所感受的是："我很快越过云层，被无边无际的光明笼罩着，再也看不到身下这个在我眼里只有黑白两色的人间了。"

所以，我坚持认为迟子建小说的底子终是苍凉。迟子建写《额尔古纳河右岸》时说："这是一个我满意的苍凉自述的开头。"[①] 看到这句话，我忽然感到迟子建从一九八〇年代的《那丢失的……》《沉睡的大固其固》《北极村童话》开始就有一个"苍凉自述的开头"。

迟子建如何进入文学史？

几乎每一个谈论迟子建的研究者都指出迟子建是少有的没有进入当代文学史叙述谱系的重要作家。一般说，能够进入文学史叙述谱系的作家必须在"经典"或者"样本"方面为一个时代的文学提供新经验。因此，进入文学史的作家也许不一定是我们想象的代表一个时代最高文学水准的"经典"的写作者，他也可能只是提供了反映一个时代文学症候的"样本"。如果从经典性的角度来做取舍，现在关于新时期文学三十年的文学史叙述所涉及的作品估计有一大半要被剔除。以伤痕文学为例，类似于《伤痕》《班主任》这些进入了文学史叙述的小说，它们的审美性、文学性能够称得上"经典"吗？所以说，一个作家是否能够进入文学史叙述的谱系，关键要看他是否在恰当的时候写出了恰当的作品。而且从当代中国文学史写作的现实来看，文学思潮和流派常常是关注的重点。那么一个作家如果没有恰当的流派可以依傍，而又在思潮之外自顾自地写作，要进入文学史叙述就相当难了。

迟子建如何进入文学史？当然不妨做一番假想。可以假定不改变现在的文学史叙述秩序和格局，承认现在关于新时期文学史叙述的合法性和有效性，迟子建写作的起点应该是寻根文学和先锋文学。迟子建最早被大家关注的《北极村童话》写遥远的边地生活，虽然在地域性指标上接近寻根文学，但作为一

---

① 迟子建：《心在千山外——在渤海大学的讲演》，《当代作家评论》2006 年第 4 期。

篇对于童年往事的追忆之作，《北极村童话》显然经不起寻根文学式的文化解读。而且从文化立场上看，以《初春大迁徙》为例，迟子建写一个村子向蛮荒之地的迁徙和归。一定意义上，其路径和寻根文学是背向的。再说先锋文学，迟子建小说从来不以"炫技"见长。"我不喜欢现在的中国文学，这种文学实质上是读了一些博尔赫斯等西方小说舶来品之后对它的一种拙劣的模仿。"①这样的文学观决定了她"反技"的先锋文学之外的写作姿态。一九九〇年前后的"新写实"成就了女作家方方和池莉，而这时的迟子建也连续在重要的文学刊物《收获》《人民文学》《钟山》等上发表了《遥渡相思》《原始风景》《怀想时节》《炉火依然》，我坚持认为这是迟子建作为一个优秀作家的重要转折时期。但这是一个属于"原生态"的文学时代，而迟子建这个时候的文学却是空灵、冥想，和自己的一场"心变得更为狼狈"的爱情相关②。这是迟子建整个创作中最远的一次"出走"，可随后迟子建又在故乡"恢复了往日的平静"③，富有意味的是迟子建似乎要把这次"出走"永远地隐藏起来。在江苏文艺出版社一九九七年出版的《迟子建文集》和上海人民出版社二〇〇八年出版的《迟子建中篇小说集》中，这个时期的小说都只收入了一篇和《北极村童话》相近的《原始风景》。应该说，从现在看，《遥渡相思》《怀想时节》《炉火依然》呈现了迟子建写作另一方面的才能，它在后来的《向着白夜旅行》和《逆行精灵》中有影影绰绰的印痕，但越是接近后来迟子建和批评家都越是有意无意压抑和忽视这方面的才能。

一九九二年，迟子建进入了一个"旧时代"的写作阶段，这里面包括《旧时代的磨房》《秧歌》《香坊》等。应该说，这是迟子建写作生涯中和所谓文学思潮最靠近的一次。这些小说，包括后来的《伪满洲国》，"新历史小说"是可能把这些小说收编其中的。但我们文学史叙述对"新历史小说"的兴趣更多地放在对近现代"革命"的颠覆和重述上。在庶民的历史没有得到充分尊重

---

① 迟子建：《温情的力量》，张英编著：《文学的力量：当代著名作家访谈录》，第295页，民族出版社，2001年。

② 迟子建：《秧歌》，自序第1页，江苏文艺出版社，1997年。

③ 迟子建：《秧歌》，自序第2页，江苏文艺出版社，1997年。

的时代，迟子建小说草民"旧时代"的历史之"新"当然很难凸显。而且对草民"旧时代"的历史，迟子建的把握和拿捏也是节制、收敛的。"新历史小说"需要的是"三十年河东，三十年河西"的"复辟"，而不是迟子建式的历史一如往昔的"徐慢慢、杨学礼夫妇、苏应时的母亲以及大地主张得富都先后离开了人世"。"我们那小镇一如往昔地存在着。种地的，他就依然种着地；卖粮的，他也依然卖着粮；行医的，也依然照顾着病人。小学校的学生毕业了无数，校长也换了几届，可钟声依然如往昔那般沉闷、悠远。"（《东窗》）至于《伪满洲国》，从在《钟山》发表的《满洲国》到后来出版的《伪满洲国》，我们是不是可以发现许多意味深长的东西？从小说与现实的关系看，小说从来就是"作伪"的，那么《伪满洲国》之"伪"究竟在强调小说的文体规定性，还是在规避可能的意识形态禁忌？

　　一九九〇年代中后期是迟子建创作的成熟期。《逝川》《亲亲土豆》《雾月牛栏》《清水洗尘》《灰街瓦云》《向着白夜旅行》《岸上的美奴》《逆行精灵》《观彗记》《五丈寺庙会》《伪满洲国》等重要作品都写于这个时候。这是新时期女性作家的骚动和哗变期，但文学史所强调的女性性别意识是与"男性"或者"男权"相区别的"女性""女权"的性别对抗，而迟子建小说中"掺杂着性别中天性的东西"，"女性对万事万物，在天性上比男人更敏感"[1]。因而，迟子建那种和整个人类与生俱来的、温和与宽宥的"女性"世界观一定程度上和"男性"是共生、缠绕，甚至和解和互补的。

　　新世纪的迟子建有了更为辽阔和沉静的气象。对于一个作家而言，"中年写作"是一个自我澄清的结果。那些能够留下来的已然经过一次次摸索和淘洗。《一匹马两个人》《雪坝下的新娘》《微风入林》《一坛猪油》《世界上所有的夜晚》《第三地晚餐》《额尔古纳河右岸》……这些小说，迟子建的焦虑、惘然、忧戚和伤怀浮动。在一个大动荡的时代，迟子建怎么能生生地从残缺、苦难处出发而归于弥合和温煦呢？迟子建的小说中开始出现化解不了的冷硬和荒寒。《灰街瓦云》《雪坝下的新娘》《野炊图》《起舞》《额尔古纳河右岸》

---

① 　迟子建、郭力：《现代文明的伤怀者》，《南方文坛》2008 年第 1 期。

这小说或者爱失风尘，或者恶行当道，迟子建娴熟的由恶向善的转换术失灵。迟子建自己质疑着自己，书写着"比起恶来，爱与美更强大"的反例。一个新的迟子建俨然呼之欲出。如她自己所说："我从没有要把自己和文学创作有意识地进行定位。顺其自然，风格的转变、对艺术的理解以及文学观都不知不觉就改变了。在我还是个小女孩的时候，正值二十来岁，大自然在我眼里充满了诗情画意，而年纪大了，很多想法都变了，与现实有直接关系。并不是在文学上大彻大悟了，而是岁月不饶人，它予人无形之中一种沧桑感，使你在写作上倾向于朴素的情感。"[①] 此前，《逝川》《亲亲土豆》《雾月牛栏》《白银那》中的人之"本性"可能蒙垢，但拂去尘埃依然是金子般的光芒。而现在，在巨大的毁坏面前，人性之善还能护卫我们的最后家园吗？对于这个问题，迟子建是游移的。而徘徊于"信"与"不信"，迟子建可能逼近幽微，走向深刻。作为在一个大变局的中国和世界中生活和写作的作家，作为在一个对世界抱有信仰的作家，迟子建的焦虑、惘然、忧戚和伤怀可以成就"经典"或者作为"样本"。而我们的文学史准备怎样接纳迟子建呢？

换个角度看呢？如果我们仅仅把现在的文学史叙述作为进入历史的一种可能呢？事实上，从一开始，迟子建的写作就自有谱系。迟子建喜欢《金瓶梅》"对市井生活风情民俗和语言的那种老到、平白"。她认为："现代小说这么发展，确实是一种倒退，不是进步。比如明清小说就是追求一种民间野史类的写法，但不同于现在的民间文学。那个时代的民间文学是很高雅的，看起来琴棋书画行云流水非常舒缓。"[②] 而按照巴尔扎克的观点，作为风俗史的小说是与"公共生活"不同的东西，近乎中国的"民间野史"。他认为："我对于经久的、日常的、隐秘或明显的事实，个人生活的行为，它们的起因和它们的原则的重视，同到现在为止历史家对各民族公共生活的重视一样。"[③] 如果从这个角度回到迟子建写作的起点，迟子建把她北极村的故事称为"童话"就是很

① 迟子建、郭力：《现代文明的伤怀者》，《南方文坛》2008年第1期。

② 迟子建：《温情的力量》，张英编著：《文学的力量》，第295页，民族出版社，2001年。

③ 巴尔扎克：《〈人间喜剧〉前言》，《西方文论选》（下册），第175页，上海译文出版社，1979年。

有意思的了。按周作人说，"童话""无一定的时地与人名，也不信为史实，只是讲了听得好玩的"，"现在用了日本输入的新名词称之曰童话，其实这并不是只有儿童要听的故事，尤其不是儿童读物，它的原意是'希奇事儿'"①。"希奇事儿"的童话在中国古典小说中其实和志怪、传奇、小说的"传奇性"是一路的货色。所以迟子建的小说要讲那么多幽灵、神迹、梦境的诡异，要说那么多悲欢离合、因果报应，甚至中国古典小说察人观世的那种"平白"，那种朴素的期许也被迟子建搜罗在册。而在这种意义上，二十多年的小说写作中，迟子建在别人获稻的时候，她却在捡拾被弃置在收获的田野上的稗子。应该说，今天的小说家越来越意识到"小说稗类"的意义。而有一天"小说稗类"的文类意义被重新唤醒，迟子建是不是可以进入文学史了呢？至于迟子建，她所置身的世界不再是"黑白两色的人间"，不是明清，也不是十九世纪的巴黎、伦敦和俄罗斯，而是《世界上所有的夜晚》，是《起舞》，是《额尔古纳河右岸》那个复杂、缠绕的"中国"。同样，如果她再讲述"小说稗类"，再写作为风俗史的小说，明清小说和巴尔扎克们肯定是不够用的。

"我相信生命是有去处的"

说到"小说稗类"、"民间野史"、"希奇事儿"的童话这些，我们可以把话题稍微展开。现代小说和"小说稗类"的中国小说传统比较，隐而不彰的东西还有许多，比如谈狐论鬼的癖好。在这方面，迟子建小说揭示了更深的沉默和更远的消逝。这些小说：

> 这时豁唇突然发现在雾间有一个斜斜的素装的女人在飞来飞去，她披散着乌发，肌肤光洁动人，她飞得恣意逍遥，比鸟的姿态还美。
>
> ——《逆行精灵》

---

① 周作人：《〈乌克兰民间故事〉凡例》，钟叔河编：《知堂序跋》，第535页，岳麓书社，1987年。

她感觉到她和曲儿之间的那团红光已经慢慢地走出房子，穿过屋内的空地，穿过门，走向起风的空气中。风掀动着无层次的尘埃，一片茫茫无际的土黄色笼罩着世界。

——《遥渡相思》

走到桥头的时候，我忽然在黑压压的人群中发现了禾。我发现他完全是因为走到桥头时心怦然一跳，接着我感觉到人群中有一个人的眼睛冷冷地亮了一下，他的身影就是这样被突出出来的。

——《炉火依然》

我已经是第三次来到河岸了。河岸上没有行人，远远近近都飘飞着轻盈的雪花，对岸的渔村因为苍茫而若隐若现。

——《九朵蝴蝶花》

我和玛利亚把血肉模糊的果格力抱回希楞柱的时候，妮浩回来了。她一进来就打了一个激灵。她看了看果格力，平静地对我们说，我知道，他是从树上摔下来的。妮浩哭着告诉我们，她离开营地的时候，就知道她如果救活了那个孩子，她自己就要失去一个孩子。我问她这是为什么，妮浩说，天要那个孩子去，我把他留下来了，我的孩子就要顶替他去那里。

——《额尔古纳河右岸》

幽灵、神迹、梦境，迟子建的意义世界是有"神"的。《向着白夜旅行》写"我"与一个幽灵结伴出游北极村的故事。迟子建自己认为："也许由于我生长在偏僻的漠北小镇的缘故，我对灵魂的有无一直怀有浓厚的兴趣。在那里，生命总是以两种形式存在，一种是活着，一种是死去后在活人的梦境和简朴的生活中频频出现。不止一个人跟我说他们遇见过鬼魂，这使我对暗夜充满了恐惧和一种神秘的激动。"①一定意义上，这里的"神"之有无不仅仅是一个科学问题，而且涉及世界观，涉及我们如何建构我们的精神和意义世界，如何安顿我们的灵魂。可以从很多方面去讨论十九世纪以降乡土中国的巨变，其中一个重要方面应该是我们不再像从前那样对鬼神充满敬畏之心，而迟子建的小说则沐浴着神灵的恩泽。"我在大兴安岭出生和长大，没有很厚的家学底子。所以东北文化对我来说更多地体现在小时候听历史传奇、乡里乡亲讲述的神话鬼怪故事。"②"我的故乡因为遥远而人迹罕至，它容纳了太多的神话和传说。所以在我记忆中的房屋、牛栏、猪舍、菜园、坟茔、山川河流、日月星辰等等，无一不沾染了它们的色彩和气韵。我笔下的人物显然也无法逃脱它们的笼罩。我所理解的活生生的人不是平常所指的按现实规律生活的人，而是被神灵之光包围的人。"③有着这样的成长背景，我们自然不难理解迟子建经验的诡魅世界。

　　应该重新认识迟子建小说对"中国小说经验"的呈现。幽灵神迹对中国人的日常生活和精神世界的参与曾经是中国文学中最富有想象力的部分，同样也是迟子建小说中最为惊艳的部分。"我不相信梦是假的"，"我不相信死无报应"，这可以作为迟子建小说的真实。这类似于卡尔维诺所说的"民间故事是真实的"。卡尔维诺在编辑《意大利童话》时意识到这样的真实，他认为："似乎各个国家和民族的生活，在现今处于停滞之中，而实际上任何事情都可能发生：蛇洞被打开，成了牛奶河；仁慈的君主却原来是暴虐蛮横的父亲；寂静无声、着了魔的王国突然复苏。我有这样一个印象：早已丧失的、在民间故事里统治一切的法规，正在我所打开的魔箱里蹦了出来。"不仅如此，卡尔维诺还认为："本质上平等的人类被任意分成帝王和平民；生活中常见的无辜者遭受迫害和随之而来的复仇；情人初遇不期，爱情刚刚萌发即已失去；普通人受符咒支配的共同命运，或是让未知的力量左右个人的存在。这些复杂因素渗透整个人生，迫使人们为解放自己、为掌握自己的命运而斗争；同时，我只有解放他人才能解放自己，因为这是我们自身解放的必要条件。这需要对奋斗目标的

①　迟子建：《秧歌》，自序第 2 页，江苏文艺出版社，1997 年。

②　迟子建、周景雷：《文学的第三地》，《当代作家评论》2006 年第 4 期。

③　迟子建：《谁饮天河之水》，《北方的盐》，第 238 页，江苏文艺出版社，2006 年。

忠诚，需要纯洁的心灵，它们是获得解放和胜利的根本。此外，还必须有美，这种美有时会蒙上卑微和丑陋的蛙皮，但故事中最为重要的因素是无穷无尽的变化和万物的统一：这包括人类、动植物和无机体。"[①] 如此看去，民间故事有着其与生俱来的逻辑。从这里出发，我们也许能够理解迟子建"简而直的善恶两分"世界的经验和想象。缘此，我们应该意识到当代中国文学对庶民史、地方志、风俗史、日常生活史意义上的书写的强调应该有更开放的"想象"包容。

想象力的匮乏和中国当代文学的困境，这是一个带有追溯原罪意味的题目。讨论这个问题，一个预设的前提就是想象力是推动文学进步的核心动力。对于想象力和文学的关系，我们无意也无力在这里仔细清理和辨析。想象力的匮乏不只是一个技术和能力的问题，如果仅仅是这个问题我们完全可以通过匠人式的习得获得想象力这种技术和能力。而从文学生态和作家精神状态来考察，我们其实发现，整个中国近现代一直到现在，甚至是更远的古典时代，是不利于想象力的生长的。子不语怪力乱神压抑了多少文学想象。中国文学想象力的抑制，"乃是受到长期大一统的专制政治上的限制"。远的不说，如果我们就考察一百年的中国现代白话文学史，就会发现"定制"式的文学观一直左右着作家的文学书写。中国现代文学的标准化生产，从知识群体的定制生产一路滑向国家定制。因此，研究现当代中国作家，很容易识别出他们所依据的公共的、通用的生产尺度和标准。在"定制"式的文学观支配下，我们可能不缺少知识分子想象、国家想象、民族想象和现代性想象，但个人想象往往被压抑和钳制着。有研究者认为，中国社会，"人文的世界，是现世的，是中庸的，是与日常生活紧切关连在一起的世界。在此种文化背景、民族性格之下，文学家自然地不要作超现世的想象，不要作惨绝人寰，有如希腊悲剧的走向极端的想象。中国文学家生活于人文世界之中，只在人文世界中发现人生、安顿人生，所以也只在人文世界中发挥他们的想象力"[②] 但如果我们把"小说稗类""民间野史"作为中国文学的一部分，这个判断可能就大有问题了。因而，作为风俗史的小

① 　卡尔维诺：《意大利童话》，序言第7—8页，上海文艺出版社，1985年。

② 　徐复观：《中国文学中的想象与真实》，《中国文学精神》，第74页，上海书店，2004年。

说中国，或者扩大到对整个乡土中国的书写，不谈狐不论鬼将多么了无生趣。在这方面，不仅仅是迟子建，苏童、莫言、阎连科、张炜、毕飞宇、阿来等都做了富有意味的探索。所以说，对于我们而言，当代文学其实同样存在着许多有待揭示的沉默。

正是在这样的背景下，《额尔古纳河右岸》是迟子建摆脱文学"定制"的一次自我想象远征。至今，无论是批评家还是迟子建自己，基本把《额尔古纳河右岸》的解读放在行将消逝的文明的挽歌之上。而我倾向于《额尔古纳河右岸》是关于神灵的史诗。"最后的萨满"，这应该是这部小说最富魅力和想象力的地方。小说的叙述者，那个九十岁的鄂温克老妇人说："我的身体是神灵给予的，我要在山里，把它还给神灵。"对于鄂温克人来说，能够交接神灵的是萨满。"尼都萨满是我父亲的哥哥，是我们乌力楞的族长，我叫他额格都阿玛，就是伯父的意思。我的记忆是由他开始的。"小说的结尾则是："妮浩就是在这个时候最后一次披挂上神衣、神帽、神裙，手持神鼓，开始了跳神求雨的""妮浩在雨中唱起了她生命中的最后一支神歌。可她没有唱完那支神歌，就倒在了雨水中——"

在人的颂歌时代，迟子建把最瑰丽的颂歌献给了神灵。

原载《当代作家评论》2009年第4期

庄重地离家，轻逸地回归

——论迟子建小说中的"离家模式"

史元明

当作家不断重复同一个叙述模式时，往往容易被简单地理解为模式化写作。其实，同一个模式的不断重复，固然可能沦落为空洞的变奏——这已被文学史不断证明过了，但也不乏优秀的作家，可以让它精彩纷呈。正如高明的魔术师，可以只用手上那唯一的白手绢幻化出千奇百怪的新元素。

如果说自二〇〇二年以来，迟子建的很多小说都在重复同一个模式，恐怕不至于太错。在这些小说中，作者往往将主人公安排在一个充满沉重和苦难的空间，正是这份苦难和沉重让他们产生了拯救的力量，于是有了离家，有了为探寻新的生存智慧而上路跋涉。迟子建非常钟爱的这个叙述模式，不妨称之为"离家模式"。这样的一个模式在迟子建早期的作品中也能偶尔见到，如一九九五年发表的中篇小说《向着白夜旅行》，就能见到这一模式的最初雏形。但是，在以后很长一段时间内，并没有见到迟子建对这一模式的习惯性使用。直到二〇〇二年发表《芳草在沼泽中》之后，"离家模式"才在她小说中频繁出现。那么，究竟是一种什么样的生命感觉让迟子建构想了这样一个叙述模式，这个模式的不断重复叙述所展示的作家精神进程又是如何发生的？

安贝托·艾柯将对小说的阐释形象地比喻为穿越丛林，而穿越一片丛林有两种方法：要么尝试各种可能的路线，以便用最快的速度走出去；要么为了探索丛林的模样，慢慢地沿着小路去婆娑，最终也会走出去。在这里，我不想急于用三两个段落概括迟子建的"离家模式"而是试图顺着作家的写作时序慢慢地走进"离家模式"，因为我发现迟子建每次使用这一模式时都有微妙的变化，而这些变化的背后隐藏了作家的精神发展历程。

《芳草在沼泽中》（《钟山》二〇〇二年第一期）营造了两个风格迥异的生存空间——回龙观和芦苇湖。回龙观是路边一个杂乱无章的小酒店，那随意的大声说话、放肆的行酒令、随时随地斗嘴打架以及遍布四周的暗娼将我们带到一个肮脏的物质空间，在这里，一对思想颓废、精神压抑的老友只能一杯杯喝着苦酒——酒桌的一边是在官场混了半辈子始终被人排挤的老吴，另一边是失恋的"我"。从物质到精神，回龙观都象征着生活的无奈和烦恼，这里处处是尴尬，是困境。于是，"我"只能离家，寻找化解困境的希望和力量。这就引出了小说中第二个生存空间——芦苇湖。芦苇湖盛传一个神话：如果能够寻到一种叫"芳草"的植物，就会摆脱一切烦恼，得道成仙，这个神话深深地吸引着"我"。然而，寻找芳草并不顺利，"我"碰到的反而是更大的无奈和烦恼，那就是被命运无情捉弄的"她"。小说中的"她"和"我"一样，并没有姓名，这似乎带有隐喻的味道，即无奈和烦恼是你、我、他每个人所共有的，并非个人的痛苦体验。"她"遭遇了常人无法想象的痛苦，但是仍然能够生活得平静、安详。这是因为"她"认识到："人活着其实就是因为有个形容不出来的内心生活，没有这个，生活就显得枯燥无味了……你过着简单朴素的日子，却没有人能够了解你的内心，你的内心装得下你渴望着的一切东西，心里有了，这还不够吗？""她"生存的智慧就是将自我救赎的希望转向了内在精神的修养、转向了心，而非任何外在的资源。在这里，迟子建确立了一条内在超越的人生路线，这也是中国文人普遍的价值观念。至此，"我"恍然大悟，所谓的让人摆脱烦恼和苦痛从而得道成仙的芳草不就是内心世界那种可以化解苦痛和烦恼的智慧吗？"我"领悟到了这棵内心的"芳草"之后，又重新回到回龙观，继续"我"的生活。小说结尾特意提到回龙观就要拆了，这其实在告诉我们，只要我们找到自己心中的那棵"芳草"，苦痛、烦恼的外在世界可以随意拆除。可惜，小说中的"她"无法形容出这棵内心的"芳草"究竟是什么，这表示迟子建也没有想通透。似乎，所有人都是像阿Q那样，又"忘却了"刚刚挨小D的那一顿打，重新开始平静地过起小日子。

这篇小说的空间结构可以描述为"回龙观→芦苇湖→即将拆除的回龙观"。这种外在空间结构的转变同时隐喻着小说的内在逻辑结构，那就是离家→精神探寻→回家。"家"成了小说的起点和终点，离家的目的是再次回家。当带着苦痛和沉重的主人公经历精神寻找的阵痛之后，再次回家就携带着阿Q式的希望和幸福。

所幸，迟子建并没有满足于那个"形容不出来的内心生活"，她在接下来的小说《一匹马两个人》（《收获》二○○三年第一期）中将生命的沉重和苦痛界定为隔膜和死亡，并在此基础上探寻生存的智慧。"一匹马拉着两个人，朝二道河子方向走……"小说开头第一句就暗示了人物活动的两大空间：一是作为起点的村子，二是归宿地二道河子。先来看看村子是一个什么样的所在。小说的主人公是一对年迈的夫妇，他们的儿子因强奸了村子里一个蛮横无理的村妇薛敏入狱。出狱后，自视清高的胡裁缝拒绝为强奸犯做衣服，这导致儿子的自尊心受到极大打击，所以又将胡裁缝也强奸了，落得再次入狱的下场。由于儿子的这番举动，老夫妇在村人面前再也抬不起头。村子里唯一能与老夫妇融洽相处的就是他们家那匹老马。小说通过这些事件将村子里人际关系的险恶呈现在读者面前，村子就寄寓了俗世生活的沉重和苦痛。二道河子是一块尚未被人开发的自然世界，是一方净土，小说通过大量的笔墨将这个空间描写得非常优美、宁静。老夫妇在儿子入狱后就经常去二道河子开荒，二道河子成了神话世界中的爱丽丝乐园，是老夫妇的精神家园。如何从世俗的村子到达爱丽丝乐园呢？作者为他们设置了一匹老马，其实暗喻着老马识途，让这匹有灵性的老马拉着他们离开世俗世界，皈依精神家园。在前往二道河子的长长的路途中，老太婆在睡梦中从马车上被抛下来，头正好碰到一块尖石，就这样突然地死去。

她的老伴只能将她的尸体埋到了二道河子，而老头子自己也在一次睡梦中死在马车上，由马拉着他的尸体到了二道河子。如此，老夫妇终于到达了爱丽丝乐园——这个神话传说中只有至善之人死后才能到达的永恒的乐园。

小说的叙事结构呈现为"村子→前往二道河子长长的小路→二道河子"。从这样的一个结构中，我们需要探寻迟子建是通过什么方式来化解世俗的沉重和苦痛的。这个结构中的要素有三个：老马、二道河子、老夫妇。马代表的是动物，它在小说中是老夫妇和儿子在村子里唯一的朋友，很多漫漫长夜，他们一家三口都是依靠和老马谈心来度过的；二道河子象征着自然世界，小说中优美宁静的自然世界可以洗涤内心的沉重和苦痛，从而上升为精神家园；来自村子的老夫妇则象征着俗世生活的苦痛。这样就出现人、动物、自然三极有机共存的诗意世界。当生命面对死亡的苦痛时，人类之间却不能互相理解、互相安慰，只有到动物那里，到自然那里去寻找精神的抚慰，这无论如何都寄寓了迟子建对人性的某种失望。虽然迟子建是一个善于从平庸和世俗中发现人性温情的作家，但是此时——或许是由于丈夫不幸逝世——她流露了失望和无奈。但是，在失望和无奈的反衬之下，老夫妇间清澈醇厚的感情却越加浓香。迟子建将死亡处理得非常诗意、美好，就像在春天的微风中的一场熟睡，似乎在告诉我们死亡只是一种变化，是人生恒常变化中的一种，仅此而已。初看起来，好像作家已经参透生死，已经走出了个人的痛苦记忆，可以豁达而平静地面对死亡，可是，我要说，这只是她对情绪的一种手段化压抑，她试图强迫自己接受死亡是美妙的这一谬论，以图化解个人的痛苦记忆。迟子建并没有真正超脱或忘却，这种压抑最终必将爆发。

《世界上所有的夜晚》（《钟山》二〇〇五年第三期）就是她对死亡恐惧体验有节制的倾诉。小说以"我想把脸涂上厚厚的泥巴，不让人看到我的哀伤"这句话开篇，既铺垫了小说悲伤和惧怕的情感基调，也暗示着小说的思想目标就是精神疗伤。"我"的魔术师丈夫在一次交通事故中意外丧生，生活突然而临的悲痛迫使"我"产生离家出行的念头，目的地是三山湖。在途中，"我"来到了乌塘，认识了蒋百嫂。她的丈夫在一次矿难中尸骨无存，其他九位和他一起下矿的工人都找到了尸体，唯独蒋百却像空气一样消失得无影无踪。蒋百嫂因此而成为一个酒鬼，并逐渐从一个正当的女人沦落成连捡垃圾老头都可以和她过夜的下流女人。整个乌塘镇都在追问蒋百的尸体，"我"终于揭开了谜底。原来蒋百的尸体早就找到了，只不过因为地方领导要高升，就将他制造成"失踪"，这样领导就可以逃避行政责任。其实，蒋百嫂在接受领导给的"补偿"之后，一直将丈夫的尸体放在家里的冰柜中。这个谜底不仅震撼着"我"，也震撼着每个读者。蒋百嫂的悲痛远远超过了"我"的丧夫之痛，甚至整个乌塘都是一个充满悲痛和邪恶的地狱。"我"默默地离开了乌塘，来到三山湖，在"来自天堂的阳光"下，"我已经把脸涂上厚厚的泥巴，坐在红泥泉边，没人能看见我的哀伤了"。

　　小说的离家模式可以表述为"家→乌塘→三山湖"，如果说《一匹马两个人》是通过刻意地压制痛苦，依靠大自然的宁静和悠然来化解生活的沉重和苦痛的话，那么《世界上所有的夜晚》是通过扩大痛苦，让"我"感受人世间无处不在的大悲痛，来化解"我"个人的小悲痛。迟子建从这种大悲痛中产生了大怜悯，正如她自己说的，"我认为文学写作本身也是一种具有宗教情怀的精神活动，而宗教的最终目的也就是达到真正的悲天悯人之境"①。只有这种悲天悯人的情怀才能包容人世间的大悲痛，这也是一个优秀作家的标志。正如泰纳在《巴尔扎克论》中所说："对于事物有总体观是高级才智的标志……一个科学家，如果没有哲学思想，便只是个做粗活的工匠，一个艺术家没有哲学思想，便只是个供玩乐的艺人。"泰纳称赞巴尔扎克之所以伟大，就是因为"对一切事物都有概括的看法"②。迟子建从人类悲痛中演化出来的普世的怜悯思想，正是她对事物的一种"概括看法"，这让她的写作充满庄重的高尚，而绝非技巧的玩弄。

　　"离家模式"在迟子建的长篇小说《额尔古纳河右岸》（《收获》二〇〇五年第六期）中显得更为重要，同时也产生质的变化。小说在整体上存在一个大的"离家模式"：鄂温克族世代居住的森林、草原面临着自然生态的

①　迟子建、周景雷：《文学的第三地》，《当代作家评论》2006 年第 4 期。

②　泰纳：《巴尔扎克论》，《文艺理论译丛》1957 年第 2 期。

严重破坏，并且他们古老的游牧文化生态也逐渐遭到现代文明的侵蚀，于是就被迫迁徙到一个叫布苏的城镇居住，接受工业文明的驯化。在这个大的离家模式中，又包含着许多小的"离家模式"，那就是未搬到布苏前的传统游牧生涯中，当驯鹿没有丰富的草皮，或者当族人面临严寒酷热时，族长和萨满就会带领他们不断迁徙营地。这种迁徙是一种循环式的运动，是在那片森林和草原的范围内周期性的离家、回家。《额尔古纳河右岸》中的离家模式不是寄寓着对个体生存困境和苦痛的反抗，而是事关一个民族的命运。迟子建关注的是鄂温克族的困境和苦痛。小说成功地塑造了两个萨满——尼都萨满和妮浩萨满，在他们的指引下，这个灾难沉重而又顽强拼搏的民族不断战胜生存的困境和苦痛，有意思的是他们战胜困境的办法就是迁徙。极端落后的科技生产力根本无法让这个民族在大自然面前进行任何抵抗，但是，他们不需要抵抗，他们找到了和自然和谐相处的智慧。正如伊塔洛·卡尔维诺说的："对威胁部落生存的灾难——干旱、疾病和其他不幸，萨满教徒的办法是，减轻自己的体重，飞到另一个世界去，依靠另一种知觉去寻找战胜灾难的力量。"在《额尔古纳河右岸》中，"离家"成为这个游牧民族最惯常的，也是最有效的生存手段和智慧，"离家"就是他们生存的一部分。当鄂温克人面临生存困境时，他们没有想过要依靠智慧来化解困境，他们只是本能地离开那里，换个地方继续生活。在这里，迟子建不再像以上的小说那样将"离家"视为寻找生存智慧的手段，"离家"本身就是智慧。无疑，迟子建的思想有了新的变化。这让我们想起西绪福斯的神话，主神宙斯为了惩罚西绪福斯，让他将一块圆形的巨石从山底推向山顶。如果将山底看成是"离家"的出发地，山顶就是目的地，那么，巨石只能在出发地和目的地之间的路途上徘徊。因此姚斯在解读这个神话时，认为西绪福斯这一举动的意义就是过程本身，意义不是发生在目的地，而产生在寻找目的地的过程中。这样，迟子建就否弃了智慧的寻找，也就是说"离家"的意义不再是为了寻找目的地，那么"离家模式"又将如何叙述呢？

《额尔古纳河右岸》之后，迟子建拿出了《第三地晚餐》（《当代》二〇〇六年第二期）。所谓的"第三地"是指现代都市中，夫妻在自己的家庭之外，另外开辟一块隐秘的场所，幽会各自的情人。小说讲述"我"觉察到丈夫近期的种种异象，因此怀疑他开辟了"第三地"。在这种猜忌中，夫妻关系急速恶化，最终分居。而"我"终于忍受不了这种冷战的家庭氛围，也出去开辟了"第三地"，但是"我"去第三地只是为了给陌生人做一顿晚饭。小说叙述的张力就在家→第三地→家这样的循环中呈现。在小说的结尾，谜底解开了。原来丈夫因为发现自己得了绝症而制造开辟"第三地"的假象，故意冷落她。这篇小说的矛盾冲突来源于丈夫发现绝症后故意疏远原本感情很好的妻子，这个冲突并不高明，甚至有些平庸。在这里，我并不想过多地谈论这个问题，也不想将精力放到小说的思想情感上。我感兴趣的是小说的结构体现出来的意义。小说整体上的空间结构呈现为"家→第三地→家"。表面上看起来，这和以前写作的《芳草在沼泽中》的结构模式是一致的。但是《芳草在沼泽中》的回龙观所体现出的生活烦恼和苦痛是有效的，而这篇小说中的苦痛和烦恼却是一个人为制造的假象。因此，如果前者离家寻找内心的芳草是充满价值的举动，后者离家就是被表象所迷后的错误行动，这样的行走不可能到达理想的目的地。这个结构因此呈现出一种新的隐喻，那就是真正的目的地其实就是出发地，对"我"来说，真正有价值的还是家庭。如果说《额尔古纳河右岸》否弃了目的地的存在，而将意义定位在"离家"本身的话，那么《第三地晚餐》则进一步否认了"离家"，"离家"仅仅是一次假象基础上的错误行动，真正的意义就在于生活的出发地，根本不需要寻找。如果历时地来理解迟子建小说中"离家模式"的脉络，那么《第三地晚餐》似乎在告诉我们，所谓生活的苦痛和烦恼，那都是假象，只是因为我们不具有看穿这一切假象的慧眼，才被陷于迷梦中；因此，"离家"也就变得毫无意义。至此，迟子建的"离家模式"变得越来越充满悖论了，她的精神旅行创造出了"离家模式"，同时又在不断的精神探索中，否定了这一模式的价值。这是一个非常有意义的循环，这个循环透露出迟子建思想的一次羽化——"离家模式"的产生是随着作者思想的苦痛而产生的，而这个模式消失是不是就意味着苦痛的消失呢？在这一轮循环中，我们可以看到迟子建如何一步步地获得了超越苦痛的智慧。

　　《额尔古纳河右岸》否弃了目的地，到《第三地晚餐》中又进一步否弃了"离家"这个过程本身的价值，因此，离家模式的结构就被拆毁了。这个因沉重和苦痛而产生的模式，它的拆毁就意味作者已经在思想层面上超越了生活中的沉重和苦痛。但是，这种超越不是一劳永逸的，任何思想感悟到的真理只有运用到生活中才叫智慧，这一过程需要走更长的路。既然，迟子建已经在思想上有了新的突破，那么"离家模式"还有继续存在的必要吗？《草原》是迟子建二〇〇八年发表的一篇作品，作品中依然存在这个模式。小说的开头第一句写道："我一直梦想着，有一天来到草原上，住在牧民的毡房里，喝奶茶，吃手抓羊肉，听马头琴。"因此，"我"离开了齐齐哈尔的家，往草原前进。小说的结构依然体现为"家→草原→家"。虽然在形式上仍然是一个完整的离家模式，但是，其内涵发生了颠覆性的变化。在以前的小说中，作为出发地的"家"象征着生活的苦痛、烦恼、艰辛等等，离家是为了化解这一切。但是到了《草原》中，"我"之所以离家只是想实现小说第一句所传达给我们的那个梦想，事实上，"我"和妻子非常恩爱，家庭非常美满，并不存在苦痛，也就不需要离家寻找精神家园。和以上小说中的"我"不同，《草原》中的"我"是带着平和的心态离家而行。小说中有一个细节很好地表明了这一点：因为乘坐的车坏了，不能如期到达目的地，这时"我"坦然道："在我心中，生活是要有所停顿的，而美恰恰会在停顿的时刻生成。"这句话体现了小说的思想基调。因此，虽然在形式上《草原》还是呈现出"离家模式"的特征，但是其内涵已经发生颠覆性变化——它没有了苦痛的空间，也就失去了寻找的动力，最终也不会产生新的生命体验和生存智慧。

至此，我们可以说"离家模式"已经死亡。或许在以后的创作中，这种模式还会出现在迟子建的小说中，但是要么这种模式所承载的内涵有所更化，要么迟子建真的陷入了模式化叙事的泥淖。

二

迟子建小说中的主人公最终都能回到家，回归温情。无论是《芳草在沼泽中》那即将拆除的回龙观、《一匹马两个人》中的"二道河子"、《世界上所有的夜晚》中的"三山湖"还是《第三地晚餐》中的"家"，主人公最终都能得到化解苦痛的新智慧，从而成功地返"家"——"二道河子"和"三山湖"虽然不是主人公最初的生活空间，却是精神家园的象征。但是，和"离家模式"相似的鲁迅"离去→归来→再离去"模式体现出来的却是无地的彷徨，主人公不仅是现实生活中的流浪者，也是精神世界的流浪汉。他们无法找到最终的归宿。无论是《在酒楼上》的吕纬甫，还是《故乡》中的"我"，他们早年离家探寻新的出路，结果只不过像苍蝇一样飞了一圈，又回到原地，并没能找到希望和出路。所以他们最终都是以再次离家为结尾继续进行出路的探寻。我想要问的是：为什么会出现这种差别，这种差别又寄寓了两代作家何种不同的生命反思？

如果说迟子建的痛苦生命体验是属于她个人的记忆，那么鲁迅的体验更多携带了深层的民族的因素。《故乡》中的"我"和《在酒楼上》的吕纬甫要寻找的是那个时代的出路，所以个人的命运被安置到时代的动荡中，其实他们要寻求的是那个时代的、民族的希望，因而极其沉重，这客观上导致了仅凭鲁迅个人努力是无法化解这个困境的。关于这一点，鲁迅研究中已有诸多论述，这里不必展开。迟子建的"离家模式"虽然也透露出时代共同的困境，但是作家关注的主要是个人化的体验和个体的命运。比如《世界上所有的夜晚》，"我"因需要抹平丧夫之痛而获得对世人的大怜悯情怀，就带有强烈的个人记忆；《第三地晚餐》中夫妻之间美丽的误解以及这个误解最终冰释也没有携带什么时代性的沉重和苦痛；即使是描写一个民族百年命运的《额尔古纳河右岸》这样的作品，作者也是通过一个九十多岁的老人来讲述这段历史，让一个民族的历史和命运通过一位耄耋老人的口呈现在读者面前，也是充满着个人化情感。所以，当沉重和苦痛依附到时代命运、民族前途等宏大主题上，化解它们就显得困难，因为这不是文学所能轻易担负得起的重担；而当沉重和苦痛建立在个人生命体验上的时候，化解的曙光就在迟子建小说中升起，所以她的小说总能回归温情。鲁迅所认识到的沉重和苦痛太过深广，从而形成了他"忧愤深广"的创作风格。他的小说结尾留给我们的往往是绝望和黑暗，他不能化解这股绝望和黑暗，只能"引起疗救的注意"；而迟子建则称自己的写作是"寒夜尽头的几缕晨曦"，她说："如果我们仅仅把一个伤口挑开来看，就像一个医生把一个晚期癌症患者弃置在病床上不顾一样，是不负责任的。但不管是医生也好，作家也好，我是期望能够做一些关怀性的工作。"① 所谓的"关怀性的工作"正是上文所述的困境中生存智慧的探寻。迟子建的个人化叙述姿态获得了读者的共鸣，也就是说她不是在诉说个人的呓语，而是在表达普遍的梦想。她的小说因此而充满着解读的张力，同时也让我们看到了当代文学离开宏大主题回到个人化叙述后所展示出的勃勃生机。

优秀的文学作品，应该是沉重和苦痛生活的反作用力，它能为生活提供某种帮助，而不应该是将沉重和苦痛简单地留给读者。这就涉及作家如何去化解困境的问题。鲁迅并非没有试图对沉重和苦痛进行化解，但是他化解的方式和迟子建大相径庭。伊塔洛·卡尔维诺在他的《美国讲稿》中提到：希腊神话中的戈耳工女妖美杜莎，她的目光可以让一切活着的生命变成石头，英雄柏尔修斯则是通过盾牌的反射看着她的形象，从而成功地取下了女妖的头颅。伊塔洛·卡尔维诺赋这个神话故事一种新的象征——作家与世界的关系②，那就是作家必须认识到这个世界的沉重和苦痛，这沉重和苦痛正如美杜莎能石化一切生命的目光一样可怕，同时作家又要能像帕尔休斯一样"轻逸"地化解这个沉重的矛盾。他用了"轻逸"这个词来概括文学的价值，这非常有意义。鲁迅和迟子建都认识到了生活的沉重和苦痛，这是一个优秀作家必须认识到的，否则文学就流于轻浮。但是面对这个苦痛，鲁迅采取的解决途径是直面现实的人生，直视淋漓的鲜血，他更像是在直视美杜莎的目光，所以鲁迅自己也被石化了，他的作品和他这个人留给我们的主要是沉重和黑暗。鲁迅很残酷，就像一个外科医生，用手术刀剖开了病人的肚子，然后告诉病人，这是绝症，我治不好你，你自己想办法吧。鲁迅发现了问题，但是没有办法解决。如果说发现问题，留给后人思考也是价值的话，那么鲁迅的价值无疑是极大的，他发现的诸如"国民性"等各种问题触及了民族灵魂的最深处，让以后的几代人都在他的足迹上继续前行。这是文学的重，文学需要这种厚重，现代文学的审美就偏重这种厚

① 迟子建、周景雷：《文学的第三地》，《当代作家评论》2006年第4期。
② 伊塔洛·卡尔维诺：《美国讲稿》，译林出版社，2008年。

252

重感。

　　但是，文学也需要"轻逸"——轻逸可以是庄重的，绝非轻佻——需要像柏尔修斯一样既认识到了对象的可怕，又能另辟蹊径地解决对象。和鲁迅不同，迟子建解决困境的手段是柏尔修斯式的。无论是在芦苇湖寻找一棵内心的芳草（《芳草在沼泽中》），又或是追求理想中的天人合一（《一匹马两个人》），还是体认人世间更大悲痛来获得一种怜悯情怀（《世界上所有的夜晚》），等等，所有这些化解苦痛的手段都带有帕尔休斯式的"轻逸"，因为这全是通过心灵的某种跳跃完成的。文学家不是外科医生，不能直接切除身体的肿瘤来治愈病人；文学家也不是政治家，可以通过社会变革来谋取生活的幸福。文学解决苦痛的途径其实是通过打开心灵的一扇窗户，跃过现实中存在的苦痛和困境，是"跃过"不是彻底解决。其实苦痛和困境依然存在，只是已经被心灵跃过了。这不是逃避现实，而是要直面现实的沉重和苦痛，然后告诉世人一个跃过困境的姿势。从这个意义上来说，文学家应该是一个告诉绝症患者如何和病魔和谐相处的人，迟子建就是这样一个人。她小说的结尾总能让读者回归温情，这并非如某些评论者所批评的那样是对现实苦痛的逃避，而是迟子建已经在小说中让主人公成功地打开了心灵的又一扇窗户，像柏尔修斯那样神不知鬼不觉地砍下了女妖的头颅。迟子建这种神出鬼没的"轻逸"手段甚至让读者无法领悟到究竟是打开了哪一扇窗，所以在读她作品的时候，总有一种缥缈的感觉，不知道这一扇窗是如何打开的，也不知道下一次又将打开哪一扇窗，她小说的思想似乎落不到实处。但是，这不是她小说的缺点，而是优点，这让她的小说充满着恼人的魅力——迟子建的笔就像顽皮小孩手中的一根鸡毛，悠悠地挠着你的心窝，不轻不重，不快也不慢，让你有所怨，有所乐。有个时候你真希望她手中拿的不是一根鸡毛，而是一根结实的木棍，可以在你胸口痛快地来一下。如果真的是这样，那么迟子建就失去了她的魅力了。她不是鲁迅，鲁迅手上拿的就是木棍，让你只有疼的感觉，一种痛快的疼。迟子建那种柏尔修斯式的手段就是"轻逸"地打开心灵的窗户，所以她认为最好的心灵状态是"痴态"。她说："'痴'是一种可以使心灵自由飞翔的生存状态，它像一座永远开着窗口的房屋，可以迎接八面来风。"① "痴态"的心灵已经打开了所有的窗户，接受任何的沉重和痛苦。在迟子建小说中经常出现痴儿形象。《雾月牛栏》中宝坠因头部受到撞击而成为一个痴儿，但却因此而生活得更加宁静、幸福，并获得了继父最大的爱；《采浆果的人》中智障兄妹大鲁二鲁在整个村子都争先恐后采浆果赚钱的潮流中，傻傻地坚守着他们的庄稼地，然而，他们却是村子里唯一丰收的人，而所有那些自认聪明的村民只能在那个冬天中挨饿。在这些痴儿面前，所有的困境都不再是困境了，因为已经被他们的心灵轻轻地"跃过"了。

原载《当代作家评论》2009年第4期

---

① 迟子建：《周庄遇痴》，《迟子建随笔自选》，广西民族出版社，1998。

生态美学视域中的迟子建小说

曾繁仁

迟子建的长篇小说《额尔古纳河右岸》（以下简称《右岸》）是一篇以鄂温克族人生活为题材的史诗性的优秀小说，获得第七届茅盾文学奖。这部小说的成就是多方面的，但我非常惊喜地发现，它是一部在我国当代文学领域十分少有的优秀生态文学作品。作者以其丰厚的生活积淀与多姿多彩的艺术手法，展现了当代人类"回望家园"的重要主题，揭示了茫然失其所在的当代人对于"诗意的栖居"的向往。这部小说以其成功的创作实践为我国当代生态美学与生态文学建设作出了特殊的贡献。我国早在远古时代的甲骨文中就有"家"字，释义为"人之所居也"，"与宗通，先王之宗庙"①。说明"家园"是我们的居住之地，是我们祖先的安息之地，是我们的根之所在。从微观上讲，"家园"是我们每个人诞育与生活的"场所"，但从宏观上讲，"家园"就是人类赖以生存的大自然。但是，在现代隆隆的工业化与城市化的进程中，我们的"家园"已经伤痕累累，甚至失其所在。因此，在当代的历史视域中"回望家园"成为文学艺术与人文学科的非常重要的主题。哲人海德格尔在著名的《荷尔德林诗的阐释》中专门有一篇阐释德国诗人荷尔德林《返乡——致亲人》的专文，指

---

① 徐中舒主编：《甲骨文字典》，四川辞书出版社 2003 年版，第 799 页。

出所谓"返乡"就是寻找"最本己的东西和最美好的东西"①。这种"回望"或"寻找"其实就是一种怀念,更是一种批判与反思。正如审美人类学家所说,"对以往文明的研究实际上都曲折地反映了对现实的思考、批判和否定"②。迟子建在《右岸》中恰恰是通过对鄂温克族人百年兴衰史的"回望"而表达了自己对人类前途命运的深沉的诗性情怀以及对于现实的生活的深刻反思。

一、"回望"的独特视角

众所周知,开始于18世纪的现代化与工业化给人类带来了福音,但也同时带来了灾难,这恰是美与非美的二律背反。一方面,生活状况大幅度改善使人类享受到现代文明;另一方面,自然的破坏、精神的紧张与传统道德的下滑则给人类带来了一系列灾难。人类赖以生存的物质的与精神的"家园"几乎变得面目全非,人类面临失去"家园"的危险。正如海德格尔所说,"在畏中人觉得'茫然失其所在'。此在所缘而现身于畏的东西所特有的不确定性在这话里当下表达出来了:无与无何有之乡。但茫然失其所在在这里同时是指不在家"。又说:"无家可归是在世的基本方式"③。正是在"无家可归"成为人类在世的基本方式的情况下,才产生了"回望家园"的反思性作品。早在20世纪中期的1962年就有一位著名的美国生态作家,同样也是女性的莱切尔·卡逊写作了具有里程碑意义的以反思农药灾难为题材的生态文学作品《寂静的春天》,起到振聋发聩的巨大作用。今天,迟子建的《右岸》则以反思游猎民族鄂温克族丧失其生存家园而不得不搬迁定居为其题材。作者在小说的"跋"中写到,触发她写作本书的原因是她作为大兴安岭的子女早就有感于持续30年的对茫茫原始森林的滥伐,造成了严重的原始森林老化与退化的现象。而首先受害的则是作为山林游猎民族的鄂温克族人。她说:"受害最大的,是生活在山林中

---

① 海德格尔:《荷尔德林诗的阐释》,商务印书馆2000年版,第12页。

② 王杰:《审美幻象与审美人类学》,广西师范大学出版社2002年版,第192页。

③ 海德格尔:《存在与时间》,三联书店1987年版,第228、331页。

的游猎民族。具体点说，就是那支被我们称为最后一个游猎民族的、以放养驯鹿为生的敖鲁古雅的鄂温克人。"而其直接的机缘则是作者接到一位友人有关温可族女画家柳芭走出森林，又回到森林，最后葬身河流的消息以及作者在澳大利亚与爱尔兰有关少数族裔以及人类精神失落的种种见闻。这些使其深深地感受到原来茫然失其所在是当今人类的共同感受，具有某种普遍性。这才使作者下了写这个重要题材的决心。而她在深入鄂温克族定居点根河市时，猎民的一批批回归更加坚定了她写作的决心。于是，作者开始了她的艰苦而细腻的创作历程。作者采取史诗式的笔法，以一个年纪90多岁的鄂温克族老奶奶，最后一位酋长的妻子的口吻，讲述了额尔古纳河右岸敖鲁古雅鄂温克族百年来波浪起伏的历史。而这种讲述始终以鄂温克族人生存本源性的追溯为其主线，以大森林的儿子特有的人性的巨大包容和温暖为其基调。整个的讲述分上、中、下与尾四个部分，恰好概括了整个民族由兴到衰，再到明天的希望整个过程。正如讲述者的丈夫、最后一位酋长瓦罗加在那个温暖的夜晚所唱："清晨的露珠温眼睛／正午的阳光晒脊梁／黄昏的鹿铃最清凉／夜晚的小鸟要归林。"这里意寓着整个民族在清晨的温暖中诞育，在中午的炙热与黄昏的清凉中发展生存，在夜晚的月亮中期盼的历程。而每一个历程都寄寓着民族的生存之根基。在清晨的讲述中，鄂温克老奶奶讲述了该民族的发源及其自然根基。据传鄂温克族发源于拉穆湖，也就是贝加尔湖。但三百年前，俄军的侵略使得他们的祖先被迫从雅库特州的勒拿河迁徙到额尔古纳河右岸，从12个氏族，减缩到6个氏族，从此额尔古纳河就成为鄂温克族的生活栖息之所。她说："可我们是离不开这条河流的，我们一直以它为中心，在它众多的支流旁生活。如果说这条河流是掌心的话，那么它的支流就是展开的五指，它们伸向不同的方向，像一道又一道闪电，照亮了我们的生活。"在这里，讲述者道出了额尔古纳河与鄂温克族繁衍生息的紧密关系，它是整个民族的中心，世世代代以来照亮了他们的生活。

而额尔古纳河周边的大山——小兴安岭也是鄂温克族的滋养之地。讲述人说道："在我眼中，额尔古纳河右岸的每一座山，都是闪烁在大地上的一颗星星。这些星星在春夏季节是绿色的，秋天是金黄色的，而到了冬天则是银白色的。

我爱它们。它们跟人一样，也有自己的性格和体态。……山上的树，在我眼中就是一团连着一团的血肉。"就是这个有着"连着一团一团血肉"的大山，成为鄂温克族人的生存与生命之地。鄂温克族人是驯鹿的民族，驯鹿为他们提供了鹿奶、皮毛、鹿茸，并且是很好的运载与狩猎的帮手。而驯鹿则是小兴安岭的特有驯养动物，因为那里森林茂密，长有被称作"恩克"和"拉沃可达"的苔藓和石蕊，为驯鹿提供了丰富的食物。因此，讲述人说道："驯鹿一定是神赐予我们的，没有它们，就没有我们。……看不到它们的眼睛，就像白天看不到太阳，夜晚看不到星星一样，会让人在心底发出叹息的。"而且，就在额尔古纳河的周围山上还安葬着鄂温克人的祖先。讲述人生动地讲述了他的父亲、母亲、丈夫、伯父和侄子的不凡的生命历程及安息之所。先是她的父亲林克为了下山换取强健的驯鹿而在雷雨中被雷击而死，被风葬在高高的松树之上；母亲达玛拉则是在丧夫和爱情失败后痛苦地在舞蹈中死去，被风葬在白桦树之上；讲述人的两个丈夫，一个冻死于寻找驯鹿的途中，一个则死于营救别人与熊搏斗的过程中，也都进行了风葬，安息在山林之中；伯父尼都萨满则是为了战胜日本人在作法中力尽而亡；她的侄子果格力则是因为他的妈妈妮浩萨满为了救治汉人何宝林生病的孩子而必须向上天献出自己的孩子而死去。这些亲人最后都回归自然，安息在崇山峻岭之中，有星星、月亮、银河与之做伴。正如妮浩在一首葬歌中所唱："魂灵去了远方的人啊 / 你不要惧怕黑夜 / 这里有一团火光 / 为你的行程照亮 / 魂灵去了远方的人啊 / 你不要再惦念你的亲人 / 那里有星星、银河、云朵和月亮 / 为你的到来而歌唱。"这里所说的"风葬"是鄂温克人特有的丧葬方式，就是选择四棵直角相对的大树，又砍一些木杆，担在枝丫上，为逝者搭建一张铺。然后将逝者用白布包裹，抬到那张铺上，头北脚南，再覆盖上树枝，放上陪葬品，并由萨满举行仪式为逝者送行。这种风葬实际上说明，鄂温克族人来自自然又回归自然的生存方式，他们是大自然的儿子。

额尔古纳河与小兴安岭还见证了鄂温克族人的情爱与事业。讲述人讲述了自己的父辈以及子孙一代又一代在这美丽的山水中发生的生死情爱。她的父亲与伯父同时爱上了最美丽最爱跳舞的鄂温克姑娘达玛拉，但最后伯父尼满在通过射箭比赛来决定谁当新郎的过程中输给了林克，实际是让出了自己的爱情。

于是达玛拉与林克第二年成亲，达玛拉的父亲送给她的结婚礼物是一团对于游猎部族十分重要的"火种"，而这个"火种"她又在自己的儿子结婚时作为礼物送给了他。林克结婚时，尼满划破了自己的手指并成了部族的萨满。林克死后，尼满对达玛拉的爱情复苏，他用攒了两年的山鸡羽毛编织了一件最美丽的裙子。这个裙子是尼满经过两年时间收集山鸡羽毛精心编织而成，完全是额尔古纳河及其周围群山的美丽形象，光彩夺目。讲述人描叙道："这裙子自上而下看来也就仿佛由三部分组成了：上部是灰色的河流，中部是绿色的森林，下部是蓝色的天空。"当达玛拉收到这珍贵的礼物时真是高兴极了，充满着惊异、欢喜和感激，说这是她见过的世上最漂亮的裙子。但他们的爱情却因世俗的不允许寡妇再嫁大伯哥的习俗而宣告失败，达玛拉终于悲痛辞世，尼满也匆匆结束了自己的生命。在达玛拉的葬礼仪式上，尼满的葬歌凄婉哀绝，表达了鄂温克人对爱情的坚贞无私，愿意让她蹚过传说中的"血河"进入美好的另一个世界而接受任何惩罚。歌中唱道："滔滔血河啊／请你架起桥来吧／走到你面前的／是一个善良的女人／如果她脚上沾有鲜血／那么她踏着的／是自己的鲜血／如果她心底存有泪水／那么她收留的／也是自己的泪水／如果你们不喜欢一个女人／脚上的鲜血／和心底的泪水／而为她竖起一块石头的话／也请你们让她／平安地跳过去／你们要怪罪／就怪罪我吧／只要让她到达幸福的彼岸／哪怕将来让我融化在血河中／我也不会呜咽！"由此可见，鄂温克族人真正是大自然的儿女，大自然见证了他们的爱情，他们爱情的信物与礼物也完全来自自然。鄂温克族人已经将自己完全融化在周围的山山水水之中，他们的生命与血肉已经与大自然融为一体。额尔古纳河与小兴安岭已经成为他们生命与生存的须臾难离的部分。依莲娜是鄂温克族人第一个接受了高等教育的青年，成为著名的画家并在城市有了体面的工作，但她终究辞去了工作，回到额尔古纳河畔的故乡。因为，"她厌倦了工作，厌倦了城市，厌倦了男人。她说她已经彻底领悟了，让人不厌倦的只有驯鹿、树木、河流、月亮和清风"。她试图画出鄂温克人百年的风雨历史，她整整画了两年才完稿，但最后却永远地安眠在故乡额尔古纳河的支流贝尔茨河之中。经过30年的愈来愈大规模的开发，鄂温克族人的生存环境已经遭到严重破坏，生活在山上的猎民不足两百人了，驯鹿也只有六七百只了。于是人们决定迁到山下定居。在动员定居时，有人说道，猎民与驯鹿下山也是对森林的保护，驯鹿游走时会破坏植被，使生态失去平衡，再说现在对动物要实施保护，不能再打猎了。一个放下猎枪的民族才是一个文明的民族，有前途的民族……讲述人在内心回应道："我们和我们的驯鹿，从来都是亲吻着森林的。我们与数以万计的伐木人比起来，就是轻轻掠过水面的几只蜻蜓。如果森林之河遭受了污染，怎么可能是因为几只蜻蜓掠过的缘故呢？"讲述人讲道，驯鹿本来就是大森林的子女，它们吃东西非常爱惜，从草地上走过是一边行走一边轻轻地啃着青草，所以草地总是毫发未损的样子，该绿的还是绿的。它们吃桦树和柳树的叶子，也是啃几口就离开，那树依然枝叶茂盛。驯鹿怎么会破坏植被呢？至于鄂温克族人也是森林之子。他们狩猎不杀幼崽，保护小的水狗；烧火只烧干枯的树枝、被雷电击中失去生命力的树木、被狂风刮倒的树木，使用这些"风倒木"，而不像伐木工人使用那些活得好好的树木，将这些树木大块大块地砍伐烧掉。他们每搬迁一个地方总要把挖火塘和建希楞柱时戳出的坑用土填平，再把垃圾清理在一起深埋，让这样的地方不会因他们住过而长出疤痕，散发出垃圾的臭气。他们保持着对自然的敬畏，即便猎到大型野兽也会在祭礼后食用并有诸多禁忌。例如，鄂温克族人崇拜熊，因此吃熊肉的时候要像乌鸦似的"呀呀呀"地叫几声，想让熊的魂灵知道，不是人要吃它们的肉而是乌鸦要吃它们的肉。书中反复引用过鄂温克族人一首祭熊的歌："熊祖母啊 / 你倒下了 / 就美美地睡吧 / 吃你的肉的 / 是那些黑色的乌鸦 / 我们把你的眼睛 / 虔诚地放在树间 / 就像摆放一盏神灯！"山林的开发使得鄂温克族人被迫离开了山林下山定居，但驯鹿不能没有山林中的苔藓，而鄂温克族人则不能没有山林，他们又带着驯鹿回到山林，但未来会怎样呢？在空旷的已经无人的营地乌力楞，只有讲述人与她的孙子安草儿，但在月光中突然发现他们的白色小鹿木库莲回来了。她说："而我再看那只离我们越来越近的驯鹿时，觉得它就是掉在地上的那半轮淡白的月亮。我落泪了，因为我已分不清天上人间了。"小鹿回来了，像那半轮月亮，但明天会怎样呢？作品给我们留下了想象的空间，也给我们留下了思考的空间。我们从鄂温克族最后一位酋长的妻子的讲述中领悟到，额尔古纳河右岸与小兴安岭，那山山水水，已经成为鄂温克族人的血肉和筋骨，成为他们的生命与生存的本源。从文化人类学的角度考察，人类的生存与生命的本源就是大自然。我们如何对待自己的生命与生存之根与本源呢？在环境污染和破坏日益严重的今天，这已经不仅仅是一个鄂温克族的命运问题，而其实是整个人类的命运问题。

二、"回望"的独特场域

"家园"是与人的生存与生命紧密相连的"世界"，而"场所"则是作为具体的人生活的"地方"，生态文学和环境文学的重要特点就是将"场所"作为自己的特殊"视域"。美国环境美学家阿诺德·伯林特在《环境美学》一书中指出，所谓"场所"，"这是我们熟悉的地方，这是与我们自己有关的场所，这里的街道和建筑通过习惯性的联想统一起来，它们很容易被识别，能带给人愉悦的体验，人们对它的记忆中充满了情感。如果我们的邻近地区获得同一性并让我们感到具有个性的温馨，它就成为了我们归属其中的场所，并让我们感到自在和惬意"[①]。而环境文学家斯洛维克则在《走出去思考》一书中进一步将"场所"界定为"本土"，即是附近、此地及此时[②]。《右岸》就满含深情地描写了额尔古纳河右岸这个鄂温克族人生活栖息的特定"场所"。按照海德格尔对场所的阐释，"这种场所的先行揭示是由因缘整体性参与规定的，而上手的东西之为照面的东西就是向着这个因缘整体性开放出来的"[③]。也就是说"因缘整体性"与"上手"成为"场所"的两个基本要素。这就是说，人与世界构成因缘性的密不可分的整体，而世界万物又成为人的"上手之物"，当然其中许多物品是"称手之物"，是特定场所之人须臾难离之物。《右岸》就深情地描写了鄂温克族人与额尔古纳河右岸的山山水水的须臾难离的关系，以及由此决定的特殊生活方式，一草一木都与他们的血肉、生命与生存融合在一起，

---

① 伯林特：《环境美学》，湖南科学技术出版社 2006 年版，第 66 页。

② 斯洛维克：《走出去思考》，北京大学出版社 2010 年版，第 183 页。

③ 海德格尔：《存在与时间》，三联书店 1987 年版，第 104 页。

具有某种特定的不可取代性。这是一种对于人类"家园"独特性的探寻，意义深远。先从鄂温克族的衣食住行来看其与特殊地域相联的特殊性。他们是以皮毛为衣，而且主要是驯鹿的皮毛。他们所食主要是肉类，因为游猎成为他们基本的生存方式。小说的"清晨"部分具体地描写了林克带着两个孩子捕猎大型动物堪达罕的场面。具体描写了他们乘坐着桦皮筏，在小河中滑行，然后在夜色中漫长地等待，以及林克机智勇敢地枪击堪达罕，使其毙命的过程。堪达罕的捕获给整个营地带来了快乐。大家都在晒肉条，"那暗红色的肉条，就像被风吹落的红百合的花瓣"。当然，他们还食用驯鹿奶、灰鼠并与汉族及俄国商人交换布匹、粮食与其他食品。他们还有一种特殊的食品储备仓库"靠老宝"。这是留给本部族或者是其他部族以备不时之需的物品仓库。四棵松树干竖立为柱，做上底座与四框，苫上桦树皮，底部留下口，将闲置与富余的物品存放在内。不仅本部落可取，别的部落的人也可去取。这就是鄂温克族人老人留下的两句话："你出门是不会带着自己的家的，外来的人也不会背着自己的锅走的"；"有烟火的屋子才有人进来，有枝的树才有鸟落"。这是由山林大雪与严寒等特殊条件决定的一种鄂温克族人的特殊生活方式，反映了这个山地民族的博大胸怀，讲述人年轻时迷失于森林就依靠这个"靠老宝"获得食物并遇到了自己的丈夫。鄂温克族的居住也十分特殊。他们实行的是原始共产主义制度，由相近的家族组成一个"乌力楞"也就是部落。在每个乌力楞中实行的是原始共产主义生产与生活制度，按照男女老弱进行分工，并平分所得。而所居住的则是一家一户的住房"希楞柱"，也叫"仙人柱"。就是用二三十根落叶松杆，锯成两人高的样子，将一头削尖，尖头朝向天空，汇集一起，松木杆另一头戳地，均匀分开，好像无数条跳舞的腿，形成一个大圆圈，外面苫上挡风御寒的围子。讲述人说道："我喜欢住在希楞柱里，它的尖顶处有一个小孔，自然而然形成了火塘排烟的通道。我常在夜晚时透过这个小孔看星星。从这里看到的星星只有不多的几颗，但它们异常明亮，就像是擎在希楞柱顶上的油灯似的。"鄂温克族人出行的主要代步工具是驯鹿，但只是由妇女儿童和体弱者乘骑。为了寻找驯鹿的食物等各种生存原因，他们过一段时间就要搬迁住处，讲述人讲述了一次搬迁的情况："搬迁的时候，白色的玛鲁王走在最前面，其后是驮载火种的驯鹿，再接着是背负着我们家当的驯鹿群。男人们和健壮的女人通常是跟着驯鹿群步行的，实在累了，才骑在它们身上。哈谢拿着斧子，走一段就在一棵大树上砍下树号。"鄂温克族人诞育孩子要专门搭建一个名叫"亚塔珠"的产房，生产时男人绝对不能进亚塔珠，女人进去则会使自己的丈夫早死。因此，鄂温克女人生产一般都是自己在大自然中处理。但他们老了之后却能得到全部族的照顾，讲述人已经90多岁，在大部分部族人要到定居点之时，她留了下来。于是部族的人们将她的孙子安草儿留在她身边照顾她，并给她留下足够的驯鹿和食品，甚至怕她寂寞，有意留下两只灰鹤，让她能够看到美丽的飞禽，不至于眼睛难受，说明对于老人的孝敬。至于鄂温克族人生病是通过萨满跳神来治疗的，而无须服药。死后，是实行风葬，葬在树上，随风而去，回归自然。以上说明，鄂温克族人有着自己具有独特性的衣食住行、生老病死习俗。这是他们的生存方式，是他们具有特殊性的生活场所。在这样的场所中，他们有痛苦，但更多的是生存的自在与适应。书中在描写讲述人当年与父亲一起捕猎堪达罕静夜中乘船出发的情景时写道："桦皮船吃水不深，轻极了，仿佛蜻蜓落在水面上，几乎没有什么响声，只是微微摇摆着。船悠悠走起来的时候，我觉得耳边有阵阵凉风掠过，非常舒服。在水中行进时看岸上的树木，个个都仿佛长了腿，在节节后退。好像河流是勇士，树木是溃败的士兵。月亮周围没有一丝云，明净极了，让人担心没遮没拦的它会突然掉到地上。河流开始是笔直的，接着微微有些弯曲，随着弯曲度的加大，水流急了，河也宽了起来。"这真是一幅人与自然美好统一的图画。当然，大自然也会给鄂温克族人带来灾难，诸如"白灾""黄灾""瘟疫""狼祸"等等。但这些毕竟是人的生存世界的有机组成部分，就拿狼祸来说，虽然是对鄂温克族人的危害，但狼却是与人紧密相连、不可避开的。这些现象对于鄂温克族人来说尽管不"称手"，但却"在手"，与人处于一种尽管是不好，但却是回避不了的"因缘性关系"之中。正如讲述人所说："在我们的生活中，狼就是朝我们袭来的一股股寒流。可我们是消灭不了它们的，就像我们无法让冬天不来一样。"但总体上来说，额尔古纳河右岸这个无比美妙的自然环境，是鄂温克族人真正的故乡，是生养他们的家园。这里的山山水水，已经融入他们每个人的生命与血液之中。这里的自然对于他们的"不称手"只是暂时的，而更多的则是"称手"，是种须臾难离的生活方式。一旦脱离了这种生活方式，脱离了这里的山水、驯鹿、乌力楞与希楞柱，就会茫然失其所在，出现难以适应的水土不服的状况。特别对于老人更是如此。正如讲述人对于搬迁到定居点之事所说："我不愿意睡在看不到星星的屋子里，我这辈子是伴着星星度过黑夜的。如果午夜梦醒时我望见的是漆黑的屋顶，我的眼睛会瞎的；我的驯鹿没有犯罪，我也不想看到它们蹲进'监狱'。听不到那流水一样的鹿铃声，我一定会耳聋的；我的腿脚习惯了坑坑洼洼的山路，如果让我每天走在城镇平坦的小路上，它们一定会疲软得再也负载不起我的身躯，使我成为一个瘫子；我一直呼吸着山野清新的空气，如果让我去闻布苏的汽车放出的那些'臭屁'，我一定就不会喘气了。我的身体是神灵给予的，我要在山里，把它还给神灵。"这就是鄂温克族人特殊的"家园"，这个"场所"的独特性，甚至是不可代替性，是生态美学与生态文学的重要内涵。《右岸》非常形象并深情地表达了这一点。

三、"回望"的独特美学特性

迟子建在《右岸》中以全新的生态审美观的视角进行艺术的描写，在他所构筑的鄂温克族人的生活中，人与自然不是二分对立的，"自然"不仅仅是人的认识对象，也不仅仅是什么"人化的自然"，"被模仿的自然"，"如画风景式的自然"，而是原生态的、与人构成统一体的存在论意义上的自然。正是在这种人与自然特有的"此在与世界"的存在论关系中，"存在者之真理自行置入作品"，从而呈现出一种特殊的生态存在之美[①]。这里的"存在者"就是鄂温克族人，而所谓"真理"则指人之本真的人性，"自行置入"则指本真人性的逐步展开，由遮蔽走向澄明。迟子建在《右岸》中所描写的这种"真理自行置入"的美，不是一种静态的物质的对称比例之美，也不是一种纯艺术之美，而是在人与自然关系中的，在"天人之际"中的生态存在之美，特殊的人性之

———————————

① 海德格尔：《林中路》，时代文化企业文化出版有限公司1994年版，第21页。

美。迟子建在作品中所表现的这种美有两种形态，一种是阴性的安康之美。此时，人与自然处于和谐协调的状态，或是捕猎胜利后的满足，或是爱情收获后的婚礼，等等。《右岸》生动地描写的多个这样的欢乐场面，有些类似我国古代的"羊大为美"的境况。我们试举小说中所写驯鹿丰产后的一个喜庆场景："这一年，我们在一条清澈见底的山涧旁，接生了二十头驯鹿。一般来说，一只母鹿每胎只产一仔，但那一年却有四只母鹿每胎产下两仔，鹿仔都那么的健壮，真让人喜笑颜开。那条无名的山涧流淌在黛绿的山谷间，我们把它命名为罗林斯基沟，以纪念那个对我们无比友善的俄国安达。它的水清凉而甘甜，不仅驯鹿爱喝，人也爱喝。"这时因驯鹿丰产，鄂温克族人喜笑颜开，山谷黛绿，清泉甘甜的人的安康的生存状况跃然纸上。这显然是一种风调雨顺、人畜兴旺、吉祥安康的幸福的生存状态，是一种阴性的安康之美，反映了"天人合一"，人生幸福的一面。但大多数情况则是一种阳刚的壮烈之美，是一种特定的"生态崇高"。斯洛维克在《走出去思考》一书中介绍了当代美国环境文学中有关"崇高"的新的内涵。在这里，"生态崇高"意味着"需有特定的自然体验来达到这种愉快的敬畏与死亡恐怖的非凡的结合"[1]。迟子建在《右岸》中大量地描写了这种"愉快的敬畏与死亡的恐怖的非凡的结合"的崇高场景。主要有两个方面，一个方面是人与恶劣自然环境奋斗中的英勇抗争与无畏牺牲。前已说到的林克为调换健康驯鹿时在林中被雷击的悲凄场面。而最惊心动魄的则是鄂温克族人达西与狼的拼死搏斗。达西是优秀的鄂温克族猎手，在一次寻找三只丢失的鹿仔的过程中，达西发现鹿仔被三只狼围困在山崖边，发着抖，非常危险。达西当时并没有带枪而只带着猎刀，但却只身与三只饿狼搏斗，虽然最终打死了老狼，但他的一条腿却被小狼咬断了，只好带着三只救下的鹿仔爬回营地，但从此落下了残疾。但他下定复仇的决心，专门驯养了一只猎鹰，随时准备与袭击部族的狼群拼死搏斗，保护部族利益。正好碰到瘟疫蔓延，野兽减少，驯鹿也减少了，人与狼群都处于生存困境之中。这时，狼群始终跟着部族，觊觎着驯鹿与人，试图袭击。就在狼群准备袭击之时，达西和他的猎鹰奋起还击，

---

① 斯洛维克：《走出去思考》，北京大学出版社 2010 年版，第 197 页。

展开殊死搏斗，最后是人狼双亡，极为惨烈，请看《右岸》为我们展现的这种极为惨烈的搏斗场面："许多小白桦被生生地折断了，树枝上有斑斑点点的血迹；雪地间的蒿草也被踏平了，可以想见当时的搏斗有多么的惨烈。那片战场上横着四具残缺的骸骨，两具狼的，一具人的，还有一具是猎鹰的。……我和依芙琳在风葬地见到了达西，或者说是见到了一堆骨头。最大的是头盖骨，其次是一堆还附着粉红的肉的粗细不同、长短不一的骨头，像是一堆干柴。……狼死了，他们也回不来了。"这是人与自然环境"不称手"的典型表现。此时，人与恶劣的自然环境剧烈对抗，表现了人的顽强的生存信念与勇气。在这里，特别展现了达西维护部族利益、牺牲自我的人性光芒。作品呈现在我们面前的是以抗争的死亡与遍地骸骨的可怕为其特点的森然画面，展现出鄂温克族人另一种生存精神的崇高之美。《右岸》还非常突出地表现了人对于自然的敬畏，具有前现代的明显特色。这种敬畏又特别明显地表现在鄂温克族人所崇信的萨满教及其极为壮烈的仪式之中。萨满教是一种原始宗教，是原始部落自然崇拜的表现。这种宗教里面的萨满即为巫，具有沟通天人的力量与法术，其表现是如醉如狂神秘诡谲的跳神。《右岸》绘声绘色地描写了两代萨满神秘而离奇的宗教仪式，特别是跳神。这当然是一种前现代状态下的迷信，但却表现了萨满在救人于危难中的牺牲精神，构成具有浓郁人性色彩的神秘离奇的崇高之美。作为叙述人伯父的尼都萨满是书中描绘的第一代萨满。他在宗教仪式中体现出来的崇高之美，集中地表现在为了对付日本入侵者而进行的那场不同寻常的跳神仪式之中。书中写到，二战开始后，日本人占领了东北，一天日本占领军吉田带人到山上试图驯服鄂温克族人，他要求尼都萨满通过跳神治好他的脚伤，否则要求尼都萨满烧掉自己的法器与法衣，跪在地上向他求饶。这其实就意味着鄂温克族人的失败。在这样的关系部族前途命运的关键时刻，尼都萨满毫不犹豫地接受了挑战，而且说他要用舞蹈治好吉田的腿伤，但他要付出战马的生命，而且同样是用舞蹈让战马死去。他说："我要让他知道，我是会带来一个黑夜的，但那个黑夜不是我的，而是他的！"黑夜来临后，尼都萨满开始了惊心动魄的跳神："黑夜降临了，尼都萨满鼓起神鼓，开始跳舞了。……他时而仰天大笑着，时而低头沉吟。当他靠近火塘时，我看到了他腰间吊着的烟口袋，那是母亲为他缝制的。他不像平日看上去那么老迈，他的腰奇迹般地直起来了，他使神鼓发出激越的鼓点，他的双足也是那么的轻灵，我很难相信，一个人在舞蹈中会变成另外一种姿态。他看上去是那么的充满活力，就像我年幼时候看到的尼都萨满"；"舞蹈停止的时候，吉田凑近火塘，把他的腿撩起，这时我们听到了他发出的怪叫声，因为他腿上的伤痕真的不见了，可如今它却凋零在尼都萨满制造的风中。……吉田的那匹战马，已经倒在地上，没有一丝气息。……吉田抚摩着那匹死去的、身上没有一道伤痕的战马，冲尼都萨满叽里哇啦地大叫着。王录说，吉田说的是，神人，神人……尼都萨满咳嗽了几声，反身离开我们。他的腰又佝偻起来了。他边走边扔着东西，先是鼓槌，然后是神鼓，接着是神衣、神裙。……当他的身体上已没有一件法器和神衣的时候，他倒在了地上。"这是一个为部族利益与民族大义在跳神中奉献了自己生命的鄂温克族萨满，他的牺牲自我的高大形象，他在跳神时那神秘、神奇的舞蹈及其难以想象的效果，制造出一种诡谲多奇的崇高之美，这就是所谓的"生态崇高"。我不由得想起小时候进庙时的那种难以言状的神秘神奇的感受，感到在这种种神奇神秘的力量面前，人的渺小，向恶的可怖与向善的必然。这种萨满教虽然是一种迷信，但却是主宰鄂温克族人精神世界的信仰，常常在他们心中唤起无限安宁与崇高。继承尼都萨满的是他的侄儿媳妇妮浩萨满，她在成为新萨满时在全乌力楞的人面前表示，一定要用自己的生命和神赋予的能力保护自己的氏族，让氏族人口兴旺、驯鹿成群，狩猎年年丰收。她确实是这样做的，为了部族的安宁献出了自己三个孩子的生命。书中写到，部族成员马粪包被熊骨卡住嗓子，马上就要毙命，这时部族里的人将眼光投向了妮浩萨满，只有她能够救马粪包了，但妮浩颤抖着，悲哀地将头埋进丈夫的怀里，因为她知道如果救了马粪包她就要献出自己的女儿。但她还是披上了法衣，跳起了神："妮浩大约跳了两个小时后，希楞柱里忽然刮起一股阴风，它呜呜叫着，像是寒冬时刻的北风。这时'柱'顶洒下的光已不是白的了，是昏黄的了，看来太阳已经落山了。那股奇异的风开始时是四处弥漫的，后来它聚拢在一个地方鸣叫，那就是马粪包的头上。我预感到那股风要吹出熊骨了。果然，当妮浩放下神鼓，停止了舞蹈的时候，马粪包突然坐了起来，'啊——'地大叫一声，吐出了熊骨。……妮浩沉默了片刻后，唱起了神歌，她不是为起死回生的马粪包唱的，而是为她那朵过早凋谢的百合花——交库托坎而唱的。"她的百合花——美丽的女儿永远地败落和凋零了，秋天还没有到，还有那么多美好的夏日，但却使自己的花瓣凋零了，落下了。一命换一命，这就是严酷的生活现实，也是妮浩作为萨满所付出的沉重代价，在神秘的法则面前，人又是多么渺小啊！这里所说的萨满跳神的奇效，可能是一种偶然，也可能是神秘宗教和信仰起到的一种心理暗示作用，但却向我们展示了游猎部族特有的由对自然的敬畏与无力所产生的特殊的崇高之感。因为在这种崇高中包含着妮浩萨满的无畏的牺牲精神，所以放射出特有的人性光芒，而具有了美学的含义。动人心魄，感人至深！妮浩萨满的最后一次跳神是1998年初春因两名林业工人吸烟乱扔烟头而引发的火灾。火势凶猛，烟雾腾腾，逃难的鸟儿都被熏成了灰黑色。额尔古纳河和小兴安岭要蒙受灾难了。妮浩已经年迈，但还是披上了神衣："妮浩跳神的时候，空中浓烟滚滚，驯鹿群在额尔古纳河畔低头站着。鼓声激昂，可妮浩的双脚却不像过去那么灵活了，她跳着跳着，就会咳嗽一阵。本来她的腰就是弯的，一咳嗽就更弯了。神裙拖到了林地上，沾满了灰尘。……妮浩跳了一个小时后，空中开始出现阴云；又跳了一个小时后，浓云密布；再一个小时过去后，闪电出现了。妮浩停止了舞蹈，她摇晃着走到额尔古纳河畔，提起那两只湿漉漉的啄木鸟，把它们挂到一棵茁壮的松树上。她刚做完这一切，雷声和闪电就交替出现，大雨倾盆而下。妮浩在雨中唱起了她生命中的最后一支神歌。可她没有唱完那支歌，就倒在了雨水中——额尔古纳河啊，你流到银河去吧，干旱的人间……山火熄灭了，妮浩走了。她这一生，主持了很多葬礼，但她却不能为自己送别了。"在这里，作者为我们塑造了一个为额尔古纳河，也为鄂温克族人奉献了自己生命的最后一名鄂温克族萨满的悲壮的形象，充满着特殊的崇高之美。以这样的画面作为小说的结尾，就是以崇高之美作为小说的结尾，为作品抹上了浓浓的悲壮的色彩，将额尔古纳河右岸鄂温克族人充满人性的生存之美牢牢地镌刻在我们的心中。

"回望家园"是《右岸》的特殊视角，它给我们提供了一系列的深刻的启示，告诉我们在大踏步的现代化浪潮中，不断地回望家园是人类应有的态度。

回望是一种眷恋，使我们永记地球母亲对于人类的养育；回望是一种反思，促使我们不断地反思自己的行为；回望也是一种矫正，不断地矫正我们对地球母亲的态度与行为。《右岸》的回望告诉我们，地球家园中存在着众多文明形态、众多的生存方式，这样才使地球家园呈现出百花齐放、绚丽多姿的色彩。因此，保留文明的多样性也是一种地球家园生态平衡的需要，我们能否在兴建高速公路的同时适当保留那一条条特殊的"鄂温克小道"？同时，《右岸》也告诉我们，永远也不要忘记自己是大自然的儿子，也许大自然有时会是一个暴虐的家长，但我们作为子女的身份是永远无法改变的，我们只有依靠这样的父母才能生存的现实也是无法改变的，珍惜自然，爱护自然，就是珍惜爱护我们的父母，也是珍惜爱护我们人类自己。

原载《文学评论》2010年第2期

迟子建
研究资料

从"原点"虚构来考量迟子建小说创作中的人物形象

李　一

好作品能够创造生命体。长久的阅读经验使得我们认定大体量的作家是通过创造生命体来亲近读者的。重读迟子建的长篇小说《额尔古纳河右岸》，它的历史时空和思想容量不禁让我思索：迟子建写了那么多的故事，为什么只呈现出一个生命体[①]——一个女人，而且有关这个女人的呈现也并未明晰，很难为普通读者所记忆。对这个问题，篇幅和格局不失为一种解释，却也未必尽然。

迟子建总是在选定自然生命的一个阶段去灌注生命能量，然后设置时空，再往上写人，往下触碰时代。这在她早期的创作中尤为明显。她甚至有点太过轻易地仰仗人的生理年龄，并以此作为看世界的眼睛，比如老人和小孩在她早期作品中的视角与表情基本是固定的。对自然生命的仰仗更重要的体现在她通过一系列作品所虚构出的一个女人的生命。这个女人在作品里有着童年、少年、青年、中年直到暮年余光。暮年是人生的终点，但不是女子生命的最后一站，因为迟子建的做法是让自然生命中的暮年去接续虚构作品中的"童年、少年、

---

①　这里我并不是在强调迟子建没有呈现出更多的生命体，也就是所谓的人物形象，我的思考点在于，首先迟子建呈现的是一个生命体，其次她是用她近三十年大量的创作来合力逐渐呈现这个生命体。对具体的角色分析，我指称为人物形象的分析，综合来谈，我更倾向于用"生命体"来指代。当然，一个作家的优秀与否绝不是用生命体数量去考察的，甚至可以说二者是无关的。所以"一个"并不是问题的关键，关键在于我对"一个"背后的成就历程的思考兴趣。

青年、中年……"这么一条生命线而继续往前走。它可以看作是作家刻意营造的"生命轮回"。其生命能量的集散不断撞击作家当下的创作，且这个生命在叩击现实生活中逐渐明晰，当它在作家的艺术生涯中越来越强大时，它叩击现实的力就越来越足。

小说中的人是桥，它带读者和作者进入一个艺术的世界。如果故事对人物缺乏给养，将无法立起人物形象。人—物—形—象，实包含四个方面，或者说四个层次，而非是单指一个对象。对人物形象的解析到底有几分几层能够达到对"人"的了解？其中作品本身的容量也限制了对"人"的探讨。从这个方面来谈，作家论在文学研究中相当重要，它的格局相当之大，它是一条让批评家走进作家艺术世界的路，我认为唯有在那个世界里，作家和批评家才有机会得到沟通，不光是作家和批评家，任何读者想要在作品中得到给养，也必须到达那里。从那里开始，自觉地审视生与死的问题，艺术的探讨从那里才可能沟通生命。物—形—象是到达"人"的梯子，有时这个梯子也未必需要，因为读者未必能突破梯子本身的迷障，作者也未必篇篇都设置出好的梯子，可梯子毕竟是梯子，没有它，到底不行！本文就先从梯子进入，来分析迟子建笔下的人物（男人女人和孩子），从梯子到"人"，再返回来看路途上那些风景，由这样的途径试着来论述迟子建创作中的存在的"同一人"[①]特点。

进一步说，有关"人物形象"的解读，本文试图尝试这样的一种方法：人，乃是一撇一捺写就之人，是本体；物是属家性，可指时空；形是身体，指性别和年龄；象是容貌，面部的信息透露内心的秘密，身体的特征隐喻命运的设置。物—形—象，合起来是梯子，是从形而下到达形而上的路径。物—形—象提供故事，它滋养人，也剥削人。

---

① "同一人"是我对迟子建近期研究得出的一个观点。它是：在迟子建的艺术创作中，只存在一个人物的塑造，她是一个女人，这是一个在迟子建创作中有成长的女人，她有自然生命中的儿童、少女、青年女子、中年女人、老妇人不同的自然年龄，她有不同的名字，不同的故事包裹，有不同的容貌和历史时空，但她是同一个"人"，她的心性完全是一个人的；不仅如此，另一方面，迟子建创作中塑造的男性形象，基本上也是围绕这个女人来写的，就是说，迟子建的艺术创作中，所有的角色写来写去，到目前为止写的是同一个人，一个随着作家创作生涯慢慢地承载历史厚度的女人。"同一人"提供了历史的延续性，提供了作家创作的发展轨迹，提供了我们进入迟子建虚构世界的一把钥匙。

一、渔樵①

渔、樵二字概括了迟子建笔下人物的空间域和时间轴。渔、樵首先是生存方式，解决了人的物质给养，同时渔、樵各自后面都是一种生活和思维方式，还有与自然的关系。这三方面包括进去，时空就都具备了。迟子建已有的创作没有超出渔樵提供的历史和场域的，她围绕着人类生命起源的那个点编织故事，这是迟子建的特殊之处。这正是有些评论文章所讨论的迟子建创作中的童话情结，乃至所谓的"温情"之所在。围绕渔樵的原点写作②，她试图不断扩张或者说获得故事设置上的自由度，在其1990年左右的一组作品中显示出作家的那种走出"原点"限制的倾向，如《遥渡相思》《怀想时节》《炉火依然》《与水同行》《香坊》等，而这些作品基本上不太成功。有意味的是，迟子建的作品似乎并未太多或者说明显地受到当时文坛上思潮的影响，我归之为这是其"原点"辐射的结果，就是说，同时代的很多作家，少有这么一个像是其心灵之"铆"的那种影响到其创作的"原点"。当然，有一批小镇系列小说在文坛慢慢出现，比如苏童的枫杨树，再晚一点还有鲁敏的东坝等，有这么一些作家是以小地方为场景集中虚构不同的故事的，这些故事可以彼此互相解读，仿若是读邻里之间的八卦。这些与迟子建的不同在于：迟子建写的是人，而苏童他们像在为一个地方作传。

"原点"事实上就是迟子建艺术创作生命力的"铆"。2007年5月，《当代作家评论》杂志在大连举办了一场关于《启蒙时代》的作品研讨会，迟子建在会上发表了她关于"不看"的观点。她借助两个感想谈"不看"：一位俄国

---

① 　渔樵：有关渔樵解读受上海社会科学院张文江先生的启发，张先生对此有精到的论述，有《马致远〈套数·秋思〉讲记》《渔樵象释》等文章。同时参考了胡兰成先生在《今生今世》（台湾远景出版事业有限公司2009年版）中的《渔樵闲话》一章。本文只是借用"渔樵"这个名词，来解读迟子建创作材料里的两大块：渔民和牧民，同时期望渔樵的象能够开掘作品所创造的思想深度。

② 　"原点写作"是指迟子建到目前为止的写作没有走出"渔樵"的经纬，基本上她的作品仍然在其自我建构的渔樵时空里展开。她的"渔樵"写作最为典型的是《逝川》和《额尔古纳河右岸》，前者是渔，后者是樵，要说明的是渔樵本身的历史丰厚了她具体的作品，那种悠远到仿若是传说的阅读感受并不只是来自作者在故事设置上对时间的设定。

作家让她思考在这个世界上一个作家能否忠实于自己的灵魂，由这点她针对王安忆创作中"变"的特征，指出"千变万化中有一个东西不变是挺好的"；在青岛听到白先勇说："站在樱花树下，像人禅样的。"她认为"不看"也是挺好的，"不看"是为了强调心灵世界所能提供的滋养，所以她建议王安忆可以少"看"点。迟子建不要太多的信息量的背后是她的写作观。作家写作观的成形会受到很多方面的影响，比如天资，其中在创作给她制造的困难或者说提供的机会，也许会占更大的分量。写作观对写作者一定有所束缚，同时作家一点点创造的艺术世界对作家反过来也会施力，而对于那个世界，很多作家未必自觉，这反过来又会影响她的写作观。

地域上的渔，比如《鱼骨》《逝川》《白银那》等都是写小渔村，无论名字，迟子建把它们都写得像一条鱼。其中，《逝川》是最美丽的一篇，它把现实的信息量压到极低，然后用对大自然的比拟来刻画人物，这些人物特别像是自然的气凝得紧些而后凑出来的形状，似乎再吹一口气，他们就又都散了。这篇小说是用人的社会关系和人与自然的现实与隐喻关系合起来建造出一个三维空间，最后，三个关系产生作用力终于把那个叫吉喜的女人推到神的位置，超出这个三维。这个路径非常有意思。分析《逝川》，完全可以找到迟子建的思路，她是怎么让一个人不断被剥夺俗世的幸福，然后又是如何把这个人推往高处，那是一个沟通天与人的"萨满"。这也就是后来《额尔古纳河右岸》里的一条路子。《逝川》是迟子建写渔的一个静态的、封闭的标本，我坚持认为这篇小说对于解读迟子建所有作品都有帮助，当代文学因为有了这篇作品，其想象力的丰沛和优美已经达到一个高度——美的高度。《鱼骨》的写作要更早一些，它在迟子建的创作中较早奠定下故事中女人和男人的一个关系模式。参考她近两年的作品，如《鬼魅丹青》《塔里亚风雪夜》，男女的模式仍然在那里。她写的不是浓烈的爱情，而是男女之间的亲情。《逝川》写了小渔村里生命的延续：吉喜苍老的手上托住新生的婴儿，这本身就是一个仪式。《鱼骨》写的是一对不孕的夫妻，在血脉的断层处，如何解决延续生命的问题。《白银那》直接写到葬礼，葬礼过后，白银那却在渔村之外的世界里有了生命，因为女教师在心里永远地想念着它。这都涉及一个自然生命的问题，该问题一定会在迟子建日后的创作中以另外的故事来继续。其实在写樵的故事中，关于自然生命的思考一直是故事的核心，几乎所有的故事都充满了"延续生命"或者说"保持生活方式"的焦虑。

樵的故事基本上是围绕鄂伦春族等部落人群去写的。鄂伦春族人（在《额尔古纳河右岸》中讲述的是鄂温克族）的故事却比迟子建笔下的其他故事有烟火气，如果说渔的故事里的人物像精灵，那樵的故事里的人物才有人间气。新世纪以来，迟子建的小说越来越"朴茂"，她采用简单的故事情节，讲男女之间的情事，她让小说里的人物获得强大的生命力，她挖掘生活里普通生命昂扬的一种精神，写那些故事好像是在山坡上唱山歌，美丽不失厚重。这里的关键词是男女情事。两性的紧张与和谐提供给迟子建近些年来持续不断的创作灵感，《野炊图》《一坛猪油》《解冻》等核心都在这里，以至处理两性关系已成为她最近几篇小说最最有看点的地方，在那个关节上，她会出其不意，会带来对生命重新审视的兴趣和信心来。这一条路径，其实是从鄂伦春等族人的故事来的，比如《树下》《微风入林》一直到《额尔古纳河右岸》。迟子建 80 年代的很多作品都在童话或者寓言的路子上，它成就了迟子建艺术世界里的轻灵、优美的童话气质，同时对她也是局限，突破局限的路子正是樵。这样说下去，渔和樵本来就越说越有意思，渔有水汽，樵有火气，渔樵合起来成就了文学中现在的迟子建。在渔的那里，她是借封闭的童话（《逝川》）来成就历史时间；樵是借鄂伦春族近似原始或者说自足、封闭的生活来完满樵的历史内涵。除此之外，鄂伦春等族的故事给予迟子建大的自由，包括想象力方面，还有就是它有大的空间去容纳对现实紧张的设置，比如说，现代化进程对这样一种原始林地生活的压榨，少数民族汉化的危机，以及对我们当下生活的直接批判，等等，这就是迟子建犀利的批判力所在。她在借助对一种散失的关注来批判现实生活中流行的关于"前进"的逻辑。同时，对信仰、文化、人伦亲情的极度肯定将这些故事中的人物再次推向神的境地。可以看出，迟子建写的还是那些故事，可是故事里的人越来越厚重，故事面对现实也越来越犀利，她正在从那个封闭的童话世界里走出来，带着多少年来在里面积蓄的力量。而《微风入林》里透露出的一个信息是，樵的世界确确实实能救治现实生活里的疲软病症，因为它健康，甚至已经跳出健康与病态这个层面。仿佛樵的世界是世界委顿之前的那个人类世界，站在山下看它，它是昂扬的，它给人对生命的热情。这种情感从《树下》那个小姑娘对鄂伦春族少年的思慕就已开始。后来的小说里，迟子建有一部分笔力用在关注那个樵的世界自身的处境。

樵的书写里有两个问题需要点出：萨满和性。萨满是从内部看樵世界的精神，性是从山下看山上，从外面打量和想象。而它们正好是生命的两端，就是精神性和生物性，两个指向都是维持生命。可见，迟子建小说中生命意识的浓烈，她正是从这里接通萧红的艺术世界。退一步讲，萨满是在用不同的时空形式写吉喜的故事，不过力量更大。而性的书写直接带来迟子建近年来虚构两性关系上的大突破。在她早期作品中，儿童视角为评论者所乐此不疲地不断言说，其实它很长时间是迟子建创作中的便利也是障碍。需要研究的不是儿童视角这个现象而是后面的内容。儿童视角本身就是个策略，它所能提供的资源并不多，其深度也有限，仅有的一点便利，着实大大阻碍了作家对人生的挖掘。让迟子建释放能量的阶梯是樵故事中的性。在这之后，迟子建故事里性是一派坦荡。这种将性写到坦荡的境地需要气魄，不仅如此，她还能够跳出性来写性，性就作为生命的一个重要内容出现在作品中，而不是单薄地把性作为一个可以灌注作家思想的形式，这点上迟子建拥有了她独特的一面。把性写得有内容，也是她对当代文学的很大的一点启发。

二、形

男女关系的设置使迟子建的小说越来越好看，在这些故事中男人是"渡"那个女人的一个竹筏。这一节将讨论迟子建作品里的女人以及在她们生命里划过的那些男人。

两性关系最物质的地方在于性，而这在迟子建的早期创作中是缺失的。这个问题本文将从对迟子建创作中女人的成长问题的分析来论述。她最开始以儿童的眼睛进入创作，她面向的似乎是一个人的童年记忆资料，并对这些记忆资源的仰仗比较黏稠。其中《沉睡的大固其固》在其早期创作中非常优秀。"大固其固"表露了迟子建已经开始走出自我关注的小圈子，走向新文学的现实主义传统。作品取一个传说给小女孩，使之理解人世间说不出口甚至是不易察觉和理解的深情。小女孩是把这个世界童话化了，因为她的童话，世界就获有了一种轻灵，同时它是镌刻在小女孩成长记忆里的故事，有小女孩血缘里的痛，它势必要在小女孩漫漫的人生路上发挥作用，所以它亦好比是迟子建为其日后创作而撒下的一粒种子。从近年来迟子建的创作看，这篇小说所提供的信息要丰富于《北极村童话》。因为小说是用鄂伦春的因素来发展想象力的，如小镇的名字叫大固其固，它给予了小女孩想象童话世界所需要的神秘感，也给予了媪高娘讲述故事的时间跨度，它用河流将小镇导向开阔的大自然，不仅如此它还提供了鱼的物象，以上几点都是在作家后来的创作中产生重要影响的方面。

"大固其固"，不论它在小说设置上的"前史"还是说迟子建设置出来的它的正名（鄂伦春族语言），就其字面来看"固"乃是锚定人生的状态，那里就是小女孩的故乡。故乡之故是用来离开的，女孩长大了，故乡就只在她的记忆里。从对故乡情愫的描写，到《逝川》里抽象出一个基本封闭的阿甲渔村，再到《花牤子的春天》里对经济发展中农村现状的犀利批判以及对人生命尊严的审视和思考，展示出一条相对清晰的有关迟子建创作的道路。需要考察的是她在用谁来为情愫赋形。

最先是一个小女孩。她天生就是揭秘者，她的眼睛是用来化解隔阂、发现美，最后提供一幅童话的图画。就连现实里相当紧张、敏感的题材如《花瓣饭》都被小女孩看出另外一个世界来。那个世界的特性是恒定。现实里的风吹草动为恒定的世界制造了故事，并凭借这个故事去掘一条路子以便刺探恒定的世界。后来小女孩的身形不见了，只是一双眸子在教你看那个由其擦亮的世界。迟子建的小说很容易直接抽象为一个仪式，然后被赋予很多意义，这在上文已提到。《清水洗尘》中那个叫天灶的男孩基本上是按照对女性世界书写而设定的，这是写作上的便利，天灶是对那些小女孩眼睛的一个补充，即使用了男孩讲述，但作品总留着缝隙让人看见那个女孩子天真又有点狡黠的眸子。孩子的眼睛在迟子建的创作中，至今发挥着重要作用。《鬼魅丹青》里，迟子建硬是拉出一个孩子来看那些欲求解释事实而不能缺的画面。但总体来说，她在创作中对这双眸子的依赖在逐渐放开。

从上面的分析中可以导出迟子建的另一条线：老妇人形象。本文在试图说明她的作品中有一个小女孩成长的故事：从小孩的眼睛到初涉人世再到老妇人，可以讨论的是，到底人物的心性在世间法里有多大的发展？老妇人在迟子建最初的创作中就出现了，如前文分析的《沉睡的大固其固》。在迟子建的创作中，人物的性格基本是稳定的，这点是我讨论她作品"同一人"的切入点，所以《沉睡的大固其固》里媪高娘的塑造完全可以是后面《北极村童话》《吉亚大叔和他的墓场》，以及《布基兰小站的腊八夜》中的形象。只不过《吉亚大叔和他的墓场》中是男身。迟子建笔下的老妇人多是要用双手接住新生命的那个人，媪高娘是，吉喜更是，这里的吉亚呢，恰是一个为生命终点守护的看墓人。老妇人们像是一地的庇护神，守护子孙，主生育。而吉亚呢，却是怜香惜玉，庇护女人。正是男身将女性理想中渴望的守护给托了出来，它一方面侧写出女子们天生的美丽，另一方面又是老妇人心性里可能发不出来的那种现象界的、对世界的庇护。吉亚为那个屈死女子塑像亦如一个封神的仪式。后来吉喜故事即《逝川》中缺少的物质仪式，在这里已经写毕。如果吉亚的塑造还不完全是从女性的角度，那《亲亲土豆》则是确凿的证明。后者中名为秦山的男人着实把女性给写灵动了。迟子建的有些作品里，不是她在写女人，而是作品里的男人来写女人，写出来的是女性内心温柔又坚韧的那一面。《亲亲土豆》最后写："还跟我的脚呀？"这是大场面的壮阔，有了这一笔，后面出现《野炊图》里小年轻和那个大姐的故事就不足为怪。再比如《腊月宰猪》所有的限制和条件都带有天然的合理性，无论是齐家的受尊重，还是齐大嘴急着想给家里续个女人以及受到的集体拒绝，还是南方女人带有悲壮决绝姿态的来到和出走，当故事最终落实到"鞋"这个物象上时，小说就具有开放的对话性。

上文从自然生命阶段和性别借用两个角度梳理迟子建创作中"同一人"现象。"同一人"并非理解上的一个时空中定格了的人的多面向，而是在历史中不断受打压又不断重新站起来继续走向生命那端的一种生存品格。这个问题用仪式最能解读：花牤子因为托着那个小生命而感觉自己找到黑暗中的一盏灯①，灯的作用不止于光亮，它能激发人内心对生的渴望，哪怕仅一点点渴望，没有灯，人也可以走下去。

又如《鬼魅丹青》里，写的是两个女人的角力，看作是一个女人的两面也未必不对，一面是她以光亮于世的，一面是被另一面所压制的。另一篇小说《世界上所有的夜晚》中也有这么两个女人，它好像是用"伤"来写"伤"，最后那个女子走啊走，放了一盏河灯，这是种寄寓，对于一篇虚构作品来说，其人物的伤痛等等基本上没有"发展"，事实上迟子建的不少作品在这个问题上都有共性，就是说，到结尾时少了一口气，我认为《鬼魅丹青》里这口气稍稍足了。好作家她就是有这样的能量，给你期待。《鬼魅丹青》里，其笔端经营出来的氤氲，胸中的大气，以及故事里两个仿佛是一人两面两身的女子，写得那么好，在这里，大伤大痛成为福报，是一帖补药，消化过后，整个生命的质感就出来了。

可是，再这样写下去，迟子建笔下的女人会是什么样子的？细心的读者可以排除很多离谱的猜测，可是到底这个女人已经到了今天，她是神，又是小女子，她沧桑又孤寂，她有能量却又着实单薄，迟子建要给她一个出路呀，俗世毕竟是她的家，应该把家还给她。作家似乎在逃避着什么。

三、象

迟子建笔下的人物像"精灵"，"精灵"像是被风干了的人，个个怀揣着不言的伤痛，轻轻地游走在俗世。它还是在用孩子的眼睛无所忌讳地把隔阂破除，把人拉近，讲门背后的故事，而这些故事讲来讲去都是些伤心的故事。如果把"精灵"的写作压到一个需要出路的境地，迟子建找了两条路：残疾和动物。

残疾在文学创作中本身就是一层意义，它用"缺"来为思想腾出空间，由于这一点，很多初学者特别热衷于写残疾的生理症状，用得不好，只会蛮横地往上面添加隐喻意义，寒酸、别扭。创作需要对生命有敬畏之心，让一个生命

---

① 《花牤子的春天》："花牤子接过小乳牤子的那一刻，等于接过了一盏灯。"

在你的笔下残缺不应该是一件很轻松的事情。剥夺了他，你要给予他些什么，否则，小说的理想在哪里？隐喻是多层次理解作品的钥匙，好的隐喻会将读者带入最严肃、严密的哲学思考中，它抽象时空，能通玄关。好的隐喻层层高，它在神秘的丛林中。坏的隐喻，直露生硬，应该避免。评论文章从隐喻下手解读文本时，最好的是能极大地把好小说里的精华用直白的方式点出来，它同时是对作品的二次创作，它刺激读者的想象力，不停地解读，创作将不停地进行下去，这是一种深度解读的途径，但也最为容易过度阐释。残疾本身并没有多少隐喻的空间，它需要意象去组合，在小说中生出两个场域，即现实的世界和隐喻的世界。如她小说中的"仪式"不是直接铺排的，而是阅读中自然抽象出来的，这种效果的前提是作者压缩了故事的信息量，单用骨干支撑故事，这种时候故事很容易被抽象。迟子建好像一名通神的法师，她想方设法地要拉拉天，把故事讲成立体的，故事通了三界。残疾是她在人世制造的缺口，它直指人生命的意义和价值。《盲人报摊》《雪坝下的新娘》《采浆果的人》，都是在身体有所限制的生命里去创造美好人生，这些作品迟子建写得都很美，她的想法和意图也比较明晰，不圆满的地方是故事之为故事发挥得不够。

残疾后面的生命抒写其实是包容在迟子建对女人的塑造上的，比如《起舞》。再以媪高娘等人物形象说起，会发现其实这种生命的性格一直没有改变，它一出场就是完整的，无论身形是男是女，无论是幼女还是老妇人，其生命观惊人地相同。残疾虚构还包括一些性格上的特殊刻画，如《一匹马两个人》里面的儿子形象。儿子的性格跟马的心智连在一起，勾画出迟子建笔下那个女人眼里所看到的世界。马是她作品中经常出现的动物，主要是出现在描写鄂伦春族人生活的笔墨里，马之外，迟子建还常写狗、鱼、驴、鸽子等。动物在她那里是绝对通人性的，并且是解读故事的玄关。似乎迟子建但凡在小说里设置物象或者隐喻，故事就特别需要解读，需要再解释。比如吉喜和泪鱼（泪鱼虽说是迟子建创造的童话里的鱼，这里还是将其作为鱼类来看，这篇小说可参考汉乐府《枯鱼过河泣》），两者是能够互相解读的，尤其是在《逝川》里，两者的关系完全象征化。像《一匹马两个人》这样的作品，它现实环境里的信息量比较大，比如时代因素，所以马的解读上就有了丰富性，但本质的一点是，马就是

研究资料

迟子建

当一种人性来写，它无言，却最最忠实、长久地守候它的主人。还有《腊月宰猪》里齐小放的那头驴，等等。迟子建在创作中相信这些无言动物提供给人世的安全感。《鬼魅丹青》里的鸽子，它们极度聪明，却永远不能发声成言，只有用身体的蛮力去表达，这篇小说里，她写到那个男孩完全是出于对鸽子的怜惜而编造谎言。

从无言的生理局限来说，动物相对人类也是一种残疾。迟子建的艺术世界里，有一条很明显，她信任被剥夺的人生后面有更为有力或者说可靠的东西在。这些东西一起把作家的艺术世界点缀出来。

结　语

在渔樵的场域中，迟子建的"原点"书写，用众生相表达她艺术世界中对于"人"的认识。在这条路上，她像一个拿着画板聆听神音的女孩。再往上走，她能走到哪里，出路也许在下面，在时代的声色里。

原载《南方文坛》2010年第4期

民族、代际、性别与鄂温克书写

——乌热尔图、迟子建比较论

李　旺

　　乌热尔图是 20 世纪 80 年代（1981，1982，1983）三获全国优秀短篇小说奖的鄂温克族作家，在他之前，还没有一个作家如此贯穿性地以鄂温克族为描述对象进行小说写作并产生重大影响；之后，也不多见。直至 2005 年，迟子建描写鄂温克族历史的《额尔古纳河右岸》发表出版，并获得茅盾文学奖，这一文学格局才发生了变化。鄂温克族才再次浮现于当代文学视野之中。对乌热尔图的研究，自 20 世纪 90 年代之后逐渐减少，他停止小说创作是很重要的原因。对迟子建的研究，从 2000 年以后呈现逐年上升趋势，《额尔古纳河右岸》研究也是各种著述的着力点之一。但着眼于乌热尔图与迟子建的鄂温克书写，对两者进行比较研究的著述目前则尚未见到；而对这个问题的讨论是别有意义的。乌热尔图是鄂温克族，而迟子建是汉族；少数族裔与汉族，本族人与外来者这两种不同的身份如何影响两位作家的鄂温克书写？此外，乌热尔图与迟子建的作家代际区隔与性别差异也是比较他们鄂温克书写不能忽视的两个因素。代际区隔带来的是文学思潮对作家的影响，而性别差异在一定程度上会不可避免地影响作家的叙述。在族别、代际、性别这三种因素的合力作用下，乌热尔图与迟子建的鄂温克族讲述怎样发生？这三者又带给两位作家怎样的洞见与盲视？本文将从这些方面进行探讨。

本民族历史与少数民族故事

"乌热尔图"是鄂温克语，意思是"森林的儿子"。这是乌热尔图在1981年与人合作出版第一部作品时用的名字。这是一部中篇儿童文学故事集，书名叫作《森林骄子——鄂温克族的故事》。"森林骄子""森林的儿子""鄂温克族""鄂温克族的故事"，在作品名称、笔名与族别的对应下，民族身份、作家身份与民族认同之间不乏简单但也紧密、明确的关系就这样牢固地建立起来。随着他蝉联在 80 年代影响重大的三届全国小说奖，"琥珀色的篝火""七叉犄角的公鹿""棕色的熊""银鬃马""森林里的梦与歌声"成为读者认识鄂温克族和乌热尔图小说的关键词。"他通过文学作品揭示了这个仅有一百余人的国内唯一的鄂温克族狩猎部落的生产生活方式、社会结构、宗教信仰、风土人情和独特的民族心理素质……使这个只有语言没有文字的鄂温克民族有了自己成熟的鄂温克文学，形成了自己独特的语言风格。"[1] 上世纪 70 年代末期 80 年代初期，与其说是乌热尔图进入了当代中国文学和读者的视野，不如说是鄂温克族进入了当代中国文学和读者的视野。鄂温克族与乌热尔图的小说彼此倚重，共同构造出独特的乌热尔图作家形象与鄂温克族形象。从此，乌热尔图，既是鄂温克族人，也是讲述鄂温克族故事的人。

与鄂温克族作家乌热尔图相比，迟子建是当代中国少有的，把少数民族纳入其写作视野的汉族作家。这和她从小生活在多民族杂居的大兴安岭地区的经历不无关系。大兴安岭也让迟子建和乌热尔图建立起了联系。由于迟子建的成长经验与乌热尔图的民族经验存在着交集，使得她和乌热尔图一样都葆有讲述鄂温克的动力。但由于民族身份认同的差异，她与乌热尔图的鄂温克书写的分野体现得也很明显，这种分野甚至不自觉流露出来。迟子建在《额尔古纳河右岸》"跋"中这样写道："少年时进山拉烧柴的时候，我不止一次在粗壮的大

---

[1] 奎曾：《内蒙古举行乌热尔图作品讨论会》，《民族文学研究》1985 年第 3 期。

树上发现怪异的头像，父亲对我说，那是白那查山神的形象，是鄂伦春人雕刻上去的。我知道他们是生活在我们山镇周围的少数民族。……在那片辽阔而又寒冷的土地上，人口稀少的他们就像流淌在深山中的一股清泉，是那么的充满活力，同时又是那么的寂寞……后来我才知道，当汉族人还没有来到大兴安岭的时候，他们就繁衍生息在那片冻土上了。"① 直到这部为鄂温克族百年历史作传的小说结束，迟子建记取的依然是鄂伦春族带给自己的深刻记忆。在迟子建看来，鄂伦春族与鄂温克族都属于少数民族。这种观察其实是来自一个汉族作家的旁观视角。作为东北"三少民族"中的两个，鄂伦春族和鄂温克族确实在很多方面有相似之处，但不同民族之间是有着迥然的文化成规的。作为一个没有少数族裔身份的汉族作家，聚焦于少数民族性格、习俗的"同"，而不自觉地忽略、遮蔽其间的"异"，在某种程度上说确实是很难避免的。迟子建的鄂温克书写也没有例外。

不同的民族意识、民族身份不仅引发不同的叙述动力，也影响到叙述目的。"在现代，对主体的形成影响最大的文化身份是民族身份。"② 鄂温克族是乌热尔图小说世界中的唯一对象，而对迟子建来说，鄂温克族讲述是她小说创作道路上的重要一站，但不是唯一。乌热尔图作为鄂温克族，本民族发生的一切都会被他注意，从最初的部族风景呈现到关注民族生存危机都是如此。迟子建则是在被多种外在因素触动下进行鄂温克书写的。鄂温克族画家柳芭在走出与回归森林的困惑中离世，澳大利亚土著人进城后的尴尬，都柏林深夜纵情声色的男女，这三者成为迟子建思考现代文明的后果与人类生存困境的触媒。③ 于是，童年时代的鄂伦春、鄂温克等少数民族见闻被转换成一次叙述。迟子建的鄂温克讲述既关乎鄂温克族又不止于此，是从鄂温克故事出发而泛化为少数民族故事的一次讲述，是一种象征意义上的话语实践。如果说以书写鄂温克族的

①　迟子建：《从山峦到海洋》，《额尔古纳河右岸》，第251—252页，北京十月文艺出版社2008年版。

②　［英］乔治·拉伦：《意识形态与文化身份：现代性和第三世界的在场》，戴从容译，第210页，上海教育出版社2005年版。

③　迟子建：《从山峦到海洋》，《额尔古纳河右岸》，第253—255页。

困境为契机，乌热尔图与迟子建的小说都呈现了与鄂温克族处境命运相似的少数民族的困境，甚至更宽泛意义上的传统面对现代的困顿；那么，在乌热尔图那里是间接达到的效果，对迟子建而言则是从此目的出发。

不同的叙述动力、叙述目的，使得两位作家书写鄂温克时各有侧重。在乌热尔图的小说中，与部落风俗同时出现的，还有鄂温克族在20世纪后半期的民族历史。《一个猎人的恳求》是鄂温克族对"文革"的惨痛记忆；《鹿，我的小白鹿啊》讲述政治唯上时代对鄂温克族人被日本殖民经历的粗暴对待；《瞧啊，那片绿叶》《森林里的梦》也都传达了鄂温克族人被历史、政治大潮裹挟中的心路。《堕着露珠的清晨》《一个清清白白的人》《沃克和泌利格》《玛鲁呀，玛鲁》《悔恨了的慈母》《在哪儿签上我的名》《你让我顺水漂流》《萨满，我们的萨满》等则聚焦了上世纪80年代中后期鄂温克族遭遇到的生存困境与民族出路难题，即森林沙漠化、由游牧生活到定居生活的转折等。

不同于乌热尔图书写鄂温克当代史，迟子建着眼于鄂温克族的百年历史。虽然时代是迟子建讲述故事的一个历史依据，但时代内容极为淡化，纪年大多仅充当时间标记。不同于乌热尔图的摹写时代场景，迟子建是把时代的悲剧化为了个人生命的悲情。迟子建把鄂温克历史转换为一个氏族的百年史，更确切地说是这个氏族中的一个人的百年史。在迟子建的书写中，鄂温克族怀抱着真挚的爱情，当爱情凋零，这个民族也走向了危机时刻。乌热尔图的鄂温克族在沉重、急迫的现实感中生存，迟子建的鄂温克族人都流淌着忧郁的血液，她赋予了鄂温克族浪漫与传奇性。

鄂温克"民族志"[①]的不同写法

不论是乌热尔图的系列小说，还是迟子建的长篇小说，在某种意义上，都可以看作是鄂温克的民族志，但这两部民族志又呈现出各自的书写方式。

---

① 这里仅在较宽泛的意义上借用这个概念代指乌热尔图与迟子建的鄂温克书写文本，关于文化人类学中对于科学民族志、实验民族志等民族志文体复杂性的研究，参见杨磊《民族志文体的合法性争夺》，《中南民族大学学报》2011年第1期。

乌热尔图的早期作品，比如《七叉犄角的公鹿》《马的故事》礼赞了鹿、马强大的生命力，宛然一阕明媚矫健的歌。这是上世纪 80 年代初期当代中国文学中鄂温克族形象的范本。在这一阶段的小说中，森林中的动植物就是他小说中的主人公。乌热尔图基本采用白描手法，特别是由于从森林民族对自然独有的亲近感出发，所以描绘出的部族风景具有伸手可触的贴切感；再加上乌热尔图的描写简洁、明快，一种粗犷、朴拙的色彩也很明显地体现出来。乌热尔图的民族志在 80 年代中后期发生了变化，"寻根"思潮与"先锋"手法对他的鄂温克书写产生了影响。这需要提到他从 1981 年开始在文学讲习所学习以及后来生活在北京，参与了由一批作家、艺术家形成的文化圈子的经历。[①] 把《你让我顺水漂流》（出版于 1996 年，大都写于 80 年代中后期和 90 年代初期）集子中的小说和《七叉犄角的公鹿》（结集于 1985 年，代表性作品完成于 1983 年之前）集子里的小说进行比较，就会发现乌热尔图民族志书写的变化。文体实验与民族历史反思相混融是乌热尔图书写变化之后的突出风格。最有代表性的一篇是《雪》。在这篇小说中，第一人称叙述、第三人称叙述大量地交叉使用；人物独白、两个人物之间的对话彼此缠绕，以高频率的跳跃性分布在文本中。与形式实验同时展开的是对于鄂温克族的图腾崇拜、民族禁忌以及民族历史的回顾与反思。前述《七叉犄角的公鹿》和这篇《雪》，同样是写鄂温克族，同样是通过写鹿来写鄂温克族，但二者的差别巨大。后者呈现的鄂温克族生活不再是世外桃源式的美好，在纷繁的文体实验中表达的是鄂温克族人对自身生存状态的严峻思考和对鹿的复杂感情。笔者以为，这种转变使得乌热尔图的鄂温克书写完成了从民族文学在"新时期"繁荣的指认到更为个人化的民族书写的蜕变历程。

这种由于时代文学思潮赋予鄂温克书写的独特肌理，在迟子建那里表现得不是很明显。迟子建的鄂温克书写独具风格的是叙述中突出的女性视角。在乌热尔图的小说中，只有《火》是以芭莎老奶奶作为叙事人的；而迟子建则是全

---

① 李陀、乌热尔图：《创作通信》，《人民文学》1984 年第 3 期。张辛欣、李陀、郑万隆、乌热尔图、叶楠、陈建功、沈及明、张承志：《作家谈电影》，《当代电影》1985 年第 5 期。可以看出，乌热尔图在这个文化圈子中是非常活跃和重要的。

部以女性视角来叙述。这个女性叙述视角又表现为两种叙事声音。一方面，"我是个鄂温克女人"，"我是我们这个民族最后一个酋长的女人"①。"鄂温克族"而且是"最后一个酋长的女人"，讲故事的自觉性与对民族身份的强调相反相成地凸显出来，叙事者袒露出对民族身份的借重，即，让鄂温克族赋予这次讲述以更多故事性。与之相比，乌热尔图的鄂温克族讲述从来没有在小说文本内部对于民族身份进行申明。另一方面，这种汉族身份的叙述者的旁观性（女性的旁观），与以男性为支柱的狩猎民族中的女性（"我是我们这个民族最后一个酋长的女人"）的旁观位置（旁观的女性）表露出某种相似性。这又使得迟子建获得了不同于乌热尔图的叙述能力。在《额尔古纳河右岸》的叙述中，"我"，是一个回顾者的女性，也是一个亲历者的女性。回顾者与亲历者疏离、叠合，过滤掉了呼喊式的抒情，表现为一个鄂温克族女性的自我省思。

在《额尔古纳河右岸》中，迟子建改变了她之前或以想象的姿态或以风俗特征抽取描述少数民族的方式，如《树下》与《伪满洲国》中对鄂伦春族、赫哲族生活的描述，而是采取了一种新的介绍加评述的方式。这种方式既有对民族性格、习惯、风俗的讲述与展现，又有一种审视的目光存在。这集中表现在对鄂温克的民族戒律和生活习惯进行的反思上。对于萨满教产生的道德束缚，叙述者说："如果说闪电化成了利箭……因为附着氏族那陈旧的规矩，已经锈迹斑斑。面对这样的一支箭，达玛拉和尼都萨满的枯萎和疯癫就是自然的了。"②对于鄂温克民族历史与性格的反思，对于乌热尔图而言，有一个从不自觉到自觉的过程。迟子建由于外在的汉族身份，有一种族外人的判断理解。而就性别视点所起的作用来说，乌热尔图的鄂温克族书写是男性的，迟子建的鄂温克书写则是女性的。

---

① 迟子建：《额尔古纳河右岸》，第6页。
② 迟子建：《额尔古纳河右岸》，第6页。

影响的焦虑与鄂温克书写

当代中国文学中的鄂温克族形象是在乌热尔图与迟子建一前一后的讲述中确立的，两位作家的鄂温克书写构成了某种互文性。乌热尔图的小说显然是迟子建的写作绕不过去的前文本。在这里，作家代际差异除了表现为时代文学思潮在乌热尔图的小说中留下痕迹之外，乌热尔图对迟子建的"影响的焦虑"这一面也体现出来。迟子建在准备去看敖鲁古雅的鄂温克人下山定居的现状之前拜访了乌热尔图。"我的第一站是海拉尔，事先通过韩少功的联系，在那里得以看了多年不见的鄂温克著名小说家乌热尔图。他淡出文坛，在偏远一隅，做着文化史学的研究，孤寂而祥和。我同他谈了一些我的想法，他鼓励我下去多看一看。"[①] 乌热尔图的鄂温克书写有哪些标志性特征，构成了一种怎样的书写传统？这对于后来者的迟子建是不是会形成某种写作上潜在的规定性？作为一个具有近三十年写作经验的作家来说，迟子建也形成了可识别的成熟风格。迟子建如何在乌热尔图的影响和自己风格的制衡中进行鄂温克书写？

乌热尔图采用了以汉语拼写鄂温克语、标记鄂温克族特点这种方式。乌力楞、新玛玛楞、阿敏、萨满（乌热尔图最初写作萨曼）、玛鲁神、乌娜吉、雅炮安、康苦斯、安达克等，虽然是汉字语词，但鄂温克族与汉族在事物命名方式上的迥异还是一下子就体现出来了。对于有语言而没有文字的鄂温克族来说，不论是民族形象在当代中国文学中的确立还是本民族文学的出现，这种拼写方式都是最重要的实现途径。迟子建也继承了这种方式。不过，由于迟子建的母语是汉语，无法像乌热尔图那样全面地实现鄂温克语与汉语的转换，所以，对于一部书写鄂温克的长篇来说，这种拼写在《额尔古纳河右岸》中还略显不够丰富。

乌热尔图不仅在以汉语拼写鄂温克语这一点上对迟子建造成了影响，在一些故事情节的设置上，迟子建的小说也流露出对乌热尔图延续的痕迹。比如在表现鄂温克族人对鹿崇拜神往，但又因猎杀而带来忏悔之情的时候。在乌热尔图的《老人与孩子》中，老人用鹿哨引诱并射杀过鹿，当老人把吹鹿哨的技艺

---

① 迟子建：《从山峦到海洋》，《额尔古纳河右岸》，第 255 页。

教给孩子，悲剧以报复的形式上演了，一个猎人射杀了吹鹿哨的孩子。在《越过克波河》中，身穿鹿皮上衣的蒙克被卡布坎误认作鹿而击中。《你让我顺水漂流》中，猎鹿心切的新玛楞"我"击中的是模仿鹿的卡布让老爹。迟子建《额尔古纳河右岸》中也讲述了猎鹿伤人的悲剧一幕。安道尔穿着鹿皮衣服吹着鹿哨伪装成鹿，维克特打死了他，他们是亲兄弟。从此维克特心如死灰。这种情节与细节的相似性，说明乌热尔图的鄂温克书写已经构成了一种需要超越的传统。如果一再重复，文学中的鄂温克族形象也难免会固化、单一化。

在书写鄂温克族人的熊崇拜与萨满教信仰之时，迟子建实现了对乌热尔图的超越。《额尔古纳河右岸》改变了乌热尔图小说像《丛林幽幽》那样对熊直接炽烈的爱恨，而是赋予了熊与爱情的呼应关系。熊既带给了女主人公与拉吉达的爱情，也带走了她与瓦罗加的爱情。迟子建的浪漫哀婉风格灌注到了她的鄂温克书写中。和熊崇拜一样，萨满也是鄂温克族生活中不可替代的一部分。从某种程度上说，怎样写熊、萨满与鄂温克族的关联，就会塑造出怎样的鄂温克族形象。乌热尔图与迟子建都浓墨重彩地写了萨满故事。但与乌热尔图在《你让我顺水漂流》《萨满，我们的萨满》等小说中仅关注萨满遭遇到的外在威胁不同，《额尔古纳河右岸》描述了萨满痛苦的灵魂挣扎。尼都萨满为情所困，郁郁而终。妮浩的萨满生涯则是一个献身者不断牺牲的过程。小说写到尼都萨满和妮浩治病救人不乏神力，但拯救是与失去成正比的，一个生命的获得拯救意味着另一个生命的永远离去，且这些生命是萨满最挚爱的那一个。拯救与失去的对应的无一幸免让萨满的人生弥漫着庄严的悲剧色彩。迟子建以这样的书写方式，剥离了萨满的神秘性，而赋予了他们崇高的神性。

不论是鄂温克族作家乌热尔图，还是汉族作家迟子建，在一部书写鄂温克的小说中，无法避免描述鄂温克族与汉族间关系。在乌热尔图的小说《森林里的歌声》之中，敦杜与延妮娜失去了孩子，敦杜捡回了汉族女婴，小说描写了延妮娜对丈夫这种做法的极端蔑视和对女婴的仇恨，但延妮娜终于把这个女孩子当作了自己的女儿。在迟子建的《额尔古纳河右岸》中，有一个与《森林里的歌声》很相近的故事。忧伤的拉吉米从马厩中捡回了汉族女婴，把她叫作马伊堪。孤独的拉吉米终生都在担心山外的汉人来与马伊堪相认，并不许马伊堪出嫁，以致酿成悲剧。更别有意味的是，这两个讲述鄂温克族与汉族理解与隔膜并存的故事，与上世纪 50 年代高缨小说《达吉和她的父亲》极为相似，它讲述了一个汉族女儿在彝族养父与汉族生父间艰难抉择的故事。1958 年小说发表后引起反响，1961 年改编自小说的同名电影引起轰动，受到激烈批判。这是当代中国文学对于少数民族与汉族民族间关系的叙述第一次在全国发生重大影响。这个父女情与民族情彼此倚重、以女儿与父亲的相离相认的纠葛隐喻民族身份认同困境的故事结构，不仅在乌热尔图那里发生回响，又再次出现在迟子建那里。这个故事结构漫长持久的贯穿性几乎可以称为一个当代中国文学关于民族关系叙述的传统，同时抑或可以见出这个叙述传统强大的规约性。

结　语

迄今为止，乌热尔图与迟子建是塑造了当代中国文学最广为人知的鄂温克族形象的两位作家。他们的鄂温克书写，构筑了当代中国文学读者对于鄂温克族民族性格、民族文化等方面的认识。但由于民族、代际、性别的差异，两位作家的鄂温克书写表现出或注重本民族现实感或凸显少数民族传奇性的不同侧重，也表现出受时代文学思潮影响下的书写蜕变与女性视点突出这两种不同的文本特征。乌热尔图与迟子建又是在不无传统规约的情况下延展出对于同一书写对象的不同格局。这种不同格局可以称作乌热尔图书写的鄂温克与迟子建书写的鄂温克。如果以后有更多的鄂温克书写出现，目前鄂温克书写中存有的为了鄂温克民族的被识别，以一些固定的细节、情节对民族特征加以强化和简化描写的缺陷就有可能避免。

原载《民族文学研究》2013年第1期

童年经验与边地人生的女性书写

——萧红、迟子建创作比照探讨

刘　艳

　　心理学家对"童年时期"有不同的定义，影响最大的当推弗洛伊德，他在《梦的解析》和《性学三论》中，对童年时期的童年经验均作了独到深刻的分析，奠定了现代儿童心理学的基础。但弗氏过于专注于儿童的"性心理"，把儿童经验主要归结为性心理，显然失之偏颇。本文并不打算去发掘这方面的儿童经验，而是去关注更为普通的生活化的儿童经验如何形成一种初始而长久的记忆，影响了作家后来的创作，或者构成了作家创作的主要资源和动力。本文讨论的作家"儿童时期"拟规定为从作家婴幼到少年时期（从出生起至12—14岁的青春前期）阶段，童年经验即指这一时期获得的生命体验与记忆。国内理论批评界童庆炳先生较早论述这一问题，他曾经说道："几乎每一个伟大的作家都把自己的童年经验看成是巨大而珍贵的馈赠，看成是取之不尽、用之不竭的创作的源泉。"①童年经验对于作家创作的重要性，不言而喻。从客观层面而言，童年经验包括作家童年的生活环境和人生遭际；从主观层面而言，又包含作家

---

　　① 参见童庆炳《作家的童年经验及其对创作的影响》，《文学评论》1993年4期。他认为："一般而言，童年经验是指从儿童时期（现代心理学一般把从出生到成熟这一时期称为'儿童期'）的生活经历中所获得的体验。"

对自己童年生活经历的主观的心理感受和印象以及由此形成的心理效应和大脑记忆。五四时期，伴随着"人"的发现和对儿童的发现，儿童的视角和叙事策略，日渐受到作家的重视和青睐，而童年经验，更是成为许多作家选材构思和灵感佳作的源泉。许多现当代作家，都常常携童年经验或者从童年经验当中汲取妙思来进行创作。

萧红和迟子建，作为中国现当代文学史上著名的东北女作家，很多人感觉或者注意到了她们创作的相似性和相关性，往往会从迟子建受到萧红影响的角度思考，譬如，迟子建就曾经面对这样的问询："很多东北女作家非常喜欢萧红，而且深受萧红影响。萧红在现代文学史上的地位与你在中国当代文学史上的地位差不多。萧红小说的散文化写作和纯净的艺术气质与你也有相似之处。我想她对你的影响毋庸置疑。"对此，迟子建的回答是聪敏而机智的："萧红是中国现代文学史上的一座丰碑，她的《呼兰河传》是她生命和文学的绝唱，很难有人逾越。作为后来的东北作家，我所能做的就是营造自己的艺术世界，把迟子建的作品做得更好，成为自己的唯一。任何的比附其实都是无知、浅薄和急功近利的表现，要知道，无论在哪个时代，萧红都是不可替代的。"[1] 由此也不难见出，虽然读到迟子建的《东窗》《秧歌》等，很容易就可以联想和联系到萧红的《呼兰河传》《小城三月》等，但单纯的影响研究是否可取，值得商榷，而若是想从一个角度切入，对她们的创作加以辨析，也不是一件容易的事情。在此，希望通过童年经验对萧红、迟子建两位作家创作影响的考察，或者说通过对她们童年经验的溯源，来比照考察她们童年经验如何影响了她们的创作，童年经验是怎样进入了她们的创作。或许可以在一个更为多样和立体的空间里来揭示她们创作的艺术特征和复杂意蕴。这种比照不是区分高下、优劣，也不只是辨别同异，更重要的是一种丰富性的呈现和映衬。

---

① 《北京文学·中篇小说月报》编辑、迟子建：《与迟子建对谈：鲁迅在骨子里其实是一个浪漫主义者》，《北京文学·中篇小说月报》2005年3期。

一

辽阔的东北边域，独特的气候、风光景色、四季更替以及独具特色的习俗风物、民情与民众的生活态度等，带给萧红和迟子建不同于他人的童年经验。萧红笔下的《家族以外的人》《呼兰河传》《后花园》等作品，营造出的是一个北国女孩的童年生活氛围和经历，没有刻着地域烙印的丰蕴的童年经验，很难想象会产生《呼兰河传》这样"一篇叙事诗，一幅多彩的风土画，一串凄婉的歌谣"①；没有童年时期在大兴安岭、黑龙江和北极村特殊的地域风貌、自然民俗、生活经历的独特经验，如何能够有迟子建这样一个灵秀女子的接通她生命出发之地"地之灵"的诸多创作？她的许多作品，都明显存在或者可以寻根溯源见出其童年生活、童年经验在她心中留下的深深烙印。

先前的研究当中，我已经谈到萧红和迟子建在她们的作品当中，尤其对景物的描写，常常流露"我向思维"的特征，具备拟人化、打通人的感觉和知觉的能力，往往可以看到主体与客体的真诚拥抱。家乡物事，到了萧红和迟子建笔下，都似乎是有生命的、与人有着血缘亲情的东西②。在萧红和迟子建这里，童年经验，作为生活原型和重要题材，直接进入到了她们的创作当中，其重要性和不可忽视性，就像迟子建自己在《北极村童话》开篇那句话所说，"假如没有真纯，就没有童年。假如没有童年，就不会有成熟丰满的今天"③——这句话，对于迟子建迄今三十载的创作，几乎具有寓言或者说隐喻的意义。进一步去看，童年经验带给萧红和迟子建的创作的原型和题材宝藏，首先就在于那"北国一片苍茫"的故乡大地以及其中的民众生活、民情风俗和习俗风物。

故乡民众日常的看戏、扭秧歌、上坟、扎彩铺、跳大神等等，都为萧红和迟子建提供了无限的生活原型和写作的题材。《呼兰河传》一共七章，第一

① 茅盾：《〈呼兰河传〉序》，见《萧红全集》（下），第704、705页，哈尔滨出版社1991年版。

② 参见拙作《童心与诗心的女性书写——萧红、迟子建创作品格论》，《齐鲁学刊》2013年3期。

③ 迟子建：《北极村童话》，《原野上的羊群/迟子建文集1》，第1页，江苏文艺出版社1997年版。

章，是呼兰小城的自然风光、四季更替、民情风俗乃至民众的生活态度，奠定了整篇小说的情感基调或者说环境氛围，很容易见出，萧红童年的生活经历片段为她提供了很好的素材，童年经验作为题材直接进入了她的创作。上坟，对于东北边地的乡民来说，好像并不感到真正悲戚，更谈不上悲痛，人死了，"他们心中的悲哀，也不过是随着当地的风俗的大流，逢年遇节地到坟上去观望一回"①。这样民情风俗的边地民众的生活，一天一天进行着。他们糊里糊涂过着似乎也很苦的生活，对待生死，都是那样的麻麻木木、浑浑噩噩，"生、老、病、死，都没有什么表示。生了就任其自然地长去；长大就长大，长不大也就算了"②。凡此种种乡民习俗和边地的生活样式，离不开童年生活的积累和童年经验所提供的素材，也使得萧红能够在抗战的洪流和时代喧嚣中，以她的女性视域继续深入国民性思考的主题，对边地民众生活的"历史惰性"作出反思，反思人对自然的依附"已然变本加厉地扩展为一种文明和文化，一种以人对自然的依附为前提，又以人对自然的依附为目的的、自觉的、至少是自律的文化"③，而这反思，因着萧红童心和诗心的熔铸，使得原本沉重和容易滞重的命题，同时兼具"但书中却有着像诗样美的辞章，以及扣人心弦的情节"④。

时隔大约半个世纪之后，迟子建在对北国民众习俗民情描摹的时候，依然得益于童年积累的素材和经验。上坟在迟子建笔下，也有着过节一般的气氛，"坟场是拥挤热闹得不得了了。逢到清明节和阴历七月初七的时候，简直可以说是热闹非凡了"，而"坟场也是出故事的地方"⑤——腊月二十七扯着八个孩子来给老婆上坟的郭富仁，遇到了同样去上坟的老寡妇徐慢慢，竟然说成了亲事，而且再上坟，还纷劝已经故去的那两个地下也成双。萧红和迟子建对于上坟、坟场的描写，更多童年经验和儿童视角，对于年轻即已离开家乡开始颠

---

① 萧红：《呼兰河传》，林贤治编注《萧红十年集》（下），第674页，人民文学出版社2009年版。

② 萧红：《呼兰河传》，林贤治编注《萧红十年集》（下），第673页，人民文学出版社2009年版。

③ 孟悦、戴锦华：《浮出历史地表》，第188页，中国人民大学出版社2004年版。

④ 葛浩文：《萧红传》，第106页，复旦大学出版社2011年版。

⑤ 迟子建：《东窗》，《秧歌/迟子建文集2》，第233页。

沛人生的萧红就尤其如此，难怪茅盾要说《呼兰河传》展现给我们的是边地人生的叙事诗、风土画。迟子建的创作，无论是早期的《北极村童话》《东窗》《秧歌》等，还是后来的长篇《伪满洲国》《额尔古纳河右岸》等，其中的地域风情、民众的日常生活场景等内容，都令作家的小说创作具有了"风俗史"的样貌和特征 ①。但种种的包括上坟、放河灯、扎彩铺、跳大神等情节和细节，并不是仅仅依靠案头资料和田野调查。这两样当代作家习用和可以用的"功课"方式，对于身陷时代颠沛流离当中的萧红，自然是不适用的。所以，很多的情节和细节，恰恰来自作家童年的生活经历和经验，方能展现出巴尔扎克所希望写出的那种被"许多历史家忘记了写的那部历史，就是说风俗史" ②。在有些当代作家越来越依靠新闻资料来写作的时候——就连余华晚近的《第七天》，都是直接将现实事件乃至新闻事件"以一种'景观'的方式植入或置入小说叙事进程"、以现实"植入"和"现实景观"的方式来表现现实 ③；迟子建无疑早已经认识到了仅靠第二手资料写作的局限性，"有的作家仅靠新闻资料去写作，这种貌似深刻的写作，不管文笔多么洗练，其内心的贫血和慌张还是可以感觉到的"，迟子建认同她的创作"笔下的人物、风情、故事，大都源自脚踩的这片黑土地"，故乡成为自己"取之不尽、用之不竭的题材资源"，她坦言"如果没有从小在故乡中见到的风景，没有那里的风雪的捶打，就没有我和我的写作世界" ④。同样的道理，如果没有童年的经历、经验和故乡的风景民情习俗风物的浸润，就不会有萧红《呼兰河传》这样文学和人生的巅峰与绝唱之作。

对于边地的民众，人死了，不过是逢年遇节到坟上去观望一回、坟场拥挤热闹乃至生出故事；上坟，就这样几十年百数年不变地重演着，从中，约略可

---

① 何平：《重提作为"风俗史"的小说——对迟子建小说的抽样分析》，《当代作家评论》2009年4期。

② 巴尔扎克：《〈人间喜剧〉前言》，《西方文论选》（下卷），第168页，上海译文出版社1979年版。

③ 徐勇：《以象征的方式重新介入现实——论苏童〈黄雀记〉的文学史意义》，《文学评论》2014年2期。

④ 参见《埋藏在人性深处的文学之光——作家迟子建访谈》，《文艺报》2013年3月25日。

以见出北国生民对待生死的态度、乡民的生死意识与观念。对待人的逝去，鲜见生者具有发自内心的痛苦，更多倒是习俗和仪式化的外在的"物"的外壳和表达形式。在萧红和迟子建的笔下，除了乡民已成习俗的上坟行为，还有对更加近乎"盛举"的扎彩铺及其生意的描述，同样可以溯源到作家童年一点一滴经验的累积，反映于萧红和迟子建文学书写，便是对于习俗风物（包括扎彩铺）所进行的细节化叙述和描写。即便是意在写出与历史学家所写历史不同、写出为许多历史学家忘记了写的那部历史——"风俗史"的巴尔扎克，早早就已经体会到并且指出，小说的规律同历史的规律是不同的，历史所记载的，是过去发生的事实，而小说"应该描写一个更美满的世界"，在巴尔扎克看来，作为"风俗史"的小说，"如果在这种庄严的谎话里，小说在细节上不是真实的话，它就毫无足取了"①。

有关扎彩铺的描写，是萧红《呼兰河传》描写从小生活其间的边地之乡民民俗习俗相当耗费笔墨和出彩的章节。葛浩文曾经指出，这些细节体现了萧红回溯往事和童年旧事的才华，"我们早已提到过萧红轻而易举，不费吹灰之力回述往事的才华，尤其在《呼兰河传》中更比比皆是。例如描述呼兰县人如何重视为死人'烧纸钱'（烧纸做的房子、动物、人等等）的事"②。细节化描写，是萧红描写故乡扎彩铺时所呈现的典型特征。东二道街上几家扎彩铺，为死人预备的"大至喷钱兽、聚宝盆、大金山、大银山，小至丫环使女、厨房里的厨子、喂猪的猪倌，再小至花盆、茶壶茶杯、鸡鸭鹅犬，以至窗前的鹦鹉"，一应俱全：

> 看起来真是万分的好看，大院子也有院墙，墙头上是金色的琉璃瓦。一进了院，正房五间，厢房三间，一律是青红砖瓦，窗明几净，空气特别新鲜。花盆一盆一盆地摆在花架子上，石柱子、金百合、马蛇菜、九月菊都一齐地开了。看起使人不知道是什么季节，是夏天还是秋天，居然那马蛇菜也和菊花同时站在一起。也许阴间是不分什么春夏秋冬的。这且不说。

① 巴尔扎克：《〈人间喜剧〉前言》，《西方文论选》（下卷），第173页，上海译文出版社1979年版。

② 葛浩文：《萧红传》，第110页，复旦大学出版社2011年版。

再说那厨房里的厨子，真是活神活现，比真的厨子真是干净到一千倍，头戴白帽子，身扎白围裙，手里边在做拉面条。似乎午饭的时候就要到了，煮了面就要开饭了似的。

…………

小车子装潢得特别漂亮，车轮子都是银色的。车前边的帘子是半掩半卷的，使人能看到里边去。车里边是红堂堂地铺着大红的褥子。赶车的坐在车沿上，满脸是笑，得意洋洋，装饰得特别漂亮，扎着紫色的腰带，穿着蓝色花丝葛的大袍，黑缎鞋，雪白的鞋底。大概穿起这鞋来还没有走路就赶车来了。他头上戴着黑帽头，红帽顶，把脸扬着，他蔑视着一切，越看他越不像一个车夫，好像一位新郎。①

扎彩铺，扎出了正经八百的大院子，正房、厢房等一应俱全，不同季节的花，竟然也一起开放了。纸扎的房子和物件，因为窗明几净，竟然是可以让人觉得和体会到"空气特别新鲜"的——成人难有这样的感受和体验，萧红在这里，让"隐含作者"在以孩子、一个儿童的眼光和身心感受来陈述事实和叙述细节。布斯在1961年《小说修辞学》中提出"隐含作者"这样一个重要概念之后，这一既涉及作者编码又涉及读者解码的重要概念为后来的叙事学家广为采纳和使用。无论"我们是将这位隐含作者称为'正式作者'"，还是将之视为"作者的'第二自我'"，"作者会根据具体作品的特定需要而以不同的面貌出现"②。可以肯定的是，萧红在《呼兰河传》中，为自己选择了合适的面貌——儿童的视角、感受、经验，并有着成人判断和成人声音在暗中的把控。活灵活现的厨子，比真的厨子干净，做着拉面条，似乎煮了面要开饭似的，读之更似孩童的体验和感受，令读者产生非常鲜活和生动的阅读感受，如此鲜活生动的编码和解码，远不是一个一板一眼的成人叙述者所能够实现和带来的。而小车子装潢

---

① 萧红：《呼兰河传》，林贤治编注《萧红十年集》（下），第670、671页，人民文学出版社2009年版。

② Wayne C. Booth, The Rhetoric of Fiction（Chicago：U of Chicago P, 1961, 2nd edition 1983），p.71.

得特别漂亮，也全是由具体的细节来搭建和构成的，车轮子、车帘子、车里边的褥子，每一样细节，都没跑出"我"好奇和善察的眼睛。赶车人也就是车夫的装束、神情，也无一挂漏，被描述得活灵活现，鞋子因着干净和新，竟然让人觉得是鞋子新做了便被穿起、还没有走路，车夫就赶车来了，好一个蔑视着一切、不像一个车夫却倒好像一位新郎的赶车人。借由孩子的眼睛，才会这样解读和叙述，作家方令自己的内心如此敞开和真诚地去拥抱面前的景物"客体"。可以想象，萧红在她的童年，便具有怎样的一种会心和一双善于、乐于观察周围事物的敏感善察的眼睛。少年读书时候便已经离家，如果没有童年经验的累积，作家仅凭想象或者第二手资料，是不会有这样生动的足以打动人心的民俗风情的叙述的。细节的呈现，还让作品更加具有风俗史的特点：

> 还有一个管家的，手里拿着一个算盘在打着，旁边还摆着一个账本，
> 上边写着：
> 北烧锅欠酒二十二斤
> 东乡老王家昨借米二十担
> 白旗屯泥人子昨送地租四百三十吊
> 白旗屯二小子共欠地租两千吊
> 这以下写了个：
> 四月二十八日 ①

账本的内容，虽然应该是习写作者后加的，但类似记忆和文本叙述视角却是儿童的。没有这些细节的描述，恐怕就不能够书写出被许多历史学家忘记了写的那部历史——"风俗史"。上面这段文字，不只给人以现场感和身临其境的阅读感受，还为时代、为风行于北国边地的民情和当时民众实际生存景况，留下了一份鲜活和珍贵的记录。类似的为死人扎纸烧纸的行为，在迟子建这里，

---

① 萧红：《呼兰河传》，林贤治编注《萧红十年集》（下），第671页，人民文学出版社2009年版。

也有着相近的叙述和描写，"女萝"拉车的干爹死了，女萝看到干娘院门口摆满了纸牛、纸马、纸房子、纸丫鬟、纸车、纸鱼、纸灯等这类丧葬品：

> 干爹的房子非常宽绰，也很干净，屋子里摆着桌子、椅子，那桌子上甚至还有茶具。那椅子旁立着一个俏模样的丫鬟，丫鬟的手里还拿着一把扇子，好像是要给干爹扇风，想必是暑热的天气吧。可转而一想又不是，因为另一间房子里还盘着火炉，火炉上放了一把壶，这是冬天的布景了。她想：也许这是夏季时闲下来不用的火炉呢。所以便认定是夏季了……这棵叫不出名字的树下停着一辆黄包车，崭新崭新的，没有一丝尘土，看上去是达官显贵坐的车，但别人却说这是给干爹乘的车。[①]

纸扎出的物件，依然让人混淆或者说陷入迷惑这到底是什么样的季节，说是四季杂陈的话应该更加确切。迟子建借"女萝"的视角和观察，随着她思绪的流转，同样写出了扎纸的种种细节。萧红笔下给故去的人预备的车子，到迟子建这里，依然漂亮而且"崭新"。萧红和迟子建，巧借童年的视角或者说自童年经验而来的对风俗细节化叙述的能力和方式，展现了为历史学家所无法记录和呈现的风俗的历史，并在其中寄寓了她们对于人的生命存在的思考，或者也可以说，她们借童年经验所提供的素材，表达了她们一些更深在和内在的思考。她们并没有让叙述和书写仅仅停留在童年的视角和感受以及体验的层面，而是时时隐现成人叙述者的话语和声音。萧红笔下东二道街的扎彩铺，让"看热闹的人，人人说好，个个称赞。穷人们看了这个竟觉得活着还没有死了好"，"羡慕这座宅子的人还是不知有多少"[②]的确，当读者在认识了乡民贫苦、生之艰难却保持着近乎恒久的惰性不变后，看到他们苛待自己与亲人的"生"、却盛待自己与亲人的"死"，难免不与隐含作者身上"成人"的那一面一起产生难以言传的空虚感，读者面对繁盛而美丽鲜活的扎纸，"心中对生者为死人

① 迟子建：《秧歌》，《秧歌/迟子建文集2》，第29页。

② 萧红：《呼兰河传》，林贤治编注《萧红十年集》（下），第671、673页，人民文学出版社2009年版。

买这些东西所承担的负担及这种无聊的举动，免不了会产生一种无以名状的空虚感。萧红在此书中，处处强烈地攻击农人们的那种被虐待狂式的反对任何改善他们生活之举的态度。就像萧红本人一样，这些农人们是他们自己最大的敌人"[1]；迟子建这里，女萝一方面"觉得干爹拥有这一切简直是不得了了"，另一方面又疑惑"死了并不是一了百了，麻烦还在后头呢"[2]。迟子建心里同样蕴有对人之生死的荒凉感，只是不似萧红那么深刻和彻骨就是了。正因为能够认为"现在或是过去，作家们写作的出发点是对着人类的愚昧"[3]，"我开始也悲悯我的人物""但写来写去，我的感觉变了""我觉得我不配悲悯他们，恐怕他们倒应该悲悯我咧""我的人物比我高"[4]，萧红才在不伤及文学性和艺术性的表达当中，依然寄寓着她对于国民性的思考和对于边地民众惰性生存的沉思。风俗史的绮丽地貌下面，暗寓作家对于滞重的历史、人性深刻思考的潜流。萧红没有把自己置于高高凌驾于民众之上的"精英"位置，她真正潜入了民众最普遍和最为普通的生活，她笔下"就不再是脱出社会常规的个别的、奇特的、偶然的事件与人物，而是民族大多数人的最普遍的生活，是最一般的思想，是整个社会风俗"，她应该说是在继鲁迅的足迹之后能够另辟蹊径，摹写出了代表"民族的生活方式"的社会风俗画卷一位作家[5]。正是由于与萧红有着一脉传承的精神气韵，迟子建解读鲁迅，感受到的是一个"在骨子里其实是一个浪漫主义者"的鲁迅，她喜欢和选择加以解读和点评的，会是鲁迅《社戏》这样的作品[6]。与萧红相近的气韵，使迟子建也会"觉得有的时候生活有一种强大的惯性，日常生活的这种不可抗拒的力量，一个没有多大的历史抱负的小

迟子建
研究资料

---

[1] 葛浩文：《萧红传》，第110页，复旦大学出版社2011年版。

[2] 迟子建：《秧歌》，《秧歌/迟子建文集2》，第30页。

[3] 《现时文艺活动与〈七月〉——座谈会纪录》，《七月》15期。

[4] 萧红与聂绀弩的谈话，见聂绀弩《回忆我和萧红的一次谈话》，季红真编选《萧萧落红》，第6页，人民文学出版社2001年版。

[5] 钱理群：《"改造民族灵魂"的文学》，《十月》1982年1期。

[6] 《北京文学·中篇小说月报》编辑、迟子建：《与迟子建对谈：鲁迅在骨子里其实是一个浪漫主义者》，《北京文学·中篇小说月报》2005年3期。

人物，他会被裹挟在历史的滚滚洪流中，无声无息地过去了"①。三十年的写作，迟子建同样没有那种高高在上的精英意识和拿捏作势的"文人"腔调，哪怕是仿"地方志"写法的《伪满洲国》，也依然把"风俗史"书写的重点放在了"地方的日常生活"，"迟子建写作为风俗史的小说，但迟子建是一个把自己看得很渺小、微弱的作家，她的风俗史是一部属于北中国大地沉默者的风俗史"②。

萧红和迟子建对于纸扎的文学书写，别具北国边地地域特征和属于她们的独特审美意蕴。不断"重构'南方'的意义"③的男性作家苏童，也有以纸扎为题材进入小说创作的作品，短篇小说《纸》，作家所作，就不是萧红、迟子建这样的对于纸扎细节化描摹到近乎"风俗史"的呈现。显然，苏童既无意在一种"变"中着意用力在"恒久"和"不变"之上，似乎也无意对惰性生存层面的国民性作出思考。《纸》所作，是"香椿树街"的少年在"文革"中的一段成长经历。纸扎老人的女儿青青三十年前被日军流弹击中殒命，少年听了青青的故事之后，青青穿着花旗袍、怀抱一只红纸箱子、纸箱子里盛满纸扎、身后还跟着一匹纸马的形象，便总是虚虚实实出现在少年的睡梦和幻象、幻觉当中，见证和隐喻了"少年"在那个特殊年代夹杂了性的成熟和迷蒙、青春期被"启蒙"的一段成长的经历。虽然小说叙述的仿佛只是一段童年、少年记忆，但其笔触并不着意在纸扎的具体细节和民俗展示。纸扎，在苏童这里，是一种意象，一种象征，一种隐喻，因着苏童的小说理念和艺术感悟，对纸扎的书写，也已经"超越传统写实情境而达到对现实具象的超越"，"记忆和想象铸就的意象，已经很少在小说中有明显外在的痕迹"，过去的历史、当下的生活业已"溶进小说的灵魂"④。与苏童近作《黄雀记》相近似，短篇小说《纸》已见苏童以虚入实、以象征的手段重新介入现实做法的端倪，正是由于象征的方式，

①　迟子建：《现代文明的伤怀者》，见迟子建、郭力对话笔记《迟子建与新时期文学·现代文明的伤怀者》，《南方文坛》2008年1期。

②　何平：《重提作为"风俗史"的小说——对迟子建小说的抽样分析》，《当代作家评论》2009年4期。

③　张学昕：《苏童：重构"南方"的意义》，《文学评论》2014年3期。

④　张学昕：《苏童：重构"南方"的意义》，《文学评论》2014年3期。

"虽然看似隐晦而充满歧义或多义，但正是这种丰富性本身开启了表象现实的多种可能"①。于是，苏童在《纸》这样一个区区短篇里面，依然可以承载"呈示家国往事、个人命运的伤痛多舛和历史的迷魅，并进而演绎为文学的记忆"②的文学命题和精神主旨。而小说因之所具备的亦真亦幻的"魔幻现实"的色彩，便令苏童对于纸扎的文学书写，与萧红和迟子建对于纸扎和烧纸行为、民俗的描写，有着绝大的不同。经由两相直接对比和参差的对照，或许更有益于我们领会萧红和迟子建的与众不同。

二

上坟、扎纸"烧纸钱"、放河灯、跳大神、野台子戏、秧歌等等，都是宝贵的童年经验，助益两位女性作家以她们北国女儿的身份来介入现实；独特的立场、视角、声音和叙述方式等，令其小说往往展现出"风俗史""社会风俗画"的审美意蕴。童年经验，就犹如一堆作家进行创作可以永远参照的鲜活资料和档案材料，静静地躺在作家的脑海里、封存在作家的记忆里，受到偶然机遇的触发，或者主客观条件的合力激发，会自然而然地进入作家创作，而且会是触景而生的"情"和下笔如有神的文学书写。凭借回忆机制，童年经验与作家自己当下的生活经验接通，童年经验经过成年经验的重塑，为作家创作提供取之不尽、用之不竭的题材③。

萧红是一位英年早逝的天才作家（1911—1942），她的一生确是几乎跨越了 1911 年辛亥革命到抗战胜利这段战火不断、多灾多难的岁月，虽然也让她写出了《生死场》这样可以视为 20 世纪 30 年代抗日文学奠基之作的作品，但是，她在创作上的特殊禀赋的迸发和崭露，是逐渐从两件事——她与萧军关系恶化和鲁迅先生的逝世——之后开始的。从 1936 年尤其 1938 年开始，萧红的

---

① 徐勇：《以象征的方式重新介入现实——论苏童〈黄雀记〉的文学史意义》，《文学评论》2014年2期。

② 张学昕：《苏童：重构"南方"的意义》，《文学评论》2014年3期。

③ 参见童庆炳《作家的童年经验及其对创作的影响》，《文学评论》1993年4期。

创作可以划分为前后两个时期。她在思想和写作上的变化，从那部带有反讽意味的未完之作《马伯乐》就已经初露端倪，而《家族以外的人》《呼兰河传》《后花园》《小城三月》等篇章，则是她在生命后期回望故乡这曾经的精神家园写出的优秀作品。二十几岁开始，她就在抗战的战火中离开了家乡，辗转青岛、上海，后来又是临汾、西安、武汉、重庆，最后到香港，长期远离故乡，身心备受颠沛流离之苦，毫无安全感可言，"不错，我要飞，但同时觉得……我会掉下来"[①]，就是她真实的心理写照，弱小无依、孤寂非常、缺乏安全感的萧红，远在离家千里之外、数千里之外，回望家乡，难免形成一种"眷恋故园的心理定向结构"[②]。童年经验，已经作为题材乃至主要题材直接进入她的创作，很多人物原型直接来自她的家族和童年生活经验，像祖父、有二伯、厨子、冯歪嘴子（《呼兰河传》）等人物，而翠姨（《小城三月》）是以自己亲族里的"开姨"为原型，等等。这样的家国处境和个人遭际，萧红在人生最后几年的回望故乡，恐怕确实难以避免给故乡罩上温馨的古雅的轻纱，故乡也在她记忆与回忆中被轻度或者适度地、不自觉地改造了，甚至不乏一些诗意和美化：

> 卖馒头的老头，背着木箱子，里边装着热馒头，太阳一出来，就在街上叫唤。他刚一从家里出来的时候，他走的快，他喊的声音也大。可是过不了一会，他的脚上挂了掌子了，在脚心上好像踏着一个鸡蛋似的，圆滚滚的。原来冰雪封满了他的脚底了。他走起来十分的不得力，若不是十分的加着小心，他就要跌倒了。就是这样，也还是跌倒的。跌倒了是不很好的，把馒头箱子跌翻了，馒头从箱底一个一个地滚了出来。旁边若有人看见，趁着这机会，趁着老头子倒下一时还爬不起来的时候，就拾了几个一边吃着就走了。等老头子挣扎起来，连馒头带冰雪一起捡到箱子去，一数，不对数。他明白了。他向着那走不太远的吃他馒头的人说：

---

① 绀弩：《在西安》，季红真编选《萧萧落红》，第11页，人民文学出版社2001年版。

② 童庆炳：《作家的童年经验及其对创作的影响》，《文学评论》1993年4期。

"好冷的天，地皮冻裂了，吞了我的馒头了。"①

　　这是《呼兰河传》第一章刚开篇不久的一段描写。北国的寒冬，大地冻裂了，卖馒头的老头冰天雪地里步履蹒跚、意外跌跤，馒头洒落，被人"揩油"捡了吃着就走了。这对备受严寒困顿、生活可能也很不宽裕甚至拮据的老头来说，无疑是雪上加霜。而且边地生民生性鲁莽，遇事动辄开骂或者拳头相向，可是，卖馒头的老头他竟然能够以一句不失生活诗意的"好冷的天，地皮冻裂了，吞了我的馒头了"，来自我解嘲和宽解自己。跌倒、被别人掠走馒头，倒是丝毫不见老人的窘态，甚至让人觉得有些憨态可掬。连严寒，在萧红笔下都是这样的让人眷念和不失诗意。在弗洛伊德看来，"在所谓的最早童年记忆中，我们所保留的并不是真正的记忆痕迹而却是后来对它的修改。这种修改后来可能受到了各种心理力量的影响。因此，个人的'童年记忆'一般获得了'掩蔽性记忆'的意义，而且童年的这种记忆与一个民族保留它的传说和神话有着惊人的相似之处"②。的确如此，萧红掩蔽掉了很多童年记忆和经验，祖母拿着大针等在窗子外边、用针刺了她手指的经历（《呼兰河传》），有二伯被父亲打的事情（《家族以外的人》），等等，都是一笔带过而且也不见有多么痛苦或者凄厉；更多的是类似跟祖父学诗念诗和裹了黄泥、在灶坑里烧小猪烧鸭子很香地来吃这样的事情，盘踞在萧红的记忆里，扎了根，很深的根，又盘根错节，拔除不掉。连打碎了扔在墙边的大缸，都那么让人想念和回味，而在孩子叙事人的声音里面"这缸磔为什么不扔掉呢？大概就是专养潮虫"（《呼兰河传》），萧红掩蔽掉了缸磔的破碎、无用和被废弃扔在墙边，留下的是不失回味意味的一些童年记忆。萧红在她的边地人生的文学书写里，尤其景物人事描写当中，尽量掩蔽或者有意无意遗忘那些不好的方面；在对国民性惰性生存和不好乃至恶的人性的深彻反思中，故乡的民情事象等，经由回忆也被改造了，

---

　　①　萧红：《呼兰河传》，林贤治编注《萧红十年集》（下），第658、659页，人民文学出版社2009年版。

　　②　弗洛伊德：《日常生活的精神病理学》，《弗洛伊德主义原著选辑》（上卷），第150页，辽宁人民出版社1988年版。

甚至不失一些诗意，前面所分析萧红对上坟、扎彩铺等的描写，无不体现了这一点。尽管《呼兰河传》难以掩蔽掉深在的空虚感、荒凉感，但"呼兰河这小城里边，以前住着我的祖父"，已经给小说定了主基调，令童年的回味和不乏诗意，成了作家与隐含作者重点要呈现和书写的一翼。而童年的经验和记忆自然要经过成年经验的重塑和再创造，"她能生动地将她周遭的景色人物呈现在读者前。因此，她最成功和最感人的作品，大多是经由她个人主观和想象，将过去的事，详尽、真实地再创造"①。经由改造的童年记忆、童年经验所产生的不乏诗意的叙述笔调，与对人性之恶、人性复杂性深入骨髓般的探察以及对国民性深刻反思之间，张弛之间所形成的叙述张力当中，《呼兰河传》呈现出了它不同寻常的繁复的思想和审美意蕴，也为读者、研究者开启了多层面、多维度读解和诠释性的可能性。

　　如果说萧红是在创作成熟期，将写作的笔触投向了故乡，对故乡童年经验的重塑和再创造，带来了她艺术上的成熟和才华毕现——没有童年经验的重塑和再创造，很难想象萧红会在离世前完成"该书却仅是她那注册商标个人'回忆式'文体的巅峰之作"②的《呼兰河传》；那么，迟子建又何尝不是在回眸故乡中开始她的创作道路并日臻成熟的？只不过，与萧红不同的是，迟子建是从故乡和童年经验，开始了她的创作历程。童年经验经过迟子建的重塑，在不同的年龄段和创作时期，呈现不同的光彩和艺术魅力，但内蕴是同一的，共同指向北国边地的故乡，那里积蕴着迟子建一生可以汲取和使用的创作资源。迟子建的《云烟过客》，写到了她童年的生活经历、经验、家族成员和她的求学等成长经历，她在《北极村童话》《原始风景》《东窗》《秧歌》和长篇《树下》等作品中的许多描写，都可以在《云烟过客》里寻到根源和影子，很多写作题材直接来自童年经验和记忆，习作《北极村童话》甚至直接记录了"我"（小女孩迎灯）在北极村姥姥家生活的一段故事，通篇都是一个"七八岁柳芽般年龄"小女孩的童年生活记趣、自然的风景、民情民俗和与邻居的交往等。

　① 葛浩文：《萧红传》，第106页，复旦大学出版社2011年版。

　② 葛浩文：《萧红传》，第112页，复旦大学出版社2011年版。

像《东窗》《秧歌》，几乎可以直接看到它们与萧红《呼兰河传》《小城三月》之间的精神传承，童年经验借由迟子建的回忆，也被赋予很多的美化笔调和诗意化色彩，北极村、大固其固、白银那等，全是经过了迟子建主观心灵折射和经验重塑的、美丽甚至不失魅惑气韵的北国边城。

回眸故乡，回望精神家园，对故乡人与事再创造的时候，难免不将其美化和诗意化，这也是作家将成年经验糅进了童年经验的表现。边地的一草一木、风土民情，就犹如血液一样，进入了两位女作家的身体，影响着她们看取世界和人生、人性的态度，影响着她们的文学书写方式。迟子建曾说："在黑龙江这片寒冷的土地上，人与生存环境抗争的时候，会产生无穷无际的幻想，再加上这片土地四季的风景变幻如同上天在展览一幅幅绚丽的油画，所以具体到作品中时，从这里走出的作家，尤其是女作家，其小说中的'散文化'倾向也许就悄然生成了。"[①] 对习作《北极村童话》，她自己曾自言"完全没有感觉是在写小说，而是一发而不可收地如饥似渴地追忆那种短暂的梦幻般的童年生活"[②]，结果由于"太'散文化'"而遭到两次退稿，最后发表在《人民文学》一九八六年第二期上。在迟子建所有可以追溯到童年经验的小说里面，我们都不难发现散文化、诗意化的一些书写。萧红涉故乡和童年经验的创作，也以散文化为典型特征，甚至不能为当时文坛和主流文学思潮所接受。萧红后期的小说，尤其《呼兰河传》，不失扣人心弦的情节，但通篇又的确是由"像诗样美的辞章"构成的，难怪茅盾要评价"它是一篇叙事诗，一幅多彩的风土画，一串凄婉的歌谣"，迄今似乎还没有更恰切和超乎其上的评价。当有友人称赞她"萧红，你会成为一个了不起的散文家，鲁迅说过，你比谁都更有前途"的时候，萧红听出了其中的潜台词，"她笑了一声说：'又来了！你是个散文家，但你的小说却不行！'"；她几乎是领时代风气之先地表达了自己的主张，"有一种小说学，小说有一定的写法，一定要具备某几种东西"，"我不相信这一

---

① 《北京文学·中篇小说月报》编辑、迟子建：《与迟子建对谈：鲁迅在骨子里其实是一个浪漫主义者》，《北京文学·中篇小说月报》2005年3期。

② 迟子建：《原野上的羊群/迟子建文集1》，自序第1页。

套。有各式各样的作者，有各式各样的小说"①。

小说创作的散文化和诗化，的确给萧红和迟子建带来过一些或大或小的困扰，她们的小说都或多或少因为不追逐潮流而被误读过，都曾因为她们艺术追求方面的特殊禀赋，而曾经影响到人们对她们从文学史的层面进行归类和评价。当救亡压倒启蒙、同时代的作家都在写抗战文学和抗日宣传品的时候，萧红选择了写《呼兰河传》这样的作品。茅盾当年为《呼兰河传》所作的序，肯定《呼兰河传》的同时，也给此后很长一段时期对于《呼兰河传》的评价、对于萧红的文学史定位，定下了调子：他认为萧红"感情富于理智"，"被自己的狭小的私生活的圈子所束缚"，而"和广阔的进行着生死搏斗的大天地完全隔绝了"②……很长一段时期，文学史教科书里面，萧红作品的人性内容和非主流倾向是被遮蔽的。而作为对其之前的文学史和文学思潮加以开阔和开拓性意义存在的美国学者夏志清的《中国现代小说史》里，对萧红的评价只有一句话："萧红的长篇《生死场》写东北农村，极具真实感，艺术成就比萧军的长篇《八月的乡村》高。"1978 年夏志清在对他书的中译本作序时，才提到书中对萧红《生死场》《呼兰河传》未加评论，实在是最不可宽恕的疏忽。2000年夏志清提到了他曾经在一篇文章里对萧红《呼兰河传》的"最高评价"："我相信萧红的书，将成为此后世世代代都有人阅读的经典之作。"而萧红独特的艺术追求，带给她的，竟然就曾经是："就这样，萧红成了前后两种不同的文学思潮的牺牲品"；"写法上，没有一个小说家像她如此的散文化、诗化，完全不顾及行内的规矩和读者的阅读习惯。她是一个自觉的作家，可以认为，她是自弃于主流之外的"③。

当代文学的研究者们也多提到或者意识到迟子建如何进入文学史的问题，"几乎每一个谈论迟子建的研究者都指出迟子建是少有的没有进入当代文学史

---

① 萧红与聂绀弩的谈话，见聂绀弩《回忆我和萧红的一次谈话》，季红真编选《萧萧落红》，第5页，人民文学出版社2001年版。

② 茅盾：《〈呼兰河传〉序》，见《萧红全集》（下），第705页，哈尔滨出版社1991年版。

③ 林贤治：《前言：萧红和她的弱势文学》，林贤治编注《萧红十年集》（上），第14页、第15页。

叙述谱系的重要作家"，甚至觉得她"在别人获稻的时候，她却在捡拾弃置在收获的田野上的稗子"①。迟子建对自己无疑也是认识清楚的："我的写作始终走在自己的路上。我属于那种从山里流出来的小溪，没有汇入大的江河。带着流经土地山川草木的气息写作，我已很知足。只要我认准的路，很少会被什么文学潮流左右。"②但是正如萧红早已坚定主张的"有各式各样的作者，有各式各样的小说"，谁又能够说没有汇入大的江河的小溪，就不是独一无二、别具魅力的溪流呢？正如迟子建自己所说，她"这30年创作中的变化，所有的'变'都是'渐变'，也就是自然而然的变，而不是刻意求新的突变"③。迟子建的创作尤其是小说，有很多不变的东西，其中之一可能就是"她的小说所写的是她个人的心灵景象，所以是他人无法重复，而她自己也不需要重复他人"，"迟子建称得上是真正的小说家"④。

三

　　童年经验为两位作家提供的可不止是生活原型和写作题材，它已经作为一种先在的意向结构对创作产生多方面的影响，"对作家而言，所谓先在意向结构，就是他创作前的意向性准备，也可理解为他写作的心理定势。根据心理学的研究，人的先在意向结构从儿童时期就开始建立。整个童年的经验是其先在意向结构的奠基物"⑤；童年经验作为先在意向结构的奠基物，影响和制约着萧红和迟子建面对生活时的感知方式、情感态度、想象能力、审美倾向和艺术追求等。童年经验作为先在意向结构最初却又是最为深刻的核心，对作家的一生都起着影响和制约、引导的作用。"由童年经验所建筑的最初的先在意向结构具有最

　　① 何平：《重提作为"风俗史"的小说——对迟子建小说的抽样分析》，《当代作家评论》2009年4期。

　　② 徐健：《埋藏在人性深处的文学之光——作家迟子建访谈》，《文艺报》2013年3月25日。

　　③ 徐健：《埋藏在人性深处的文学之光——作家迟子建访谈》，《文艺报》2013年3月25日。

　　④ 张红萍：《论迟子建的小说创作》，《文学评论》1999年2期。

　　⑤ 童庆炳：《作家的童年经验及其对创作的影响》，《文学评论》1993年4期。

强的生命力"①，童年经验所建构起的最初的先在意向结构，深刻影响了萧红、迟子建作品的基调、情趣和风格等，尤其直接关涉和影响着她们对于边地人生的女性书写的部分。暂选取几个方面看童年经验（主要从民情风俗、地域自然等层面所熔铸形成的童年经验角度，当然，也不能忽视社会、时代和民族的因素）作为先在意向结构是怎样影响和引导着她们的创作的。

萧红那样不厌其烦地描写家乡的种种盛举，除了唱秧歌、跳大神、放河灯、上坟等，"都是为鬼而做的，并非为人而做的"，而狮子、龙灯、旱船等，"似乎也跟祭鬼似的，花样复杂"。乡民生活艰难却如此恒久不变的惰性生存，确实给萧红形成了过于深刻的心灵感受和记忆，她如此详细和具体而微地描写乡民的种种盛举，实际上也是在进行着自己对于生命存在的深刻思考，也在诉说和表达她由这些盛举而感到的空虚、凄凉与人生的荒凉：

> 死，这回可是悲哀的事情了，父亲死了儿子哭；儿子死了母亲哭；哥哥死了一家全哭；嫂子死了，她的娘家人来哭。
>
> 哭了一朝或是三日，就总得到城外去，挖一个坑把这人埋起来。
>
> 埋了之后，那活着的仍旧得回家照旧地过着日子。②

《呼兰河传》里，很多时候，作家是从孩子的视角来叙述，或者是采取似乎与被叙述的对象同样高的高度和理解问题的水平、角度来叙述，这时的隐含作者所持的立场、理解问题的能力和价值判断等，似乎是低于作家本人应该具有的认识问题和所持思想的高度的。正是这种"低于"，令萧红可以短暂取与作品中人物同一的高度，让民俗事象得以原生态展现，而不必流于所谓的揭露和峻切的批判。但是，童年经验中这种种事象确实令作家本人深深感受到人生的虚无、荒凉和空虚之感，隐含作者便时不时有意或者无意地释放成人叙述人的声音，表达种种虚无或者荒凉的感觉：跳大神"若赶上一个下雨的夜，就特

---

① 童庆炳：《作家的童年经验及其对创作的影响》，《文学评论》1993年4期。

② 萧红：《呼兰河传》，林贤治编注《萧红十年集》（下），第674页，人民文学出版社2009年版。

别凄凉，寡妇可以落泪，鳏夫就要起来彷徨"，"人生为了什么，才有这样凄凉的夜"；放河灯是"再往下流去，就显出荒凉孤寂的样子来了"，"使看河灯的人们，内心里无由地来了空虚"①；等等。《呼兰河传》里，最让人触动心怀的恐怕就是"个体生命的泯灭与消失，如尘埃落地，悄无声息，众生的生命与生活并不因此而有一丝一毫的牵动，个体生命逝去的无尽荒凉与悲寂，并没有影响周围人的现世人生，人们仍然一如往常般生活，历史并不是在每个生命个体身上都能刻上深深的烙印，现世生存有它的恒定、坚实与自足性"②。这种个体生命的泯灭，几乎影响不到周围人与事的一丝一毫，在《小城三月》结尾，获得了充分表达：

　　　　…………

　　翠姨坟头的草籽已经发芽了，一掀一掀地和土粘成了一片，坟头显出淡淡的青色，常常会有白色的山羊跑过。

　　街上有提着筐子卖蒲公英的了，也有卖小根蒜的了。更有些孩子们，他们按着时节去折了那刚发芽的柳条，正好可以拧成哨子，就含在嘴里满街地吹。声音有高有低，因为哨子有粗有细。

　　大街小巷到处是呜呜呜，呜呜呜。好像春天从他们的手里招呼回来了似的。但是这为期甚短。一转眼，吹哨子的不见了。

　　接着杨花飞起来了，榆钱飘满了一地。③

　　引文开始两个连续的省略号，是小说原文里面的，是语意的停顿和转换，也是对翠姨之死作一种很无奈的表达和抒发悲怀之情。这段文字后面还有5个自然段，在描写家乡的春天、年轻姑娘们如何坐着马车去选择衣料准备春装，却"只是不见载着翠姨的马车来"。翠姨的死，如此孤凄、荒寂，与春天的春

---

① 萧红：《呼兰河传》，林贤治编注《萧红十年集》（下），第685、687页，人民文学出版社2009年版。

② 参见拙作《女性视阈中历史与人性的双重书写》，《文艺争鸣》2008年6期。

③ 萧红：《小城三月》，林贤治编注《萧红十年集》（下），第886页。

意盎然和孩子、年轻的姑娘们的生机盎然两相对照。个体生命的泯灭与消失，无声无息，现世众生的生存依然那样繁华和热闹，这是萧红在烛照乡民惰性生存之外所作的更为深在和让人深思的对于人性、对于人的生命存在的思考。

围绕乡民惰性生存态度的种种事象，盘踞在萧红的童年经验里，牵引着她的情绪和思考，影响着她小说的主旨和情感基调。回望家园而令童年时代的家乡不失诗意之余，她在作品中省思乡民的这种惰性生存方式和浑浑噩噩对待生死的态度，作家一直也没有失却对着"人类的愚昧"的思考和精神旨归。回眸当中的悲戚心情与她应该持有的立场和价值判断，或许只有萧红自己可以准确解码，一方面不动声色描写乡民种种盛举，一方面还是忍不住在小团圆媳妇死后，把她的结局处理成了神话传说式的结尾——小团圆媳妇的灵魂也来到了东大桥下，变成了一只很大的白兔——转世到另一个世界，变作白兔的"不死"，何尝不是萧红的一点精神寄托呢？

很多人注意到了迟子建创作中的"荒凉"底色，但是，迟子建比萧红的童年经验和成长经历要平顺得多，她受童年经验这一先在意向结构影响，作品中也就有更多温暖底色，这是她与萧红很大的不同。在新近长篇《群山之巅》创作中，采访老法警，牵系迟子建并进入她小说的都是"那些裹挟在死亡中的温暖故事，令人动容"[①]。她很少写大奸大恶的人物，她笔下的人物都有向善的基因或者实际行为方式。哪怕是极恶的人，迟子建也总要赋予他人性柔软的东西，"我作品里有这种倾向，我很少把人逼到死角，我写这些人的恶肯定是生活当中存在的，可是连我都不知不觉，我到最后总要给他一点活路，让他内心还留一点泪水，留一些柔软的东西"；哪怕是对待死亡的态度，迟子建也要积极得多，她曾经明确表示她是相信彼岸世界的，"我相信生命是有去处的，换句话说，我相信人是有灵魂的"，人死了，就是到另一个世界去，这样，人的灵魂就有了安妥的地方，生者也可以有些许心灵的慰藉而不必陷落于无尽的荒凉和无边的孤寂。《白银那》里，卡佳的死，换来了马家和乡民矛盾的解决；《白雪的墓园》中父亲死了，变成一颗红豆藏在母亲的眼睛里，直到母亲亲自

① 迟子建：《每个故事都有回忆》，见《群山之巅·后记》，《收获》2015年1期。

把他送到墓园，他才安心留在那里——母亲眼睛里那颗红豆消失了；《亲亲土豆》中妻子要离开丈夫的坟，坟顶一只土豆滚落，一直滚到妻子脚边，"仿佛一个受宠惯了的小孩子在乞求母亲那至爱的亲昵"，妻子怜爱轻嗔："还跟我的脚呀？"哪怕是《树下》中姨父强奸了少年的七斗，作家也为被人行凶全家暴毙的姨父一家人寻觅到了灵魂安妥的家园、另外的世界，七斗还在梦境里与他们不失温馨地重逢。而对于像《额尔古纳河右岸》这样的作品中有关的文学书写，迟子建更是认为，"死亡是另一种生活的开始，所以他们才把死亡看得神圣、庄严"，"从小死亡带给我的恐惧是因为葬礼，葬礼上的哭声实在太悲切了。所以现在想宗教的力量是伟大的，它能让人克服对死亡的恐惧"①，迟子建寻觅到了宗教作为安妥灵魂的有效方式。从小耳濡目染的萨满文化，对迟子建的影响是显而易见的。这样的童年经验作为先在意向结构，对迟子建创作也产生了深远的影响。

　　《呼兰河传》中，萧红对从小看到和熟悉的跳大神，是不动声色加以解构的，这是萧红的童年经验带给她的意向结构，她对此举和行为绝无欣赏或者是认同的态度。迟子建这里，跳神，却是一种真正的可以救人的宗教行为，《额尔古纳河右岸》里的老萨满早在成为萨满的时候，就得到了神的谕示，如果她在部落里救了不该救的人，她就会死一个孩子，但是一遇到危难病人，她还去跳神，还要救人，也因此一次次地失去孩子。《额尔古纳河右岸》是关于神灵和"最后的萨满"的史诗。神性和神灵之光环绕，恰恰是因为童年形成的经验作为一种意向结构一直影响着迟子建，"我的故乡因为遥远而人迹罕至，它容纳了太多的神话和传说。所以在我记忆中的房屋、牛栏、猪舍、菜园、坟茔、山川河流、日月星辰等等，无一不沾染了它们的色彩和气韵。我笔下的人物显然也无法逃脱它们的笼罩。我所理解的活生生的人不是平常所指的按现实规律生活的人，而是被神灵之光包围的人"②，神性，成为迟子建乐于书写的对象。有了这样的成长经历和童年经验，便有了这样的迟子建。迟子建作品中，常常

　　① 迟子建：《现代文明的伤怀者》，见迟子建、郭力对话笔记《迟子建与新时期文学·现代文明的伤怀者》，《南方文坛》2008年1期。

　　② 迟子建：《谁饮天河之水》，《北方的盐》，第238页，江苏文艺出版社2006年版。

可见神性的文学书写和表达，《布基兰小站的腊八夜》里，随身携带神偶口袋的鄂伦春老妇云娘，就是一例，小说后面所附迟子建《创作谈：这样有神的夜晚还会有吗》中，迟子建在文末道出："小说中的顺吉，在结尾时说了这样一句话：'这样有神的夜晚，以后再也不会有了！'而我是多么希望这样有神的夜晚，以后仍然存在啊。因为有神的夜晚，即使再黑暗，我们的心里，也会有丝丝缕缕的光明！"①有神、神性存在，是为了心里可以有丝丝光明，这便是迟子建创作的精神内核之一。

"可能作家所处的时代不一样，萧红那个时代注定不像我生活着的和平年代，我会以一种很平和的心境去回望历史，而萧红，由于她多变的个人经历和所处时代的风云变幻，她的作品在哀婉中就有凌厉的色彩，使她的小说'美'而'尖锐'，独树一帜。而我希望赋予我笔下人物的东西，更多的是那种宠辱不惊的气质。一个人能被巨大的日常生活的流推动着，循序渐进的走下去，在波澜不惊中体味着人世的酸甜苦辣，也是不平凡的人生"，"不过萧红作品中的'尖锐'，是恰到好处的"②——迟子建的一席话，比较清晰地道出了她所自觉的她与萧红的不同。不同的历史背景、时代语境、个人经历以及气质禀赋，令两位女作家的文学书写，在"'美'而'尖锐'"和"宠辱不惊""波澜不惊"的差异之外，还有很多具体而微的差异和不同。童年经验与边地人生的女性书写，虽然更多勾连起她们相通的精神气韵，但其不同和差异同样不容忽视并极具研究的价值。两位极具才气和艺术禀赋的女作家，都曾以她们不俗的表现和才情，搭建起奠基在她们童年经验基础上的边地人生的艺术世界，为我们的当代文学写作与研究，提供了丰赡的文学样本，并且也开启了对其多层面、多维度诠释和研究的可能性。

原载《文学评论》2015年第4期

---

① 迟子建：《创作谈：这样有神的夜晚还会有吗》，《北京文学·中篇小说月报》2008年10期。

② 迟子建：《现代文明的伤怀者》，见迟子建、郭力对话笔记《迟子建与新时期文学·现代文明的伤怀者》，《南方文坛》2008年1期。

抒情性：走在文学的回乡路上

——略论迟子建小说创作的当下意义

杨　姿

　　在悠久的中国文学传统中，抒情的源头可以上溯最远。《诗经》《楚辞》奠定的"情—志"体系从本质上规定了情感与思想的博弈互存，确立了情感参与写作的合法性。尽管各个时代艺术实践方式在不断衍化和延伸，抒情仍旧是文学的原点，是文学审美功能的主导和话语组织的轴心。五四以后，新文学作家续接了历史承传，同时也受到西方浪漫主义抒情想象的影响，抒情的文学方式升级为一种"主情主义""抒情主义"[①]。虽然它曾被贬斥为"颓废主义""假理想主义"[②]，但抒情性确实在有力地推动着现代小说的文体自觉，深化着现代作家的主体感受和价值判断，以致王德威甚至视"抒情"为"中国文学现代性"的"一个面向"[③]。20世纪50年代以后，意识形态的宏大叙事呼唤着文学"史诗时代"的到来，以叙事为主要功能的小说形式自然而然地成为"史诗时代"的宠儿。与此同时，以个体情感为本位的抒情性、"体现为中国古典色彩"的

---

①　郭沫若：《少年维特之烦恼序引》，《创造季刊》1929年1期。

②　梁实秋：《现代中国文学之浪漫的趋势》，《晨报副镌》1926年54期。

③　季进：《抒情传统与中国现代性——王德威教授访谈录》，《书城》2008年6期。

抒情"绝唱"①，无论内容还是形式都已经难以再现。新时期以来，文学生态走向多元格局。尽管工具化实践与市场化实践的交织构成了这个时代文学的主流语境，但一些个体主体性十分强烈的作家也在试图通过抒情主体性的恢复，使承载着太多社会功能的文学重新回到它的原点。在这个文学"回乡者"的队伍中，迟子建的意义是非同一般的。如果说新时期初期汪曾祺以审美化的人生方式存在"复活"了"世俗性"抒情②、是对文学工具化实践的一种反拨，那么，迟子建小说中的抒情性的凸显则显然是对文学市场化实践的一种自觉逃离。她的写作，不仅证实了抒情性返回文学原点的可能，而且提供了以抒情性返回文学原点的可行途径，特别是在她笔下由抒情性聚集起来的对现实既尊重又改造的艺术世界，为非抒情或缺乏抒情性特征的文学返回自我的原点贡献了独立的思考与探索，值得评论界深入地解读与研究。

一

20世纪的文学革命，走在一条不断接近现代性，同时又挣脱和反叛现代性的悖论之路上。革命时代的乌托邦概念、阶级性语境中大写的"人"、政治化时代中的"纯艺术"等一系列口号，都引发着不同时代的作家们对文学"现代性"的各种维度的思考建构。其实，在现代性这座不由你不进入但又不能不穿越的历史迷宫中，任何一个单纯的思想维度或者美学维度都不能完成对现代实存的深刻认识与复现。于是，从30年代沈从文呼唤"神之再生"到无名氏构想五百年后的"创世纪大菩提"，现代小说的抒情性就企图引进一种神性的维度、一种终极的价值来拓进抒情主体的深度，来展示人类思想、意志与情感契合的奇迹。90年代以后，文学的市场化实践使文学的崇高与优美遭遇了前所未有的挑战，谎话连篇、无品德的自保，虚荣惑乱、无操守的拜金，使五四时代挣来的那点人的价值和尊严，那种人对人之为人的信心几近瓦解，人的内

---

① 赵学勇：《非抒情时代的抒情文学——30年代抒情小说论》，《文学评论》2010年1期。

② 王尧：《最后一个中国古典抒情诗人》，林建法主编：《中国当代作家面面观》，第597页，浙江文艺出版社2004年版。

心找不到一样神圣事物皈依。在这个时代里，尽管扎西达娃在西藏"隐秘岁月"里找到的是一串虚无，标榜基督化写作的北村印证的恰是亟待神灵拯救的贫瘠，但那些有见识的作家重拾神性的维度来抵抗价值的滑落与情感的变质的这种努力依然那么可贵。面临协同身外这个物质化的世界一起朽坏的危机，迟子建与扎西达娃、北村们一样，体现出一种确立神圣之物的存在以及直面精神变质的勇气，企图依靠神性的维度来重塑文学的抒情性品质。不过，与扎西达娃、北村们专注于头顶上神秘天空不一样的是，迟子建的探索目光始终逡巡在民间、在底层、在普通人的日常生活中。向上，无限地追求精神的高度；向下，极力地逼近日常的内核。正是这两个方向相反相成的拓进，构成了迟子建小说的抒情性的双重品格。

柏拉图《理想国》里那些在地下洞穴中面朝墙壁的囚徒，由于不能从火光的倒影中分辨木偶和自身，误以为所见即真实。现实中也有不少作家把"洞穴"当作是世界的全部来书写，既觉察不到身处现实之外，也无从对"可见"的洞穴做深入的认识。迟子建的抒情性可以说是"穿越洞穴式"的抒情，它在理论背景上兼顾了"反映论"和"主体论"的哲学基点，而精神上的信念则是穿越洞穴的强劲翅膀。以信念来探索精神的自我拯救，在 20 世纪末迟子建的创作中已经显露端倪。写于 1994 年的《逝川》，为精神从物化险境中突围提供了一种可能。老渔妇吉喜因为给年轻时恋人胡会的儿媳妇接生，错过了阿甲渔村最盛大的捕放泪鱼的时节。当吉喜正为衰老和孤独的到来无措时，却惊讶地发现自己木盆里已经被村民放满了活泼的泪鱼。小说描绘了三种待救助的场景：一是泪鱼"被捕上来时双眼总是流出一串串珠玉般的泪珠"，一是"胡刀的妻子挺直地躺在炕上，因为阵痛而挥汗如雨"，一是吉喜"再也咬不动生鱼了……她的头发稀疏而且斑白，极像是冬日山洞口旁的一簇孤寂的芳草"①。泪鱼、待产妇和吉喜，共同隐喻着等待拯救的苍生。泪雨需要逝川渔民的打捞和施放，爱莲的生产离不开吉喜的辅佑，吉喜以衰朽之身倾注于更脆弱的生命，演绎着人类老年时代的各种哀痛、无助、凄凉。一幅逝川的雪夜图映出了人间的末世，

---

① 迟子建：《逝川》，《收获》1994年5期。

但迟子建的叙述并无消极绝望的色调，也没有堕入"回想—造梦—失意"的线性思维模式，她选择向个人记忆突围，把胡会与吉喜生死永隔的怨与恨转换为吉喜接生爱莲的善与渔民们帮助吉喜捉获泪鱼的爱。战胜逝川的不是泪鱼，而是人打捞、安慰、祈祷和放还泪鱼的生命仪式，能够承担安抚意义的最终还是人性中与生俱来、不曾消失殆尽的爱。爱的命题在后工业时代里常常被视为滑稽、矫揉造作和夸饰，迟子建却在人与泪鱼的互比里重新确立了爱的位置，在放还泪鱼的生命仪式中为爱召回了神圣的意义。此后，《芳草在沼泽中》《酒鬼的鱼鹰》体现了对正义的渴望，对理想和信仰的坚守；《蒲草灯》《夜行船》叙述着对迷失本性的寻找；《清水洗尘》《起舞》发现了这个世界最洁净的一角。这些小说中的主角们用个人信念作了精神世界最后的清洁者。当然，迟子建对神圣感加以领悟和捕捉，采取的是克制的书写方式，既没有在激烈的剧变中绘制人生，也没有在复杂的矛盾中编撰故事，作者仅仅以细腻、绵密的情感作为针脚，不着痕迹地把那些被撕裂了的生活轻轻补缀起来，抒情性的隐在与澄明构成了小说故事发展的内在节奏。

超越性的精神旨向应该有永在的价值追求，同时也不能缺少正视现时困境的勇气。在一个价值找不到根基的时代，离开对精神异化的揭示和分析，抒情性的建立就是单向的、乏力的。通常意义上，所谓"纯文学"往往沾沾自喜于优美的形式、圣洁的情感以及纯净的思想，评论界似乎也倾向于将迟子建写作的小说纳入这个领域。不过，如果一定要将迟子建的小说归入这一类，那么就应该看到她为这类"纯文学"所增加的一个意义深度：她无意证实人性的根底究竟是恶还是善，而是思索善的变质与恢复，以及恶的忏悔与救赎究竟要如何实现。写过《复活》的托尔斯泰执着于考问罪恶下的洁白，考问过程中展现出的是人性的阴暗、丑陋、动物般残忍凶狠的非理性的一面，这种方式曾经被视为正宗的人道主义诠释路径。迟子建写于 1996 年的《白银那》，则为灵魂的人道主义考问方式提供了一个新的参照、一种新的启示。白银那迎来百年不遇的鱼汛，村民辛勤劳作之后，却发现腌鱼用的盐价格被马家提高了三倍。马家拒不降价，村民也不允许这种私营经济的造反，为此双方展开冷战。村长的女人卡佳去森林寻找冰块为鱼保鲜而被熊伤害，死亡让弥漫全村的非理性趋向爆发。在这个义利冲突的故事框架下，隐喻着一个善的发现与人性复苏的神话。小说最后，马占军夫妇夜半送盐至家家户户，不求谅解地补偿全村；怀有丧妻之痛的村长在卡佳的葬礼上请求自己的儿子和村民们都原谅马家。这就是追问的答案，小说抒情地写道："马占军夫妇不由得号啕大哭。大家也随之哭起来，我也流泪了。当葬礼主持让灵柩高起，卡佳将永远离开她生活了多年的家时，连外地的鱼贩子也跟着落泪了。"① 此时的眼泪无疑就是善的发现。善并非一成不变地被叙事人强制性安置于所塑造的角色，故事也没有灌输宽宥的教条，叙事者只是不断重复说着一句抒情的话："白银那还在。快去吃那儿的开江鱼吧，那里的牙各答酒美极了！"白银那的开江鱼和牙各答酒是自然的造化，人性中则有其自然性，也有其神圣性，自然性与神圣性处在轮回转化之中。迟子建所突出的不是作为结果的"白银那"，而是白银那已经有过和正在发生着的人的自然属性与神性属性轮回转化的过程。在此之上，迟子建小说的抒情性既超越了所谓"纯文学"的纯粹的优美形式，也超越了暴露文学习惯的单一的批判，取得了一种辩证的逻辑力量。

　　无论抒情性还是叙事性，说到底都是对生活的独特性诠释与表达。但什么是"生活"呢？作家李庆西说"'生活'就是作家个人情感世界以外的社会存在"②。按照这种说法，个人情感似乎是可以从社会存在中剥离出来的，而且从抒情对象的角度来说，生活中柴米油盐等杂陈事物似乎不适合抒情。所以，在当代中国文学中，从来就不乏将抒情性小众化、贵族化的作家，他们执着于高蹈的、超越的向度，使得抒情性失去人间烟火味，甚至淡化它的历史内涵与道义关切。迟子建对抒情性的贵族化、小众化有一种自觉的抵抗，抵抗的方式就是在向上追问精神价值的同时，兼顾一种向下的视角，极力地逼近日常生活的内核。这种向下视角，用迟子建自己的话来说就是"蚂蚁式"的写作③，它

---

① 迟子建：《白银那》，《迟子建中篇小说集》第四卷，第59、60页，上海人民出版社2008年版。

② 李庆西：《拯救文明与拯救自我》，《文艺评论》1989年6期。

③ 迟子建曾借雄鹰和蚂蚁表达自己对写作的观点，"我觉得雄鹰对一座小镇的了解肯定不如一只蚂蚁，雄鹰展翅高飞掠过小镇，看到的不过是一个轮廓；而一只蚂蚁在它千万次的爬行中，却把一座小镇了解得细致入微"。

不是"新写实主义"式的向"庸常"缴械，不是所谓"零度写作"式的用过日子的沉湎阻碍精神的导引与理想的延伸①，也不是近年来流行坊间的底层写作式的带着一种优劣等差的目光看乡下的村夫或进城的民工，以物质占有的多寡来判断精神丰裕与否，似乎低等的职业注定了七情六欲的枯竭，简单的身世就意味着单调的好恶。正如陈平原在谈及五四文学时曾说的"眼光向下，既是思想立场，也含文学趣味"②，强调平民和底层的立场也需要精神性追求，实际上正是迟子建小说抒情性获得生长的前提。迟子建的蚂蚁式写作的聚焦点依然是精神世界，是对精神世界的日常化观照。她写的对象一样是最底层的人群，但却呈现出与底层写作不一样的面向。她所讲叙的底层乐趣不是底层写作津津乐道的那种浅薄的、短暂的、低级的乐趣，而是真正浸透着人生悲喜酸辛的温存与慰藉；她所写的底层的苦楚，也不是像底层写作者们那样常常不遗余力夸大着脏活累活，而是恰如其分地展现出生活的艰难对生命个体的实际挑战。《踏着月光的行板》（2003年）里，林秀珊和王锐为了中秋节给对方一个惊喜，反复地奔波在列车和公共汽车上，而让他们领受情绪考验的不仅仅是错开与扑空：王锐遭遇了逃票的质疑、盗窃犯连带的殴打，林秀珊目睹嫌犯押送中最温情又无情的一面，这对夫妻在团圆日子里见上的最后一面竟然是火车对开时错车的那一瞬间。这一瞬间聚集着底层百姓多少的无奈与艰辛，但同时也透露出底层生活中本有的温馨与体己。《门镜外的楼道》（2003年）将一位身份卑微的垃圾清理者写得那么有尊严感和人情味却又并无超拔的嫌疑，《福翩翩》（2008年）里写了残疾人刘家稳、英语教员刘英、守林人王店、下岗工人柴旺以及他的无业老婆王莲花这一系列的小人物，在艰辛、尴尬的现实境遇中负责、隐忍地生活，讲述荒凉凋敝生活中的挚爱、离合、背叛、紧密，那种情感的分寸和复杂性一点也不输于都市文学中的所谓"小资情调"。

在抒情对象的选择上，迟子建不仅始终注视着卑微到极致却始终昂扬着头

① 谢冕、张颐武著《大转型——后新时期文化研究》，黑龙江教育出版社1995年版，第436、437页中，谈到"新写实"由对日常生活的激进型批判与诘问和对市民文化的反抗描述转变为温和驯良的认同与屈从，从琐碎平庸的日常生活中发现趣味的"市民文学"转变。

② 陈平原：《假如没有文学史》，第38页，生活·读书·新知三联书店2011年版。

颓生活的灵魂，甚至更多地会倾向那些为常人所忽略的品性。譬如迟子建为傻子写的一些作品，就值得读者予以特别关注。如果说阿来的《尘埃落定》写"傻"其实是以"傻"来写大智慧，那么，迟子建《我能捉到多少条"泪鱼"》《傻瓜的乐园》等随笔，《采浆果的人》等小说所写的人物确实是生活中的智力有点障碍或欠缺的一个类群。无论从经济的地位还是从生理的角度看，这都是真正的底层人物，甚至因为智力障碍，他们根本就没有脱离底层的出路。迥异于一般人对"傻子"的鄙夷嘲弄或者同情怜悯，迟子建是怀着敬重而谦和的心态来写他们朴拙内心的光芒与纯净，以及他们与外在世界的关系的。傻子大鲁和二鲁是父母违背人伦生理规律的产物，当金井村民受到收浆果人蛊惑而放弃秋收时，他们却成为"唯一收获了庄稼的人家"。傻子没有饱受精明、贪婪和无止境欲望的折磨，人的生命和自然的生命在他们眼中超过了欲和利的引诱，反而比心智正常的人获得更多生命的馈赠。而对"傻"做出最客观的书写，恰恰在于抒情性的节制、冷静，这种低温的描述又以"暖"的意象平衡，《雪坝下的新娘》没着力写刘曲的被殴打、被污蔑、被捉弄，而写慰藉智障的"新娘""美人""散发着金色的光晕"的身体，那冰河中光的倒影越是纯净，极寒土地上的生命就越是坚韧。

这些作品以人性和人类文明价值为基础，在底层世界找寻和描摹人类共通的情感特质，包括从种种挣扎中见到的种种激情、痛苦、愤恨和鲜明的爱。在作品中，作者倾注着自己的情感，讲叙这些底层者的故事仿佛讲叙的就是自己的故事。迟子建曾说："我观照着他们的生存就像在打量着自己的命运，我与他们休戚相关。我记述下的点点滴滴小事不起眼，它们像人生所经过的一个个小小的驿站，连绵着组成了我们生命的历程。"[①] 正是自我情感的沉入，使得这些朴素的、结实的叙事在日常生活不同层面不同部位的发掘中，触摸到了生命的源起以及质变的流程，包括对信念的坚持和牺牲。本雅明在评价尼古拉·列斯科夫时说："尽管他偶尔也沉醉于对神迹的探讨，但是他还是喜欢坚持一种脚踏实地的特性。他把那种找到了世间生活的道路但又不深深陷入其间的人看

---

① 迟子建：《我就是小人物》，《京华时报》2008年3月10日。

作楷模。"①这段话作为对迟子建抒情性的评价也是比较合适的。对文学原点的返回中既有对神性的一丝不苟，也饱含着对常态的熟悉与敬意，这种抒情性的双重品格使迟子建的创作迥异于那些杜撰和虚拟式的平民猜想，它不是从天而降的精英定位，而是一种连接地气但挺拔而起的姿态。

二

回顾1949年以来的共和国文学，其间曾经历过多次"抒情时代"。但无论是工农兵文学代表的"人民的抒情"，还是新时期由先锋文学拓展的"言语的抒情"，抒情性本身其实往往都是被漠视的。"人民抒情"着重的是整体情感，而缺乏生动活泼、个性化特征的个体情感呈现；"言语抒情"似乎注意到了个体情感呈现，但对个体情感的极端化与生僻化的呈现使得这种个体情感脱离了与群体的人性关联，而往往流于符号化的人性碎片。迟子建是一个有着鲜明的自觉意识的小说家，她创作的抒情性有着回避或者说超越这两种抒情趋向的自觉。她体会到写作主体的内部若是没有抒情性的牵引，难免越是执着于写实，却愈是远离真相，对世界图景的原样生产是"无子嗣"的②；同样，有了抒情的冲动而没有得体的、有力的抒情方式，抒情性的实现以及抒情品格的建构依然不过是作家的良好愿望。迟子建30多年来的小说创作，其抒情品格的建构与实现，就与其有意无意所采取的一种抒情方式或者说抒情策略有着密切关系，这种方式或策略可以命名为情绪的整体呈现与冲突言说。

通常而言，许多作家都乐于接受评论界根据写作风格和范式的不同将其创作划分为若干阶段，但迟子建对此却不以为然，她说"我不想给自己过早划分'段'，因为写作是漫长的"，"其实一个人的写作不管划分多少段，都是连贯和延续的"③。这种整体化的意识一直灌注于她的抒情策略中。我认为迟子

① ［德］瓦尔特·本雅明：《本雅明文选》，陈永国、马海良译，第293页，中国社会科学出版社1999年版。

② ［德］亨利希·海涅：《浪漫派》，薛华译，第66页，上海人民出版社2003年版。

③ 张倩：《人生就是悲凉与欢欣——对话迟子建》，《江南》2011年2期。

建"整体呈现"的抒情方式大致包含了三重意义：其一是非支离破碎的经验，不孤立地看待某一症候的出现；其二是有着内蕴强大的、持续性的情感逻辑，不轻易被时尚潮流左右；其三是除单独篇目的内在凝聚之外，篇目与篇目之间存在互生关系。这种抒情方式发挥效力，需要作者对时代、人性、历史具有充分的理解和透彻的认识，才能够从故事横截面中展现出隐性而完整的人生质地。《世界上所有的夜晚》（2005 年）是运用"整体呈现"抒情方式的典型作品。2002 年，迟子建的爱人因车祸辞世，这篇小说以女性记叙离开恋人日子的笔记体形式来叙述自己面对生离死别的难以抑制的悲痛情绪。"我想把脸涂上厚厚的泥巴，不让人看到我的哀伤"。作者不是将个人伤口撕开吸引他人目光，而是内倾式地处理痛苦；不是纵情滥情，而是如实地再现伤悲，以一种坚强的意志和勇敢的心力完成了这一切肤之痛的题材书写，显示出一种对生死之别的主动超脱。在小说中，作者让个体的"我"的初寡遁成一种背景，让一系列同类的死亡悲剧在这幅背景下同台上演。乌塘的蒋百嫂，连明目张胆服丧的机会也没有，甚至被剥夺了悲伤的权利；三山湖的云领，因为狂犬病和放焰火先后失去了母亲与父亲的胳膊；小媳妇输液枉死，因为兽医不法地取得了行医执照；深井画店陈绍纯被浸透悲曲的画框砸死……这些为生活之痛所紧紧相连的微弱生命，充当着小说的主体，用小说人物周二的话讲，"在这个集市上，辛酸的人海着去了"。这种由己及人再由人及己的情感共振，在亚里士多德那里，叫作净化。经历了生活变故的女性，冲破一己之痛，用更慈悲的善意面对那些经久难灭的悲怆。叙述者也在对同类的悲悯中获得了自我的释然，夜晚不再是"虚空和黑暗"，而被"月光和清风"抚慰。小说以《世界上所有的夜晚》为题，意味着作者期望中的潜在读者并非观瞻她一人悲欢的群体。小说展露了夜晚的漆黑和寒冷，以及长夜背后的污秽与残酷，但作者并没有在个体的特有痛苦中陷入自闭的心狱，没有在"被遗弃的委屈"中落入历史的虚无，而是由己及人，从个体的痛苦中看到人类共有的伤痛，以个人的辛酸托起了群体的忧患。这种情感的共振方式在迟子建的创作中构成了互文的关联，《世界上所有的夜晚》包含的"受难"，与《原野上的羊群》（1995 年）那种通过受难所理解的生命的脆弱与崇高，《清水洗尘》（1998 年）抵达生命圣洁境界的努力，《一匹马两个人》（2003 年）对安慰者的渴求，等等，形成了迟子建整体抒情性的底色。在一般的抒情作品中，个人经验和集体经验的难以通约是抒情性传递和同化的最大障碍，而迟子建带着整体性的安慰，以受难背后的希望为切入点，为作家私人空间与大众公共空间的联系提供了一种可操作的沟通方式。情感的共振带来情感的质地的转换，迟子建也就在这种"整体呈现"的抒情方式中突破了同类型题材女性视角的限制，获得了更广阔的精神境界。

在迟子建那里，写作是一件极其严肃的事，这种严肃来自对人类缺陷和不完美的发现，以及这种发现与现实之间必然产生的无法卸除的紧张感。正是从这种紧张感中，作者引导出故事的冲突，并且最终提升为情感的冲突、存在的冲突。对于情感冲突的言说，迟子建的一个突出特点就是大力塑造为信念而受难、受死的人。这个信念不是确定的观念、思想经验或理性判断力，而是一种希望——希望了解比身体、斗争、痛苦更久远的东西。《草地上的云朵》写的是"城"与"乡"的冲突，迟子建如实地写到乡下人"眼巴巴地盼着城市的眷顾和扶持"，因为在"城市化"的版图秩序中，谁都无法全身脱逃。丑妞沉醉于伊里库白鹤，给炸弹洗澡，为西瓜降温，最后如同流星一样消逝，作者通过这一乡土人物的"受死"，展现了高速发展中的人类被抛离乡土的不适、欲返回乡土又不能的悖论境遇，从文化母体的内部纠结中揭示出时代的价值谎言。城乡冲突是当前文学中一个比较流行的主题，这种冲突往往起于某一偶然遭遇或具体事件，但其内在的根源却极其深远。倘若写作主体自身没有内在的心灵冲突与情绪紧张，没有对时代的缺失、局限与希望的深层认知，那么，对城乡冲突的理解和表现就很容易流于形式、落入窠臼。迟子建深谙故土在文化的角逐中势必饱受各方面力量的侵袭，心中鼓荡着难以褪尽的沧桑感，因此她的写作并不像有些底层写作那样肆意地夸大城乡之间残酷的对战，而是更多地采用像《额尔古纳河右岸》中的方式，以一个老人洞悉世间百态的命运与智慧来举重若轻，以生命顽强的代代延续和忍辱负重来对待乡土遭遇蚕食、鄂温克人与异族的仇杀、猎人与狼的殊死搏斗、族群经受的饥荒战争等族群的宿命。这种情绪上的化重为轻、化浓为淡，并非无可奈何的强自排遣，也不是对命运的逆来顺受，而是对冲突的包容、对"受死"的无畏、对希望的执着，迟子建小说的抒情性正是在这种冲突言说中焕发了诗意的挚爱和坚持。

女作家身份很容易使人想到文化中的边缘位置,想到对父权制力量的颠覆,想到千方百计摆脱男性文化的反叛和质疑,想到还原被传统道德文化的历史所遮蔽压抑的女性生存历史的毅然,想到那些和女权主义有关的叙述历史的欲望与可能性。然而,迟子建很少为读者构建这样一个舞台,性别冲突在她的小说中常有表现,但她并不书写被遗忘的愤慨,也不刻意模仿那些被压抑被扭曲的生存经验,没有剑拔弩张的女性系谱,她所采取的是一种更为中立、更为包容的性别视野。不是孜孜于人的性文化本质的辨析,而是注重人的心理情感的抒发,这或许正是迟子建在言说性别冲突时中立与包容视野形成的内在因素。《观彗记》(1998 年)中,女主角对故人时断时续的回忆和思念的情绪交织在人们对天象奇观的追逐中,与她在漠河的感受形成此起彼伏的辉映。故事最终以彗星没能如约而至、故人却不约而来结束。读者不会把《观彗记》当作一篇情书来阅读,可里面却字字深情,只不过那种"情"出于"她"与"他",却不拘泥于"她"与"他",并在故事的发展过程中升华为一种共识性的情感。彗星的刹那划过天际,未尝不是人与人之间可遇不可求的关系隐喻,这个成熟的女性叙事人所讲的乃是人类选择的未知和两难,因为人并不能够用未来的可能性与当下的确定性作比较,真正的人生意味着任一的选择都是无可判断的。在此,迟子建跳出了张爱玲《红玫瑰与白玫瑰》孰重孰轻的演绎,揭示了现代人生活在无穷可能性之中的真相。《第三地晚餐》(2006 年)中,迟子建借用现代社会频发的婚姻问题展开两性思考。"第三地"本是暧昧的名称,可马每文频繁地换着"第三地",只是为了吃一顿可口的晚餐,陈青也不甘示弱,选择无声地反抗,到"第三地"去为他人免费做晚餐。食色性也,两位主角奔赴异地,一个人为了果腹,最终饥肠辘辘;另一个人为了给他人提供需要,却难以满足这种欲望。陈青和马每文为什么都不肯稍作妥协?人是情绪的动物,受着社会畸形变化的压力,同时,舆论造成的可怕思维定式,又加剧了人对自我的暗示和误导。迟子建没有像一般的女权主义作家那样,在性别冲突中刻意地把男性作为控诉对象。她的笔触伸向最常见的家庭关系问题的深处,穷究被虚幻出来的背叛的本质,所以能够正视爱的被亵渎、被破坏,进而思索和找寻爱的修复方式。迟子建对陈青在情感受挫后的心理的细腻把握，对情绪些微变化的敏锐明察，写透了那种想要自强又自尊脆弱的女性人格的矛盾性。在这种注入了人性、情感、生活的悖论思辨中，写作的柔情并无变更，却多了一层默默接纳与忍受的耐力，支撑着她的有条不紊的叙述。

三

曾有学者在总结新世纪伊始的诗歌写作时，用"抒情的荒年"以喻抒情被"故意看低"或"变得很可笑"[①]，不唯诗歌如此，在小说创作以及其他文体中，抒情一样面临挑战。"抒情的荒年"并不是指这个时代没有抒情，其实庞大而无所不及的文化工业正在日夜开动着它的制造机器，通过标准的流水线，将无数言情滥情的精神商品输送到社会的各个角落，荒芜着读者的心灵，降低着人们的泪点。远离抒情的文学是盲视的，如同人类失去了灵魂；但只会滥情的文学也将是短命的，就好像穿越洞穴的鸟，翅膀上捆扎着太多的杂物。所以，所谓的挑战，不是指抒情不合时宜，而是指抒情在这样一个滥情的时代里如何保持和维护自己的纯洁性。关于这个问题，迟子建有自己的一些思考。在创作谈《长歌当哭》里，迟子建曾说自己愿意将"哭声变成能歌的文字"，这可以看作她的抒情观的一次发展，即由哭向歌的转变，以同情和宽容将悲痛转化为喜悦。2009年法兰克福书展，在中国主宾国新闻发布会上，迟子建声言惧怕离开故乡，因为白夜的极光能够让她永远真实地"记忆着一个女人在这块土地上所有的痛苦和怅惘"，因为大雪的覆盖让她明白人们埋葬老人时"平静得如同去田里劳动"，假使没有"月光像良药一样注入双脚"，她很难"被荆棘划破脚掌后不至于太痛苦"，而"客居异乡"的她只会"感到迷茫"，只能够"在寂寞中看着窗外的枯树和被污染的河流"[②]，这些表白可以看作她的抒情观的第二次发展，即故乡物事的神圣化，故乡的自然环境和人文环境赋予她对生命的价值判

① 杨克：《中国新诗年鉴（2002—2003）》，第367页，天津社会科学院出版社2004年版。
② 迟子建：《留在心底的风景》，《山花》2009年19期。

断。无论是长歌当哭，还是故乡物事的神性化，其实都指向抒情的节制。抒情性从"歌的文字"还原到"它的本色和初识的声音"，本质上就是减少情感起伏的描绘，掌控好情绪的收张，把心理过程体验让位给读者，使对象实现本身澄净的回归。既突出抒情的重要性，又强调抒情的节制性，这种抒情辩证法比较清晰而且成功地体现在迟子建对创伤性体验的题材处理中。

席勒在对比古希腊社会和近代社会时发现，"'划分一切的理智'在社会与个体以及个体内部都造成了分裂"，而"给近代人性以这种创伤的正是文化本身"①。可以说，近世以来这种由文化造成的人性创伤成为人类最无法逃离的噩梦，也成为人类文学中一个永恒的主题。叙事也好，抒情也好，优秀的作家似乎天生就是为着创伤而写作。一个作家对创伤的辨识与叙述也影响着他的写作风度，有的陷于伤痛，留下"梦魇叙事"②；有的拒绝伤痛，留下"断裂叙事"③；有的超越伤痛，留下"绝望叙事"④。迟子建曾经感叹"人生太苍凉了"，"可能感受了太多的人生寒露，我才那么渴望'暖'"，当然，她对创伤的叙事自有一种格调，那是"苍凉中的'暖'"。如果说张爱玲的写作终端仅剩下一个"苍凉的手势"，迟子建却在"冷"之后注入了暖意。她说："没有冷，何来暖呢？"迟子建作品大多数的单行本扉页或封底，总有这样的作者介绍："1964年元宵节出生于中国的北极村——漠河。"我想这并不仅仅是出版市场夺人眼球的策略，而且是对迟子建小说格调的一种巧妙的暗示，其中也必定饱含着作者自己的认同：元宵节所诞生的生命，落地便感受到人间节庆的热烈与喧腾，而背景却是沉默无声的冰雪世界。用暖来节制冷，用希望来抵御绝望，这种创伤性叙事中冷暖温度的反差与对比，恰恰孕育了迟子建小说抒情性的内在张力。

创伤一定源于主体的自我意识，从他人那里转述的可以是灾祸，但不会是创伤。《北极村童话》是迟子建对创伤性人格最早的察觉，这篇小说记叙一个七八岁女孩接触和参与周围成人世界的故事。作者遵循孩童特有的观察角度和

① 朱光潜：《西方美学史（下）》，第434页，人民文学出版社2001年版。

② 陈恒仕：《后奥斯维辛的梦魇叙事》，《苏州大学学报》2010年6期。

③ 高宣扬：《法兰西思想评论》第三卷，第70页，同济大学出版社2008年版。

④ 王乾坤：《鲁迅的生命哲学》，第197页，人民文学出版社2010年版。

思维逻辑，信手涂写那些生命的发现："我"发现姥爷的秘密，就意味着要比他更勇敢地承担失去亲人的悲伤；"我"发现苏联老奶奶的亲切真诚，就意味着要跨越生死对情感的考验；"我"发现黄狗"傻子"对幼小孩子的忠诚，进而能够体会人之为人的本性与天质。作家书写对生活的新奇感，同时也书写在这些独特发现中不可避免受到的伤害，一次发现或许都引来一次心灵的新的伤害。难能可贵的是，作家没有把人物放在永远受害者的角色上加以刻画，而是在日常情感的生发与消歇中透露出对于生活与人生的领悟。这种永远不出示死胡同的写法在《原始风景》（1990年）体现为从人事变故的疼痛中领悟现世存在的普遍规律。小说通过西瓜籽儿来想象舅舅的那一段，展示了一个孩子初初碰触到意义重大的灾难性事故时，在疼痛的朦胧中自己要求自己坚强的浑然天成。

　　疼痛是创伤的条件反射，这种反射既是生理性的，同时也是心理性的。因为人类的疼痛发生总是伴随着记忆，创伤的意义越是深刻，记忆的时间就越是恒久；创伤经验的积累越是丰厚，创伤叙事就越是具有抒情性的延续力。迟子建曾说："我至今认为疼痛是一种力量，是使一个人早熟的催化剂。你可以在疼痛中感觉到周围的世界在发生着变化，你再看日月星辰时就会懂得了存在者的忧伤。那么，当我写下上述文字时，我绝对不是想让人们对我那一次挨打产生一种同情，我只是想再一次地在麻木的生活中重温一次美的疼痛，为此我感谢姥爷，感谢他能给我写下这些文字的勇气。"[1]确实，迟子建不只是自己懂得疼痛感是一种纽带，牵着记忆，牵着情感，牵着故土，也让读者懂得疼痛深化着人类对生命的认识。在她的作品中，疼痛不是使情绪恣意宣泄，而是使情绪受到约束，使文字受到控制，在内敛中用故事来显示情绪的流动。这种精神领域的探索和心灵世界的抒情，在《没有月亮的抱月湾》《吉亚大叔和他的墓场》《白雪国里的香枕》《没有夏天了》《柳阿婆的故事》等作品中处处可见。这类小说多以符合年龄的心理独白为贯穿线索，用语干净，目光惆怅而忧伤，

---

　　① 迟子建：《原始风景》，《迟子建中篇小说集》第四卷，第147页，上海人民出版社2008年版。

对自然景物细腻、生动、别致的描摹烘托着童年的、身边的创伤，如实地书写着人所需要面对的恐惧、忧患、侵蚀、成长、衰退等幸与不幸，以及这背后的顽强、执拗和永不妥协。

《微风入林》讲述的是一个创伤与觉醒的故事。孟和哲为方雪贞治疗绝经症，方雪贞为那特殊的治疗方式爱上了这个鄂伦春人，但最终却在摔折了腿后，回到悉心照顾她的丈夫身边。作者精心编制的这个故事，有三个方面值得注意：方雪贞为什么会得"病"？治疗手段的本质是什么？为什么安排这个结果？经血的停止意味着正常爱欲生活的受阻，这与方雪贞羸弱的机体有关，而更重要的原因是丈夫陈奎的缺乏男子气——"病"暗示汉人日渐萎弱的生命力存在。"雨也是药，风也是药"，小说中孟和哲与方雪贞两个人在东山坡上像两株植物，身体得到前所未有的释放。这是人对本性的回归，是本性对自然的回应。可是方雪贞的生活经历和文化熏染使她不自觉落入自我谴责和忏悔之中，一旦欢疾遇上仁慈外衣下的道德呼唤，她的自我追逐便偃旗息鼓。小说以折腿的肉体创伤隐喻心灵的创伤，喻示着方雪贞的"自我觉醒"必然遭遇身心的顿挫，而"陈奎式"的文化捆绑的身心，也必然是残疾与不健全的。"那已消逝的林中微风，虽然不在她的耳际作响了，依然时时荡起阵阵涟漪。"小说的这一结尾充满着抒情的气息，意味悠长也发人深省。如果说沈从文预见到在即将到来的时代里，"乡下人"所承担的文明必将面临一场挑战甚至浩劫，竭力以文字写尽那种殊死的捍守和溃败的感伤，在边缘向主流的顽抗中升腾起特有的诗意，那么，生活在后民族时代里的迟子建，切切实实地参与和目睹了鄂伦春族"汉化"的文化变迁，她已经不需要像沈从文一样通过想象的乡土来讨论文化的创伤。从沈从文到迟子建，文化的创伤已经穿越了大半个世纪，所谓的"现代性""启蒙主义"之类的理论也再难切近创伤背后隐含的危机，真正能够做出解释和回应的只能是人与自然的彻底结合。这个自然又不单纯是"生态学"的含义①。它有悠远的发展脉络，前现代社会需要，全球化资本主义社会依然需要，它是从生命的个体差异中比较出来的一种忍让，对一切写作者而言，这是超过历史

迟子建研究资料

---

① 曾繁仁：《生态美学视域中的迟子建小说》，《文学评论》2010年2期。

的、政治的、经济的一种包容。

迟子建对"文革"题材也有涉足，显现出她对历史毫不回避的态度。但她不像"伤痕小说"之类作品那样，以常见的讨伐和哭诉来完成创伤叙事的抒情性，她的创伤叙事中的抒情背后留着一种冷静的反思。《花瓣饭》（2002年）中的一家人在政治运动中，爸爸被下放，妈妈被游街，二姐被迫写与父母的决裂书，"我"则为了"黑身份"同人殴打。迟子建没有把这些事件作为小说的主脉，反而将它们穿插在父亲和母亲的相互找寻中，并且常以弟弟特定年龄的幼稚语言作为故事节奏的调剂，让整篇文章沉沐在爱意里。在《西街魂儿》（2006年）中，知识分子"小白蜡"下乡改造中遭遇死亡，究竟谁是事件的凶手，作者也没有一味地使用惯有的批判思维，而是从多个角度还原历史情境中各种对象的存在方式，较为客观地展示了时代悲剧中的性格悲剧。"没有受过创伤的，就会嘲笑别人的伤痕。"①迟子建在经历个人丧夫之痛后进一步深味情感创伤时说："'伤痕'完全可以不必'声嘶力竭'地来呐喊和展览才能显示其'痛楚'，它可以用很轻灵的笔调来化解。当然，我并不是想抹杀历史的沉重和压抑，不想让很多人为之付出生命代价的'文革'在我的笔下悄然隐去其残酷性。我只是想说，如果把每一个'不平'的历史事件当作对生命的一种'考验'来理解，我们会获得生命上的真正'涅槃'。"②这并非否认反抗的有效性，而是一种自我的驯化，是对创伤叙事的更理性的处理，是在疗救中显现高贵的品格以建立存在的意义。这是迟子建对"文革"创伤叙事小说的一个贡献，也印证了"纯文学"并非远离社会和时代的象牙塔。作为女性作家，迟子建保持着丰富的情感，但并没有陷于感性的泥潭；她用充分的智性思考淡化了创伤的表浅化读解，但又没有流于绝对的理性思辨而丧失女性特征的纹理；她的抒情性不躲避创伤的存在，同时也不震慑于创伤的酷烈，而是在疼痛的刺激下，奉献着愈合的温暖，透射出深厚的挽救情感的力量。

---

① ［英］莎士比亚：《莎士比亚抒情诗选》，卞之琳译，第106页，人民文学出版社1988年版。

② 迟子建：《一条狗的涅槃》，《越过云层的晴朗》，第284、285页，上海文艺出版社2003年版。

近些年来，所谓零度叙事、解构主义等，都在竭力地将抒情从文学中驱逐出去，柔弱无力的文学抒情不仅被滥情的文化工业化生产所淹没，而且也被在文学殿堂中大行其道的欲望化、腹黑化、虚无化叙事所挤压。在这种种喧嚣之中，迟子建所代表的抒情性，没有担当爆炸性的先驱式前锋角色，却缓缓地释放着它的文学能量。她始终坚持对精神的追求和敬畏，同时又辩证地理解精神的质变；始终保留对日常事件的尊重，同时又警惕平凡的庸俗化；她始终由个体经验出发，同时又始终体现着整体关切；她始终突出抒情的重要意义，同时又始终注意抒情手段的整合与抒情的节制，在这两极之间构成了迟子建小说独特的抒情辩证法及其特有的文化信仰和艺术力量。大江健三郎曾说："我们把在小村子里经历的事情写成文学，并且推向世界；或是能够将世界的问题，在自己创制的一个小小的模型里放大，这种在世界和小村子之间的往返就是文学的原点。"[1] 这段自白用形象的方式阐释了文学应有的内在格局以及讲述的事项。至于"往返"的成效如何，能不能接续小村子和世界，当然倚赖于抒情性的发挥，因为抒情性就是作家走向文学原点的回乡之途。迟子建立足于那个漠河的冰雪世界，放眼观察个体之外的寰宇的存在，从自己的个体经验出发追寻那些用心生活却频频失意于生活的人的离合悲欢，感叹无法逃避的人类共同性。如果说大江健三郎在世界与小村子之间的往返，终于使他的创作成为东方世界现代性与民族性结合的典范，那么，迟子建在世界和漠河之间的往返，或许也为非抒情和缺乏抒情性特征的当代中国文学，提供了一种纯粹抒情性的文本范例。她执拗而又寂寞地以她对抒情的敬意走在文学的还乡途中，形单影只但步履坚定，一个个脚印显示出的艺术探索上的信心与气度，都为当下文坛如何保持与维护文学抒情性的尊严提供着有益的启示。

原载《文学评论》2014年第5期

---

[1]　[日]大江健三郎：《我在暧昧的日本》，王中忱等译，第34页，南海出版公司2005年版。

迟子建创作的蜕变与统一

——评长篇小说《群山之巅》

郭　力

　　当一个实力派作家创作进入丰盛期，往往也意味着风格的成熟，批评者们担忧作家难免自我重复与退步，因为文学史中这种现象屡见不鲜。迟子建2015年新作《群山之巅》，是否也意味着"茅盾文学奖"得主在创作巅峰状态后的下滑？由于作品取材于作者熟悉的北国小镇，更因为内容也与一些新闻热点话题类似，如贪腐、老兵待遇、大学生投毒案等等，是不是新闻纪实串烧类拼盘？这种对作家才华的忧虑不无道理。两种简单的印象会影响到对《群山之巅》的评价：其一是熟悉的题材是不是相似的"创作风景"，其二是社会热点问题融入作品是不是"印象札记"。而回答这两个疑问将涉及一个作家创作风格蜕变的渐进过程，同时也需要对迟子建三十年创作印象的追踪回溯。深入阅读《群山之巅》，读者在感受密集的生活信息的同时，同样会受到心灵的震动，迟子建文字动人的力量让北国小镇的旷远苍茫在遥远的地平线上渐次铺开，穿针引线环环相扣的故事结构，自成一体又千丝万缕的人物命运，使小说具有很强的可读性，的确标志着迟子建水到渠成一派天然的创作风格，作品于故事的意义层面与叙事技巧方面新的探索，意味着作家在不断自我超越后的蜕变与统一。

一

迟子建在《群山之巅》后记中谈道："从第一部长篇小说《树下》开始……我在持续的中短篇写作的同时，每隔三四年，会情不自禁地投入长篇的怀抱。《伪满洲国》《越过云层的晴朗》《额尔古纳河右岸》和《白雪乌鸦》等，就是这种拥抱的产物。有的作家会担心生活有用空的一天，我则没有。因为到了《群山之巅》，进入知天命之年，我可纳入笔下的生活，依然丰饶。"① 作家所列举的六部长篇，其中四部都取材自迟子建熟悉的"北极村"视野内的大地山川，而《群山之巅》更被出版编务称为"构建了一个独特、复杂、诡异而充满魅力的中国北世界"②，这个评价切准了这部长篇的精神气韵。从《北极村童话》到《群山之巅》，作家已走过三十年的创作历程，早年那个有着"北极村逆行精灵"美誉的迟子建，已经成长为全国瞩目的茅盾文学奖的得主。可贵的是，从"北极村"这个极地之侧小村庄再到《群山之巅》的龙盏镇，我们看到的是作者依然飞扬灵动的神性之维，以及与白山黑水心神交融的不泯童心，这是迟子建创作最动人的诗意之处，始终不变统一在她的创作中。但同时，熟知迟子建创作风格的读者对《群山之巅》的粗粝峭拔野性恣意会感到陌生，在对人间爱与痛、罪与赎的生命考问中，一向有温暖的伤怀之美的迟子建，笔端开始凝聚批判的锋芒，诗性的光辉夹杂凌厉的考问，使迟子建的创作发生着蜕变。

迟子建作品有许多读罢令人难忘之处，往往最让读者动容击节赞叹的是小说的结尾，如《亲亲土豆》《日落碗窑》《雾月牛栏》等，结尾处都会有一个"好的故事"。但《群山之巅》中结尾却是漫天大雪覆盖了整个世界，人自身渺小的孤独无助让人感到无奈，正如作品最后那句话："一世界的鹅毛大雪，谁又能听见谁的呼唤！"③ 作品叠映着现实沉重的阴影，是作家面对生活的严峻，在"因着一种莫名的虚空和彻骨的悲凉"④ 之后，有着鲁迅式的于虚无中见其

---

① 迟子建：《群山之巅》，人民文学出版社2015年版，第329页。

② 迟子建：《群山之巅》，人民文学出版社2015年版，第330页。

③ 迟子建：《群山之巅》，人民文学出版社2015年版，第323页。

④ 迟子建：《群山之巅》，人民文学出版社2015年版，第329页。

实有、于绝望中看见新生的决绝与勇气。笔端凌厉的迟子建让《群山之巅》像大野之风穿过山林的啸叫，抒情的叙事中不时透露出作家文思的犀利与凝重。即使依然叙述的是小人物的命运，也蕴藏着善恶美丑的分辨，以及人间自有正道人心的道德判断。她笔下小人物的命运有时被造物之神揉捏得支离破碎，但他们却以自在民间的道德操守拼命地活出一份真实，坦坦荡荡活着的理由使这些小人物获得了生命的尊严。

作家对待人物的真实态度取决于他对生活本身的态度。生活对于作家而言如同一块璞玉，美质蕴藏于混杂中，但却散发着浑然天成鬼斧神工的美之诱惑。如何雕琢不仅在于叙事技巧，更是作家生活态度与价值观的体现。以《额尔古纳河右岸》为代表的迟子建创作的名篇，气韵生动如同一块块天然美玉，故事肌理温润饱满。与此不同的是，《群山之巅》有了生活的杂音，这里卑微与崇高、神性与人性、圣洁与卑污交杂混融。这是一个北方小镇多元世界中人性丰富的命运故事，迟子建笔触紧贴生活本真和生命真相，甚至是撕开生活表象，裸露出岩石般坚硬的质地，使作品染上浓郁的悲剧美学意蕴。

二

熟悉迟子建创作风格的读者都会被作家轻灵的神性之维与诗性的伤怀之美所打动，作家生长的北极村让迟子建始终抱有童心和灵性，天人合一、万物有灵的自然观使她的作品呈现温暖的意境。而《群山之巅》打破了这种和谐，作品情节充满张力，人物命运也出现逆转，小说中精灵落地（安雪），天使折翼（唐眉），所有这些变化表明迟子建在有意选择自我突围的创作路径。

作品中两个女性人物安雪与唐眉的命运变化跌宕起伏，这样的叙事像一个聚焦镜一样，折射出迟子建近期文风之变。

小说中众生庸常的生活被辛欣来杀死养母逃窜的事件作为线索贯穿起来，但这仅仅是作者讲述龙盏镇故事的一个引子而已。如果要管窥《群山之巅》这块璞玉的真相，焦点首推安雪这个人物形象。安雪是一个兼具仙气与慧根的精灵般的女孩，但迟子建却让她从云彩中坠落凡尘，杀人犯辛欣来就因为她的仙气而强奸了她，安雪却因此怀孕从此开始了一个普通女人的生活。作者在谈到这个人物创作初衷时说道，在少年小说《热鸟》中曾写过一个侏儒，是一个纤尘不染的精灵般的存在，对此，迟子建现在认为，"其实生活并不是上帝的诗篇，而是凡人的欢笑和眼泪，所以在《群山之巅》中，我让她从云端精灵，回归滚滚红尘，弥补了这个遗憾"①。作家并非悔其少作，也不是创作本身遗憾，只可能是生活裸露的真相让作者欲罢不能，即使是天使也必须飞过炼狱。今天的时代是精神与物质落差加大的社会，生活本来美丑并现，人性善恶并举，即使是善良的精灵也不可能抹去人世的沧桑与沉重，每一个人都可能是折翼天使。其实安雪并非她笔下天赋异禀的"这一个"，她的作品《采浆果的人》中的大鲁二鲁、《雾月牛栏》中的宝坠、《疯人院的小磨盘》中的小磨盘、《额尔古纳河右岸》中的安草等等，这些人物看似憨傻实则富有灵性，实际上作家通过他们混沌驳杂的非常态表相，来观照今天现代人看似有秩序的理性社会的虚妄与无序，是相信"万物有灵"自然观的迟子建对现代社会的反思与讽喻。所以她让这些人们眼中的傻子、疯子、侏儒担当生活的智者形象。只不过《群山之巅》中的安雪开始蜕变，迟子建没有让她像其他"异禀者"那样游离于日常生活和想象之间，而是历经了通灵人到普通人的转变，没有了预知生死能力的安雪缺少了神秘感也失去了自然赋予她的灵性。这看似残忍的举动，背后却有着作家深刻的用意：人物将以生命蜕变的方式完成从禁忌到凡人的成长。以前那个能预知生死通灵的小侏儒被奉为神明反衬着龙盏镇人的庸人自扰，而现在这个每天都能听见自己身体成长的女人安雪终于脚踏实地变成了普通人，龙盏镇人不知道现在这个长高长大的安雪才是一个具有生命灵性的"新人"。把预知生死的超能力赋予一个侏儒女孩是上帝的奇迹，神性存在与凡俗世界充满紧张，上帝的神性世界与现实世界总是那么遥远，"人的本性和在世位置就处于分裂状态：既处于前宇宙的神性戏剧中，又处于现世的沦落状态中。接下来当然就是寻求解救的必要性和可能性了：如何回归沦落前的上帝母体的怀抱"②。安

---

① 迟子建：《群山之巅》，人民文学出版社2015年版，第328页。

② 刘小枫：《罪与欠》，华夏出版社2009年版，第122页。

雪不是神灵，龙盏镇人想借助安雪预知生死的通灵能力而获得死神的赦免是人自身的软弱与局限，即使是安雪本人遭遇了厄运也不能自救，超越不了现实的破碎与黑暗。而文学想象却可以超越现实而达到自我敞开的澄明境界中，把自己的灵魂从现实存在的强制性中解救出来。这就是为什么迟子建让人物安雪每一天都能"听见"自己身体的成长，因为这是从灵魂深处成长的精神力量，神性与人性终于通过这种成长的蜕变获得统一。安雪命运轨迹的转型构成一个隐喻：一切神性都源于凡俗也最终隐于凡俗。今天这个时代无时不在摧毁诗意本身，人类无良知的贪婪使纯粹诗意蒙羞，原来那个有着通灵能力的小侏儒安雪也只能是云端上的精灵，现实中并不存在。安雪的蜕变意味着人与世界的关系是一个分裂复合的解救过程，而有时更需要源于生命自身的灵魂成长力量。

关于生命原罪的"罪与罚"，在迟子建《群山之巅》中呈现出思想辩驳的激烈：人性之恶犯下的罪过能否自我宽恕与救赎？为此《群山之巅》中另一个人物唐眉把读者引向了人性救赎的深邃的精神空间。

唐眉是一个挣扎于圣洁与卑污两极间的人物，她的一切行为都在演绎着灵魂"罪与罚"的惨烈搏杀。龙盏镇人眼里活菩萨般的唐眉矢志不嫁，她要照顾已经呆傻的大学好友陈媛。真相却是因为嫉妒好友爱情而投毒改变了陈媛的命运自己也背负起沉重的十字架。似曾相识的故事并非现实中如清华大学投毒案的简单翻版，而是作家清楚地看见了每一个如同唐眉的普通人脚下随时都可能裂开的人性深渊。唐眉把被自己投毒加害的闺蜜带在身边，只是为了解决内心的道德困境。正如刘小枫所言："恶是个体性的，对于每一个人来说，恶都是不同的，没有普遍性的恶，就像没有一个普遍性的善和上帝。自己的欲望没有成为自己的上帝，必定就是自己的恶魔。自己身体的欲望要么是自己的上帝，要么是自己的恶魔。"[a] 唐眉因为欲望在上大学时投毒加害好友，也因为欲望在龙盏镇暗地里成为驻军团长的情妇，甚至还可以成为情夫同谋，为了讨好上司于师长而做帮凶诱骗了纯洁的林大花。在唐眉的身体里始终都有一股生命的暗流，因为嫉妒而憎恨，也因为欲望而疯狂。许多人读过《群山之巅》之后回

---

a 刘小枫:《沉重的肉身》，上海人民出版社1999年版，第202页。

想唐眉的言行，会感到她是一个内在分裂行动不合情理的人物，比如她在风雪之夜请安雪的父亲安平到来，对安平说想和他生一个孩子，一个永远长不大的安雪一样的精灵。这个让人吃惊的想法实际上隐藏着唐眉对自己的恐惧与挣脱自我的欲望，因为那个新生的精灵就是唐眉自己生命中曾经的纯洁和天真，而现在的她则是自己内心的欲望之囚，用她自己的话说，"只要面对陈媛，我的刑期就永无终结！"① 作者为这个人物安排了看似不合逻辑前后突兀的矛盾情节，包括她最后冷静地为自己选择了绝育手术，并且斩断与驻军团长的暧昧关系，实际上迟子建还是把生命自为向善的力量给了她，唐眉看见了欲望诱惑是脚下的深渊，但也只有她自己才能走出心设的囚牢，因为这是自我谅解也即精神宽恕的力量。

迟子建把现实中发生的投毒案在小说中变成了一个人性自我反省的生命伦理困境，也许作家正是在唐眉自我清醒的"罪与罚"中给出人性自我救赎的一线生机。卑污中开出圣洁的花朵，这是文学有关"罪与罚"故事模式中永恒的建构意义和感召力量。这种信念源自作家对人性的关怀和信心，我们是否有能力在这个貌似有道德规范的生活秩序中学会宽容谅解，包括对自我人性脆弱的体谅，是我们在这个世界寻找真实存在的第一步，看见自己脚下的深渊才会寻找天堂的阶梯，穿越自我沉溺自我欺骗的欲望之海。

在神性中看见人性，在圣洁中见证卑污，这使得《群山之巅》叙事基调滞重驳杂，就像生活本身。这也见出作家越来越客观内敛的创作态度。文学创作之于迟子建，从来不是简单的文字符号和工具手段，而是始终体现作家对生活本身的立场和情怀，即使是过去给人们留下"温暖"印象的迟子建，也是因为坚信善终究会战胜恶。但是现实的严峻让作家不可能再以单一的色彩来覆盖胸中翻涌的复杂感触，她说："一个飞速变化着的时代，它所产生的故事，可以说是用卷扬机输送出来的，量大，新鲜，高频率，持之不休。"②《群山之巅》描写的当代人命运遭遇蕴含大量社会信息。这些普通人充满日常烦恼，他们不

① 迟子建:《群山之巅》，人民文学出版社2015年版，第216页。

② 迟子建:《群山之巅》，人民文学出版社2015年版，第327页。

是呼风唤雨的神仙和叱咤风云的英雄，而是一群如浮萍一样被生活风雨击打的小人物，无可奈何地被这个日新月异的现代社会裹挟而去。这个时代的快速旋转常常使对与错、美与丑发生倒置，《群山之巅》中道德楷模（唐眉）是投毒者，抗联老战士（辛永库）被当成逃兵，少女（林大花）初夜被部队首长用八万包买。这些故事背后都有当下社会投影，作家虽然写的是龙脊之巅龙盏镇的日常生活，但《群山之巅》并非世外桃源，时代变革的阵痛同样回响在小镇上空。作家并非用文学札记的方式对社会问题做出简单的回应，而是感同身受与时代一起脉动。在今天这个快餐式读图到微媒体阅读的时代，写作三十年的迟子建还对文学持有一份虔诚一种坚守，把对新时代语境下小人物的生存之痛进行真实细腻的文字表达，才会让她有着幸福和痛苦相交织的无尽的倾诉欲望，甚至是知命的孤独，就像是小说结尾漫天的大雪覆盖了龙盏镇，在深夜中谁又能听见谁的呼唤！在这一点上，迟子建还是那个迟子建，只不过文字更加悲悯沉郁，如同北方旷野的蛮荒博大，生命的守望是迟子建写作永恒的力量。

三

一个作家的精神成长与艺术成熟也需要读者的成长，更需要批评者同步跟进。《群山之巅》出版后，已经有人担心是作家关心现实的态度用力太猛[1]，甚至是新闻串烧式的文学苍白化。这些看法也能顺理成章地扣在《群山之巅》之上，但是如果真正地走进奇异的北国小镇那一个个顽强倔强生存的小人物群像中，和作家一起去体验去倾听爱与痛、善与恶、罪与罚的灵魂呼喊，才会深切感受到作品本身寄寓着对现实深沉的思考。一个真诚的作家视写作为生命，但是在今天这个快餐文化时代尤显悲壮。"在一个话语已经降格为科学、商业、广告和官僚体制的单纯工具的工业社会中，一个人应该怎样写作？假如读者群都已经被一种'大众的'（mass）、追逐利润的、麻醉性的文化所浸透，一个

---

[1] 逄存磊：《〈群山之巅〉用力太猛，适得其反》，《北京青年报》2015年3月20日。

人又究竟应该为怎样的读者写作？"①特雷·伊格尔顿这段话道出了对工业时代语言危机的担忧，同时也恰切地反映出当今中国作家文学创作的焦虑。面对纷乱的世相和无序的历史状态，一个作家能够坚持关怀底层的态度而彰显文学价值，将普通生活用文学审美方式表现，将信息社会还原为道德困境的生命伦理思考，迟子建为当代文坛又提供了一个成功的范本。

迟子建是一个能够拨动读者心弦的作家，她的抒情笔墨堪称一绝。作家的才情在《群山之巅》中同样表现不凡。书中"两双手"的故事让人动容。殡仪馆的理容师李素贞柔软的手和法警安平处决死刑犯的手，两双被世人恐惧冷遇的手一经握在一起彼此便不愿撒开。手与手传导的温暖化解了他们内心冰冷的孤独，而在彼此相互讲述的殡仪馆和死刑场的故事中，让人看到在生命的终端也有许多催人泪下的场景；世间男女相爱会有多种理由，而一个殡仪馆理容师与执行死刑的法警却因为对死亡的理解与尊重而走到一起拥抱彼此孤独的灵魂，却是迟子建对死亡一贯的温情叙述。就像小说中描写的一个细节，李素贞挂在屋外墙上的"理容师"绿色牌子就像寒冬中的一枚绿叶，是寒冷世界的一抹暖意。

但是《群山之巅》整体基调是冷峻的，这个用卷扬机输送信息的时代并非都是"好的故事"，文学也不单纯是话语结构，也是政治文本，作家的价值立场与现实思考都会在文本中体现为当下中国的政治无意识。作品选取的情节表达着作家对现实的诉求，当今中国贪腐之风、环境破坏、贫富差距等社会问题都会在作品中体现。如作者所言，"英雄"与"逃兵"的故事曾是《群山之巅》的缘起，谁是"英雄"谁是"逃兵"在小说表达中很明确，但作家真正要写的却是我们这个时代把抗联老兵辛永库当成了"逃兵"，而又把真正的英雄安玉顺当成了形式摆设，于是英雄的故事在安玉顺一遍遍自我重复的英模报告中成为单调的仪式，而"逃兵"辛永库的真实也只能存在于他在旧货节上穿戴上的一顶六角形灰布帽以及打满补丁的黄布军装上，在世人的眼中只能沦为小丑。

迟子建

研究资料

① ［英］特雷·伊格尔顿：《二十世纪西方文学理论》，伍晓明译，北京大学出版社2007年版，第137页。

在今天的现代生活中，人们选择了主动遗忘，历史脉络中曾经存在的真实淹没在荒芜的记忆小径中。作品中世人眼里一正一邪的两个人物安玉顺与辛永库都曾是历史烽烟中的英雄，他们的一生无论是传奇还是笑柄都将逝去，值得回味的是，辛永库是龙盏镇第一个被火葬的人，人们对火葬仪式的好奇远远大于对辛永库抗日英雄身份真伪的关心。而作者笔锋暗转，那块鬼斧神工方头方脑光润如镜的青石碑伴随他永远长眠于家乡的山林中，这块石碑曾经被安雪凿刻上美丽犄角小鹿和成群飞鸟，原本的主人是安玉顺，政府嫌其粗糙简陋与英雄称号不相配而弃之不用。就像这两个鲜明对比一生的英雄一样。山野中辛永库以他"不着一字尽得风流"的天然石碑反衬着墓园里安玉顺那块高大的刻满英雄事迹的墓碑，历史本身的反讽有时就是在于可说与不可说之间。好在历史不可说的秘密被文学想象填充，迟子建笔下的这个背着一世"逃兵"骂名的辛永库回归了山林，就像他不羁自由的灵魂，回应了"青山处处埋忠骨"的悲壮与放达。

许多作家在谈到自己创作的人物时都曾表达过景仰之情，原因在于人物已在文字中"活"出他自己的生命品质和境界。当然，这也源于作家赋予他们的精气神，甚至是点睛之笔。《群山之巅》充满了这些独具个性的人物。作家使他们不同凡俗。小说开篇中对着太阳火点烟的屠夫辛七杂，身姿潇洒颇具侠义英雄的气质，特别是夜晚当他把目光凝定在厅堂挂满的刀具之上，月光在刀具上燃烧行走让他激动难抑，有如传说中的夜行侠在明月清风中起舞。迟子建让"侠义"流淌在他的血液中，他既可以疾恶如仇地对待"逃兵"父亲辛永库，也可以柔情似水陪伴丑妻王秀满。这个刚强倔强的屠夫在生命中坚守的是一份德行，来自民间对于"人间正道"最普遍最虔诚的个人修为和信仰。作品里有着良知信念的普通人很多，像孤独而温暖的法警安平、纯洁而有操守的军人安大营、随性自由的绣娘、柔情坚贞的李素贞……迟子建在关注小人物的同时，显然对于"英雄"见解独到，她以现代观念进行了新的演绎，传统文化中那些深明大义、德行兼备的英雄，作为道义精神和文化观念已经化作底层民间的一种操守，表现在迟子建笔下这些小人物在生活底流命运触碰暗礁时对良知的坚守和韧性，甚至是铮铮铁骨般的侠义精神。

关注底层社会是近年当代创作的一个深度挖掘空间，实力派作家们都有很强的文体意识，但是怎样处理泥沙俱下的底层生活，作家撷取的视点不同便赋予作品不同的美学基调。迟子建构筑的《群山之巅》与《额尔古纳河右岸》《白雪乌鸦》的创作出发点相同，都是关注小人物在社会底层认真的活法，他们的那份认"老理儿"的执着与坚守就是世道人心的体现，虽然没有荡气回肠的英雄壮举，但也有基于良知判断的道德操守。但《群山之巅》有所不同的是，小人物们"认老理儿"的活法勾勒出民族记忆，如忠贞侠义、诚信勇敢、善恶分明等信念接通了中国传统文化的气韵风骨，这使《群山之巅》在叙事风格上更具中国传统文化的美学风韵。具有现代理念的迟子建在小说的讲法上是彻头彻尾的中国化，评论家潘凯雄认为《群山之巅》的叙事结构可以描述为"环形链式"结构[1]，以辛欣来杀死养母逃窜的事件开始又以辛欣来最终被抓收束，其中又引出许多人物命运变化，这种说书人"花开数朵各表一枝"而又善始善终的讲故事态度，是迟子建在叙述文体上的美学变异与调整。《群山之巅》作为新世纪的优秀长篇，也作为迟子建创作三十年风格蜕变的表征，汇入了当下长篇小说创作的美学转型过程，和贾平凹的《秦腔》、莫言的《生死疲劳》、余华的《许三观卖血记》等优秀作品一起，生发着新世纪长篇小说具有中国气派的美学风格。

迟子建之所以被读者认为是一位温暖的作家，恰恰在于她对人性美好无尽的希望，并赋予普通人物坚守生命良知的高贵。这也就是迟子建自言写作《群山之巅》时内心时常感到幸福与受到摧残的原因所在。高山仰止，是因为那些普通而不卑微的认真活着的人们，使迟子建坚信小人物也可以巍峨，他们的群像描画出《群山之巅》峭拔的精神高度。

原载《中国现代文学研究丛刊》2016年第5期

---

① 潘凯雄：《〈群山之巅〉告诉我们……》，《光明日报》2015年2月10日。

"女性流浪"书写的三种新形态

——以虹影、安妮宝贝、迟子建为例

雷 雯

在现当代文学史上，有关"流浪"的书写一直绵延不绝。从郁达夫的"零余人"系列，郭沫若的《漂流三部曲》，洪灵菲、蒋光慈带有"流浪"性质的革命小说，三十年代艾芜的《南行记》，萧军的《同行记》一直到四十年代那些以"旷野"中漂泊者为主人公的创作，"流浪"一直是很多作家所青睐的题材。新时期以后，流浪者的形象又裹挟着"异质"重来，我们既可以看到余华《十八岁出门远行》中那种体认世界的"塞林格"式流浪，也可以看到韩少功在《爸爸爸》中文化寻根式的流浪，还可以看到张承志在《黑骏马》中追求诗意的浪漫英雄式的流浪。而本文重点讨论的是女性流浪的现象。

纵观整个现当代文学的流浪书写，是有一些共性的。可以把这些作品中的"流浪"人物归纳为三种："贫士、侠士与文人。"① 从所写的流浪方式来看，又可划分为身体流浪与精神流浪。而从叙事结构上看，多数都呈现出一条"流浪——寻找／成长——归宿"精神路径和书写模式。以上概括当然主要指男性作家的创作。而相较于男性作家，女性作家似乎更有"流浪的血统"。从五四起，

---

① 曹文轩：《二十世纪末中国文学现象研究》，第234—235页，北京，作家出版社，2003年。

女性作家的作品若隐若现着一种流浪意识，一种更加侧重于精神层面的流浪意识。激发这种意识的原因有多重：一种是迫于生存困境、物质的贫乏而不得不走的流浪，一种是受困于大家庭中父权、夫权束缚压迫下的精神出走，还有一种则是受到现代观念培育而被唤醒的暗藏在知识分子集体潜意识中对现实、文明的怀疑和疏离而造成的"自我放逐"。后一种原因也可以被认作是藏伏在前两种原因后面的流浪本质。这在女性书写的"流浪"中似乎表现得更为突出。

　　现代文学史的开端，女性的"流浪"书写始于一场与旧家庭决裂的"娜拉式"的出走，我们暂不去深究五四知识女性在出走以后会遇到什么样的困惑和迷境，但她们出走的原因几乎都是不满于封建传统家庭的拘抑，是一种为寻找灵魂归宿的精神流浪。比如冯沅君的《旅行》、庐隐的《何处是归程》、丁玲的《莎菲女士的日记》，都在向往和描写"流浪"，在寻找精神的"归宿"，尽管她们不知道"自由"的彼岸在哪里。然而时过境迁，到了八十年代，这种对于归宿的找寻转而变成了拒绝归宿，仿佛流浪就是一切。比如张抗抗的《北极光》、张辛欣的《在同一地平线上》、张洁的《方舟》。在摆脱传统的束缚和囚禁这一点上来说，她们宁可"有家不归"，因为她们所寻找没有隔阂、和谐互爱的"家"是带有乌托邦性质的，所谓"无家可归"也就成了必然。① 这时期一些知识女性果敢地将自己的灵魂放逐，在"家"与"流浪"之间她们选择了后者，但"流浪"终究不能作为目的，到头来，她们还会希望拥有一个"归宿"，一个可以不当男人附庸、经济独立、精神独立的"避风港"。她们一次次在"爱的本能和不断地保持自己的奋斗中"② 来回挣扎，爱"他"、恨"他"，却无法真正从心底放弃"他"。这个"他"是爱人，也是家。这里所讲的"女性流浪"在八十年代小说中常见，却依旧是一种侧重心灵的"流浪"，她们虽然离开了家，却行之不远。她们寻找到"自我"却又失去了"爱"与"家"。流浪的程式看似完成却并未完成。无论五四时期的女性还是新时期的女性出走的原因有何差别，最后的结果却是一样，她们都并未找到一条涉渡之舟载着她

研究资料　迟子建

---

① 　丁帆、齐红：《永远的流浪》，《山东大学学报》（哲学社会科学版）1994 年第 6 期。

② 　王绯：《张辛欣小说的内心视境与外在视界》，《文学评论》1986 年第 3 期。

们抵达理想的彼岸。

女性的流浪书写就这样在内心世界徘徊低吟了差不多一个世纪，突然在新世纪多声齐鸣，呈现出一幅与现代女性流浪书写传统相同又形态各异的图景。与之前的知识女性彰显着寻找灵魂归宿的自由色彩的精神出走不一样的是：二十一世纪"离家出走"的女性，其出走动机不是一种主体意识的觉醒，相反，她们出走之初，所怀抱的是一种因为缺爱所造成的主体缺失的失落感，是一种沉沦的身与心的放逐。女性出走了，身体和心都在路上，但是我们要仔细分辨，因为流浪与流浪之间，不只有完成与未完成之分，竟然还有了真伪之分！这里，我们以虹影、安妮宝贝和迟子建三位女作家的作品为例，展现新世纪以来"女性流浪"书写的新的形态。

一、虹影：一场寻父之旅

一九九七年，写诗出道的旅英女作家虹影以一本长篇自传体小说《饥饿的女儿》走进国内读者的视线，她因为书写内容极端反叛、大胆等成了一个有争议的作家。《饥饿的女儿》中的"六六"即作者虹影是表面看起来怯懦、内向、沉默但内心十分叛逆的少女。虹影以第一人称限制性视角"我"展开叙述，使得作者、叙述人与主人公三位一体。这种手法在典型的西方流浪汉小说中经常被用到。刘志斌认为，西方狭义的流浪小说最重要的三个叙事特征的第一个特征即是流浪汉主人公采用第一人称"以回忆录或自传体方式叙述的故事"。[①]小说一开始"六六"不铺陈也不掩饰就给我们细细描绘了重庆南岸的家，那里臭水横流、充满垃圾，人挤满了板房，一个院子住的人让年幼的"六六"常常数重了。虽然"六六"不是一个纯粹意义上的流浪汉，然而住在这种贫民窟中的贫家女又比那些饥寒交迫的流浪汉好到哪里去呢？"六六"的身份成了她出

---

① 李志斌归纳了发轫于 16 世纪西方传统的流浪汉小说的三个艺术特征：由一个真正的流浪汉采用第一人称叙事方式展开情节；情节与情节组接成的缀段式结构，结构虽然松散，但有其内在联系；用复杂的透视法塑造主人公的形象。详论参见李志斌：《论流浪汉小说的艺术特征》，《外国文学评论》1992 年第 2 期。

走最有力的动机。从人物形象到叙述角度，《饥饿的女儿》都接续了"流浪"传统，首先具有了文本形式上的意义。

按照典型的"流浪"书写，为了逃出生存的困境，主人公会从贫穷的家里出走，然后进入一个充满惊险、传奇并一直"在路上"的叙事程序。但这部写于二十世纪末的《饥饿的女儿》并没有这样处理，虹影没有把主要笔墨放在路途上，却放在了"流浪"的动机上——让"六六"难以忍受的不是填不饱肚子的"物质饥饿"而是"情感饥饿"，是"失父"的痛苦。

"六六"没有父亲吗？有。但是父亲"很少笑"，"也从未见他掉过泪"，对我，"不动怒"，"也不指责"。那母亲呢？"我感觉到我在母亲心中很特殊，不是因为我最小。她的态度我没法说清，从不宠爱，绝不纵容，管束极紧，关照却特别周到，好像我是个别人的孩子来串门，出了差错不好交代。"①"六六"虽有父有母，感情上却陌生而疏离。从中国的传统观念一面来说，说到家庭我们讲究"阴阳调和"，认为母亲应像月亮一样温柔细腻，父亲则像太阳一样光明而有力量；从子女对父母理想感情来描述，我们说"父慈母爱"，父亲对子女包容、平和，母亲对子女宠溺、疼爱。这样的家庭情况、家庭关系才能达到一种儒家推崇的"中庸"之境，我们认为在这种平衡、协调的环境下成长的孩子性格才会健全。这种传统的观念置换到西方的理论也是一样，用拉康的精神分析学理论说，一个人（即主体）在成长过程中有两次认同过程：一次是幼儿期将自己与理想母亲的幻想整合，完成对母亲的认同；一次是在象征界的对于父亲的认同。②拉康的镜像理论非常繁杂冗赘，三言两语难以解释清楚，但我们只需要清楚明白一点，如果儿童在成长过程中未被父母引导着很好地完成这两次认同，将造成"父位"或者"母位"的缺失，那么他内心的发展很可能会停滞在某一个阶段而无法顺利完成自我主体性的建立。

"六六"的父亲因为跑船时落下眼疾无法工作待在家做"家庭妇女"，她的母亲扮演父亲的角色出去"挑沙"，像个男人一样工作，养活了一家八口人。

---

① 虹影：《饥饿的女儿》，第8—9页，北京，文化艺术出版社，2000年。

② 方汉文：《后现代主义文化心理：拉康研究》，第209页，上海，上海三联书店，2000年。

所以，除了父亲对"六六"的不亲近，在情感上，父亲是缺失的；在家庭职能上，父亲也未能承担起养家糊口的重任，扮演成为妻儿靠山支柱的父亲角色。父亲在"六六"的世界里只是一个抽象的符号。

为了填补"失父"的空位，六六开始了一场"寻父"之旅。她先找到她的"历史老师"。她会因为他不注意她而感觉到恨意。她发现"终于我遇见了一个能理解我的人，他能站在比我周围人高的角度看这世上的一切。他那看着我说话的眼神，就足以让我倾倒出从小关闭在心中的大大小小的问题"，"至今唯一耐心听我说的人，是历史老师，他立即获得了我的信赖"①。通过"耐心倾听"而获取的"信赖"，这本应是父母给牙牙学语期的弱小孩子对抗强大世界信心与力量的第一课。"六六"的这一课迟到了十八年，在她情人般的"历史老师"手里完成。和早期很多以"自由"为名出走的女性一样，六六的第一次心灵出走就是寻找爱情的寄托。她把自己当一件礼物拱手献出，不管对方是否接受。然而，这个比她大二十岁的历史老师并没有像一个父亲一样耐心等待她长大，在不留一字的情况下自杀了。她十八岁了，就在这时，她的身份像一个谜一样被抛出来而后被解开——她是母亲在婚后和别人生的私生子。血缘身份的揭开于她是一种双重身份的否定，连父亲"符号式"的存在也被抹掉了。

"六六"方才清醒地意识到"我在历史老师身上寻找的，实际上不是一个情人或一个丈夫，我是在寻找我生命中缺失的父亲"，"年龄大到足以安慰我，睿智到能启示我，又亲密得能与我平等交流情感，珍爱我，怜惜我，还敢为我受辱挺身而出"②。当她明确自己的需求以后，当她认为她的养父与生父都不能满足她这个情感需求以后，她终于出走了。

小说的尾章中，她用不多的语言描述了她天南海北的流浪，直到在北京她再次遇到一个父亲似的恋人，她跟他远走异国并结婚了。这本书结束的时候，"六六"并没有完成自我的主体重建，甚至没有像张抗抗、张辛欣作品里的知识女性一样因为不想困在男人的"温柔乡"，想证明自我的价值，在这个世界

---

① 虹影：《饥饿的女儿》，第 25 页，北京，文化艺术出版社，2006 年。

② 虹影：《饥饿的女儿》，第 244 页，北京，文化艺术出版社，2006 年。

当一个独立的新女性而从温暖的家中出走。她刚好相反，她要的就是一个男人的庇护，一个她不曾有过的温暖的家。她的每一次出发都不过是从一个"父亲"的家里走到另一个"父亲"的家里。虹影写这本书的时候，也许正在婚姻的甜蜜里，并没有意识到这一点。相隔十二年的二〇〇九年她出版了《好儿女花》，这是《饥饿的女儿》的续集，也就是"六六"跟丈夫去了英国以后的事情。《好儿女花》里，"六六"再次遭到了爱人的背叛，是爱人与姐姐的背叛。"六六"丢失了"爱情""婚姻"，甚至"亲情"。在她为"爱情"要死要活、沉沦、迷茫的时候，养父母亲相继去世。异国生活的变故、漂泊与孤独让她开始回眸往事，体会和父母在一起的十八年生活中不曾认真体会过的温情，反思那场放逐背后的意义。

因为母亲的葬礼，"六六"回家了。然而她发现"现在父亲不在了，生父早就不在了，母亲又不在了，也就是家没了。生命的根在脱离我而去，我突然意识到这一点"[1]。未能对父母尽孝让她心生愧疚，并坐下来细细回顾母亲苦难、隐忍的一生。她理解母亲，想念父亲，想与过去种种和解。她不想流浪了，她想要回家，回到父亲母亲俱在的家。

从《饥饿的女儿》到《好儿女花》，我们可以看到"六六"的生命中几个清晰可见的成长节点：第一个是十八岁生日。十八岁在中国的法律中意味着成人可以承担刑事责任，在很多作家的作品中，十八岁生日就像一个成人仪式。十八岁意味着一个孩子长大，他思想独立、行为自由，不再受家长权力的压制，不再被家庭束缚。"六六"以为十八岁的自己已经长大了，离家出走，但却不知道，十八岁是童年期的结束，却只是成人期的开始。成人所要面对的爱欲、离痛、生老病死是一个孩子不能想象的。第二个是"她跟丈夫离家去英国"。这次她尝到了爱情与亲情双重背叛的痛苦，也尝到了生活的艰辛，幸运的是，她在这种生活与精神的双重困境中却突围而出。她一个人生活，写作赚钱，养活了自己，养活了一大家子。这里的"六六"终于成为一个"独立自主"的人。第三个即是母亲的死。母亲的死让她决定与世界和解，生下孩子去当一个母亲，

---

[1]　虹影：《好儿女花》，第38页，南京，江苏人民出版社，2009。

建立自己的家。她说："这一次，我只想找个爱人，而不是一个父亲。失去母亲后，我终于长大。"[①] 这里长大意味着"六六"不再幻想着将自己的爱与幸福寄托在一个"父亲"或者他者的身上，她明白如想救赎必须自度，她靠着自己的勇敢坚强破除困境重建家园。

一百年前的知识女性在书写中从家中叛逃、迷失在逃亡的路上，一定没有想到，这条路的终点还是"家"。也许仍然会有高举着"人性自由"大旗的女性正以一种义无反顾的勇士之姿在路上漂泊、流浪，不知彼岸是什么，不知何时抵达远方，但容许我们假设一下，一切的不同只是离终点还不够近，一切的困惑不过是成长的未完成。

二、安妮宝贝：华丽造作的"伪流浪"

虹影一九九七年发表《饥饿的女儿》后，在海外名声大噪，而她自此开始集中地写起了有关"流浪和漂泊"主题的小说。如差不多同时出版的《女子有行》，原名就叫《一个流浪女的未来》；如《阿难》，就是写两代人流浪的故事。虹影的作品正式进入中国大陆是一九九九年，同一年，安妮宝贝通过在网络发布短篇小说迅速走红，于二〇〇〇年一月出版短篇小说集《告别微安》正式步入文坛。十四年间一共出版十二部作品，几乎每一部都进入文学类畅销书籍榜。第七本书小说《莲花》更因为创下两百万的天价稿酬而轰动一时，最后卖了六十万册。而她的小说中反复出现的一个主题也是"流浪"，书迷、书商甚至很多评论家甚至给她贴上"心灵流浪"的标签。事实上，安妮宝贝的故事呈现给人更多的却是具体切实的"旅程"，是旅程中的邂逅，虽然也有很多情绪，但与反思性的成长却没什么关系。所以，她的文本指向性更强的是一种身体流浪，而非心灵流浪。

在读安妮宝贝的故事时，我们容易发现一个有趣的现象，那就是故事的人物设定甚至结构故事的套路上与虹影的自传有着惊人的相似。流浪的动机是一

---

① 虹影：《好儿女花》，第228页，南京，江苏人民出版社，2009。

样的，放逐的过程是一样的，因为"失父"需要情感补偿，从爱情中寻找救赎的出口，最后回归家庭。她的作品与虹影的自传呈现出一种鲜明的"互文"性，或者我们也可以把虹影的自传视为安妮故事背后的潜文本，然而仔细分辨，便能觉出其中的天壤之别。

《七月与安生》中的安生十六岁离家，"从海南到广州，又从广州到厦门"，她学画画，也在外面画广告画。她去上海，因为上海的房子好卖。她一路北上，去大兴安岭和漠河。她还到过西安，去过敦煌。作者没有交代安生的父母是干什么的，只强调她是没有父亲的私生子，母亲常年住在国外。作者通过安生的好友七月叙述了安生母亲给人的感觉："她很像安生的房间，空旷而华丽。而寒冷深入骨髓。"[①] 我们由此可以断定安生与母亲之间的感情并不亲密。

关于她的出走的原因，一句小时候她和七月的对白就可以交代："七月，总有一天，我会摆脱掉所有的束缚，去更远的地方。"[②] 我们实在无法从安妮宝贝简洁到几乎空白的叙述里去理解这个物质丰盛的女孩缘何要去过颠沛流离的生活。我们只能从虹影的文本中去解读——那是因为父亲的缺席，母亲的淡漠激发了女孩内心的情感补偿机制。

《七年》的蓝，她离开男友两年，沿着铁道线从南到北，独自漂泊过大大小小的城市和乡镇。蓝的身世依然是一句话交代，"她从小在姑姑家里长大，父母离异，各奔东西，只有每年的起初，从不同的城市寄一大笔钱过来。"她和男人认识不久后就同居，理由是，"一直都想脱离掉那个寄人篱下的家"[③]。可是，男人的父母不同意他们的交往，因为她有"不良的倾向和危险的气质"，且没有受过良好的教育。男人去相亲，她接了男人的电话以后，决定离开。

亲情的匮乏加上爱情寄托的失败以后转而开始一场身体和心灵的放逐之旅，这一切和《饥饿的女儿》多么类似。这是安妮宝贝最早期的小说。

二○○二年的《蔷薇岛屿》是安妮宝贝在丧父以后做的一次越南旅行日记，扉页上写着"关于爱。行走。行走"，而《七月与安生》中，安生在流浪的过

① 安妮宝贝：《告别薇安》，第 248 页，海口，南海出版公司，2002 年。

② 安妮宝贝：《告别薇安》，第246页，海口，南海出版公司，2002年。

③ 安妮宝贝：《告别薇安》，第28、29页，海口，南海出版社公司，2002 年。

程中一直在坚持写作，七月问她写什么，她回答："流浪，爱和宿命。"这无疑是安妮宝贝的自喻。这时候只管出走，还不问出路。

二〇〇四年出版的《二三事》，她开始清楚地交代：两位女主角莲安和良生是两个失父的人，在旅途中相遇，结为知己。莲安的母亲是画家，性格孤傲，莲安享受不到母爱，又没有父亲，她母亲嫁人后不堪忍受家庭暴力杀死她继父，因而坐牢，并在狱中自杀。莲安被托付给母亲少年时的朋友，一个洁净富足的男人，她爱他而不得，只好离开去下层社会摸爬滚打。良生父母很早离异，父亲带大她，却不给她温存的爱，她以和认识三个月的人结婚的方式表达自己对父亲的激烈反抗，当然很快她也离婚了。

几乎是千篇一律的开始，我们似乎很难在其他的作家的小说里看到如此密集的雷同，但是她还没有停止，后面的写作仍在继续重复。不过在这个阶段，我们可以把"流浪"这两个字置换成"旅行"，把在《告别薇安》中的"自我放逐"置换成"浪漫的邂逅"，把前面"死亡"与"无尽的迷惘"的结局置换成"现世安稳，岁月静好"。莲安生了孩子后割腕自杀，女友良生帮她抚养，还嫁给了一个温厚的男子宋盈年。

《莲花》中女主人公苏内河和男主人公纪善生青梅竹马、一起长大。内河父亲的身份依然是未知的，母亲在她六岁时出国务工，定居英国，她被托付给舅舅照管。内河性格叛逆、脾气桀骜，成绩也不好，又不爱干净，除了善生她没有任何朋友。善生的父亲在他九岁时过世，母亲给他的严格家教让他有一种严肃的性格，他虽然学习成绩出类拔萃，却和内河一样没有朋友。他们俩只能用心灵感受着彼此的痛苦。善生走上世俗目光中的理性路线，考入清华，毕业后迎娶富豪千金，立足商业领域，时刻做到收敛和控制，企图以巨大的成就控制自己强烈的内心疼痛；而内河远走他乡，在每一天的足音中追寻她迟迟未解的答案，走上一条践行的、放逐心灵的路。但是，无论是内敛或是追寻，他们都没有获得解脱，善生最终和妻子离婚，常常不知不觉为往事发呆，独自流泪；内河回到家乡，在当年抛弃她的美术老师去世的病床前，失声大哭，多年来，她始终没能逃离当时的往事阴影。内河在西藏墨脱教书，被泥石流冲走，善生去西藏祭悼她的旅途中遇到了庆昭，在这个旅途过程中断断续续讲述了自己和内河的故事……

我们看到故事在越来越详细地重复，然而故事中的人物却没有因为文字容量的扩充立体起来。善生的性格和赋予他的经济地位、物质装备根本是相互冲突的，在现实生活的逻辑里是立不住的。我们没有办法想象一个病态得自闭的男性怎么去运营一个商业王国，也没有办法想象那么深情到痴狂的男人是怎么迎娶的富豪千金。

同样是"父位缺失"的驱动力，同样是少女的"流浪"，同样是通过爱情的通道找到"归宿"，在虹影的小说中，我们可以看到主人公每一个行为后的动机，看到它于每个阶段的成长意义，清楚地辨认出每一段旅程中人物内心深度的延伸与挺进，这一切都顺理成章，吻合逻辑，清楚而深刻。相反，在安妮宝贝的小说中，阅读感觉常常陷入一种漂浮、模糊的状态中，就像那些一言两语无法言明的少女身世。她因为什么去流浪？她要去哪里？这样的经历给她带来了什么？这些问题统统没有交代。如她自己所说，"她需要的，仅仅是这段旅程的本身。在路上的感觉"[1]。

安妮宝贝并不像传统的女性流浪书写，想要通过流浪去寻找什么"真我""价值""意义"，也不是要通过流浪完成内心的成长。她的流浪更准确地说是一种消费时代中产阶级的生活方式，是一种怀抱着随时可有浪漫邂逅想法的旅行。她所要表彰的也正是这样一种一切都指向物质、品牌的生活方式。所以尽管她小说中的人物扁平、单薄，甚至常常以一种静态的方式呈现，故事情节有违生活逻辑，却仍然获得最广泛的读者。因为二十世纪初，刚进入消费时代的小资、大学生们轻易就可从她小说里有明确品牌标识的衣食住行中完成对于中产阶级的想象与效仿。

我们无法从安妮宝贝的小说里看到一个主人公有什么性格成长、思想升华，甚至通过她抽象、暧昧的人物描写也无从清晰勾画出人物的外貌，但是我们会清楚地知道一个生活在大都市里、在事业上升期的商务男性的设定，比如听音乐要帕格尼尼或者 Ban 的低音萨克斯风，穿衣服要穿棉布格子衬衫，香水要用

---

[1]　安妮宝贝：《告别薇安》，第 182 页，海口，南海出版公司，2002 年。

古龙或者 kenzo，带女生吃冰淇淋要去哈根达斯，打的士要说打 taxi；一个文艺女青年的标配则是留着黑长直的头发，常穿棉布裙子，光脚穿帆布鞋，手上戴着银镯子，把咖啡当茶喝。

这就是虹影和安妮宝贝的区别，也是正统文学和包着文艺外衣的通俗言情小说之间的区别。在一个消费性的后现代文化环境中，"通俗文化与严肃文化之间日益相互渗透与挪用所产生的界限模糊"，这导致了严肃文学会对通俗文学巧妙利用，以"通俗反通俗"①，同时也造成了通俗文学对严肃文学的借调，给自己锦上添花，提升品位。安妮宝贝正是借一种现代主义的风貌伪装了"通俗言情小说"的内核，但是无论如何也无法掩饰其空虚的本质。

她笔下那些看似潇洒、自由、想走就走的人其实是软弱无力的，就算作者要用无爱的童年给他们制造借口，用各种死亡加重他们的生命厚度，也无法遮蔽他们适应社会能力的匮乏。她自己就曾借书中旁观者之口评论主人公生活："这些人都很矫情。表面上洒脱自由，其实内心软弱无力。他们没有适应现实社会的能力。所以采取极端的逃避态度。本身只不过是颓废的弱者。"②

因此，在笔者看来，看似相似的关于女性流浪书写的故事套路，其根底却是不一样的。前者是一场失落的主体寻父、归家的重建之旅，后者只是消费时代一场带着璀璨珠光的"生活秀"，是一种华丽、造作的"伪流浪"，当然，我们或许也可以把它视为女性流浪书写进入新世纪的一种变奏。

三、迟子建：不耽溺的灵魂漫游

六十年代出生的迟子建，几乎很少在自己的作品中写出走的女性，她笔下的女性大多是那些固守故土和家园的传统女性。二〇〇二年，她经历丧夫之痛后写下了《世界上所有的夜晚》。她以"我"的口吻讲述一个正处于丧夫之痛中不能自拔的女作家去三山湖旅行的见闻。这或许是迟子建第一次从幕后到台

---

① 郑国庆：《安妮宝贝、"小资"文化与文学场域的变化》，《当代作家评论》2003 年第 6 期。
② 安妮宝贝：《告别薇安》，第 256 页，海口，南海出版公司，2002 年。

前与读者倾吐内心隐痛，带着浓烈的自传性味道。

我们在谈虹影的小说时曾谈到典型的流浪小说的叙事特征重要的一点就是由"我"展开讲述，但是并非每一个"我"的叙事功能都能一致。《饥饿的女儿》和《好儿女花》中的"我"是故事的参与者，"我"的作用是确保故事的真实性，读者是站在故事之外向内看舞台（小说）中以"我"为中心的各种传奇故事。而《世界上所有的夜晚》中的"我"则是一个领路人，"我"给了读者一双眼睛，带着他们一起出去游历，饱览纷繁的世间百态，亦可同时体会"我"的心路历程。读者因与"我"同在故事中而有了更为紧贴的"代入感"。这种叙事策略也就决定了文本的结构方式便如串珠缀玉一般是情节与情节的组合。那么，这种缀段式的文本结构正是典型的流浪汉小说的一个重要的艺术特征。从创作上讲，形式常常决定内容，即使不能完全决定，但是在很大程度上也会影响内容，譬如王国维《人间词话》中说："词之为体，要眇宜修，能言诗之所不能言，而不能尽言诗之所能言。诗之境阔，词之言长。"这就是强调文体形式对于内容的限制。迟子建这篇小说中的"我"作为读者之眼的叙事功能就决定了这个故事的走向，它打破了以前女性流浪书写一贯以"我"为中心向内求的格局，从"我"走出，走向大千世界，走向芸芸众生"我"的出走起点其实正是"六六"、"蓝"和"安生"们的终点。

"六六"们一起寻找的就是一个既可保证"自我价值"不被遮蔽又有和谐夫妻关系的家。她们都是从父亲的家里出走，几经波折，最后走入自己觉得满意的婚姻之中（其实也就是丈夫的家）。而"我"却是因为一场变故从一个理想、美满的婚姻里突然被抛出来的人，这其实也给以前的"流浪女"们提出一个新的设问：即使"我"与生活和解，"我"终于进入看似平顺、固若金汤的婚姻秩序中，如果因为"非人为"的意外打乱这个秩序，"我"又将何去何从？

"我"失去我挚爱的丈夫以后，掉入汹涌澎湃的悲伤之河，在内心找不到安宁的出口时，"我"选择身体出行，完成一次"我"和丈夫未完成的三山湖之旅。这趟旅程"我"的目的有二：一是为了采风，搜集"鬼故事"和"民歌"；二是希望能找到一个可以通灵的巫师，让"我"与丈夫魂梦相见。因为泥石流阻挡了火车的去路，"我"在一个叫"乌塘"的地方逗留，认识了一些人也目睹了"乌塘"这些底层小人物身上的灾难以及艰辛的生存处境。比如女孩子考上了大学却没钱上学只能摆摊赚钱养家。比如矿工每日冒着生命危险上矿却有很多外地女人来"嫁死",丈夫活着回来她们反而没好脸色,她们偷偷给丈夫买各种保险每日做的事情就是等丈夫死;比如为了隐瞒矿难人数,蒋百嫂被领导用巨额赔偿金封口,丈夫被定为失踪人口,死后也不能入土,只能偷偷藏在家中的冰柜里。蒋百嫂每日身处巨大的悲伤与恐惧之中日日买醉。"我"发现蒋百嫂的秘密后,在一种惊骇中逃离"乌塘"又遇到了以"变魔术"招揽顾客的小男孩云领。云领的母亲是个理发师,理发时被顾客的宠物咬伤拿了一百块赔偿就了事。因为老板的贪心与无知而没去打针,最后狂犬病发作死了。云领的父亲应前来景区取乐的老板要求用手放烟火而把手臂炸掉。当"我"得知云领的身世后发现:云领一面积极生活、养活父亲,一面却在心底深藏着对母亲无尽的思恋。他在每年七月十五以放河灯的方式寄托哀思,"我突然觉得自己所经历的生活变故是那么那么的轻,轻得就像月亮旁丝丝缕缕的浮云"。"我"也将对丈夫的思念寄寓河灯,而"我的心里不再有那种被遗弃的委屈和哀痛"。"我"虽然没有采集到鬼故事和民歌,更没有遇到有巫术的巫师,但"我"却借着"乌塘"卖画的老爷子陈绍纯的歌声,借着清河完成了与丈夫的"相见"。这个旅程不但疗愈了"我"内心的伤痛,也成了"我"在人世间的一次灵魂漫游。

《世界上所有的夜晚》中"夜晚"作为一个中心意象反复出现,在文中实际包含了几层意蕴:一是"我"被悲伤包围看不到生活希望的那些实实在在的夜晚;二是指底层人民犹如悲惨世界的生活困境;三则暗喻"自我"被无限放大以后成了一种遮蔽物,致使"我"沉溺于个人苦难的黑夜中无法超拔的心理状况。当"我"从"家"中出走,"我"的苦难与众生的苦难放在一起,相形见"轻",而"我"因为这"轻"从悲伤的水底浮出水面。作为一部知识分子的精神史,在"个人主体性"的建立、"自我"的寻找完成以后,如果只沉溺于这个小"我",便会陷入"自恋""自怜"的危险之中。这样的完成终究是不完满的。迟子建的这趟灵魂漫旅让她不但走出了家门,还将目光从"我"转向众生,让"我"化个人悲哀为对众生的悲悯、仁慈,这种宽广的爱使她的文字具有了一种超越性的力量,带着她驶出了灵魂的黑夜。

蒋子丹说："个人的伤痛记忆对一个作家是财富也是陷阱。它可能是一把钥匙，能替你打开伤怀之锁，释放出大善大美的悲心，赠予你悲天悯人的目光。在更多的情境下，它却是自哀自怜的诱饵，让你误入自恋的沼泽，成为一个看似万变其实不变的文学'祥林嫂'。当然你还可以连篇累牍地写，此起彼伏地发表、转载、改编和出版，甚至得奖，但这也许恰恰是你的精神将要停止生长的信号。"[1]

笔者以为这段话尤其要送给想要通过行走来写作的女作家，所谓的出走，所谓的流浪但愿是一种不耽溺的灵魂漫游。出走、流浪并非一种看起来超尘脱俗的生活方式，也不可能是像安妮宝贝式的"隔岸观火，冷暖自知""一切只为自己"的个人化行为，它应该是一种小溪入川、汇入大海式的映照。任何个人的伤痛，哪怕大如蓝鲸，一旦入海，都将还原它的分量，"在芸芸众生的哀伤海域"，任何形式的自恋都"相形见微"，这样我们才能将流浪作为精神仪式，以一种旁观者态度进行自省，磨砺意志与品格，走出女性的精神困境。

原载《当代作家评论》2016年第3期

353

迟子建 研究资料

---

① 蒋子丹：《当悲的水流经慈的河——〈世界上所有的夜晚〉及其他》，《当代作家评论》2006年第1期。

附录：迟子建研究资料索引

1. 蒋原伦《童心般的真诚——读迟子建的〈小说三篇〉》，《北方文学》1986年第11期。

2. 李树声《清泪一掬见寸心——迟子建作品漫评》，《文艺评论》1987年第3期。

3. 王干《等待唤醒：来自北国的悲哀——关于〈沉睡的大固其固〉及其它》，《当代作家评论》1988年第2期。

4. 费振钟《迟子建的童话：北国土地上自由的音符》，《当代作家评论》1988年第2期。

5. 袁元《旧的和新的感受》，《北方文学》1988年第3期。

6. 胡德培《大胆地走着自己选择的艺术之路——迟子建创作论》，《小说评论》1989年第4期。

7. 戴洪龄《〈北极村童话〉与〈原始风景〉》，《文艺评论》1992年第1期。

8. 吴俊《追忆：月光下的灵魂漫游——关于迟子建小说的意蕴》，《当代作家评论》1992年第2期。

9. 关德富《爱的荒原——读迟子建的中篇小说〈秧歌〉》，《文艺争鸣》1992年第3期。

10. 马风《超越的艰难——与三位黑龙江小说家对话》，《当代作家评论》1992年第5期。

11. 马凤《〈树下〉意味着什么？——迟子建审美"意识"描述》，《文艺评论》1992年第6期。

12. 许振强《年青而练达的心灵——迟子建小说论》，《文学评论》1992年第6期。

13. 常智奇《文坛三女性小论》，《小说评论》1993年第3期。

14. 丁帆、齐红《拒绝尘俗：月光与天堂——试析迟子建小说中的"梦幻"情绪》，《作家》1995年第6期。

15. 迟子建《〈迟子建文集〉跋》，《作家》1996年第4期。

16. 谢有顺《忧伤而不绝望的写作——我读迟子建的小说》，《当代作家评论》1996年第1期。

17. 王干《冰洁：透明的流动和凝化——评迟子建的散文集〈伤怀之美〉》，《当代作家评论》1996年第1期。

18. 毕淑敏《背窗而立》，《当代作家评论》1996年第1期。

19. 迟子建《必要的丧失》，《当代作家评论》1996年第1期。

20. 厉力《超越黄昏——〈晨钟响彻黄昏〉漫议》，《文艺评论》1996年第1期。

21. 张洪德《迟子建小说创作的三元构架》，《当代文坛》1996年第3期。

22. 文能、迟子建《畅饮"天河之水"——迟子建访谈录》，《花城》1998年第1期。

23. 黄毓璜《小说之林漫步之五——〈逆行精灵〉偶拾》，《小说评论》1998年第1期。

24. 戴锦华《迟子建：极地之女》，《山花》1998年第1期。

25. 陈晓晖《迟子建坦言内心历程》，《创作评谭》1998年第2期。

26. 徐坤《舞者迟子建》，《中国作家》1998年第2期。

27. 迟子建、方方《迟子建ABC》，《大家》1998年第6期。

28. 张红萍《论迟子建的小说创作》，《文学评论》1999年第2期。

29. 唐韵《色彩之美和距离之美——比较迟子建两类题材小说的创作风格》，《解放军艺术学院学报》1999年第2期。

30. 迟子建、阿成、张英《温情的力量——迟子建访谈录》，《作家》1999年第3期。

31. 焦会生《迟子建短篇小说论》，《当代文坛》1999年第5期。

32. 崔苇《民间理想与温情营造——迟子建近作述评》，《小说评论》1999年第5期。

33. 刘传霞《迟子建小说创作论》，《黑龙江社会科学》1999年第5期。

34. 阿成《迟子建印象一点一滴》，《时代文学》1999年第6期。

35. 刘震云《她是迟子建》，《时代文学》1999年第6期。

36. 何镇邦《平平淡淡才是真——小记迟子建》，《时代文学》1999年第6期。

37. 李万武《迟子建近年中短篇小说的情感品质》，《文艺理论与批评》2000年第4期。

38. 西慧玲《黑土地上的人生歌哭——迟子建小说〈雾月牛栏〉创作意蕴浅探》，《名作欣赏》2000年第6期。

39. 李万武《对人性动把恻隐心——读刘庆邦、孙春平、迟子建的"证美"小说》，《文艺理论与批评》2001年第1期。

40. 吴义勤等《历史·人性·叙述——新长篇讨论之一:〈满洲国〉》，《小说评论》2001年第1期。

41. 郎伟《温情荡漾的叙事——读迟子建小说〈清水洗尘〉》，《朔方》2001年第2期。

42. 蔡丽《乡野民情与无常人生——评迟子建的〈逆行精灵〉》，《当代文坛》2001年第2期。

43. 方守金、迟子建《自然化育文学精灵——迟子建访谈录》，《文艺评论》2001年第3期。

44. 石万鹏《审美视域中的乡村世界——迟子建与乡土抒情小说》，《东岳论丛》2001年第4期。

45. 刘传霞《女性视域中的历史——评迟子建的〈伪满洲国〉》，《当代文坛》2001年第6期。

46. 翟苏民《魅力来自小说意境的构置——读迟子建小说〈河柳图〉〈鸭如花〉》，《小说评论》2001年第6期。

47. 迟子建《新鲜如初的印痕——〈迟子建作品精华〉序》，《青年文学》2002年第1期。

48. 刘传霞《必要的丧失——论作家迟子建的幸福观》，《济南大学学报（社会科学版）》2002年第1期。

49. 闫秋红《论迟子建小说的"死亡"艺术》，《小说评论》2002年第2期。

50. 单元《人性的温馨与美丽——评迟子建小说〈鸭如花〉》，《当代文坛》2002年第2期。

51. 单元《童心映照的自然之美——萧红、迟子建比较论之一》，《江汉论坛》2002年第3期。

52. 王春林、范晓琴《迟子建的年轻时期——读迟子建的〈树下〉》，《新闻出版交流》2002年第4期。

53. 梁爱民《自然·温情·黑土地——迟子建中短篇小说略论》，《当代文坛》2002年第4期。

54. 刘延红《在理性与疯癫之间——读迟子建〈疯人院的小磨盘〉》，《当代文坛》2002年第5期。

55. 殷红《君自故乡来——〈呼兰河传〉与〈原始风景〉比较谈》，《北方论丛》2002年第5期。

56. 吴毓生《温馨的生活热情的歌唱——读迟子建的短篇小说〈清水洗尘〉》，《名作欣赏》2003年第1期。

57. 关峰《民间策略的意义生成——评迟子建长篇小说〈伪满洲国〉》，《沈阳大学学报》2003年第1期。

58. 黄楚熊《迟发的感叹——读迟子建长篇小说〈伪满洲国〉》，《创作评谭》2003年第3期。

59. 梁爱民《聆听天籁感悟童心——迟子建小说的儿童叙事视角》，《江苏大学学报（社会科学版）》2003年第3期。

60. 李子云《灿烂的花瓣饭》，《当代作家评论》2003年第3期。

61. 喻晓薇《张力与和谐：东北女性乡土抒情文学的两种美学建构——萧红、迟子建创作审美风格比较》，《江汉论坛》2003年第3期。

62. 迟子建《一条狗的涅槃》，《中华读书报》2003年4月16日。

63. 夏俊《另类的"伤痕"——〈越过云层的晴朗〉读后》，《当代文坛》2003年第5期。

64. 冯晖《习以为常的粗糙中崛起的诗性觉醒——我读〈清水洗尘〉》，《名作欣赏》2003年第5期。

65. 董彦《迟子建：珍惜写下的每一个字》，《中国文化报》2003年7月17日。

66. 梁爱民《人与自然——迟子建小说的深层叙事结构分析》，《学术探索》2003年第9期。

67. 李晓华《乡土话语的女性言说——论萧红和迟子建的地缘小说》，《北京大学学报（哲学社会科学版）》2003年专刊。

68. 聂伟、杨俊蕾、郑坚《晴月揽星　微风行船——迟子建两篇小说三人谈》，《上海文学》2003年第10期。

69. 童革《存在的伤怀与纯美的升华——迟子建"伤怀之美"的文化阐释》，《华中师范大学》2003年第2期。

70. 单艳红《迟子建作品动物意象浅析》，《当代文坛》2004年第1期。

71. 胡亭亭《行吟在山水之间——萧红、迟子建乡土意识之比较》，《江西师范大学学报（哲学社会科学版）》2004年第1期。

72. 郭亚明《论迟子建小说创作的地域文化色彩》，《内蒙古师范大学学报（哲学社会科学版）》2004年第2期。

73. 李莉《论小说意象蕴涵的"气味"——兼谈迟子建小说》，《文艺评论》2004年第3期。

74. 秦殿启《迟子建文学创作20年研究综述》，《山西高等学校社会科学学报》2004年第3期。

75. 王辉《解读温情——迟子建笔下的温情世界》，《山东文学》2004年第3期。

76. 陈昕《独特的视角 诗意的守望——论迟子建的小说创作》，《当代文坛》2004年第3期。

77. 姜桂华《执著于困境的发现与出路的寻找——迟子建中短篇小说通解》，《当代作家评论》2004年第3期。

78. 吴义勤《狗道与人道——评迟子建长篇小说〈越过云层的晴朗〉》，《当代作家评论》2004年第3期。

79. 巫晓燕《历史叙事中的审美想象——评迟子建长篇小说〈伪满洲国〉》，《当代作家评论》2004年第3期。

80. 西慧玲《温暖中的寒凉——2003迟子建小说新作解析》，《当代文坛》2004年第4期。

81. 陈瑶《温情而忧伤的月光——读迟子建〈踏着月光的行板〉》，《名作欣赏》2004年第5期。

82. 翟苏民《迟子建小说艺术论》，《小说评论》2004年第5期。

83. 王芳、周婕《迟子建小说的诗意美》，《西南民族大学学报（人文社科版）》2004年第8期。

84. 马春娟《温情之路走向何方？》，《中国图书评论》2004年第9期。

85. 阿贝尔《有感迟子建》，《福建文学》2004年第10期。

86. 朱青、迟子建《淡然无极的韵味——读迟子建的小说〈一匹马两个人〉》，《名作欣赏》2004年第11期。

87. 管怀国《论迟子建艺术世界里"傻子"形象的艺术价值》，《理论与创作》2005年第5期。

88. 胡亭亭、王洪涛《萧红、迟子建生死观之比较》，《黑龙江社会科学》2005年第5期。

89. 石立干《论迟子建人格对其文格的制约》，《小说评论》2005年第6期。

90. 佘丹清《迟子建对小说的独特经营期童话与温情叙述》，《宁波大学学报（人文科学版）》2005年第6期。

91. 郝秀文《成功的坚守和不成功的变通——读迟子建〈采浆果的人〉》,《名作欣赏》2005年第14期。

92. 汤红《心音——评迟子建的散文集〈听时光飞舞〉》,《名作欣赏》2005年第14期。

93. 陈瑶《迟子建小说中的伤怀之美——以迟子建近期小说为例》,《湖北社会科学》2005年第8期。

94. 李丹梦《论迟子建的个体哲学——透视其中短篇小说》,《山花》2005年第9期。

95. 蒋子丹《当悲的水流经慈的河——〈世界上所有的夜晚〉及其他》,《读书》2005年第10期。

96. 刘新锁《诗意之美与现实之丑——读〈雪坝下的新娘〉》,《名作欣赏》2005年第21期。

97. 朱美禄《天地不仁境遇中的苦涩慰藉——评迟子建小说〈雪坝下的新娘〉》,《名作欣赏》2005年第21期。

98. 徐子茗《论迟子建小说中的地域文化与美学特色》,《东北师范大学》2005年第4期。

99. 夏青《芳草在沼泽中——论迟子建小说创作的古典主义倾向》,《山东大学》2006年第3期。

100. 陶中霞《游走于理想与现实之间的北极精灵——迟子建小说论》,《苏州大学》2006年第5期。

101. 石一枫《迟子建的〈额尔古纳河右岸〉》,《当代（长篇小说选刊）》2006年第1期。

102. 韩春燕《隐蔽的生活之痛——解读迟子建中篇小说〈世界上所有的夜晚〉》,《当代文坛》2006年第2期。

103. 管怀国《温情底下的冷峻和厚重——理解迟子建近作的一种视角》,《小说评论》2006年第2期。

104. 蔡丽《呼吁"不平"的诗意叙事——从迟子建长篇新作〈额尔古纳河右岸〉说开去》,《当代文坛》2006年第3期。

105. 孙彤《温情背后绵延的悲凉——评迟子建的〈第三地晚餐〉》，《时代文学（双月版）》2006年第3期。

106. 管怀国《阻断：偶然的无常中盛开生命之花——析迟子建小说艺术技巧之一》，《理论与创作》2006年第3期。

107. 甘成英《化为灵魂的精神记忆——迟子建〈额尔古纳河右岸〉及其他》，《文艺评论》2006年第3期。

108. 顾艳《一支苍凉的世纪绝唱》，《文艺报》2006年3月20日。

109. 胡殷红《与迟子建谈新作〈额尔古纳河右岸〉》，《文艺报》2006年3月9日。

110. 管怀国《鹅颈女人：自由的性是美好的》，《文艺报》2006年3月18日。

111. 迟子建、周景雷《文学的第三地》，《当代作家评论》2006年第4期。

112. 施战军《独特而宽厚的人文伤怀——迟子建小说的文学史意义》，《当代作家评论》2006年第4期。

113. 周景雷《挽歌从历史密林中升起——读迟子建的〈额尔古纳河右岸〉》，《当代作家评论》2006年第4期。

114. 金理《残月至美：评〈额尔古纳河右岸〉》，《当代作家评论》2006年第5期。

115. 刘涵华《论迟子建的感觉世界》，《河南社会科学》2006年第5期。

116. 施战军《一个逆行的精灵》，《文艺报》2006年6月10日。

117. 金钢《论迟子建小说的地域文化特征》，《当代文坛》2006年第6期。

118. 宋秋云《迟子建印象：一种温暖的记忆——读〈迟子建影记〉》，《名作欣赏》2006年第6期。

119. 金理《残月至美——评迟子建的长篇小说〈额尔古纳河右岸〉》，《上海文学》2006年第6期。

120. 李哲《北国风情——论迟子建小说中的地域文化色彩》，《安徽文学

（下半月）》2006年第8期。

121. 张芙蓉《童话的回归与超越——评迟子建〈采浆果的人〉》，《名作欣赏》2006年第10期。

122. 陈建生、黄助昌《神性之"边城"诗性之"寓言"——解读迟子建的〈采浆果的人〉》，《名作欣赏》2006年第10期。

123. 管怀国《迟子建艺术世界中的鄂伦春人》，《名作欣赏》2006年第10期。

124. 佘丹清《迟子建小说的叙述视角》，《写作》2006年第11期。

125. 蒋蕾《论迟子建小说的生命意识》，《西南大学》2006年第10期。

126. 陈丹《迟子建作品中的死亡世界及其超越之路》，《吉林大学》2006年第11期。

127. 徐梦婕《日常与神性的统一》，《扬州大学》2007年第6期。

128. 刘家忠《童话世界的温情与忧伤——解读迟子建的小说〈北极村童话〉》，《山东文学》2007年第1期。

129. 范云晶《融化心灵的坚冰——迟子建的〈雪窗帘〉解读》，《当代文坛》2007年第1期。

130. 王艳荣《沉静叙事下的忧伤情怀——论迟子建中短篇小说》，《南方文坛》2007年第1期。

131. 张东丽《论迟子建小说的生命意识》，《济南大学学报（社会科学版）》2007年第1期。

132. 修宏梅《伤怀之美——论迟子建小说的诗化倾向》，《长江大学学报（社会科学版）》2007年第1期。

133. 李红霞《由"三大娘"式话语看迟子建小说女性心理裂变》，《时代文学（双月版）》2007年第2期。

134. 安菲《回望家园：萧红、林海音与迟子建创作的文化选择》，《学术交流》2007年第2期。

135. 汪树东《迟子建长篇小说创作论》，《理论与创作》2007年第2期。

136. 王晓波《讽刺性和悲剧性创作——论迟子建小说叙事技巧》，《安徽文学（下半月）》2007年第2期。

137. 张文娟《对有爱世界的翩翩祝福——读迟子建新作〈福翩翩〉及回顾其创作历程》，《当代文坛》2007年第4期。

138. 史万红《人的历史——试评迟子建〈伪满洲国〉对历史的叙述》，《安徽文学（下半月）》2007年第4期。

139. 路文彬《评〈北国的精灵——迟子建论〉》，《东方论坛》2007年第4期。

140. 吴义勤《迟子建论》，《钟山》2007年第4期。

141. 寿凤玲《论迟子建小说中的三个世界》，《当代文坛》2007年第5期。

142. 郝春涛《"三重门"构建爱恨桥——〈一匹马两个人〉结构浅析》，《名作欣赏》2007年第5期。

143. 郭秀琴《萧红迟子建乡土意识之比较》，《内蒙古师范大学学报（哲学社会科学版）》2007年第5期。

144. 汪树东《论迟子建小说中的畸异人物》，《北方论丛》2007年第5期。

145. 蔡朝晖《跨越悲伤的河流——解读迟子建〈世界上所有的夜晚〉》，《理论与创作》2007年第5期。

146. 黄轶《生命神性的演绎——论新世纪迟子建、阿来乡土书写的异同》，《文学评论》2007年第6期。

147. 张懿红《回归自然：迟子建的终极乡土》，《当代文坛》2007年第6期。

148. 金理《温情主义者的文学信仰——以迟子建近作为例》，《小说评论》2007年第6期。

149. 胡西宛《迟子建短篇小说的神奇视角》，《暨南学报（哲学社会科学版）》2007年第6期。

150. 王薇薇、迟子建《为生命的感受去写作——迟子建访谈录》，《作品》2007年第8期。

151. 张东丽《论迟子建小说的艺术张力》，《理论学刊》2007年第10期。

152. 董慧《论〈世界上所有的夜晚〉的死亡意蕴》，《名作欣赏》2007年第12期。

153. 王京芳《执着于自然宽怀于人性——论迟子建短篇小说〈西街魂儿〉》，《名作欣赏》2007年第12期。

154. 杨丽新《论迟子建小说的儿童视角与她的想象世界》，《理论界》2007年第12期。

155. 李红秀《论〈额尔古纳河右岸〉》，《文艺争鸣》2007年第12期。

156. 白志坚《历史理性的缺失——谈迟子建小说〈采浆果的人〉的精神价值取向》，《内蒙古师范大学学报（哲学社会科学版）》2007年第1期。

157. 孙春旻《异质的张力：解读〈西街魂儿〉的叙事策略》，《小说评论》2007年第1期。

158. 李维《迟子建小说的人文情怀与叙述视角》，《吉林大学》2007年第4期。

159. 王晓红《论迟子建小说的地域文化品格》，《吉林大学》2007年第4期。

160. 田忠文《萧红、迟子建文学启蒙意识比较论》，《吉林大学》2007年第4期。

161. 徐阿兵《残缺的完美——读迟子建新作〈百雀林〉》，《名作欣赏》2008年第1期。

162. 张新颖《这样的文学对生活世界有一种谦逊的态度——从迟子建的小说〈草原〉谈起》，《北京文学（精彩阅读）》2008年第1期。

163. 迟子建、郭力《迟子建与新时期文学——现代文明的伤怀者》，《南方文坛》2008年第1期。

164. 房萍《"悲情"与"温情"——萧红与迟子建小说创作比较》，《当代文坛》2008年第2期。

165. 李一《由"灯"开启的隐喻世界——解读〈花牤子的春天〉》，《当代作家评论》2008年第2期。

166. 刘艳琳《信任的能力——迟子建小说〈第三地晚餐〉的文化解读》，《中国文学研究》2008年第3期。

167. 苗欣雨《爱的和谐——迟子建小说印象》，《时代文学（双月上半月）》2008年第3期。

168. 翟红霞《温暖的忧伤与绝望的爱情——〈亲亲土豆〉与〈玛卓的爱情〉情与魂的比较》，《安徽文学（下半月）》2008年第4期。

169. 徐日君《凄美伤怀的哈尔滨书写——论迟子建的〈起舞〉》，《名作欣赏》2008年第13期。

170. 苗欣雨《迟子建小说——对弱势群体的关注》，《山东文学》2008年第4期。

171. 孙苏《右岸的温情与忧伤》，《文艺评论》2008年第4期。

172. 苗欣雨《故乡情结——迟子建中短篇小说论》，《文艺评论》2008年第4期。

173. 杨春雪、朱丹《是女性主义创作吗——对迟子建创作的一种思考》，《当代文坛》2008年第5期。

174. 江冰《童话中的精灵与现实中的悲悯——读迟子建的〈世界上所有的夜晚〉》，《名作欣赏》2008年第5期。

175. 刘春玲《论迟子建作品童年母题中的物人交感》，《海南师范大学学报（社会科学版）》2008年第5期。

176. 梁淑彦《幸福是一场人性与爱的跋涉——迟子建论》，《山花》2008年第5期。

177. 徐阿兵《力度·温度·限度——"温情叙事"三省》，《文艺评论》2008年第5期。

178. 龙厚雄《蕴藏于边缘人群的纯朴情怀——迟子建中篇小说〈福翩翩〉解读》，《长江大学学报（社会科学版）》2008年第5期。

179. 王秀芹《论迟子建小说"后退内转"的"故乡"叙事》，《时代文学》2008年第6期。

180. 周固林《苦痛与温情——〈世界上所有的夜晚〉评析》，《安徽文学

（下半月）》2008年第6期。

181. 徐日君、韩雪《冷冽与温柔的纠结——谈萧红与迟子建小说情感叙述的差异》，《小说评论》2008年第6期。

182. 宋扬、许宁《苦难与温情——萧红、迟子建死亡意识之比较》，《社会科学辑刊》2008年第6期。

183. 关圣力《质朴出神的叙事——读迟子建〈布基兰小站的腊八夜〉》，《文艺理论与批评》2008年第6期。

184. 李枫《迟子建小说的柳意象和萨满教的柳崇拜》，《黑龙江社会科学》2008年第6期。

185. 孙希娟《解读迟子建小说中人物的诗性美》，《小说评论》2008年第6期。

186. 晓苏《评迟子建〈逆行精灵〉中的鹅颈女人》，《理论与创作》2008年第6期。

187. 苗欣雨《迟子建小说——故乡情结的成因及意义》，《山东文学》2008年第7期。

188. 费虹《迟子建小说的"傻子"的叙事学意义》，《作家》2008年第14期。

189. 赵俊霞《迟子建小说的自然观》，《安徽文学（下半月）》2008年第8期。

190. 蒋康康《民间立场的特殊表达——迟子建小说透析》，《安徽文学（下半月）》2008年第8期。

191. 韩会敏《论迟子建小说中的灵性世界》，《作家》2008年第16期。

192. 苗欣雨《迟子建小说中的色彩之美》，《作家》2008年第16期。

193. 王立宪《采撷之中的人生寓意——再读迟子建的小说〈采浆果的人〉》，《名作欣赏》2008年第16期。

194. 冯秀娥《从隐匿到彰显——论迟子建小说对女性生存困境的展示》，《作家》2008年第10期。

195. 张磊《始知天籁本天然——读迟子建小说〈逝川〉》，《名作欣赏》

2008年第19期。

196. 费虹《构建充满温暖和爱意的精神家园——迟子建都市题材小说论》，《福建论坛（社科教育版）》2008年第10期。

197. 苗欣雨《浅析迟子建小说的诗意表达》，《作家》2008年第20期。

198. 吴艳梅《审美化的生存理想——读迟子建的〈零作坊〉》，《当代小说（下半月）》2008年第11期。

199. 王艳荣《迟子建中篇小说简论》，《文艺报》2008年12月16日。

200. 张元珂《当下经典的抚摸与体验——以〈蒙娜丽莎的微笑〉和〈福翩翩〉为例》，《当代小说（下半月）》2008年第12期。

201. 王艳荣《论〈额尔古纳河右岸〉》，《南方文坛》2009年第1期。

202. 韩文淑《现实与审美的错位：悲凄的诗意表达——论迟子建新世纪乡村叙事创作特点》，《艺术广角》2009年第1期。

203. 汪树东《迟子建小说的温情书写》，《艺术广角》2009年第1期。

204. 梁海《历史向着自然返回——迟子建小说的诗性建构》，《文艺评论》2009年第1期。

205. 李科文、易蕾《对大自然的生命感悟——读迟子建〈额尔古纳河右岸〉》，《安徽文学（下半月）》2009年第1期。

206. 李冬影《一丝幽怨，一缕伤——解读〈起舞〉中女性的情感世界》，《安徽文学（下半月）》2009年第2期。

207. 张丽《温情脉脉的和谐世界——迟子建小说印象》，《安徽文学（下半月）》2009年第2期。

208. 韩春燕《神性的证明：解读迟子建小说的"原始风景"》，《小说评论》2009年第2期。

209. 韩玉洁《童年生境与生态乌托邦——论迟子建作品中的生态意识》，《福建论坛（社科教育版）》2009年第2期。

210. 韩春燕《迟子建小说论》，《长城》2009年第2期。

211. 周韵《一个"文化守成主义者"的坚守与突围——阅读迟子建》，《安徽文学（下半月）》2009年第2期。

212. 盛英《由迟子建获"茅奖"想起的……》，《名作欣赏》2009年第3期。

213. 王春林、张玲玲《哀婉悲情的文化挽歌——评迟子建长篇小说〈额尔古纳河右岸〉》，《名作欣赏》2009年第3期。

214. 毕绪龙《裂隙：在民族宏大叙事与日常生活叙事之间——论〈额尔古纳河右岸〉》，《艺术广角》2009年第3期。

215. 张喜田《传统与现代的双重溃败——"额尔古纳河"的哭泣》，《河南师范大学学报（哲学社会科学版）》2009年第3期。

216. 缪慧《流逝的伊甸园——从民族文化看〈额尔古纳河右岸〉》，《当代小说》2009年第3期。

217. 李冬影《悲凉的触摸——〈九月寓言〉和〈额尔古纳河右岸〉中的乡土情怀》，《当代小说（下半月）》2009年第3期。

218. 郗程《萧红与迟子建创作的比较研究》，《西安社会科学》2009年第4期。

219. 柳爱江《散漫随意，平静从容——〈清水洗尘〉的叙事分析》，《青年文学家》2009年第4期。

220. 唐红新《浅析迟子建小说的地域文化色彩》，《当代小说（下半月）》2009年第4期。

221. 陈茜、陈卫《论〈北极村童话〉》，《文艺争鸣》2009年第4期。

222. 王艳荣《关于民族历史的想象——论〈额尔古纳河右岸〉》，《名作欣赏》2009年第4期。

223. 张红玲《女性命运的自然书写——迟子建小说创作一瞥》，《安徽文学（下半月）》2009年第4期。

224. 何平《重提作为"风俗史"的小说——对迟子建小说的抽样分析》，《当代作家评论》2009年第4期。

225. 胡传吉《迟子建：温柔敦厚，一往情深》，《当代作家评论》2009年第4期。

226. 史元明《庄重地离家，轻逸地回归——论迟子建小说中的"离家模式"》，《当代作家评论》2009年第4期。

227. 张昭兵《死亡的魔术、神曲、心理三重奏——解析迟子建小说〈世界上所有的夜晚〉的叙事艺术》，《当代作家评论》2009年第4期。

228. 郗程《萧红与迟子建创作的比较研究》，《西安社会科学》2009年第4期。

229. 韩会敏《漂泊中的诗意 死亡下的坚韧——迟子建小说〈树下〉的意象解读》，《理论界》2009年第5期。

230. 崔淑琴《朝向故乡的深情书写——论迟子建散文中的地域文化特色》，《当代文坛》2009年第5期。

231. 小川《"城市文学"的命名与创作模式——以哈尔滨为例》，《文艺评论》2009年第5期。

232. 周玲玲《温情之殇——迟子建论》，《扬子江评论》2009年第5期。

233. 张东丽《别样的"底层写作"——解读迟子建小说近作的一种视角》，《黑龙江社会科学》2009年第5期。

234. 韩玉洁《自然自在的生态语言——论迟子建小说的语言特色》，《作家》2009年第6期。

235. 王秀杰《"逆向精灵"：迟子建现代怀旧中的人文关怀》，《河南社会科学》2009年第6期。

236. 张珊珊《浅论〈额尔古纳河右岸〉中的女性情感线索》，《当代小说（下半月）》2009年第6期。

237. 姜亭亭、李秀云《穿越时光的生命仪式——解读〈逝川〉的神话哲学意蕴》，《吉林师范大学学报（人文社会科学版）》2009年第6期。

238. 杨献锋《对现实的吁求与正义的坚守——评迟子建的小说〈布基兰小站的腊八夜〉》，《文艺理论与批评》2009年第6期。

239. 刘中顼《民族文化的纪念碑志与族群生态的时代涅槃——论迟子建的〈额尔古纳河右岸〉》，《文艺理论与批评》2009年第6期。

240. 柏彦飞《原始文明与现代文明的博弈——读迟子建〈额尔古纳河右岸〉》，《安徽文学（下半月）》2009年第6期。

241. 黄安妮《析"水"义之双线建构——浅析〈清水洗尘〉的文本建构》，《青年文学家》2009年第7期。

242. 曹桂玲《"一坛"包裹生活的"猪油"——迟子建〈一坛猪油〉评析》，《名作欣赏》2009年第21期。

243. 张丹《悲剧的承受者——论〈世界上所有的夜晚〉的女人们》，《安徽文学（下半月）》2009年第7期。

244. 郭力、崔修建、宋扬连等《迟子建创作研究专辑》，《文艺报》2009年8月6日。

245. 程德培《魂系彼岸的此岸叙事——论迟子建的小说》，《上海文学》2009年第8期。

246. 任华东《云层上下的虚幻——读迟子建〈越过云层的晴朗〉》，《山东文学》2009年第8期。

247. 宋慧平《自然·民俗·温情——迟子建乡土小说探微》，《作家》2009年第16期。

248. 阿红《迟子建：生活并不会对你格外宠爱》，《视野》2009年第8期。

249. 张妍《远古之根与现代穿越——细读〈额尔古纳河右岸〉》，《当代小说（下半月）》2009年第9期。

250. 廖秀花《爱与美的理想净土——迟子建〈解冻〉印象》，《飞天》2009年第18期。

251. 冯毓云、汪树东《东北大地的诗意怀乡者——"迟子建、阿成文学创作研讨会"综述》，《文艺争鸣》2009年第9期。

252. 李枫《论原始崇拜对萧红和迟子建小说儿童梦想世界生成的影响》，《学术交流》2009年第10期。

253. 陆晓珍《哀怨的声音迷幻的色彩——迟子建小说〈逝川〉修辞策略》，《陕西教育（高教版）》2009年第10期。

254. 龙建华《谈迟子建小说的艺术风格》，《作家》2009年第10期。

255. 李馨宁《女性的失语与救赎——迟子建〈微风入林〉的解读》，《作家》2009年第20期。

256. 李艳敏《浅析迟子建小说中的"死亡"与"意外"》，《当代小说（下半月）》2009年第10期。

257. 刘叶《浅析迟子建小说〈逝川〉的意象之美》，《当代小说（下半月）》2009年第11期。

258. 方旭红《现代文学语境中悲剧审美态势下的"隐形批判"——读迟子建中篇小说〈世界上所有的夜晚〉》，《安徽文学（下半月）》2009年第11期。

259. 廖秀花《温情：最美丽的栖居地——简析迟子建短篇小说的审美理想》，《时代文学（下半月）》2009年第11期。

260. 廖秀花《迟子建短篇小说中的乡土风情》，《长城》2009年第12期。

261. 张贝思《从呼兰河到额尔古纳河——萧红与迟子建之间的故事》，《作家》2009年第24期。

262. 张明明《静默叙述下的情感张力——〈秧歌〉情感内涵解读》，《山东文学》2009年第12期。

263. 吴琪《北国的舞者——迟子建中短篇小说创作略论》，《青年文学家》2009年第24期。

264. 张燕《论迟子建小说叙述的张力》，《小说评论》2009年第1期。

265. 曹刚《温暖·救赎·传奇——迟子建中篇小说论》，《小说评论》2009年第1期。

266. 佟小杰《别样的"温情"——评迟子建中短篇小说中的"夫妻情"》，《北方文学（下半月）》2010年第1期。

267. 胡合香、黄彩琼《浅论迟子建的创作——从迟子建的小说看迟子建的创作风格》，《青年文学家》2010年第1期。

268. 任诗桐《作为审美对象的日常生活——迟子建小说创作论》，《青年文学家》2010年第1期。

269. 施战军《关于迟子建小说的五个关键词》，《文学界（专辑版）》2010年第1期。

270. 王艳荣《生命的美丽与庄严——迟子建中篇小说论》，《文学界（专辑版）》2010年第1期。

271. 伊北《独特的唯美气质》，《文学界（专辑版）》2010年第1期。

272. 朱竞《如水一样的透明》，《文学界（专辑版）》2010年第1期。

273. 宋秋云《迟子建：一种温暖的记忆》，《文学界（专辑版）》2010年第1期。

274. 徐日君《翩翩舞动的人间烟火——迟子建的中篇小说〈福翩翩〉解读》，《小说评论》2010年第1期。

275. 郭力《有关死亡的另一种表述——论迟子建创作中的死亡意识》，《文艺评论》2010年第1期。

276. 文红霞《论迟子建的底层写作》，《文艺理论与批评》2010年第2期。

277. 潘向黎《常态和非常态的游记——以迟子建为例》，《南方文坛》2010年第2期。

278. 王咏梅《人生哲理的诗性寓言——迟子建〈采浆果的人〉解读》，《作家》2010年第2期。

279. 曾繁仁《生态美学视域中的迟子建小说》，《文学评论》2010年第2期。

280. 马英《穿历史的嫁衣，唱岁月的悲歌——〈额尔古纳河右岸〉的民族历史抒写》，《北方文学（下半月）》2010年第2期。

281. 孙国亮《乡村现代性不能承受生计之轻——读迟子建的小说〈采浆果的人〉》，《时代文学（上）》2010年第3期。

282. 李红春《从个人哀痛走向公共伤怀——论迟子建〈世界上所有的夜晚〉在艺术上的拓展》，《山东师范大学学报（人文社会科学版）》2010年第3期。

283. 王璐《游牧文明的挽歌——〈额尔古纳河右岸〉的文学人类学解读》，《北方民族大学学报（哲学社会科学版）》2010年第3期。

284. 胡殷红《"小女子"迟子建向大作家迈进》，《黄河文学》2010年第

3期。

285. 徐玉英《迟子建散文意境美探析》，《时代文学（上）》2010年第4期。

286. 夏勇《为了忘却的纪念——〈世界上所有的夜晚〉中"我"的心路历程》，《安徽文学（下半月）》2010年第4期。

287. 陈丽《论〈世界上所有的夜晚〉的生命哲学意蕴》，《名作欣赏》2010年第12期。

288. 吴舜华《迟子建小说之对抗现象的诠释与思考——以〈雾月牛栏〉、〈鬼魅丹青〉等中短篇小说为例》，《名作欣赏》2010年第12期。

289. 宁建宇《阶级图景——解析迟子建中篇小说集〈福翩翩〉的阶级意识》，《文学界（理论版）》2010年第4期。

290. 佟小杰《"无根"的爱情　"永恒"的温情——评迟子建的〈相约怡潇阁〉、〈第三地晚餐〉与〈鬼魅丹青〉》，《文学界（理论版）》2010年第4期。

291. 李一《从"原点"虚构来考量迟子建小说创作中的人物形象》，《南方文坛》2010年第4期。

292. 张丽丽《迟子建小说的民间情怀》，《小说评论》2010年第4期。

293. 宋扬《"独抒性灵"：当代作家的精神感悟与艺术实践——以迟子建为问题域》，《北方论丛》2010年第4期。

294. 傅修海《当下文学的生态症候：参与重构的生存——以王蒙、北村、迟子建、韩寒为例》，《文艺评论》2010年第5期。

295. 张显翠《论迟子建小说创作的唯美追求》，《时代文学（上）》2010年第5期。

296. 白军芳《批判与重构的力量——方方与迟子建性别意识比较》，《当代文坛》2010年第5期。

297. 魏永秀《〈亲亲土豆〉的比喻手法评析》，《广州大学学报（社会科学版）》2010年第5期。

298. 石一枫《文学的地方志——读迟子建〈白雪乌鸦〉》，《当代（长篇小说选刊）》2010年第5期。

299. 孙雯《迟子建儿童叙事视角小说中"狗"的形象的分析——以〈北极村童话〉〈北国一片苍茫〉为例》，《大家》2010年第15期。

300. 谢春燕《论迟子建中篇小说艺术气韵的营造》，《青年文学家》2010年第15期。

301. 任诗桐《论迟子建的温情叙事——以〈福翩翩〉为例》，《名作欣赏》2010年第15期。

302. 伊彩霞《溶解在日常诗意中的沉痛控诉——迟子建〈解冻〉赏读》，《山花》2010年第6期。

303. 李建军《她属于辽阔而神奇的北方大地——我读迟子建》，《北京文学（精彩阅读）》2010年第6期。

304. 郭兴《偏离都市喧嚣的民间温情——读迟子建的〈雾月牛栏〉》，《长城》2010年第6期。

305. 张丽丽《相映成趣的民间文学"双子星座"——从民间文化的角度比较分析迟子建与孙惠芬的小说创作》，《宁夏社会科学》2010年第6期。

306. 李长中《"汉写民"现象论——以迟子建的〈额尔古纳河右岸〉为例》，《中国图书评论》2010年第7期。

307. 张昕《试论迟子建中短篇小说的诗意美》，《文艺争鸣》2010年第7期。

308. 何平《"这段长长的写作生涯，流水无痕"——迟子建读记》，《中国作家》2010年第7期。

309. 何桂英《从"尝试"到"回归"中窥探迟子建的"故土情结"》，《时代文学（下半月）》2010年第8期。

310. 沈丽萍《一部以平民为主体的三重维度的生活史——论迟子建〈伪满洲国〉》，《安徽文学（下半月）》2010年第8期。

311. 陆梅《王安忆、迟子建及其他——阅读季之二》，《海燕》2010年第9期。

312. 王立宪《有关爱的思索——读迟子建小说〈一坛猪油〉》，《名作欣赏》2010年第9期。

313. 孙苏《与心灵的美丽邂逅：〈额尔古纳河右岸〉艺术观照》，《学术交流》2010年第9期。

314. 任雅玲《迟子建乡土散文的审美意蕴》，《名作欣赏》2010年第29期。

315. 侯长生《跨越进程的城市之熵——试析〈额尔古纳河右岸〉的城市观念》，《名作欣赏》2010年第29期。

316. 王立宪《生死的伤痛与生的意义——读迟子建小说〈世界上所有的夜晚〉》，《名作欣赏》2010年第30期。

317. 龙厚雄《朴素、自然与人文关怀——细读迟子建的中篇小说〈福翩翩〉》，《名作欣赏》2010年第30期。

318. 黄大军《透视世界之夜中的人性温暖——迟子建〈雾月牛栏〉解读》，《名作欣赏》2010年第30期。

319. 付艳霞《典型的迟子建式美学范本》，《中国新闻出版报》2010年10月8日。

320. 黄峰《从〈额尔古纳河右岸〉看迟子建的文学情结》，《安徽文学（下半月）》2010年第10期。

321. 田秘《论〈额尔古纳河右岸〉的叙事特色》，《安徽文学（下半月）》2010年第10期。

322. 韩玉洁《论女性乌托邦在迟子建小说中的作用》，《时代文学（下半月）》2010年第11期。

323. 羊乃书《末路的光华——解读迟子建〈世界上所有的夜晚〉》，《文学界（理论版）》2010年第12期。

324. 张学昕《玄览生灵沉淀沧桑——论迟子建长篇小说〈白雪乌鸦〉》，《文艺争鸣》2010年第23期。

325. 张彤霞《古老民族的现代隐忧——浅析〈额尔古纳河右岸〉》，《青年文学家》2010年第12期。

326. 任雅玲《论迟子建小说的生命意象》，《小说评论》2010年第1期。

327. 胡煜华《童年经验之于迟子建》，《东南大学学报（哲学社会科学版）》2010年第1期。

328. 颜小芳、任东华《论迟子建文学叙事的民族性》，《当代文坛》2011年第1期。

329. 徐双燕《捕捉大自然的色彩——评迟子建散文之语言色彩美》，《山东文学》2011年第1期。

330. 付艳霞《灾难中的日常美学——由〈白雪乌鸦〉论迟子建的创作》，《南方文坛》2011年第1期。

331. 徐洪娓、范娉婷《死亡、迷狂、月亮意象的意义——〈额尔古纳河右岸〉的隐喻》，《文艺评论》2011年第1期。

332. 李莉《迟子建小说的生命诗学》，《哈尔滨师范大学社会科学学报》2011年第1期。

333. 杜连东《重聚记忆中的历史碎片——迟子建〈白雪乌鸦〉历史表达的独特性》，《哈尔滨师范大学社会科学学报》2011年第1期。

334. 王素霞《第三地："小日子"里的"大浪漫"——兼论新世纪都市女性写作的新转型》，《南方文坛》2011年第2期。

335. 刘鲁南《浅析迟子建作品中的生态美学思想》，《当代小说（下）》2011年第2期。

336. 梁海《卑微人生中的无限温暖——读迟子建的中篇小说〈泥霞池〉》，《文艺理论与批评》2011年第2期。

337. 任晔《论迟子建创作中的地域文化特色》，《北方文学（下半月）》2011年第2期。

338. 张倩《人生就是悲凉与欢欣——对话迟子建》，《江南》2011年第2期。

339. 岳雯《温情主义的文学世界》，《文艺争鸣》2011年第3期。

340. 潘珣《冷酷岁月的温情抵抗——迟子建"文革"小说的诗意赏析》，《南方文坛》2011年第3期。

341. 于茜茜《谈迟子建〈鬼魅丹青〉中的人性救赎》，《当代小说

（下）》2011年第3期。

342. 王珊珊《挥之不去的死亡书写——对比萧红、迟子建小说中的死亡书写》，《当代小说（下）》2011年第3期。

343. 邵雯雯《质朴感情下的诗意表达——浅析迟子建散文艺术风格》，《北方文学（下半月）》2011年第3期。

344. 张沛《论〈额尔古纳河右岸〉中叙事视角的设置》，《北方文学（下半月）》2011年第3期。

345. 杨姿《〈伪满洲国〉主题考》，《哈尔滨师范大学社会科学学报》2011年第3期。

346. 吴雪丽《女性视域下的族群悲歌——对迟子建小说〈额尔古纳河右岸〉的解读》，《哈尔滨师范大学社会科学学报》2011年第3期。

347. 刘军超《基于迟子建为代表的黑龙江民俗文化小说特点研究》，《哈尔滨师范大学社会科学学报》2011年第3期。

348. 陈大为《历史的挽歌——〈额尔古纳河右岸〉与〈根〉的历史书写之比较》，《名作欣赏》2011年第11期。

349. 黄蕾《写实尚可，立意缺失——迟子建〈白雪乌鸦〉较加缪〈鼠疫〉的不足之处》，《传奇·传记文学选刊》2011年第3期。

350. 胡亭亭、杨庆茹《论迟子建小说的乡土叙事》，《名作欣赏》2011年第12期。

351. 赵凤《民间性的书写，悲剧性的追求——浅析迟子建小说中的夫妻情爱》，《文学界（理论版）》2011年第4期。

352. 张羽华《生态视野下人类文明进程中的困境——读迟子建长篇小说〈额尔古纳河右岸〉》，《中国出版》2011年第4期。

353. 刘欣《迟子建〈白雪乌鸦〉人物塑造体现的创作诉求》，《沈阳师范大学学报（社会科学版）》2011年第4期。

354. 陈丽萍、陈清《非常态下的女性命运——迟子建小说的一种读解》，《北方文学（下半月）》2011年第4期。

355. 张静静《作为"自然之子"的鄂温克族人——读〈额尔古纳河右

岸〉》，《名作欣赏》2011年第15期。

356. 董亚丽《迟子建小说〈起舞〉的底层叙述》，《北方文学（下半月）》2011年第5期。

357. 毕文君《灾难下的城市地图与苦难里的人世芳华——评迟子建长篇新作〈白雪乌鸦〉》，《文艺评论》2011年第5期。

358. 杨玉花《清水洗尘亲情无限——浅析〈清水洗尘〉中的温暖和爱意》，《安徽文学（下半月）》2011年第6期。

359. 陈清、陈丽萍《精神家园的风景——论曹文轩和迟子建作品的异同》，《海南师范大学学报（社会科学版）》2011年第6期。

360. 尹传兰、雷晓红《迟子建儿童视角下的生死观透视》，《名作欣赏》2011年第17期。

361. 刘欣《向死而生的人性之美——评迟子建新作〈白雪乌鸦〉》，《小说评论》2011年第6期。

362. 唐志伟《迟子建小说中的死亡意识评析》，《作家》2011年第6期。

363. 郝江波、赵蕾《文学的记忆与真诚——读迟子建短篇小说〈七十年代的四季歌〉》，《青年作家（中外文艺版）》2011年第6期。

364. 张紫云《〈额尔古纳河右岸〉中的民俗描写》，《文学界（理论版）》2011年第7期。

365. 申霞艳《当神性遇见现代性——迟子建论》，《文艺争鸣》2011年第14期。

366. 郑颐《活着不易　平安更难——浅析迟子建的中篇小说〈泥霞池〉》，《北京文学（精彩阅读）》2011年第7期。

367. 李雪《人间之爱的思考及意象化表达——读迟子建的小说〈一坛猪油〉》，《北方文学（下半月）》2011年第7期。

368. 伍倩《女人，你的生活是否在"别处"——浅析迟子建的〈第三地晚餐〉》，《北方文学（下半月）》2011年第7期。

369. 孙亚梅《迟子建的艺术风貌与乡土情结》，《青年文学》2011年第14期。

370. 唐晋先《为爱而苦终无悔——〈额尔古纳河右岸〉女性形象分析》，《作家》2011年第8期。

371. 王丽娟《异族人生景观的深情观照——略论迟子建乡土文学中的"非汉族"书写》，《名作欣赏》2011年第8期。

372. 姚国军《一坛猪油引发的爱情传奇——评迟子建小说〈一坛猪油〉的叙事艺术》，《社会科学论坛》2011年第8期。

373. 刘云秋《少数民族部落在城市中的消隐——〈额尔古纳河右岸〉与〈别了，那道风景〉之比较》，《当代外语研究》2011年第8期。

374. 郝凯利《爱与哀愁——评迟子建的〈亲亲土豆〉》，《名作欣赏》2011年第8期。

375. 丛琳《迟子建与俄罗斯文学》，《北方文学（下半月）》2011年第8期。

376. 黎醒《灾难中的人性之光——论迟子建的长篇小说〈白雪乌鸦〉》，《安徽文学（下半月）》2011年第9期。

377. 陈丽《方寸之间有乾坤——论迟子建〈五羊岭的万花筒〉》，《名作欣赏》2011年第9期。

378. 李勇《新世纪乡村叙事未来发展的启示与可能——以李洱、迟子建和红柯、刘震云的创作为例》，《文艺评论》2011年第9期。

379. 王立宪《如此深情的歌唱——读迟子建的〈草原〉》，《文艺评论》2011年第9期。

380. 朴素《温馨与难言的忧伤——迟子建小说的气味》，《作家》2011年第10期。

381. 温蕾《琐碎里找寻遗迹平淡中折射历史——论迟子建历史题材小说的创作》，《作家》2011年第10期。

382. 苏晓霞《沉重之中的温情——论迟子建小说中忧伤的儿童》，《青年文学家》2011年第10期。

383. 王理香《迟子建小说中人文主义的坚持与回归》，《飞天》2011年第20期。

384. 董慧《论迟子建小说的儿童视角》，《作家》2011年第10期。

385. 王立宪《距离与寒意——读迟子建〈布基兰小站的腊八夜〉》，《名作欣赏》2011年第30期。

386. 翟业军《迟子建创作局限论》，《文学报》2011年11月17日。

387. 董慧《迟子建小说中妇女的边缘形象》，《名作欣赏》2011年第23期。

388. 赵西芝、梁辉《迟子建的民间立场——以〈亲亲土豆〉为例》，《青年文学家》2011年第11期。

389. 赵琼芳、曾海清《〈起舞〉对"人性美"的书写》，《时代文学（下半月）》2011年第11期。

390. 周会凌《历史尘埃中的"灵魂挽歌"——读迟子建长篇小说〈白雪乌鸦〉》，《名作欣赏》2011年第34期。

391. 董燕《从〈伪满洲国〉到〈额尔古纳河右岸〉的历史演绎——论迟子建小说的历史叙事》，《名作欣赏》2011年第35期。

392. 李新艳《人性·城市·乡村——解读迟子建小说〈起舞〉》，《名作欣赏》2011年第36期。

393. 宋海婷《历史的真实与文学的想象——迟子建的〈白雪乌鸦〉解读》，《名作欣赏》2011年第36期。

394. 周静《懂得后的慈悲——迟子建苦难书写背后的人文伤怀》，《江汉论坛》2011年第12期。

395. 陈保荣《人文关怀中的平民生活——萧红迟子建小说中的人文关怀》，《时代文学（上半月）》2011年第12期。

396. 程大立《营造温情，遮蔽隔膜——论迟子建短篇小说中的父子（女）关系》，《小说评论》2011年第1期。

397. 范云晶《心灵的解冻——论迟子建的近作〈解冻〉》，《小说评论》2011年第1期。

398. 李智伟《迟子建作品中的生态意识》，《小说评论》2011年第1期。

399. 周全星《论迟子建〈鬼魅丹青〉的男性形象建构》，《小说评论》

2011年第1期。

400. 李会君《迟子建文学语言的生态美学价值》，《小说评论》2011年第1期。

401. 黄玉霜《那些被遗忘的温暖——试比较〈春风夜〉与〈踏着月光的行板〉》，《安徽文学（下半月）》2012年第1期。

402. 刘春玲《守望渐逝的精神原乡——〈额尔古纳河右岸〉中的鄂温克族神话解读》，《吉林师范大学学报（人文社会科学版）》2012年第2期。

403. 张昌录《族裔历史文学性书写中的女性主义叙事方法浅析——〈额尔古纳河右岸〉作品中叙事策略浅析》，《文学界（理论版）》2012年第2期。

404. 王磊《黯淡风景中的一丝亮色——浅析迟子建的中篇小说〈泥霞池〉》，《安徽文学（下半月）》2012年第2期。

405. 滕静《迟子建小说中的生死观》，《时代文学（上半月）》2012年第2期。

406. 祁和平《爱：男女共享的温情晚餐——解读迟子建小说〈第三地晚餐〉》，《兰州大学学报（社会科学版）》2012年第2期。

407. 史玉丰《艰难的突破——迟子建近作问题透视》，《河海大学学报（哲学社会科学版）》2012年第2期。

408. 徐秀锦《一个美丽的"标本"——解读〈额尔古纳河右岸〉》，《文学界（理论版）》2012年第3期。

409. 梁艳芳、徐博《另类的灾难叙事：迟子建小说的叙事伦理价值与限度——以〈白雪乌鸦〉为例》，《名作欣赏》2012年第3期。

410. 李枫《迟子建小说月亮意象的人格化特征及神话隐形结构》，《学术交流》2012年第3期。

411. 陈丽、严红兰《照亮生命安妥灵魂——禅解迟子建散文》，《淮北师范大学学报（哲学社会科学版）》2012年第3期。

412. 周会凌《于民间大地慨然挽唱——论迟子建长篇小说创作》，《海南大学学报（人文社会科学版）》2012年第3期。

413. 陈东辉《另一种"底层写作"叙事伦理——论迟子建近年来的"底层

文学"创作》，《烟台大学学报（哲学社会科学版）》2012年第3期。

414. 张丽军《"第四世界"、"第三自然"与东方生态智慧的诗性想象——读迟子建的〈额尔古纳河右岸〉》，《扬子江评论》2012年第3期。

415. 李旺《书写鄂温克——乌热尔图、迟子建比较论》，《扬子江评论》2012年第4期。

416. 陶维国、徐变变《从叙事角度论迟子建小说中的童年母题》，《当代文坛》2012年第4期。

417. 钟玮《简论〈额尔古纳河右岸〉之生命观》，《时代文学（上半月）》2012年第4期。

418. 张娜《迟子建〈世界上所有的夜晚〉主题解读》，《芒种》2012年第4期。

419. 李雪梅《迟子建小说的叙事伦理——以"儿童视角"和"死亡叙述"为中心》，《写作》2012年第5期。

420. 李苗苗《论〈额尔古纳河右岸〉的倾诉性和景观化特征》，《名作欣赏》2012年第14期。

421. 李慧燕《〈白雪乌鸦〉动荡中的平和之美》，《文学界（理论版）》2012年第5期。

422. 杨蕊《于苦难中寻光明——论迟子建作品在新世纪的转型》，《文学界（理论版）》2012年第5期。

423. 龙厚雄《传统故事与现代技巧——以迟子建的〈泥霞池〉为例》，《江汉大学学报（人文科学版）》2012年第5期。

424. 王令《苦难中的温情叙述——以迟子建〈北极村童话〉等小说为考察对象》，《河南师范大学学报（哲学社会科学版）》2012年第5期。

425. 金钢《都市文学视野下的迟子建小说——论迟子建小说中的哈尔滨》，《文艺理论与批评》2012年第5期。

426. 吴义勤《温暖的情怀与冷艳的气质——评〈一坛猪油〉与〈浮生〉》，《文艺争鸣》2012年第6期。

427. 王超《论迟子建小说中的"英雄"形象》，《北方文学（下半月）》

2012年第6期。

428. 滕静《风景这边独好——迟子建小说风景描写的独特魅力》，《长城》2012年第6期。

429. 于敏《论迟子建新世纪以降小说创作中的宗教情怀》，《当代文坛》2012年第6期。

430. 任美衡《论迟子建文学叙事的"世界性"》，《广西师范大学学报（哲学社会科学版）》2012年第6期。

431. 邓经武《〈额尔古纳河右岸〉的地域书写与种族代言》，《当代文坛》2012年第6期。

432. 王艳荣《历史记忆的诗性言说——以迟子建〈白雪乌鸦〉为例》，《文艺争鸣》2012年第12期。

433. 惠军明《〈时间怎样地行走〉赏析》，《写作》2012年第6期。

434. 孙俊杰《论〈额尔古纳河右岸〉的文化意识》，《名作欣赏》2012年第20期。

435. 邵岩《浅析迟子建〈雾月牛栏〉中的"雾"》，《芒种》2012年第14期。

436. 黄宇《人性的博爱——论迟子建小说的母题》，《文学界（理论版）》2012年第8期。

437. 张莉《萧红的"彼岸"和迟子建的"此岸"》，《文艺报》2012年8月17日。

438. 冯晓《乡村·日常·人情——论迟子建小说的叙事维度》，《文艺争鸣》2012年第9期。

439. 杨丽荣《迟子建小说〈他们的指甲〉的意象解读》，《北方文学（下半月）》2012年第9期。

440. 丛领《论迟子建小说叙事视角的陌生化》，《北方文学（下半月）》2012年第9期。

441. 马宇飞《物化时代的"自然人"——论迟子建的人物世界》，《文学界（理论版）》2012年第9期。

442. 丛领《关于原始家园的浪漫追踪——论迟子建小说中的自然生态意识》，《文学界（理论版）》2012年第9期。

443. 刘春玲《满-通古斯语族禁忌文化探究——以迟子建小说〈额尔古纳河右岸〉为例》，《人民论坛》2012年第32期。

444. 王雪《浅谈迟子建小说中动物意象与和谐思想》，《北方文学（下半月）》2012年第10期。

445. 张晶《宽容之下，也有隐忧——论迟子建〈额尔古纳河右岸〉的创作态度》，《文学界（理论版）》2012年第10期。

446. 任雅玲《新世纪黑龙江女性作家创作论》，《文艺评论》2012年第11期。

447. 任瑜《爱比恶更强大——读迟子建的长篇小说〈白雪乌鸦〉》，《文艺评论》2012年第11期。

448. 董慧《论迟子建小说中"阻断"的情节结构》，《作家》2012年第22期。

449. 廖四平《少数民族叙事的艺术探索——论迟子建的〈额尔古纳河右岸〉》，《文艺评论》2012年第11期。

450. 田静《看不见哀伤的夜晚——读迟子建〈世界上所有的夜晚〉》，《名作欣赏》2012年第32期。

451. 张啟智《迟子建〈世界上所有的夜晚〉中的死亡主题解读》，《短篇小说（原创版）》2013年第34期。

452. 滕静《和美叙述：普通与"非常态"——迟子建笔下的小人物》，《名作欣赏》2012年第12期。

453. 余红艳《面包石下的爱情吟唱——评迟子建〈黄鸡白酒〉》，《名作欣赏》2012年第35期。

454. 李旺《民族、代际、性别与鄂温克书写——乌热尔图、迟子建比较论》，《民族文学研究》2013年第1期。

455. 于敏《论宗教之光烛照下迟子建小说创作的魅力与局限》，《当代文坛》2013年第2期。

456. 石阳《浅论〈额尔古纳河右岸〉中的自然生态意识》，《安徽文学（下半月）》2013年第2期。

457. 朱丽娅《〈额尔古纳河右岸〉中动物意象的文化内涵》，《安徽文学（下半月）》2013年第2期。

458. 王超《论迟子建中短篇小说中的孤岛意象》，《宁夏大学学报（人文社会科学版）》2013年第2期。

459. 张学昕、左亚男《写在灵光消逝的年代——读迟子建〈额尔古纳河右岸〉》，《百家评论》2013年第2期。

460. 陈东辉《文学自觉与迟子建小说的创作流变》，《齐鲁学刊》2013年第2期。

461. 杨淋麟《她的指甲花——解读迟子建〈他们的指甲〉》，《名作欣赏》2013年第4期。

462. 潘雅清《解读〈额尔古纳河右岸〉》，《芒种》2013年第4期。

463. 陈丽、严红兰《自由行走的花——禅解迟子建小说中的主要女性人物形象》，《名作欣赏》2013年第8期。

464. 张源《苦难中的诗意，平凡中的希望——赏析迟子建〈踏着月光的行板〉》，《名作欣赏》2013年第11期。

465. 王学胜《流淌在额尔古纳河里的生态维度——读迟子建的〈额尔古纳河右岸〉》，《兰州学刊》2013年第3期。

466. 刘艳《童心与诗心的女性书写——萧红、迟子建创作品格论》，《齐鲁学刊》2013年第3期。

467. 施新佳《迟子建小说中自然景物叙写的审美观照》，《山花》2013年第4期。

468. 宋银霞《矛盾与孤独的生命——浅析迟子建的〈雾月牛栏〉》，《长城》2013年第4期。

469. 赵越《浅析〈额尔古纳河右岸〉的艺术特色》，《芒种》2013年第8期。

470. 马宇飞《死亡：在残酷与静美的比照中——萧红、迟子建死亡书写比较研究》，《文艺评论》2013年第5期。

471. 李芳《"落在土里的骨头也会发芽"——论〈额尔古纳河右岸〉生命自然神性的演绎》，《当代文坛》2013年第5期。

472. 尹文雯《迟子建——黑土孕育的"黑土情怀"》，《时代文学（下半月）》2013年第5期。

473. 宋洁、李英俊《母性建构下的温情叙述》，《文艺争鸣》2013年第5期。

474. 李枫《小说中的萨满神话——现当代东北小说马意象中的马神话隐形结构》，《文艺争鸣》2013年第5期。

475. 靳开宇《迟子建〈鬼魅丹青〉的多重隐喻解读》，《名作欣赏》2013年第18期。

476. 马宇飞《双重边缘化的女性书写——论迟子建的小说创作》，《黑龙江社会科学》2013年第6期。

477. 楚金波、孙彦峰、李光杰《归依体验在迟子建文学创作中的轨迹》，《哈尔滨师范大学社会科学学报》2013年第6期。

478. 修磊《论迟子建小说的萨满文化因素——以〈额尔古纳河右岸〉为例》，《福建论坛（人文社会科学版）》2013年第7期。

479. 谢燕《一以贯之的人文关怀——迟子建乡土文学作品赏析》，《前沿》2013年第8期。

480. 黄明智《苦难的温情书写与其困境——论迟子建小说创作》，《河南社会科学》2013年第8期。

481. 张颖《浅析迟子建小说中艺术张力的体现》，《短篇小说（原创版）》2013年第18期。

482. 周丽娜《"弑父"的玫瑰：一个崭新的两性故事——评迟子建新作〈晚安玫瑰〉》，《文艺评论》2013年第9期。

483. 谢丽娟《论迟子建小说中的对立互参模式》，《名作欣赏》2013年第33期。

484. 宋慧平《迟子建笔下乡村女性悲剧命运探析》，《山花》2013年第

12期。

485. 赵俊霞《迟子建小说中的儒家精神》，《作家》2013年第14期。

486. 黎颖《浅析〈额尔古纳河右岸〉中人物生死观》，《芒种》2013年第23期。

487. 黄明智《温暖〈福翩翩〉　脉脉伤怀美》，《芒种》2013年第16期。

488. 闫晶淼《迟子建小说语言的民俗化研究——以迟子建的长篇小说〈额尔古纳河右岸〉为例》，《名作欣赏》2013年第35期。

489. 李晓光《迟子建：从故园中来到故乡中去》，《福建文学》2014年第1期。

490. 朴昶昱《迟子建小说中的乡土意识与历史解构——以〈额尔古纳河右岸〉为例》，《文艺评论》2014年第1期。

491. 刘钊《鲁迅批判传统文化的精神延续——以萧红、迟子建对萨满文化的接受差异为例》，《鲁迅研究月刊》2014年第1期。

492. 张巍《从"他世界"到"她世界"——〈边城〉与〈鬼魅丹青〉之对比研究》，《小说评论》2014年第2期。

493. 方玲玲《人类理想的赞歌——从〈额尔古纳河右岸〉看迟子建的审美理想》，《长城》2014年第2期。

494. 吕萍《当下作家笔下的萨满文化书写》，《黑龙江民族丛刊》2014年第3期。

495. 张德明《流落民间的高贵与忧伤——迟子建〈晚安玫瑰〉及其他》，《南方文坛》2014年第3期。

496. 郭玉贤《迟子建〈树下〉折射的鄂伦春民族"马"意象》，《芒种》2014年第3期。

497. 李雪《女性主义生态批评视域下的迟子建》，《哈尔滨师范大学社会科学学报》2014年第3期。

498. 喻晓薇《试论萨满教对迟子建小说的影响》，《作家》2014年第4期。

499. 蔡素霞《〈额尔古纳河右岸〉中的和谐理念》，《作家》2014年第

6期。

500. 叶淑媛《民族志小说"写民族文化"的新探索——以迟子建的〈额尔古纳河右岸〉为中心》,《西北民族研究》2014年第4期。

501. 张峰《迟子建〈晚安玫瑰〉的人物形象探究》,《芒种》2014年第12期。

502. 余高峰《迟子建〈第三地晚餐〉的女性意识》,《芒种》2014年第16期。

503. 于冬梅、贾鲁华《边地民俗风情的诗意传达——迟子建〈额尔古纳河右岸〉的独特书写方式》,《作家》2014年第16期。

504. 郭萍《温暖的碗——赏析迟子建〈日落碗窑〉》,《安徽文学(下半月)》2014年第4期。

505. 张良丛《弑父的玫瑰:迟子建小说〈晚安玫瑰〉的精神分析》,《贵州师范大学学报(社会科学版)》2014年第4期。

506. 杨姿《抒情性:走在文学的回乡路上——略论迟子建小说创作的当下意义》,《文学评论》2014年第5期。

507. 郑越予、方忠《论迟子建对"双性同体"理论的改写与超越》,《名作欣赏》2014年第5期。

508. 马宇飞《迟子建作品对生存本体性焦虑的超越》,《贵州社会科学》2014年第5期。

509. 王超《多姿多彩的"三风画"——论迟子建小说的地域文化特征》,《青年作家》2014年第18期。

510. 徐日君《北极光的神韵——迟子建小说的生态美学特征》,《文艺评论》2014年第7期。

511. 谢绍珩《自然本真的人性美——迟子建小说人物论》,《长江丛刊》2014年第27期。

512. 胡良桂《游猎民族的百年宁静与喧嚣——论迟子建长篇小说〈额尔古纳河右岸〉》,《创作与评论》2014年第18期。

513. 桂璐璐《一首苍凉而忧伤的歌——评迟子建新作〈晚安玫瑰〉》,

《名作欣赏》2014年第27期。

514. 姜瑜《动物视角下的"文革"叙事——迟子建〈越过云层的晴朗〉的叙事特色》，《名作欣赏》2014年第29期。

515. 罗古月《回归和谐温情的精神世界——论迟子建〈北极村童话〉》，《名作欣赏》2014年第29期。

516. 禹美玲《浅析迟子建小说中的民间文化》，《名作欣赏》2014年第30期。

517. 吴艳芳、高旭国《追寻失落的人性美——论迟子建的小说》，《南方论刊》2014年第10期。

518. 刘春玲《论萨满神歌对迟子建跨民族书写的推动及其功能》，《学术交流》2014年第10期。

519. 易巧巧《为自然"附魅"——迟子建小说的生态美学研究》，《时代文学（下半月）》2014年第11期。

520. 林超然《寒地黑土文学叙事的双子星座——迟子建与阿成小说对读》，《文艺评论》2014年第11期。

521. 何芹、李新青《救赎与皈依——评迟子建的中篇小说〈晚安玫瑰〉》，《文艺评论》2014年第11期。

522. 余丹丹《浅议迟子建与福克纳作品中的人文情怀》，《长城》2014年第12期。

523. 韩刚《迟子建〈晚安玫瑰〉中的孤独意识》，《芒种》2014年第24期。

524. 杨柳、李云翔《迟子建小说中的生态女性主义》，《作家》2014年第24期。

525. 王春荣、蒋尧尧《迟子建对"老女人"文学形象的创新性续写》，《东北大学学报（社会科学版）》2015年第1期。

526. 赵豫赐《迟子建新世纪小说主题思想的嬗变》，《鸭绿江（下半月版）》2015第1期。

527. 胡翠娜《迟子建小说语言的词语锤炼》，《作家》2015年第4期。

研究资料

迟子建

528. 杨迎平《温暖的哀愁——论迟子建与川端康成小说创作》,《汕头大学学报(人文社会科学版)》2015年第1期。

529. 时悦《寒冷也是一种温暖——迟子建对生命和死亡的观照》,《哈尔滨师范大学社会科学学报》2015年第2期。

530. 谢丽娟《人与自然的和谐共生——迟子建乡土小说生态研究》,《芒种》2015年第2期。

531. 程德培《迟子建的地平线——长篇小说〈群山之巅〉启示录》,《上海文学》2015年第3期。

532. 何映宇《迟子建:黑土地上的心灵史》,《新民周刊》2015年第3期。

533. 廖姝清《倾听天籁——解析迟子建小说〈雾月牛栏〉对自然的回归》,《名作欣赏》2015年第5期。

534. 朱慧杰《天籁之韵的诗性建构——迟子建小说〈逝川〉的文本解读》,《名作欣赏》2015年第5期。

535. 张瑞玲《论〈秧歌〉的重复叙事艺术》,《名作欣赏》2015年第5期。

536. 杨涛毓《人间温情的书写与女性意识的显现——迟子建小说女性形象的塑造》,《名作欣赏》2015年第5期。

537. 于姗《"空山"与"空林"——阿来〈空山〉与迟子建〈额尔古纳河右岸〉中的传统遭遇当代》,《名作欣赏》2015年第5期。

538. 郑宇华《跋涉在成长的征途上——〈晚安玫瑰〉的一种解读兼论迟子建的成长小说》,《名作欣赏》2015年第12期。

539. 吕豪迈《清风的呼唤——再读迟子建小说〈世界上所有的夜晚〉》,《名作欣赏》2015年第12期。

540. 胡振梅《生态女性主义视域下的〈额尔古纳河右岸〉》,《名作欣赏》2015年第9期。

541. 沈明《迟子建诗化审美倾向下的意象读解》,《名作欣赏》2015年第9期。

542. 翟永明《"到处人间烟火"——迟子建中短篇小说论》，《辽宁师范大学学报（社会科学版）》2015年第3期。

543. 欧阳澜、汪树东《边地民间的人性风景——评迟子建长篇新作〈群山之巅〉》，《南京师范大学文学院学报》2015年第3期。

544. 吕晓菲、戴桂玉《迟子健作品生态思想的跨文化传播——〈额尔古纳河右岸〉英译本述评》，《中国翻译》2015年第4期。

545. 刘艳《童年经验与边地人生的女性书写——萧红、迟子建创作比照探讨》，《文学评论》2015年第4期。

546. 关峰《变化的寓言——评迟子建长篇小说〈群山之巅〉》，《哈尔滨师范大学社会科学学报》2015年第4期。

547. 欧阳澜、汪树东《古典美学的现代镀亮——从〈群山之巅〉看迟子建长篇小说新的艺术追求》，《文艺评论》2015年第5期。

548. 金钢《悲欣交集的中国北疆世界——评迟子建〈群山之巅〉》，《文艺评论》2015年第5期。

549. 柏富芳《论〈额尔古纳河右岸〉现代文明对原始野性的冲击》，《鸭绿江（下半月版）》2015年第5期。

550. 唐诗人《风俗、道德与小说——论迟子建〈群山之巅〉》，《文艺评论》2015年第5期。

551. 于京一《忧伤之后，写作何在——论迟子建的〈群山之巅〉》，《南方文坛》2015年第5期。

552. 于巍《〈额尔古纳河右岸〉研究综述》，《沈阳师范大学学报（社会科学版）》2015年第6期。

553. 郑春凤《论新世纪东北女性写作中日常生活审美维度的重建——以孙慧芬和迟子建作品为例》，《吉林师范大学学报（人文社会科学版）》2015年第6期。

554. 田泥《笔尖上的天使栖居——以迟子建的〈额尔古纳河右岸〉为例》，《当代文坛》2015年第6期。

555. 崔宗超《论迟子建散文的伤怀之美》，《当代文坛》2015年第6期。

556. 张福贵、王欣睿《文化的伦理逻辑与悲凉的温情叙事——读迟子建的〈群山之巅〉》，《当代作家评论》2015年第6期。

557. 周景雷《每个人都有自己有限的人生之巅——关于迟子建〈群山之巅〉的几点认识》，《当代作家评论》2015年第6期。

558. 韩春燕《神性与魔性：迟子建〈群山之巅〉的魅性世界》，《当代作家评论》2015年第6期。

559. 杨姿《在望不见的地方前行——迟子建〈群山之巅〉的精神之眼》，《当代作家评论》2015年第6期。

560. 郑春凤《论新世纪东北女性写作中日常生活审美维度的重建——以孙慧芬和迟子建作品为例》，《吉林师范大学学报（人文社会科学版）》2015年第6期。

561. 汪晓莉、胡开宝《民族意识形态与少数民族题材小说翻译——以〈额尔古纳河右岸〉英译为例》，《中国外语》2015年第6期。

562. 于秀娟《论〈额尔古纳河右岸〉的森林文化特征》，《黑龙江民族丛刊》2015年第6期。

563. 李新宇《迟子建作品中的女性形象塑造》，《芒种》2015年第18期。

564. 田霖《论迟子建小说的故乡情结》，《芒种》2015年第7期。

565. 朴婕《重访伪满印痕——论迟子建〈伪满洲国〉的历史书写》，《雨花》2015年第14期。

566. 王立宪《生存状态的巧妙展示——读迟子建〈别雅山谷的父子〉》，《文艺评论》2015年第7期。

567. 雍晓兰《迟子建作品中的音乐审美》，《短篇小说（原创版）》2015年第8期。

568. 李美丹、成意《论迟子建〈白雪乌鸦〉中的生命意识》，《牡丹》2015年第8期。

569. 郭莉《蛮荒群山里的远古回响——论迟子建〈群山之巅〉中"安雪儿"形象的文化意蕴》，《名作欣赏》2015年第23期。

570. 王晶《迟子建小说的儿童叙事视角》，《名作欣赏》2015年第24期。

571. 解丽红《论迟子建小说中的爱情观》，《名作欣赏》2015年第26期。

572. 迟子建、刘传霞《我眼里就是这样的炉火——迟子建访谈》，《名作欣赏》2015年第28期。

573. 郭力《〈群山之巅〉：神性隐于凡俗》，《名作欣赏》2015年第28期。

574. 郭淑梅《迟子建的生态女性观》，《名作欣赏》2015年第28期。

575. 徐勇、王迅《全球化进程与"中间地带"的"乡镇写作"——以迟子建的长篇小说〈群山之巅〉为中心》，《文艺研究》2015年第9期。

576. 高杰《寻找"诗意的栖居"——论迟子建〈额尔古纳河右岸〉中的死亡描写》，《名作欣赏》2015年第30期。

577. 张洁《冰雪世界中的血色玫瑰——浅析迟子建〈晚安玫瑰〉中的女性形象》，《名作欣赏》2015年第30期。

578. 桫椤《山河之隐、俗世之私与灵魂之藏——评迟子建〈群山之巅〉》，《雨花》2015年第10期。

579. 韩珍、耿莉《迟子建小说的死亡主题》，《芒种》2015年第11期。

580. 贾庆成《迟子建〈越过云层的晴朗〉对人性的独特理解》，《作家》2015年第12期。

581. 刘传霞《落入尘世的精灵——论迟子建长篇小说〈群山之巅〉》，《名作欣赏》2015年第34期。

582. 习秋红《人性中的温情之光——论迟子建的〈秧歌〉》，《名作欣赏》2015年第36期。

583. 林佳娇《小人物的歌哭悲欢——读迟子建的小说〈群山之巅〉》，《名作欣赏》2015年第36期。

584. 车红梅、闫姗姗《悲悯的救赎——论迟子建〈晚安玫瑰〉的对话性》，《广西社会科学》2016年第1期。

585. 汪树东《极地之女的诗意还乡——"迟子建与黑龙江记忆"谈片》，《文艺评论》2016年第1期。

586. 李君君、张丽军《凝结着爱与美的冰雪叙事——迟子建小说论》，

《文艺评论》2016年第1期。

587. 叶君《尖锐与温情——从〈别雅山谷的父子〉到〈群山之巅〉》，《文艺评论》2016年第1期。

588. 张良丛《创伤的言说：迟子建小说中创伤型人格探究》，《北方论丛》2016年第1期。

589. 郑宇华《迟子建〈群山之巅〉婚恋叙事研究》，《哈尔滨师范大学社会科学学报》2016年第1期。

590. 李帅《论〈伪满洲国〉中日本殖民统治下的强暴叙事》，《学术评论》2016年第1期。

591. 尹传芳《探析小说〈白雪乌鸦〉的抒情性》，《短篇小说（原创版）》2016年第2期。

592. 王龙洋《迟子建的新转变——评长篇小说〈群山之巅〉》，《小说评论》2016年第2期。

593. 沈穷竹《〈群山之巅〉的救赎主题书写》，《小说评论》2016年第2期。

594. 张莹《〈群山之巅〉人物群像的多重意蕴》，《小说评论》2016年第2期。

595. 陈卉《〈群山之巅〉女性悲剧的解读》，《小说评论》2016年第2期。

596. 代慧婷《〈群山之巅〉的乡土情结与现实批判》，《小说评论》2016年第2期。

597. 胡希《〈群山之巅〉的生命之美》，《小说评论》2016年第2期。

598. 杨瑞峰《〈群山之巅〉生态关怀的三个维度》，《哈尔滨师范大学社会科学学报》2016年第2期。

599. 修雪枫《玫瑰与群山：迟子建小说的意象追寻》，《南都学坛》2016年第3期。

600. 雷雯《"女性流浪"书写的三种新形态——以虹影、安妮宝贝、迟子建为例》，《当代作家评论》2016年第3期。

601. 林佳娇《朴素自然的超然生死观——读迟子建的〈额尔古纳河右岸〉》,《名作欣赏》2016年第12期。

602. 张聪聪《谈迟子建小说创作"温情写作"的困境》,《写作(上旬刊)》2016年第4期。

603. 张学昕《逝川上到底有多少条"泪鱼"——迟子建的两个短篇小说》,《长城》2016年第4期。

604. 姜佳奇《温情美学观照下的宿命与文明——试论迟子建的小说创作》,《鸭绿江(下半月版)》2016年第4期。

605. 赵彦芳《论女性作家的史诗性书写——以王安忆、迟子建和严歌苓的三部作品为例》,《扬子江评论》2016年第5期。

606. 郭力《迟子建创作的蜕变与统一——评长篇小说〈群山之巅〉》,《中国现代文学研究丛刊》2016年第5期。

607. 张洪磊《日渐行远的桃花源——迟子建与萨娜两部小说的比较研究》,《名作欣赏》2016年第15期。

608. 翟介红《从女性主义的向度看当代女性的生存状态——论迟子建〈晚安玫瑰〉中女性的内在性》,《名作欣赏》2016年第17期。

609. 林岗《地域传统与自然的启示——读〈额尔古纳河右岸〉》,《小说评论》2016年第6期。

610. 李帅《〈伪满洲国〉的烙印》,《山花》2016年第6期。

611. 傅赢《精神苦难的自我救赎——迟子建〈世界上所有的夜晚〉的另一种解读》,《芒种》2016年第21期。

612. 田振华《悲苦荒诞与救赎——论迟子建〈群山之巅〉》,《雨花》2016年第14期。

613. 杨桦《人性美的感怀与无奈——解读迟子建小说的"生命"与"死亡"意象》,《名作欣赏》2016年第24期。

614. 阿来《不是印象的印象:关于迟子建》,《北京文学(精彩阅读)》2016年第8期。

615. 文红霞《迟子建小说的生态忧思与心灵救赎》,《文艺评论》2016年第8期。

616. 张洁《〈群山之巅〉：评书体式下的现实关照》，《文化学刊》2016年第8期。

617. 蔡明霞《隐藏在粗糙背后的人性温暖——浅析鲁迅文学奖视角下的〈清水洗尘〉和〈雾月牛栏〉》，《名作欣赏》2016年第23期。

618. 陈瑶瑶、房萍《论迟子建小说中酒馆意象的艺术功能》，《名作欣赏》2016年第26期。

619. 李思颖《苍凉背后的火光——迟子建散文中的隐喻意象赏析》，《北方文学》2016年第11期。

620. 姚志林《〈尘埃落定〉与〈额尔古纳河右岸〉的比较研究》，《名作欣赏》2016年第33期。

621. 李欢《一场哀悼的仪式——论〈额尔古纳河右岸〉中仪式书写背后的文化意涵》，《长江丛刊》2016年第12期。